Catharina Sundberg
Die Kupferhändlerin

PIPER

Zu diesem Buch

Ende des 14. Jahrhunderts: Nach dem Einzug der deutschen Hanse muss die Handelsherrin Anne Persdotter ihre Geschäfte in Stockholm aufgeben. Sie reist zu den mittelschwedischen Bergwerken, um dort Handel zu treiben. Derweil begibt sich der venezianische Händler Leonardo Omicelli nach Schweden, da er mit Königin Margarete einen günstigen Kontrakt über den Handel von Kupfer abgeschlossen hat. Es kommt zu einer schicksalhaften Begegnung mit Anne. Beide fühlen sich sofort voneinander angezogen. Sie beschließen zusammenzuarbeiten und schiffen sich auf einer Kogge in Richtung Konstantinopel ein, wo das Kupfer gewinnträchtig verkauft werden soll. Auf dem Weg wird das Handelsschiff jedoch von Piraten gekapert. Anne bietet sich den Freibeutern – Klaus Störtebeker höchstpersönlich – als Geisel an, und wird nach Gotland gebracht. Um ihre Freiheit wiederzuerlangen, lässt sie sich auf ein gefährliches und leidenschaftliches Spiel mit dem Piraten ein …

Catharina Sundberg arbeitete viele Jahre als Meeresarchäologin und Historikerin. Nach Tätigkeiten in mehreren skandinavischen Museen besuchte sie die Journalistenhochschule in Göteborg und begann historische Romane zu schreiben, zuletzt »Gebrandmarkt«, »Die Handelsherrin« und »Die Kupferhändlerin«. Heute lebt sie in Stockholm und arbeitet als Journalistin bei der Tageszeitung Svenska Dagbladet.

Catharina Sundberg

Die Kupferhändlerin

Roman aus der Hansezeit

Aus dem Schwedischen von
Wibke Kuhn

Piper München Zürich

Mehr über unsere Autoren und Bücher:
www.piper.de

Von Catharina Sundberg liegen bei Piper vor:
Gebrandmarkt
Die Handelsherrin
Die Kupferhändlerin

Für Veronica Sundman, Ersatzmutter, Freundin und eine nie versiegende Quelle positiver Energie in meinem Leben

Deutsche Erstausgabe
Juni 2010

Titel der schwedischen Originalausgabe:
»Befriad«, Bokförlaget Forum, Stockholm 2009

Umschlagkonzeption: semper smile, München
Umschlaggestaltung: Hauptmann & Kompanie
Umschlagabbildungen: Getty Images (Frau) und akg-images (Hintergrund)
Autorenfoto: Christoffer Edling / Fotograf Edling AB
Satz: Kösel, Krugzell
Papier: Munken Print von Arctic Paper Munkedals AB, Schweden
Druck und Bindung: CPI – Clausen & Bosse, Leck
Printed in Germany ISBN 978-3-492-25802-9

Prolog 1395 Unruhe hatte sich der Stadt bemächtigt. Vorsichtshalber ließ man auf den Dächern das Gras wachsen, damit die Schafe etwas zu fressen hatten, falls der Feind wieder zuschlug. Seit Jahren wurde Stockholm nun schon belagert, und die Einwohner waren in schreckliche Bedrängnis geraten. Inzwischen hatte die deutsche Hanse das Ruder übernommen, und die leidensmüden Stockholmer hofften endlich auf Frieden. Die Schweden wollten die Macht mit Königin Margaretas Hilfe zurückerobern, doch gleichzeitig wurde die Stadt von den Ostseepiraten – den Vitalienbrüdern – bedroht. Gerüchte schwirrten in den Gassen umher, und es war schwer zu sagen, wer Freund war und wer Feind. Oder wann es zum nächsten Überfall kommen würde.

1. Kapitel

Sie bemerkte die beiden Männer nicht, die sich aus den Schatten lösten und ihr folgten. Ahnungslos hielt sie den Blick auf den Boden gerichtet, während sie leicht vornübergebeugt durch die Straße ging. Sie ging die Helga-Lekamens-Gasse hoch, vorbei an einigen Bettlern vor der Stadtkirche, und erreichte schließlich den Stortorget. Ein feuchter Seewind pfiff durch die Gasse, und sie schauderte. Es war immer noch ein Wagnis, sich allein durch Stockholms Straßen zu bewegen, aber sie hatte keine andere Wahl. Sie war Inhaberin eines Handelshauses am Korntorget und hatte eine Verabredung mit ihren Aufkäufern im Hafen. Die Deutschen hatten fast den ganzen Stockholmer Handel fest im Griff; daher musste sie sich auf jeden Fall die Gunst ihrer Käufer bewahren. Dies würde sicherlich mühsam werden, aber sie würde es schon schaffen – es war schließlich nicht das erste Mal, dass sie Schwierigkeiten zu bewältigen hatte. Anne Persdotter beschleunigte ihre Schritte und überquerte den Marktplatz.

Der Abfall vom Vortag lag immer noch auf den Straßen, und in den Gassen roch es nach Fäulnis und altem Fisch. Rasch lief sie vorbei und merkte immer noch nicht, dass sie beschattet wurde. Ebenso entging ihr, dass die beiden Männer nun zwei Frauen ein Zeichen gaben, woraufhin diese sich ebenfalls an die Fersen der Handelsherrin hefteten.

Anne bog in die Köpmannagatan und drängte sich an einer Gruppe deutscher Soldaten vorbei. Mittlerweile war es schon Monate her, dass die deutsche Hanse Stockholm erobert hatte, und es wurde höchste Zeit, dass sie ihre Handelstätigkeit endlich wieder in Schwung brachte. Im Hafen hatten mehrere Schiffe angelegt, und bald würde alles wieder so sein wie früher – bevor die schwedischen Bürger ermordet worden waren und die Vitalienbrüder die Stadt ins Unglück gestürzt hatten.

Plötzlich hörte sie Schritte hinter sich, und als sie einen Blick über die Schulter warf, entdeckte sie zwei Männer, die hinter ihr herliefen. Hastig zog sie den Schal fester um die Schultern, um den Riss in ihrer Bluse zu verbergen. Sie war mit dem Stoff am

Türriegel hängen geblieben, als sie das Haus verlassen wollte, und der Stoff des Ausschnitts war ein ganzes Stück eingerissen. Eigentlich hätte sie umkehren und sich umziehen müssen, aber dann war sie kurz entschlossen doch einfach losgegangen. Aber anscheinend war ihr der Schal ein wenig hinuntergeglitten, und die Männer hatten es bemerkt. Mit einem unbehaglichen Gefühl eilte sie weiter.

Ein Kutscher kam ihr mit leerem Wagen entgegen, und weiter hinten näherten sich zwei Träger, die unter der Last eines Weinfasses schwankten. Als sie die junge Frau entdeckten, sangen, lachten und pfiffen sie. Rasch verließ Anne die enge Gasse und bog in die Skomakargatan ein, um den Blicken zu entgehen.

»Du da in Grün, wir wollen mit dir reden!« Zwei Frauen mittleren Alters mit Kopftuch und graublauen Kleidern näherten sich ihr. Die ältere war groß und hübsch, die jüngere war mager, trug ihr blondes Haar hochgesteckt und sah eher aus wie ein Kerl. Hinter ihnen gingen die beiden Männer. Anne bereute, dass sie ihr Kopftuch und den Mantel zu Hause gelassen hatte. In diesem Aufzug konnte man sie jederzeit für ein unverheiratetes Mädchen halten.

Als die ältere Frau sie eingeholt hatte, musterte sie sie mit kaltem Blick, der Anne an einen Barbier erinnerte, der mit Vergnügen die Wunden der Menschen schnitt und ausschabte. Ihre blonde Begleiterin stellte sich daneben, und Anne fühlte sich in die Enge getrieben.

»Du trägst kein Kopftuch, du bist also unverheiratet, nicht wahr?«

»Das ist meine Sache.«

»Woher kommst du?« Die Frau stemmte die Hände in die Hüften.

»Vom Korntorget. Dort wohne und arbeite ich. Warum?«

»Bei wem stehst du in Dienst?«

»Ich bin keine Magd, ich handle mit …«

Anne verstummte, als die ältere Frau plötzlich hinter sie trat und ihr die Oberarme festhielt. Im nächsten Moment streckte die Blonde die Hand aus und riss ihr den Schal vom Busen.

»Deine Brüste sind ja voller Milch. Du hast dich also von einem Mann verführen lassen«, stellte sie verächtlich fest und griff Anne in den Ausschnitt. »Ich kenne Mädchen von deiner Sorte. Na, hältst du wohl still!«

»Was erlaubt ihr euch? Fort mit euch«, zischte Anne und trat nach den Beinen der Angreiferin.

»Du freches Gör!« Die Frauen drängten sie gegen eine Hauswand, und während die eine sie festhielt, griff die Hand der anderen in Annes Ausschnitt und umfasste eine ihrer Brüste. Mit groben Fingern ertastete sie die Brustwarze.

»Lass mich los!« Anne wand sich und versuchte, sich loszureißen.

Doch der Griff um ihre Arme wurde nur noch fester, und sie fluchte. Sie war zwei Bürgersfrauen in die Klauen geraten, die sie für ein unverheiratetes Mädchen hielten. Und nun wollten sie sie melken, um zu sehen, ob sie heimlich ein Kind zur Welt gebracht hatte. Ein uneheliches Kind. Wenn eine unverheiratete Frau Milch in den Brüsten hatte, ging man davon aus, dass sie ihr Kind getötet hatte und bestraft werden musste. Doch Anne war Witwe und stillte immer noch ihren Sohn Johan.

»Seht ihr nicht, dass ich eine Bürgersfrau bin und …«

»Das sagen sie alle. Wo ist denn dein Mann, hm?«

O ja, Johans Vater!, schoss es Anne durch den Kopf. Sie wusste nicht einmal, wo er sich gerade aufhielt.

»Das geht euch gar nichts an.« Ihre Stimme zitterte vor unterdrücktem Zorn. »Lasst mich los!«

»Nein, noch sind wir mit dir nicht fertig.« Die Ältere bog ihr schmerzhaft die Arme auf den Rücken, damit die Blonde ungehindert die Brüste betasten konnte. Anne biss nach ihrer Hand, erwischte sie aber nicht, und die Frau begann, sie zu melken, als wäre sie ein Stück Vieh. Die Milch trat sofort aus.

»Sieh einer an! Sprich, wo hast du das Kind versteckt?«

Anne merkte, wie die Wut in ihr hochkochte. Wie konnte eine Bürgersfrau eine ihrer Schwestern so erniedrigen?

»Hört zu, ich bin Händlerin und Witwe. Und ich habe zwei Kinder, die zu Hause auf mich warten.«

Die Frauen sahen sich an und brachen in schallendes Gelächter aus. »Eine Hure bist du, das haben wir doch sofort gesehen. Und solche wie du kriegen ihre Strafe«, drohte die Ältere.

»Nein, ihr täuscht euch!«, schrie Anne, während ihr gleichzeitig dämmerte, dass sie ihre Worte kaum beweisen konnte. Ihr angetrauter Ehemann war tot, und der Mann, der ihr einen Sohn geschenkt hatte, hatte Stockholm verlassen. Es hieß, dass er sich mit seiner Frau irgendwo in den Bergen aufhielt.

»Ich bin Witwe, ihr müsst mir glauben«, flehte sie.

Doch statt einer Antwort fassten die Frauen sie nur rechts und links unter und nickten den beiden Männern zu, die sich ein Stück abseits gehalten hatten. Anne ahnte, was ihr bevorstand, und rammte der einen Frau mit einer heftigen Bewegung einen Ellenbogen in den Leib. Dann konnte sie sich tatsächlich losreißen und rannte davon.

Während sie durch die Gassen hastete, wallte der Zorn in ihr hoch. Sie musste an die armen Mädchen denken, die als Kindsmörderinnen verurteilt und der Stadt verwiesen worden waren. Oftmals war es gar nicht ihre Schuld, sie waren vielmehr Opfer der Annäherungsversuche ihrer Hausherren und wurden auf die Straße gesetzt, sobald sie schwanger wurden. Nicht genug, dass viele von ihnen es sowieso schon schwer hatten, sie wurden auch noch gehetzt wie Tiere. Anne versuchte, ihre Wut zu bezähmen und die Tränen zu unterdrücken. Sie war so in ihre Gedanken vertieft, dass sie den Stock gar nicht bemerkte, den ein Mann ihr vor die Füße hielt. Als sie ihn entdeckte, war es schon zu spät. Sie stolperte und fiel kopfüber zu Boden.

2. Kapitel

Am liebsten hätte Anne laut geschrien, während sie in dem muffigen, übelriechenden Holzschuppen am Stortorget kauerte. Wie eine gemeine Diebin hatte man sie zum Gefängnis geführt, wo sie mit Verbrechern, Bettlern und Lumpengesindel eingesperrt wurde. Zwar hatte sie sich gewehrt und lauthals protestiert, doch es hatte alles nichts geholfen. Unbarmherzig hatten die Männer sie ins Stadtgefängnis geworfen, während die beiden Frauen sie aus der Entfernung beobachtet und hochzufrieden ausgesehen hatten. Und jetzt drängte Anne sich mit schmutzigen, stinkenden Menschen auf dem festgetrampelten Lehmboden. In den feuchten Ecken hörte sie schon die kratzenden Geräusche der Kakerlaken.

Als der Abend hereinbrach, kamen die Ratten aus ihren Löchern hervor, und Anne kroch näher zur Tür, wo es etwas heller war. Dort konnte sie sie zumindest sehen. Trotzdem tat sie kein Auge zu, denn sie wurde die ganze Zeit von den anderen Gefangenen gestört. Manche weinten, andere rauften, schrien und grölten. In der Dämmerung wurde es irgendwann still, aber dann wurde sie von einer laut schnarchenden Prostituierten geweckt, und schließlich gab sie den Wunsch nach Schlaf auf.

Sie schlang die Arme um die Knie und starrte vor sich hin, und allmählich verwandelte sich ihr Zorn in Verzweiflung. Die Kaufleute, die sie im Hafen erwartet hatten, waren sicher längst gegangen und hatten ihre Verhandlungen mit einem anderen Anbieter geführt. So etwas konnte sie sich wirklich nicht leisten. Bisher war es ihr gelungen, trotz Krieg und Belagerung für sich und ihre Kinder zu sorgen, aber bei den vielen deutschen Händlern in Stockholm wurde es immer schwieriger. Es waren ausgebildete hanseatische Kaufleute, die sich auf Stadsholmen Grundstücke gekauft hatten oder bei schwedischen Verwandten wohnten. Die meisten von ihnen sprachen fehlerfrei Schwedisch und hatten gute Verbindungen zu den Machthabern. Das Schlimmste war jedoch der Umstand, dass die Hanse ihre eigenen Regeln und Verordnungen hatte, deren Einhaltung sie streng überwachte, um den gesamten Handel zu kontrollieren. Für eine alleinstehende Händlerin wie sie konnte es schwierig werden. Dass sie nun auch noch ins Stadtgefängnis geworfen worden war, machte die Sache nicht besser. Gerüchte verbreiteten sich rasch in dieser Stadt.

So grübelte sie vor sich hin, während der Gestank ihrer schmutzigen Mitinsassen ihr Juckreiz verursachte und sie immer wieder gegen ein Würgen ankämpfen musste. Eine Aderlasserin erzählte immer und immer wieder die Geschichte ihres Lebens. Sie klagte über ihren Nichtsnutz von Mann, der ihr keine Kinder machen konnte, und wie sie sich zum Schluss einen anderen gesucht hatte. Schließlich hatte sie einen Kaufmann aus dem Ostviertel der Stadt aufgetan, mit dem sie eine heimliche Beziehung begann. Eines Tages jedoch war ihr Mann ihr auf die Schliche gekommen und hatte das Schlafzimmer mit mehreren Zeugen gestürmt. Jetzt saß sie hier, war der Hurerei angeklagt und wartete auf ihre Strafe – entweder würde man sie auspeitschen, oder sie musste sich schwere Steine um den Hals hängen und einmal durch die Stadt treiben lassen. Schlimmer sah es für die Dienstmagd aus, die wegen Diebstahls von zwei Silberlöffeln vor Gericht stand. Sie würde man lebendig begraben. Verstohlen musterte Anne das bleiche Mädchen mit dem offenen Haar und verweinten Augen. Alle flüsterten über sie, doch sobald sie aufblickte, verstummte das Gewisper. Anne wünschte, sie hätte etwas für sie tun können. Wie das Mädchen erzählt hatte, hatte in Wirklichkeit der Küchenjunge die Löffel gestohlen, aber ihre Dienstherrin glaubte ihr nicht, und das Wort der älteren Frau hatte mehr Gewicht.

In der nächsten Nacht konnte Anne wieder nicht schlafen. Als monotones Summen tönten ihr die Stimmen ihrer Mitgefangenen im Kopf. Sie presste sich die Hände auf die Ohren. Ich gehöre nicht zu diesen Menschen, ich bin keine Kindsmörderin, wiederholte sie sich immer wieder. Doch obwohl sie um ihre Unschuld wusste, fürchtete sie sich. Sie wäre nicht die Erste gewesen, die unschuldig verurteilt wurde, und überhaupt konnte es seine Zeit dauern, bis ihr Fall zur Verhandlung käme.

Als sich schließlich die Tür öffnete und man sie zum Verhör führte, musste sie sich zwingen, still zu bleiben und sich ihre Verwünschungen zu verbeißen. Eine ganze Weile musste sie noch im Rathaus warten, bis man sie wieder ins Gefängnis zurückbrachte. Heute waren andere Angelegenheiten wichtiger gewesen als ihre. Sie versuchte, sich zu beherrschen, und nahm sich fest vor, sofort etwas für diese unglückseligen Gefangenen zu tun, sobald sie aus der Haft entlassen würde. Sie musste an die Worte ihrer besten Freundin Valborg denken: Dir kann keiner etwas entgegensetzen, du strahlst eine solche Kraft aus, dass du immer bekommst, was du willst. Diese Fähigkeit würde ihr jetzt vielleicht zugute kommen. Sie lächelte in sich hinein. Natürlich war es schön, so etwas zu hören, aber diese Kraft, die Valborg meinte, war nicht nur gut. Sie kam nie richtig zur Ruhe, hatte immer große Pläne für ihr Handelshaus und wollte mit Ländern im fernen Osten handeln, die sie bisher nur vom Hörensagen kannte. Wie sie das anstellen sollte, wusste sie noch nicht, doch in ihrer Fantasie setzte sie sich über alle Schwierigkeiten hinweg. Sie wollte ihren Kindern ein gutes Leben bieten und einen Teil ihres Gewinns den armen Stockholmern spenden, die während der Belagerung der letzten Jahre so schwer Hunger gelitten hatten. Doch nun schien das alles unsicherer denn je zuvor. In diesem Gefängnis hatte sie nicht einmal für sich selbst genug zu essen. Und sie hatte auch keine Ahnung, was sie noch erwartete.

Vor dem Backofen in ihrem Weinkeller ging Valborg ruhelos auf und ab, während sie sich die teigverschmierten Hände an der Schürze abrieb. Anne hatte versprochen, ihr beim Brotbacken zu helfen, war aber nicht gekommen. Das sah ihr gar nicht ähnlich. Wenn sie etwas versprach, hielt sie immer Wort.

Ein starker Geruch nach verbranntem Brot erfüllte plötzlich den Raum, und Valborg holte erschrocken die Brotschaufel herbei. Mit schwungvollen Bewegungen zog sie das Brot aus dem Ofen und stellte zu ihrer Erleichterung fest, dass es nur am Rand ein wenig dunkel geworden war. Heute Abend erwartete sie viele Gäste, und die würden sicher nicht nur Lübecker Bier trinken wollen. Sie liebten ihr selbst gebackenes Brot und wären sicher enttäuscht, wenn sie ihnen nichts davon anböte. Es hatte schon seinen guten Grund, dass man sie »Essen-und-Trinken« nannte. Sie stocherte ein wenig in der Glut, bürstete die Steinfläche ab und legte einen neuen Teiglaib in den Ofen.

Als Anne am Abend immer noch nicht aufgetaucht war, wurde Valborg immer unruhiger und erkundigte sich bei ihren Gästen, ob man ihre Freundin nicht gesehen habe. Obwohl die schlimmsten Soldaten und Tagediebe Stockholm mit den Vitalienbrüdern verlassen hatten, waren die Straßen der Stadt noch immer ein unsicheres Pflaster. Der jungen Frau konnte durchaus etwas zugestoßen sein. Als die Kinder nach ihr fragten, versicherte Valborg ihnen, dass ihre Mutter am nächsten Tag zurückkommen werde, und legte sie im Obergeschoss schlafen. Doch Anne kam nicht, und nachdem Valborg weitere Stunden gewartet hatte, schloss sie ihren Weinkeller ab und machte sich auf die Suche nach der Freundin.

Das Handelshaus war leer, und auch im Hafen hatte man Anne nicht gesehen. Valborg ging an Bord der beiden Schiffe, die am Kai vertäut lagen, doch die Schiffer schüttelten nur die Köpfe. Sie warf einen Blick in die Stadtkirche, eilte in nördlicher Richtung weiter, am Schloss vorbei, vorbei an der Mühle an der Nordbrücke und starrte aufs Wasser. Anne war doch wohl nicht etwa ertrunken? Rasch schlug sie sich diesen schrecklichen Gedanken aus dem Kopf und lief den Hügel zum Klarissenkloster hinauf. Dort gab es einen Pferdehändler, der Fuhrwerke und Pferde verlieh, und sie fragte ihn, ob eine Frau mit rotblondem Haar bei ihm gewesen und sich einen Wagen geliehen habe. Doch er hatte niemand gesehen, und die gleiche verneinende Antwort bekam Valborg überall, wo sie nach Anne fragte. Erst auf dem Rückweg, als sie über den Stortorget ging, wurde ihr bewusst, wie planlos sie gesucht hatte. Wenn Anne etwas zugestoßen war, wäre es am geschicktesten, im Rathaus nachzufragen. Valborg begab sich dorthin, und ein Soldat verwies sie ans Stadtgefängnis, in dem alle Angeklagten einsaßen, die auf ihren Prozess warten mussten.

»Aber sie ist doch keine Verbrecherin!«, protestierte Valborg.

»Das sagen sie alle. Geh selbst hin, und such nach ihr!«

Das heruntergekommene graue Holzgebäude lag am Stortorget in unmittelbarer Nähe des Platzes, auf dem die Verurteilten ausgepeitscht oder mit dem Stock verprügelt wurden. Valborg schauderte vor Unbehagen. In den Augen des Wächters hatte sie einen Funken des Erkennens entdeckt, als wisse er sehr wohl, wer Anne war. Am Schilderhäuschen blieb sie stehen und fragte nach Anne Persdotter.

»Ach, die Kindsmörderin! Kennt Ihr sie? Ja, die sitzt hier drinnen.«

»Anne ist keine Kindsmörderin. Sie ist Händlerin, und eine treuere Freundin als sie gibt es nicht. Lasst sie frei, bevor ich wütend werde.« Drohend trat Valborg dem Mann entgegen. Aus ihrer Frisur hatten sich einige Strähnen gelöst, und ihre Wangen waren zornesrot.

»Glaubt Ihr, ich habe Zeit, hier lange herumzustehen und zu warten? Meine Gäste bekommen schlechte Laune, wenn ich nicht bald in meinen Weinkeller zurückkehre. Und Ihr wollt doch sicher nicht ohne Bier am Tisch sitzen, wenn Ihr das nächste Mal zu mir kommt, nicht wahr?«

Der Wächter räusperte sich und sah sich unsicher um. »Einen Augenblick.« Er stand auf und ging fort, wahrscheinlich um sich mit einem anderen zu besprechen. Valborg schnaubte ungeduldig. Sie musste Anne umgehend hier herausholen, bevor es zu einer Gerichtsverhandlung und zu weiterem Ärger kam.

»Habt Ihr einen Beweis für Eure Aussage?«, erkundigte sich der Mann, als er zurückkam.

Valborg stutzte, doch dann fiel ihr ein, dass sie in ihrer Gürteltasche einige Kerbstöcke mit Annes Namen und dem Zeichen ihres Handelshauses hatte. Sie kramte sie hervor.

»Seht selbst, hier sind die Kerbstöcke, auf denen ihre Warengeschäfte festgehalten sind. Sie ist Witwe und hat ein Handelshaus am Korntorget.«

Der Wächter griff nach einem der Stäbe und verschwand damit. Als er zurückkehrte, war er sichtlich blasser und verbeugte sich verlegen.

»Ich befürchte, wir haben uns geirrt. Es tut mir leid.«

»Ja, mir tut es auch leid. Sie hätte mir nämlich gestern schon im Weinkeller aushelfen sollen, und die Soldaten haben nichts zu essen bekommen. Und wenn Ihr sie jetzt nicht sofort holt, sitzen meine Gäste heute wieder mit leeren Mägen an den Tischen.«

»Die Gefangene holen? Ich weiß nicht, ob ich das so einfach kann«, murmelte der Mann.

»Ihr könntet doch so einiges, wie ich sehe. Ich warte hier.« Energisch verschränkte sie die Arme vor der Brust. »Und ich habe gerade erst eine Lieferung schäumendes Bier und ein paar Fässer Rheinwein bekommen«, fügte sie mit breitem Lächeln hinzu.

Der Mann nickte, rieb sich die Hände und verschwand im Gefängnis. Wenig später kam er mit einer schmutzigen Frau in einem dreckstarrenden Kittel zurück, die am Fuß eine Kette hinter sich herzog.

»Schließ das auf, sie ist nicht gefährlich!«, befahl Valborg, und der Wachmann gehorchte, als wäre sie sein Vorgesetzter. Anne rieb sich den Fußknöchel und warf ihrer Freundin einen Blick zu.

»Gott sei Dank bist du da! Ich weiß nicht, wie ich sonst hier hätte herauskommen sollen. Dieser Holzverschlag ist so eng wie ein Badehaus und völlig verlaust. Hoffentlich hast du einen Läusekamm und ein heißes Bad für mich, wenn wir nach Hause kommen.«

»Und einen Krug warmen Met dazu«, ergänzte Valborg. »Unglaublich, haben sie dich doch tatsächlich für eine Kindesmörderin gehalten! Es ist ja schön und gut, dass die Stadtwachen versuchen, in Stockholm für Ordnung zu sorgen, aber es gibt doch gewisse Grenzen.«

»Ja, ich konnte überhaupt nicht schlafen. Da war eine Frau, die lebendig begraben werden soll, die hat die ganze Zeit geweint und …«

»Nun komm! Wir verschwinden lieber, bevor sie dich noch mit ihr verwechseln.«

Den Abend verbrachte Anne mit den Kindern bei Valborg im Wirtshaus, und dann kehrten sie zurück ins Handelshaus. Zwar war sie wieder frei, doch sie konnte das unangenehme Gefühl nicht abschütteln, dass dieser Vorfall ungute Folgen für sie haben könne. Man hatte sie verhört, und obwohl sie sich so wortkarg wie möglich gegeben hatte, hatte sie auf gewisse Fragen doch antworten müssen. Abgesehen von ihrem Alter und ihrer Herkunft hatte man auch nach ihren Kindern gefragt und wie sie sie versorge. Das gefiel ihr ganz und gar nicht. Ihr Name und ihre Antworten waren auf Pergamentrollen festgehalten worden. Nun wussten die Machthaber also, wer sie war.

3. Kapitel

In der untergehenden Sonne glänzte der Marmor des Dogenpalasts, und die Wellen glitzerten golden. Der Kaufmann Leonardo Omicelli betrachtete das hell dekorierte Dach, die Pfeilergänge und die hohen Fenster und dachte bei sich, dass das prächtige Gebäude der Dogen aussah, als habe Gott selbst es so geschaffen. Er wandte sich seinem Kompagnon zu, der neben ihm in der Gondel saß.

»Sieh doch nur, welch schöne Stadt Venedig ist! Mächtiger als Konstantinopel.«

»Du hast recht. Und der Handel florierte noch nie besser«, erwiderte sein alter Freund Giorgio Faccioli und strich sich über den kahlen Kopf. Früher hatte er langes kastanienbraunes Haar gehabt, doch geblieben war ihm davon nur noch ein graubrauner Kranz über Ohren und Nacken.

Die Männer näherten sich dem Kai, wo schon eine ganze Reihe vertäuter schwarzer Gondeln auf dem Wasser schaukelte. Eine Möwe tauchte mit einem Schrei vor ihnen ins Wasser und erhob sich mit einem Fisch im Schnabel wieder in die Lüfte. In einiger Entfernung sah man, wie einige Gondolieri ihre Fahrzeuge für die Nacht zudeckten. Leonardo lauschte dem Stimmengewirr, das vom Markusplatz herüberdrang, und dem Geräusch der Wellen, die gegen die Hausmauern rechts und links der Kanäle schlugen. Er strich sich die Falten aus seinem Samtgewand und setzte seine Kopfbedeckung auf.

»Da wären wir also. Eine erfolgreiche Reise war das.«

»Ja, ich kann es kaum erwarten, meine Gewinne schriftlich festzuhalten, damit ich sie den Ratsherren zeigen kann.«

»Man merkt, dass du Besitzer eines Handelshauses bist«, bemerkte Leonardo.

»Das wirst du eines Tages auch von dir behaupten können. Du weißt doch: Erbe, Verwandtschaft oder harte Arbeit«, erwiderte er und stieß seinen Kompagnon in die Seite. »Und Geld, mein junger Mann, ist das ganze Leben. Kräuter aus Ostindien, Seide aus China, Edelsteine aus Indien. Wenn die Leute in Lübeck und Brügge sehen, was wir hier haben, spielen sie verrückt.«

Das Boot hatte mittlerweile die Brücken vorm Dogenpalast erreicht, wo der Gondoliere es festmachte. Dann manövrierte er seine Gondel geschickt an den Kai. Leonardo stützte sich am Bootsrand ab und erhob sich.

»Du zuerst.«

Sie gingen an Land, und Giorgio zückte seinen Geldbeutel. Nachdem er den Fahrpreis kurz im Kopf überschlagen hatte, reichte er dem Fährmann ein paar Münzen. Obwohl der den Kopf schüttelte und mehr verlangte, schloss Giorgio die Finger um den Geldsack und steckte ihn wieder an den Gürtel.

»Ein andermal, Fährmann, wenn du geschickter mit dem Ruder umgehst. Die Überfahrt vom Lido hat zu lange gedauert.«

Trotz der Proteste des Gondoliere legte Giorgio ihm nur beschwichtigend die Hand auf die Schulter, nickte Leonardo zu und schritt mit ihm auf die Treppe dem Markusplatz entgegen.

Die letzten Sonnenstrahlen fielen über den Platz, und auf dem Wasser zeichneten sich die Säulen als lange dunkle Schatten ab, ein Anblick, den Leonardo als fast mystisch empfand. Rasch gingen sie an der Markuskirche vorbei und bogen gerade in eine der Gassen ein, als Leonardo plötzlich innehielt.

»Ein Glas Wein könnten wir uns doch gönnen, meinst du nicht? Vor morgen früh müssen wir uns doch nicht ums Löschen der Ladung kümmern.«

»Ich sollte lieber nach Hause gehen. Immerhin waren wir mehrere Monate fort.«

»Da macht eine kleine Weile in der Weinschänke doch auch nichts mehr aus. Komm!«

Leonardo legte dem älteren Freund den Arm um die Schulter und zog ihn mit zu einer Taverne, wo sie sich niederließen. Als jeder sein Glas Wein vor sich stehen hatte, sprach er weiter.

»Diesmal lief es in Konstantinopel gut für uns, aber ich mache mir Sorgen wegen der nächsten Reise. Dieses Kupfer, für das wir so gutes Geld bekommen haben ...«

»Das aus Schweden, meinst du?«

»Genau. Vielleicht habe ich zu viel versprochen, aber Zerxes, der Kaufmann, der uns den größten Teil der Waren abnahm, will beim nächsten Mal unbedingt eine ganze Schiffsladung voll Kupfer. Und es soll wieder dieses reine schwedische Metall sein, das ich schon letztes Mal von der Hanse gekauft hatte.« Zerstreut fingerte Leonardo an seinem Glas herum.

»Das über Stockholm und Lübeck kam?«

»Ja, und ich habe versprochen, es ihm zu besorgen. Zerxes erzählte, dass der Kaiser sich einen Palast baut und das Metall für Skulpturen und Gebäude benötigt. Offensichtlich lässt sich dieses Kupfer besonders gut verarbeiten und glänzt schöner und heller als jedes andere. Er verglich es geradezu mit Gold.«

»Aber das wirft doch gar keinen Gewinn für uns ab. Die Hanse kassiert fast das ganze Geld.«

»Ich weiß, aber ich habe es ihm nun einmal versprochen.«

Leonardo trank einen Schluck Wein und stellte seufzend das Glas ab. Er geriet leicht in Eifer, und dann versprach er mehr, als er halten konnte. Trotzdem bereute er seine Zusage nicht. Andernfalls hätte er die Seide und die Gewürze niemals zu einem so günstigen Preis erwerben können. Kaufmann Zerxes hatte in Konstantinopel großen Einfluss und gute Verbindungen. Schon jetzt hatte ihre Zusammenarbeit erklecklichen Gewinn abgeworfen, kein Wunder also, dass Leonardo dem Griechen diese Kupferlieferung zugesagt hatte.

Er trommelte mit den Fingern auf der Tischplatte und betrachtete die dunklen Farben der Dämmerung auf dem Wasser.

»Die Hanse hat die Macht in Stockholm übernommen, und der Handel ist wieder in Schwung gekommen. Dann sollte auch Kupfer aus den Bergslagen zu haben sein. Vielleicht kann ich es ja dort einkaufen. Wenn ich es auf eigene Faust besorge …«

»Natürlich«, nickte Giorgio zerstreut. Er hatte seinen Wein bereits ausgetrunken und sich nachgeschenkt. »Aber jetzt denk doch nicht so viel ans Geschäft.«

»Nein, heute Abend wollen wir feiern.«

»Du bist unverheiratet, also kannst du feiern. Ich an deiner Stelle genösse auch so lange wie möglich mein Leben. Deine Heirat lässt sich nicht mehr allzu lange aufschieben, und ich erwarte, dass du dich deiner Verantwortung stellst.«

Leonardo runzelte die Stirn und blickte über den Marktplatz. Mittlerweile war es fast ganz dunkel, und die Bewohner der Stadt eilten nach Hause, um zu Abend zu essen. Verantwortung? Er wollte selbst entscheiden, wen er heiratete. Giorgio erwartete so viel von ihm. Leonardo wich dem Blick des Freundes aus und betrachtete stattdessen einige Frauen mit hochgestecktem Haar und langen, weiten Röcken, die über den Platz gingen. Als sie näher kamen, hörte er ihr helles Lachen. Er war schon einmal heftig verliebt gewesen, doch die Frau hatte ihn für einen anderen aufgegeben. Ihr Vater hatte sie einem Cousin versprochen, der mehrere Paläste in Venedig besaß, und obwohl sie sich lange geweigert hatte, diesen Mann zu heiraten, hatte sie irgendwann doch eingewilligt.

Er erinnerte sich noch lebhaft an seinen Schmerz und die Hoffnungslosigkeit. Eine ganze Weile war er nur ziellos durch die Stadt gestreift und hatte sich in der Nacht betrunken. Erst als seine Eltern ihn an die Universität von Bologna geschickt hatten, hatte er sich wieder zusammengenommen. Er hatte sich ganz von seinen Studien der Rechte, der Theologie und Medizin gefangen nehmen lassen und mit gelegentlichen Frauenbekanntschaften getröstet. Wenn irgendwann der Tag käme, eine Familie zu gründen, müsste er sich eben zusammennehmen, aber bis auf Weiteres wollte er nicht daran denken und wehrte sich gegen Giorgios Forderungen. Der wollte seine Tochter mit einem Mann verheiraten, der sein Handelshaus weiterführen konnte, und ließ keine Gelegenheit aus, sie in den höchsten Tönen zu loben. Deutlicher hätte er gar nicht mit dem Zaunpfahl winken können. Doch Leonardo verdrängte den Gedanken rasch wieder. Das lag alles noch in ferner Zukunft.

»Weiß deine Frau, dass das Schiff heute angelegt hat? Ich habe sie am Kai gar nicht gesehen«, sagte er.

»Sie weiß, dass ich zu ihr nach Hause komme, sobald ich meine Angelegenheiten geregelt habe.«

»Sprichst du vom Zoll und den Schiffspapieren, oder meinst du das andere?« Leonardo zwinkerte seinem Freund zu. Dieser behauptete immer, er müsse nach Hause gehen, doch vorher pflegte er sich stets nach Kräften zu amüsieren.

Giorgio Faccioli fuhr sich wieder mit der Hand über die Glatze und verdrehte die Augen.

»Wenn man so alt ist wie ich, kennt man seine Ehefrau in- und auswendig. Dann ist es schon schön, dass es auch noch andere Frauen gibt.«

Leonardo lachte. Giorgio Faccioli war schon über fünfzig, sah aber wesentlich jünger aus. In seinem hübschen Gesicht zeigte sich keine Falte, und er hatte eine lebhafte und würdevolle Haltung. Seine Lust auf Frauen war unersättlich, und in jedem Hafen hatte er eine andere. Doch nun waren sie wieder zu Hause in Venedig.

Giorgio schien seine Gedanken zu erraten. »Eine letzte Nacht. Dagegen ist doch nichts einzuwenden, oder?« Er lächelte und bestellte eine weitere Karaffe Wein. »Jetzt führen wir uns ein ordentliches Mahl zu Gemüte und dann eine schöne Frau. Und dann gehen wir nach Hause. Du weißt doch, dass wir der Kirche damit einen Dienst erweisen. Sie wollen jetzt auch Steuern von den Huren verlangen.«

»Ja, die Männer der Kirche haben sich schon immer aufs Geldmachen verstanden.«

Leonardo fand den Gedanken befremdlich, bezahlen zu müssen, um mit einer Frau zusammen zu sein. Es war zwar strafbar, eine verheiratete Frau zu verführen, und deshalb gingen viele

Männer zu den Huren. Aber musste es wirklich so sein? Sein Blick verlor sich in der Ferne.

»Prosit, mein Freund!«

Giorgio hob das Glas. Leonardo stieß mit ihm an und trank, doch als sein Freund ihn noch mit ins Vergnügungsviertel nehmen wollte, lehnte er ab. Bevor er nach Hause ging, wollte er stattdessen seinen Vater und seine Mutter besuchen und ihnen mitteilen, dass er von seiner langen Reise zurückgekehrt war.

4. Kapitel

Annes Besorgnis war berechtigt. Wenige Tage nach ihrer Entlassung aus dem Gefängnis betraten zwei Männer mit Mantel, grüner Hose und Hut ihr Kontor im Handelshaus. Sie blickte von ihrem Schreibpult auf und erkannte in ihnen dieselben Kerle, die sie mit den zwei Bürgersfrauen ins Gefängnis geschleppt hatten.

Sie schloss die Augen und öffnete sie wieder, um ganz sicherzugehen, dass sie keine Gespenster sah. Doch vergebens, es waren dieselben Schurken, die sie in der Skomakargatan festgenommen hatten. Prompt begannen ihr die Hände zu zittern.

»Anne Persdotter?«

Sie nickte, stand jedoch nicht auf. »Aha, nun seid Ihr endlich gekommen, um Euch bei mir zu entschuldigen«, stellte sie fest. »Ich kann Euch versichern, es tut den Geschäften gar nicht gut, wenn man als Kindsmörderin verhaftet wird.«

Die Männer räusperten sich. Da Anne ihnen keinen Platz anbot, mussten sie vor ihr stehen bleiben.

»Es tut uns leid, dass wir uns getäuscht haben. Ihr wart aber auch nicht wie eine Bürgersfrau gekleidet.«

»Jetzt aber schon«, erwiderte Anne und strich sich über den grünen Rock. »Nun, erzählt mir, warum Ihr gekommen seid.«

»Ihr betreibt ein Handelshaus«, begann der Ältere. Seine spitze Nase stak aus dem schmalen Gesicht heraus, und bei seinem unterwürfigen Lächeln entblößte er zwei spitze Eckzähne. Wie ein Nagetier sieht er aus, dachte Anne. Fehlen nur noch die Schnurrhaare.

»Ja, wie Ihr seht. Dies ist mein Arbeitsplatz.« Sie machte eine weit ausholende Geste mit dem Arm.

»Wir seid Ihr an dieses Handelskontor gekommen?«

Plötzlich nahm das Gespräch eine ganz andere Wendung, und sie zuckte zusammen.

»Ich bin eine Bürgersgattin aus Lübeck, aber auf dem Weg nach Schweden verstarb mein Mann. Daraufhin führte ich mit seinem Kompagnon Alf Gerhardt die Geschäfte weiter, und seit der auch verschwand, führe ich das Handelshaus allein.«

Einer der Männer stieß einen lauten Pfiff aus.

»Aha, Alf Gerhardt. Ihr habt also mit den Vitalienbrüdern zusammengearbeitet!«

»Er schon, ich nicht. Aber immerhin hatte er so viel Ehrgefühl im Leib, mir das Handelshaus zu übertragen.«

»Und seitdem führt Ihr es also ganz allein?« Der Mann mit den Nagerzähnen sah sie verschlagen an.

»Er hat mir viel beigebracht, so wie vorher schon mein Mann.«

»Ihr habt also ohne Genehmigung der Hanse Handel getrieben? Das Handelshaus mag ja Euer sein, aber ein hanseatischer Kaufmann seid Ihr nun doch nicht.«

Nun wurde Anne langsam unruhig.

»Ihr habt keine Ausbildung bei der Hanse durchlaufen, steht nicht im Verzeichnis der Kaufleute und habt Euren Handel ohne Brief und Siegel betrieben. Eure Tätigkeit ist gesetzeswidrig, Anne Persdotter.«

Verkrampft faltete Anne die Hände. In ihrem Innersten hatte sie immer befürchtet, dass die neuen Machthaber ihr auf die Schliche kommen könnten, aber in den vergangenen unruhigen Jahren hatte niemand nach Ausbildung oder Papieren gefragt. Ebenso wenig hatte irgendjemand protestiert, dass sie als Frau Handel trieb. Sollten die neuen Oberhäupter der Stadt nun eine Ausbildung von ihr verlangen, die sie weder erhalten noch anwenden konnte?

»Hier in Stockholm waren alle dankbar, dass jemand in den schlechten Zeiten sein Leben und seine Schiffe aufs Spiel setzte, um die Einwohner zu versorgen«, erwiderte sie schroff.

»Das mag wohl sein, aber jetzt regiert hier die Hanse. Für Freibeuter haben wir gar nichts übrig. Nur hanseatische Kaufleute haben die Genehmigung, ihre Waren auf unsere Schiffe zu laden. Allerdings könnt Ihr uns das Handelshaus verkaufen.«

»Niemals!« Anne schrie nicht, sie zischte wie eine Kreuzotter, und wenn sie gekonnt hätte, hätte sie den beiden Männern die Giftzähne ins Fleisch geschlagen. Im Grunde hätte sie sich auf diese Situation vorbereiten und sich etwas ausdenken sollen. Vielleicht hatte ihre Wut die Männer gereizt und herausgefordert, sie einmal näher unter die Lupe zu nehmen. Doch nie hätte sie gedacht, dass man ihr ins Handwerk pfuschen würde, nachdem sie doch die Stockholmer mit Essen und Trinken und anderen notwendigen Gütern versorgte.

»In der Hanse ist es Frauen nicht gestattet, Handel zu treiben. Eigentlich ist es unbegreiflich, wie Ihr so lange damit durchkommen konntet. Sollen die hanseatischen Kaufleute in unserem Kontor ihre zehnjährige Ausbildung denn vergeblich gemacht haben?«

»Eure Männer haben Waren von mir gekauft, als die Stockholmer am Verhungern waren. Und ich gedenke, mein Handelshaus weiterzuführen, wie ich es die ganze Zeit getan habe. Glaubt bloß nicht, dass Ihr mich daran hindern werdet!«

»Ihr scheint nicht recht zu begreifen – dies ist ein Befehl.« Der Ältere hielt ein Pergament mit amtlichem Siegel in die Höhe. Anne wollte es erst nicht ansehen, doch dann nahm sie es widerwillig in die Hand, zerbrach das Siegel, und las. Als sie fertig war, ließ sie die Arme sinken, und das Blatt fiel auf den Tisch. Man gab ihr genau einen Monat, um alles abzuwickeln und zu verkaufen. Und jeder Kaufmann, der in Zukunft noch mit ihr handelte, würde seine Zulassung verlieren. Schlimmer konnte es gar nicht mehr kommen.

»Wir Ihr seht, habt Ihr keine Wahl. Hört auf meinen Rat. Verkauft uns Euer Unternehmen, sonst lauft Ihr Gefahr, alles zu verlieren.«

Anne hörte die dünne, nasale Stimme auf der anderen Seite des Pults. Das kann doch nicht wahr sein, dachte sie. So viel Geld und Mühe hatte sie in dieses Handelshaus gesteckt. Es war alles, was sie besaß. Die Männer verschwammen vor ihren Augen zu Schattengestalten, und eine Welle der Übelkeit überkam sie. Sie musste sich an der Tischkante festhalten.

»Wovon soll ich denn leben?«, flüsterte sie. »Ich habe zwei Kinder zu versorgen, Schiffe im Hafen und ein Lager voller Waren.«

»Wir bedauern, liebe Frau, aber Ihr habt seit mehreren Jahren ohne Genehmigung gearbeitet. Eigentlich hätten wir alles einfach beschlagnahmen müssen. Nun habt Ihr immerhin die Möglichkeit, alles zu verkaufen. Guten Tag, Anne Persdotter.«

Die Männer verbeugten sich, machten auf dem Absatz kehrt und verschwanden.

Alles fühlte sich seltsam unwirklich an. Doch Anne wusste nur zu gut, dass die Zeiten sie eingeholt hatten. Solange die Deutschen aus den sieben Hansestädten Stockholm regierten, konnte sie nicht so weitermachen wie bisher. Nur wenn Königin Margareta und die schwedischen Obmänner an die Macht kamen, konnte sie ihre Tätigkeit wiederaufnehmen. Sie musste irgendeinen Weg finden, um zu überleben, bis wieder andere Zeiten kamen. Sie biss sich auf der Nagelhaut herum, bis es wehtat. Was, um Himmels willen, sollte sie nur tun?

Das Schiff, das ihnen wochenlang ein Zuhause gewesen war, lag in der Nähe des Lido vor Anker. Die Segel waren eingeholt und die Ruder unter Deck verstaut. Nachdem die Ladung inzwischen ganz gelöscht war, lag die riesige Karacke nicht mehr so tief im Wasser und war bereit für die nächste Fracht. Bald würde sie sich mit neuen Gütern und neuer Bewaffnung wieder auf den Weg machen, und Leonardo spürte bereits die Spannung vor der nächsten Reise. Er sog die salzige Luft ein und rückte seine Gürteltasche zurecht. Dieses Leben gefiel ihm, er war froh, die Bank verlassen zu haben, wo er auf Wunsch seines Vaters gearbeitet hatte. Das Stillsitzen und Rechnen hatten ihm nicht zugesagt – er wollte die Risiken lieber selbst tragen.

Mittlerweile trieb er seit drei Jahren Handel, und mit jeder Reise gefiel es ihm besser. Würde er seine Waren zu einem guten Preis verkaufen können, würde er den Stürmen und Seeräubern entgehen? Man konnte nie ganz sicher sein, aber meist segelte er im Konvoi mit anderen Schiffen, die mit Lanzen, Armbrüsten und Schleudern ausgerüstet waren. Außerdem sorgte er dafür, dass er gute Männer an Bord hatte. Auf dem Mittelmeer wimmelte es von Piraten, und wenn es einem Schiff geglückt war, den Freibeuterbanden aus Neapel, Genua und Katalonien zu entkommen, warteten schon die nächsten aus Nizza oder Mallorca. Da hieß es gewappnet sein. Immer wieder befiel ihn die Angst, sobald er fremde Schiffe auf See entdeckte, aber andererseits wusste er, dass es nicht viel sicherer war, mit Pferd und Wagen über Land zu fahren. Räuber gab es überall. Mit einem Schiff konnte man zumindest mehr als dreißig Fuhren auf einmal transportieren, und das auch noch viel rascher.

Dem erfolgreichen Kaufmann winkte großer Gewinn. Er hatte von einem Schiff gehört, das auf einer Sandbank vor Venedig aufgelaufen und gesunken war. Obwohl es schwierig gewesen war, die Güter aus dem Wrack zu bergen, hatte das Unterfangen einen Gewinn von zwanzig Prozent abgeworfen. Seine Tätigkeit konnte ihn zu einem vermögenden Mann machen. Und alles wäre ganz wunderbar gewesen, hätte er nicht diese Ladung Kupfer versprochen.

Leonardo hörte ein lautes Pfeifen und erblickte Giorgio, der sich über den Landungssteg näherte. Der Freund winkte ihm zu.

»Da bist du ja. Ich habe gute Neuigkeiten für dich.«

Er ging mit Leonardo zu den Seilmachern, bei denen er neue Trossen in Auftrag gegeben hatte. Während sie an den Werkstätten vorbeikamen, rechnete er im Kopf hin und her.

»Wir brauchen mehrere Kabellängen Seil. Die Fische scheinen uns die Taue wegzufressen.«

»Vielleicht sind es auch Seejungfrauen«, meinte Leonardo lächelnd. »Wolltest du irgendetwas von mir?«

»Ich bin heute mit einer Gruppe von Lübeckern ins Gespräch gekommen und habe ihnen erzählt, dass wir Kupfer brauchen.«

Leonardo nickte und fragte sich, worauf sein Freund wohl hinauswollte.

»Nach ihren Angaben hat Königin Margareta das Kupferbergwerk in Bergslagen übernommen. Es wird von deutschen Bergleuten und ausländischen Vögten geleitet, aber sie möchte lieber ihre eigenen Leute dort haben. Die Königin ist eine hinterlistige Frau. Sie behält die Finanzen des Landes ganz scharf im Auge, und jetzt ist das Bergwerk an der Reihe.«

»Aber was hat das nun alles mit uns zu tun?«

»Verstehst du nicht? Sie braucht natürlich Hilfe, Männer, auf die sie sich verlassen kann, und Kaufleute, die gut zahlen. Königin Margareta ist eine Frau, und du bist ein Mann in den besten Jahren. Fahr zu ihr und handle ein günstiges Abkommen für uns aus. Ich habe noch keinen Menschen getroffen, der andere so gut überzeugen kann wie du. Statt das Kupfer in Lübeck zu kaufen, versuchen wir, direkt mit ihr zu handeln. Und uns selbst um den Transport zu kümmern.«

»Aber Giorgio, sie ist nicht irgendjemand! Sie ist eine Königin.«

»Das schaffst du schon.«

»Als ob es irgendjemand mit dieser Frau aufnehmen könnte. Als ich in Lübeck war, hörte ich, dass sie der Hanse die Provinz Schonen einfach durch Verhandlungen abgeluchst hat. Wie es heißt, bringt sie sogar die Vitalienbrüder dazu, nach ihrer Pfeife zu tanzen. Und wenn sie das Bergwerk übernimmt, wird sie die Kupferpreise erhöhen. Dann könnte es schwierig für uns werden.«

Giorgio Faccioli legte Leonardo seine breite Hand auf die Schulter. »Vergiss Zerxes nicht! Der kann uns noch mehr Edelsteine und Seide verschaffen, wenn du nur das Kupfer besorgst. Fahr in den Norden und verhandle unmittelbar mit Königin Margareta. Mach dich mit ihren Begleitern bekannt, nimm eine Stellung bei Hofe an, tu alles, was nötig ist, solange du nur eine gute Absprache herausschlagen kannst.«

Leonardo musste verblüfft auflachen. »Meinst du das im Ernst? Du hältst wohl nichts für unmöglich.«

»Ein Geschäftsmann muss in großen Maßstäben denken. Was glaubst du, warum ich so erfolgreich geworden bin? Da gibt es nur einen Weg: Arbeit, Fantasie und die richtigen Verbindungen. Deine Mutter stammt doch aus Vordingborg, und hattest du nicht auch einen Verwandten in Oslo? Du kannst dich doch verständlich machen. Mach dich so schnell wie möglich auf den Weg! Von hier aus bekommst du einen Platz auf einem Schiff nach Brügge. Von dort aus reist du weiter nach Stockholm und dann zu den Kupfergruben.«

»Schickst du mich fort? Du hast doch gewiss von den Piratenangriffen auf der Ostsee gehört.«

»Ich erteile dir einfach nur einen Auftrag. Wäre ich nicht so alt, bräche ich selbst auf.«

Schweigend dachte Leonardo nach. Ihm als Bankier war nur

zu klar, wie Zwischenhändler ein Geschäft verteuerten. Giorgios Plan war kühn. Freilich auch gefährlich, aber Leonardo konnte dem lockenden Abenteuer nicht widerstehen. Er musste reisen.

5. Kapitel

Atemlos eilte Anne weiter, vorbei an der Stadtkirche und dann zum Schloss. Es gab nur einen Menschen, der ihr jetzt beistehen konnte: ihr alter Freund Mattis. Seit die Hanseaten die Macht in Stockholm übernommen hatten, hatte er sich wieder als Musikant und Gaukler im Schloss verdingt. Er kannte jeden, schnappte jeden Klatsch auf und fand für alle Probleme die fantastischsten Lösungen.

Als sie sich dem Schloss näherte, hörte sie Gesang und Musik innerhalb der Mauern. Sie ging zum Schilderhaus.

»Ich suche Mattis.«

»Mattis, den Spielmann? Dort drüben ist er.« Der Torwächter deutete auf den Burghof.

Anne blickte in die angegebene Richtung. Da stand ihr alter Freund mit der Fiedel in der Hand inmitten einer Gruppe deutscher Soldaten, die lauthals sangen und den Takt mitklatschten. Mattis bewegte den ganzen Körper und hüpfte beim Spielen über den Hof. Immer schneller zog er den Bogen über die Saiten und heizte die Stimmung so weit an, bis alle Soldaten und Bediensteten ebenfalls zu tanzen begannen. Schließlich machte er ein paar letzte Tanzschritte, warf den Kopf zurück und streckte die Arme von sich. Lachend verbeugte er sich und nahm den Applaus entgegen.

»Sie lieben ihn. Wenn es nach ihnen ginge, müsste er unablässig spielen und singen«, bemerkte der Wächter und rief nach Mattis. Anne war stolz – dieser Mann war einer ihrer besten Freunde.

Mattis blickte herüber, nickte und schlenderte näher. Als er Anne entdeckte, hellte sich seine Miene auf.

»Sieh dich vor, bevor du die hereinlässt!«, rief er und zwinkerte dem Wachmann zu. »Das ist ein starkes, halsstarriges Frauenzimmer, das kannst du mir glauben.«

»Wenn du mit den Anführern und den Soldaten reden kannst,

kommst du mit der wohl auch noch zurecht«, antwortete der Mann mit einem breiten Grinsen und ließ Anne durch.

Sie drückte Mattis fest an sich, und er erwiderte ihre Umarmung.

»Komm, wir setzen uns dort drüben hin, da sind wir ungestört.« Er hatte ihre Sorgen sofort erspürt und begriff, dass sie unter vier Augen mit ihm reden wollte.

Anne nahm die Wärme in seiner Stimme wahr und dachte an all die Herausforderungen, denen sie sich gemeinsam gestellt hatten. Einmal hatte sie sich von seiner ansteckenden Lebensfreude mitreißen lassen und sich ihm hingegeben, doch schon bald hatte sie erkannt, dass er nicht der Richtige für sie war. Er schien niemals erwachsen zu werden, obwohl er längst alt genug war, Frau und Kinder zu haben.

»Du ahnst ja nicht, wie heruntergekommen das hier alles aussah, nachdem die Vitalienbrüder abgezogen waren«, erzählte er, als sie über den Hof schritten. »Überall alte Holzschuppen und Buden, und in jeder Ecke türmte sich der Abfall. Die Vorratskammern waren geplündert, nur die Bier- und Weinfässer im Keller waren noch da. Es ist keine üble Nachrede, wenn behauptet wird, die Kerle hätten getrunken wie die Löcher.«

Sie durchquerten den gesamten Vorhof und gingen vorbei am Schlossgebäude mit seinem Turm, bis Mattis einen Winkel gefunden hatte, der ihm zusagte. Nachdem sie eine Treppe hinuntergestiegen waren, wölbte sich das Dach über ihnen wie ein Halbmond, und Anne fühlte sich an ein altes Kloster in Lübeck erinnert.

»Nun erzähl!« Er nahm ihre Hand.

Da berichtete ihm Anne vom Besuch der Hanseaten im Kontor, und als sie erwähnte, dass jeder Kaufmann, der in Zukunft Geschäfte mit ihr machte, seine Rechte verlieren sollte, kamen ihr die Tränen.

»Aber dein Handelshaus läuft doch gut, warum wollen sie ausgerechnet dir Steine in den Weg legen?«, rief Mattis aus. »Ich habe auch im Schloss gespielt, während die Vitalienbrüder an der Macht waren, und trotzdem durfte ich danach weiter hier arbeiten. Es zählt nur, was ich kann, nicht, welche Schule ich besucht oder welche Ausbildung ich abgeschlossen habe.«

»Ach, warum kann es nicht überall so sein? Die Hanse verbietet mir gerade das, was ich am besten kann.«

»Versuch es doch eine Weile mit etwas anderem. Du könntest vielleicht…«

»Als alleinstehende Frau mit zwei Kindern habe ich keine große Auswahl. Soll ich mich etwa als Dienstmädchen verdingen? Niemals. Und Aderlasserin oder Wäscherin will ich auch nicht werden. Was soll denn überhaupt aus dem Handelshaus werden?«

Schweigend saßen sie eine Weile beisammen, während Mattis geistesabwesend an seiner Fiedel zupfte. Schließlich legte er das Instrument aus der Hand und strich ihr über den Rücken.

»Wenn ich du wäre, würde ich Stockholm verlassen und Handel in den Bergen treiben. Von dort kommen die wichtigsten Waren. Auf der Ostsee war es viel zu gefährlich. Denk bloß an Klaus Störtebeker und seine Männer, die alle Handelsschiffe kapern, die ihnen vor den Bug kommen.«

»Die Vitalienbrüder, meinst du?«

»Hast du noch nie von Klaus Störtebeker gehört? Angeblich heißt er Störtebeker, weil er acht Bier hinunterstürzen kann, ohne mit der Wimper zu zucken. Er schwenkt den Becher, bis das Bier wild kreist, und dann schluckt er alles auf einmal.«

»Klingt nicht besonders gefährlich.«

»Nein, aber er ist der geschickteste Freibeuter der ganzen Ostsee. Bei ihm will jeder mitfahren. Wie man sich erzählt, soll er schon so viel Gold erbeutet haben, dass er es in den Masten verstecken muss.«

»Dann sollte ich vielleicht sein Schiff kapern.«

Mattis brach in Gelächter aus. »Das sind Piraten. Halt dich von ihnen fern! Versuch es in der Zwischenzeit lieber mit dem Handel in Bergslagen.«

»Und mein Handelshaus?«

»Darum werden Valborg und ich uns kümmern. Sie hat ihren Weinkeller, und ich spiele weiter hier.« Er wies mit einer weitläufigen Handbewegung aufs Schloss. »Und in Bergslagen hast du Magnus Spangenmacher. Die Deutschen haben ihn dort oben zum Vogt ernannt. Er wird dir weiterhelfen.«

»Aber er ist immer noch mit Ingrid verheiratet.«

»Vergiss nicht, dass er der Vater deines Sohns ist.«

»Davon weiß er nicht einmal.«

»Dann wird es langsam Zeit. Sobald er erfährt, dass Johan sein Kind ist, wird er dich unterstützen. Glaub mir.«

Anne zögerte. Aus Mattis' Mund klang alles so einfach, doch Magnus machte sie doch nur unglücklich. Er war verheiratet und hatte seine Entscheidung getroffen. Eigentlich wollte sie ihn gar nicht mehr sehen.

Mattis beugte sich vor und suchte ihren Blick.

»Denk darüber nach. Du hast nichts zu verlieren.«

Anne musterte stumm die Umrisse einer feuchten Stelle an der Wand, die sich vom Dach bis zum Boden zog. Natürlich sollte sie Magnus aufsuchen, aber was würde geschehen, wenn sie ihn wieder traf? Er hatte sie schon einmal verlassen, und ein zweites Mal wollte sie so etwas nicht erleben.

»Und ich dachte immer, du hasst diesen Mann«, murmelte sie.

»Nein«, erwiderte Mattis. »Durch ihn habe ich endlich begriffen, dass aus uns beiden niemals etwas werden kann, so gern ich dich auch mag. Nun ist es jedenfalls, wie es ist, und irgendwann lerne ich schon eine andere kennen.«

»Das fällt dir ja nicht besonders schwer«, lächelte Anne und knuffte ihn scherzhaft in die Seite. Mattis sah gut aus und kam bei den Frauen bestens an, doch er ließ sich niemals bei einer nieder. Sein Freiheitsdrang war einfach zu groß.

»Ich kenne mehrere Kaufleute, die in Bergslagen mit Eisen und Kupfer handeln«, fuhr er fort. »Die sind schlau da oben. Die scheren sich nicht um Genehmigungen, die kümmern sich nur um ihre eigenen Angelegenheiten.«

»Dann sollte ich vielleicht wirklich reisen«, meinte Anne und vergrub das Gesicht in den Händen. »Die Frage ist bloß, ob ich die Kinder dorthin mitnehmen kann.«

»Valborg und ich kümmern uns um Maria und Johan, bis du dort oben alles geordnet hast. Dann bringen wir sie zu dir.«

Anne sah ihn verblüfft an. »Du bist einfach wunderbar, weißt du das?«

»Das wusste ich noch nicht, aber man muss sich das Leben doch nicht unnötig schwer machen. Außerdem habe ich hier im Schloss so meine Verbindungen. Wir werden es schon hinbiegen, dass die Hanseaten sich das Handelshaus in deiner Abwesenheit nicht unter den Nagel reißen.«

Anne drückte seine Hand. Wie dunkel es auch aussehen mochte, es gelang ihm jedes Mal, sie wieder aufzumuntern. Es war ihr unbegreiflich, woher er seine ganze Energie und Lebensfreude nahm, aber sie war glücklich, ihn kennengelernt zu haben.

Mattis legte die Arme um sie und drückte sie fest an sich. »Ich will, dass es dir gut geht. Du hast es schon schwer genug gehabt, damit soll endlich einmal Schluss sein.«

Sie hörte, was er sagte, aber im Grunde fiel es ihr schwer, daran zu glauben.

6. Kapitel

Als sich die große Festung wie ein dunkler Schatten vor ihm auftürmte, ging er langsamer. Er schüttelte den Regen vom Mantel und Hut und straffte den Rücken. In dem diesigen Licht sah Akershus aus wie eine uneinnehmbare Festung. Er umklammerte seinen Passierschein, den ihm ein Verwandter seiner Mutter beschafft hatte, ein Bekannter des Obersten Statthalters. Nach der langen Reise aus Venedig sollte es jetzt also endlich zu dem wichtigen Treffen kommen, von dem er die ganze Zeit geträumt hatte. Er atmete ein paar Mal tief durch, sog die frische Herbstluft tief in die Lungen und schritt auf die Burg zu. Hoffentlich hatte man ihn nicht zum Narren gehalten.

Akershus war größer, als er erwartet hatte. Zwischen den Bäumen tauchte eine breite Mauer aus grob behauenen Steinen auf, die ein trutziges Bollwerk bildeten. Er starrte auf das riesige Gebäude und hielt auf den Vorhof zu. Ein Mann mit Armbrust und Schwert verstellte ihm den Weg. Offensichtlich hatte er Bier getrunken, sein blauer Rock war ein wenig zerknittert, und die weite Hose war an den Säumen geflickt. Leonardo verbeugte sich.

»Mein Name ist Leonardo Omicelli. Ich wünsche die Königin Margareta zu treffen.« Er hielt ihm seinen Passierschein hin.

»Die Königin?«, wiederholte der Mann, um dann in schallendes Gelächter auszubrechen. »Ihr glaubt also wirklich …« Er knüllte das Papier zusammen und legte die Hand auf sein Schwert. »Sie empfängt niemanden.«

»Ich werde aber erwartet. Der Oberste Statthalter weiß von meinem Besuch.«

»Das sagen sie alle. Sie spricht nur mit Königen und Bischöfen.«

»Es handelt sich um eine geschäftliche Abmachung. Wegen der Königin habe ich den ganzen Weg von Venedig hierher auf mich genommen.«

Leonardo biss die Zähne aufeinander, um nicht die Geduld zu verlieren, und zückte den Brief, den er für den Fall geschrieben hatte, dass irgendetwas aus dem Ruder laufen sollte. Umständlich fingerte er an den edelsteinbesetzten Ringen am Mittelfinger herum, bis er sah, dass er die Aufmerksamkeit des Mannes geweckt hatte. Dann blickte er sich rasch um, zog einen Ring vom Finger und reichte ihn der Wache zusammen mit dem Brief.

»Könnt Ihr dafür sorgen, dass dieser Brief in die Hände der Königin gelangt?«

Der Wachmann starrte auf den Ring und schloss die Hand um das glänzende Gold. Leonardo hatte bereits gehört, dass man in Akershus nicht allzu begütert war, und sowohl die Königin als auch ihr Hofstaat hatten seit einiger Zeit kaum mehr zu essen. Dieser Ring hingegen war mehrere Jahreslöhne wert, damit konnte der Wachmann Lebensmittel und Kleidung für seine Familie kaufen. Ohne die Miene zu verziehen, führte er Leonardo in einen großen Raum neben seinem Schilderhäuschen, nahm den Brief und entfernte sich.

Während Leonardo wartete, betrachtete er die kahlen grauen Wände ringsum. In seiner Fantasie schmückte er den Boden mit Perserteppichen und die Wände mit Wandbehängen aus dem Fernen Osten, damit alles festlicher und prunkvoller aussah. Vielleicht könnte er der Königin diesen Vorschlag ja unterbreiten, wenn er nur seine Audienz bekäme. Er dachte an den Brief, in dem er ihr anbot, bei einem venezianischen Handelsprojekt einzusteigen. Sein Schreiben endete mit den Worten: *Ich bitte Euch, mich zu empfangen, damit ich Euch meine Pläne genauer schildern kann.*

Der Wächter kam wenig später zurück, und der aufrechten Haltung, den schlenkernden Armen und den zielsicheren Schritten war anzusehen, dass alles gut gegangen war. Als Leonardo wenige Stunden später zur Königin bestellt wurde, war er überglücklich. Er, Leonardo Omicelli, geboren in Venedig, dreiundzwanzig Jahre alt, hatte eine Unterredung mit der größten Herrscherin des Nordens erlangt. Er hatte mit Tagen, vielleicht sogar Wochen des Wartens gerechnet, und nun empfing sie ihn sofort – anscheinend erweckten seine Vorschläge ihre Aufmerksamkeit.

Man führte ihn in einen riesigen Saal mit tiefen Fensterstürzen und niedriger Decke. Er erblickte die Königin hinter einem großen Eichenholztisch auf einem hohen Stuhl, der mit Blattwerk verziert war. Sie war klein von Gestalt, das Gesicht schmal und hübsch, und ihr Blick schien ihm klar und durchdringend. Mit einem Kopfnicken bedeutete sie ihm, er möge sich setzen.

»Gewöhnlich empfange ich keine Kaufleute in Akershus, aber der Oberste Statthalter hat mich von Eurer Ankunft in Kenntnis gesetzt. Außerdem klang Euer Brief sehr eindringlich. Ihr habt eine lange Reise auf Euch genommen. Sagt mir, Herr Omicelli, was führt Euch zu mir?«

»Ein Handelsabkommen, Euer Hoheit. Sollte Euch mein Vorschlag zusagen, könnten dadurch langfristig gewinnträchtige Geschäfte entstehen.«

»Sprecht!«

Plötzlich gewann Leonardo seine Selbstsicherheit zurück. Offenbar war sie noch nie zuvor einem venezianischen Kaufmann begegnet. Also berichtete er von seinen Geschäften in Italien und Konstantinopel, von seinen Fahrten übers Mittelmeer, den Basaren und der riesigen Hagia Sophia in Konstantinopel. Je mehr er erzählte, umso mehr wollte sie wissen. Sie selbst sprach nicht sonderlich viel, doch auf eine seltsame Weise brachte sie ihn dazu, ständig weiterzureden. In ihrer Gesellschaft fühlte er sich wie ein kleiner Junge, der etwas Spannendes erlebt hatte und es unbedingt mitteilen wollte. Und sie hörte ihm zu.

Nach einer Weile erhob sie sich und ging im Zimmer umher. Dabei sagte sie kein Wort, warf ihm nur ab und zu einen Blick zu.

»Ihr solltet wissen, dass sich nicht einmal die hanseatischen

Kaufleute erdreisten, mich persönlich aufzusuchen. Ich rufe sie zu mir, nicht umgekehrt. Ihr hingegen kommt den langen Weg aus Venedig, um mit mir über Geschäfte zu reden. Warum? Warum streicht Ihr nicht einfach selbst den ganzen Gewinn ein?«

Leonardo überlegte kurz. Diese Frau konnte er nicht übertölpeln. Den größten Erfolg würde er bei ihr mit Ehrlichkeit erringen.

»Es gibt da einen Kaufmann in Konstantinopel, der braucht Kupfer. Viel Kupfer. Und da Ihr die Grube übernommen habt und nicht so gerne mit der Hanse handelt, dachte ich, mein Vorschlag könnte bei Euch Gehör finden. Ich biete Euch an, eine große Menge Kupfererz ohne Hilfe der Lübecker ins Osmanische Reich zu verfrachten. Wenn das Erz via Lübeck geht, wird das ganze Unterfangen zu kostspielig, doch wenn wir so vorgehen, wie ich vorschlage, verdienen wir beide an dem Geschäft. Ich verspreche Euch eine höhere Gewinnbeteiligung als die Deutschen.«

Margaretas Augen glänzten, während sie ihn amüsiert musterte.

»Ihr habt einen ehrlichen Blick und hohe Ziele, mein Herr. So etwas gefällt mir. Mein Vogt Ole Frode überwacht für mich die Arbeit im Kupferbergwerk und bereitet gerade eine Reise nach Falan vor. Fahrt mit ihm zum Bergwerk, seht Euch alles genau an und unterbreitet mir einen guten Vorschlag. Dann können wir darüber reden, ob wir ins Geschäft kommen.«

Er verbeugte sich und merkte zu seinem Verdruss, dass er errötete. Sie sprach mit ihm wie eine strenge Mutter, die über ihn zu bestimmen hatte. Und im Grunde genommen verhielt es sich ja auch so. Ein Handelsabkommen mit der Königin hätte auf seine Tätigkeit als Kaufmann ganz entscheidende Auswirkungen.

Ihm fiel ein, was er über sie gehört hatte: Die Königin versprach selten etwas, aber sie verstand sich aufs Zuhören. Kein Wunder, dass sie mit Hanseaten und Adligen ebenso gut verhandeln konnte wie mit Piraten und den Abgesandten des Klerus. Ganz zweifellos war sie die Herrscherin der Zukunft hier im Norden. Konnte er ihre Gunst gewinnen, wäre das von großem Vorteil für ihn.

»In diesen Zeiten sind die Straßen unsicher, daher reist Ihr sicherer zusammen mit Ole Frode und meinen Leuten«, fuhr sie fort. »Ihr könnt abreisen, sobald Ihr bereit seid.«

Leonardo fiel auf die Knie, küsste der Königin die Hand und bedankte sich. Doch aus irgendeinem Grund bat sie ihn, noch einen Moment zu bleiben. Sie erzählte von ihrer Zeit in Akershus, als ihr Ehemann Håkan auf Reisen in Norwegen war. Und während Leonardo stumm bei ihr saß und lauschte, wurde sie immer vertraulicher. Einmal hatte sie ihren Mann angeschrieben und um Hilfe ersucht, um Essen für die Schlossbewohner kaufen zu können.

»Ihr müsst wissen, mein lieber Herr, dass meine Diener und ich große Not an Speis und Trank leiden. Weder sie noch ich bekommen, was wir brauchen. Deswegen bitten wir Euch, mein lieber Herr, dass Ihr einen Ausweg findet, damit meine Leute nicht hungers von mir gehen müssen …«, zitierte sie den Brief auswendig und lachte über sich selbst. »Ich war eben erst Königin geworden, gerade siebzehn Jahre alt, und wusste nicht, was ich unternehmen sollte«, fuhr sie fort. »Selbst als Königin kann es einem an Lebensmitteln mangeln, das will vielen nicht in den Kopf. Aber damals half mir mein Brief, so wie Euch Euer Brief vielleicht auch geholfen hat.«

Als Leonardo sich am Abend in der städtischen Herberge schlafen legte, ging er in Gedanken noch einmal sein Treffen mit der Königin durch. Es hatte sich alles viel besser gefügt, als er erwartet hatte. Wenn ihm das Glück weiter hold blieb, würde er vielleicht mit einem voll beladenen Schiff nach Konstantinopel zurücksegeln können. Doch der Weg dorthin war noch lang. Viel länger, als er es sich jemals vorgestellt hätte.

7. Kapitel

Die Luft war kühl und klar, und das Meer wogte in langen, schweren Wellen. Der Wind frischte auf, und wären nicht die Vitalienbrüder gewesen, hätte es ein guter Tag für einen Kaufmann auf See sein können. Das schwer beladene Handelsschiff versprach den Piraten lohnende Beute, und dem Kapitän auf der einsamen Hansekogge war bewusst, welches Wagnis er mit dieser Fahrt einging. Dennoch hatte er abgelehnt, im Konvoi zu segeln. Als guter Seemann verstand er, den Wind bestens auszunützen, und mit seinen Kenntnissen war er bisher immer gut davongekommen. Noch hatte er die Möglichkeit umzudrehen, aber an Bord war alles ruhig, und bis jetzt hatten seine Männer noch keine anderen Schiffe gesichtet. Daher sah er keinen Grund, den Kurs zu wechseln.

Wenige Stunden später kam die erste Warnung, als der Steuermann achtern eine schnell segelnde Holk entdeckte. Das fremde Schiff zeigte keine Anzeichen von Feindseligkeit, doch es holte die Kogge langsam, aber sicher ein. Auf einmal fiel das Atmen wesentlich schwerer.

Klaus Störtebeker kletterte vom Ausguck nach unten. Rasch glitt er den Mast hinab und landete auf dem Deck. Nach einem hastigen Blick auf das Segel spähte er auf die Kogge, die vor ihnen herfuhr. Eine Weile blieb er schweigend an seinem Platz stehen und maß den Abstand mit dem Blick, bevor er sich an seinen Bootsmann wandte.

»Wie erwartet holen wir sie ein.« Er grinste zufrieden. »Ich möchte wetten, dass sie schwer geladen haben.«

»Wie kannst du das von hier aus erkennen?«

»Ich sehe es nicht, aber ich spüre es. Und die Mannschaft ist bestimmt nur unzureichend bewaffnet.«

Der Bootsmann lehnte sich über die Reling und blinzelte zum Horizont.

»Ist es denn wichtig, wie viele Waffen sie haben? Die überwältigen wir doch so oder so.«

»Genau, aber ich habe keine Lust, dass einer von euch dabei getötet wird.«

Störtebeker rieb sich die Hand an der Hose ab. Oben an der Rahe hatte er Harz an die Finger bekommen.

»Wenn gute Männer an Bord sind, haben wir vielleicht Verwendung für sie. Wir können gut weitere Matrosen gebrauchen.«

Der Bootsmann erwiderte nichts, denn er wusste, worum es ging. Manchmal kaperten sie die Schiffe im Handstreich, und wenn die Besatzung keinen Widerstand leistete, begnügten sie sich mit der Fracht. Doch mittlerweile waren die meisten Handelsschiffe schwer bewaffnet. Die gegnerische Mannschaft schoss mit Armbrüsten und Flinten. Dann wurde die Besatzung möglichst rasch überwältigt, bevor es für die Piraten allzu gefährlich wurde. Außerdem hielt man Störtebeker besser immer bei Laune, denn wenn man ihn reizte, konnte er höchst unangenehm werden.

»Auf, auf, Kameraden, wir stürmen los!«

Klaus Störtebeker bedeutete seinen Männern, sich bereit zu machen. Die Armbrustschützen stellten sich im Bug auf, die anderen bezogen ihre Posten mit den Flinten. Nach zwei Jahren auf See waren sie vertraut mit dem üblichen Vorgehen. Jeder kannte seine Aufgabe und war bereit.

»Wenn der Wind nicht dreht, haben wir sie bald eingeholt«, verkündete Störtebeker.

»Warum sollte er drehen?«

»Stimmt, der Wind ist immer auf unserer Seite. Und Gott auch.«

Die zwei Männer tauschten ein Lächeln. Klaus Störtebeker zog das Schwert aus der Scheide und betrachtete die Klinge. Sie war tadellos geschliffen. Zufrieden steckte er die Waffe wieder weg und erinnerte sich an die Geschehnisse, seit man ihn in jener Nacht vor einer Kneipe in Wismar zusammengeschlagen hatte. Damals war er ein armer Besoffener gewesen, der blutend auf der Straße gelegen hatte – heute war er ein berüchtigter und gefürchteter Pirat, der von der Beute leben konnte, die er den Handelsschiffen raubte. Zuerst hatte er auf der Seite von König Albrecht von Mecklenburg am Krieg gegen Dänemark teilgenommen und dabei solche Erfolge verbucht, dass sich sein Ruhm zu Hause verbreitet hatte. Dann hatte er mit Siegel und Kaperbrief geplündert und die Waren in Rostock und Wismar verkauft. Mittlerweile verwendete er seinen Kaperbrief nicht mehr so oft, sondern enterte einfach die Schiffe, die er entern wollte. Es war wie ein Rausch für ihn – sobald er ein fremdes Handelsschiff erblickte, durchzuckte ihn ein heißer Blitz, und er spürte, wie die Spannung stieg. Wie viele Schiffe er angegriffen hatte, konnte er selbst schon nicht mehr zählen. Aber mit der Beute versorgte er nicht nur sich selbst und seine Männer. Wenn sie reichlicher ausfiel, spendete er den Armen Speis und Trank, und einmal hatte er sogar einen Altar für eine Kirche gestiftet.

Dass so viele mit ihm segeln wollten, beruhte vor allem darauf, dass er immer Glück hatte. Er teilte die Beute zu gleichen Teilen mit der Mannschaft, daher zahlte es sich für alle aus, mit einem erfolgreichen Freibeuter zu segeln. Doch er konnte auch hart sein. Wer seine Männer bedrohte oder sich ihm mit Gewalt entgegenstellte, den stach er nieder. In seiner Stellung konnte er sich kein Zögern erlauben. Sogar die Hanse hatte Respekt vor ihm. Er blickte wieder zu dem Schiff hinüber, das mittlerweile nicht mehr weit entfernt war.

»Sollen wir die Beute dann nach Klintehamn bringen?« Der Bootsmann, der die Segel gerefft hatte, stand wieder neben ihm.

»Es wird das Beste sein.« Störtebeker kratzte sich im Nacken. Er freute sich, seine Vorratskammern wieder auffüllen zu können. Seit die Hanse die Macht in Stockholm übernommen hatte, hatten die Vitalienbrüder eine Freistatt auf Gotland gefunden und dort mehrere Festungen errichtet. Er selbst hielt sich meistens in der Burg Landscrone in Klintehamn südlich von Visby auf. Dort fühlte er sich mit seinen Männern sicher und konnte schalten und walten, wie es ihm gefiel. In der Bucht lagen die Schiffe geschützt, und in den Kammern der Burg türmten sich die erbeuteten Waren der Kaufmannsschiffe. Manchmal segelten sie nach Rostock oder Wismar und verkauften die Waren dort.

Meistens mussten seine Männer und er nicht lange mit der Besatzung kämpfen, bis sie sich ergab und ihnen das Schiff überließ. Freilich kam es immer wieder vor, dass er den zeternden Kapitän eine Weile über die Reling hängen musste, bis er ebenfalls zur Vernunft kam. Und wenn die Leute ganz unbelehrbar widerspenstig blieben, hatten sie sich die Folgen selbst zuzuschreiben. Doch meist eilte Störtebeker sein Ruf voraus, und die Mannschaften ergaben sich kampflos.

Er sah sich um. Die Enterhaken lagen bereit, die Armbrustschützen hatten Aufstellung am Bug bezogen. Gleichzeitig merkte er, dass die Männer auf dem anderen Schiff einen Versuch unternahmen, sie abzuhängen. Man hatte sie also entdeckt. Aber Störtebeker blieb ganz gelassen, denn er wusste, dass sie das Kaufmannsschiff binnen Kurzem eingeholt hätten. In seiner Fantasie malte er sich schon aus, was er alles an Bord vorfinden würde. Hatte die Kogge Pelze, Bernstein und Getreide geladen? Oder vielleicht gar Silber aus Nowgorod? Gespannt spähte er hinüber, und als das Schiff schließlich nur noch eine Bootslänge entfernt war, schrie er über Deck: »Gott für alle und alle für einen!«

Die Männer warfen die Enterhaken über die Reling des Handelsschiffs, und das Eisen bohrte sich ins Holz. Geschmeidig sprang Störtebeker auf die Kogge, gefolgt von seinen Männern.

»Überlasst uns Eure Ladung, dann wird Euch nichts geschehen!«, rief er mit erhobenem Schwert, doch da unterbrach ihn ein schrecklicher Schrei. Als er sich umwandte, sah er seinen Bootsmann mit einem Pfeil in der Brust zusammensinken. Im nächsten Augenblick schwankte sein Steuermann, den ein feindliches Schwert an den Beinen getroffen hatte. Erst war er nur überrascht, doch dann spürte er, wie ihn eine eiskalte Wut übermannte.

»Tötet sie!«, brüllte er. Er warf sich vorwärts, und die Mannschaft folgte ihm. Im Kampfgetümmel blitzten die Schwerter auf, die ganze Besatzung war von Rachsucht erfüllt.

Wenn Klaus Störtebeker und seine Männer ins Gefecht zogen, konnten sich nur wenige mit ihnen messen, und auch diesmal war der ungleiche Kampf bald vorüber. Der Kapitän war gefangen genommen worden, und Störtebeker hatte das Kommando über das Schiff übernommen. Während seine Leute die Laderäume inspizierten, sah er sich unter den Überlebenden nach starken Männern um, um sie für seine eigene Mannschaft zu rekrutieren. Sein Blick fiel auf den Steuermann, der immer noch die Ruderpinne umklammert hielt.

»He, du da, komm her! Werde einer der Unsrigen, dann

wollen wir dich verschonen!«, rief Störtebeker und schob das Schwert in die Scheide zurück.

»Ich habe nicht vor, unter die Piraten zu gehen«, erwiderte der Mann.

»Nein?«

Der Rudergänger schüttelte den Kopf.

»Dann sollst du den anderen folgen«, murmelte Störtebeker und gab seinen Männern ein Zeichen, den Widerspenstigen ins Wasser zu werfen. Er selbst packte einen Kaufmann, der in seiner Nähe stand, und beförderte ihn ebenfalls über Bord. Die Männer leisteten erbitterten Widerstand, aber zu guter Letzt landete einer nach dem anderen im Wasser. Störtebeker machte das Rettungsboot los und fierte es zu ihnen ab.

»Das ist für euch. Wir nehmen das Schiff«, erklärte er. Eine Weile beobachtete er noch, wie die tropfnassen, vor Kälte zitternden Männer verzweifelt ins Rettungsboot zu klettern versuchten, dann wandte er sich an seinen Steuermann. »Und jetzt fahren wir nach Klintehamn.«

Erst als sie ihren Heimathafen erreicht hatten, entdeckte er das junge Mädchen, das sich hinter einem Getreidefass zusammengekauert hatte.

»Heute hatten wir wahrhaftig richtiges Jagdglück«, stellte Störtebeker grinsend fest.

Er zog sie hoch und ließ den Blick über ihr Gesicht und den Hals bis zu den Brüsten und Hüften wandern. In seinen Augen zeigte sich ein lüsterner Glanz.

»Wir haben nur wenige Frauen auf der Burg. Ich glaube, wir hätten dort schon Verwendung für dich.«

Das Mädchen schwieg.

»Kannst du kochen?«

Sie verweigerte immer noch jede Antwort.

»Nun, das wirst du noch lernen.«

Lachend kniff Störtebeker ihr in die Wange. Er wollte ihr nichts antun. Aber sie würde sich schon bald seinem Willen fügen.

8. Kapitel

Die Brücke ächzte unter den Fuhrwerken, die heranrumpelten und alle anderen beiseitedrängten. Einer der Männer lenkte seine Fuhre auf die Fähre, dicht gefolgt von einem prunkvoll geschmückten Wagen. Seine schwere Last stieß gegen Annes Wagen, und ihr ganzer Hausrat auf der Ladefläche geriet durcheinander. Ein Sack mit Gewürzen fiel auf die Decksplanken, ein anderer sogar ins Wasser.

»Pass doch auf, du Narr!«, schrie sie wütend und trat nach dem Fuhrwerk. Nach der langen Reise war sie müde und erschöpft und konnte ihren Zorn kaum noch zügeln. Seit sie beschlossen hatte, aus Stockholm fortzuziehen, hatte es noch mehr als zwei Monate gedauert, bis es ihr tatsächlich gelang, die Stadt zu verlassen. Dutzende Widrigkeiten hatten sich ihr entgegengestellt: nasser Schnee, auf dem man kaum fahren konnte, Schneestürme oder zugefrorene Wasserwege, die den Fährverkehr lahmlegten. Als wäre das alles nicht schon genug, war das Eis meistens nicht dick genug gewesen, um Pferd und Wagen zu tragen, sodass sie gezwungen war, weite Umwege zu fahren. Statt gegen Weihnachten in Bergslagen zu landen, wie sie geplant hatte, hatte sie sich bis Februar verspätet. Und jetzt hatte ihr ein nachlässiger Fuhrmann alles verdorben.

»Was fällt Euch ein?« Der Mann stieg vom Bock. Er war dunkel, hatte aber blaue Augen. Murmelnd beugte er sich vor und befestigte einige Tuchballen seiner Ladung, die sich gelockert hatten. Während er noch dabei war, fiel ihm einer der Körbe zu Boden.

»Manche straft der liebe Gott sofort«, bemerkte Anne.

Doch der Mann hörte sie gar nicht, er schien ganz in seine eigenen Gedanken vertieft zu sein. Er knotete den Strick los, mit dem er seine Last befestigt hatte, und begutachtete die Waren. Ein älterer grauhaariger Mann blickte aus dem Wagen und lächelte leicht, machte aber keinerlei Anstalten, ihm zur Hand zu gehen.

»Tja, Eile mit Weile«, fügte Anne hinzu.

»Wir sind in Eile und haben das Recht…«, beharrte der Fremde mit seinem seltsamen Akzent. Er hatte schmale Künstlerhände und lange, dichte Wimpern. Seine blauen Augen blitzten. »Wir sind auf dem Weg zum Kupferbergwerk und haben es sehr eilig.«

»Als wenn das eine Entschuldigung wäre!«

Verblüfft starrte der Mann Anne an und blieb die Antwort schuldig. Vielleicht hätte sie nicht ganz so rabiat sein sollen, aber mit Leuten, die sich für etwas Besseres hielten, hatte sie schon immer ihre Schwierigkeiten gehabt. Der Mann auf dem Kutschbock war in ihrem Alter und trug einen bestickten Rock, dessen Säume mit Marderfell besetzt waren. Seine Handschuhe waren aus feinstem Leder, und auf dem Kopf trug er einen ausladenden roten Hut. Es sah aus, als käme er von weit her. Widerwillig musste Anne sich eingestehen, dass er gut aussah, ja, er erinnerte sie sogar an eine der schönen Heiligenstatuen in der Stadtkirche. Als sie ihn so grob zurechtwies, hatten seine blauen Augen aufgeblitzt, aber es hatte auch noch etwas anderes darin gelegen – etwas wie Neugier.

Mittlerweile war ihre Wut verraucht, und sie hatte sich gerade wieder etwas beruhigt, als der Kutscher die Deichseln seines Fuhrwerks vor die Räder ihres Wagens zwängte. Erneut wallte der Zorn in ihr auf, und sie warf einen raschen Blick an Land. Die Fähre hatte noch nicht abgelegt. Als der Mann für einen Moment nicht hinsah, hob sie einen seiner Körbe an. Er war nicht sonderlich schwer und enthielt wahrscheinlich nur Stoffe oder Kleidung. Ohne lange nachzudenken, lief sie auf den Kai und stellte den Korb dort ab. Sie war so schnell, dass der Mann nichts bemerkte, und als sie wieder auf der Fähre war, stellte sie sich so hin, dass sie ihm den Blick auf den Kai verdeckte. Verstohlen blickte sie in seine Richtung. Er war zu dem grauhaarigen Mann getreten, und die Fremden schienen durch den offenen Wagenschlag zu diskutieren. Dann beobachtete sie, wie einer der beiden mit einem Sack an Land ging. Schon befürchtete sie, er könne den Korb entdecken, aber er schien ihn nicht zu sehen.

»Wenn ich das richtig sehe, seid Ihr Kaufmann und unterwegs zu feinen Leuten«, sagte sie, als er wieder auf der Fähre war. »Woher kommt Ihr?«

»Aus Venedig.«

»Venezianische Kaufleute reisen sonst aber nicht so weit. Sie handeln eher mit den Kaufleuten aus Brügge.«

»Das tun wir auch.« Der Mann richtete sich auf, griff nach einem der Stoffballen und versuchte ihn wieder mit dem Seil zu befestigen. »Aber wir haben vor, Bergslagen zu besuchen. Wie ich gehört habe, soll es dort oben gutes Kupfer geben.«

Er stopfte den Ballen unter das Seil. Dann hielt er erstaunt inne.

»Woher wisst Ihr eigentlich über solche Angelegenheiten Bescheid? Ihr seid doch eine Frau und ...«

Die Fähre schaukelte auf den Wellen, und zwei kräftige Männer setzten sich an die Ruder. Der Fährmann machte die Leinen los. An dieser Stelle war der Fluss nicht so reißend, aber weiter draußen wurde es schlimmer. Fasziniert betrachtete Anne das wirbelnde Wasser.

»... und Geschäfte sind keine Frauensache«, vervollständigte sie seinen Satz. »Da täuscht Ihr Euch aber gewaltig! In unserem Land haben die Frauen schon immer Handel getrieben. Außerdem sind wir Kaufleute mit guten Sitten – wir drängeln uns nicht einfach auf der Fähre vor.«

Der Mann erwiderte nichts, doch sie sah, dass seine Ohrläppchen rot anliefen. Als die Fähre ein gutes Stück auf dem Fluss vorangekommen war, aber immer noch in Sichtweite der Landungsbrücke, stieß sie den vornehmen Herrn leicht in die Seite.

»Übrigens«, sagte sie, »wäre es nicht geschickter, wenn Ihr Eure gesamte Ladung mitnähmt? Gehört der da nicht Euch?«

Sie zeigte auf den Korb, den sie vorher heimlich auf den Kai gestellt hatte.

Der Mann stieß einen Schwall unverständlicher Worte aus, und sie musste aufs Wasser blicken, um ein schadenfrohes Lächeln zu verbergen. Im nächsten Augenblick spürte sie seine Hand auf der Schulter.

»Signorina, warum achtet Ihr nicht besser auf Eure Ladung? Gehört das da denn nicht Euch?«

Hastig warf Anne einen Blick über die Schulter und erstarrte. Mein Gott, dort stand einer ihrer Gewürzsäcke! Wie um alles in der Welt...? Er musste beobachtet haben, wie sie mit seinem Korb an Land ging, musste seinerseits eine gute Gelegenheit abgepasst und ihren Sack auf dem Kai abgestellt haben, als sie ihm den Rücken zuwandte. Dieser Schuft! Sie sah, wie es in seinen Augen glitzerte und er ein breites Grinsen aufsetzte.

»Tja, wenn man es eilig hat, vergisst man leicht etwas, nicht wahr?«, neckte er sie und legte den Kopf schräg. »Und den Korb, den Ihr da an Land getragen habt, wollte ich sowieso loswerden, das ist also nicht so schlimm. Aber vielleicht wollt Ihr Eure Gewürze noch holen?«

Ebenso wütend wie verblüfft starrte Anne den Fremden an. Jetzt musste sie also noch einmal mit den Fährleuten zurück. Die Gewürze konnte sie unmöglich dort zurücklassen, dafür waren sie viel zu kostbar. Eine Weile starrte sie finster vor sich hin und überlegte, wie lange sie brauchen würde, umzukehren und noch einmal über den Fluss zu setzen. Seufzend setzte sie sich auf eine ihrer Kisten, doch irgendwie konnte sie nicht richtig wütend sein. Immerhin hatte sie angefangen und sich die Schwierigkeiten selbst eingebrockt.

Der Venezianer hatte inzwischen mit einem der Fährleute gesprochen. Der Ruderer lachte auf, stieß seinen Kameraden in die Seite und deutete zum Ufer. Jetzt macht er sich also auch noch über mich lustig, dachte sie, aber zu ihrer Überraschung nickten sich die Männer zu und ruderten zurück. Als der Venezianer auf sie zukam, sah sie, wie er seine Geldkatze wieder am Gürtel befestigte.

»Ehrlich gesagt habe ich wichtige Schriftrollen und einen Kalender in diesem Korb. Und Ihr braucht Eure Gewürze sicher auch dringend zurück, nicht wahr?« Er zwinkerte ihr zu, und Anne konnte ein Lächeln nicht unterdrücken. Weder hatte er geflucht, noch hatte er ihr Vorwürfe gemacht, sondern das Problem elegant gelöst. Nachdem die Fährleute die zurückgelassenen Waren aufs Schiff geholt hatten, trat sie zu ihm.

»Ihr müsst der Erste sein, der Fährleute davon überzeugt, mitten auf dem Fluss umzukehren. Das tun sie sonst nicht.«

»Geld wirkt Wunder.«

»Ich danke Euch.« Sie lächelte ihn wieder an, ein vorsichtiges, zögerndes Lächeln. »Außerdem seid Ihr ein kühner Mann. Von Venedig nach Bergslagen zu reisen, um Handel zu treiben, das ist schon bemerkenswert.«

»Meine Mutter ist Dänin und hat mir viel von den Ländern des Nordens erzählt. Für mich fühlt sich das alles gar nicht so fremd an.«

»Aber gleich eine so gefährliche Reise?«

»Ja, das habe ich auch schon gemerkt. Gibt es in diesem Land noch mehr solche eigenmächtigen Frauen?«

Ihre Blicke trafen sich, und sie musste lachen.

»Ihr scheint eine unruhige Seele zu sein, die gerne ihre Grenzen auslotet«, bemerkte sie.

»Tut man das denn nicht immer? Wohin seid Ihr denn unterwegs?«

»Zu etwas Neuem und Unbekanntem. Ich bin noch nie zuvor in Bergslagen gewesen, aber ich muss meinen Lebensunterhalt verdienen, bis ich in Stockholm wieder Handel treiben kann«, erwiderte sie.

Ihre Gedanken wanderten zu Valborg, die ihr versprochen hatte, mit den Kindern nachzukommen, sobald Anne das Nötigste in Ordnung gebracht hätte. Wenn das nur nicht allzu lange dauerte! Sie fehlten ihr jetzt schon so sehr, dass es wehtat. Aber zu Anfang, während sie sich eine Unterkunft suchen würde und ihre Handelstätigkeit in Gang brächte, wäre es besser, wenn sie allein bliebe. Sie hatte gehört, dass Kaufleute aus Stockholm und Västerås mit Getreide, Salz und Tuch nach Falan fuhren, um es dort auf den Märkten zu verkaufen. Dann kehrten sie mit Tonnen voller Eisen- und Kupfererz zurück. Sie waren keine Hanseaten, sondern Bürger aus Dalarna und frei umherziehende Kaufleute. Wenn die das konnten, konnte sie es auch. Sie warf einen Blick auf die Stoffballen und die Getreidefässer auf der Ladefläche. Es würde hart werden, aber sie musste es versuchen.

»Mutig von Euch, einen völlig fremden Ort aufzusuchen«, meinte der Fremde. »Es ist schwierig, irgendwo ganz neu anzufangen. Und Ihr seid ja obendrein eine alleinstehende Frau.«

»Ich habe zwei Kinder zu versorgen. Da habe ich keine andere Wahl.«

»Ich verstehe. Aber andere hätten vielleicht trotzdem schon aufgegeben.«

Sie warf ihm einen Blick zu und merkte, dass sie ihn offensichtlich beeindruckt hatte. Schwer würde es ganz bestimmt für sie werden. Sie hatte nur ihre Waren und ihren starken Willen. Vielleicht konnte Magnus ihr helfen, aber am liebsten wollte sie ganz allein zurechtkommen. Seit sie ihn das letzte Mal gesehen hatte, war fast ein Jahr vergangen, aber er hatte immer noch die

Macht, sie unglücklich zu machen. Das ärgerte sie. Oft ertappte sie sich dabei, wie sie an ihn dachte, obwohl sie es um jeden Preis vermeiden wollte. Magnus Spangenmacher war Vergangenheit, und sie war fest entschlossen, ihre Vergangenheit nicht mehr in ihre Gedanken eindringen zu lassen. Mit verstohlenen Blicken musterte sie den Venezianer mit dem dunklen Haar und den lebhaften Augen. Er hatte sich den ganzen Weg aus Venedig hierhergewagt. Da würde sie wohl auch eine Fahrt nach Bergslagen schaffen.

Magnus Spangenmacher beugte sich übers Bett. Seine Frau schlug die Augen auf, blinzelte verschlafen und schien ihn gar nicht wahrzunehmen.

»Ingrid?«

Ihr Atem ging schwer und rasselnd, als wären ihre Lungen voller Erz. Sie antwortete nicht. Es hörte sich an, als würde ihr die Luft knapp und als benötige sie ihre ganze Kraft fürs Atmen. Magnus streckte die Hand aus und befühlte Ingrids Stirn. Sie war glühend heiß. Er stand auf und holte einen Schöpflöffel voll Wasser. Am Vortag war alles noch in Ordnung gewesen, und nun hatte sie so hohes Fieber! Er benetzte ihre Stirn mit dem kühlen Wasser. Es war ihm unbegreiflich. War dies Gottes Strafe für die Sünden, die sie begangen hatte?

Vor Jahren hatte sie ihn einmal belogen und behauptet, dass sie eine kleine Tochter zur Welt gebracht habe. Doch sein eigenes Kind war tot geboren worden, und der Säugling, den Ingrid vorwies, als er von einer Reise heimkehrte, war der einer anderen Frau gewesen – von Anne Persdotter. Ingrid hatte ihm noch immer kein Kind geschenkt, und sie würde wahrscheinlich auch keins mehr gebären. Er seufzte. Natürlich hatte er ihr vergeben, aber in seinem Innersten war er zutiefst bekümmert. Er hätte so gern einen Sohn gehabt, der seinen Namen weiterführte.

Als er Ingrid damals kennenlernte, war sie blass, aber anziehend gewesen, und die eng beieinander stehenden Augen hatten ihr eine magische, fast mystische Ausstrahlung verliehen. Sie war schüchtern und zurückhaltend, und er hatte sie sehr begehrt. So viel hatte er sich von ihrem gemeinsamen Leben erhofft, aber kaum hatten sie geheiratet, als er auch schon seinen Irrtum erkannte. Wäre nicht die Kirche gewesen, er hätte sie schon längst verlassen, aber das Treuegelübde galt auf Lebenszeit. Und er war ihr auch treu geblieben – bis er Anne kennenlernte. Eine solche Liebe erlebte ein Mensch nur einmal im Leben.

»Magnus«, flüsterte Ingrid.

»Schlaf jetzt. Du kannst ganz beruhigt sein, ich bleibe an deinem Bett sitzen.«

Er sah sie an, ohne sie zu sehen. In Gedanken war er bei dem Augenblick, als Anne ihm den Rücken zugewandt und gesagt hatte, dass sie ihn nie wieder sehen wolle. Erst wenn er als freier Mann zu ihr käme, wolle sie ihn wieder treffen. Nachdenklich legte Magnus seiner Frau die Hand auf die Stirn. So hohes Fieber hatte sie noch nie gehabt. Was würde geschehen, wenn sie es nicht überlebte? Rasch schob er den Gedanken beiseite. Alles lag in Gottes Hand.

9. Kapitel

Der Bergmann, der langsam in einem Förderkorb aus der Grube heraufgeholt wurde, war tot. Die Taljen quietschten, und schließlich erschien der Korb über der Kante und landete mit einem dumpfen Aufprall auf dem Berggestein. Schlamm und Schmutz bedeckten die Stirn des Leichnams; Haare und Wangen waren schwarz von Ruß. Die müden Männer, die rings um den Schacht standen, starrten ihn erschrocken an und wandten dann rasch die Augen ab. Dasselbe hätte auch ihnen widerfahren können. Es war schon spät, und alle waren davon ausgegangen, dass der Arbeiter nach oben gefahren war. Der Aufseher hätte schwören können, dass er ihn zu Schichtende gesehen hatte, und da der Mann sich meistens eher abseits gehalten hatte, vermisste ihn auch niemand. In der Nacht musste er in der Grube umhergeirrt sein und war zum Schluss einem einstürzenden Stollen zum Opfer gefallen.

Als Magnus Spangenmacher von dem Unglück erfuhr, warf er den Aufseher sofort hinaus und ließ der Witwe des Grubenarbeiters einen Jahreslohn als Entschädigung auszahlen, bevor er einen neuen Mann einstellen ließ. Zahlungen an Hinterbliebene waren sonst nicht üblich, aber er hatte Mitleid mit der Frau. Das Leben in Bergslagen war hart, und die Witwe musste schließlich von irgendetwas leben.

Das ungute Gefühl wurde er jedoch den ganzen Tag nicht mehr los, und nach dem Abendessen ging er auf den Hof. Er hatte Vorarbeiter und Knechte, doch oft sah er selbst noch nach dem Rechten auf seinem Besitz, bevor er zu Bett ging. Als er auf den Vorhof trat, warf er einen Blick zum Berg hinauf. Dunkle Wolken zogen über den Himmel, und im Westen färbte die untergehende Sonne den Himmel rot. Er fröstelte im eiskalten Wind und musste wieder an den toten Grubenarbeiter denken. Der hatte jedenfalls nicht frieren müssen, denn nach dem letzten Erhitzen des Kupfererzes war es im Stollen warm gewesen. Doch die herabfallenden Steine mussten ihn erstickt haben, wenn sie ihn nicht sofort bewusstlos geschlagen hatten. Magnus hoffte, dass der Mann nicht gelitten hatte. Vielleicht hatte er sogar einen Glücksmoment erlebt, denn seine Kameraden hatten ihn in der Nähe einer neuen Erzader gefunden. Wahrscheinlich war er aufgrund dieser Entdeckung auch zurückgeblieben, als die anderen am Abend nach oben gefahren waren.

Wenn die Bergarbeiter eine neue Erzader fanden, lud er sie zum Feiern auf einen Krug Bier, eine Hammelkeule und Brot ein. Eine solche Entdeckung bedeutete hier oben viel, denn dann konnte er den Deutschen beweisen, dass seine Tätigkeit erfolgreich war. Innerhalb kürzester Zeit hatte er sich eingearbeitet. Er war mit den Arbeitern in den Schacht hinuntergefahren, hatte das Erz erhitzt und neues Erz herangeschafft, und nachdem er herausgefunden hatte, welches die besten Männer waren, hatte er sie zu Vorarbeitern ernannt. Außerdem kümmerte er sich um die Buchführung der Grube. Mittlerweile war er Vogt, legte jedoch großen Wert darauf, sich auch als Bergmann einen guten Namen zu machen.

Der Wind frischte auf. Sorgfältig schloss Magnus die Türen zum Stall und zu den Vorratshäusern. Wie immer kam der Wind von Norden, wehte also fort von seinem Hof. Der Rauch von den Hütten war so dicht, dass er an manchen Tagen den Himmel verdunkelte. Er versengte die Feldfrüchte, und die Alten in der Gegend behaupteten, dass hier nicht einmal die Pest Fuß fassen könne. Aber für diejenigen, die auf der anderen Seite des Runnsees wohnten, sah es noch viel schlimmer aus. Wer immer Magnus' Hof Glamsarvet erbaut hatte, hatte dafür die richtige Seite ausgesucht.

Während er dort stand und die Sonne über den Bergen untergehen sah, glaubte er, ein Geräusch auf dem Weg zu hören. Er warf einen Blick bergab und sah einen schwarz gekleideten Reiter, der sich dem Hof näherte. Der Mann ritt auf den Vorhof und nahm sich nicht einmal Zeit, um abzusitzen.

»Ich habe eine Botschaft für Euch. Königin Margareta hat diese Grube übernommen.«

»Das weiß ich doch«, erwiderte Magnus und spürte, wie Besorgnis in ihm aufstieg. Die Königin war bekannt dafür, sich mit ihren Günstlingen zu umgeben. Würde sie im Bergwerk jetzt auch ihre Leute einsetzen?

Der Reiter beugte sich vor. »Es tut mir leid, aber sie hat einen dänischen Vogt eingesetzt.«

»Einen dänischen Vogt? Nein, das ist nicht möglich. Ich habe hier die Leitung.«

»Nicht mehr. Der Nachfolger ist schon unterwegs.« Der Reiter zog ein Schriftstück aus seinem Ranzen und reichte es Magnus. »Ihr habt sofort von hier zu verschwinden.«

Magnus bürstete sich den Schnee von der Kleidung, hängte seinen Mantel auf und ging schweigend in die Wohnstube. Dort legte er das Schreiben ab, goss sich einen Becher Bier ein und setzte sich an den Ofen. Ohne zu warten, bis sich der Schaum zurückbildete, legte er den Kopf in den Nacken und trank. Seine Hände zitterten. Sollte nun tatsächlich ein dänischer Vogt den Hof übernehmen, den er gerade in Ordnung gebracht hatte? Im Austausch für dieses Gut und sein neues Amt hatte er der Hanse eines seiner Häuser in Stockholm überlassen. Darauf hatte die Königin vermutlich keinen Einfluss.

Er rückte näher ans Feuer. Sollte der neue Vogt auch die Bediensteten übernehmen? Und was würde aus seiner Arbeit in der Grube? Magnus starrte in die Flammen. So viele Fragen, auf die er keine Antwort wusste. Außerdem hätte er sich dann eine neue Wohnstätte für sich und seine Frau suchen müssen. Für sich und Ingrid. Wenn es nur Anne wäre! Er musste daran denken, wie die Hanseaten Stockholm übernommen hatten und er sie unten am Koggenhafen getroffen hatte. Ihre Augen waren voller Liebe gewesen, und er hatte sie gerade umarmen wollen, als plötzlich Ingrid dazugekommen war. Annes Blick war erloschen wie eine ausgeblasene Kerze. Danach hatte sie ihm ihre Forderung mitgeteilt, woraufhin er sie nicht mehr treffen konnte. Er müsse frei sein, bevor er sie wieder aufsuche, hatte sie verlangt.

Wie oft war seine Frau seinem Glück schon im Weg gestanden? Magnus umklammerte seinen Bierkrug und seufzte. Nein, er durfte sich nicht weiter in diese finsteren Gedanken hineinsteigern.

Je länger er am Feuer saß, umso düsterer wurde seine Miene. Er betrachtete den rheinischen Becher, den die Hanseaten ihm geschenkt hatten. Dieses Stück war sein ganzer Stolz, und er holte ihn immer hervor, wenn Besucher auf den Hof kamen. Jetzt drückte er zu, so fest er konnte, stieß einen Wutschrei aus und warf den Becher mitten in die Flammen. Er würde nicht von hier weggehen, er würde auf seinem Hof bleiben, mochte die Königin sagen, was sie wollte.

Der Fluss unterhalb der Marktbuden bildete eine Eisschicht. Nur an Stellen mit starker Strömung war das kalte schwarze Wasser zu sehen. Anne schlug sich die Arme um den Leib, um sich zu wärmen, und sah sich um. Auf dem Marktplatz wimmelte es von Menschen, aber dorthin, wo sie mit ihrem Getreide, den Stoffballen und Gewürzen stand, verirrte sich niemand. Mit dem Getreide würde sie sicher Glück haben in einer bergigen Gegend wie dieser, doch sie war nicht sicher, was die Menschen zu ihren flandrischen Tuchen sagen würden. Die meisten würden wohl eher die schöne, warme Wolle kaufen. Ihre Stoffe waren etwas für feinere Stadtbewohner, nicht für solches Landvolk wie hier. Noch war sie nicht recht vertraut mit den Leuten, die hier oben lebten, also war sie auf alles gefasst.

Sie hatte sich am Runn niedergelassen und sich nach einigen Nächten in der Herberge von ihrer langen, erschöpfenden Reise erholt. Dort hatte sie auch von dem Markt gehört und beschlossen, ihre Waren feilzubieten. Sie brauchte Geld für eine eigene Wohnung und um später mit Eisen und Kupfer handeln zu können.

Es begann, leicht zu schneien. Ein Bauer mit einem leeren Schlitten ging vorbei, ein anderer zog schnaufend seinen Schlitten mit geflochtenen Körben. Weiter hinten krakeelte ein Händler und pries seine starken Pferde in den höchsten Tönen. Plötzlich stürzte ein Mann auf ihn zu, packte ihn am Kragen und versetzte ihm einen so wohlgezielten Faustschlag, dass der Mann zu Boden ging. Wacklig rappelte er sich wieder auf die Füße, während ihm das Blut vom Mundwinkel rann.

»Zahl es ihm heim!«, riefen die Umstehenden. »Nur immer drauf!«

Der Pferdehändler strich sich über das blutige Kinn und wurde nun auch wütend. Er trat nach seinem Angreifer, und die Zuschauer umringten neugierig die Streitenden.

»Du wolltest mich betrügen, du verfluchter …«

Anne konnte es sich nicht verkneifen, auch einen Blick auf die Kampfhähne zu werfen. Sie prügelten sich und traten einander, aber zum Schluss behielt der Verkäufer die Oberhand, und der andere verzog sich unter allerlei Beschimpfungen. Nachdem der Pferdehändler sich das Gesicht abgewischt und die Kleider zurechtgezupft hatte, fuhr er mit seiner Tätigkeit fort, als wäre nichts geschehen.

Die Geschäfte liefen weiter, nur zu Anne kam fast niemand. Gedankenverloren betrachtete sie den Rauch, der von der Grube aufstieg und wie eine gelbgrüne Wolke über der ganzen Gegend hing. Wie sie gehört hatte, schützte der Rauch die Grubenarbeiter vor Krankheiten, doch das half ihr auch nicht weiter. Wenn ihre Geschäfte nicht bald in Gang kamen, musste sie schleunigst anderswo eine Bleibe finden und ihr Glück mit einer anderen Tätigkeit versuchen.

Plötzlich war Lärm von der Straße zu hören, und ein Reitertrupp drängte sich zwischen die Stände. Die Männer saßen auf großen Holzsätteln, waren prächtig gekleidet und trugen Messer und Schwerter am Gürtel. Drei Grubenarbeiter mussten mit ihren Lastpferden ausweichen, um ihnen Platz zu machen, und einer, der um ein Haar umgerannt worden wäre, fluchte und schüttelte drohend die Faust. Ein dicker Reiter mit prächtiger Kopfbedeckung antwortete etwas auf Dänisch und musterte den Bergmann mit der ruhigen Überlegenheit, die nur machtgewohnte Menschen besitzen. Sie erkannte ihn wieder: Es war der grauhaarige Mann, den sie im Wagen auf der Fähre gesehen hatte. Er wirkte wie ein Aufseher, und einen Augenblick lang befürchtete sie, dass seine Männer zum Markt gekommen waren, um die Genehmigungen der Kaufleute zu überprüfen. Sie hatte immer noch keine Erlaubnis zum Handeln eingeholt, sondern sich nur einen Tisch besorgt, auf dem sie ihre Waren anbot.

Doch der Däne nahm keine Notiz von ihr. Er ließ den Blick über den Marktplatz schweifen und verharrte bei den Lederwaren ein paar Tische weiter hinten. Ganz am Ende des Gefolges erspähte sie den Reiter, mit dem sie sich auf der Fähre unterhalten hatte.

Sie starrte ihn an. Irgendetwas an ihm war stärker als sie. Es mussten diese stechend blauen Augen mit den langen dunklen Wimpern sein. Ihr Blick fiel auf den weichen Mund und das leicht gerundete, glatt rasierte Kinn, und sie verspürte starke Lust, sich ihm zu nähern. Da entdeckte auch er sie, und ihre Blicke trafen sich. Ein Lächeln überzog sein Gesicht, er nickte ihr zu und ritt auf sie zu. Als er das Pferd vor ihr zum Stehen gebracht hatte, verbeugte er sich so tief, dass ihm das schwarze Haar in die Stirn fiel.

»Ich glaube, wir haben so einiges zu besprechen, gnädige Frau«, begrüßte er sie.

»Wollt Ihr Euch dafür entschuldigen, dass Ihr meine Gewürze heimlich an Land getragen habt?«

»Aber, meine Liebe, daran hattet Ihr doch selbst Schuld! Und die Fährleute ließen es sich weiß Gott reichlich bezahlen.«

»Ich weiß nicht, wovon Ihr redet«, erwiderte Anne und hatte Mühe, sich das Lachen zu verbeißen.

»Frauen wie Euch gibt es in Venedig nicht. Keine hätte zu tun gewagt, was Ihr getan habt. Ihr wart ziemlich keck, aber ich habe davon geträumt, Euch wiederzusehen.«

Er verbeugte sich, lenkte das Pferd herum und ritt den anderen nach.

Anne blickte ihm lange nach und stellte zu ihrem Verdruss fest, dass sie rot geworden war.

10. Kapitel

Die kleine Holzhütte lag an einem Abhang am Runnsee. Das Haus hatte keine Öffnung im Dach, sodass sich der Rauch von der Feuerstelle dicht und schwer unter den Dachbalken staute. Leonardo musste husten. Die Feuchtigkeit kroch ihm unter die Kleider, und obwohl er sich noch einen Pelz um die Schultern gelegt hatte, fror er. Als er aufstand, um Brennholz nachzulegen, ließ er die Blicke durch die Stube schweifen. Bis auf zwei an der Wand befestigte Bänke und eine Truhe war sie leer. Über dem Herd hing an einem alten, rostigen Eisenhaken ein Kessel. Er dachte an seinen heimischen Palast mit dem Marmor und den Säulen und musste bei dem Gedanken lächeln, wie sehr sich sein Leben in so kurzer Zeit verändert hatte. Doch der dänische Vogt hatte ihn gebeten, eine Weile in den Gruben zu arbeiten und ihm von den dortigen Zuständen zu berichten. Königin Margareta wolle über alles Bescheid wissen, hatte er erklärt.

Leonardo nahm sich eine Scheibe von einer Hammelkeule und ein Stück Brot aus seinem Rucksack aus Birkenrinde. Dazu trank er das frische, kalte Quellwasser direkt aus der Kanne. Während er aß, überlegte er, was er tun sollte. Er wusste, dass die Arbeit in der Grube gefährlich war, deswegen mussten dort so viele Kriegsgefangene, Diebe und Geächtete schuften. Obwohl er Angst davor hatte, in den Schacht hinunterzusteigen, fühlte er sich gezwungen, sich den Wünschen der Königin zu fügen. Alles, was er der Königin hinterher berichten konnte, käme ihm bei seinen Geschäften zugute. Und er wollte unbedingt einer ihrer Vertrauten werden.

Als er seine Mahlzeit beendet hatte, zog er seinen einfachen Lodenmantel und die Lederschuhe an. Nun würde ihn niemand mehr mit einem reichen Kaufmann verwechseln. Die Bauern und Bergleute kannten die Gegend am besten, und nur sie konnten ihm erzählen, was wirklich in der Grube geschah. Und wenn er wollte, dass sie es ihm erzählten, musste er einer von ihnen werden. In Gedanken bedankte er sich bei seiner Mutter, die ihn ihre Sprache gelehrt hatte. Die Kenntnisse konnte er bestens anwenden. Er, Leonardo Omicelli, war nun Grubenarbeiter und Kundschafter im hohen Norden. Venedig war wahrhaftig weit, weit weg.

Er trat an die Feuerstelle und bedeckte die Glut mit Asche. Dann nahm er ein Stück Knäckebrot und den Rest der Hammelkeule und steckte beides in einen Ranzen. Er wollte durch die Stadt schlendern, und dann wäre es auch schon Zeit für die nächste Schicht. Und wenn er die schwedische Händlerin wieder traf? Sie würde ihn in diesem Aufzug schwerlich wiedererkennen. Er fragte sich, ob wohl das Schicksal die Hände im Spiel gehabt hatte, als er ihr prompt auf dem Marktplatz begegnet war. Sie hatte so überrascht gewirkt. Er musste in sich hineinlächeln. So unverschämt sie sich auch verhalten hatte, er wollte sie auf jeden Fall wiedersehen.

Der Markt war ein Misserfolg auf ganzer Linie gewesen. Anne hatte nicht viel verkaufen können, nur einige Lagen Tuch waren über den Ladentisch gegangen. Viele hatten die Stoffe befühlt, doch niemand hatte etwas erwerben wollen. Das war ihr ein Rätsel. Bot sie die Waren zu falschen Preisen an, oder lag es daran, dass die Leute sie nicht kannten? Wahrscheinlich wussten sie, dass sie hier kein Bürgerrecht hatte und wollten vielleicht nicht bei einer Auswärtigen ohne Genehmigung einkaufen.

Sie hatte keine Lust, Magnus aufzusuchen und um Hilfe zu bitten, dafür war sie zu stolz. Nein, stattdessen musste sie mit jemandem reden, der die Gegend kannte und ihr einen guten Rat geben konnte. Vielleicht mit dem Pastor. Dass sie daran nicht schon früher gedacht hatte! Bei ihm würde sie vielleicht erfahren, was man sich in der Stadt so erzählte, und vielleicht sogar die einflussreichsten Männer der Gegend treffen. Der Pfarrhof umfasste mehrere Häuser, dort gab es sicher auch einen Platz für sie. Sie würde versuchen, sich dort ein Zimmer zu mieten.

Doch abends vorm Einschlafen kamen die Gedanken an Magnus. Er gehörte zu den schwedischen Bürgern, die die Verfolgungen in Stockholm vor ein paar Jahren überlebt hatten, und sie schätzte und respektierte ihn sehr. Er war ein guter Mann, er hatte für die Sache gekämpft, an die er glaubte, und der Hanse geholfen, die Vitalienbrüder in Stockholm zu besiegen. Das erforderte Mut und einen starken Willen, und er war einer der wenigen, die sogar ihr Leben aufs Spiel gesetzt hatten. Aber sie dachte eher an ihn als Mann. Sie schloss die Augen und spürte seine Wärme auf der Haut, seinen harten, sehnigen Körper. Als sie eingeschlafen war, kam er im Traum zu ihr. Wortlos stellte er sich neben sie und legte ihr den Arm um die Schultern. Sanft, fast unmerklich streichelte seine Hand ihre Schultern, eine ruhige, schweigende Liebkosung ohne jede Forderung. Doch bald fühlte sich seine Hand auf ihrer Haut an wie ein glühendes Eisen. Langsam zog er sie aus, und sie ließ es geschehen. Seine Zärtlichkeiten jagten ihr wollüstige Schauer über den Leib, und sie nahm ohne jede Scheu seine Hände, küsste seine Handflächen und legte sie sich auf die Brüste. Schweigend, aber erwartungsvoll sahen sie sich in die Augen.

»Ich wusste, dass es geschieht«, flüsterte sie. Sein Körper gehörte ihr, und sie genoss es. Als er in sie eindrang, begriff sie, wie sehr sie sich nach ihm gesehnt hatte. Der Traum war so intensiv, dass er ihr wie Wirklichkeit vorkam, doch sobald sie aufwachte, war sie wieder allein. Nichts ist wie die Liebe, die man nicht bekommen kann, dachte sie bitter. Aber es gibt noch mehr Männer auf der Welt, und sobald erst Valborg mit den Kindern kommt, wird alles wieder besser. Eine Weile hing sie noch ihren Gedanken nach, dann streckte sie die Arme und stand auf. Schlaftrunken trat sie an die Truhe, in der sie ihre Kleider aufbewahrte. Sie wollte ihren besten Rock und die frisch geplättete Haube anziehen und sich dann ein Zimmer auf dem Pfarrhof beschaffen. Heute war wieder ein neuer Tag.

Der Pfarrhof lag auf einem Hügel mit Blick über den See. Neben dem Wohngebäude entdeckte sie zwei Gebäude mit geräumigem Obergeschoss, ein Kochhäuschen, ein Vorratshaus und ein Gästehaus. Anne brachte ihr Pferd zum Stehen, stieg vom Wagen und übergab die Zügel einem Stallknecht. Dann ging sie auf das große Haus zu, stieg die Treppe mit den hohen Stufen hinauf und blieb vor der geschnitzten Tür stehen. Sie betrachtete ein Ornament aus verschlungenem Blattwerk und fuhr mit der Hand über das geschnitzte Muster. Die Menschen, die hier wohnten, besaßen offenbar einen verfeinerten Geschmack und wussten Schönheit und gutes Handwerk zu schätzen. Nicht nur die Umgebung war außergewöhnlich schön, auch das Gebäude selbst wirkte gepflegt und prächtig.

Der Pastor kam ihr entgegen. Er schleppte ein Bündel Brennholz, die Axt hing ihm am Gürtel, und unter der Pelzmütze lugten verschwitzte Haarsträhnen hervor. Freundlich begrüßte er sie.

»Ihr seid allein, und wie ich sehe, habt Ihr eine lange Reise hinter Euch.« Er sah sie an. »Habt Ihr keine Angst?«

»Den größten Teil des Wegs habe ich in Gesellschaft anderer Reisender zurückgelegt.«

»Aber die Bären und Wölfe ...«

»Männer reisen doch auch allein.«

Der Pastor runzelte die Stirn, überlegte kurz und nickte dann. »Gott beschützt uns alle, und ich sehe, dass er Euch mit Wohlwollen betrachtet.«

Sein Gesicht war kantig und raubvogelartig, doch über der spitzen Nase saßen zwei freundliche Eulenaugen. Mit dem Holz auf dem Arm bat er sie herein, und Anne erzählte ihm, weswegen sie gekommen war.

Er hörte ihr bis zu Ende zu und meinte zum Schluss: »Frauen in Not will ich gern helfen. Bei uns findet Ihr eine Bleibe, bis Ihr Euch zurechtgefunden habt.« Er streckte ihr die Hand hin. »Ich heiße Herman Kugge. Herzlich willkommen!«

11. Kapitel

Nach mehreren Monaten Tauwetter kam die Kälte zurück und senkte sich über die Landschaft. Es schneite, und die Menschen blieben am liebsten zu Hause. Doch die Transporte von der Grube und dorthin zurück mussten bei jedem Wetter durchgeführt werden, und Anne begegnete den Fuhrwerken oft auf den Straßen.

Die Bauern lenkten ihre Schlitten über Moore, Seen und Sümpfe und erreichten schnell die Märkte in Uppsala und Stockholm. Manche Bauern, die Kupfererz geladen hatten, fuhren nach Västerås und zum Mälarensee, um die Ware dann mit Schlitten übers Eis weiterzubefördern. Andere blieben im Bergslagen, brachten Brennholz zur Grube oder beförderten Kupfer, das noch gewogen werden musste. Manchmal standen bis zu zehn Bauern an den Waagen und warteten, bis sie an der Reihe waren. Je kälter es wurde, umso öfter wollten sich die Grubenarbeiter der Arbeit entziehen, doch alle Welt schrie nach Erz, und Schicht um Schicht wurden die gedungenen Bergleute untertage geschickt.

Bevor Anne das Haus verließ, hatte sie zwei Kleider übereinander angezogen und war noch in einen dicken Mantel geschlüpft. Sie wollte die neu eröffnete Grube besichtigen, von der alle redeten. Als sie an den Schlackehaufen und den verlassenen alten Stollen vorbeikam, glaubte sie, sich in einer fremden Welt zu befinden, in einer Welt mit anderen Farben, Sitten und Gebräuchen. Der Geruch nach Rauch und Erz war beklemmend, und ihr Leben als Handelsherrin in Stockholm kam ihr endlos weit entfernt vor. Sie ging immer weiter und hatte schon fast die Hoffnung aufgeben, den neuen Stollen zu finden, da erblickte sie eine Reihe hoher Holzstapel rings um eine Höhle im Berg.

Vorsichtig näherte sie sich. Vor der Öffnung hantierten Männer an einer Vorrichtung für die Erzbearbeitung, und etwas weiter wurde gerade ein Förderkorb nach oben geholt. Das Erz wurde sortiert und dann zum Wiegen gefahren.

Während Anne noch dastand und alles beobachtete, näherte sich ein Bauer mit einer Brennholzladung. Er hielt sein Pferd an, stieg vom Schlitten und ging rastlos auf und ab, bis er an der Reihe war. Ab und zu warf er einen Blick auf seine Ladung, woraufhin Anne das Holz ebenfalls genauer in Augenschein nahm. In der Mitte wirkte der Stapel ungewöhnlich hoch aufgeschichtet. In der Herberge war ihr zu Ohren gekommen, dass manche Fuhrleute Reisig und unbrauchbares Bauholz unter ihre Ladung legten, damit sie umfangreicher wirkte.

Als der Arbeiter herantrat, der den Wagen wiegen sollte, konnte sie nicht an sich halten. »Hier bekommt Ihr auch noch Reisig und alte Bretter!«

Der Mann hielt inne und umschritt den Schlitten mit nachdenklichem Gesicht. Schließlich beugte er sich vor und zog in der Mitte einige Scheite beiseite. Darunter lagen Bretter und Reisig, und er grub sich entschlossen bis zum Wagenboden durch. Dann richtete er sich langsam wieder auf und fasste den Bauern drohend ins Auge.

»Du hast versucht, mich zu betrügen, du Halunke. Verschwinde!«

»Aber ich hatte ...«

»Verschwinde!«

Der Bauer bedachte Anne mit einem vernichtenden Blick und spuckte auf den Boden.

»Hier oben kümmert man sich um seine eigenen Angelegenheiten. Sonst kann es einem übel ergehen.« Er drohte ihr mit der Faust.

»Die Schuld liegt ja wohl ganz bei Euch«, erhob sich eine scharfe Stimme mit deutlichem Akzent.

Anne wandte sich um und erblickte einen Grubenarbeiter mit schlammverschmierter rostbrauner Kleidung. Er hatte dunkle Locken und war nicht ganz so kräftig gebaut wie die anderen. Seine Augen sprühten jedoch vor Lebendigkeit.

»Misch du dich nicht ein!«, zischte der Bauer und versetzte seinem Pferd einen scharfen Peitschenhieb.

Der Mann an der Waage nickte Anne anerkennend zu, hob die Schultern und nahm die nächste Fuhre Brennholz entgegen. Der Grubenarbeiter blieb neben ihnen stehen.

»Ich habe gesehen, was Ihr getan habt. Ihr seid wirklich mutig. Waghalsig, aber rechtschaffen.«

Plötzlich erkannte Anne die Stimme wieder und starrte den Mann verblüfft an. Der Venezianer!

»Was führt Euch denn hierher?«

»Kommt mit!« Er bedeutete ihr mit einer Handbewegung, ihm zu folgen, damit sie sich ungestört unterhalten konnten. Er war verschwitzt und schmutzig und hätte eigentlich muffig nach Grube riechen müssen, aber zu ihrer Überraschung stellte sie fest, dass er gut roch. Er zog sie mit sich bis zu der Winde neben dem alten Grubenschacht, mit der der Förderkorb an die Oberfläche gezogen wurde.

»Vergesst, dass wir uns bereits begegnet sind. Es darf auf keinen Fall herauskommen, dass ich mit dem dänischen Vogt hier bin.«

»Warum ist das denn ein Geheimnis?«

»Ich bitte Euch, fragt jetzt nicht weiter.«

Er machte Anstalten zu gehen, doch Anne verstellte ihm den Weg. So leicht sollte er ihr nicht davonkommen. Sie war neugierig, warum er sich als Grubenarbeiter ausgab und seine Herkunft geheim halten wollte.

Er senkte die Stimme: »Wie Ihr wisst, bin ich Kaufmann und handle mit Kupfer. Ich möchte die Grube aus geschäftlichen Gründen einfach genauer kennenlernen.«

»Das ehrt Euch. Ihr wisst, wie Ihr es anstellen müsst.«

Anne zog ihren Schal zurecht und wollte schon gehen, doch im nächsten Augenblick spürte sie seine Hand auf der Schulter. Sie sah ihm in die flehenden Augen. Wie schön sie sind, fuhr es ihr durch den Kopf.

»Ihr werdet doch nichts verraten, oder?«

Sie überlegte kurz. »Ihr wollt, dass ich schweige? Gut, aber dann müsst Ihr für mein Schweigen bezahlen. Kommt mich im Pfarrhaus besuchen!«

Anne sah, dass er noch etwas sagen wollte, aber er bekam keinen Ton heraus. Sie ging zum Grubenschacht. Omicelli war weit gereist, um etwas zu lernen und seinen Geschäften zum Erfolg zu verhelfen. Er hatte sie neugierig gemacht. Natürlich hätte sie ihm einfach versprechen können, Stillschweigen zu bewahren, aber so war sie sicher, dass sie ihn wiederträfe.

Sie blickte den steilen Berg hinab. Vielleicht sollte sie auch einmal in die Grube hinunterfahren, um zuzusehen, wie dort gearbeitet wurde. Der Venezianer hatte recht. Wissen vermittelte ein Gefühl von Sicherheit und Respekt, und wenn sie mit Kupfer handeln wollte, musste sie eigentlich auch alles über die Grube wissen.

Also wartete sie, bis die Männer fort waren, und trat dann vorsichtig an den Rand des Schachts. Es kam ihr so vor, als wolle sie eine Kraft, die stärker war als sie, in die Tiefe ziehen. Sie blickte über die Schulter zurück. Vor der nächsten Schicht sehe ich mich dort unten einfach einmal um, dachte sie.

Die Leiter knackte, als sie den Fuß auf die erste Strebe setzte. Wenn sie nur nicht ausrutschte! Vorsichtig stieg sie weiter hinab. Je weiter sie nach unten kam, umso dunkler wurde es, und feuchter, kalter Rauch stach ihr in der Nase. Es roch nach Eisen und Feuer. Der Qualm wurde immer dichter, und sie befürchtete, nicht mehr richtig erkennen zu können, wo die neue Erzader lag und in welche Richtung sie sich erstreckte. Die

Augen tränten ihr, und sie musste einen Hustenreiz unterdrücken. Offensichtlich hatte man den Rauch nicht richtig abgeleitet. Die armen Grubenarbeiter, die hier schuften müssen!, dachte sie. Der Schacht war tiefer als erwartet, und langsam wurde ihr die Luft knapp. Bei jedem mühsamen Atemzug hörte sie ein leises Pfeifen. Ihr Hals fühlte sich an, als wäre er voller Sand.

Mittlerweile verfluchte sie sich für ihre eigene Dreistigkeit. Die Rauchschwaden kamen schwallweise, und wenn sie auf sie zukamen, musste sie stehen bleiben und abwarten, bis sie weitergezogen waren. Ihr Husten wurde schlimmer, und sie lehnte sich gegen die Leiter. Vielleicht sollte ich nicht das ganze Gewicht auf eine einzige Strebe verlagern, dachte sie noch, als das Holz unter ihren Händen nachgab. Sie stürzte ab. Im Fallen hielt sie immer noch krampfhaft die zerbrochene Strebe umklammert.

Ringsum hörte Anne Steine und Kiesel herabpoltern, sie prallte gegen die Felswand und verlor die Strebe aus der Hand. Plötzlich blieb sie hängen, bekam die Treppe wieder zu fassen und konnte sich festhalten. Ihre Schulter brannte wie Feuer, und sie klammerte sich mit tränenden Augen an der Strebe fest, während ihr der Schmerz wellenartig durch den Körper lief. Sie starrte auf den Fels. Du musst ganz ruhig bleiben, sagte ihr eine innere Stimme, du musst dich kurz ausruhen, um Kräfte zu sammeln, damit du wieder weitergehen kannst. Sie versuchte, ruhig und gleichmäßig zu atmen, und wandte den Kopf ab, um den Qualm nicht einzuatmen. Ein schwacher Luftzug blies das Schlimmste weg, und plötzlich erblickte sie unter sich einen Felsvorsprung. Unmittelbar daneben glänzte und leuchtete es wie Katzengold, und im ersten Moment glaubte sie, dass ihre Augen ihr einen Streich spielten. Doch als sie den Fels erneut blinzelnd musterte, war der Glanz immer noch zu sehen. Sie zog sich ein wenig hoch. Hinter dem Felsvorsprung schlängelte sich ein hell glänzender Streifen über das Gestein, der nach unten immer breiter wurde. Kupfer! Das konnte nur Kupfer sein!

Sie hing an der Leiterstrebe, weil sie immer noch zu schwach zum Weiterklettern war. Im beißenden Rauch überkam sie ein erneuter Hustenanfall. Mit eiskalten Fingern umklammerte sie die Leiter und wartete, dass der Qualm sich verzog. Doch als der nächste Windstoß ausblieb, wurde ihr die Luft knapp, und mit jedem Atemzug fühlte sie sich benebelter. Schwindel ergriff sie, sie sank nieder, stieß gegen etwas Hartes und blieb auf dem Felsvorsprung liegen. Sie hatte das Bewusstsein verloren.

Leonardo war auf dem Weg aus der Grube nach oben, als er etwas vor der Felswand liegen sah. Zuerst hielt er es für ein verirrtes Tier, doch dann sah er, dass sich das Etwas nicht bewegte. Er stieg die Leiter weiter nach oben, um nicht hinter den anderen zurückzubleiben, aber als er ein dumpfes Geräusch von oben vernahm, hielt er doch inne. In einer Wolke aus Kies und Sand stürzten mehrere Felsbrocken nach unten, und er fragte sich, ob einer der Männer über ihm einen Erdrutsch losgetreten hatte. Erschrocken drückte er sich ganz dicht gegen das raue, kalte Gestein und hörte, wie die Steine gegen die Felswände schlugen. Aus den Augenwinkeln sah er, wie ein größerer Brocken mehrere Erzklumpen mitriss, ein anderer prallte gegen den Felsvorsprung und stürzte weiter in die Tiefe des Schachts. Zitternd wartete er ab, ob nicht gleich der ganze Berg in sich zusammenfiel, und sah sich selbst schon in den Tod stürzen. Doch dann hörte der Steinschlag auf, und es wurde wieder still.

Er warf einen letzten Blick auf den Felsvorsprung und stellte fest, dass der Gegenstand, den er vorher gesehen hatte, ein Stückchen weitergerutscht war. Er drehte um und kletterte wieder nach unten, doch schon nach wenigen Schritten überlegte er es sich anders. Was dort lag, gehörte nicht zu den Steinmassen und dem grauen Berg. Hier stimmte etwas nicht. Angestrengt starrte er ins Dunkel, und als der Wind eine Qualmwolke beiseiteblies, sah er, dass ein Schal unter den Erdmassen hervorsah. Mein Gott, dort lag jemand! Wirre Gedanken stürzten ihm durch den Kopf. Er sah sich nach einem Helfer um, doch dann wurde ihm klar, dass er ganz allein war. Alle anderen hatten ihre Schicht beendet, er war ganz auf sich selbst angewiesen.

Er atmete tief durch, knotete das Seil los, das er um den Leib trug, und befestigte das eine Ende an einer Leiterstrebe. Dann ließ er sich bis zum Felsvorsprung hinab und erklomm ihn. Bei näherer Betrachtung des Bündels, das dort lag, erkannte er, wer es war: die Frau, die er auf der Fähre getroffen hatte. Der Schal war ihr von den Schultern geglitten, und das rotblonde Haar lag ausgebreitet auf dem Boden. Mit seitlich ausgestreckten Armen lag sie leblos auf dem Rücken, wie gekreuzigt. Ihr Gesicht war ganz friedlich, und trotz der großen Anspannung ertappte Leonardo sich bei dem Gedanken, wie schön sie war. Vorsichtig näherte er sich ihr. Wenn er das Seil unter ihren Armen durchschlingen und fest verknoten konnte, würde es ihm vielleicht gelingen, sie damit hochzuziehen. Er beugte sich über sie.

»Hebt die Arme!«

Sie stöhnte nur.

»Ihr müsst!«

Sie bewegte sich nicht, doch mit einiger Anstrengung gelang es ihm, ihren Oberkörper ein wenig vom Boden anzuheben und ihr den Strick unter den Armen durchzuziehen.

»Ich helfe Euch«, murmelte er und verknotete das Seil. Er musste es schaffen. Jederzeit konnte es weitere Erdrutsche geben. Wenn er losging und Hilfe holte, konnte sie leicht unter dem Geröll begraben werden. Dieses Wagnis wollte er nicht eingehen. Zu Hause hatte er manchmal beim Beladen und Löschen der Schiffe mitgearbeitet, und die Muskeln, die er sich dabei erworben hatte, konnte er jetzt gut brauchen. Vorsichtig kehrte er zur Leiter zurück und stieg wieder hinauf.

Wie konnte ein zarter Körper nur so schwer sein? Schwitzend rang Leonardo nach Luft und versuchte, nicht daran zu denken, dass die Frau ihn jeden Moment in die Tiefe reißen konnte. Aber Schritt um Schritt ging es weiter. Auf halbem Weg bekam er Angst, sie könne aus der Schlinge gleiten, wenn er das Seil losknotete, um es einige Streben weiter oben neu zu befestigen.

Die Leiter knarrte, und seine Handflächen waren schweißnass. Wenn er nur nicht den Halt verlor! Wie hatte er sich einbilden können, dieses Unterfangen sei allein zu bewältigen?

Ringsumher wurde es dunkel, und er fragte sich, ob der Wind wohl wieder Rauch in den Schacht getrieben hatte oder ob die Dämmerung hereinbrach. Er kämpfte gegen die Kälte und die steigende Angst, es nicht zu schaffen. Vor Anstrengung stöhnte er laut. Jedes Mal, wenn er den Knoten löste, um das Seil weiter oben neu zu befestigen, befiel ihn die Angst, die Frau fallen zu lassen. Doch er wagte nicht zu rasten. Er musste nach oben, solange das Licht noch ausreichte, damit er sah, was er tat. Gleichzeitig merkte er, dass sie sich ganz leicht bewegte. Eine einzige heftige Bewegung von ihr, und wir sind verloren, dachte er.

»Bleibt ganz still, wir sind bald oben!«, flehte er sie an. »Nur noch ein kurzes Stück, dann sind wir in Sicherheit.«

Statt einer Antwort vernahm Leonardo nur ein leises Wimmern. Unbeirrt kletterte er weiter, obwohl er sich gern ausgeruht hätte und schon völlig erschöpft war. Als er die Frau schließlich über die Kante des Schachts auf festen Boden schob, konnte er eine ganze Weile nur liegen bleiben und nach Luft ringen. Sein Atem ging heftig und stoßweise, und das Herz hämmerte ihm in der Brust. Dann wurde er ganz still. Unter Einsatz seines eigenen Lebens hatte er diese Frau gerettet, die ihn so unverschämt behandelt und zusammengestaucht hatte wie den schlimmsten Rüpel. Nachdem er noch ein paar Mal tief durchgeatmet hatte, setzte er sich auf. Das Haar hing ihr in Strähnen in die Stirn, und ihr Gesicht war rußig schwarz, doch ihre Schönheit war immer noch sichtbar. Wie ein mystisches Wesen, dem er sich unbedingt nähern wollte. Er ging zum Brunnen, füllte seinen Lederschlauch mit Wasser, kniete neben ihr nieder und tröpfelte ihr das eiskalte Nass vorsichtig übers Gesicht.

»Wacht auf!«, rief er.

Doch sie rührte sich nicht.

12. Kapitel

Der Mond stieg langsam über den Bergen auf und erleuchtete den Platz vor der Grube. Die Männer mit den Fackeln in der Hand stampften unruhig mit den Füßen, während ihnen der Rauch über die Köpfe zog.

»Wir müssen sie hochheben.«

»Nein, noch nicht, das könnte ihr schaden.«

Anne hörte die Stimmen. Es klang, als würde jemand über sie reden. Als sie sich aufrichten wollte, versetzte es ihr einen Stich im Rücken, und sie ließ sich stöhnend wieder auf den Boden zurücksinken. Es ist so kalt, dachte sie. Und so dunkel. Wie aus weiter Ferne hörte sie Töne, vor ihren Augen flackerte ein Licht wie von einer Kienfackel. Nach einer Weile spürte sie eine Bewegung an der Wange. Eine weiche, warme Hand. Sie schlug die Augen auf. Jemand beugte sich über sie.

»Bist du wach?«, fragte die Stimme ängstlich.

»Wo bin ich?«, murmelte sie und wünschte, sie könnte einfach bleiben, wo sie war, und die Liebkosung an ihrer Wange spüren. Es war schon so lange her, dass sich jemand ihrer so angenommen hatte. Gehörte diese warme Handfläche etwa Magnus, der zu ihr zurückgekommen war? Abermals schloss sie die Augen, glitt davon und wollte nur noch einschlafen, doch am Rücken war es so kalt und hart. Hier konnte sie nicht liegen bleiben, das war zu gefährlich, sie konnte jederzeit erfrieren. Bei einem erneuten Versuch, sich aufzurichten, stellte sie fest, dass es einfach nicht möglich war. Sie konnte sich nicht bewegen. Doch, ein bisschen vielleicht: Sie konnte die Hand ausstrecken und die Finger bewegen. Aber die Beine? Nein, nichts. Der Schmerz wallte wieder durch ihren Körper.

»Wir müssen sie tragen!«

Da waren die Stimmen wieder, und dann ergriffen sie starke Arme, hoben sie hoch und legten sie auf eine weiche Unterlage. Abermals fuhr ihr der stechende Schmerz durch den Rücken, und sie schrie laut auf. Dann versank sie aufs Neue im Dunkel.

Kaltes schwarzes Wasser wirbelte unter dem Eisrand, als sie über die Brücke fuhren. Nun war es nicht mehr weit bis zum Pfarrhof, und Valborg freute sich schon auf das Wiedersehen mit Anne. Sie hatte ihr versprochen, mit den Kindern zu kommen, und nun hatte sich endlich eine Gelegenheit gefunden. Mattis sollte sich um den Weinkeller kümmern, und sie verließ sich ganz auf ihn. Er war bedeutend reifer geworden und konnte sowohl für sich selbst als auch für die Kinder Verantwortung tragen. Außerdem hatte er die Kleinen sehr lieb gewonnen. Er behandelte Johan wie seinen eigenen Sohn, und obwohl er es nie aussprach, spürte Valborg, dass er sich wünschte, es sei wirklich sein Kind. Sie drückte den Jungen an die Brust und zog ihm die Mütze in die Stirn. Um diese Jahreszeit wurde es sehr kalt auf einem Schlitten, und sie wollte nicht, dass er sich erkältete. Johan war ein so liebes Kind, dass Valborg selbst wünschte, einen Sohn wie ihn zu haben. Mit seinen schönen großen Augen und seinem fröhlichen Gemüt verbreitete er überall Freude. Sie zog ihn fest an sich. Wenn es nach ihr gegangen wäre, hätte sie die Kinder auch noch länger behalten.

Während sich der Schlitten durch den Schnee pflügte, überlegte Valborg, was sie wohl erwartete. Diese Gegend mit ihren Bergwerksgruben und tückischen Wäldern war gefährlich für kleine Kinder. Sie warf einen Blick auf Maria, die unter einer Felldecke schlief. Das Mädchen war stiller und ernster als Johan. Gleichzeitig hatte es aber auch einen starken Willen und fürchtete sich nicht so leicht. Beide waren Valborg ans Herz gewachsen, und wenn sie gekonnte hätte, wäre sie für länger bei Anne geblieben, um mit den Kindern zusammen sein zu können. Doch Mattis brauchte ihre Hilfe im Weinkeller, und sie wollte nicht allzu lange fortbleiben.

Als sie über die schneebedeckte Landschaft blickte, verlor sich ihr Blick auf den sanft geschwungenen Hügeln. Sie freute sich so sehr auf das Wiedersehen mit Anne. Außerdem war sie neugierig, wie es ihrer Freundin in der Zwischenzeit ergangen war. Anne war zuverlässig und stark und ließ sich auch von Widrigkeiten kaum entmutigen, doch hier oben in Bergslagen musste es ziemlich einsam für sie sein, war sie doch das Stadtleben und Reisen in ferne Länder gewöhnt.

»Wir sind da. Endlich kommen wir ins Warme.«

Der Kutscher stieg vom Bock und half Valborg vom Sitz herunter. Gemächlich sammelte sie die Sachen der Kinder ein. Ihre Arme fühlten sich bleiern an. Es würde ihr schwerfallen, die Kinder abzugeben. Sie war jetzt schon traurig. Doch das war nicht ihre einzige Sorge – irgendwo in ihrem Innersten ahnte sie, dass es Anne nicht besonders gut ging. Sie hatte das seltsame Gefühl, dass irgendetwas nicht stimmte.

Valborg muss gespürt haben, dass ich gerade zu kämpfen habe – sie ist genau in dem Moment gekommen, da ich sie am dringendsten brauchte, dachte Anne und lehnte sich in die Kissen zurück. Sie lag auf einem Bett im Krankenzimmer, wo sie trotz ihrer Verletzungen alles mitbekam, was ringsumher geschah. Die Männer hatten sie nach ihrem Unfall in den Pfarrhof gebracht, und drei Tage nach ihrem Sturz in der Grube war sie endlich wieder aufgewacht. Alles tat ihr weh, aber sie war so glücklich, ihre Kinder endlich wiederzusehen, dass sie die Schmerzen zwischendurch fast vergaß. Ihre Freundin hatte dafür gesorgt, dass die Kleinen auf dem Boden neben ihr spielten, als sie wach war, und sobald sie müde wurde, nahm sich Valborg der Kinder wieder an. Die wunderbare Valborg, die immer alles so gut einrichtete.

Anne hörte Schritte vor der Tür, und die Freundin trat ins Zimmer.

»Wie geht es dir?«, erkundigte sich diese und reichte ihr einen Becher Met. Anne nippte an dem warmen Getränk.

»Bald bin ich wieder auf den Beinen.«

»Na, siehst du wohl. Wirst du Magnus auch besuchen?«

»Wozu?«

»Er ist immerhin Johans Vater.«

Auf einmal wurde Anne furchtbar müde. Ihr Blick wanderte durch die Stube, über den Holzofen, die Vorratsfässer und die Truhen, über die farbenprächtigen Wandbehänge und hinab zu den breiten Bänken mit den Schaffelldecken. Dann schloss sie die Augen. Eine Magd war im Zimmer gewesen, um nachzuschüren, und in der Wärme war sie ganz schläfrig geworden. Die Augenlider wurden ihr schwer, und am liebsten hätte sie sich einfach ins Vergessen sinken lassen.

»Warum hast du ihn nicht aufgesucht?«, wollte Valborg wissen.

»Ich weiß nicht. Vielleicht bin ich nicht sicher, ob ich stark genug bin, ihm zu widerstehen«, meinte Anne und blickte auf. »Und warum sollte ich ihn treffen? Dabei träfe ich doch zwangsläufig auch Ingrid.«

»Johan hat das Recht auf einen Vater.« Valborg strich die Falten ihrer Schürze glatt.

»Das stimmt schon, aber stell dir nur vor, die ganzen alten Geschichten würden wieder aufgewärmt. Wenn der Mann, den du liebst, tot ist, dann ist wenigstens ein für alle Male Schluss«, sagte Anne.

»Manchmal bist du richtig scharfsinnig.«

Die zwei Frauen sahen sich an und brachen in Gelächter aus.

»Erinnerst du dich, dass ich dir einmal erzählte, wie sehr sich Magnus Kinder wünschte. Mit Ingrid kann er aber keine bekommen. Wenn er Johan sieht, wird er sich bestimmt für dich entscheiden.«

Es wurde still, und Anne lauschte dem prasselnden Feuer im Ofen. Valborg saß streng und unerbittlich am Fußende des Betts, während sie selbst am liebsten in der Dunkelheit verschwunden wäre. Keine Schwierigkeiten, keine Auseinandersetzungen, nur Frieden. Erneut schloss sie die Augen. Der Met wärmte sie von innen und linderte ihre Schmerzen, und das Licht kam und ging.

»Soll ich dir etwas verraten?«, murmelte sie. »Ich habe eine riesige Erzader entdeckt, glänzendes Kupfererz. Ich glaube, die reicht richtig weit in den Berg hinein.«

Valborg beugte sich vor und tätschelte ihr den Handrücken.

»Das ist wirklich aufregend. Aber jetzt schlaf schön. Ich werde selbst zu Magnus gehen und ihn bitten, dass er kommt. Dagegen hast du doch sicher nichts einzuwenden, oder?«

Doch Anne hörte kaum noch, was ihre Freundin sagte, denn sie war schon halb eingeschlummert.

»Sind wir uns einig?«

Anne nickte matt. Valborg stand auf und strich der Freundin über die Wange.

»Wusste ich's doch. Mit dir kann man immer vernünftig reden«, lächelte sie und verließ das Zimmer.

13. Kapitel

Valborg entdeckte ihren alten Freund, als er gerade Wasser aus dem Brunnen heraufholte. Ein Hauch von Einsamkeit und Verlassenheit umgab ihn, wie er so gebeugt am Brunnenrand stand.

»Magnus!«

Sie winkte und ging auf ihn zu, doch er schien nichts zu hören. Erst als er die vollen Eimer nahm, um ins Haus zurückzukehren, entdeckte er sie. Sogleich setzte er die Eimer ab und eilte Valborg entgegen. Sie umarmten sich, und er drückte sie fest an sich.

»Was tust du denn hier? Hast du deinen Weinkeller zugemacht?«

»Nein, aber ...« Sie hielt inne und trat einen Schritt zurück. »Was ist geschehen, Magnus?« Ihr war nicht entgangen, dass ihm etwas auf der Seele lag. Sie kannten sich seit so vielen Jahren, er konnte ihr nichts vormachen.

»Der Vogt der Königin hat meine Arbeit in der Grube übernommen, und ich weiß nicht, was ich tun soll. Jetzt warte ich den Bescheid der Deutschen ab. Sie hatten mich ja gebeten, hierherzukommen, und ich hoffe, dass sie nun zumindest eine andere Aufgabe für mich haben.«

»Wie unschön. Und jetzt kannst du einfach nur abwarten?«

»Ingrid ist krank, ich kann sie nicht allein lassen. Erst dachte ich, nach einigen Tagen wäre es vorüber, aber es geht ihr immer noch nicht besser. Sie fantasiert im Fieberwahn und hält sich den Kopf. Ich weiß nicht, was ihr fehlt.«

Ingrid ist doch immer krank, dachte Valborg. Die gehört zu jenen Frauen, denen es am besten geht, wenn sie jammern können.

»Sie wird sicher bald wieder gesund«, fiel Valborg ihm ins Wort. »Und ich bringe dich auf andere Gedanken: Anne ist hier. Ich glaube, ihr habt das eine oder andere zu besprechen.«

»Anne?« Magnus ging auf den Stall zu, und Valborg folgte ihm. Als sie eintraten, stellte er die zwei Eimer ab und hob ergeben die Hände.

»Du musst entschuldigen, aber der dänische Vogt hat auch meinen Knecht und die Diener übernommen. Eigentlich hätte er auch mein Haus bekommen sollen, aber Gott sei Dank wollte er in der Nähe des Pfarrhofs wohnen. Ich hätte mich ohnehin geweigert, den Hof zu verlassen.«

Zwei Fuhrwerke standen an der Remise, und an den Wänden hingen Sättel und Zaumzeug. Auf dem Boden lagen leere Säcke, ein Besen und eine zerbrochene Schaufel, und in der Ecke türmte sich ein Haufen Pferdemist. Es roch nach Pferd und altem Stroh. Im Licht eines kleinen Fensters erkannte Valborg, wie müde Magnus aussah. Er hatte Ringe unter den Augen, blasse Wangen und schlaffe Gesichtszüge. Dass er so traurig und hoffnungslos wirkte, lag sicher nicht nur daran, dass er seine Stellung verloren hatte. Er ist doch selbst schuld, dachte Valborg. Viele Männer haben schon ihre Frauen verlassen, obwohl man sich nicht scheiden lassen darf. Er ist einfach nur feige und unfähig, sich aus seiner unmöglichen Lage zu befreien. Er braucht etwas, wofür er leben kann. Obwohl Valborg wusste, dass es sie nichts anging, konnte sie nicht schweigend mit ansehen, wie schlecht es ihrem Freund ging.

»Reiß dich zusammen, Magnus. Auch für dich gibt es eine Zukunft. Wie ich schon sagte, Anne ist hergekommen. Und du hast einen Sohn.«

Ungläubig starrte Magnus Valborg an.

»Wie bitte?«

»Dein Sohn heißt Johan, und Anne hat sich dir nicht offenbart, damit du nicht in Schwierigkeiten gerätst. Aber sie hat genug für dich gelitten, du musst dich deiner Verantwortung jetzt endlich stellen. Sie selbst ist zu stolz, um dich um Hilfe zu bitten.«

»Johan. So heißt er also?« Magnus rührte sich nicht und wiederholte versonnen: »Johan.«

»Anne weiß nicht, dass ich hier bin. Sie liegt im Pfarrhof im Krankenbett. Sie hatte einen Unfall in der Grube. Da sie dich weder aufsuchen will noch kann, musst du selbst hingehen.«

»Aber Ingrid ...«

»Wie wär's, wenn du statt an deine Ehefrau einmal an Anne dächtest?«, schnitt Valborg ihm das Wort ab. »Warum sollen immer nur die Schwachen in den Genuss sämtlicher Fürsorge kommen? Auch starke Menschen brauchen manchmal Hilfe. Komm einfach zum Pfarrhof, ich werde da sein, um dich in Empfang zu nehmen.«

Mit diesen Worten wandte sie sich um und ging davon, ohne eine Antwort abzuwarten. Vielleicht hätte sie die Sache nicht so eigenmächtig in die Hand nehmen dürfen, doch sie spürte, dass sie das Richtige getan hatte. Nur auf diese Weise konnte sie Einfluss auf die Ereignisse nehmen.

Als sie zurückkam, blieb Valborg auf der Schwelle stehen. Anne hatte sich im Bett aufgesetzt, während die Kinder spielten. Maria malte gerade Männchen auf den Boden, und Anne schien es hinzunehmen, dass die Kleine die Dielen mit Kohle aus dem Herd bekritzelte. So groß war ihre Freude, die Tochter wieder in ihrer Nähe zu haben. Ab und zu warf Anne auch einen Blick auf Johan und lächelte. Der Junge tanzte durchs Zimmer, und sie rief ihn glücklich zu sich. Lachend warf er sich auf ihr Bett, und sie küsste ihn.

»Mein Prachtjunge!«, murmelte sie mit leuchtenden Augen.

Valborg betrachtete das Bild noch eine Weile, bis sie schließlich über die Schwelle trat. Offensichtlich hatten Anne die Kinder mehr gefehlt, als sie angenommen hatte.

»Wie viel Johan schon wieder gewachsen ist!«, rief Anne begeistert, als sie ihre Freundin erblickte. »Ist er nicht entzückend? Und dabei so fröhlich und so brav. Ihr habt euch wirklich gut um ihn gekümmert.«

Valborg ließ sich auf einer Bank nieder.

»Du hast wundervolle Kinder.«

»Wundervolle Kinder, aber keine Väter.«

Mit den Fingern fuhr Valborg über das Schaffell und entfernte eine Ascheflocke.

»Sei jetzt bitte nicht böse mit mir«, begann sie unsicher. »Aber jemand musste es tun. Ich habe mit Magnus geredet.«

Anne hob Johan vom Bett und stellte ihn auf den Boden. »Du hast *was*?«

»Magnus sah so elend aus, dass ich einfach etwas tun musste. Ich hab ihm gesagt, dass Johan und du hier sind.«

»Du meinst, du hast ihm gesagt, dass er Vater geworden ist?«, fragte Anne mit schriller Stimme.

Valborg hob entschuldigend die Hände.

»Mir fiel nichts Besseres ein.«

»Aber ich will ihn nicht sehen. Kannst du das denn nicht verstehen?«

»Kann schon sein, aber er wird schneller hier sein, als du denkst«, erwiderte Valborg.

14. Kapitel

Das schwache Abendlicht drang in die Stube und verlieh Annes blassem Gesicht einen eigentümlichen Schimmer. Valborg wollte gerade ein paar Kienfackeln holen, als es laut an der Tür klopfte. Sie trocknete sich die Hände an der Schürze ab und öffnete die Tür. Vor ihr stand ein breitschultriger Grubenarbeiter mit kupferfarbenem Gesicht und schmutziger Mütze. Noch ein Esser, dachte sie, aber dann fielen ihr die klaren blauen Augen und das weiche, freundliche Gesicht auf. Er nahm die Mütze ab und verbeugte sich.

»Mein Name ist Leonardo Omicelli. Wie ich hörte, wohnt hier die Frau, die in die Grube stürzte. Darf ich sie wohl sprechen? Ich habe sie gefunden.«

»Dann seid Ihr es also! Wir haben Euch schon in den höchsten Tönen gepriesen, das könnt Ihr mir glauben. Kommt herein!«

Leonardo betrat die Stube. Im Ofen prasselte ein Holzfeuer, und durch die offene Tür war der Alkoven zu erkennen. Anne ging es bereits besser; sie lag auf einem Kissenberg auf der Bank beim Feuer.

»Wie geht es Euch?«, fragte er, als er neben ihr stand.

»Ich fühle mich immer noch zerschlagen, aber ich lebe, und das verdanke ich Euch«, sagte sie. »Setzt Euch doch!« Sie deutete mit einer Kopfbewegung auf den Holzstuhl neben sich.

Er schob ihn näher an ihr Lager heran, nahm Platz und räusperte sich. »Was wolltet Ihr in der Grube?«

»Mehr erfahren, genau wie Ihr. Ich besitze nämlich ein Handelshaus, und meine Schiffe verkehren zwischen Stockholm und Lübeck. Nachdem mir die Hanseaten meine Geschäfte untersagten, musste ich mir einen anderen Lebensunterhalt suchen.«

»In einer Grube?«

Anne lachte.

»Ich wollte nur etwas lernen, damit ich bei meiner Arbeit erfolgreicher werde. Es geht nicht immer so gut aus«, scherzte sie und zog eine Grimasse. »Ich wollte Euch danken, dass Ihr mich gerettet habt. Anne Persdotter.« Sie streckte ihm die Hand hin.

»Mein Name ist Leonardo Omicelli«, stellte der Mann sich vor und ergriff die dargebotene Hand. »Wie Ihr wisst, bin ich Kaufmann und handle mit Konstantinopel und den Mittelmeerländern.«

»Und jetzt seid Ihr hierhergekommen. Wie gesagt, das ist sehr mutig von Euch. Hier Handel über See zu treiben, ist gar nicht so leicht. Das Mittelmeer kann nicht überraschend zufrieren, und es gibt auch keine winterlichen Stürme. Ich muss meine Segelreisen immer so planen, dass die Schiffe nicht im falschen Hafen überwintern müssen.«

»Aber bei uns gibt es Piraten, und wir müssen immer im Konvoi segeln.«

»Diese Seeräuber sind anscheinend überall. Habt Ihr schon von Klaus Störtebeker und den Vitalienbrüdern gehört?«

»Ja, auf dem Herweg ist mir zu Ohren gekommen, dass es hier im Norden mindestens zweitausend Piraten gibt. Und trotzdem verschifft Ihr Eure Waren?«

»Ich gehe einfach davon aus, dass mir nichts passieren wird«, lächelte sie und deutete auf ihren Verband. »Aber ich bin überzeugt, dass man im großen Stil Handel mit Kupfer treiben könnte ...« Sie hielt inne.

»Ich habe die Erzader auch bemerkt«, erklärte Leonardo ruhig. »Aber keine Sorge, bei diesem Felsvorsprung ist so viel Erde und Gestein heruntergerutscht, dass wahrscheinlich nur wir beide davon wissen.« Er beugte sich näher zu ihr. »Aber hört auf meinen Rat: Erzählt niemandem von diesem Fund, denn ich habe eine große Idee und könnte Euch mit einbeziehen. Ich habe nämlich einen Plan.«

»Erzählt!«

»Lieber nicht, bevor ich ganz sicher bin.«

Er stand auf, verbeugte sich und schenkte ihr ein kurzes Lächeln.

»Ich verspreche Euch, ich komme zurück.«

Als Magnus den Pfarrhof auf dem Hügel sah, wollte er wieder umkehren. Er hielt sein Pferd an. Die arme Anne hatte seinetwegen so viel ausstehen müssen. Eine ganze Weile hatte er gezögert, bevor er sich zu dem Besuch durchgerungen hatte, aber er wollte schließlich seinen Sohn sehen. Im Schritt ritt er auf den

Vorhof. Weit und breit war kein Stallknecht zu sehen, und es dauerte eine Weile, bis er einen Mann aufgetrieben hatte, der sich seines Pferds annahm. Dann zog er den Rock zurecht, klopfte sich den Schnee von den Stiefeln und klopfte an die Tür. Als niemand öffnete, bückte er sich und trat ins Haus.

Anne lag mit geschlossenen Augen auf einer Bank und ruhte. Über Leib und Beine war ein großes graues Schaffell gebreitet. Sie atmete ruhig, und das rot glänzende Haar fiel ihr über den Hals bis zum Ausschnitt. Ihr Schal war herabgeglitten und entblößte ihre Schultern, und unter dem Fell erahnte Magnus den weichen Körper. Plötzlich übermannte ihn ein heftiges Begehren. Hier lag die Mutter seines Sohns, die Frau, die er liebte und mit der er gern zusammengelebt hätte. Mit wenigen Schritten war er bei ihr.

»Anne«, flüsterte er, »ich bin bei dir.«

Sie erwachte, schlug die Augen auf und sah ihn verwundert an. Ihr Blick war nicht zärtlich und erfreut, wie er erwartet hatte, sondern erschrocken. Als stünde sie an einem Abgrund und hätte Angst vor dem Sturz.

»Ich habe gehört, dass ich Vater geworden bin.«

»Hast du Ingrid verlassen?« Annes Stimme klang scharf.

Er schüttelte den Kopf, beugte sich vor und küsste sie.

»Nein, lass das! Du bist noch nicht frei für mich«, protestierte sie.

»Aber du musst mir erlauben, Johan zu sehen.«

»Das kannst du noch früh genug. Das verspreche ich dir. Und nun geh.« Sie schob ihn von sich und deutete zur Tür.

Er nahm ihre Hand und drückte sie fest. »Kann ich mich darauf verlassen?«

Sie nickte. Magnus betrachtete sie kurz, gab ihr noch einen Kuss auf die Wange und ging hinaus. Anne brach ihre Versprechen nie. Er musste sich nur in Geduld fassen.

Nachdem er gegangen war, befand sich Anne in einem zu aufgewühlten Zustand, um noch schlafen zu können. Sie hatte sein Begehren gespürt. Trotzdem hielt sie an ihrem Entschluss fest. Er durfte sich ihr nicht mehr nähern, solange er noch verheiratet war. Doch sobald sie wieder gesund war, würde sie ihn mit Johan besuchen. Und dann wollte sie ihn vor die Wahl stellen.

15. Kapitel

Erst an einem sonnigen Tag Ende März fühlte Anne sich kräftig genug, sich zu Magnus nach Glamsarvet zu begeben. Sie hatte die Begegnung aus Unsicherheit vor sich hergeschoben. Als er die Tür öffnete, wagte sie ihn kaum anzusehen, denn die Glut, die unter der Asche schwelte, konnte nur zu leicht wieder auflodern, sobald sie sich trafen.

»Hier wären wir also«, erklärte sie und merkte, wie dumm sich das anhörte.

Sie hielt ihm Johan hin, aber als Magnus den Jungen nicht sofort auf den Arm nahm, setzte sie ihn auf den Boden. Sie hatte erwartet, dass Johan bei ihr stehen bleiben und sich an ihrem Bein oder ihrer Hand festklammern würde, doch er lief gleich ins Haus. Irgendetwas hatte er dort gesehen, und Anne eilte ihm nach. Hinter den zurückgezogenen Vorhängen des Alkovens lag Ingrid auf einem großen Bett mit einem Schoßhündchen und zwei Welpen. Mit einem verzückten Schrei stürzte Johan sich aufs Bett und streckte die Hand nach einem der kleinen Hunde aus.

»Weg! Weg mit dir!«, schrie Ingrid und fuchtelte mit den Armen.

»Komm sofort her, Johan!«, rief Anne, hob ihren Sohn hoch und zog sich aus der Schlafkammer zurück.

»Wir gehen in die Wohnstube«, schlug Magnus vor und zog die Tür hinter sich zu. Sie setzten sich an den Tisch. »Darf ich ihn einmal halten?« Er streckte die Hände nach seinem Sohn aus.

»Siehst du, wie ähnlich er dir ist?« Anne reichte ihm den Jungen.

»Wie alt ist er?«

»Zwei Jahre. Es ist in Lübeck passiert.«

Magnus schenkte ihr ein kurzes Lächeln.

»Du kleiner Wildfang«, murmelte er zärtlich und legte die Nase an Johans Wange.

»Wem gehört denn dieser schreckliche Junge, der da gerade in unser Schlafzimmer gerannt kam?« Wie aus dem Boden gewachsen stand Ingrid vor ihnen und stemmte die Hände in die Hüften. »Und was suchst du hier, Anne?«

Anne sah Magnus an und entdeckte die plötzliche Verunsicherung in seinen Augen. Nicht schon wieder!, dachte sie. So etwas möchte ich nie wieder erleben. Seine Schwäche gegenüber seiner Frau war ihr einfach unerträglich. Entschlossen stand sie auf und wandte sich an Ingrid.

»Über diesen Jungen wirst du kein böses Wort sagen. Er ist Magnus' und mein Kind.«

Zuerst war es vollkommen still, und sogar Johan blieb ganz ruhig. Ingrid starrte Anne an, während Magnus den Mund öffnete und schloss, ohne ein Wort hervorzubringen. Dann kam der Schrei, weder rein und klar wie bei heftigen Schmerzen noch verzweifelt und gebrochen wie bei einem Menschen, der zu Tode erschrickt. Ingrids Schrei war ein heiseres Rasseln, und ihr Blick war so hasserfüllt, dass Anne ihren Sohn hastig an sich zog.

»Du Hure! Ich bringe dich um!«

Dann sank Ingrid auf dem Boden zusammen, und ihr Wimmern erfüllte die Stube. Magnus stürzte zu ihr.

»Es war ein Fehler, Ingrid.«

»Du Verbrecher, was hast du mir angetan?«, schrie sie und schlug mit den Fäusten nach ihm. Als er keine Anstalten machte, sich zu wehren, verlor sie völlig die Fassung und riss sich das Nachthemd vom Leib. »Hier bin ich, Magnus. Warum schenkst du mir nicht auch ein Kind?« Bevor er antworten konnte, kniete sie vor ihm nieder und fasste nach seinem Gürtel. »Oder bin ich nicht gut genug?«

Magnus stützte seine Frau und warf Anne einen verzweifelten Blick zu. »Ich werde niemals frei sein. Du siehst es doch selbst«, keuchte er und half seiner weinenden Frau auf. Fürsorglich führte er sie zurück zum Bett, während er ihr beruhigende Worte ins Ohr flüsterte.

Anne blickte dem Paar hinterher und fasste einen Entschluss. Mit Johan auf dem Arm verließ sie eilig den Hof. Sie wollte Magnus niemals wiedersehen.

16. Kapitel

Das Gerücht hatte am Marktplatz seinen Ausgang genommen und lief nun von Hof zu Hof: Königin Margareta war auf dem Weg zum Kupferbergwerk. Alle redeten über die dänische Königin, und die Grubenarbeiter fürchteten ihren Besuch. Dass sie bereits ihren eigenen Vogt eingesetzt hatte, deutete darauf hin, dass sie weder Ortsansässige noch Deutsche in der Leitung des Unternehmens haben wollte. Die Deutschen, die sich noch in Falan aufhielten, schwiegen und hofften, dass sie sich mit dem neuen Vogt begnügen und ihnen den Rest überlassen werde, denn sie kannten sich mit der Grube immer noch am besten aus. Doch sicher fühlte sich niemand, und die Stimmung war gedrückt. Wenn die Königin die Beschwernisse einer Reise nach Bergslagen auf sich nahm, wollte sie gewiss noch mehr Kupfer aus dem Bergwerk fördern lassen. Dann standen große Umwälzungen bevor. Leonardo hingegen freute sich auf den Besuch der Königin. Er würde ihr Bericht über die Grube und den Handel in Falan erstatten und ihr gleichzeitig eine lohnendere Art des Kupfertransports als bisher vorschlagen.

Die kleine Gruppe, die wenige Tage später in Falan eintraf, erweckte anfangs keinerlei Aufmerksamkeit. Die vier Reiter in der vordersten Reihe sahen aus wie andere Schildknappen auch, wenngleich die Frau in ihrer Gesellschaft durchaus Blicke auf sich zog. Sie war gekleidet wie eine Bewohnerin der Gegend, obwohl sie niemandem bekannt vorkam. In ihrem dicken Wollmantel saß sie kerzengerade auf dem Pferd und hielt den Kopf hoch wie eine Bergmannsfrau. Die Begleiter ritten abwechselnd neben ihr, und ab und zu spähten sie zum Wald hinüber, als rechneten sie jeden Augenblick mit einem Überfall.

Der kleine Trupp ritt am Marktplatz und den Hütten von Ingarvets vorbei bis Bergsmansgården. Während die Soldaten warteten, betrat die Frau das Hauptgebäude. Nach einer Weile kehrte sie zurück, sagte etwas zu den Männern und saß wieder auf. Danach ritten sie weiter zu einer Blockhütte weiter oben am Berg. Von hier aus hatte man einen guten Ausblick über

Falan und das Umland und wurde nicht vom Rauch belästigt, der beständig aus der Grube aufstieg. Die Reiter banden ihre Pferde fest und trugen das Gepäck in die Hütte. Es begann zu schneien, und bald war von den Fremden keine Spur mehr zu sehen.

Früh am Morgen des nächsten Tages erwachte Leonardo von einem Klopfen an der Tür. Er brummte unwirsch, denn er hatte sich einige Stunden Schlaf erhofft, bevor er die nächste Schicht antrat. Wer mochte ihn um diese Zeit aufsuchen? Vielleicht ein Grubenarbeiter, der ihm von einem Erdrutsch im Stollen berichten wollte. Oder sollte er wieder eine Doppelschicht leisten? Verschlafen rieb er sich die Augen, zog den Türriegel zurück und öffnete. Vor ihm stand ein Stallknecht mit zwei Pferden.

»Der dänische Vogt verlangt, Euch zu sehen.«

»Ole Frode?«

Der Junge nickte. Die Pferde schnaubten, und der Atem stand ihnen in weißen Wölkchen vor den Nüstern. Leonardo warf einen Blick ins Freie. Die Sonne war noch nicht aufgegangen, und am Horizont verkündete ein rosiger Schimmer den neuen Tag. Es war kalt. Er hätte die Kälte am liebsten ausgesperrt und wäre ins Bett zurückgekrochen. Doch er wusste: Wenn der Vogt etwas von ihm wollte, hatte er keine Wahl. Ole Frode ließ ihn nicht ohne Grund rufen.

»Ich komme«, antwortete er und kehrte in die Hütte zurück, um sich anzuziehen.

Die Luft war trocken und herb, und die Hufe der Pferde warfen große Schneeklumpen in die Luft, als sie durch den Wald sprengten. Als sie beim Anwesen des dänischen Vogts eintrafen, erwartete er sie bereits.

»Es tut mir leid, dass ich Euch so früh geweckt habe, aber Ihre Hoheit will Euch treffen.«

In Leonardos müdem Kopf überschlugen sich die Gedanken.

»Die Königin?«

»Ja, ich weiß auch nicht, warum sie Euch gerade jetzt treffen will, aber irgendetwas Wichtiges muss es wohl sein«, meinte er und legte Leonardo freundschaftlich die Hand auf die Schulter.

»Sie wartet drinnen«, fuhr er fort und führte ihn in die Wohnstube.

Auf einer Bank saß eine Frau mittleren Alters in Landestracht. Wäre sie ihm auf dem Marktplatz über den Weg gelaufen, hätte er sie nicht erkannt. Doch er wusste, wer sie war. Er nahm den Hut vom Kopf und verneigte sich tief.

»Nun, wie war Eure Reise?«, erkundigte sich die Königin, ohne ihm einen Platz anzubieten.

»Ole Frode hat sich gut um mich gekümmert und mich sicher hierhergeleitet. Er hat mir auch Logis und eine Arbeit in der Grube verschafft.«

»Gut, so wollte ich das. Nun erzählt! In wenigen Tagen werde ich mit meinem Gefolge in die Stadt reiten, und dann möchte ich Bescheid wissen, wie es um die Grube steht.«

Leonardo betrachtete seine verschmutzte Hose und bedauerte, keine angemessene Kleidung angezogen zu haben. Verlegen fingerte er an seiner Mütze herum.

»Gerade wurde ein neuer Stollen mit einem reichen Erzvorkommen geöffnet, und bei einem Erdrutsch entdeckte ich vor Kurzem eine prächtige Kupferader. Die Zukunft scheint mir vielversprechend.«

»Man könnte den Abbau also steigern?«

»Das glaube ich wohl. Es gibt kein besseres Kupfer als das hiesige.«

»Und wie ergeht es den Menschen?«

»Nicht schlecht, aber es könnte besser sein. Soweit ich beobachten konnte, sind die Ortsansässigen ein trotziges Geschlecht mit starkem Willen. An Eurer Stelle, Hoheit, würde ich mich zuerst um die Grubenarbeiter kümmern. Gebt ihnen gutes Essen, längere Ruhezeiten und einen besseren Lohn für ihre Schufterei. Damit zieht Ihr sie auf Eure Seite, und sie werden noch mehr Erz fördern.«

Er verstummte, doch sie nickte ihm aufmunternd zu, damit er fortfuhr. »Habt Ihr weitere Vorschläge?«, fragte sie.

»Lasst die Bergleute weitere Hütten eröffnen, und sorgt dafür, dass die Bauern größere Schlitten bekommen, damit sie genügend Brennholz für die Sprengungen herbeischaffen können. Dann bekommt Ihr mehr Kupfer und könnt gleichzeitig mehr Steuern einziehen.«

»Mir scheint, ich habe einen guten Kundschafter«, bemerkte die Königin lächelnd. »Sonst noch etwas?«

»Die Leute machen sich Sorgen wegen des neuen dänischen Vogts. Es wäre geschickt, beruhigend auf sie einzuwirken.«

»Gut, ich verlasse mich auf Euch. Unsere Absprache gilt. Was habt Ihr mir anzubieten?«

»Wir verfrachten das Kupfer auf Fuhrwerken und Schlitten nach Västerås und von dort weiter nach Süden, allerdings nicht über Stockholm.«

»Aber wie sollen wir das Kupfer in Lübeck und Brügge verkaufen, wenn die Hanse in Stockholm ihre Abgaben nicht kassiert hat?«

»Daran habe ich bereits gedacht. Wie ich schon sagte, werden wir überhaupt nicht nach Lübeck segeln. In Brügge verfrachten wir die gesamte Ladung auf andere Schiffe und schaffen das Kupfer dann nach Venedig und Konstantinopel.«

Am Leuchten ihrer Augen erkannte er, dass sie ihn verstanden hatte.

»Nicht schlecht«, lächelte sie. »Die Vögte und Bischöfe, die mich sonst beraten, sprechen meistens davon, was *sie* brauchen. Ihr hingegen unterbreitet mir Vorschläge, wie ich selbst Gewinne einstreichen kann. Leonardo Omicelli, Ihr seid ein Mann ganz nach meinem Geschmack. Wir machen es so: Wenn Ihr die Aufbereitung des Kupfers in Schweden übernehmt und die Fracht sicher nach Konstantinopel bringt, finanziere ich die Schiffe und die Ausrüstung. Und Ihr beteiligt mich mit zwanzig Prozent am Gewinn.«

Leonardo konnte seine Begeisterung kaum zügeln. Natürlich war ihm klar geworden, was sich alles machen ließ, aber er hatte nicht gewusst, woher er das Geld hätte nehmen sollen. Jetzt hatte die Königin das Problem gelöst, bevor er es auch nur erwähnt hatte.

»Die besten Abmachungen sind immer jene, mit denen alle zufrieden sind«, fuhr die Königin fort. »Ich brauche die Einkünfte aus der Grube, und Ihr braucht Schiffe und Ausrüstung, um Handel zu treiben. Einverstanden?«

Leonardo schluckte, während sich in seinem Kopf die Gedanken überschlugen. Hier saß er auf dem Hof des dänischen Vogts in Falan, mit einer dänischen Königin, die mit ihm Geschäfte machen wollte. Er konnte es kaum glauben, aber als er aufblickte und ihr in die Augen sah, wusste er, dass sie es ernst meinte. Die Königin, die dafür bekannt war, mit Königen und Kaufleuten, Piraten und Prälaten gleichermaßen verhandeln zu können, hatte beschlossen, ihm ihr Vertrauen zu schenken. Nicht einmal in seiner wildesten Fantasie hätte er davon zu träumen gewagt. Trotzdem musste er einräumen, dass sein Vorschlag von vornherein verlockend gewesen war – wenn alles gut ging, würden sie beide prächtig daran verdienen.

»Einverstanden«, sagte er.

Sie stand auf und trat zu ihm.

»Dann müsst Ihr mir noch eines versprechen. Sorgt dafür, dass das Schiff nicht gekapert wird, denn ich will meine Investitionen immer zurückhaben.«

Leonardo verneigte sich.

»Ein guter Kaufmann weiß den Seeräubern zu entkommen«, versicherte er.

»Und was ist mit den Vitalienbrüdern? Klaus Störtebeker und Arendt Styke. Habt Ihr vor denen denn keine Angst?«

Deutsche Grubenarbeiter hatten ihm mehr von den Piraten erzählt, die sich auf Gotland niedergelassen hatten und jetzt Handelsschiffe auf der Ostsee kaperten. Und vor allem Dänen überfielen.

»Ich habe vor, ein schwedisches Schiff zu mieten, und wie üblich werde ich im Konvoi segeln. Die Risiken sind mir bekannt, aber wer nicht wagt, der nicht gewinnt.«

»Gut, dann trage ich Sorge dafür, dass Ole Frode Euch Eure Kosten erstattet. Wenn wir uns wieder treffen, teilen wir den Gewinn untereinander auf.«

»Und wenn es keinen Gewinn gibt?«, wagte Leonardo zu fragen.

»Das wird nicht geschehen.« Sie lächelte und hielt ihm ihre hübsche weiße Hand hin. Er sah sie an und besiegelte ihre Abmachung dann mit einem festen Handschlag.

»Ich verlasse mich auf Eure Verschwiegenheit«, fügte sie hinzu. »Ich werde erst in einigen Tagen nach Falan reiten, und bis dahin soll niemand erfahren, dass ich mich hier aufhalte. Überhaupt seid Ihr mir nie begegnet.«

Leonardo nickte stumm.

»Ole Frode bereitet meinen Empfang in Falan vor. Ich muss mit einem würdevollen Auftritt hier einziehen, sonst hören die Leute nicht auf mich. Sie sehen in Pomp und Prunk den Beweis dafür, dass sie einen guten Anführer vor sich haben, obwohl es eigentlich um ganz andere Belange geht. Als König oder Königin muss man auf das Volk hören, wenn man es ganz für sich gewinnen will.«

Sie bedachte ihn mit einem freundlichen Blick und ging zur Tür.

»Es war mir ein Vergnügen, Euch kennenzulernen. Viel Glück, und kommt sofort nach Eurer Rückkehr zu mir.«

»Das verspreche ich Euch«, beteuerte er und setzte den Hut wieder auf.

Erst als er am selben Abend seine Schicht beendet und sein Nachtmahl eingenommen hatte, ging ihm die Tragweite des Versprechens auf, das er der Königin gegeben hatte.

17. Kapitel

Eine einsame Frau wanderte durch die schneebedeckte Landschaft. Sie hatte einen Stock in der Hand und einen Korb aus Birkenrinde auf dem Rücken. Sie war weder alt noch jung, zeigte aber nicht mehr die Schönheit einer ganz jungen Frau. Das fahle Gesicht mit den eng beieinander stehenden Augen war vielleicht einmal schön gewesen, doch nun glitt es langsam in den Dämmerzustand des Alters. Wer sie traf, scheute vor ihrem schwarzen Blick zurück, und später sollten die Leute über die mystische Frau wie über ein böses Omen sprechen. Doch im Augenblick verspürten sie bei ihrem Anblick nur ein leises Unbehagen, schlugen einen weiten Bogen um ihre Erscheinung und eilten weiter. Ihnen war nicht bewusst, dass sie einer Vorahnung von Übel und Tod begegnet waren.

Krampfhaft umklammerte Ingrid ihren Wanderstab und sah sich um. Zur Sicherheit hatte sie sich den schwarzen Schal tief in die Stirn gezogen, damit niemand sie wiedererkannte. Am liebsten wäre sie überhaupt niemandem begegnet, doch auf dieser Straße waren ständig Fuhrwerke und Reiter unterwegs. Die Zeit war reif. In all den Jahren hatte sie so viel aushalten müssen, doch jene Begegnung war der letzte Tropfen gewesen, der das Fass zum Überlaufen gebracht hatte. Anne hatte ein Kind von Magnus zur Welt gebracht. Ingrids Zunge fühlte sich wund und trocken an, und sie schauderte beim Gedanken an ihr Vorhaben. Aber es war unumgänglich. Endlich würde sie allem, was ihr Leben verdüsterte und sie unglücklich machte, ein Ende setzen. Die untergehende Sonne verbreitete ihr rotgelbes Licht, als wären es Drachenflügel. Es hatte eine Weile gedauert, bis sie Mut gefasst hatte, aber jetzt spürte sie, dass sie es schaffen würde.

Sie musste es schaffen.

Als sie eine ganze Strecke zurückgelegt hatte, begegnete sie mehreren Reitern und einem Bauern, aber keiner erkannte sie. Sie bog in den Weg ein, der zu dem Häuschen führte, und stellte zu ihrer Erleichterung fest, dass sich niemand auf dem Vorplatz aufhielt. Vorsichtig schlich sie an dem Gebäude entlang und spähte ins Innere. Da saß Anne. Ingrid betrachtete sie eine Weile und zog sich dann leise in die Dunkelheit des Walds zurück. Dort, umschlossen von der Schwärze, fühlte sie sich sicher.

Sie wartete, bis es so dunkel war, dass sie das Häuschen gerade noch erkennen konnte. Dann trug sie so viele Holzscheite und Späne zusammen, wie sie tragen konnte, und kehrte zurück. Nachdem sie ein paar Mal tief durchgeatmet und sich lauernd umgesehen hatte, stapelte sie das Brennholz an der Schmalseite des Häuschens auf. Dann stellte sie sich an die windgeschützte Seite und schlug den Stahl gegen den Feuerstein.

Der Zunder fing sofort Feuer, und sie zündete einen Kiefernspan an. Noch konnte sie es sich anders überlegen, doch stattdessen beobachtete sie mit wohligem Schauer, wie das Feuer sich über den Holzstapel ausbreitete. Eigentlich hätte sie davonlaufen sollen, aber sie blieb stehen und genoss es, wie die Flammen am Hausgiebel emporleckten. Jetzt fing auch das Holz an den Wänden Feuer und wurde in die Fugen zwischen den Brettern gesogen.

Erst als sie sicher war, dass alles lichterloh brannte, setzte sie ihren Birkenrindenrucksack wieder auf und eilte in der abendlichen Dunkelheit davon.

Als sie sich wieder auf dem Pfad befand, achtete sie sorgfältig darauf, mit ihrem Kopftuch das Gesicht zu verstecken. Sie war noch nicht weit gekommen, als sie den Geruch von Feuer wahrnahm und eine Rauchsäule über dem Wald aufsteigen sah. Ein zufriedenes Lächeln breitete sich auf ihrem Gesicht aus. Anne und die Kinder hätten keine Gelegenheit mehr, sich aus dem brennenden Häuschen zu retten. Sie beschleunigte ihre Schritte, und bevor sie das Haus betrat, sah sie sich noch einmal in alle Richtungen um. Wie erwartet, war Magnus noch nicht zurück, was ihr genug Zeit ließ, um sich Schnee und Tannennadeln von der Kleidung zu bürsten. Dann legte sie sich in ihren Alkoven schlafen. Wenn Magnus zurückkam, sollte er nicht merken, dass sie draußen gewesen war.

Magnus unterhielt sich ausführlich mit dem deutschen Aufseher in Falan, brachte aber nichts über eine neue Stellung in Erfahrung. Niedergeschlagen, wie er war, suchte er noch ein Wirtshaus auf, bevor er sich auf den Heimweg machte. Als er vor der Tür stand, entdeckte er, dass Ingrid nicht zu Hause war, und fühlte sich erleichtert. Er schämte sich dafür, doch er genoss die Freiheit und die Stille, wenn sie nicht in seiner Nähe war. Mittlerweile war sie nicht mehr bettlägerig, und anfangs hatte er geglaubt, dass dieser Umstand ihr Zusammenleben erleichtern würde. Doch ständig verfolgte sie ihn mit ihren Anschuldigungen und Nörgeleien, und ihre Schwarzseherei zehrte an seinem Gemüt. Seine Sehnsucht nach Anne und Johan wuchs hingegen mit jedem Tag. Er hatte beschlossen, sie noch einmal zu besuchen, und allein der Gedanke daran hielt ihn aufrecht. Zwar hatte Ingrid ihm das Versprechen abgenommen, Anne nie wieder zu treffen, aber ein Kind war ein Versprechen auf Lebenszeit, und er wollte die Mutter seines Sohns nicht enttäuschen.

»Wenn du zu ihr gehst, sorge ich dafür, dass du es bis an dein Lebensende bereust«, hatte sie gedroht. Doch wie immer hatte er ihre Worte verdrängt. Obwohl ihr finsterer Blick ihm manchmal Angst einjagte, tröstete er sich damit, dass sie nicht zu jenen Menschen gehörte, die dann auch handelten. Ihren Worten pflegten grundsätzlich keine Taten zu folgen.

Da fiel ihm ein, dass er ja nicht zu Hause sein musste, wenn Ingrid nicht da war. Entschlossen zog er sich den Mantel an und trat vor die Tür. Eine Weile blieb er auf dem Vorhof stehen und blickte übers Umland. Dann ging er in den Stall und sattelte sein Pferd.

Es war noch nicht Vollmond, doch der Schnee lag strahlend weiß in den Talsenken, und er kannte den Weg. Die Äste, die sich unter ihrer Schneelast bogen, streiften sein Gesicht, wenn sein Pferd zu nahe an eine Fichte geriet, und einmal riss ihm ein Zweig die Mütze vom Kopf, sodass er anhalten musste, um sie aufzuheben. Es wurde immer kälter, und er bedauerte, sich nicht wärmer angezogen zu haben. Der Grubengeruch wurde stärker, und er hielt sich mehr in nördlicher Richtung. Den Weg fände ich mit verbundenen Augen, dachte er lächelnd.

Als er ungefähr auf halber Strecke war, erblickte er eine einsame Frau mit schwarzem Kopftuch, die in entgegengesetzter Richtung zwischen den Bäumen hindurchhuschte. Da er ganz in Gedanken versunken war, bedachte er sie nur mit einem zerstreuten Blick. Er hatte Zeit gebraucht, um den Mut zu fassen, Ingrid zu verlassen. Bis jetzt war er zu feige gewesen, aber im Lauf des Tages war sein Entschluss gereift, und Gott sei Dank war Ingrid nicht zu Hause gewesen, um ihn im letzten Augenblick wieder davon abzubringen. Endlich hatte er sich entschieden. Auch wenn er sich laut Kirchengesetz nicht scheiden lassen konnte, würde er ab heute nicht mehr mit Ingrid zusammenleben. Sie konnte den Hof übernehmen, er würde sich etwas Eigenes suchen, und sobald alle Angelegenheiten geordnet waren, konnte Anne ihn besuchen. Natürlich würde man über ihn lästern und ihm keine Achtung mehr entgegenbringen, doch das störte ihn nicht mehr. Anne war wichtiger als alles andere. Anne und ihr Sohn Johan.

Als er wenig später den Pfarrhof erreichte, war er überglücklich. Gleich würde er sie sehen. Doch im gleichen Augenblick nahm er einen seltsamen Geruch wahr. Er dachte nicht weiter darüber nach, bis er näher kam und entdeckte, dass schwarzer Rauch von einem der Gebäude aufstieg. Er riss die Augen auf und wollte erst nicht glauben, was er sah. Das Häuschen, in dem Anne wohnte, stand in Flammen.

18. Kapitel

Magnus trieb sein Pferd mit der Peitsche zu schnellerem Lauf an. Als er den Holzzaun erreichte, sah er, wie an der westlichen Giebelseite große Flammen aus der Wand schlugen. Er sprang vom Pferd und nahm sich nicht die Zeit, es festzubinden, sondern stürzte sofort zu dem Häuschen. Große Rauchwolken quollen aus den Fenstern, und von innen hörte er Geschrei und Hilferufe. Plötzlich wurde die Tür aufgerissen, und eine untersetzte Person schleifte eine wie betäubt wirkende junge Frau heraus. Die Flammen leckten schon am Türrahmen empor – wie es aussah, waren die beiden im letzten Moment entkommen. Eine pechschwarze Angst packte Magnus, und er bekreuzigte sich rasch, bevor er auf die beiden zulief.

»Die Kinder, ich muss die Kinder retten!« Annes Stimme klang angsterfüllt und schrill. »Sie sind neben dem Holzofen eingeschlafen. Ich konnte sie durch den Rauch hindurch nicht sehen. Sie müssen sich irgendwo versteckt haben.«

»Maria und Johan sind noch im Haus!«, keuchte Valborg und machte Anstalten, wieder ins Haus zu laufen. »Wir müssen …«

»Nein, warte!« Magnus schob die Frau beiseite, und ungeachtet jeglicher Gefahr näherte er sich dem Häuschen. Noch vor Kurzem hatte er sich schwach und antriebslos gefühlt, doch jetzt wollte er Anne zu Hilfe eilen und ihren Kindern das Leben retten.

Als er die Tür erreicht hatte, sah er, dass sowohl die Wände als auch das Dach brannten, das Feuer jedoch die Bänke und Vorratsfässer auf dem Boden noch nicht erfasst hatte. Über das Knistern der Funken und das Dröhnen der Flammen hinweg hörte er die Schreie der Kinder. Auf der Vortreppe stand ein Wassereimer, in den er seine Mütze tauchte; das restliche Wasser goss er über sich aus, ging auf alle viere, drückte sich die nasse Kopfbedeckung vor den Mund und kroch ins Zimmer.

»Maria, Johan, kommt her, nehmt meine Hand! Ich helfe euch hier heraus.«

Er nahm eine Bewegung wahr und entdeckte, dass die Kleinen sich hinter einem der Fässer verkrochen hatten. Der Qualm war erstickend dick, doch in Bodennähe konnte sich Magnus gerade noch bewegen. Eine Stichflamme schoss aus einer der Wände, und er sah die Angst in den Augen der Kleinen. Sie wagten sich nicht zu rühren, während das Feuer immer weiter um sich griff und es ringsum prasselte und donnerte. Wir haben keine Zeit mehr, dachte Magnus. Wir müssen schnellstens von hier verschwinden. Er nahm seine ganze Kraft zusammen und kroch auf die Kinder zu.

»Kommt!«, rief er und packte sie, während die Hitze ihm das Gesicht versengte und die Flammen gierig nach seinen Kleidern leckten. Er atmete den Rauch ein, hustete und bekam fast keine Luft mehr, doch es gelang ihm, Johan und Maria durch die Tür ins Freie zu zerren.

»Lauft weg!«, rief er und ließ sie los, doch im gleichen Moment sah er, dass Marias Haar Feuer gefangen hatte. Rasch warf er sich auf sie und stieß sie zu Boden. Mit fliegenden Händen schaufelte er ihr Schnee aufs Haar und löschte das Feuer.

Als er den Blick wieder hob, entdeckte er, dass der Junge verschwunden war. Der Kleine war wieder ins Haus gerannt! Magnus rief laut nach ihm, rannte zurück in die Stube und wurde um ein Haar von einem herabfallenden Dachbalken getroffen. Ohne zu zögern, sprang er darüber hinweg, bekam Johan zu fassen und hielt ihn fest, während er ihn mit sich zur Tür zerrte. Johan brüllte wie von Sinnen, doch seine Schreie wurden vom Husten erstickt und gingen in lautes Weinen über. Einen Moment lang konnte Magnus ihn gar nicht mehr sehen, so dicht war der Qualm mittlerweile.

Nur hinaus! Nur hinaus!, schoss es ihm durch den Kopf. Nicht atmen! Sieh einfach nur zu, dass du die Tür erreichst! Plötzlich fing sein Haar Feuer. Es zischte und roch nach verbranntem Horn, und er warf sich schwankend und mit zitternden Knien der Tür entgegen. Als er gerade den letzten Schritt nach draußen tun wollte, fiel wieder ein Balken vom Dach und legte sich mit einem wirbelnden Funkenregen zwischen ihn und die Tür. Magnus wurde umgeworfen und spürte einen stechenden Schmerz im Kreuz, doch er ließ Johans Hand nicht los. Als er versuchte, aufzustehen und ins Freie zu gelangen, stellte er fest, dass sein linker Fuß unter dem Balken eingeklemmt war.

Draußen sah er den Schnee und die Menschen, doch er konnte nicht zu ihnen. Du musst dich losreißen, gib nicht auf!, ermutigte er sich selbst, doch gleichzeitig verwirrten sich seine Sinne immer mehr. Er öffnete den Mund, um Luft zu bekommen, doch um ihn herum gab es nur noch Rauch und Feuer.

Auf einmal sah er, dass aus Johans Kleidung Rauch aufstieg. Nicht Johan!, dachte er verzweifelt. Nicht mein Sohn! Der Junge umklammerte seine Hände, und Magnus spürte, wie der kleine Körper zitterte. Entschlossen hob er den brüllenden kleinen Kerl über den Kopf und warf ihn mit voller Kraft zur Tür hinaus. Dann sank er zwischen dem Rauch und Getöse zusammen.

19. Kapitel

Im gleichen Augenblick, als das Feuer aus dem Dach schlug, sah Anne, wie Johan wieder im Haus verschwand. Sie stand auf und rannte ihm nach, doch auf der Vortreppe hielt sie ein Funkenregen zurück, der ihr wie eine rote Wolke entgegenprasselte. Sie blieb stehen und beobachtete entsetzt, wie ein riesiger Balken vom Dach stürzte. Der Qualm wurde immer dichter, und sie musste sich hustend zurückziehen. Im Hausinnern konnte sie jedoch Magnus ausmachen, und dann verfolgte sie, wie er Johan über den Kopf hob und ihn durch die Tür ins Freie warf.

Anne war mit einem Satz bei ihm, packte den Jungen und rollte das schreiende Kind in eine Schneewehe. Es zischte, als der Schnee das Feuer in den Kleidern löschte. Keuchend nahm sie den schreienden Jungen hoch und wiegte ihn beruhigend in den Armen. Zu ihrer Erleichterung stellte sie fest, dass die mittlerweile zu Hilfe geeilten Männer endlich mit den Löscharbeiten begonnen hatten. Unter lauten Rufen leerten sie einen Eimer Wasser nach dem anderen in die Flammen. Große Rauchwolken zogen über den Hof, und als sie sich schließlich zerstreut hatten, sah sie, wie drei Männer Magnus heraustrugen und auf den Boden legten. Valborg trat zu ihr und legte ihr den Arm um die Schulter. Anne schob ihr Johan zu.

»Nimmst du ihn kurz in deine Obhut?«, bat sie. Ohne eine Antwort abzuwarten, rannte sie zu Magnus hinüber.

»Du hast Johan das Leben gerettet«, flüsterte sie, als sie neben ihm niederkniete. Sein Atem rasselte, und mühsam rang er nach Luft. Da merkte sie, dass er etwas sagen wollte.

»Ich habe mich entschieden«, hauchte er schließlich.

Die Worte waren kaum hörbar. Anne musste sich vorbeugen und ihm das Ohr vor den Mund halten, damit sie verstand, was er ihr sagen wollte.

»Ich werde Ingrid verlassen.« Seine Stimme senkte sich zu einem heiseren Flüstern, doch er schluckte und nahm einen neuen Anlauf. »Ich hätte es schon früher tun sollen, aber ... Ab jetzt werden wir zusammenleben, Anne. Das verspreche ich dir, nur du und ich.«

Keuchend ließ er den Kopf zurücksinken. Sie sah, wie er zitterte.

»Mir ist kalt«, murmelte er.

Die Stimme versagte ihm, und auf einen Schlag wurde ihr bewusst, welch schwere Verbrennungen er erlitten hatte. Im Feuerschein sah sie, dass die klebrige dunkle Masse auf seinem Gesicht Blut war.

»Du hast die Kinder gerettet.«

Er antwortete nicht, und sie kämpfte mit den Tränen. Ein leichtes Lächeln umspielte seine Lippen, und sie wartete, ob er noch etwas sagen würde.

»Magnus?«

Er hatte den Mund geschlossen, und sein Brustkorb bewegte sich nicht mehr. Entsetzt starrte Anne ihn an, nahm seine Hand und zuckte zusammen, als sie sah, wie schwarz und blutig sie war. Seine Lippen bewegten sich nicht mehr. Um sie herum schien plötzlich alles verschwunden zu sein, sie hörte das Feuer nicht mehr, die Schreie, die Rufe. Und er verschwand auch.

»Du darfst mich nicht verlassen, Magnus!« Verzweifelt schüttelte sie ihn und riss ihm das Hemd am Hals auf, damit er besser Luft bekam. Kraftlos fiel sein Kopf zur Seite.

»Magnus!«, schrie sie und warf sich an seine Brust. Doch er rührte sich nicht mehr, und sie sank weinend neben ihm zusammen.

In der Nacht wachte sie auf, ohne richtig zu wissen, wo sie eigentlich war. Alles lag im Dunkeln, es war völlig still. Sie streckte sich, sog warme, trockene Luft ein und nahm Rauchgeruch war. Er kam von ihr selbst. Verwirrt sah sie sich um. Sie befand sich auf dem Pfarrhof und begriff erst gar nicht, warum sie hier lag und nicht im Gästehäuschen. Dann fielen ihr der Brand wieder ein, der Lärm und die Stimmen und die Schreie der Kinder. Auf einmal war sie hellwach. Die Kinder, wo waren die Kinder? Sie setzte sich auf und blickte in der Stube umher, bis sie in einer Ecke ihre schlafenden Kinder entdeckte. Gott sei's gedankt, sie leben, dachte sie. Mit Tränen in den Augen stand sie auf und ging auf Zehenspitzen zu ihnen hinüber. Eine ganze Weile blieb sie neben den beiden stehen und betrachtete sie, bevor sie sich zu ihnen hinabbeugte und sie küsste. Dann schlüpfte sie zu ihnen ins Bett, ohne sie zu wecken, und legte die Arme um die kleinen Körper. Doch erst als Johan und Maria aufwachten, brach alles aus ihr heraus, und sie begann haltlos zu schluchzen.

Am Morgen, als sie sich zurechtmachte und den Kindern beim Anziehen half, dachte sie daran, dass sie alle um ein Haar ihr Leben in dieser Feuersbrunst gelassen hätten. Was wäre geschehen, wenn Valborg und sie in Rauch und Flammen weiter nach den Kindern gesucht hätten? Wären sie jetzt alle tot, und Magnus würde noch leben? Sie hatte bleiben wollen, um weiterzusuchen, doch Valborg hatte ihr eine Ohrfeige versetzt und sie aus dem Haus gezerrt.

Immer und immer wieder überlegte Anne, wie sie sich anders hätte verhalten sollten. Magnus hatte die Kleinen gerettet, und dafür würde sie ihm ihr Lebtag dankbar sein. Doch als er endlich beschlossen hatte, Ingrid zu verlassen, hatte ihn das Schicksal ihr wieder geraubt. Sie versuchte, sich das Weinen zu verbeißen. Wie sollte sie das jemals vergessen können?

Mattis der Spielmann trat kräftig gegen einen Stein, der daraufhin über den Hof schoss und nur knapp einen Soldaten am Schlossbrunnen verfehlte. Rasch blickte Mattis in eine andere Richtung, aber die Männer hatten ihn schon entdeckt.

»He, versuch das nicht noch mal! Wenn du uns getroffen hättest, hättest du einen Pfeil abbekommen.« Der untersetzte kleine Soldat deutete auf seine Armbrust.

Mattis wandte den Blick ab und tat, als kümmere ihn der

Mann nicht. Auf dem Burghof konnte man sich kaum noch bewegen, so viele Leute drängten sich dort, und im Keller und auf sämtlichen Gängen, in den Sälen, im Treppenhaus und auf dem Dachboden musste er sich durch Massen von unbekannten Menschen drängen. In Abständen rollten große Gespanne auf den Hof, die Armbrüste und Flinten brachten, und an einem Tag war unter strengster Bewachung die größte Waffe hereingekarrt worden, die Mattis jemals gesehen hatte. Mit großer Begeisterung hievten die Hanseaten eine schwere Kanone vom Wagen, die mit Pulver geladen wurde und ein ganzes Schiff versenken konnte, wie es hieß. Auf dem Hof umringten die Soldaten das Wunderding und klatschten begeistert in die Hände.

Doch Mattis konnte kaum spielen in diesem Getümmel und dieser Unruhe. Die Wagen ächzten, die Pferde schnaubten, und Schildknappen, Schützen und Artilleristen drängten sich zwischen den Mägden und Knechten. Von überallher ertönten laute Rufe und Gelächter, und ab und zu donnerte eine Kugel aus der neuen Riesenkanone.

Im Schloss war nicht zu übersehen, dass neue Zeiten angebrochen waren. Mittlerweile wurde die Hauptstadt nicht mehr von einem schwedischen und einem deutschen Obmann regiert, sondern von zwei Deutschen: Herman von der Halle aus Danzig und Jordan Pleskow aus Lübeck. Unter diesen Machthabern wandelte sich Stockholm. Der Handel blühte auf, die Bewohner hatten wieder Essen auf dem Tisch, und man konnte ohne Angst durch die Straßen und Gassen gehen.

Mattis hatte in dieser Zeit auch neue Freunde im Schloss gefunden. Sie wollten mit Musik, Spiel und Gauklerkunststücken von ihm unterhalten werden, und zu Anfang war er stolz und froh gewesen. Doch obwohl er bei seinen Auftritten Gelächter erntete und man ihm auf die Schulter klopfte, war er nicht zufrieden. Er fühlte sich entwurzelt und vermisste einen Sinn oder ein Ziel in seinem Leben. Er dachte an die Vitalienbrüder, die früher in Stockholm geherrscht, sich inzwischen aber auf Gotland niedergelassen hatten. Mehr als einen von ihnen hatte er kennengelernt. Manche waren ganz gewöhnliche Soldaten gewesen, mit denen er friedlichen Umgang gepflegt hatte, andere waren unbarmherzige Piraten, die plünderten und mordeten. Jetzt standen diese ungehobelten Gesellen kurz davor, die Macht auf der Insel ganz zu übernehmen, und nördlich von Gotland legten schon keine Handelsschiffe mehr an. Wenn es nicht gelang, diesen Vitalienbrüdern das Handwerk zu legen, würden Stockholm und die anderen Städte an der Ostsee bald wieder hungern.

Die deutschen Hansestädte klagten lauthals, schafften es jedoch nicht, sich zu einem Gegenangriff zusammenzuschließen. Sie rüsteten das eine oder andere Friedensschiff aus, um gegen die Piraten vorzugehen, doch das reichte nicht. Klaus Störtebeker, Arendt Styke, Godeke Michels, der Schwarze aus Schonen, und wie sie alle hießen, schalteten und walteten, wie es ihnen beliebte, und noch hatte niemand sie besiegen können. Abends saßen die Soldaten zusammen und schimpften über sie, und Mattis stimmte in ihre Klagen ein, bis ihm aufging, dass er selbst auch nur tatenlos zusah.

Er ging zum Brunnen und holte einen Eimer Wasser herauf. Während er aus der Schöpfkelle trank, blinzelte er in die Nachmittagssonne, deren Licht über die Mauer fiel. Auf dem Stockholmer Schloss rüstete man sich, die Hanseaten stritten weiter untereinander, und Königin Margareta verhandelte, doch niemand unternahm einen geballten Angriff. Der Knappe der Königin, Sven Sture, kämpfte auf jeden Fall gegen die Vitalienbrüder, um die Belange der Königin auf Gotland zu schützen. Man erzählte sich, dass er ein starker Mann sei, der sich für die Sache der Guten einsetzte.

In diesen unruhigen Jahren, in denen Deutsche, Schweden, Dänen und Vitalienbrüder um die Macht gekämpft hatten, hatte Mattis versucht, sich mit allen gut zu stellen. Doch nun war die Zeit gekommen, endlich Stellung zu beziehen. Er war es leid, dass die Schweden in Stockholm so wenig zu sagen hatten. Wenn Königin Margareta die Stadt einnähme, gäbe es wieder Platz für Schweden und Deutsche, und dann hätte er sich auch wieder vorstellen können, hier zu leben – doch jetzt? Er hängte die Kelle wieder an den Haken und trocknete sich den Bart. Er wollte denjenigen Herrscher unterstützen, der die alten Verhältnisse wiederherstellte, als Stockholm noch eine Stadt für alle gewesen war.

Während der Abend anbrach, grübelte er noch immer, und

am nächsten Morgen war er zu einem Entschluss gekommen: Er würde den dänischen Statthalter Sven Sture in Visby aufsuchen und ihm seine Dienste anbieten. Da er Valborg versprochen hatte, auf das Handelshaus und ihren Weinkeller aufzupassen, musste er ihre Rückkehr abwarten, doch sie wäre sicher bald zurück. Plötzlich kam ihm die ganze Welt viel heller vor. In Gedanken war er schon unterwegs.

20. Kapitel

Anne blickte in die Stube und zog sich die Decke über die Knie. Wie um alles in der Welt hatte hier nur ein Feuer ausbrechen können? Sie dachte immer wieder über die Ereignisse nach, wobei das Bild von Magnus' verbranntem Gesicht ihre Erinnerungen ständig überlagerte. Sie trauerte um ihn und war zu nichts fähig. Allein morgens aufzustehen, wurde ein unüberwindliches Hindernis für sie. Alles war ihr gleichgültig, nicht einmal die Kinder vermochten sie aufzumuntern. Wäre Valborg nicht gewesen, die sie zum Essen überredete, hätte sie wahrscheinlich nicht einmal mehr Nahrung zu sich genommen. Doch ihre Freundin blieb hart. Wenn Anne sich weinend unter der Decke zusammenkrümmte, riss Valborg sie ihr weg und zog die Freundin aus dem Bett. Dann nahm sie sie in den Arm und flüsterte ihr tröstliche Worte ins Ohr, während Maria und Johan danebenstanden und mit großen Kinderaugen zu begreifen versuchten, warum ihre Mutter so verzweifelt war.

So vergingen mehrere Tage, und an einem kühlen, bewölkten grauen Morgen kam der Venezianer zu Besuch. Er hatte von dem Unglück gehört und bemerkte wohl, wie traurig Anne war, denn von nun an kam er auf seinem Heimweg von der Grube stets bei ihr vorbei. Anfangs war sie eher wortkarg, doch einige Wochen später, nachdem er ihr des Öfteren aus seinem Leben als Kaufmann erzählt hatte, blühte sie auf. Er unterbreitete ihr Vorschläge und Pläne und fragte sie nach ihrer Meinung, sodass sie die Gedanken von Magnus losreißen musste. Schließlich stellte sie die eine oder andere Frage.

»Ihr habt doch irgendetwas Großes vor, das spüre ich«, sagte sie eines Tages.

»Ja, und Ihr sollt eine ehrliche Antwort erhalten. Ich habe Euch so viele Fragen gestellt, um einzuschätzen, ob ich mich auf Euer Urteil verlassen kann. Und ich wollte Euch auch näher kennenlernen. Jetzt ist der Augenblick gekommen, da ich es wage, mich Euch anzuvertrauen. Ich habe einen Vorschlag.«

Anne merkte, wie erwartungsvoll sie aufhorchte. Als sei dies ein entscheidender Moment. Als stehe es in Leonardos Macht, den Kindern und ihr ein neues Leben zu eröffnen.

»Ich brauche Eure Hilfe. Ihr habt Erfahrung mit dem Handel zur See und seid schon selbst über die Ostsee gesegelt. Ich habe Geld. Lasst uns gemeinsam Geschäfte machen!«

»Ihr scherzt wohl. Glaubt Ihr wirklich, wir könnten friedlich zusammenarbeiten?«

»Natürlich. Wir würden uns gegenseitig unterstützen. Hört zu!« Er senkte die Stimme und erzählte von seiner Abmachung mit Königin Margareta und von einer großen Ladung Kupfer, die nach Brügge und dann weiter in Richtung Süden verschifft werden sollte.

»Kommt mit mir, dann müsst Ihr nicht mehr bei Wind und Wetter hinter einem Marktstand stehen. Ich brauche Eure Kenntnisse des Handelns im Norden, das Mittelmeer kenne dafür ich.«

Er nahm auf dem Holzstuhl neben ihrem Bett Platz. Im Hintergrund prasselte das Feuer im Kamin. Anne setzte sich auf und sah ihn an. Hier war der Ausweg. Ein Weg nach vorn. Eigentlich wusste sie nicht sonderlich viel über ihn, aber er hatte ihr ein gutes Angebot gemacht. Ein großes, schwieriges, gewagtes Unternehmen – so etwas gefiel ihr. Und in seiner Nähe verspürte sie plötzlich wieder Lebensfreude und einen Hauch von Abenteuer und Spannung, ganz wie früher. Wenn ein Gewinn dabei heraussprang, könnte sie endlich ihren Plan verwirklichen: den armen Frauen und Kindern in Stockholm, die so schwer unter den Unruhen gelitten hatten, eine Summe Geld schicken.

»Meint Ihr das alles ernst?« Sie konnte es immer noch nicht so recht glauben.

Er nickte. »Ich war noch nie so überzeugt.«

Ein schönes Gesicht hat er, dachte sie. Eine gerade Nase, ein weiches Kinn. Aber vor allem die lebhaften blauen Augen hatten es ihr angetan. Sie musste aufpassen, dass sie nicht in Versuchung geriet.

»Warum sollte ich mich einem Abenteurer anvertrauen?«

»Das dürfte doch der einzige Menschenschlag sein, mit dem Ihr zusammenarbeiten könnt.«

Anne sah ihn verblüfft an. »Ihr scheint mich besser zu kennen als ich mich selbst. Aber was wisst Ihr von meinen kaufmännischen Fähigkeiten? Vielleicht bin ich ja zu tollkühn für Euren Geschmack.«

»Ha, da bin ich ganz anderes gewohnt! Damit komme ich schon zurecht.« Er beugte sich vor. »Ich weiß mehr über Euch, als Ihr vermutet. Valborg hat mir von Euch erzählt. Ihr habt erfolgreich Waren gekauft und verkauft und seid zwischen Lübeck, London und Stockholm hin und her gesegelt, und das in Zeiten, als andere sich nicht aus dem Hafen trauten. So etwas gefällt mir. Und wenn ich daran denke, wie Ihr einfach so durch die Gruben streift, wird mir klar, dass Euch so leicht nichts Angst macht.«

Anne konnte sich ein Lächeln nicht verkneifen.

»Aber ich kann nicht bis zum Mittelmeer reisen«, wandte sie nach einer Weile ein. »Ich muss auch an meine Kinder denken.«

»Valborg liebt die Kleinen und wünschte sich nichts sehnlicher, als mit ihnen zusammen zu sein.«

»Habt Ihr schon mit ihr gesprochen?«

»Nein, das ist Eure Aufgabe. Aber ich habe Augen und Ohren im Kopf. Sie vergöttert die Kinder und stimmt bestimmt freudig zu, wenn Ihr sie fragt, ob sie sich noch eine Weile um sie kümmert.«

Anne schwieg und blickte nachdenklich ins Leere.

»Denkt doch einmal nach! Eine solche Gelegenheit bekommt man nur einmal im Leben, und es wird gewiss ein Erfolg. Meinetwegen braucht Ihr Euch keine Sorgen zu machen. Ich muss mich gut benehmen, damit ich das Vertrauen der Königin nicht verliere.«

»Reicht das denn?«

Er lächelte über ihren Scherz. »Gebt mir bis nächste Woche Bescheid. Denkt darüber nach!«

Er straffte den Rücken und stand auf. »Wir sehen uns dann an Bord.« Er verbeugte sich und ging zur Tür. Sein Blick war neckend, sein Benehmen würdevoll, aber er hatte auch etwas Weiches, Sinnliches an sich. Er ist anziehend, dachte sie, ein Mann, der nach wildem Honig duftet. Bei dem Gedanken musste sie lächeln. Leonardo Omicelli steckte voller Widersprüche. Er war einfühlsam wie eine Frau, doch mit seinen ernsten Augen und seiner männlichen Art, sich zu bewegen, vermittelte er ganz zweifellos den Eindruck eines ganzen Kerls. Außerdem konnte er über sich selbst lachen – eine Fähigkeit, die sie bisher bei wenigen Männern beobachtet hatte. Er hatte sie nicht unberührt gelassen.

Am Abend erzählte Anne Valborg von Leonardos Angebot. Mit einer entschlossenen Geste legte die Freundin ihre Handarbeit aus der Hand. »Aha, deshalb kam er so oft hierher. Er will dich mit auf See nehmen. Du gedenkst also, mit Piraten zu kämpfen und reich zu werden? Nun, gesund bist du wieder. Jedenfalls klingst du wie die Anne, die ich kenne.«

»Ich muss die Kinder und mich versorgen. Hier oben habe ich gerade eben das Geld für Brot und Bier verdient, mehr nicht.« Sie machte eine Pause und sah Valborg an. »Außerdem habe ich Angst. Irgendjemand hat Feuer ans Gästehaus gelegt. Dieser Verrückte kann jederzeit wiederauftauchen.«

»Ich habe darüber nachgedacht«, sagte Valborg und nahm ihre Handarbeit wieder auf. »Vielleicht war es Ingrid. Sie könnte durchaus ungesehen zum Pfarrhof gelangt und zurückgekehrt sein.«

»Aber sie war doch krank und hätte bestimmt nicht so weit gehen können.«

»Genau, deswegen hat sie niemand verdächtigt. Aber so schlecht ging es ihr auch wieder nicht. Magnus hatte beschlossen, sie zu verlassen, und das hätte er niemals getan, wenn er sie nicht für stark genug gehalten hätte, einen solchen Schlag zu verkraften. Und falls er es ihr bereits mitgeteilt hatte, wollte sie sich vielleicht rächen.«

»Du hast recht, sie könnte die Brandstifterin sein.«

»Wie ich hörte, war sie so verzweifelt über Magnus' Tod, dass sie den Verstand verlor. Sie schrie und schlug um sich, bis man sie ins Spital brachte.«

Die beiden Frauen verstummten und sahen sich an.

»Wenn es wirklich so war, könnte sie es wieder versuchen. Ich sollte mit ihr reden. Ich muss es wissen«, erklärte Anne.

Valborg stöhnte auf. »Erst willst du eine Verrückte besuchen und danach mit einem Abenteurer über das Mittelmeer segeln. Du bist nicht mehr krank, du bist die Gesundheit in Person. Und du bist unverbesserlich.«

»Kann schon sein, aber ich muss mir Klarheit verschaffen. Und ob ich auf der Ostsee oder auf dem Mittelmeer unterwegs bin, ist doch einerlei. Ich bin so oder so nicht mehr hier, wenn ich die Reise antrete.«

»Um eine Antwort bist du jedenfalls nie verlegen.«

»*Eine* Reise, Valborg, nur noch *eine* lange Reise. Auf diese Weise kann ich auch dich unterstützen. Seit die Vitalienbrüder Stockholm verlassen haben, kommen doch weniger Gäste in deinen Weinkeller. Ich weiß, dass auch du Geld gebrauchen könntest. Und so würde ich einen Beitrag leisten, auch wenn du viel zu stolz bist, um mich um etwas zu bitten. Wenn du dich um Johan und Maria kümmerst, kann ich uns alle versorgen.«

Valborg bedachte Anne mit einem langen, nachdenklichen Blick. »Was soll ich groß dazu sagen? Du hast dich ja schon entschieden«, seufzte sie. »Und ich habe die Kinder von Herzen gern. Aber Leonardo ...« Sie schüttelte den Kopf. »Du kennst ihn doch gar nicht.«

»Nein, aber er hat mich auf jeden Fall bei der Genesung unterstützt, und darüber bin ich sehr froh. Und was geschieht, wenn ich an Bord gehe, weiß sowieso niemand vorherzusagen.«

»Da hast du recht.«

»Und das ist wahrscheinlich auch besser so«, murmelte Anne, doch Valborg hörte sie schon nicht mehr.

Anne wartete noch einigeTage, bis sie sich wieder völlig gesund fühlte. Dann machte sie sich auf den Weg. Sie stapfte durch den Wald und erreichte nach einer Weile das niedrige Holzgebäude, in dem das Spital untergebracht war. Widerwillig stieg sie die ausgetretene Holztreppe hoch, öffnete die Tür und blieb auf der Schwelle stehen. Ein beißender Geruch nach Krankheit und Schmutz schlug ihr entgegen.

»Was stehst du da rum und glotzst?«

Ein buckliger Alter in zerschlissener Kleidung musterte sie mit misstrauischen Äuglein und hob seinen Stock.

»Ich suche Ingrid, die Witwe von Magnus Spangenmacher«, erwiderte Anne und spähte in die völlig überfüllte Krankenstube hinter ihm. Auf dem Boden und auf den Bänken an der Wand lagen und saßen Greise und Geistesschwache. An einem Tisch spielten einige Männer Karten. Weiter hinten standen Betten, in denen Menschen lagen, die zu krank zum Aufstehen waren. Ein junger Mann, der beide Beine verloren hatte, bewegte sich auf den Händen vorwärts, die er mit Lederschonern schützte, und schleifte dabei seine Beinstümpfe über den Boden. Fragend sah er sie an. Die warme, feuchte Luft machte Anne zu schaffen, und sie konnte sich nicht vorstellen, wie ein Kranker hier wieder gesund werden sollte.

»Du wolltest mich sprechen.«

Anne erkannte die Stimme und fuhr herum. Da stand sie, Magnus Spangenmachers Ingrid. Ihre eng beieinanderstehenden Augen glitzerten derartig hasserfüllt, dass es Anne kalt über den Rücken lief.

»Was suchst du hier?«, fuhr Ingrid fort und stemmte die Hände in die Hüften. Sie trug einen schwarzen Rock und einen roten Schal über der ausgeschnittenen weißen Bluse. Anne hatte erwartet, sie schmutzig und schlecht gekleidet anzutreffen, stattdessen trug sie den Kopf hoch und hielt sich stolz und würdevoll. Nur ihr finsterer Blick verriet sie. Sie kniff die Lippen zusammen und tat einen Schritt vorwärts. Dann stemmte sie die Hände gegen Annes Brust und stieß sie zurück. Doch Anne behielt das Gleichgewicht.

»Ich muss mit dir reden.«

»Wir haben uns nichts zu sagen.«

»Warum hast du das Gästehäuschen angezündet, obwohl du doch wusstest, dass Valborg und ich uns mit den Kindern darin aufhielten?«

»Bist du wahnsinnig geworden? Beschuldigst du mich etwa, dein Haus niedergebrannt zu haben?«

»Du wolltest, dass wir verbrennen.«

»Du bist doch verrückt! Ich war krank. Ich hätte es nicht mal tun können, wenn ich gewollt hätte.« Ihre Blicke loderten, und sie stand so nahe vor Anne, dass diese ihren sauren Atem riechen konnte. »Ich hab dir nie etwas Böses gewünscht. Aber du – du hast Magnus getötet. Du mieses Stück hast ihn gezwungen, die Kinder zu retten!«

»Ich habe dich vorm Fenster gesehen«, fuhr Anne fort, denn sie legte es darauf an, dass Ingrid sich verplapperte. Doch die schien gar nicht zuzuhören. Einen Lidschlag lang glaubte Anne eine leichte Veränderung in deren Augen zu erkennen, doch als sie näher hinsah, blinzelte Ingrid nicht einmal.

»Ich habe meinen Mann verloren, und das ist deine Schuld. Hinaus mit dir!«, schrie sie. »Du hast ihn zur Sünde gezwungen. Euer Kind ist eine Missgeburt Satans. Hab ich nicht recht? Ein solches Kind verdient es nicht zu leben. Und du auch nicht. Glaub mir, eines Tages wird Gott euch beide strafen.«

»Du hast das Haus also angezündet. Du wolltest mich töten, damit Magnus bei dir bleibt.«

»Magnus hat mich geliebt. Fort mit dir, bevor ich den Pförtner rufe!«

Ingrid hob die Hände, als wolle sie mit den Nägeln auf Anne losgehen, und Anne sprang hastig beiseite. Doch Ingrid folgte ihr, die mageren gekrümmten Hände weiterhin ausgestreckt. Weißer Schaum stand ihr in den Mundwinkeln. Anne duckte sich, flitzte an ihr vorbei und zog sich durch den Flur auf die Vortreppe zurück. Auf dem Hof blieb sie noch einmal stehen und holte tief Luft, bevor sie den Heimweg antrat. Offensichtlich war ihre Hoffnung, mit Ingrid reden zu können, eine Torheit gewesen. Die Witwe war verrückt, wie Valborg gesagt hatte, und Anne hoffte, die alte Schlange nie wieder sehen zu müssen. Sie musste sie vergessen, wie sie auch Magnus vergessen musste. Für immer. Je eher sie die Gegend verließ, umso besser.

21. Kapitel

Anne blickte über die Reling aufs Wasser. Blitze erhellten das Meer, einmal ganz nahe, dann wieder in weiter Ferne, manchmal wie Speere, manchmal wie ein heftig aufflackernder Schein. Als würde die Natur zeigen, was Anne in ihrem Innersten fühlte. Wieder einmal war sie auf der Flucht vor ihrer Vergangenheit. Einer Vergangenheit namens Magnus.

Ständig kam er zu ihr, begleitete sie in ihren Träumen und Gedanken. Sie musste ihn vergessen, ihn aus dem Bewusstsein streichen, damit die Erinnerungen ihr das Leben nicht ständig schwermachten und sie behinderten. Sosehr sie auch um ihn trauern mochte, sie musste weiterleben.

Das Schiff krängte, und ein Segel knallte laut, bevor der Wind es wieder straff aufblähte. Die Bewölkung war dichter geworden, und die Dämmerung zog schon herauf. Doch Anne machte sich keine Sorgen – dieses Unwetter würde an ihnen vorüberziehen. In langen, tiefen Atemzügen sog sie die frische Meeresluft ein und dachte an die vielen Male, die sie schon an der Reling gestanden und aufs Meer hinausgeblickt hatte. Oft hatte sie von der Zukunft geträumt, so wie jetzt. Und wieder einmal war sie auf dem Weg ins Unbekannte.

Als sie am Horizont ein Schiff bemerkte, schob sie alle Gedanken beiseite und sah genauer hin. Bevor sie nicht wusste, um welches Schiff es sich handelte, war jedes fremde Segel eine Bedrohung. Seit die Vitalienbrüder Stockholm verlassen hatten, gingen sie noch brutaler und erbarmungsloser vor als früher. Es hieß, dass sie in mehreren Gruppen arbeiteten. War es einem Kaufmann gelungen, ihnen zu entkommen, konnte er sich noch längst nicht in Sicherheit wiegen. Hinter der nächsten Landzunge lauerten möglicherweise weitere Piraten. Wie sie gehört hatte, war Klaus Störtebeker der unbarmherzigste von allen. Wenn er einmal beschlossen hatte, ein Schiff zu kapern, ließ er nicht locker. Anne versuchte sich damit zu trösten, dass sie ganz gewiss davonkämen, wenn sie nur erst an Gotland und Öland vorbei wären. Weiter südlich war es nicht mehr so gefährlich. Sie fluchte leise. Seit Jahren konnte kein Kaufmann mehr eine Schiffsreise planen, ohne sich vor diesem Gesindel fürchten zu müssen. Und wer in See stach, ging immer ein Wagnis ein. Erst als sie mehrere Tage hintereinander kein anderes Schiff mehr gesichtet hatten, wurde Anne ruhiger. Die Kaufleute schienen eher in den Häfen zu bleiben, und die Piraten segelten offenbar nicht so weit hinaus. Vielleicht würde es wieder gefährlicher werden, wenn sie sich der Küste näherten. Andererseits mochte es auch sein, dass die Gerüchte über die Seeräuber maßlos übertrieben waren.

»Anne?«

Das war Leonardos weiche, schöne Stimme, und sie horchte sofort auf. Sie spürte seine Hand auf der Schulter und wandte sich um.

»Siehst du, wie es dort hinten schon heller wird? Es wird doch kein Unwetter geben.«

Er setzte sich neben sie auf die Truhe. In der Nacht hatte Anne wach gelegen. In der heftigen See hatte das Schiff geschaukelt, und sie hatte sich unter ihrer Felldecke zusammengekrümmt und gebetet, dass es keinen Sturm geben möge. Am Morgen, als der Wind langsam abflaute, wagte sie sich an Deck und setzte sich achtern mit dem Schal um die Schultern auf eine Vorratskiste. Dort hatte sie bis jetzt gesessen, hatte den Steuermann am Ruder beobachtet und auf die Wellen geblickt.

»Erst weht ein heftiger Wind, und dann wird es fast windstill. Es ist wie im Leben. Man weiß nie, was einen als Nächstes erwartet«, fuhr Leonardo fort.

Sie nickte und schlug die Augen nieder. Eine Weile saßen sie schweigend beisammen, und sie wunderte sich, dass er so ruhig war und einfach mit ihr dasitzen konnte, ohne sich zum Sprechen genötigt zu fühlen.

»Manchmal frage ich mich, wie es dir eigentlich gelungen ist, mich zu dieser Reise zu überreden«, sagte sie.

»Dich zu überreden? Das war nicht nötig. Wenn du einen Ausweg siehst, ergreifst du die Gelegenheit augenblicklich, und um alles andere kümmerst du dich hinterher.«

Anne dachte an ihre Kinder. Johan und Maria schien es mit Valborg und Mattis im Weinkeller zu gefallen, und sie waren dort ja auch gut versorgt. Doch sie vermisste die beiden und wusste nicht, wie das alles in Zukunft gehandhabt werden sollte. Nie zuvor war sie so lange von ihren Kindern getrennt gewesen. Konstantinopel lag weiter entfernt, als sie es sich vorstellen konnte.

»Dass du mitgekommen bist, ist eine Sache, dass du mir aber zehn Prozent Gewinnbeteiligung abgeschwatzt hast, das will mir schier nicht in den Kopf. Wie hast du das bloß angestellt?«, fragte Leonardo. »Die Königin bekommt zwanzig Prozent und du zehn. Da bleibt für mich nicht mehr viel übrig.«

»Ich habe dir schließlich die Erzader gezeigt.«

»Ja, ich weiß. Aber dafür habe ich dich auch aus der Grube gerettet.«

»Hättest du mich nicht gerettet – wer hätte sich dann um das Schiff und die Ladung kümmern sollen?«

Er sah sie an und musste lächeln. Sie stritten sich, aber immer nur im Scherz. Bisher hatte Anne es nicht bereut, den Venezianer auf der Reise zu begleiten. Vielmehr fragte sie sich, was sie angefangen hätte, wenn sie nicht sein Kompagnon geworden wäre.

Sie hatte Bergslagen verlassen wollen, doch Stockholm war immer noch nicht frei. Da blieb nur Leonardos Angebot. Sie war durch den Wald gewandert, um in Ruhe nachzudenken, und war am Rand des Grubengeländes auf alte Schlackeberge und einen eingestürzten Schmelzofen gestoßen. Der Schnee war schon geschmolzen, und die Frühlingsblumen sprossen. Da fiel ihr wieder ein, was ihr ein altes Weib einmal auf dem Markt erzählt hatte. Sie ging gern im Wald spazieren, um Blumen zu pflücken, und hatte rosafarbene Pechnelken gefunden. Eigentlich blühte die Pflanze zu früh, aber wenn sie in dieser Gegend wuchs, war das ein Anzeichen für besonders kupfer-, zink- und bleihaltigen Boden. Anne sah sich um. Sie stand jetzt südlich der Erzader, die sie in der Grube entdeckt hatte. Vielleicht erstreckte sich diese Ader länger durchs Gestein als angenommen. Am Abend teilte sie Leonardo ihre Überlegungen mit. Wenn Königin Margareta eine geschäftliche Abmachung mit ihm getroffen hatte, musste er vertrauenswürdig sein. Damit war der Grundstein für eine Zusammenarbeit gelegt.

»Du hast zwar die Ehre für diese Entdeckung eingeheimst, Leonardo«, meinte sie nach einer Weile, »aber ich habe dich überhaupt erst zu der richtigen Stelle geführt.«

»Ja, aber wir mussten ganz schön lange suchen, bevor wir etwas fanden. Du und deine Blumen.«

Sie tat, als hätte sie die Bemerkung nicht gehört.

»Sobald du die erste Ladung verkauft hast, wird die Königin dich in den Kreis ihrer treuen Bundesgenossen aufnehmen«, fuhr sie fort. »Du hast ihr ein neues Leben verschafft. Eine weitere Ladung, und sie kann ohne dich nicht mehr leben.«

»Wer kann das schon?«, lachte er.

Der Wind blähte das Segel, und es wurde wieder kalt an Deck. Anne zog sich den Schal enger um den Körper.

»Wie kommt es übrigens, dass du den Worten der Königin traust? Sie ist zwar eine großartige Frau, aber abgesehen von dem gemieteten Schiff hat sie noch nichts bezahlt.«

»O nein, du vergisst das Kupfer! Und die Heuer für die Besatzung, die bezahlt sie auch. Außerdem die Ausrüstung und andere Dinge, an die du vielleicht nicht denkst. Aber keine Sorge, die Königin ist eine kluge Frau und hat ein gutes Herz.«

»Ihr Herz ist eine Sache, das Geschäft eine andere.«

Leonardo stand auf, trat an die Reling und blickte übers Wasser. Er sah einigen Möwen nach und schwieg eine geraume Weile. Dann kam er zurück, und als er sich neben sie setzte, sah er sehr gesammelt aus.

»Ich habe es dir nicht erzählt, weil die Königin mich um Stillschweigen bat.« In seinen silberblauen Augen lag ein sehr ernster Ausdruck. »Es muss also unter uns bleiben.«

Anne hielt seinem Blick stand und nickte.

»Die Königin war schon ein paar Tage in Falan, bevor sie in die Stadt ritt. Sie wollte die Gegend kennenlernen, bevor der dänische Vogt und seine Männer sie empfingen, und so lange wohnte sie in einem Häuschen, das ich für sie gemietet hatte. Eines Morgens wachte ich früh auf, weil ich einen erregten Wortwechsel hörte, und ging hinaus. Erst sah ich gar nichts, aber dann entdeckte ich eine kleine Frau in aufrechter Haltung, die am Brunnen stand und die Arme um ein weinendes junges Mädchen gelegt hatte. Als ich näher kam, bemerkte ich, dass das Mädchen barfuß war und die Frau mit dem Kopftuch nur einen Mantel über ihr Hemd geworfen hatte, bevor sie hinausging. Ich meinte sie wiederzuerkennen, glaubte aber zuerst, ich sähe Gespenster.«

»Königin Margareta?«

»Genau. Und das Mädchen gehörte zum Dienstvolk des

dänischen Vogts. Die Königin erkundigte sich, ob ich nachts etwas gehört hätte, und ich antwortete, dass ich in der Tat von Schreien erwacht sei, aber nichts gesehen hätte, als ich aus dem Fenster blickte. Da erzählte sie mir, dass das Mädchen vergewaltigt worden sei. Wer der Schuldige war, wusste die Königin nicht, hoffte jedoch, dass es niemand aus ihrem Gefolge gewesen war. Dann reichte sie mir Geld, das ich der Magd geben sollte, unter der Bedingung, dass ich den Namen des Spenders geheim hielt. Danach erkundigte sie sich jeden Tag nach dem Befinden des Mädchens und sorgte dafür, dass ich ihm Kleider und Schuhe sowie andere Dinge kaufte, die es benötigte. Eine Frau in der Stellung der Königin, die so etwas tut, ist keine harte, gefühllose Herrscherin, sondern ein Mensch mit einem guten Herzen. Und einem solchen Menschen vertraue ich.«

Anne stützte den Kopf in die Hände. »Da hast du natürlich recht.«

»Und offensichtlich half sie nicht das erste Mal jemandem auf diese Weise. In Akershus erzählten mir die Wächter von einer Wäscherin, der man ebenfalls übel mitgespielt hatte. Niemand fasste die Täter, und das Mädchen wurde schwanger. Da sorgte die Königin dafür, dass es das Kind auf einem Hof auf dem Land zur Welt bringen konnte und dass sich jemand seiner annahm.«

»Nun verstehe ich, dass du stolz bist, Geschäfte mit ihr zu tätigen.«

Anne blieb einen Moment lang gedankenverloren sitzen, dann begann sie von Neuem: »Valdemar Atterdags Tochter ist nicht wie wir. Und sie weiß, was Trauer ist. Als sie hörte, dass ihr Sohn Olav krank geworden war, ritt sie sofort nach Falsterbo, aber er war schon tot, als sie ankam. Die arme Frau! Sie muss sehr einsam sein. Ich hoffe, dass sie nach der Hanse die Macht in Stockholm ergreifen wird. Sie denkt nach, bevor sie zu den Waffen greift. Sie führt im ganzen Norden Verhandlungen, während die anderen immer nur Kriege führen.«

»Und wir treiben Handel mit ihr. Wenn uns dieses Unterfangen gelingt, dann bekommen wir vielleicht einen längerfristigen Vertrag, verstehst du?«

Anne lächelte über Leonardos Eifer. »Ja, aber hast du Störtebeker und die anderen schon ganz vergessen?«, fragte sie und deutete mit einer weit ausholenden Handbewegung aufs Meer. »Warum sollten die Vitalienbrüder ausgerechnet uns verschonen?«

»Weil du an Bord bist«, erwiderte er. »Übrigens, musst du dein Haar immer unter diesem Kopftuch verstecken? Es sieht viel schöner aus, wenn du es frei im Wind flattern lässt.«

Anne sah ihn überrascht an. »Ich bin kein junges Mädchen mehr. Aber das weißt du ja.«

»Ich habe von deinem Haar gesprochen.«

Sie blieb ihm die Antwort schuldig und blickte beiseite. Er hatte sie anders als sonst angesprochen, und das machte sie verlegen.

Als sie abends schlafen gingen, legte Anne sich unter Deck wie immer rechts vom Mast nieder, während sich Leonardo mit der Mannschaft auf der Backbordseite einrichtete. Von seiner Felldecke aus sah er sie dort drüben in der Dunkelheit liegen. Das offene Haar fiel ihr über die Schultern. Darunter erkannte er das Hemd und einen kleinen Streifen nackter Haut. Er drehte sich auf die Seite und versuchte einzuschlafen, konnte aber nicht aufhören, an sie zu denken. Sie war nicht nur anziehend, sie war anders, das hatte er schon an dem Tag gemerkt, als sie seinen Korb heimlich von der Fähre an Land trug. Er hatte sich benommen wie ein Grobian, und sie hatte es ihm heimgezahlt. Außerdem konnte sie nachvollziehen, wie viel Mut es ihn gekostet hatte, sich für seine Geschäfte so hoch in den Norden zu begeben. Sie war eine starke, kluge Frau. Nach ihrem Sturz in der Grube hatte sie trotz ihrer Schmerzen nie gejammert, sondern immer in die Zukunft geblickt. Da war ihm klar geworden, dass sie der Kompagnon sein könnte, den er brauchte. Als sie ihm dann von der Erzader im Wald erzählte, jubelte er innerlich. Sie hatte Vertrauen zu ihm gefasst, und er wusste, sie würden gut zusammenarbeiten.

Bis jetzt hatte sie ihn noch nicht enttäuscht. Sie hatte mit dem Schiffer gesprochen, die Frachträume in Augenschein genommen und ein gutes Schiff gemietet. Nach einer Woche in Västerås, wo sie die Ladung an Bord genommen hatten, hatten sie guten Wind und konnten die Anker lichten. Mittlerweile waren sie schon eine knappe Woche unterwegs, und er fühlte sich wohl in ihrer Gegenwart. Sie war neugierig und erwartungsvoll und strahlte eine Sicherheit aus, wie er sie noch nie zuvor an einer Frau beobachtet hatte. Er verstand, dass sie noch um den Mann trauerte, der im Feuer gestorben war, doch sie sprach nicht mehr davon. Eigentlich mussten sie gar nicht viel miteinander reden. Sie konnten schweigend an Deck sitzen und gemeinsam den Sonnenuntergang betrachten. Die Unendlichkeit forderte keine Worte, und beide liebten die Schönheit des Winds und der See.

Abends, wenn sie sich zum Schlafen zurückzogen, wünschten sie sich lächelnd eine gute Nacht, und dann beobachtete er sie heimlich noch eine Weile. Im schwachen Licht, das durch die Luke hereinfiel, konnte er sie noch erkennen und wurde von allen möglichen Fantasien heimgesucht. Sie faszinierte ihn. Welche Frau hätte es gewagt, ihm einfach so nach Venedig und Konstantinopel zu folgen? Jetzt segelten sie mit einem voll geladenen Schiff nach Süden, und wenn sie die erste Ladung Kupfer verkauft hätten, gäbe es noch mehr zu holen. Anne hatte einen guten Vertrag ausgehandelt, wollte aber nicht darüber reden.

»Wenn jemand nach unserer Ladung fragt, sag einfach, dass wir Eisenerz und einige Tonnen Kupfer von einer kleineren Kupferhütte geladen haben«, hatte sie ihn gebeten. »Das dürfte die beste Antwort sein.«

Anschließend hatte sie die Vorratsfässer, die Kupferbarren und die Befestigung der Ladung überprüft. Er musste in sich hineinlächeln. Dass sie so verschlagen war, hätte er nicht erwartet.

In dieser Nacht schlief Leonardo gut, und als er aufwachte, war Anne schon aufgestanden. Er folgte ihr zum Bug, stellte sich neben sie und legte ihr freundschaftlich den Arm um die Schultern. Bevor er etwas sagen konnte, deutete sie aufs Wasser. Am Horizont waren drei fremde Schiffe zu erkennen. Bei dem Anblick erschrak er bis ins Mark, und er musste an Annes Worte denken: Warum sollten die Vitalienbrüder ausgerechnet uns verschonen?

22. Kapitel

Ingrid bekreuzigte sich, stand auf und verließ die Stadtkirche. Auf dem Stortorget blickte sie sich um und sog die frische Luft von Saltsjön ein. Endlich war sie wieder in Stockholm. Die Zeit im Spital war der reinste Albtraum gewesen, und als sie endlich aus Falan abreisen konnte, hatte sie vor Freude geweint. Seit sie zwangsweise mit Magnus dorthin gezogen war, hatte sie den Ort gehasst. Wären sie beide in Stockholm geblieben, wäre es nicht zu jenen schrecklichen Ereignissen gekommen, und sie hätte immer noch glücklich mit ihrem Mann auf Stadsholmen leben können. Doch nun war er ihr genommen worden, und zwar nur deshalb, weil er Annes Kinder retten wollte. Ingrid spuckte auf die Pflastersteine. Wie sie diese Frau hasste! Diese Hexe hatte Ingrid sogar der Brandstiftung bezichtigt. Doch sie war nicht weit gekommen mit ihren Anschuldigungen. Es gab keine Beweise, und Ingrid hatte sich auch nicht verraten.

»Heda, verschwinde, alte Hexe!«

Ein ungehobelter Klotz mit schwarzer Haube drängte sie mit einem Karren voller Unrat beiseite. Die Räder hämmerten auf das Kopfsteinpflaster, und der Wagen zog einen entsetzlichen Geruch hinter sich her. Sie trat einen Schritt beiseite, überquerte den Stortorget, bog in die Köpmannagatan ein und näherte sich dem Wasser. Anne hatte Magnus gezwungen, ins Haus zurückzukehren, um den Kindern zu helfen. Niemals hätte Ingrid damit gerechnet, dass ausgerechnet ihm das Feuer zum Verhängnis würde. Sie wollten doch den Rest ihres Lebens zusammen verbringen. Und alles wäre auch so ausgegangen, wie sie es geplant hatte, wäre da nicht Anne gewesen.

Hinterher hatten böse Stürme in ihrem Innersten gewütet. In der Zeit im Spital hatte sie versucht, die Stimmen loszuwerden, die ihr einredeten, sie müsse noch weitere Menschen umbringen. In ihren Gebeten hatte sie darum gefleht, diese Plagegeister loszuwerden, sie hatte gefastet, sich kasteit und sich nachts getrocknete Schlangenhaut unters Bett gelegt. Aber sie konnte die Dunkelheit nur äußerlich verbergen, in ihr blieb es finster. Mittlerweile ging sie jeden Tag zur Kirche, um ein wenig Frieden zu finden. Gott konnte ihr helfen. Nur Mächte, die größer waren als sie selbst, konnten ihr Heilung und Ruhe schenken.

Sie schlenderte weiter zum Kai. Eine Schnigge ruckte an den Tauen, mit denen sie festgemacht war, und ein Stück weiter längs schaukelten zwei große Hansekoggen auf dem Wasser. Das größere trug das Hamburger Stadtwappen am Mast, das andere hatte das Großsegel auf Deck ausgebreitet. Vielleicht waren es Friedensschiffe, die die Vitalienbrüder aus Stockholm fernhalten sollen. Ein Steuermann mit nacktem Oberkörper und zerschlissener Hose kletterte gerade zur Mastspitze, und einige ältere Seeleute scheuerten das Deck. Ein prächtig gekleideter Kaufmann um die dreißig lehnte sich über die Reling und musterte sie. Ihre Blicke trafen sich, und sie ahnte, dass sie ihn neugierig gemacht hatte. Er zwinkerte ihr verschmitzt zu und lächelte. Sie musste ihn ansehen – aber, ach wäre es doch Magnus gewesen!

Sie setzte sich hin und blickte lange aufs Wasser, während sie nachdachte. Als sich die Wasseroberfläche leicht kräuselte und die Sonne über Ladugårdslandet unterging, war sie zu einem Entschluss gekommen. Es war wieder Zeit zu handeln.

Das Schiff schlingerte, und mehrere Tonnen unter Deck rutschten und schlugen an der Seite gegen den Schiffsrumpf. Anne warf einen Blick nach vorn und wandte sich an Leonardo.

»Der Kapitän hat den Kurs geändert.«

Die Männer an der Reling setzten das Schotsegel, bis es sich aufblähte und das Schiff wieder Fahrt aufnahm. Das konnte nur eines bedeuten. Anne hörte, wie schwach ihre Stimme klang.

»Die Vitalienbrüder?«

Leonardo nickte. Sein Gesicht wirkte angespannt, und er biss die Zähne aufeinander.

»Sieht so aus. Aber wir haben einen guten Vorsprung. Vielleicht schaffen wir es ja bis Visby.«

»Kapitän Müller will wohl lieber nach Öland. Dort sind Soldaten der Königin postiert, und bis dahin wagen sich die Piraten nicht.«

»Wir entkommen ihnen bestimmt.«

Leonardo legte ihr den Arm um die Schultern, aber als sie sein bleiches Gesicht sah, fragte sie sich, ob er damit nicht gleichermaßen sich selbst und sie beruhigen wollte. Sie dachte an die Ladung. Sonst verstaute sie meistens nicht die gesamte Fracht auf einem Schiff, weil sie das Risiko streuen musste, aber diesmal hatten sie keine andere Wahl gehabt. Die gesamte Kupferladung befand sich an Bord.

Sie wehrte Leonardos Umarmung nicht ab und blieb stehen, während die fremden Schiffe langsam, aber sicher aufholten. Schweigend starrten beide nach achtern und begriffen, dass sie den Piraten nicht entkamen. Bald waren die Verfolger so nahe, dass sie die Männer an Deck erkennen konnten, und es würde nicht mehr lange dauern, bis sie in Schussweite für Armbrust und Schleuder gerieten.

»Wir sollten …«

Im gleichen Augenblick brüllte der Kapitän einen Befehl, die Männer rannten an die Reling, und als das Schiff abfiel, knallte das Segel, um sich gleich darauf wieder im Wind zu blähen.

»Feuer!«

Ein grässlicher Knall war zu hören, und eine Rauchwolke trieb über das Wasser.

»Der Schuss wird ihnen ordentlich Angst einjagen«, meinte Leonardo.

Anne spürte, wie sich seine Hand auf ihrer Schulter verkrampfte. »Eine kleine Hansekogge gegen drei Schiffe«, murmelte sie.

Der Schuss hatte die Verfolger mitnichten erschreckt, vielmehr hatten sie noch weiter aufgeholt.

»Am besten, wir gehen unter Deck«, schlug Leonardo vor, doch bevor Anne antworten konnte, kam eine heftige Bö, die sie beinahe von den Füßen warf.

Ein deutlicher Schatten näherte sich übers Meer, und die Wasseroberfläche vor ihnen wurde vom Wind aufgepeitscht. Die See wuchs zu einer grauvioletten Säule an, die heranwirbelte und die Farbe veränderte, um sich schließlich zu verdunkeln und mit voller Wucht zwischen die Kogge und das feindliche Schiffe zu schlagen. Anne klammerte sich an Leonardo, bekreuzigte sich und betete im Stillen.

An Bord war es völlig still geworden, als der heftige Wind einsetzte. Dann brach jedoch ein Ton die Stille, der anfangs kaum hörbar war, der dann aber an Lautstärke zunahm, rauschte, zischte und zu einem schrecklichen Donnern anschwoll. Anne krallte sich an der Reling fest. Ringsum wirbelte das Wasser mit weißem Schaum, voller Tang und Seegras, und rauschte nach achtern. Eine ganze Weile konnte Anne das näherkommende Schiff noch erahnen, doch als sich der Wirbelsturm schließlich legte, waren die Piraten wieder weit abgeschlagen. Sie ergriff Leonardos Hand und drückte sie fest. Keiner von ihnen sprach, aber beide wussten: Eine höhere Macht hatte eingegriffen und sie gerettet.

Als die Dämmerung hereinbrach, hatten sie gerade Kurs auf Kalmar genommen. Der Kapitän hatte beschlossen, dort anzulegen, um dann in bewaffnetem Konvoi weiterzusegeln. Erik von Pommern konnte jeden Tag zum König gekrönt werden, und zu diesem Anlass waren die Menschen von weit her in die Stadt gekommen. In Kalmar mussten daher mehrere Schiffe liegen, die auf dem Weg gen Süden waren.

Sie näherten sich der Stadt in der Abenddämmerung, und Anne staunte über die Menge der Schiffe. Weiter draußen wurde es immer schwerer zu ankern. Nachdem sie zu Abend gegessen und einen Gottesdienst abgehalten hatten, in dem sie dem Allmächtigen dankten, zogen sich Kapitän Müller und die Mannschaft zurück. Auch Anne und Leonardo suchten ihr Lager auf, doch Anne lag noch lange wach und betrachtete die schlafenden Männer. Es waren insgesamt vierzehn an Bord. Das waren nicht allzu viele angesichts der vermutlich zahlreichen Seeräuber. Verstohlen lugte sie zu Leonardo hinüber. Er schlief, als würden ihn keinerlei Sorgen belasten. Sie musste an all die Jahre denken, in denen sie allein gereist war, und wie viel angenehmer es doch war, zu zweit zu sein. Zwei, die zusammenarbeiteten. Zwei, die einander beistanden.

Als an Schlaf nicht mehr zu denken war, stand sie auf und schlich sich vorsichtig an Deck. Dort war sie allein bis auf zwei Wachen, die achtern standen und sich leise unterhielten. Eine riesige goldene Kugel ging über dem Horizont auf und erhellte den ganzen Himmel. Das Meer glänzte silbern und verwandelte sich in einen schimmernden Spiegel. Sie sah sich selbst auf diesem Silber den langen Weg bis in die Stadt zurücklegen, um im nächsten Moment ihre eigene Einfalt zu belächeln.

Vögel schwebten über dem Wasser, und zum Landesinnern hin erhob sich ein leichter Dunst. Es war schon recht warm, und wahrscheinlich würde es bald sehr heiß werden. Schon hörte Anne Rufe und Stimmen aus der Stadt, in der die Menschen allmählich zu einem neuen Tag erwachten. Flaggen und Wimpel wurden gehisst, laute Fanfarenklänge zerrissen die Stille. Der Tag von Erik von Pommerns Krönung brach an.

»Da bist du ja«, sagte Leonardo hinter ihr, und als er sich neben sie stellte, durchfuhr sie eine jähe Wärme. Seine Stimme klang so weich und zärtlich.

»Hörst du die Fanfaren? Wahrscheinlich wird gerade der feierliche Umzug vorbereitet. Komm, wir rudern in die Stadt!«, rief sie.

Wenig später saßen beide im Beiboot, zusammen mit den Seeleuten, die der Krönungsfeier ebenfalls beiwohnen wollten. Sie legten im Hafen an und gingen an Land. Überall wimmelte es von Menschen, und auf dem Weg zwischen Schloss und Kirche versammelte sich eine immer größer werdende Menge. Einige Gassen waren gesperrt worden.

»Welch ein Glück, ein solches Ereignis miterleben dürfen«, freute sich Leonardo. Seine Augen glänzten, und er sah so zufrieden und neugierig aus, dass Anne lächeln musste. Obwohl er ein erfolgreicher Kaufmann war, wirkte er gleichzeitig erstaunlich jungenhaft.

Sie waren schon fast bis zur Kirche vorgedrungen, als plötzlich Schreie und Lärm zu hören waren. Eine Gruppe Ritter sprengte in Richtung Marktplatz. Einer von ihnen kam ihnen so nahe, dass Anne erschrocken einen Schritt zurücktrat und ins Stolpern geriet. Leonardo, der alles beobachtet hatte, warf sich nach vorn und konnte sie gerade noch auffangen, bevor sie rücklings hinfiel.

»Du lieber Gott!«, rief er.

»Das war knapp«, keuchte sie und blickte der Staubwolke nach, die die Pferde aufgewirbelt hatten.

»Die kamen ja schier aus dem Nichts! Es ist wohl besser, wenn wir dicht beieinander bleiben«, schlug Leonardo vor und nahm ihre Hand.

Sie näherten sich der Kirche fast im gleichen Moment, als ein

Trommelwirbel zu hören war und zwei Trompeter auf die Vortreppe heraustraten. Sie waren in blaue Tuniken und rot-weiße Hosen gekleidet, ihre Instrumente waren mit weißen und goldenen Wimpeln geschmückt. Die Männer warteten kurz ab, dann legten sie die Köpfe in den Nacken und schmetterten los. Gemurmel erhob sich im Volk. Anne und Leonardo tauschten einen erwartungsvollen Blick und beugten sich vor. Ein großes Gefolge näherte sich von ganz hinten. An der Spitze ritten vier Männer in blitzenden Rüstungen mit Visier und Federschmuck. Unmittelbar dahinter kam die Königin auf einem prachtvollen Pferd mit purpurner Satteldecke. Sie trug eine Krone und ein langes weißes Kleid mit silbernen Stickereien. Hinter ihr ritt der junge Erik von Pommern. Er saß sehr aufrecht in seiner Ritterrüstung und legte jene Würde an den Tag, die man von einem zukünftigen Herrscher erwartete. Obwohl er erst fünfzehn Lenze zählte, war er ganz vom Ernst des Augenblicks erfüllt. Die Zuschauer riefen Hurra, doch er winkte nicht, sondern hielt die Augen starr auf den Bischof und die Prälaten gerichtet, die vor der Domkirche warteten. Dort drinnen sollte die Krönung stattfinden. Die Königin hatte erreicht, was sie wollte: Es war ihr gelungen, den Norden unter einem König zu einen.

Anne und Leonardo wurden ein wenig abgedrängt und verloren den Zug aus den Augen, doch schon bald eroberten sie sich ihren Platz zurück.

»Wie jung er ist! Ein Knabe wird König«, stellte Leonardo fest.

»Männer bleiben ihr Leben lang Knaben. Das ist kein so großer Unterschied.«

Lachend drückte er ihre Hand. »Halt dich gut an mir fest, damit wir uns nicht verlieren!«

Der Zug hatte mittlerweile die Kirchentreppe erreicht, und die Königin und ihr Sohn betraten die Kirche unter dem Jubel und Applaus des Volks. Anne musterte Leonardo mit einem verstohlenen Blick. Sie würden sich nicht verlieren. Im Gegenteil, sie kamen sich täglich näher.

23. Kapitel Die Krönungszeremonie nahm kein Ende, und die Menge schob und drängte so sehr, dass Anne und Leonardo nicht vorwärtskamen, als sie umkehren wollten. Daher beschlossen sie, in einem Wirtshaus am Hafen zu essen, bevor sie wieder zum Strand zurückkehrten, wo ihr Beiboot lag. Unterwegs hörte sie sich zu ihrer eigenen Überraschung plötzlich laut lachen, und sie erkannte, dass er sie aus ihrer Düsternis herauslockte und sie zwang, die dunklen Schatten hinter sich zu lassen. In seiner Gesellschaft wurde ihr stets leichter ums Herz, und nur wenn sie allein war, suchten die dunklen Gedanken sie manchmal noch heim. Leonardo war ein merkwürdiger Mensch. Manchmal sprach er ganz leise und hörte zu, ein andermal konnte er plötzlich gebieterisch und unnachgiebig sein. Gleichzeitig war er ein Stratege, der im Stillen seine Pläne schmiedete. Seine scharfen blauen Augen und sein schönes Gesicht zogen die Blicke der Frauen auf sich, doch er schien es gar nicht zu bemerken. Als sie ihn einmal gefragt hatte, ob zu Hause eine Liebste auf ihn warte, hatte er nur ungeduldig abgewinkt. Er sei einmal unglücklich verliebt gewesen, hatte er erklärt und sofort das Thema gewechselt.

Gegen Abend kam das Beiboot, um sie abzuholen, und er begleitete sie zum Kai und half ihr an Bord. Er selbst wollte noch in der Stadt bleiben. Wie er sagte, wolle er ein wenig mit der Besatzung reden, versicherte ihr aber, er werde später nachkommen. Obwohl sie Verständnis dafür hatte, dass er sich mit den anderen Männern amüsieren wollte, kam sie sich auf einmal völlig verlassen vor.

Als der Himmel immer dunkler wurde und der Abend in Nacht überging, war er immer noch nicht zurück. Anne legte sich unter Deck auf ihr Lager und horchte auf die Geräusche von draußen. Sie vermisste ihn und versuchte, sich vorzustellen, womit er sich in Kalmar die Zeit vertrieb. Wahrscheinlich trank er mit den Seeleuten Bier, um sich gut mit ihnen zu stellen, und würde zurückkommen, wenn er müde war. Er besaß die Gabe, Menschen rasch für sich zu gewinnen, und die Männer hatten ihn bestimmt gebeten, noch ein wenig länger zu bleiben. Vor ihrem inneren Auge sah sie sein fröhliches, lachendes Gesicht und hielt das Bild fest. Dann glitt sie in einen traumlosen Schlaf.

Sie erwachte, als das Schiff an den Ankertrossen ruckte. Verschlafen schlug sie die Augen auf. Aus weiter Ferne hörte sie Lärm vom Hafen sowie Rufe und Gelächter von grölenden Matrosen. Die Stadt feierte noch immer, und sie bereute mittlerweile, dass sie allein zurückgekehrt war. Die Besatzung feierte immer noch an Land, und Leonardo war ebenfalls noch nicht wiedergekommen. War er etwa mit den Männern ins Freudenhaus gegangen? Nur die Wachen an Deck waren an Bord geblieben. Sie hörte sie auf den Planken auf und ab schreiten und stellte sich vor, wie sie zur Stadt spähten und fluchten, weil sie Wache halten mussten.

Mittlerweile war die Nacht weit fortgeschritten, und sie ahnte schon das erste Licht der Dämmerung. Verzweiflung überkam sie, und sie musste weinen. Sie dachte an Magnus, an das Handelshaus und alles, was sie verloren hatte, an die Kinder, die sie schlimmstenfalls nie wiedersähe. Aber nach einer Weile wiegten sie die Bewegungen des Schiffs in den Schlaf, und sie schlummerte so tief, dass sie nichts merkte, als Leonardo die Treppe herunterkam.

Sie wusste nicht, wie lange sie geschlafen hatte, als sie von den Möwen an Deck geweckt wurde. Halb wach lag sie da und lauschte ihnen, bis sich die Vögel wieder in die Lüfte schwangen und verschwanden. Ihre Müdigkeit war unbeschreiblich, aber sie konnte nicht mehr einschlafen. Es war seltsam still, sie hörte keine Schnarchgeräusche. Die Männer mussten wohl in der Stadt geblieben sein. Abermals fühlte sie sich so unendlich einsam, dass ihr die Tränen kamen, und auch diesmal unterdrückte sie die Tränen nicht. Schluchzend hob sie die Hände vors Gesicht, doch erst als sie sich umdrehte, hatte sie plötzlich das Gefühl, dass jemand neben ihr stand und sie beobachtete.

»Wein nur, wein, so viel du willst. Hinterher fühlst du dich besser«, flüsterte Leonardo und kniete neben ihrem Lager nieder. Sanft strich er ihr übers Haar, und obwohl sie keine Schwäche zeigen wollte, weinte sie weiter. Er hatte sie schließlich auch schon früher in Tränen aufgelöst gesehen. Und als er sie tröstend in die Arme nahm, fühlte sie sich so wunderbar geborgen, dass sie sich an ihn schmiegte, als sei dies ganz selbstverständlich.

Schließlich gewann sie ihre Fassung zurück und trocknete sich die Tränen, doch er machte keine Anstalten, sich zu erheben. Sie wandte den Kopf ab und fühlte sich sonderbar erregt von seiner Nähe. Er roch nach Wein und Bier und murmelte etwas Unverständliches. Er streichelte ihr über die Wange, und seine Hand wanderte weiter nach unten, über den Hals und die nackte Haut bis zum Ausschnitt. Sie schloss die Augen. Seine Hände waren warm und glatt und forderten nichts, und sie konnte nicht widerstehen. Ohne nachzudenken, nahm sie seine Zärtlichkeiten entgegen. Sie dachte nicht an die Folgen und war sich nicht bewusst, dass ihr stummes Nachgeben seine Lust entfachte – sie genoss es einfach, ihn ganz nahe zu wissen. Er kauerte ganz dicht hinter ihr, und sie spürte seinen Atem im Nacken.

Erst als sie etwas Hartes im Rücken spürte, kam sie zur Besinnung und wollte ihn bitten, von ihr abzulassen. Doch er hielt sich zurück, und sie blieben lange so liegen, während er sie sanft liebkoste. Dann küsste er sie auf den Nacken, und sie spürte, wie seine Hände unter ihre Bluse wanderten und ihre Brust streiften. Sie erbebte und hob den Kopf. Behutsam zog er sie näher zu sich heran, und sie schmiegte sich an ihn. Sie war bereit. Da hörten sie plötzlich Schritte auf der Treppe. Er erstarrte und zog sich hastig zurück. Stumm beugte er sich noch einmal über sie, um sie zu küssen, dann stand er auf und war fort. Und wieder fühlte sie sich verlassen.

Anne erwachte mit einem seltsam leeren Gefühl, als hätte sie einen Traum gehabt, der sich in nichts aufgelöst hatte. Sie hielt Ausschau nach Leonardo, doch er war nirgends zu sehen. Sie streckte sich, sammelte ihre Kleider zusammen und blieb eine Weile mit dem Kopftuch in der Hand sitzen. Es war kein Traum gewesen, es war Wirklichkeit. Leonardo hatte noch vor wenigen Stunden neben ihr gelegen.

Als sie an Deck kam, erblickte sie ihn mit den anderen Männern auf dem Achterdeck. Die Seeleute umringten ihren Kapitän und lauschten ihm aufmerksam. Als Leonardo sie sah, nickte er und schenkte ihr ein schwer zu deutendes Lächeln. Sie gesellte sich zu den anderen.

»Diese drei Schiffe, das waren Klaus Störtebeker und seine Mannen«, erklärte Kapitän Müller. »Wir können für ein paar Tage hier im Hafen liegen bleiben und hoffen, dass sie in eine andere Richtung segeln. Oder wir verlassen uns darauf, dass wir ihnen entkommen, bevor sie zu neuer Kaperfahrt aufbrechen.«

»Und der Konvoi?«, erkundigte sich der Steuermann. »Ich dachte…«

»Wegen der Krönungsfeierlichkeiten segelt zurzeit niemand los. Die Schiffe bleiben wahrscheinlich noch eine ganze Woche hier liegen, und nicht einmal dann ist gesagt, dass wirklich jemand den Anker lichtet. Viele haben beschlossen, nach Stockholm zu segeln, weil sie sich nicht weiter nach Süden wagen. Wenn wir es bis in den Hafen von Visby schaffen, tun wir uns dort mit anderen Kaufleuten zusammen und setzen unsere Reise fort.«

Anne lugte zu Leonardo hinüber. Er blickte nicht in ihre Richtung, sondern hatte die Hände auf den Rücken gelegt und lauschte dem Kapitän. Sie dachte an die Kupferladung. Damit konnten sie nicht nach Stockholm fahren, ohne Zoll zahlen zu müssen, und dann bekämen die Lübecker Wind davon. Ihr famoser Plan wäre kein Geheimnis mehr, und schlimmstenfalls würde man alles beschlagnahmen. Nein, sie mussten an ihrer ursprünglichen Absicht festhalten und weitersegeln, allen Gefahren zum Trotz.

Leonardo sah sie fragend an, zögerte und trat dann zu ihr. »Was meinst du? Gotland ist zwar unsicher, aber in Visby finden sich vielleicht andere Schiffe, die mit uns nach Brügge segeln.«

»Wir haben keine andere Wahl, wir müssen es wagen.«

»Dann ist es also abgemacht.« Er legte ihr eine Hand auf die Schulter, und im nächsten Augenblick war er auch schon wieder verschwunden. Doch sein Lächeln und der warme, zärtliche Blick blieben zurück. Dort stand er schon mit den anderen und besprach sich mit ihnen. Welche Bedeutung hatten die Ereignisse der letzten Nacht eigentlich für ihn gehabt? Vielleicht hatte er nur zu viel getrunken, oder er hatte sich keine Hure gesucht wie die anderen, sondern war der Stadt überdrüssig geworden und zum Schiff zurückgekehrt. Und hatte dann sie weinend auf ihrem Lager vorgefunden. Da wurde Anne vom Kapitän aus ihren Gedanken gerissen, der gerade laut verkündete, dass alle, die die Weiterfahrt nicht wagten, auf der Stelle das Schiff verlassen sollten. Leonardo und sie tauschten einen raschen Blick – beide wollten an Bord bleiben.

Als die Dämmerung hereinbrach, hatten zwei Männer das Schiff verlassen und wurden durch zwei bewaffnete Soldaten ersetzt. Beim ersten Tageslicht wollte man auslaufen.

Tagsüber sprachen Leonardo und Anne kaum miteinander, und als sie schlafen gingen, wünschten sie sich wie immer eine gute Nacht. Anne warf einen verstohlenen Blick zu dem Venezianer hinüber. Sie hoffte auf ein Zeichen, einen Blick oder eine Hand, die etwas zu lange in einer Geste verharrte – doch vergebens. Was zwischen ihnen geschehen war, hätte nie sein dürfen und durfte nicht wieder sein. Doch er hatte in ihr den Wunsch nach weiteren Zärtlichkeiten geweckt. Sie schloss die Augen. Gegen ihren Willen übte er plötzlich Macht über sie aus. Während sie sich beide doch als gleichberechtigt betrachtet hatten.

Am nächsten Morgen nickten sie sich nur zu, aber als sie ihm später auf der Treppe begegnete, lehnte er sich zu ihr herüber und flüsterte: »Die Liebe hat eine Schattenseite, weißt du das?«

Sie wandte den Blick ab, damit er keine Antwort in ihren Augen lesen konnte. Was er gesagt hatte, konnte sie auslegen, wie sie wollte.

24. Kapitel

Anne stand an Deck und sah Gotland als dunklen Streifen langsam im Osten auftauchen. Ein Schwarm Möwen schrie über dem Mast, und ein Seetaucher erhob sich von der Meeresoberfläche. Sie nahm das Kopftuch ab, fuhr sich mit den Fingern durchs Haar und dachte über Leonardo nach. Natürlich hätte sie besser aufpassen müssen, doch wenn sie sich in Zukunft so verhielt wie früher, könnten sie ganz sicher nichts als gute Geschäftspartner sein.

Sie war so in Gedanken versunken, dass sie erst nach einer Weile bemerkte, dass das Schiff sich beunruhigend nahe am

Festland befand. Die weißen Kalksteinklippen fielen steil zum Meer ab, und sie erkannte windgepeitschte Tannen und Fichten, die bis zum Rand der Felsen wuchsen. Leonardo trat neben sie.

»Segeln wir nicht gefährlich nahe am Festland?«, erkundigte er sich.

»Das finde ich auch, aber Kapitän Müller hat sicher seine Gründe dafür.« Sie deutete auf die Küste. »Sieh doch nur, wie schön es hier ist und wie es über den Klippen schimmert!«

»Wie die Gebäude in Venedig. Der Dogenpalast gefiele dir bestimmt, der ist ganz aus Marmor erbaut. Eines Tages bekommst du ihn zu sehen.«

Anne warf Leonardo einen Blick von der Seite zu. Was vorgefallen war, schien ihn nicht im Geringsten zu belasten, und ihr wurde gleich wieder etwas leichter ums Herz. Sein dunkles Haar lockte sich auf der Stirn, und das blaue Gewand saß vollendet auf seinem hoch gewachsenen, geschmeidigen Körper. Er war ein eleganter Mann, und sie hatten noch alle Zeit der Welt, sich besser kennenzulernen. Schließlich hatten sie noch eine lange Reise vor sich.

Etwas glänzte auf, und sie entdeckte das goldene Armband an seinem Handgelenk. Er ist zwar ein vornehmer Kaufmann, dachte sie, aber das braucht er doch nicht so offen zu zeigen.

»Müsstest du nicht …«

»Welch herrliche Landschaft!«, fiel Leonardo ihr ins Wort und zeigte nach vorn.

Sie verstummte und betrachtete gebannt die riesige Klippe, die aus dem Meer aufstieg.

»Weißt du, dass man sich über Gotland eine Legende erzählt? Früher war die Insel ein verzaubertes Land, das tagsüber im Meer versank und nachts wieder aus dem Wasser emporstieg. Vielleicht sah es im Morgennebel so aus. Das Land erhebt sich aus dem Wasser und verschwindet dann wieder«, sinnierte sie und ließ den Blick über die Klippen und das hellgrüne Wasser schweifen.

Eine Weile standen sie schweigend beieinander.

»Noch keine Piraten«, meinte Leonardo. »Dürfen wir es wagen, Hoffnung zu schöpfen?«

»Ich glaube schon, aber ich fühle mich erst sicher, sobald wir geankert und die Ladung in Konstantinopel gelöscht haben. Der Wind steht gegen uns, und wenn uns die Vitalienbrüder hinter der nächsten Landzunge auflauern, würde es nicht lange dauern, bis sie uns eingeholt hätten.«

»Wenn Klaus Störtebeker und seine Männer unser Schiff kapern, haben wir ihnen nicht viel entgegenzusetzen«, fügte Leonardo hinzu.

»Nein, da hast du recht. Was hat die Königin dazu gesagt? Wird sie ihr Geld dann trotzdem von uns zurückfordern?«

»Denk jetzt nicht daran!«

»Aber…« Anne hielt inne. Sie hatte achtern vier Schiffe erspäht. »Oh, mein Gott! Siehst du die große Karacke dort hinten?«, keuchte sie, und ihr versagte beinahe die Stimme. »Das rote Schiff, das größte von den dreien, ist bestimmt das von Klaus Störtebeker. Ich habe gehört, dass es *Roter Teufel* heißt, und wer sonst sollte sein Schiff rot anmalen?«

Aus dem Ausguck an der Mastspitze war ein Warnruf zu hören, und der Kapitän erteilte sogleich seine Befehle. Hastig griffen die Männer zu ihren Waffen, rannten wild umher und nahmen ihre Plätze an der Reling ein. Anne und Leonardo zogen sich aufs Achterschiff zurück.

»Unter Deck!«, schrie der Kapitän und stürzte an ihnen vorbei.

»Wir sind schon unterwegs«, gab Anne zurück, doch plötzlich konnte sie sich nicht mehr vom Fleck rühren. Nicht schon wieder!, dachte sie. Schon einmal hatte sie ihren Mann und ihr gesamtes Vermögen bei einem Schiffbruch verloren. Sollte sie ein zweites Mal ihre ganzen Besitztümer einbüßen?

Leonardo ergriff ihre Hand. »Komm mit mir!«

Die fremden Schiffe näherten sich rasch, und Anne fühlte ihren Pulsschlag immer schneller werden. Die feindlichen Mannschaften standen schon in ihren Lederhemden und sackartigen Hosen an Deck und hatten die Waffen erhoben. Sie trugen Schwerter und Dolche, und mancher hielt sogar eine Armbrust in Händen.

»Das sieht übel aus«, murmelte Leonardo, als sie unter dem Achterkastell standen.

»Bis jetzt haben wir noch nichts verloren, vergiss das nicht. Und selbst wenn sie das Schiff kapern, können wir uns die

Ladung irgendwie wieder beschaffen«, flüsterte Anne, ohne den Blick von den Angreifern abzuwenden.

Leonardo drückte ihr die Hand, und sie spürte, wie seine Gegenwart sie ermutigte. Noch waren keine Pfeile abgeschossen worden, doch Kapitän Müllers Männer standen bereit und warteten nur auf seinen Befehl. Auf einmal fiel Anne Leonardos goldenes Armband ein, und sie wies mit einer Kopfbewegung auf sein Handgelenk.

»Das solltest du lieber verstecken!«

Mit einer raschen Bewegung riss Leonardo das Schmuckstück ab, doch es verfing sich im Stoff seines Gewands. Anne versuchte zu helfen, aber auch ihr wollte es nicht gelingen, die spitzen Teile aus dem Stoff zu befreien. Inzwischen war eins der feindlichen Schiffe in Rufweite gekommen.

»Ihr behindert mein Schiff!«, rief Kapitän Müller.

»Damit reizt er sie doch nur«, raunte Leonardo.

Als Müller seinen Zuruf wiederholte, erntete er nur schallendes Gelächter. Ein kräftiger Mann mit blauen Augen und halblangem Blondhaar verbeugte sich tief und lachte.

»Es lag nicht in unserer Absicht, Euch zu behindern, Kapitän. Aber wir würfen gern einen Blick auf Eure Ladung.« Er hielt eine Pergamentrolle in die Höhe, damit alle sie sehen konnten. »Hier ist unser Kaperbrief mit Siegel. Tut, was wir Euch sagen, und es soll Euch nichts Böses geschehen.«

Der Mann war grobschlächtig und breitschultrig, seine Haltung überaus selbstsicher. Seine Bewegungen wirkten entschlossen und verrieten eine gewaltige innere Kraft. Eine Kraft, die gefährlich werden konnte, wenn sie nicht gebändigt wurde, befand Anne. War dies der Mann, von dem alle sprachen, der berüchtigte Klaus Störtebeker? Sie konnte den Blick nicht von ihm losreißen. Er sah weder abstoßend noch bedrohlich aus, aber schön war er auch nicht. Doch er hatte ein eindrucksvolles Äußeres und hellwache, kluge Augen. Um den Hals trug er eine dicke Goldkette.

Als er Anne erblickte, hellte sich seine Miene auf, und er wandte sich an den Kapitän. »Ich sehe, dass Ihr Wertvolles an Bord habt.«

Kapitän Müller tat, als hätte er die Worte nicht gehört. »Mein Schiff fährt nicht unter dänischer Flagge, und wir handeln auch nicht mit den Dänen. Ihr habt keinerlei Recht, uns aufzuhalten«, erklärte er.

Abermals erhob sich rohes Gelächter, und die bewaffneten Männer schlugen mit ihren Schwertern gegen die Reling.

»Mein Name ist Klaus Störtebeker, und ich will Euch nichts Böses«, verkündete der Mann mit dem Kaperbrief und verbeugte sich abermals. »Doch Ihr müsst uns Eure Ladung überlassen, andernfalls beschlagnahmen wir auch das Schiff.«

Ich hatte also recht, dachte Anne, es ist Störtebeker. Heftige Angst überkam sie, gemischt mit einem seltsamen Gefühl von Spannung. Mit solch einem Menschen lässt sich am besten zusammenarbeiten, dachte sie. Der gibt nie auf. Leise schlich sie sich in die Nähe des Kapitäns.

»Überlasst ihnen das Schiff kampflos, dann versuchen wir später, es uns zurückzuholen«, zischte sie ihm zu.

»Niemand nimmt mir mein Schiff, niemals«, antwortete der Kapitän und gab seinen Männern das Zeichen zum Angriff.

Die Bogenschützen spannten ihre Armbrüste, die Soldaten rannten mit gezogenem Schwert heran. Doch Störtebeker hatte schon erkannt, was vor sich ging, und gab seinerseits Befehl zur Attacke. Kaum hatten die Enterhaken sich in die Reling geklammert, da kletterten seine Männer und er auch schon an Bord. Anne sah, wie sie über das Schiff stürmten, und wich zurück, gefolgt von Leonardo. Doch bevor sie es zur Luke schafften, die in die Frachträume führte, wurden sie von den Kämpfern aufgehalten. Im Bug und mittschiffs blitzten die Schwertklingen auf, und das Gebrüll der Männer verschmolz zu einem schreckenerregenden Lärm. Wenige Schritte vor ihr stand Kapitän Müller mit seinem Schwert und hieb nach allen Feinden, die in seine Nähe gerieten. Er verwundete einen Piraten, doch bevor er das Schwert wieder lösen konnte, warfen sich zwei von Störtebekers Männern auf ihn. Im nächsten Augenblick sank er an Deck zusammen und blieb liegen.

»Legt die Waffen nieder! Ihr könnt gegen uns nicht gewinnen!«, rief Störtebeker. Doch keiner von Kapitän Müllers Mannschaft schien ihn zu hören, und verbissen kämpften die Männer weiter.

»Wir müssen uns verstecken!« Leonardo packte Anne, um sie mit sich zu ziehen, doch Störtebeker hatte ihn schon erspäht.

Mit wenigen Schritten war er bei dem Venezianer und hielt ihn mit hartem Griff am Mantel fest.

»Hört auf zu kämpfen, wir haben sie schon besiegt!«, schrie er über das Schiff. Bei seinem Zuruf horchten alle auf, und als sie den Kaufmann in der Gewalt ihres Anführers entdeckten, hielten sie inne. Alle warteten darauf, was Störtebeker als Nächstes täte. »Wir brauchen nicht weiterzukämpfen, aber dieses goldene Kalb nehmen wir mit«, erklärte er zufrieden. »Habt ihr sein Armband gesehen? Der trägt bestimmt noch mehr glitzernden Plunder am Leib.«

»Und seht euch das Haar und die Kleidung an! Der kommt bestimmt aus dem Osten«, warf ein anderer ein. »Für den finden wir noch Verwendung.«

Doch Störtebeker war zu selbstsicher, und als Leonardo spürte, dass er den Griff lockerte, nahm er die Gelegenheit wahr. Rasch wand er sich aus seinem Mantel, zog Anne mit sich und floh achtern zum Ruder. Einen Moment lang starrte Störtebeker verdattert den leeren Mantel in seiner Faust an, dann kam er zu sich und setzte den beiden nach. Und nun umso schneller. Schon mit wenigen Schritten hatte er Leonardo eingeholt und versetzte ihm einen wohlgezielten Faustschlag. Leonardo wurde zurückgeworfen, schlug gegen die Reling und brach auf den Decksplanken zusammen.

»Jetzt lässt er sich auch leichter tragen«, stellte Störtebeker fest und gab seinen Männern ein Zeichen, Leonardo auf sein Schiff zu bringen.

»Nein, lasst ihn!«, schrie Anne und begriff selbst kaum, woher diese Worte kamen. Sie wusste nur, dass sie Leonardo nicht verlieren durfte. Sie würden ihn seines ganzen Besitzes berauben, ihn über das Schiff und die Ladung ausfragen und ihn zum Schluss töten. Das durfte nicht geschehen.

»Lasst ihn gehen und nehmt mich an seiner Stelle!«, rief sie so laut, dass alle sie hörten. Störtebekers Männern verschlug es schier die Sprache, und sie glotzten die junge Frau nur völlig verblüfft an. Sogar Klaus Störtebeker blieben die Worte weg, und Anne sah, wie er die dicke Goldkette zwischen den Fingern drehte, während er erst sie, dann Leonardo betrachtete. Hier stand eine Frau, die sich erbot, den Platz eines Mannes einzunehmen – mit so etwas hatte offenbar niemand an Bord gerechnet.

»Die Ladung ist mein Eigentum. Leonardo stammt aus Venedig und kennt sich mit dem Handel im Norden nicht aus, während ich mehrere Jahre lang für die Hanse Handel getrieben habe und mit Waren und Fahrtwegen bestens vertraut bin. Von mir habt Ihr den größeren Nutzen«, erklärte sie.

In Störtebekers Augen glänzte es auf, aber er sagte nichts. Wie es aussah, wartete er darauf, dass sie weitersprach, doch sie schwieg. Nur die Wellen und die Schreie der Seevögel waren zu hören. Sie blickte zu Leonardo hinüber und entdeckte, dass er die Hände auf die Decksplanken gestützt hatte und sich hochzustemmen versuchte. Klaus Störtebeker strich sich mit der Hand übers Kinn und musterte Anne.

»Ich glaube ihren Worten. Von ihr haben wir den größeren Nutzen«, entschied er schließlich.

Im selben Augenblick ging Anne auf, was sie getan hatte. Sie wagte ihr Leben für Leonardo, weil sie überzeugt war, dass sie es schaffen würde. Irgendetwas tief in ihr hatte sie dazu bewegt, doch sie war weder edel noch klug, sondern nur tollkühn.

»Ich glaube, wir haben einen guten Fang gemacht«, fuhr Störtebeker fort. »Wir nehmen das Schiff und sie. Die Besatzung wird im Beiboot ausgesetzt.«

»Ich will mich noch von meinem Kompagnon verabschieden«, bat Anne. »Vielleicht sehe ich ihn nie wieder.«

»Ich gedenke nicht, dich daran zu hindern«, erwiderte Störtebeker und trat einen Schritt zurück. Anne eilte an Leonardos Seite.

»In den beiden Vorratsfässern im Beiboot befindet sich Kupfer«, flüsterte sie ihm rasch zu. »Und ich habe auch im Boden einige Barren versteckt. Versuch, es bis Visby zu schaffen. Komm jeden Tag bei Sonnenuntergang zum Hafen, ich werde dich dort suchen, sobald ich es bewerkstelligen kann.«

»Sie dürfen dir nichts tun!«, stieß er hervor und verzog schmerzlich das Gesicht. Sie sah, dass er völlig durcheinander war. »Ich werde dich suchen. Ich sorge für deine Befreiung!«

»Habt ihr endlich fertig geplaudert?«, rief Störtebeker. »Der Bursche muss ohne dich zurechtkommen, wir brauchen dich dringender.«

»Aber ich habe doch kaum mit ihm sprechen können.«

»Steuermann, übernimm das Schiff, und ihr anderen seht zu,

dass ihr das Beiboot losmacht. Wir können nicht hierbleiben, bis uns die Hanse erwischt. Höchste Zeit, dass wir weitersegeln.«

»Ich komme erst mit Euch, wenn ich sehe, dass die Besatzung unversehrt im Beiboot sitzt«, erklärte Anne und sah Klaus Störtebeker unverwandt in die Augen.

»Die hat vielleicht ein Mundwerk«, meinte der und griff sich an die Stirn. »Beruhigt Euch, Jungfer, ich gehorche Euren Befehlen. Wir haben nicht vor, irgendjemand zu erschlagen. Es lag bloß an Eurem Kapitän, der sich so bockbeinig angestellt hat. Die anderen dürfen wie versprochen ins Beiboot.« Er sah sie mit einem breiten Grinsen an und entblößte dabei eine Zahnlücke im Oberkiefer. Zwei Zähne fehlten. Wahrscheinlich hatte er sie in einem Kampf verloren.

»Und Ihr folgt mir, Jungfer.« Er fasste sie am Oberarm.

Anne überlegte rasch. Konnte sie noch fliehen?

»Lasst mich nur kurz meine Stiefel und meinen Mantel holen.« Sie riss sich los und lief unter Deck. Dort raffte sie ihre Kleider zusammen und befestigte ihren Lederbeutel mit den Kräutern, dem Feuerstein und ihrem Amulett am Gürtel.

Auf der Treppe stieß sie mit Störtebeker zusammen. »Lauft nicht davon! Ich hätte Euch töten können, ist Euch das klar?«

Anne senkte den Kopf. »Dafür seid Ihr viel zu schlau«, gab sie zurück und ging an ihm vorbei nach oben.

Als sie an Deck kam, entdeckte sie als Ersten Leonardo. Seine Kleidung war zerrissen, das Haar hing ihm ins Gesicht, und er sah übel zugerichtet aus. Zwei Männer hatten ihm die Arme auf den Rücken gedreht, sodass er sich nicht mehr bewegen konnte. Sie wollte auf ihn zugehen, doch Störtebeker hielt sie zurück.

»Der kommt schon allein zurecht.« Er fasste sie mit hartem Griff am Arm. »Und versucht nicht noch einmal davonzulaufen. Kommt!«

Ich muss mit ihm zusammenarbeiten, dachte sie und versuchte, ganz ruhig zu bleiben. Vorerst bin ich bei diesen Halunken, und wenn ich überleben will, muss ich mich ihren Bedingungen fügen. Sobald sie auf Klaus Störtebekers Schiff stand, wandte sie sich doch noch einmal um und hielt Ausschau nach Leonardo. Auf dem gekaperten Schiff beseitigten einige Vitalienbrüder gerade die Spuren des Kampfs, andere machten sich an den Segeln und am Ruder zu schaffen. Das Beiboot lag schon an Backbord im Wasser, und als sie Leonardo auf dem Boden liegen sah, verkrampfte sich alles in ihr vor Sorge. Sie wusste nicht, wann oder ob sie ihn überhaupt wiedersähe, und vermisste ihn bereits.

25. Kapitel

Die Tür flog auf, und eine rundliche Frau trat auf die Straße. Das gestärkte Kopftuch versteckte den größten Teil ihres Gesichts, doch Ingrid war sicher, dass es Valborg war. In jeder Hand hielt die Frau einen Korb, und ein kleines Mädchen sprang hinter ihr her. Die beiden bogen in die Kindhæstagatan ein und gingen dann in nördlicher Richtung über die Själagårdsgatan weiter zur Köpmannagatan. Ingrid folgte ihnen mit einigem Abstand. Sie kamen an den Verkaufsständen vorbei, und hier und da grüßte Valborg einen Bekannten. Doch sie kaufte nichts, sondern schien geradewegs auf den Markt auf dem Stortorget zuzuhalten.

Das Mädchen sang und vollführte kleine Tanzschritte auf dem Kopfsteinpflaster. Ingrid beobachtete sie fasziniert. Wie groß Maria geworden war! Früher hatte sie sich einmal um das Mädchen gekümmert und es wie ihre eigene Tochter gepflegt, doch das lag nun schon mehrere Jahre zurück, und die Kleine würde sie höchstwahrscheinlich nicht einmal wiedererkennen. Maria war so ein wunderbares kleines Kind gewesen, ein Wunder, doch Anne kümmerte sich weder ordentlich um sie noch um ihren Sohn. Diese Hure betrachtete Maria und Johan als selbstverständliche Gaben Gottes und begriff gar nicht, welch glückliches Los ihr damit zugefallen war. Während Ingrid selbst nie Kinder bekommen hatte, hatte Anne deren zwei und dankte ihrem Schicksal, indem sie verreiste und die beiden zurückließ.

Inzwischen war Valborg mit Maria vor einer der letzten Buden vor dem Markt stehen geblieben, woraufhin auch Ingrid innehielt und sich an eine Hauswand drückte. Der Verkäufer zeigte seine Waren, und sie erkannte ihn sofort wieder. Er verkaufte Kräuter, Kauharz und Honig und stand oft dort mit seinem Ellenmaß, seiner Waage und seinen Kräutersäckchen.

Nachdem Ingrid ihr Kopftuch so tief ins Gesicht gezogen hatte, dass fast das ganze Gesicht verborgen war, näherte sie sich vorsichtig. Wenn Valborg dem Verkäufer hinter den Tisch folgte, um sich weitere Stoffe anzusehen oder ihr anderweitig lange genug den Rücken zuwandte, war Ingrid bereit. Gerade redete Valborg auf den Mann ein, gestikulierte und deutete auf etwas hinter seinem Tisch. Der Händler trat in den Rückteil seines Stands und bückte sich. Rasch tat Ingrid ein paar Schritte vorwärts, blieb jedoch sofort wieder stehen, als er sich sogleich wieder aufrichtete. Eine Weile blieb er nachdenklich so stehen, dann drehte er sich um und hielt einen Krug in die Höhe. Vorsichtig zog Ingrid sich wieder zurück. Valborg bezahlte, sagte noch etwas, und das kleine Mädchen lachte laut. Die fröhliche Stimme drang Ingrid durch Mark und Bein. Wie sie sich wünschte, dieses Lachen jeden Tag zu hören, dieses warme, kindliche, glückliche Lachen! Wenn sie die Mutter des Kinds gewesen wäre, hätte sie ihm nicht nur einen Honigtopf gekauft, sondern gleich mehrere.

Valborg legte dem Mädchen den Arm um die Schulter, und sie gingen weiter, verfolgt von Ingrid. Irgendwann würde Valborg in eine andere Richtung blicken oder ihr den Rücken zuwenden. Bald. Bei der östlichen Stadtmauer kam ihr ein Bauer mit einer Färse entgegen, und Ingrid musste sich an die Wand drücken, um nicht niedergestoßen zu werden. Während sie dort stand und die Handflächen an die Mauer drückte, folgte sie Valborg und Maria mit den Augen. Sie bogen in eine Gasse ein und verschwanden um die Ecke. Ingrid versuchte, sich an dem Bauern vorbeizudrängeln, und als es ihr endlich gelungen war, waren Valborg und das Mädchen verschwunden. Ingrid eilte bergab, blickte in beide Richtungen, konnte sie jedoch nirgends mehr entdecken. Vor Enttäuschung stieß sie einen Fluch aus. Diesmal war nichts daraus geworden, doch sie tröstete sich damit, dass sie Valborgs Haus kannte. Und wo die sich befand, hielt sich auch das Kind auf.

Der Rock klebte Anne an den Schenkeln, und sie nahm den dumpfen Geruch ihrer eigenen Angst wahr. Sie war völlig verängstigt und musste sich zusammennehmen, um es nicht zu zeigen. Das Schiff war in einer unbekannten Bucht vor Anker gegangen, in der sie von Männern mit Pferd und Wagen abgeholt wurden. Wohin sie fuhren, wusste sie nicht, und Klaus Störtebeker wollte sich nicht dazu äußern. Als sie die Küste entlanggefahren waren und einen hohen Hügel erreichten, ließ er plötzlich anhalten.

»Hier ist unsere Heimstatt, und jetzt seid Ihr eine von uns«, verkündete er und deutete auf die große, viereckige steinerne Burg, die vor ihnen aufragte.

Sein Schwedisch war so schlecht, dass sie ihm auf Deutsch antwortete. »Eine von Euch? Im Augenblick mag ich zwar Eure Gefangene sein, aber niemand weiß, wie lange.«

Sie saß gefesselt dicht hinter ihm auf einem Lastpferd und fand es ungehörig, dass er sie nicht selbst reiten ließ.

»Wenn ich mich recht erinnere, wolltet Ihr unbedingt mit uns kommen«, erwiderte er mit einem breiten Grinsen. »Ihr fühlt Euch doch nicht etwa gezwungen?«

»Nein, ich bin zutiefst geehrt«, erwiderte sie in schneidendem Ton.

Zwar war sie den Piraten freiwillig gefolgt, aber was war ihr anderes übrig geblieben? Sie hatte um Leonardos Leben gefürchtet. Und wie sollte sie Schiff und Ladung zurückgewinnen, wenn sie sich nicht den Männern anschloss, die sich ihres Besitzes bemächtigt hatten?

»Ihr seid doch aus freien Stücken mitgekommen, oder nicht?«, wiederholte Klaus Störtebeker mit einem spöttischen Funkeln im Auge.

»So freiwillig es eben möglich ist, wenn jemand mein Schiff kapert und meine Ladung stiehlt«, erwiderte Anne.

»Habt ihr das gehört, Kameraden? Da scheinen wir eine naseweise kleine Dame aufgegabelt zu haben. Hoffentlich langweilt sie uns nicht zu Tode.«

Klaus Störtebeker lachte herzlich und grub seinem Pferd die Fersen in die Flanken. Anne war froh, dass der berüchtigte Pirat lachen konnte. Das erweckte die Hoffnung in ihr, dass sie trotz allem mit ihm reden konnte. Sie blickte zur Burg hinauf. Die mächtige Festung lag ganz oben auf einem Hügel, der von einem breiten Wall und einem Graben umgeben war. Im unteren Teil bestand das Mauerwerk ganz aus Stein, darüber ragte eine Palisade aus dicht gefügten Baumstämmen auf. Die Burg besaß keinen hohen Turm in der Mitte, doch in jeder Himmelsrichtung einen kleineren Turm, von dem aus das umliegende Land und das Meer beobachtet werden konnten. Erst beim Anblick dieser Festung wurde Anne bewusst, worauf sie sich eingelassen hatte. Wenn sie sich erst einmal innerhalb dieser Mauern befand, gab es kaum noch ein Entkommen.

Als hätte Störtebeker ihre Gedanken erraten, zogen seine Wächter den Kreis um Anne noch enger. Sie überquerten die Zugbrücke und ritten durch ein knarrendes Eichentor mit schweren Eisenbeschlägen. Bewaffnete Knappen kam ihnen entgegen, und Klaus Störtebeker hob die Hand zum Gruß. Er saß ab, trat zu Anne und lockerte die Stricke um ihre Hände und Füße. Dann half er ihr höflich vom Pferd und befahl den Knappen, sich um die Pferde zu kümmern.

»Hier drinnen braucht Ihr keine Fesseln zu tragen. Es ist zwar nicht ganz ungefährlich, Euch loszubinden, aber ich bin bereit, das Wagnis einzugehen. Ihr seid scharfsinnig genug, um zu begreifen, dass Ihr gut behandelt werdet, wenn Ihr mit uns zusammenarbeitet. Solltet Ihr jedoch einen Fluchtversuch unternehmen, ist es aus mit Euch. Wir Vitalienbrüder beherrschen die gesamte Gegend. Ihr kämt also nicht weit. Meine Männer melden mir alles, was sie sehen, und wir würden Euch sowieso erwischen.« Er zog den Zeigefinger waagerecht über die Kehle, um ihr zu verdeutlichen, was er meinte.

Anne nickte stumm und begriff, dass es ihm ernst war. Sie musste Störtebeker erst kennenlernen und verstehen, wie er dachte, bevor sie irgendetwas unternahm.

»Gotland ist unsere Heimat, und wenn uns die Vorräte ausgehen, stechen wir wieder in See«, fuhr Störtebeker fort. »In Kriegszeiten muss jeder für sich selbst sorgen, um so gut wie möglich zu überleben. Die Dänen, die Deutschen und Schweden verfahren genauso. Ich könnte nicht behaupten, dass andere besser wären als wir.«

Noch immer schwieg Anne und ließ ihn einfach reden. Gerade hatte er Leonardo, ihr Schiff und ihre Ladung geraubt und stellte sich als ganz gewöhnlichen, ehrenhaften Bürger dar, der nicht schlechter war als alle anderen. Sie verzog das Gesicht.

Störtebeker winkte einen der Knappen zu sich heran. »Führ

sie ins Turmzimmer!« Dann wandte er sich wieder an Anne. »Dort ist genug Platz für Euch. Es ist nicht so bequem wie ein Königinnengemach, aber der Boden ist mit Stroh bedeckt, und Ihr müsst auch nicht bei meinen Männern schlafen. Zum Abendessen holt Euch ein Wächter ab. Ich hoffe, Ihr findet Euch bis dahin zurecht.«

Nach einer Verbeugung überließ er sie einem älteren Mann in bäuerlicher Kleidung.

»Übrigens hoffe ich, Ihr habt nichts dagegen, die Mahlzeit mit meinen Männern und mir einzunehmen. Bei uns gilt: Gott für alle und alle für einen. Wir teilen alles, was wir haben, zu gleichen Teilen und haben keine Geheimnisse voreinander.«

»Mag sein, dass Ihr alles zu gleichen Teilen unter Euch aufteilt, aber Geheimnisse sollten nicht vor zu vielen Ohren besprochen werden«, antwortete Anne. »Ich hatte vor, mit Euch über eine Sache zu verhandeln, von der niemand sonst wissen darf. Die anderen können es später immer noch erfahren.«

Diesmal schwieg Klaus Störtebeker, und Anne sah, wie er nachdachte. Dann glättete sich seine Stirn, seine Augen wurden wieder lebhaft, und ein Lächeln breitete sich auf seinem Gesicht aus.

»Ihr macht mir Angst, Jungfer. Wie es aussieht, seid Ihr eine von diesen Frauen mit eisernem Willen. Aber wir werden schon noch einen richtigen Menschen aus Euch machen.« Er nickte dem Wächter zu. »Kümmert Euch um das Frauenzimmer und gebt ihr zu essen. Dann führt es in meine Stube.«

Anne spürte Störtebekers durchdringende Blicke und fühlte sich auf einmal unbehaglich. Vielleicht wäre es besser gewesen, das Abendessen mit den anderen einzunehmen, statt ihm allein gegenüberzutreten. Andererseits musste sie ihn auf ihre Seite ziehen, und das gelänge ihr nur, wenn sie unter vier Augen mit ihm reden konnte. Um Störtebeker zu überlisten, musste sie erst sein Vertrauen gewinnen – aber was sie auch tat, sie bewegte sich am Rand des Abgrunds.

Als Mattis nach Gotland gelangte, war er so müde, dass er sich erst einmal eine Weile am Strand niederlegen und schlafen musste. Es war nicht so einfach gewesen, einen Schiffer zu finden, der nach Visby fuhr, doch zu guter Letzt hatte ihn ein

Fischerboot vom Festland mitgenommen. Doch sie hatten so schweren Seegang gehabt, dass er kaum Ruhe fand. Jetzt schlief er sofort ein, und erst am späten Nachmittag weckte ihn ein leichter Nieselregen. Er stand auf, aß ein Stück Brot und trank Wasser aus seiner Lederflasche, bevor er sich wusch und seine Kleidung in Ordnung brachte. Schließlich kämmte er sich noch das Haar und warf sich die Fiedel auf den Rücken. Entschlossenen Schritts ging er über eine öffentliche Wiese und erreichte wenig später Schloss Seeltorn, das große Steingebäude mit den Treppengiebeln, in dem der Statthalter wohnte. Endlich war er da. Als Valborg von Bergslagen zurückgekehrt war, hatten seine neuen Pläne gar keinen Anklang bei ihr gefunden, und erst als sie für den Sommer die älteste Tochter der Nachbarin im Weinkeller angestellt hatte, hatte sie ihn gehen lassen. Und auch dann war sie immer noch nicht sonderlich begeistert gewesen. Bei dem Gedanken musste er in sich hineinlächeln. Es war ganz offensichtlich, dass Valborg ihn vermisste, wenn er fort war. Er warf einen Blick auf das mächtige Steingebäude, das vor ihm aufragte, und näherte sich dem Schilderhäuschen. Er freute sich darauf, der Königin und dem Frieden zu dienen.

»Ich bin Gaukler und Troubadour und möchte Sven Sture sprechen.«

Ein bärtiger, ungepflegter Mann gaffte ihn sauertöpfisch an. »Werdet Ihr erwartet? Er hat gerade eine Unterredung mit Herzog Erik.«

»Herzog Erik?«

Der Wachposten deutete mit einem Kopfnicken zur Burg hinauf. »Ja, dem Sohn von König Albrecht. Die pflegen stundenlang zu reden.«

»Sven Sture führt also Friedensverhandlungen im Namen der Königin?«

»Friedensverhandlungen?« Der Bärtige hob resigniert die Arme. »Nein, seit Sven Sture und der Herzog sich zusammengetan haben, ist es hier noch schlimmer als zuvor. Überall werden Höfe niedergebrannt, und kaum ein Kapitän wagt sich noch aus dem Hafen hinaus.«

Ein Schauder durchfuhr Mattis. »Hat Sven Sture die Königin etwa im Stich gelassen?«

»Ja, dieser Mann denkt nur an seinen eigenen Vorteil. Als er Herzog Erik nicht besiegen konnte, ist er eben zu den Vitalienbrüdern übergelaufen. Wusstet Ihr das denn nicht?«

»Tja«, murmelte Mattis. Den Gerüchten, die an Bord die Runde gemacht hatten, hatte er keinen Glauben geschenkt, weil sie ihm gar so weit hergeholt vorgekommen waren. Doch nun war es also wahr.

Eine große Tür öffnete sich, und ein hochgewachsener Mann in schwarzer Hose und Brustharnisch erschien auf der breiten Steintreppe. Auf dem Kopf trug er ein blaues Barett mit Feder, um den Bauch hing ihm der Gürtel samt Schwert. Er trat zum Schilderhäuschen.

»Dieser Gaukler möchte Euch sprechen«, erklärte der Wächter und deutete auf Mattis.

»Nein, nein, ich wollte gerade wieder gehen«, wimmelte Mattis ab.

»Du bist also ein Gaukler, hm?« Der Mann musterte ihn neugierig, und Mattis sah, wie die hellgrauen Augen über die Fiedel und die Flöte an seinem Gürtel glitten. »Einen Gaukler könnten wir hier gut brauchen. Komm, spiel auf und gib mir eine Probe deiner Kunst!«

»Aber ...«

»Steh nicht herum! Nur zu, komm mit mir!« Der Statthalter lächelte Mattis freundlich an.

Mattis fühlte sich in der Zwickmühle und wollte rasch irgendeine Ausrede stammeln, doch da nahm ihn irgendetwas in den Augen dieses Mannes gefangen. Sven Sture hatte hellwache Augen und ein freundliches, ansteckendes Lächeln. Mattis tastete nach seinem Gürtel. Wenn er schon die weite Reise auf sich genommen hatte, dann konnte er zumindest mit ihm sprechen. Daran war doch wohl nichts Schlimmes. Außerdem fand er vielleicht heraus, was auf dieser Insel tatsächlich vor sich ging, und das konnte nur von Nutzen sein. Sie würden sich ein Weilchen unterhalten, und dann könnte er wieder gehen. Mattis verbeugte sich also und folgte Sture in die Burg.

Gleichzeitig befiel ihn ein unbehagliches Gefühl. Sven Sture war bestellt worden, um auf Gotland für Ordnung zu sorgen, und hatte die Königin verraten. Niemals hätte Mattis Stockholm verlassen, wäre ihm bekannt gewesen, dass der engste

Vertraute der Königin zu den Seeräubern übergelaufen war. Er bereute seine Reise schon jetzt und wünschte, er wäre bei Valborg im Weinkeller geblieben. Statt ein Teil von etwas Gutem und Edlem zu werden, das Frieden für alle bedeutete, war er in ein gesetzloses Land geraten. Und außerhalb der Stadtmauern konnte er jederzeit umgebracht werden.

Sie stiegen eine lange, schmale Steintreppe hinauf und erreichten das Turmzimmer, in dem Sven Sture wohnte. Als sie eintraten, entdeckte Mattis zu seiner Überraschung, dass es weder Teppiche noch Gobelins gab, sondern nur Holzbänke mit Fellen, einen Tisch und zwei Stühle. An der Wand hing eine Tierhaut, und in regelmäßigen Abständen steckten Kienfackeln in Wandhalterungen. In einer Schale auf dem Tisch lag ein Haufen Steinkugeln, die wahrscheinlich für eine Schleuder gedacht waren.

»Bitte sehr, setz dich!«

Der dänische Statthalter wies auf eine der Bänke, zog dann aber verwundert die Augenbrauen hoch.

»Sag einmal, sollen das deine Gauklerkleider sein?« Er musterte Mattis' farbenprächtige rot-grüne Hose, verdrehte die Augen und brach in Gelächter aus. »Wenn du so aussiehst, schlagen wir unsere Feinde ohne Blutvergießen – die lachen sich einfach tot.«

»Wir Spieler sehen eben so aus«, verteidigte sich Mattis.

Sven Sture lehnte sich zurück und faltete die Hände auf dem Bauch. Mit einer Kopfbewegung wies er auf die Fiedel auf Mattis' Rücken. »Los, lass hören!«

Mattis holte seinen Bogen aus der Tasche und zog ihn über die Saiten. Er begann mit einer schwedischen Ballade. In die Musik legte er seine ganze Enttäuschung und Verzweiflung, und nach einer Weile sah er, dass Sture die Augen geschlossen hatte. Ermutigt spielte er weiter.

»Gar nicht schlecht. Kannst du auch Geschichten erzählen?«

Mattis kramte in seinem Gedächtnis, doch just in diesem Augenblick wollte ihm nichts einfallen.

»Ich kann dichten.«

»Nun, dann fang an!«

Mattis räusperte sich. »Wie ein Wind auf die Glut bläst, so

ziehst du durch mein Gemüt. Streck mir deine Lippen entgegen, ich will sie küssen … «

Weiter kam er nicht, denn er hörte ein seltsames Gackern, das schließlich in haltloses Gelächter überging. Es begann offenbar irgendwo in der Magengegend und arbeitete sich durch den Körper des Mannes nach oben. Sven Sture wurde so von Lachern geschüttelt, dass Mattis ins Staunen geriet. Er klingt wie ein wieherndes Pferd, nein, er *ist* ein Pferd, dachte Mattis und überlegte, ob der Statthalter Königin Margareta wohl mit seinem fröhlichen Gemüt für sich gewonnen hatte. Doch er war sicherlich auch ein guter Kämpfer, und die drei Burgen auf der Insel waren auch von ihm erbaut worden.

» Er liest mir Liebesgedichte vor, auch nicht übel «, kicherte der Statthalter und trocknete sich die Augen. » Sag, kannst du auch jonglieren? «

Sven Sture deutete auf die Steinkugeln, und Mattis trat an den Tisch. Die Kugeln waren schwer und nicht zum Jonglieren geeignet. Zögernd wog er sie in der Hand. Der Statthalter bedachte ihn mit einem aufmunternden Blick, und da fasste Mattis einen Entschluss.

» Ich kann jonglieren, ja, aber dumm bin ich nicht. Wenn ich die hier auf den Boden fallen lasse, könnt Ihr hinterher nicht mehr damit schießen. Gebt mir etwas anderes! «

Der Statthalter lehnte sich vor. » Dich kann ich gut gebrauchen. Du hast was im Kopf. Und außerdem kannst du meine Männer und mich unterhalten. Ich habe große Pläne. «

» Was habt Ihr vor? «

» Das ist noch geheim, aber du wirst es rechtzeitig erfahren. Meine Männer wohnen im zweiten Geschoss. Die Wache bringt dich hin, dort kannst du vorerst wohnen. Sie wird dir auch zeigen, wo du zu essen bekommst. «

» Danke «, murmelte Mattis. Jetzt hatte er also Verpflegung und ein Dach über dem Kopf. Angesichts der zahllosen Straßenräuber und Soldaten, die auf der Insel ihr Unwesen trieben, sollte er vielleicht froh sein, ein Obdach zu haben, obwohl er den Verrat des Statthalters an der Königin nicht guthieß. Er konnte vorerst mitspielen, jedenfalls bis er erfahren hatte, wie die geheimen Pläne aussahen. Schlimmer als das, was er bisher erlebt hatte, konnte es schließlich kaum werden.

26. Kapitel

»Kommt schon!« Anne spürte den harten Griff des Wächters am Arm und versuchte, sich nicht von ihrer Müdigkeit überwältigen zu lassen. Es war schon fast Mitternacht, und sie hatte lange warten müssen, bis der Anführer der Vitalienbrüder sie endlich zu sich rief. Rasch wurde sie zur Tür hinausgeschoben und durch die engen, schwach beleuchteten Korridore geführt.

»Jetzt ist es mal wieder so weit – Störtebeker verlangt Gesellschaft«, meinte der Wächter.

Sie warf ihm einen verstohlenen Blick zu, um herauszufinden, wie er das meinte. Der Mann sah schläfrig aus, und sein Gesicht blieb ausdruckslos. Eigentlich hatte sie ja auch danach verlangt, mit dem Piraten zu sprechen. Auf der Wange trug der Wächter eine rote Narbe.

»Habt Ihr Euch das bei einem Schwertkampf zugezogen?« Sie konnte sich die Frage nicht verkneifen.

»Nein, das war Störtebeker. Wir haben Karten gespielt, und er bildete sich ein, ich hätte zwei Asse versteckt. Ich versuchte ihm zu erklären, dass ich niemals betrüge, aber er glaubte mir nicht. Zum Schluss wurde ich so wütend, dass ich ihn schlug. Das wollte ich eigentlich gar nicht, denn ich weiß ja, dass er stärker ist als ich. Jedenfalls zog er den Dolch, und so ist es passiert.« Er fuhr sich mit der Hand über die Narbe. »Nun ja, er hat sich entschuldigt, und ich hab ihm verziehen. Ich hatte ihn schließlich zuerst angegriffen, wahrscheinlich hätte ich dasselbe getan wie er. Störtebeker hat seine Launen, aber viele von uns hier in der Burg würden für ihn in den Tod gehen.«

»Hasst Ihr ihn?«, versuchte sie es noch einmal.

Der Mann antwortete nicht, sondern starrte nur stur geradeaus und beschleunigte seine Schritte.

»Was Ihr auch tut, seid vorsichtig!«, warnte er sie, als sie sich dem Turmzimmer näherten. »Fürchtet Euch nicht, wenn er Schach mit Euch spielen will, und erweist ihm Respekt, dann wird Euch sicher nichts geschehen.«

Anne wurde der Mund trocken. Sie wusste, dass der Mann, dem sie gegenübertreten musste, ein Riese war. Was auch geschieht, ich muss mich beherrschen, dachte sie. Von den Tausenden von Vitalienbrüdern, die auf der Ostsee ihr Unwesen trieben, war er der berüchtigtste. Und er herrschte über diese große Burg. Manche behaupteten, er sei auf Befehl von Herzog Erik gekommen, andere sagten, dass Sven Sture dahintersteckte. Aber Störtebeker war der Anführer, und das zeigte, dass er sich ebenso geschickt unter den Mächtigen und Gebildeten zu bewegen wusste, wie er seine Seeleute und Soldaten mit fester Hand führte. Und er scheute nicht davor zurück, zu töten und zu plündern. Anne versuchte sich damit zu trösten, dass er trotz allem auch schon der Kirche Geld geschenkt hatte, doch sie wusste, dass sie ihre ganze Kraft zusammennehmen musste, wenn sie mit einem Mann seines Kalibers verhandeln wollte.

Als sie die eisenbeschlagene Tür erreichte, straffte sie den Rücken und atmete tief durch. Der Wächter öffnete ihr, führte sie in die Stube und entfernte sich schweigend.

»Tretet ein!«, forderte Störtebeker Anne auf. Er stand auf, verbeugte sich tief und machte eine weit ausholende Geste. »Setzt Euch!«

Anne versuchte, ungerührt zu wirken, doch das Herz schlug ihr so heftig, dass sie es selbst hören konnte. Sie setzte sich auf einen schäbigen grauen Stuhl, der aussah, als sei er aus angespülten Brettern zusammengezimmert worden. Sie legte die Hände in den Schoß, und als sie aufblickte, sah sie, dass Störtebeker stehen geblieben war. Während er ihren Stuhl umrundete, betrachtete er sie eingehend. Als er unmittelbar hinter ihr stand, hielt er inne und beugte sich vor.

»Nun, was habt Ihr mir anzubieten, Jungfer?« Er legte ihr kurz die Hände auf die Schultern, ließ sie aber sofort wieder los. Seine Finger streiften leicht ihre Wange, als er an ihr vorbeiging, um ebenfalls Platz zu nehmen.

Bei seiner Frage zuckte Anne zusammen. Sie hatte gesagt, dass die Piraten sie an Leonardos Stelle gefangen nehmen sollten, da sie Eigentümerin von Schiff und Ladung sei und mit der Hanse gehandelt habe. Das war eine gewagte Behauptung, und nun musste sie ihm im Austausch für ihre Freiheit etwas anbieten. Doch Schiff und Ladung waren ja schon in seiner Hand. Natürlich hatte sie auch noch die Waren, die sie vor Jahren einmal auf Gotland zurückgelassen hatte: Silber, Bernstein und

Leder, versteckt in einem Steinbruch in der Nähe des Hofs von Steinhauer Gottvid. Das hätte eine Verhandlungsgrundlage sein können, aber sie wusste nicht einmal, ob der alte Steinmetz noch am Leben war. Vielleicht konnte sie das Versteck allein wiederfinden, aber sicher war das nicht.

»Wenn ich mich nicht täusche, habt Ihr von Geheimnissen gesprochen und dass Ihr deswegen unter vier Augen mit mir sprechen müsstet. Nun sprecht! Was gibt es so Geheimes?«

Anne räusperte sich, während sie verzweifelt versuchte, sich etwas aus den Fingern zu saugen. Sie nahm innerlich Anlauf und begann. »Ihr habt mir eine ganze Schiffsladung geraubt. Nun wollt Ihr für die Ladung vermutlich auch den höchstmöglichen Gewinn erzielen.«

»Darauf brauche ich wohl kaum zu antworten.«

»Gut, dann hört her! Mein Kompagnon Leonardo und ich waren auf dem Weg nach Konstantinopel. Wir wollten unsere Ware hier in Gotland auf kleinere Schiffe umverteilen und dann auf den Flüssen weiter nach Osten segeln.« Anne log, dass sich die Balken bogen, doch sie hatte sich irgendetwas ausdenken müssen. »Die Fahrt dauert ungefähr weitere sechs Monate, und in Konstantinopel müssen wir mindestens einen Monat für den Zoll und andere Formalitäten einplanen. Doch danach, Herr Störtebeker, wird das Kupfer doppelt so viel wert sein. Dort können wir es richtig teuer verkaufen. Lasst uns unsere Reise fortsetzen wie geplant, und dann teilen wir bei unserer Rückkehr den Gewinn.«

Er stieß einen Pfiff aus und grinste sie anerkennend an. »Ihr seid eine mutige Frau. Alte Handelswege, neue Geschäftsideen. Aber sagt mir, auf welche Schiffe wolltet Ihr Eure Ware umladen? Und wie könnt Ihr so sicher sein, dass Ihr die Ladung auch verkaufen werdet? Und vergesst nicht, dass Ihr auch wieder heil zurückkommen müsst.«

Anne dachte scharf nach. Gottvid war mit einem Schiffsbauer bekannt gewesen, und bei dem hatte sie damals eine ganze Reihe Boote am Strand liegen sehen.

»Hier auf Gotland gibt es doch überall Boote«, erwiderte sie. »Und wir haben auch schon einen Abnehmer. Die Überfälle, die auf den Flüssen auf Kaufleute verübt werden, stellen eine große

Gefahr dar. Wenn Ihr mir einige Eurer Männer mitgäbt, verliefe die Überfahrt wesentlich sicherer und...«

»Und was ist mit dem Deutschen Orden?«, fiel Störtebeker ihr ins Wort. »Diese Ritter behaupten, dass sie Gott dienen, doch in Wirklichkeit rauben und plündern sie bei jeder Gelegenheit. Eure Fahrt nach Konstantinopel ist zum Scheitern verurteilt. Kein Kaufmann segelt in diesen Zeiten in Gebiete östlich von Nowgorod. Das solltet Ihr wissen«, gab Störtebeker zu bedenken.

»Eben deswegen könnten wir einen beträchtlichen Gewinn erzielen.«

Anne wusste, dass die Handelswege nicht mehr offen waren wie früher, aber sie hatte sich dumm gestellt, um ihn milder zu stimmen. Angesichts weiblicher Hilflosigkeit wuchsen die meisten Männer sofort eine Handbreit und fühlten sich großartig. Doch er hatte den Köder nicht geschluckt.

»Wie es aussieht, habe ich ein ebenbürtiges Gegenüber gefunden – eine Frau, die kühne Pläne schmiedet und etwas gewinnen will«, sagte er nachdenklich. »Hier in der Burg tun alle, was ich will, und fast niemand kommt mit Vorschlägen zu mir. Auf die Dauer wird das ziemlich langweilig.«

»Aber Ihr seid der Anführer, da entscheidet Ihr ohnehin nach Eurem Gutdünken. Oder etwa nicht?«

Er nickte.

»Dann könnt Ihr doch sicher ein paar starke Männer entbehren«, fuhr Anne fort.

»Stark sind sie, genau, und dumm obendrein. Viele von denen haben mehr Verstand in den Armen als im Kopf. Wisst Ihr, das Schlimmste ist nicht die Tatsache, dass einer dumm und faul ist – dumm und draufgängerisch zu sein ist noch viel schlimmer.«

Anne musste lachen. Hier saß sie nun als Gefangene auf einer Burg unter gefürchteten Piraten, und der Anführer beklagte sich über die Dummheit seiner Männer.

»Aber sie tun doch, was Ihr ihnen befehlt, oder?«

»Weil sie wissen, dass sie am Gewinn beteiligt werden. Ich teile mit allen zu gleichen Teilen. Aber Treue kann ich von meinen Männern nicht erwarten. Die schließen sich schlicht demjenigen an, der sie reich macht.«

»Nun, den einen oder anderen Vertrauten habt Ihr aber doch, oder nicht?«

»Ein Anführer ist oft einsam, und ich wage niemandem zu trauen. So ist es nun einmal.«

»Aber ich versichere Euch, dass ich mein Wort halten werde. Ich komme mit dem doppelten Gewinn zurück. Der Kaiser baut sich nämlich einen neuen Palast in Konstantinopel und wird noch mehr von uns bestellen, wenn wir die erste versprochene Lieferung überbracht haben.«

»Allmählich verstehe ich, worauf Ihr hinauswollt«, entgegnete Störtebeker.

»Ihr seid offenbar ein Mann, der nicht einfach gedankenlos drauflosschlägt, und daher versteht Ihr gewiss, welchen Nutzen wir voneinander haben können.«

Anne sah, wie sich ein Lächeln auf Störtebekers Gesicht ausbreitete, und merkte, dass sie zurücklächelte. So ist das wohl mit fähigen Anführern, dachte sie. Sie verstehen die Menschen zu beeinflussen.

»Ihr seid wahrhaftig eine Frau, der man kaum etwas abschlagen kann.« Er fuhr mit den Handflächen über die Tischplatte und warf ihr einen ermutigenden Blick zu. »Obwohl Ihr meine Gefangene seid, fordert Ihr mich auf, Euch Männer zur Verfügung zu stellen, die Euren Geschäften zugutekommen. Ihr seid ganz schön dreist.«

»Ihr auch. Immerhin habt Ihr mir mein Schiff und meine Ladung gestohlen«, erwiderte Anne, ohne den Blick abzuwenden.

»Und bissig seid Ihr obendrein, ein richtiges giftiges altes Weib.«

»Und Ihr seid ein rücksichtsloser Seeräuber.«

Er lehnte sich zurück, musterte sie erstaunt und brach dann in schallendes Gelächter aus. Verblüfft stellte sie fest, dass auch ihre Mundwinkel zuckten. War er wirklich der gefürchtete Störtebeker, der in aller Munde war? Sie konnte es kaum glauben.

»Wenn Ihr wegfahrt, wie soll ich da sicher sein, dass Ihr zurückkommt?« Sein Blick war von einem Moment auf den anderen wieder ernst geworden.

»Sicher könnt Ihr nie sein, aber ich habe meinen Stolz und halte meine Versprechen immer.«

»Das wollte ich nur wissen«, erwiderte er zweideutig, und der Schatten über seinen Augen verschwand. Er strich sich übers Kinn, stand auf und begleitete sie zur Tür. Als sie sie gerade öffnen wollte, spürte sie ihn dicht hinter sich und fühlte sich schon fast von hinten gepackt. Sie erstarrte, doch er rührte sie nicht an.

27. Kapitel

Leonardos Körper war wund und steif, sein Kopf tat entsetzlich weh. In der Nacht hatte er solche Schmerzen gelitten, dass er kaum hatte schlafen können. Stattdessen war er aus der Grotte getreten, in der er sich mit den elf anderen Männern aus dem Rettungsboot versteckt hatte. Nach den Geschehnissen des letzten Tags war er noch völlig benommen, und er setzte sich auf eine Klippe, um aufs Meer zu blicken.

Der Himmel wurde von Blitzen erhellt, und er deutete den Schein als böses Omen. Er verfluchte Störtebeker, der ihn niedergeschlagen hatte, sodass er Anne nicht mehr hatte helfen können. Was wohl mit ihr geschehen war? Sie war ganz allein, Störtebeker und seiner Mannschaft wehrlos ausgeliefert. Er ballte die Fäuste. Wenn er nur etwas hätte unternehmen können! Der Blick, mit dem der Pirat Anne angesehen hatte, hatte Leonardo ganz und gar nicht gefallen. Und als sei das noch nicht genug gewesen, hatte er obendrein das Schiff mit der Ladung der Königin verloren. Erst fluchte er, doch dann wurde er wütend auf sich selbst. Er durfte nicht in Selbstmitleid versinken, er musste Anne retten. Lange blieb er im Dunkeln sitzen und überlegte, wie er das bewerkstelligen konnte. Irgendwann kehrte er zu den anderen in die Höhle zurück. Eine Weile lag er dort und warf sich auf dem harten Untergrund hin und her, bis er endlich einschlief.

Nach dem Erwachen stand er mühsam auf, streckte sich und begab sich zum Strand. Dort zog er die Schuhe aus und ging barfuß ins Wasser. Während er zum Horizont spähte, dachte er wieder an Anne. Sie hatte sich den Piraten als Geisel angeboten. Er begriff nicht, was sie sich dabei gedacht hatte. Doch er musste sie für ihren Mut bewundern. Gleichzeitig machte er sich natürlich allergrößte Sorgen – vielleicht hatte er sie für immer verloren.

Nachdenklich schöpfte er mit der Hand ein wenig Meerwasser und wusch sich das Gesicht. Das Wasser glänzte, und die Morgensonne spiegelte sich auf den Wellen. Alles schien so still und friedlich, als wäre niemals etwas vorgefallen. Doch Anne und das Schiff waren weg. Nur jener Teil der Ladung, den Anne im Beiboot versteckt hatte, war noch vorhanden. Leonardo vergrub die Zehen im Sand und beobachtete, wie die Wellen den Fuß wieder sauberwuschen. Irgendwie musste er nach Gotland gelangen. Zerxes erwartete ihn schließlich in Konstantinopel. Vielleicht hatte Anne ja recht, und es würde ihnen gelingen, das Schiff zurückzugewinnen. Doch zuerst musste er nach ihr suchen.

Als er Geräusche hinter sich vernahm, wusste er, dass auch die anderen aufgewacht waren. Gemeinsam waren sie zwölf starke Männer. Die sollten doch imstande sein, etwas auszurichten! Er sah sich um. Ein Stück landeinwärts stand ein heruntergekommenes Fischerboot, davor lagen ein paar Tonnen und eine zerbrochene Kiste. Nicht weit entfernt waren Netze an Haken zwischen halb verwitterten Pfosten aufgehängt, und ein wenig weiter entfernt war ein kleiner Verschlag zu sehen. Er überlegte, wie weit es wohl bis Visby sein mochte und ob sie dorthin rudern und an Land gehen konnten, ohne in ernsthafte Schwierigkeiten zu geraten.

Die Kupferbarren lagen noch immer im Beiboot, doch sie waren schwer und sperrig. Vielleicht sollte er eine neue Ladung zu Zerxes verschiffen und dieses Metall in Visby verkaufen oder gegen andere Waren eintauschen. Oder aber als Spieleinsatz im Wirtshaus verwenden, Geld gewinnen und eine neue Reise mit einer noch größeren Ladung antreten. Er war ein guter Würfelspieler, und nach all den Jahren als Bankier in Venedig konnte er gut kopfrechnen. Die abenteuerlichsten Pläne wirbelten ihm durch den Kopf, und er musste über sich selbst lächeln. Die Vitalienbrüder hatten ihm alles geraubt, was er besaß, aber er war kein gebrochener Mann. Natürlich war es gefährlich, sich in die Stadt zu wagen, aber er wollte es dennoch versuchen.

»Hört her!«, begann er, als er zur Höhle zurückkam. »Wir nehmen das Boot und rudern bis Visby.« Nachdem er seine

Gedanken dargelegt hatte, erklärten sich die Männer zu dem Unterfangen bereit. »Gut, dann macht euch bereit. Ich muss nur aufpassen, dass wir klare Sicht haben und dass uns niemand auflauert.« Bevor die anderen protestieren konnten, war er schon wieder verschwunden.

In der Dämmerung hatte er eine Burg auf einem Hügel zu erkennen geglaubt, und er überlegte, ob wohl die Vitalienbrüder dort hausten. Wenn sich Störtebeker in der Festung aufhielt, konnte Anne nicht weit sein.

Leonardo sog den Meeresgeruch ein und betrachtete die sanften Wellen, die den Strand überspülten. Die Landschaft war berückend schön und verleitete zu der Annahme, alles sei ruhig und friedlich. Doch er wusste es besser – sicher war er nirgends. Er schlug den Weg ein, der den Hügel hinauf zur Burg führte. Ab und zu gab der Sand unter seinen Füßen nach, und spitze Zweige zerkratzten ihm die Waden. Als er die Höhe erreicht hatte, blieb er stehen und strich sich keuchend das Haar aus dem Gesicht. Vor ihm ragte ein mächtiges Burggemäuer mit einer Holzpalisade auf, umgeben von einem Wallgraben. Eine Weile blieb er stehen und zog sich dann vorsichtig wieder zurück. War dies die Burg Landscrone, von der er auf dem Schiff gehört hatte? Dann hatten ihn die Piraten bereits von dort oben gesichtet.

Im gleichen Augenblick öffnete sich das Tor vor dem Wallgraben, und fünf Reiter überquerten die Zugbrücke. Unterhalb der Burg blieben sie stehen, sprachen kurz miteinander und ritten geradewegs auf ihn zu. Erschrocken verließ er den Weg und warf sich hinter einem Busch auf den Boden. Als die Reiter näherkamen, machte er sich ganz flach und drückte das Gesicht auf den Boden. Bis in sein Versteck hörte er das Donnern der Hufe und nahm den Geruch der Pferde wahr. Die Männer brachten ihre Tiere zum Stehen, und zwei von ihnen saßen ab. Sie mussten ihn entdeckt haben.

Leonardo erwartete jeden Augenblick, dass man ihn aus den Büschen zerrte, doch nichts dergleichen geschah. Er wusste nicht, wie lange er in dem Versteck gelegen hatte, bis er endlich Mut fasste und sich aufrichtete. Vorsichtig bog er ein paar Zweige beiseite. Weiter unten hatten die Reiter einen Wagen angehalten und zwei Männer herausgezerrt. Die Fremden trugen feine Kleider und sahen aus wie Kaufleute. Während drei Reiter die Männer festhielten, durchsuchten die anderen beiden den Wagen. Jemand schrie auf, aufgeregte Stimmen und Flüche waren zu hören, und im nächsten Augenblick sah Leonardo, wie man die zwei Kaufleute an den Grabenrand schleppte. Die Reiter umringten sie, schlugen und traten sie und zwangen sie zum Schluss, mit den Händen auf dem Rücken niederzuknien. Leonardo wagte kaum zu atmen und verfolgte das Geschehen mit entsetzt aufgerissenen Augen. Die Männer flehten, schrien und baten um Gnade, doch die Reiter lachten nur. Dann zischten kurz nacheinander Schwerter durch die Luft und trafen ihre Ziele mit seltsam dumpfen Lauten. Leonardo wollte fliehen, zitterte aber so stark, dass er nicht aufstehen konnte. Ein Pferd wieherte, die Wagenräder und die Deichseln quietschten. Schluchzend zog er sich weiter ins Gebüsch zurück und bekreuzigte sich. Als sich plötzlich Hufgetrappel näherte, schnürte es ihm die Kehle zusammen. Die Kleider klebten ihm am schweißnassen Körper.

»Was ist denn das?«, fragte eine Stimme auf Deutsch, und die anderen schienen aufzuhorchen. Offenbar brachten die Reiter ihre Pferde zum Stehen.

»Da liegt doch etwas!« Die Stimme klang spitz und näselnd.

Leonardo rührte sich nicht.

»Nun komm schon! Wir haben keine Zeit, wir müssen zurückreiten.«

»Vielleicht verbirgt sich dort einer. Wir sollten nachsehen.«

»Ach, Unsinn, hier ist niemand! Beeil dich, wir müssen die Männer wegschaffen, bevor uns jemand entdeckt.«

Die Stimme des anderen war scharf und bestimmt, und nach einem unterdrückten Fluch fügte sich der erste Mann dem Befehl. Die beiden setzten sich wieder in Bewegung, und Leonardo drückte sich noch fester auf die Erde, während die Reiter mit dem ratternden Wagen im Schlepptau an ihm vorbeizogen. Erst als jedes Geräusch verstummt war, wagte er wieder durch die Äste zu spähen. Die Männer waren auf dem Rückweg zur Burg, und auf dem Wagen lagen die beiden leblosen Körper.

Als das Tor hinter den Räubern zugeschlagen war, traute Leonardo sich endlich davonzuschleichen. Er dachte an Anne, die sich womöglich in der Burg befand. Doch er konnte sich dem Gemäuer nicht weiter nähern, er musste sich etwas anderes einfallen lassen.

Bei seiner Rückkehr in die Grotte war er völlig erschöpft.

»Wir sollten augenblicklich von hier aufbrechen – es ist zu gefährlich. Lasst uns von hier verschwinden!«

»Ist es in Visby denn sicherer?«, erkundigte sich einer der Männer.

»Ich habe gehört, dass die Vitalienbrüder auf dem Land am stärksten sind. Aber sicher sind wir nirgends – so sieht es leider aus.«

28. Kapitel

Mehrere Tage lang saß Anne eingesperrt in ihrer Turmstube, ohne dass Klaus Störtebeker sie zu sich bestellte. Doch sie wurde nicht mehr so abgesondert und durfte mit den anderen Bewohnern der Burg die Mahlzeiten einnehmen. Der Wächter führte sie in einen kalten, feuchten Speisesaal, in dem nur sechs lange Holztische mit den dazugehörigen Sitzbänken standen. Hier kamen Männer unterschiedlichster Herkunft zusammen. Zwei von ihnen waren dänische Adlige, andere waren einfache Soldaten aus Mecklenburg, doch es fanden sich auch Gotländer Bauern, Stadtbewohner und einige aus dem Gefängnis entflohene Straßenräuber. Die Männer tranken Bier, spielten Brett- oder Würfelspiele und sprachen von Gotland als einer Insel, deren Einwohner einmal fast alle reich gewesen waren. Das war die Zeit gewesen, bevor König Valdemar Atterdag Visby gebrandschatzt hatte, hieß es, und es sei nur schade, dass er schon hier gewesen sei, denn sonst wäre ihnen noch mehr zum Plündern übrig geblieben.

Klaus Störtebeker grüßte sie, als er sie sah, setzte sich aber an einen anderen Tisch. Manchmal, wenn sie aufblickte, begegnete sie seinem Blick, als hätte er sie schon länger angestarrt. Doch er kam nie zu ihr, um sie auf das Schiff oder die Ladung anzusprechen. Als Anne ihm bedeutete, sie spräche gern mit ihm, schüttelte er nur den Kopf und machte eine abwehrende Geste mit den Händen.

Stattdessen unterhielt sich Anne mit den anderen Männern, Männern, die sie niemals als Vitalienbrüder eingeschätzt hätte. Einige von den jüngeren hätten auf den elterlichen Bauernhöfen mithelfen sollen, und Anne konnte nicht nachvollziehen, warum sie sich stattdessen Störtebeker angeschlossen hatten. Noch weniger begriff sie, wie man damit leben konnte, Schiffe zu überfallen und anderen Menschen die Ladungen zu rauben. Als sie nachfragte, erklärten die Piraten, dass nach so langen Kriegszeiten einfach andere Gesetze galten.

»Aber der Krieg zwischen den Dänen und den Mecklenburgern ist doch längst vorbei«, wandte sie ein.

Ein bartloser junger Mann stellte seinen Bierkrug ab und blickte sie anklagend an. »Das mag schon sein, aber wir wüssten nicht, wovon wir sonst leben sollten. Das Land ist verbrannt und ausgeplündert, und seit König Albrecht an die Macht kam, ist es nicht besser geworden.«

»Hat Herzog Erik diese Burg denn nicht erbaut, um für Ordnung auf Gotland zu sorgen?«

Der Bartlose brach in schallendes Gelächter aus. »Dies ist eine Piratenburg. Hier planen Herzog Erik, Klaus Störtebeker und alle anderen ihre Überfälle. Bevor wir Euer Schiff kaperten, hatten wir Kundschafter auf See, die Euch bereits gesichtet hatten. Gotland ist ein Seeräubernest, und seit Sture sich dem Herzog Erik angeschlossen hat, ist es nur noch schlimmer geworden.«

»Doch wohl nicht Sven Sture?«

»Doch, genau der. Sven Sture war vielleicht einmal ein Mann der Königin, aber er ist auch schlau. Als er erkannte, dass die Vitalienbrüder zu stark für ihn waren, lief er mit seinen Truppen zu uns über. Hier herrscht weder Recht noch Ordnung, man kann froh sein, wenn man sein Leben rettet. Du solltest dankbar sein, dass du noch am Leben bist, und wenn du nicht mit uns zusammenarbeitest, wird es dir übel ergehen. Sven Sture versuchte, uns zu bekämpfen, schaffte es aber nicht, obwohl die Königin hinter ihm stand. Glaub mir, niemand kann uns besiegen. Die Schiffe auf dem Meer sind unser Lebensunterhalt.«

»Es scheint ja viele hübsche Umschreibungen für Piraterie zu geben«, murmelte Anne leise vor sich hin. Geistesabwesend lauschte sie, wie der Bartlose weitererzählte. Nach einer Weile hörte sie jedoch nicht mehr zu, sondern versank völlig in ihren

Gedanken. Sie machte sich Sorgen um Leonardo und fragte sich, wie es ihm wohl ergangen war. Plötzlich sehnte sie sich ganz stark nach ihm, und sie fragte sich, ob sie sich wohl jemals wiedersehen würden. Hatte er sich mit dem Kupfer an Land retten und es verstecken können? Und was war mit dem Schiff geschehen? Störtebeker konnte es jederzeit losschlagen. Unruhig rutschte Anne auf ihrer Bank hin und her. Sie konnte nicht länger in der Burg herumsitzen, sie musste es in Erfahrung bringen. Und sie musste dafür sorgen, dass sie ihre Freiheit zurückgewann.

Als sie in ihre Stube zurückgekehrt war, bat sie darum, mit dem Wächter reden zu dürfen. Es war derselbe wie zuvor. Sie musste an die Narbe denken, die Störtebeker ihm zugefügt hatte. Vielleicht konnte sie den Mann ja auf ihre Seite ziehen.

»Ich muss Störtebeker sprechen.«

»Er bestellt Euch zu sich, nicht umgekehrt.«

»Ich kann nicht länger hierbleiben, sonst nehmen meine Geschäfte Schaden.«

»Ihr wärt nicht die Erste, die alles verliert.«

»Aber ich habe zwei Kinder – was soll aus denen werden?«

Der Wächter richtete sich etwas auf und betrachtete sie mit neu erwachter Aufmerksamkeit.

»Ihr habt Kinder?«

Anne nickte und erzählte ihm von Johan und Maria.

»Bitte, lasst mich hier heraus«, flehte sie.

»An mir sollte es nicht liegen«, meinte er zögernd, »aber hier wird getan, was Störtebeker will. Das ist das Beste.«

»Kommt doch mit!«, schlug Anne vor. »Lasst uns gemeinsam fliehen.«

»Ich führe Euch zu Störtebeker, aber ich halte mich aus Euren Plänen heraus.«

Schweigend geleitete er sie in den östlichen Teil der Burg. Sie stiegen die Turmtreppe hinauf und gelangten zu der massiven Tür mit den Eisenbeschlägen. Nachdem der Wächter ein paar Mal an die Tür gehämmert hatte, hörte Anne eine Stimme von drinnen.

»Immer mit der Ruhe, ich höre dich schon.«

Der Mann öffnete die Tür, führte Anne hinein und ließ sie mit Störtebeker allein. Anne blieb auf der Schwelle stehen und sah sich in dem Raum um. Die Decke war niedrig, und die kahlen Steinwände waren weder gekalkt noch irgendwie geschmückt. Über Störtebekers Kopf hing ein ausgestopfter Bärenkopf, und am Boden lagen zwei Rentierfelle. Der gefürchtete Seeräuber saß in grüner Hose und einem braunen Mantel hinter einem schlichten Holztisch. Vor ihm stand ein Schachbrett, und er blickte kaum auf, als sie hereinkam.

»Spielt Ihr Schach, Jungfer?«, erkundigte er sich.

»Das habe ich schon einige Male gespielt, ja.«

»Schach«, fuhr er in leicht belehrendem Ton fort, »ist das höchste aller Spiele. Es erfordert Scharfsinn, und ich glaube, den habt Ihr. Wir könnten eine hübsche Partie miteinander spielen.«

»Ja, warum nicht?«, meinte Anne. »Aber zuerst haben wir doch wohl etwas anderes zu besprechen, oder?«

Störtebeker tat, als hätte er sie nicht gehört.

»Wer gut Schach spielen will, braucht Fantasie, Weitblick und die Fähigkeit, sich von nichts ablenken zu lassen. Wie in fantasievollen Träumen von guten Geschäften«, fügte er hinzu.

Anne atmete tief durch. »Bevor wir anfangen, möchte ich Euch noch mitteilen, dass ein einflussreicher Kaufmann in Konstantinopel auf unser Kupfer wartet. Er kann nicht beliebig lange warten.«

»Ich weiß«, erwiderte Störtebeker, ohne die Blicke vom Brett zu nehmen. »Aber glaubt nicht, dass Ihr mich beeinflussen könnt. Ich werde Euch besiegen. Genau wie beim Schachspielen muss man vorausahnen können, was geschehen wird, bevor der Gegner es ahnt. Darin bin ich gut.«

Anne versuchte, ihre Ungeduld zu bezähmen. Dass er mit ihr Schach spielen wollte, deutete immerhin darauf hin, dass er nicht vorhatte, sie zu töten. Jedenfalls vorerst nicht.

»Wenn ich die Partie gewinne, müsst Ihr mir helfen«, versuchte sie es noch einmal.

»Meine Liebe, Ihr bittet nicht gerade um wenig. Wie stellt Ihr Euch diese Hilfe vor?«

»Ihr wisst sehr wohl, was ich will, und doch nehmt Ihr mich nicht ernst.«

»Jemand wie Euch muss man ernst nehmen, das weiß ich sehr gut.« Seine Augen glänzten mutwillig.

Entrüstet ballte Anne die Hände, riss sich aber sofort wieder zusammen. »Hört her, ich habe einen Vorschlag«, begann sie. »Ich spiele mit Euch Schach, wenn Ihr mir gestattet, meine Ladung nach Konstantinopel zu bringen.«

»Hoppla! Wer stellt hier die Bedingungen, Ihr oder ich?« Störtebeker stand auf und ging auf Anne zu. Ohne ein Wort packte er sie an den Handgelenken, und als Anne in seine harten, kühlen Augen blickte, murmelte sie rasch eine Entschuldigung und hielt still. Störtebeker ließ sie los, zog einen Stuhl an den Tisch und musterte sie nachdenklich.

»Setzt Euch!«, befahl er, und Anne spürte, dass ihr keine Wahl blieb.

»Dann nehme ich die weißen Steine«, schlug sie mit gespielter Munterkeit vor. »Ich glaube, die schwarzen passen besser zu Euch.«

Von einem Augenblick auf den anderen verschwand der finstere Ausdruck aus seinem Gesicht, und seine Augen lächelten wieder. Es schien ihm zu gefallen, dass sie es wagte, Scherze mit ihm zu treiben.

»Wir Ihr wollt, ich füge mich. Aber denkt dran, das ist nur der erste Zug. Das wichtige Spiel kommt erst noch.«

Anne spürte, wie ihr die Hitze ins Gesicht stieg. Der Umgang mit ihm war wirklich schwierig, er war so gewalttätig und unberechenbar, während sein scharfer Verstand sie gleichzeitig zwang, ständig aufmerksam zu bleiben. Er lockte wie das Verbotene und gab ihr Kraft. Sie wischte sich ein paar Schweißperlen von der Oberlippe. Nachdem er das Brett in die Mitte geschoben hatte, stellte er die Figuren auf und nickte ihr zu, damit sie begann.

Sie lächelte ihn an, lehnte sich vor und zog mit einem Bauern. Ohne zu zögern, tat auch er seinen Zug, woraufhin sie sofort seinen Turm blockierte. Gegen Mitternacht hatte immer noch keiner von beiden gewonnen. Und keiner hatte auch nur einen Ton gesprochen. Sie betrachtete seine gerunzelte Stirn und das helle Haar, das ihm in den Nacken fiel. Er hatte einen kräftigen Hals, breite Schultern, und in seinen Händen nahmen sich die Schachfiguren geradezu winzig aus. Eine Weile starrte sie auf seine Goldkette. Sie musste ein Vermögen wert sein, mindestens genauso viel wie die Kupferbarren, die sich noch auf dem Schiff befanden. Wie konnte er sich trauen, diese Kette einfach so zu tragen? Vielleicht verschaffte gerade das ihm ein Gefühl von Macht.

Anne blickte auf das Schachbrett und stellte fest, dass sie bis auf den König, zwei Bauern und einen Turm alle seine Figuren geschlagen hatte. Sie zog mit ihrer Königin und stellte sie vor seinen König.

»Schach und matt!«, rief sie triumphierend. »Für diesen Sieg müsstet Ihr mir eigentlich eine Belohnung gewähren.«

Er blickte auf, sah, dass er besiegt war, und wischte mit einer lässigen Handbewegung die Figuren vom Brett.

»Eine Belohnung dafür, dass Ihr mich geschlagen habt?« Er lachte. »Nun gut.«

Er kramte in seinem Lederbeutel am Gürtel, zog ein goldenes Armband heraus und schwenkte es am großen Zeigefinger vor ihren Augen hin und her.

»Wir haben von der Ladung für Konstantinopel gesprochen«, erinnerte ihn Anne.

»Lasst mich bis morgen über die Sache nachdenken.« Er steckte das Armband wieder ein.

»Es ist bald morgen.«

»Reizt mich nicht!«, warnte er sie und erhob sich zum Zeichen, dass das Gespräch beendet war. Dann geleitete er sie zur Tür, öffnete ihr und rief nach der Wache.

»Er wird Euch ins Turmgemach zurückbringen«, sagte er und legte ihr eine Hand auf die Schulter. »Ihr solltet wissen, dass ich mir nie gewünscht habe, Pirat zu werden. Ich wurde auf mecklenburgischer Seite in den Seekrieg verwickelt, und als die Kämpfe aufhörten, konnte ich nicht mehr an Land. Meine Männer und ich mussten leben. Sogar ich trage eine Verantwortung.«

»Das ist wahr. Urteilen ist immer leicht. Schwerer ist es zu verstehen, dass alles nicht immer so einfach ist, wie es aussieht«, antwortete Anne.

Sie dachte an die Männer, die für einen König oder irgendeinen Anführer kämpften und gegen ihren Willen aufs Schlachtfeld gezerrt wurden. Klaus Störtebeker war ein Heerführer auf See, und er machte Kriegsbeute, wann immer er konnte. Vielleicht war er nicht schlimmer als jeder andere, aber was er ihr und vielen anderen Seefahrern angetan hatte, war Diebstahl, ja, ein Raub, der bestraft werden musste. Sie beschloss, ihm ihre Meinung offen zu sagen.

»Ich verstehe Euer Dilemma, Klaus Störtebeker, aber das gibt Euch nicht das Recht zu stehlen. Und Ihr habt schließlich gerade meine Ladung gestohlen. Denkt über meinen Vorschlag nach, und lasst mich das Kupfer in Konstantinopel verkaufen. Ihr würdet gut daran verdienen und obendrein Eure Ehre bewahren.«

Seine Hand blieb noch für einen Augenblick auf ihrer Schulter liegen, dann zog er sie zurück und schüttelte den Kopf.

»Natürlich, ich habe mir Eure Ladung genommen und auch die anderer Schiffer. Doch so sind die Zeiten nun einmal, und als Ihr in See stacht, wusstet Ihr sehr gut, dass dieses Risiko bestand. Die Ladung befindet sich noch immer an Bord, und ich habe noch nicht beschlossen, was wir damit anfangen. Letztendlich kommt es auf Euch an.«

»Aber ich habe Euch doch gerade schachmatt gesetzt, oder nicht?«

»Heute Abend habe ich Euch gewinnen lassen.«

Er zwinkerte ihr zu und überließ sie dem Wächter.

Zurück in ihrer Turmstube dachte Anne über Störtebekers Worte nach. Er konnte gut reden, und als er ihr seine Meinung dargelegt hatte, hatte er so überzeugend geklungen, wie es geschickten Anführern eigentümlich war. Aus seinem Mund hörte es sich tatsächlich so an, als erfülle er nur seine Pflicht. Gleichzeitig war er aber ein berüchtigter Pirat und bekannt für seine Grausamkeit. Doch sie hatte keine Angst mehr vor ihm und hatte auch nichts dagegen, ihn wiederzusehen. Hatte er sie die Schachpartie wirklich gewinnen lassen?

Tags darauf rief er sie nicht zu sich, und am übernächsten Tag wartete sie ebenfalls vergeblich. Sie redete auf den Wächter ein, fluchte und schimpfte, doch vergeblich. Erst eine Woche später meldete Störtebeker sich wieder. Sie war gerade eingeschlafen, als der Wächter sie aufweckte.

»Es ist so weit.«

Er hielt ihr einen Kienspan über den Kopf und starrte sie verdrossen an. Der Rauch brachte Anne zum Husten, und sie blickte auf. Wie es aussah, war der Mann heute schlechter Laune. Sie steckte die Hand in ihren Lederbeutel und zog ein

Stückchen Harz zum Kauen hervor, das sie ihm mit einem freundlichen Lächeln hinhielt.

»Hier, für Euch!«

Er nahm ihr Geschenk entgegen und begann zu kauen.

»Wisst Ihr, wie lange ich noch hierbleiben muss?«

»Das weiß man nie.«

»Kommt man denn überhaupt fort von hier?«

»Nur wenn man Störtebeker heißt. Jeder andere, der die Burg verlassen will, wird getötet. Die Treppe vom Turmzimmer, die in den Hof führt, ist bewacht, und wer vom Fenster in den Wallgraben springt, bricht sich den Hals.«

»Wer das tut, ist also ein Narr.«

»Ja, deshalb sind wir alle noch hier. Weil wir keine Narren sind.«

Der Wächter eilte ihr mit ungeduldigen Schritten voraus, pochte an Störtebekers Tür und ließ sie hinein. Dann entfernte er sich.

Als sie den Raum betrat, saß der riesige Mann allein mit einer Weinkaraffe und einem Becher am Tisch. Seine Augen waren rot verschwollen, das Haar hing ihm zottelig und verschwitzt in die Stirn. Auf seinem Oberarm entdeckte sie einen Verband und im Gesicht einen Kratzer. Er bemerkte ihre fragende Miene.

»Das waren ein paar Dänen. Sie hatten sich geweigert, uns ihre Ladung zu überlassen«, erklärte er müde und breitete ergeben die Arme aus. »Stattdessen versuchten sie, uns zu töten. Ich zog mein Schwert, und die anderen folgten meinem Beispiel.« Er starrte ins Leere. »Das Schlimmste war der Schiffsjunge. Der Steuermann hat ihn niedergestochen, einen armen kleinen Kerl von zwölf Jahren. Dass er so etwas tun konnte…«

Er sah so traurig aus, dass Anne am liebsten auf ihn zugegangen wäre und ihm tröstende Worte gesagt hätte, doch im letzten Moment hielt sie sich zurück. Sie blieb ganz still stehen und wartete ab. Ihr Blick fiel auf die halb volle Karaffe.

»Diese verdammten dänischen Halunken haben vier meiner Männer getötet. Zum Schluss geriet ich so in Wut, dass wir das ganze Pack einfach über Bord warfen. Das Rettungsboot haben wir ihnen dann aber doch gelassen.« Er murmelte etwas Unverständliches, und sie wusste nicht recht, was sie sagen sollte.

Seine Miene wirkte dumpf und gequält, und einen Augenblick lang dachte sie, er weine, doch als er sie anblickte, konnte sie keine Tränen entdecken.

»Ich habe dieses Töten so satt, verstehst du?«, fuhr er in plötzlich vertraulichem Ton fort. »Aber mittlerweile habe ich darin ein gewisses Geschick entwickelt. Anfangs war es noch die Herausforderung, das Abenteuer, aber inzwischen …« Er schluckte seine Worte hinunter und rang die Hände. »Ich hätte schon längst heiraten sollen. Ich habe keine Familie – keine Ehefrau, keine Kinder.«

Er griff mit beiden Händen nach der Weinkaraffe und trank. Anne trat vor und legte ihre Hand auf die seine. Er hatte sich ihr offenbart, als würden sie sich schon lange kennen.

»Du lebst mit deinen Männern innerhalb dieser hohen Mauern«, antwortete sie und ging nun auch zum Du über, »und führst das Leben, das du dir ausgesucht hast. Warum lässt du die Piraterie nicht sein, solange noch Zeit ist, wie so viele andere? Ich habe gehört, dass etliche Männer, die im Krieg gegen die Dänen Schiffe gekapert haben, heute ein freies Leben führen dürfen. Das könntest du doch auch.«

Er legte die Hände vors Gesicht und schüttelte den Kopf. »Ich habe keine Wahl«, wandte er ein. »Dies ist mein Leben, und ich muss weitermachen, solange ich kann. Dänen, Deutsche oder Engländer, das ist einerlei. Wenn sie mich fassen, ist es eben zu Ende. Man wird mich zum Tod verurteilen.«

»Aber kannst du nicht in König Albrechts oder Königin Margaretes Dienste treten?«

»Das hätte ich vielleicht einmal tun können, aber nun ist es zu spät. Ich mag es sowieso nicht, wenn man mir Befehle erteilt.«

Er verstummte, und Anne dachte nach. So etwas hatte sie schon öfter gehört: Manche Leute liebten die Macht und herrschten nur allzu gern über andere – das war alles, was ihnen im Leben etwas bedeutete.

»Ich glaube, du genießt es, dass die Männer zu dir aufblicken.«

Aufrichtig erstaunt sah er sie an, und sie bemerkte eine ungewohnte Aufmerksamkeit in seinem Blick.

»Wenn du doch über alles bestimmst und die Männer alles

tun, was du sagst, kannst du mir dann nicht helfen? Ich entschädige dich doch dann dafür.«

Seine Augen leuchteten auf. »Tatsächlich? Nein, ich habe keine Lust, so lange zu warten. Ich glaube, du kannst mich sofort entschädigen.«

Auf einmal stand er auf, und bevor Anne sich besann, hatte er ihr die Arme um die Taille geschlungen und sie auf den Tisch gehoben. Grob drückte er sie auf den Rücken und griff ihr in den Schritt. Lächelnd beugte er sich über sie, und sie spürte sein Gewicht auf den Schenkeln. Doch auf einmal verwandelten sich ihre Überraschung und Angst in rote, pulsierende Wut, und in ihrem Zorn schaffte sie es, ein Bein unter seinen Leib zu schieben. Mit aller Kraft drängte sie ihn von sich weg, entwand sich ihm und zog sich von ihm zurück. Ihre Hände zitterten, und sie duckte sich, bereit, sich gegen jeden neuen Angriff zu verteidigen. Doch er warf ihr nur einen verstörten Blick zu, und sein Gesicht verzog sich schmerzlich.

»Entschuldige«, murmelte er und zog seine Kleidung wieder zurecht. »Ich wollte dir nichts Böses.«

Sie sah ihn an. Er war größer und stärker als sie und hätte mit ihr anstellen können, was er wollte. Es lag sogar in seiner Macht, sie zu töten. Und dennoch hatte er von ihr abgelassen. Da nahm sie ihren ganzen Mut zusammen, trat zu ihm und berührte seinen Arm.

»Auf diese Art wirst du niemals einer Frau näherkommen.«

Sie musste unbedingt das Gefühl des Einverständnisses wiederherstellen, das zuvor zwischen ihnen geherrscht hatte. Sie würde von ihm bekommen, was sie wollte, wenn sie einfach nur mit ihm redete. Doch sie war nicht willens, alles zu tun, um ihre Freiheit und ihr Eigentum zurückzubekommen.

Seufzend nahm Störtebeker wieder Platz, hob die Karaffe und leerte den restlichen Wein. Dann wischte er sich mit dem Handrücken den Mund und sah sie lange an. »Ich weiß nicht, warum ich dir zuhöre und nicht einfach tue, was ich vorhatte. Geh, ich will dich nicht mehr sehen!« Er wedelte mit der Hand, als wolle er eine lästige Fliege verscheuchen. »Wache!«, brüllte er, stand auf und zog sie zur Tür.

Sobald sich draußen die Schritte des Wachmanns näherten, öffnete er die Tür und schob Anne in die Dunkelheit hinaus.

29. Kapitel

Es war mitten im Sommer und glühend heiß. Stockholm lag in diesigem Flimmern, und die Fliegen umsummten glänzend und fett die Abfallhaufen. Die drückende Wärme hatte etwas Schweres und Unheilverkündendes, und keiner der Älteren erinnerte sich an einen ähnlichen Sommer. Wer ein Steinhaus bewohnte, hielt sich meistens im Innern des Gebäudes auf, die anderen suchten Abkühlung an den Stränden.

Im Weinkeller saßen zwei Deutsche an einem Tisch und unterhielten sich leise, ansonsten war er leer. Valborg griff nach ihrem Bierseidel und nahm einen tiefen Schluck. Es war bereits ihr zweites Bier heute, und sie fühlte sich schon ein bisschen träge.

Seit die Vitalienbrüder Stockholm verlassen hatten, war ihr Leben ruhiger geworden. Die hanseatischen Kaufleute aßen und tranken zwar auch jeden Tag bei ihr, doch sie hatte nicht mehr so viele Gäste wie früher. Heutzutage waren sie selten laut, sondern meist höflich und freundlich. Sie hatte nicht mehr so große Angst vor Überfällen wie zu Zeiten der Vitalienbrüder, als diese regelmäßig in ihren Keller gestürmt waren und sie bedroht hatten. Gleichzeitig vermisste sie aber auch die schwedischen Bürger. Von denen wagten sich viele immer noch nicht nach Stockholm zurück, und mittlerweile sprach Valborg fast nur noch Deutsch. Stockholm war eine deutsche Stadt geworden.

Ihr Blick fiel auf Johan, der am Boden saß und mit einem hölzernen Schöpflöffel spielte. Er hatte sich vollkommen ihr angeschlossen und aufgehört, nach seiner Mutter zu fragen. Sie hatte Johan und Maria gern bei sich, und das Mädchen war inzwischen groß genug, um einfache Aufgaben im Weinkeller zu übernehmen.

»Mama!«, rief Johan plötzlich und lief mit der Schöpfkelle in der Hand auf sie zu. Sie hob ihn hoch und küsste ihn aufs Haar, doch er wand sich aus ihren Armen und deutete in die Richtung der Vorratsfässer. Mit dem Jungen auf dem Arm stand sie auf und näherte sich den Fässern. Eine große Ratte huschte über den Boden und verschwand zwischen den Kisten bei der Tür. Hastig setzte Valborg den Kleinen ab, ergriff ihren Brotschieber und verscheuchte das Tier. Sie ekelte sich vor den behaarten Biestern, die nachts herauskamen und von den Vorräten schmarotzten. Außerdem behaupteten manche, dass Ratten Krankheiten verbreiteten. Ob das stimmte, wusste sie nicht, doch sie wollte lieber auf der sicheren Seite sein. Seufzend stellte sie den Brotschieber ab und beugte sich zu Johan hinunter.

»Komm her, ich zeig dir was.« Sie nahm ihn bei der Hand und holte einen kleinen Kübel, den sie mit Wasser füllte. Dann suchte sie sich einen langen, geraden Span aus dem Korb mit dem gespaltenen Brennholz und befestigte ein Stückchen Käse an der Spitze. Vorsichtig legte sie das Holzstück auf den Rand des Kübels, sodass sich der Köder unmittelbar über der Wasseroberfläche befand. Dann setzte sie sich mit Johan daneben, um zu beobachten, ob die Ratte sich wieder hervorwagte, um den Käse zu fressen.

Während sie mit dem Arm um den Jungen dasaß, musste sie an Mattis denken. Seit er nach Gotland aufgebrochen war, fand sie ihr Leben viel langweiliger als vorher. Nie hätte sie gedacht, dass sie ihn so sehr vermissen würde. Sie kannte ihn seit Jahren und wusste, dass er als Spielmann und Gaukler immer wieder auf Reisen ging. Doch in letzter Zeit hatten sie im Handelshaus und im Weinkeller zusammengearbeitet, und sie hatte sich sehr an ihn gewöhnt. Ohne ihn kam ihr alles so leer vor, doch Mattis hatte das Seine zu einer guten Sache beitragen wollen und erklärt, Sven Sture brauche jeden Mann, der bereit sei, sich ihm anzuschließen. Seufzend dachte Valborg daran, wie die Männer es doch immer wieder so hinstellten, als gehe ohne sie die Welt unter. Dabei hatte sie geglaubt, dass Mattis endlich erwachsen genug war, um sich für immer an einem Ort niederzulassen. Jetzt musste sie sich sowohl um den Weinkeller als auch um Annes Kinder kümmern und gleichzeitig das Handelshaus vor der Hanse schützen. Inzwischen hatte sie es allerdings vermietet, und wenn etwas passierte, war sie schuld. Aber was hätte sie sonst tun sollen?

Der Span auf dem Kübel lag ganz still, und es wollte sich keine Ratte zeigen. »Wir versuchen es heute Abend noch einmal«, versprach Valborg und nahm Johan mit in den Obstgarten. Hier umgaben sie gewöhnlich Düfte von Blumen, Hopfen, Gras und Pech, doch heute überwog der Gestank des Abtritts.

Es gab keine Blumen mehr, das Gras lag gelb und flach am Boden, und die Blätter an den Büschen hatten sich vor Trockenheit zusammengerollt. Die Luft stand still, und in der Ferne stieg wie so oft der Rauch von Waldbränden auf. Sie blickte zum Misthaufen hinüber, auf dem die Fliegen in schwarzen Trauben herumkrochen. Das Böse kommt immer, wenn die Hitze am schlimmsten ist, dachte Valborg. Sie erinnerte sich daran, was ihre Großmutter ihr über die Pest erzählt hatte. Nach dem trockensten Sommer, den sie je erlebt hatte, hatte sich die Seuche in ganz Stockholm ausgebreitet. Das konnte jederzeit wieder geschehen. Valborg schauderte und kehrte mit Johan ins Haus zurück. Draußen war es einfach zu heiß. Im gleichen Augenblick hörte sie Geräusche vor der Tür, und eine schwarz gekleidete Gestalt erschien auf der Schwelle. Das Gesicht zeigte die Spuren verblühter Schönheit, doch um den Mund hatten sich tiefe Falten der Verbitterung eingegraben. Mit der Frau kam ein Hauch von Angst in den Raum.

»Wie schön, dich zu sehen, Valborg«, grüßte Ingrid und nahm das schwarze Kopftuch ab. »Jetzt bin ich endlich wieder in Stockholm. Du hast doch sicher was zu essen für mich.«

30. Kapitel

Klaus Störtebeker hielt Anne weiterhin gefangen und gab ihr weder Schiff noch Ladung zurück. Als sie ihn um Nachricht bat, ließ er ihr ausrichten, sie werde am nächsten Tag von ihm hören, doch tags darauf verschob er seine Entscheidung erneut. Stattdessen forderte er sie zur nächsten Schachpartie heraus, und nach dem Spiel wollte er mit ihr reden. Sie gewann so oft, dass ihr der Verdacht kam, er lasse sie gewinnen, um sie bei Laune zu halten. Allmählich aber war sie es leid, immer wieder hingehalten zu werden.

»Weißt du«, sagte er eines Abends, nachdem er das Schachbrett beiseitegeschoben hatte, »heute Nacht habe ich geträumt, dass ich in einer anderen Zeit lebe. Ich war ein mächtiger Kaufmann mit einem Handelshaus und vielen Dienern.«

»Also fast so wie ich«, warf Anne mit einer Grimasse ein.

»Ja, und ich hatte Angst vor den Piraten.«

Sie lachten beide, und Anne versuchte die entspannte Stimmung zu ihren Gunsten zu nutzen. »Dann müsstest du doch verstehen, wie mir zumute ist. Lass mich frei! In deinem Traum hättest du dir doch dasselbe gewünscht. Oder was hättest du an meiner Stelle getan?«

»Natürlich mit den Piraten zusammengearbeitet. Die Zeiten sind nun einmal so, daran kannst du nichts ändern. Sieh dir doch Sven Sture an. Wäre er nicht zu den Vitalienbrüdern übergelaufen, wäre er inzwischen wahrscheinlich tot.«

»Ich versuche doch auch, mit dir zusammenzuarbeiten.«

»Vielleicht, aber du verachtest mich und denkst nicht daran, dass man sich anpassen muss, wenn man überleben will.«

»Ich verachte dich nicht. Ich will nur fort von hier.«

»Werde eine von uns. Weißt du, als ich jung war, wurde ich einmal vor einem Wirtshaus in Wismar zusammengeschlagen. Dieses Erlebnis hat mein Leben verändert. Ich schwor mir, dass mir so etwas nie mehr widerführe. Niemand sollte mich erniedrigen, die anderen sollten mir gehorchen. Und so habe ich seitdem gelebt. Irgendetwas geschieht, und dann verläuft das Leben ganz anders, als man dachte.«

»Hat man dich verletzt?«

»Am ganzen Körper. Sieh her!« Er zog die Oberlippe hoch und entblößte die Zahnlücke im Oberkiefer. »Ein halbes Jahr lang litt ich Schmerzen. Die beiden Männer wurden aus Wismar ausgewiesen, aber davon wurde ich auch nicht gesünder.«

»Aber wie bist du nach diesem Erlebnis zum Kapern von Handelsschiffen gekommen?«

»Erst bestritt ich während des Kriegs gegen die Dänen meinen Lebensunterhalt damit, dann packte mich die Abenteuerlust. Und schließlich wollte ich mich an allen rächen, die mir Unrecht zugefügt hatten. Den Rest der Geschichte kennst du.«

»Aber wenn du wirklich so ohne Fehl und Tadel bist, warum muss ich dann ohne Schiff und Ladung hier sitzen?«

Wieder sein belustigter Blick, gefolgt von herzlichem Gelächter. »Wer dich freiließe, müsste verrückt sein. Hier bist du viel sicherer. Und außerdem kann man mit dir so gut Schach spielen.«

Als Anne an diesem Abend Störtebekers Zimmer verließ, war sie verzweifelt. Sie hatte gehofft, eine vertrauliche Stimmung zu schaffen, ohne ihn zu nahe an sich heranlassen zu müssen. Doch allmählich kamen ihr Zweifel an ihrer Taktik. Bisher waren alle ihre Bemühungen im Sand verlaufen.

Am nächsten Tag leerte Anne den Inhalt ihres Lederbeutels auf dem Boden aus und betrachtete die Kräutersträußchen. Sie betrachtete sie lange, seufzte und drückte ihr Amulett an die Brust. Wenn es mit Störtebeker nichts werden sollte, dann konnte sie es ja noch einmal über den Wächter versuchen.

Noch am selben Nachmittag sprach sie ihn an und fragte ihn über die Burg aus. Wann immer er sie abholte, um sie zu Störtebeker zu bringen, erkundigte sie sich nach den Treppen und welche Verbindungen es zwischen den verschiedenen Räumen gab. Wo lagen die Vorratsräume? Wie gelangte man vom Meer aus in die Burg? Wann wurde die Zugbrücke heruntergelassen? Natürlich fragte sie nicht alles auf einmal, sondern eine Einzelheit hier und eine da, und hinterher ritzte sie als Gedächtnisstütze Zeichen auf den Lehmboden ihrer Stube. Ihre innere Überzeugung wuchs, dass sie diese Burg nie wieder verlassen würde, wenn sie nicht selbst zur Tat schritt.

Während ein Plan in ihr reifte, rief Störtebeker sie weiterhin regelmäßig zu sich. Zweifellos war er an jenem Abend, als er sie auf den Tisch geworfen hatte, ungehobelt und rücksichtslos gewesen, doch seitdem behandelte er sie mit Respekt. Mittlerweile spielten sie nicht mehr nur Schach, sondern saßen auch manchmal ganz entspannt beisammen, redeten über Politik oder erzählten sich gegenseitig aus ihrem Leben. Manchmal betrachtete sie ihn heimlich und rief sich ins Gedächtnis, dass dieser Mann ein Pirat war, der zahllose Schiffe gekapert hatte. Das durfte sie nicht vergessen.

Dennoch dachte sie immer öfter darüber nach, wer in diesen Zeiten eigentlich recht handelte. Vielen klebte Blut an den Händen, und der allgemeinen Gewalt entgingen fast nur Menschen, die auf weitab gelegenen Höfen wohnten und noch nie überfallen worden waren. Denn was auf Gotland und auf der Ostsee geschah, war kein blindwütiges Morden, sondern darauf zurückzuführen, dass man sich und sein Eigentum verteidigen wollte. Kein Machthaber war so stark, dass er seine Untertanen vor allem Unheil schützen konnte, und so musste jeder handeln, wie er es für richtig hielt. Nur die Königin schien eigensinnig für den Frieden zu kämpfen.

Eines Abends wurde sehr früh an ihre Tür gehämmert, und sie erkannte das Klopfen wieder. Der Wächter kam, um sie zu Störtebeker zu führen. Sie stand auf und trat dicht vor den Mann mit dem dünnen Haar. Dann drückte sie ihm eine Silbermünze in die Hand.

»Hilf mir, von hier wegzukommen!«, flüsterte sie.

Er riss die Augen auf und stieß sie von sich. »Seid Ihr völlig wahnsinnig geworden? Habe ich Euch nicht gewarnt? Er wird Euch töten!«

Überrascht stolperte Anne einige Schritte zurück und begriff im gleichen Moment, wie ernst ihre Lage war. Sie war Klaus Störtebekers Gefangene, und niemand half ihr.

»Nun, wirst du wieder von deiner Kupferladung anfangen?«, begrüßte Störtebeker sie lächelnd, als sie durch die Tür trat und der Wächter gegangen war.

»Solange du die Ladung nicht herausgibst, werde ich nicht aufhören, dir damit in den Ohren zu liegen.«

»Das ist mir ja ganz neu«, antwortete er mit einem Grinsen. »Ich hätte aber einen anderen Vorschlag: Ich kaufe dir die Fracht ab, damit du nicht mehr nach Konstantinopel segeln musst und stattdessen hierbleiben kannst.«

Verunsichert sah sie ihn an. »Und mit wessen Geld würdest du mich bezahlen?«

»Mit dem Geld eines reichen deutschen Kaufmanns vielleicht.«

»Gestohlenes Gut nehme ich nicht an. Ich will mein Geld auf ehrenhafte Weise verdienen.«

»Ach, wie du mich langweilst! Du machst dir doch nur selbst das Leben schwer. Auf ehrenwerte Weise«, äffte er sie mit hoher Stimme nach. »Vergiss nicht, dass du eine Gefangene bist. Und was willst du draußen auf See? Du kämst nicht weit, bevor du den nächstbesten Seeräubern in die Hände gerietest.«

»Schlimmer als der Überfall vor ein paar Wochen könnte es doch kaum kommen, oder?«

»Da wäre ich mir nicht so sicher. Wie gesagt, hier bist du sicherer, denn ich habe größeren Nutzen von dir, wenn du am Leben bleibst.«

Er lachte zufrieden, stellte die Schachfiguren auf und schob ihr das Brett hin. »Du darfst anfangen.«

Lustlos eröffnete Anne mit einem Bauern, doch in Gedanken war sie weit weg. Ja, wohin sollte sie sich denn auch wenden, wenn sie floh? Leonardo war vielleicht schon geflüchtet und hatte die Insel verlassen. Sie spielte so schlecht, dass Störtebeker die Partie rasch für sich entschied. Gereizt stand er auf.

»Was ist mit dir?«, fragte er. »Du weißt doch, wie gefährlich es ist, mich zu reizen.« Er stellte sich dicht vor sie, legte ihr die Hände auf die Schultern und blickte ihr in die Augen. Anfangs betrachtete er sie so grimmig, dass sie schon befürchtete, er werde sie gleich schlagen. Dann glaubte sie, er werde sie gleich küssen. Er tat weder das eine noch das andere.

»Geht!«, befahl er. »Ich habe noch eine Menge anderes zu erledigen. Und warum sollte ich dir diese Ladung eigentlich abkaufen? Ich besitze sie doch ohnehin schon.« Er lachte und wollte sie mit einem Winken fortschicken.

»Ich habe nicht vor zu gehen«, antwortete sie trotzig. »Ich habe lang genug gewartet. Du gebärdest dich wie ein großer Herrscher, aber im Grunde sitzt du doch nur auf deiner elenden alten Burg und spielst Schach. Außerdem regiert Herzog Erik, und du bist nichts weiter als ein erbärmlicher Seeräuber.«

Er zuckte zusammen, und sie glaubte schon, zu weit gegangen zu sein. Doch dann setzte er sich auf seinen Stuhl, und sie entdeckte ein Fünkchen Heiterkeit in den blauen Augen.

»Hoppla, geht wieder einmal die schlechte Laune mit dir durch? Natürlich regiert Herzog Erik, er ist ja König Albrechts Sohn. Du meinst doch nicht im Ernst, dass ich daran etwas ändern will? Und diese Burg ist die beste auf ganz Gotland. Du hast doch die Wurfmaschinen, die Wallgräben und den Verteidigungsturm gesehen, oder nicht?« Er breitete die Arme zu einer theatralischen Geste aus.

»In meiner Turmstube habe ich bisher nur Ratten gesehen.«

Er verschränkte die Hände hinter dem Kopf und schaukelte auf seinem Stuhl vor und zurück.

»Weißt du, dass du ganz hübsch anstrengend bist? Es ist wirklich schwierig, dich zum Schweigen zu bringen, aber ich glaube, ich weiß, wie es mir gelingen wird.«

Auf einmal wurde Anne bang. Wie meinte er das?

»Mich zum Schweigen bringen? Mit Worten wird dir das nicht gelingen. Ich muss schon wissen, wovon du da redest. Ich glaube nicht an deine Wurfmaschinen und dieses ganze Zeug, mit dem du immer prahlst.«

Er antwortete mit seinem geräuschvollen Lachen. Rasch stand er auf, schob den Stuhl zurück und hob den Deckel seiner Seemannskiste. Mit Handfesseln kam er auf sie zu, bat sie, eine Hand auszustrecken, und fesselte sie an seine Rechte.

»Komm mit, ich will dir etwas zeigen!«

Überrascht folgte sie ihm. Sie stiegen eine Treppe hinunter und erreichten eine Empore mit Ausblick über die flache, steinige Landschaft. Frische, salzige Luft schlug ihr entgegen, und sie blinzelte ins ungewohnt helle Licht. Sie gingen an der Burgmauer entlang, passierten zwei Türme mit Wachen und gelangten schließlich zu dem Teil der Burg, der zum Meer wies. Es war fast windstill, und Anne blickte sehnsüchtig zum Horizont, wo das Meer im Abendlicht schimmerte. Vor sich sah sie einen breiten Strand und ankernde Schiffe.

»Hier siehst du einen Teil meiner Flotte, die anderen Schiffe sind gerade auf See«, erklärte Störtebeker.

Unten in der Bucht lagen drei Koggen und eine große Karacke. In einiger Entfernung war ein Bootshaus zu erkennen sowie einige Beiboote, die auf den Strand gezogen worden waren. Offensichtlich legten die Piraten dort an, wenn sie nicht gerade auf Raubzügen unterwegs waren. Die Masten leuchteten in der Abendsonne, und Anne fiel ein, dass die Zeit der weißen Nächte gekommen war. Das war gut, dann würde sie sehen, wohin sie ging, wenn sie sich nachts aus der Burg hinausschlich. Störtebeker zerrte sie an ihrer Handfessel vorwärts, und sie gingen weiter zum Turm, der unmittelbar über dem Strand aufragte. Sie traten über die Schwelle einer schweren Tür, und sie folgte ihm mit einiger Mühe über zwei steile Stiegen nach oben. Das letzte Stück zog er sie hinter sich her.

»Sieh selbst!«, rief er triumphierend.

Anne riss die Augen auf und trat unbewusst einen Schritt zurück. In dieser Turmstube lagerten an den Wänden ganze Stapel von Piken, Armbrüsten, Hellebarden, Äxten, Bogen und Schwertern. Wären sie nicht so säuberlich aufgeschichtet gewesen, hätte sie Angst bekommen. Doch so fühlte sie sich nicht bedroht, sondern begriff, dass er ihr nur seine Stärke demonstrieren wollte. Dass er zu eitel war, um sie zu durchschauen.

»Dass ihr so gut bewaffnet seid, wusste ich nicht«, behauptete sie und bemerkte seinen zufriedenen Blick. Er bedeutete ihr, ihm wieder nach unten zu folgen, und sie gingen die Burgmauer entlang zum nächsten Turm. Auf der Turmtreppe und entlang der Mauer standen kleine und große Fässer.

»Was ist das denn?«, erkundigte sie sich.

»Wassertonnen sind es nicht«, lachte er, ohne ihre Frage zu beantworten.

Im Vorbeigehen schnupperte Anne unauffällig. Pech, dachte sie, aber sie roch auch einen unbestimmten Geruch von Lauge und Kalk. Auf halbem Weg zum Turm hielt Störtebeker plötzlich inne.

»Die Wurfmaschine hat eine Reichweite bis zum Strand, und wenn der Feind zu nahe kommt, übergießen wir ihn mit flüssigem Pech.«

»Eine Wurfmaschine? Wo hast du die denn?«, fragte sie zweifelnd.

Das Lächeln auf Störtebekers Gesicht erstarb, und sein Blick verfinsterte sich. »Du müsstest mittlerweile begriffen haben, dass ich nicht lüge, aber bitte.« Er zog ein Stück Stoff aus der Hosentasche und trat auf sie zu. »Augen zu!«

Sie wich zurück.

»Kein Außenstehender weiß, wo sie steht, aber du sollst sie sehen«, erklärte er und legte ihr eine Augenbinde an, bevor sie protestieren konnte.

Dann ging er weiter, und Anne war geistesgegenwärtig genug, die Schritte zu zählen. Dann hörte sie, wie eine Tür geöffnet wurde, und jäh schlug ihr kalte, feuchte Luft entgegen. Sie erklomm einige Stufen, und trotz der Augenbinde merkte sie, dass es heller wurde. Sie hatte ab der Burgmauer dreihundertvierzig Schritte gezählt, als Störtebeker plötzlich stehen blieb. Er beugte sich über sie, und sie wurde unruhig, doch beruhigte sich schnell wieder, als sie merkte, dass er ihr nur das Tuch von den Augen nehmen wollte. Vor ihr lag ein Haufen Steinkugeln auf dem kalten Steinboden, und etwas weiter entfernt stand eine riesige Steinschleuder. Sie ruhte auf zwei Rädern, hatte einen langen Hebel und am Ende einen geflochtenen großen Korb. Sie musste an die Schleudern denken, die mit Pulver abgefeuert wurden, von denen Mattis erzählt hatte. Diese Wurfmaschine sah nicht weniger gefährlich aus.

»Welch eine Waffe! Da möchte man nicht in den feindlichen Reihen stehen«, staunte sie.

»Du wirst sehen, diese Steinkugeln zerfetzen alles, gleichgültig, ob Schiff oder Wagen.«

Es war schlimmer, als sie gedacht hatte. Was konnten die Hanse, die Bauern oder die Kaufleute Störtebeker in einem Kampf entgegensetzen? Als er ihren Blick sah, lächelte er breit.

»Wie du siehst, ist Gotland fest in unserer Hand. Also bilde dir nicht ein, du könntest fliehen.«

31. Kapitel

Anne schob die Schale mit der Grütze beiseite und stützte die Ellbogen auf den Tisch. Ringsum lärmten die Männer, doch sie nahm die Geräusche kaum wahr. Sie dachte an Leonardo, der womöglich mehrere Male zum Hafen von Visby hinuntergegangen war, sie nicht gefunden hatte und zu guter Letzt allein nach Konstantinopel weitergereist war. Immerhin war er im Auftrag der Königin unterwegs, und er hatte immer noch so viel Kupfer, dass sich die Fahrt auszahlen würde. Andererseits dauerte es seine Zeit, ein Schiff aufzutreiben, das Richtung Süden segelte, also war er trotz allem vielleicht noch in der Nähe. Anne ärgerte sich über sich selbst. Sie hätte schon früher, als sie merkte, dass mit Störtebeker nichts zu machen war, aus der Burg fliehen sollen. In Wahrheit hatte die Angst sie vielleicht auch zurückgehalten, aber nun wurde allmählich die Zeit knapp. Sie musste Leonardo finden, sie durfte keinen Tag länger warten. So groß das Wagnis auch sein mochte, ihr blieb nur noch die Flucht.

Am Abend rief Störtebeker sie wieder zu sich. Rasch steckte sie ihren Lederbeutel mit den Kräutern ein und folgte dem Bediensteten. An der Tür nahm sie zu ihrer Überraschung den Duft von Essen und Kerzen wahr, und als der Wächter ihr die Tür öffnete, sah sie, wie er die Augenbrauen hochzog.

»Kannst du mir nicht ein bisschen davon herausschmuggeln?«, flüsterte er ihr zu und führte sie in den Raum.

Als Anne eintrat, sah sie, was er gemeint hatte. Störtebeker saß nicht wie sonst mit dem Schachbrett am Tisch, sondern hatte für ein Festmahl decken lassen. Da standen Kandelaber, eine Weinkaraffe, Schüsseln mit Fleisch, Fisch und Rüben sowie drei Schalen, die bis zum Rand mit Obst und Beeren gefüllt waren.

»Heute wollen wir gut essen, damit du besser denken kannst«, erklärte er, als er ihre verblüffte Miene bemerkte.

Anne wusste nicht, was sie sagen sollte. Störtebeker hatte vier Holzstühle aufstellen lassen, an den Wänden hingen Gobelins mit Heiligenbildern, und auf den Bänken lagen überall große Schaffelle. Er selbst trug einen blauen Mantel mit silberner Stickerei, eine Hose aus flandrischem Tuch und Schnabelschuhe.

»Nun, was meinst du? Ein Kaufmann hat mir das alles gegeben, damit ich sein Schiff weitersegeln lasse. Gold und Silber hat er mir auch geschenkt.«

»Lässt du mich auch weitersegeln, wenn ich dir Gold und Edelsteine schenke?«

»Du bist wirklich die starrköpfigste Frau, die mir je begegnet ist«, stellte er fest.

Anne strich sich das Haar aus dem Gesicht. Der Lederbeutel brannte an ihrer Hüfte.

»Lass uns mit einem Schluck Wein beginnen!«, schlug sie schließlich vor.

Er griff nach der Karaffe. »Erst essen und trinken wir, hinterher können wir dann Schach spielen.«

Sie nickte und nahm Störtebeker gegenüber Platz. Im Zimmer herrschte eine völlig veränderte Stimmung. Sie beobachtete, wie er zwei Weingläser holte und einschenkte, und begriff, dass sie heute Abend nicht mehr Gefängniswärter und Gefangene waren. Heute waren sie Mann und Frau. Sie musterte ihn insgeheim. Sein Blick strahlte so viel Kraft aus, dass es ihr durch Mark und Bein fuhr.

Sie prosteten sich zu, und Anne fingerte heimlich an ihrem Lederbeutel herum. Konnte er das Glas denn nicht einmal kurz aus der Hand stellen? Er plauderte und scherzte, aber sie hörte gar nicht zu. Demnächst musste er doch bestimmt einmal aufstehen und etwas holen, oder nicht? Sie versuchte, ihn zu unterhalten, und er prostete ihr ständig aufs Neue zu, hielt sein Glas dabei jedoch immer in der Hand und blieb sitzen. Auf die Art konnte es noch endlos so weitergehen. Hätte er doch nur einmal das Glas abgesetzt!

Der Wein beflügelte ihren Geist, und vor ihrem inneren Auge sah sie sich noch nach Jahren dasitzen, mit ergrauten Haaren und im gleichen trostlosen Gemäuer. Ihre Finger tasteten vorsichtig nach dem Beutel und zogen einige Kräuterstängel heraus. Als er das Glas hob, um ihr abermals zuzutrinken, ließ sie ihre Brosche auf den Boden fallen und stieß einen erschrockenen kleinen Schrei aus. In dem Augenblick, als er sich bückte, um das Schmuckstück aufzuheben, ließ sie rasch einige Kräuterkrümel in sein Glas fallen, ebenso ein wenig in die Schüssel mit dem Fleisch. Sie lächelte in sich hinein. Nun würde es nicht mehr lange dauern, bis er einschlief, und dann konnte sie endlich fliehen.

»Ich hasse die Hanse«, sagte sie, nachdem sie sich die Brosche wieder angesteckt hatte. »Vielleicht sollte ich Piratin werden, was meinst du dazu?«

»So gefällst du mir«, lächelte er und stieß sie mit dem Fuß an. Sie blickte nach unten, merkte aber zu ihrer Erleichterung, dass er nur die Beine übereinandergeschlagen hatte. »Tu dir noch ein wenig auf, ich möchte nicht allein essen«, forderte er sie auf.

Sie nickte und füllte sich den Teller, vermied jedoch das Fleisch. Als er abermals das Glas hob, tat sie es ihm gleich und trank mit ihm. Sie musste dafür sorgen, dass er seinen Wein bis zur Neige leerte. So aßen und tranken sie noch eine Weile, dann schob er den Brotkorb beiseite.

»Jetzt wollen wir eine Partie Schach spielen.«

Nicht schon wieder, dachte sie, sagte jedoch: »Heute Abend werde ich gewinnen. An deiner Stelle würde ich lieber meine Ehre retten und auf ein anderes Brettspiel ausweichen.«

»Das ist doch Weiberkram.« Er lehnte sich zurück, und im Licht der Kienfackeln glitzerte seine Goldkette. Das schöne alte Schmuckstück war mit kleinen Drachen und Girlanden verziert, breit und schwer und sicher ein Vermögen wert.

»Hast du eigentlich keine Angst, mit dieser Goldkette so offen herumzulaufen?«, fragte sie.

Er lachte, betastete die Kette und legte seine Hand auf die ihre. »Die hättest du auch gern, wie?«

»Ganz sicher nicht, die ist mir zu schwer. Die könnte ich ja nicht einmal tragen«, meinte sie. »Außerdem hast du sie dir bestimmt am Hals festschmieden lassen, damit man sie dir nicht abnehmen kann.«

»Damit man mir den Kopf abhacken muss, bevor man ans Gold gelangt? Nein, so dumm bin ich nicht.«

»Dann zeig her! Ich wette, dass du sie nicht abnehmen kannst.«

Belustigt musterte er sie, rührte sich aber nicht vom Fleck, und seine zufriedene Miene verriet, dass er nicht vorhatte, ihr zu zeigen, wie man die Kette abnahm.

»Dann muss ich wohl selbst nachsehen«, sagte sie und stand auf. Herausfordernd sah sie ihn an, umrundete den Tisch und stellte sich hinter ihn. Während er sich lachend vorbeugte, machte sie sich an der Kette zu schaffen. Tatsächlich entdeckte sie einen kleinen viereckigen Verschluss, aber sie fand nicht heraus, wie er sich öffnen ließ. Irgendwann war sie es leid.

»Wie du siehst, ist es ein ganz ausgeklügelter Verschluss. Man braucht starke Hände, um ihn aufzubekommen.«

»Starke Hände? Nein, das glaube ich nicht. Man braucht entweder großes Geschick, oder es gibt einen Schlüssel. Schließlich könntest du jemandem begegnen, der stärker ist als du, und das Risiko gehst du nicht ein.«

»Einen Riesen wie mich gibt es kein zweites Mal«, erwiderte er munter. »Für diesen Verschluss braucht man keinen Schlüssel. Er ist von einem kunstfertigen Handwerker geschmiedet worden, und um ihn aufzubekommen, bedarf es wissender Hände.«

Er legte die Arme hinter den Kopf, umfasste ihre Hand und versuchte ihr beim Öffnen zu helfen. Nachdem er eine Weile herumgefingert hatte, bekam er den Verschluss auf und hielt die Kette in die Höhe.

»Darf ich sie anfassen?«, bat Anne und sah fasziniert zu, wie er das Schmuckstück in der Hand wog.

»Anfassen darfst du, mehr aber nicht.«

Er reichte ihr die Kette, behielt das eine Ende jedoch in der Hand, während sie das Schmuckstück berührte. Wie schwer es war! Sanft ließ sie die Finger über die goldenen Glieder gleiten. Das edle Metall fühlte sich kühl an, und sie ertappte sich dabei, es beinahe zu liebkosen. Störtebeker bemerkte es ebenfalls und zog die Kette rasch wieder zurück. Als sie noch einmal danach greifen wollte, packte er sie am Handgelenk.

»Ich weiß nicht, woran es liegt, aber mir ist so seltsam zumute.« Er schüttelte den Kopf und griff sich an die Stirn.

Sie lächelte in sich hinein und wand sich aus seinem Griff.

»Trink noch ein wenig, das wird dich aufmuntern«, schlug sie vor und reichte ihm sein Glas. Er nahm einige Schlucke daraus, leerte es aber nicht ganz.

»Es liegt nicht am Wein, dass ich mich so eigentümlich fühle. Es liegt an dir«, behauptete er.

Verwirrt sah sie ihn an. Sein Blick war noch ganz klar, und er zeigte keinerlei Anzeichen von Benommenheit. Hatte sie ihm zu wenig von den Kräutern verabreicht? Plötzlich legte er ihr den Arm um die Taille und zog sie mit sich zu einer Bank.

»Nein! Wir wollten doch Schach spielen!«, protestierte sie.

»Leg dich hin!«, bat er, und sein Ton war zärtlich, fast flehend.

Wie gut, dass er die Kräuter zu sich genommen hat!, dachte sie. Die Wirkung muss jeden Augenblick einsetzen. Sie begriff nicht, wieso er immer noch so nüchtern wirkte. Eigentlich hätte er inzwischen schläfrig sein müssen. Seit jenem Abend, als er versucht hatte, sich an ihr zu vergreifen, hatte er sie nie wieder angerührt, und sie hatte sich in seiner Gesellschaft stets sicher gefühlt. Doch nun? Sie schluckte, und die Zunge klebte ihr am Gaumen. Wenn sie sich ihm entzog, würde er am Ende noch gewalttätig werden. Das Beste war wohl, wenn sie ganz ruhig blieb und abwartete – früher oder später mussten die Kräuter doch wirken. Bei diesem Gedanken wurde ihr ein wenig leichter ums Herz, aber gleichzeitig fühlte sie sich auch seltsam kraftlos, was sie sich gar nicht erklären konnte. Störtebeker beugte sich zu ihr vor und zog sie mit festem Griff an sich. Sie ließ es widerstandslos geschehen, obwohl sie lieber aufgestanden und weggelaufen wäre. Doch die Beine wollten ihr nicht gehorchen. Ihre Arme fielen bleischwer auf die Bank. Während er sie weiter fest im Arm hielt, stellte sie verwirrt fest, dass es ihr sogar gefiel.

»Willst du noch Wein?«

Sie schüttelte den Kopf und merkte, dass es ihr vor den Augen flimmerte.

»Aber nimm du ruhig noch«, brachte sie heraus.

Dankbar sah sie zu, wie er den Kopf in den Nacken legte und sein Glas leerte. Er zwinkerte ihr zu und zog sich den Mantel aus. Sie erstarrte. Warum wirkten die Kräuter nicht? Er legte den Gürtel ab, zog die Weste aus und entblößte die behaarten, mit Narben übersäten Oberarme. Sie bekam keinen Ton heraus. Zum ersten Mal sah sie seine breiten Schultern und die muskulöse Brust nackt. Schwindlig und benommen starrte sie ihn an, während ihr ungeordnete Gedanken durch den Kopf rasten. Lächelnd setzte er sich neben sie, streckte die Hand aus und ließ die Finger über ihre Nase und über ihre Wange gleiten. In ihrem Innersten wirbelte es dunkel. Sie murmelte eine Entschuldigung, sammelte ein letztes Mal alle Kräfte und stand auf, um zu gehen. Doch er war sofort auf den Beinen und verstellte ihr den Weg.

»Ganz ruhig, bleib noch!«

Sie geriet ins Schwanken, und er fing sie auf. Dann zog er sie an sich und presste ihr die Lippen auf den Mund. Und er küsste sie immer und immer wieder, während er sie eng an sich drückte. Seine Lippen waren weich und warm, und sie hing hilflos, schwer und benommen in seinen Armen. Er war so stark – vielleicht hatte sie die Kräuter doch zu gering dosiert? Überall spürte sie seinen Mund, er küsste sie weiter, als wäre er ihr Geliebter und nicht der gefürchtete plündernde und mordende Pirat. Sie wollte rückwärts ausweichen, doch er hielt sie zurück, liebkoste und küsste sie und schaffte es irgendwie, dass sie sich ganz scheu fühlte. Und sie spürte, wie er ihr mit der Hand durchs Haar fuhr, und was hier geschah, geschah mit ihr, und dennoch verstand sie einfach gar nichts mehr. Als er sie wieder zur Bank führte, wusste sie, dass sie ihn spätestens jetzt aufhalten musste, doch er hielt sie fest umarmt, und sein Blick glühte vor Leidenschaft. Seine harten, rauen Hände jagten ihr Schauer über den Rücken, doch als er ihr das Hemd über den Kopf streifte, loderte auch in ihrem Körper ein Feuer auf. Sie wehrte sich – aber andererseits wehrte sie sich auch nicht mehr.

»Glaubst du, ich hätte nicht bemerkt, was du mit meinem

Glas angestellt hast? Du hättest es besser im Auge behalten sollen«, flüsterte er ihr ins Ohr.

Wie aus weiter Ferne erahnte Anne seine Stimme, doch sie hörte nicht mehr, was er sagte. Ihre Wangen wurden heiß, und in ihrem Schädel rauschte es. Als die Goldkette über ihren Hals strich, keuchte sie auf. Plötzlich fühlte sie wieder neue Kräfte, stemmte die Hände gegen seine Schultern und versuchte, ihn zurückzustoßen.

»Du bist so süß, wenn du dich wehrst«, lachte er, während sie mit ihrem Schwindel kämpfte.

Sein Körper drückte sie nieder, und als sie die Hand hob, um nach ihm zu schlagen, hielt er sie fest. Ohne den festen Griff zu lockern, küsste er ihre Finger und legte sich auf sie. Sie fühlte seine Hose und seine nackte Haut an ihrer Haut. Das kann doch nicht die Wirklichkeit sein, dachte sie, aber es geschah doch, und dann erfüllte sie ein sonderbares Begehren. Sie rang nach Luft. Plötzlich dämmerte ihr, was hier gespielt wurde: Klaus Störtebeker hatte die Gläser vertauscht. Die Übelkeit stieg und sank in Wellen, und sie hatte das Gefühl, dass die letzten Kräfte sie verließen. Ich muss, dachte sie verwirrt, hob den Kopf und drückte ihren Mund auf den seinen. Er öffnete die Lippen, und als sie ihm die Zunge in den Mund schob, tastete sie nach seiner Goldkette. Sie atmete immer schneller, die Übelkeit kam und ging, und sie wartete darauf, dass sie endlich wieder einen klaren Kopf bekam. Als er schließlich in sie eindrang, schrie sie auf, öffnete den Verschluss der Kette und fing sie auf. Mit zitternder Hand ließ sie das Schmuckstück in ihren Stiefelschaft gleiten und sank auf die Bank. Jetzt hatten die Kräfte sie endgültig verlassen.

32. Kapitel

Das Licht kam und ging, und der Schatten, der sie in einer seltsamen Zwischenwelt gefangen gehalten hatte, hob sich langsam. Anne strich sich mit der Hand übers Gesicht und schlug die Augen auf. Ihr Kopf schmerzte, als wolle er zerspringen, und ihre Arme fühlten sich immer noch ganz schwer an.

»Hier.« Störtebeker reichte ihr eine Schöpfkelle Wasser. »Du brauchst bestimmt etwas zu trinken.«

Anne setzte sich auf und trank. Das Wasser schmeckte frisch, und der Nebel im Kopf lichtete sich. Als sie ihren Durst gestillt hatte, nahm er ihr die Kelle aus der Hand und streichelte ihr kurz über die Wange. Verwirrt sah sie ihn an und bemerkte im gleichen Moment, dass ihre Kleidung völlig in Unordnung war. Mit einer raschen Bewegung glättete sie ihre Bluse und zog den Schal um sich. Doch sie spürte seinen triumphierenden Blick. An seinem Hals glänzte die Goldkette, und er ließ bewusst die Finger über die Glieder fahren, um sie darauf aufmerksam zu machen.

»Kannst du mir erklären, was diese Kette in deinem Stiefel verloren hatte?«

Sie gab keine Antwort.

»Lange genug hat es ja gedauert, aber endlich hab ich dich dorthin bekommen, wo ich dich haben wollte«, fuhr er fort. Seine Augen leuchteten, und er senkte die Stimme. »Als du mich geküsst hast.«

Anne schloss die Augen. Die Erinnerungsbilder drängten sich auf, und sie wusste, er hatte sie besiegt. Allen Versuchen, ihn dorthin zu bekommen, wo sie ihn haben wollte, zum Trotz war sie nach wie vor seine Gefangene. Es bedurfte auch keiner Mauern mehr, er hatte sie in seiner Gewalt. Sie versuchte, sich zu sammeln und zu ihrer alten Kraft zurückzufinden. Dann fiel ihr Blick wieder auf die Goldkette, mit der sie sich eigentlich für den Wert der Kupferladung hatte entschädigen wollen. Doch er hatte sie sich sofort zurückerobert. Und jetzt wollte er sie erobern, und zwar mit Haut und Haar. Das durfte nicht geschehen, denn dann würde sie nie wieder in ihr eigenes Leben zurückkehren.

Nachdem er die Kelle wieder an den Eimer gehängt hatte, setzte er sich neben sie. Scheu sah sie ihn an und fühlte, wie eine seltsame Anspannung von ihr Besitz ergriff. Er rückte noch näher an sie heran.

»Jetzt bist du mein.« Das klang nicht einmal prahlerisch, sondern war einfach eine befriedigte Feststellung.

Am liebsten hätte sie ihn sofort in seine Schranken zurückgewiesen, doch das konnte gefährlich werden. Sie musste ihn bei Laune halten.

»Aber warum hältst du das Ganze für eine Eroberung?«, fragte sie. »Daran habe ich gedacht, seit du es zum ersten Mal versucht hast.«

»Du hättest mich damals schon haben können.«

»Das ist nicht richtig. Ich wollte, dass du mich magst und meine Lage nicht nur deshalb ausnutzt, weil ich deine Gefangene bin.«

Neugierig betrachtete er sie. »Warum hast du mir diese Kräuter in den Wein gemischt?«

Ihr Blick flammte kurz auf. »Du hast es nie mehr versucht, deshalb hab ich mir gedacht ... nun, diese Liebeskräuter machen Lust und gute Laune.«

»Dermaßen gute Laune, dass man gleich einschläft und fast nicht mehr aufwacht?«

»Die Dosis war doch für dich gedacht! Du bist ein Mann, du brauchst doppelt so viel Extrakt wie ich. Außerdem hatte ich vorher ja schon andere Kräuter eingenommen. Du hingegen hättest nur Freude empfunden.«

Er hörte zu, ohne sie zu unterbrechen. Dann beugte er sich vor und strich ihr über den Hals.

»Und wie erklärst du den Diebstahl der Goldkette?«

»Das war kein Diebstahl. Du hast mir mein Schiff genommen und ich dir deine Goldkette. Ich wollte dir zeigen, wie es ist, wenn man etwas verliert, damit du es verstehst und mir mein Eigentum zurückgibst. Sei froh, dass ich nicht deine Wurfmaschine genommen habe.«

Er lachte lauthals und schüttelte den Kopf. »Du hast aber auch auf alles eine Antwort!« Er legte ihr die Hände auf die Schultern und sah ihr in die Augen. So blieb er eine Weile, und sie zwang sich, seinem Blick standzuhalten. Dann nahm er ihren Kopf in beide Hände und küsste sie. Erst zögerte sie, doch dann begriff sie, dass sie das Spiel weiterspielen musste. Ermutigt zog er sie an sich, und auf einmal war alles zwischen ihnen verändert. Er strahlte Ruhe aus, und Anne wusste, dass er ihr vertraute. Da schöpfte sie neuen Mut.

»Du nimmst immer nur«, sagte sie. »Kannst du nicht auch etwas geben?«

»Zum Beispiel eine Goldkette?«, fragte er, und die Ironie in seiner Stimme entging ihr nicht.

»Nein, aber zumindest einen Ring oder ein Armband. Ich bin eine Frau, und wenn du mich hier auf der Burg behalten willst, tust du gut daran, mich bei Laune zu halten. Sonst könnte ich richtig anstrengend werden.«

Sein Blick verfinsterte sich, und er schob sie entschlossen von sich. »Du gibst nie auf«, murmelte er. »Woran hast du denn gedacht? Du bist dir doch zu fein, gestohlenes Gut anzunehmen.«

»Ich weiß ja nicht, was du geraubt hast und was gekauft.«

Da musste er wieder lachen und fasste ihr unters Kinn. Doch tief in seinen Augen ahnte sie immer noch die unberechenbare Dunkelheit.

»Ich kann dir natürlich etwas schenken, denn ich mag dich. Aber wenn du noch einmal versuchst, mich hinters Licht zu führen, werde ich dich töten. Hast du mich verstanden?«

Die Worte trafen sie wie ein spitzer Dolch, und sie wich seinem Blick aus.

»Hast du nicht gesagt, dass du mich lieber lebend willst?« Sie schob ihm eine Hand unter sein Wams.

Misstrauisch musterte er sie.

»Du zweifelst noch«, fuhr sie leise fort, »aber in meinem Leben hat mich noch kein Mann so gepackt wie du. Ich sollte dich hassen, aber stattdessen trage ich dich die ganze Zeit in mir.« Mit einer Hand strich sie ihm zärtlich über die Brust. Ihre Worte trafen zu einem gewissen Teil sogar zu. Er nahm sie gefangen, und sie fühlte sich wider Willen stark zu ihm hingezogen. Doch andererseits war er auch ein gewalttätiger, lebensgefährlicher Mann, und sie wollte fort von ihm. Weit fort. Im nächsten Augenblick spürte sie seine Hände auf ihrem Körper, und als er sich über sie beugte, stellte sie sich vor, er sei

Leonardo. Dann schloss sie die Augen und überließ sich seinem Willen.

Anne strich sich über den Mittelfinger und betrachtete die zwei Ringe, die Klaus Störtebeker ihr geschenkt hatte. Der eine sah aus wie eine zusammengerollte Schlange mit Kopf. Der andere war glatt, breit und schwer. Er hatte sie ihr am Morgen gegeben, als sie in ihr Turmzimmer zurückgehen wollte. Dabei hatte er sie angesehen, als habe er sie wirklich gern. War seine Großzügigkeit der Versuch, sie für sich zu gewinnen und dem ewigen Spiel ein Ende zu setzen?

Sie blickte zur Tür, als erwarte sie, ihn jeden Augenblick hereinkommen zu sehen. Einen Mann wie ihn träfe sie wahrscheinlich nie wieder. Wenn er einen Raum betrat, gab es nur noch ihn, und wenn er sprach, verschwanden alle anderen Stimmen neben der seinen. Dieser Mann herrschte auf dem Meer, aber auch überall dort, wo er sich gerade aufhielt. Und er hatte ihr ein Geschenk gemacht. Sie blickte auf ihre Hände mit den glänzenden Ringen. Wie viele andere war sie in seine Machtsphäre gezogen worden, und sie hatte keine Gelegenheit gehabt, die Ereignisse zu ihren Gunsten zu wenden. Sie hatte keine andere Wahl gehabt, als das Spiel zu vollenden, das sie begonnen hatte. Doch mittlerweile war das Verhältnis zu Störtebeker ein gefährliches. Sie wusste nicht, wie lange sie den Schein noch aufrechterhalten konnte, und wenn er ihr auf die Schliche käme, würde er sie wahrscheinlich einfach aussondern wie einen alten Gegenstand. Andererseits – und sich dies einzugestehen, fiel ihr wesentlich schwerer – schlich er sich in ihre Gedanken und Gefühle wie eine Pflanze, die mit ihren Wurzeln langsam, aber sicher eine Steinmauer sprengt. Hier in der Burg war sie in seiner Hand und veränderte sich ganz allmählich. Sie musste unbedingt fliehen, bevor er sie uneingeschränkt in seine Gewalt bekam.

Nach dem Abendessen bat sie den Wächter um eine zusätzliche Decke und einen Mantel, da sie angeblich friere und sich krank fühle. Dann legte sie sich unter der Decke aufs Stroh und dachte nach. Störtebeker rechnete bestimmt nicht mehr mit ihrer Flucht. In der vergangenen Nacht hatte er die Tür zu seiner Stube unverschlossen gelassen, sodass sie sich hätte hinausschleichen können. Doch sie hatte der Versuchung widerstanden. Wahrscheinlich stellte er sie auf die Probe, und sie hatte ihn in Sicherheit gewiegt, indem sie bei ihm blieb. So hatte sie ihm bewiesen, dass sie sein war und zu guter Letzt den Gedanken an eine Flucht aufgegeben hatte. Vielleicht hatte er sie deswegen so gut behandelt und ihr sogar die Ringe geschenkt.

Während sie so dalag und die Flucht plante, fühlte sie sich fast wie eine Verräterin. Störtebeker könnte ihr niemals verzeihen. Und wenn er ihr auf die Schliche käme, würde er sie töten. Aber da waren auch noch Leonardo und die Kinder. Sie konnte es nicht länger aufschieben.

Valborg spazierte mit Johan und Maria den Strand entlang. Sie waren am Wasser gewesen und hatten ein abendliches Bad genommen, doch nun wurde es höchste Zeit, zum Weinkeller zurückzukehren. Als sie nach Hause gekommen waren, fegten Maria und sie den Boden, während Johan in einer Ecke saß und mit seinen Rindenbooten spielte. Kaum hatte Valborg sich hingesetzt, als plötzlich Ingrid auf der Schwelle stand. Die Witwe nahm sich nicht einmal Zeit für eine Begrüßung.

»Hast du schon das Neueste gehört?«, fragte sie und setzte sich. »Bei Landsort sind Vitalienbrüder gesichtet worden. Sie sind auf dem Weg nach Stockholm.«

Valborg musterte Ingrid misstrauisch. Magnus' Witwe hatte immer etwas zu erzählen. Gestern hatte sie in den Büschen unter den Apfelbäumen eine Schlange gesehen, heute waren es die Vitalienbrüder. Valborg trat an die Feuerstelle und hängte den Kessel über den Herd, dann kehrte sie an den Tisch zurück.

»So, so, die Vitalienbrüder. Und wer hat das gesagt?«

»Ein Kurier. Er hat berichtet, dass Sven Sture Gotland verlassen hat und mit einer großen Flotte in den Schärengarten gesegelt ist. Mindestens vierzig Schiffe hat man dort draußen gesehen.«

Valborg trocknete sich die Hände an der Schürze ab und seufzte. Sie musste an Mattis denken. War er in Sven Stures Gefolge, oder hatte er es geschafft, sich rechtzeitig abzusetzen? Wenn ihm nur nichts geschehen war!

»Wann nimmt dieses Elend endlich ein Ende? Kaum hat man sich von der einen Regierung erholt, kommt schon die nächste.«

Mutlos starrte Valborg ins Leere. Dieselben Gerüchte hatte sie auch schon im Hafen gehört, aber nicht glauben wollen. Ingrid sah so zufrieden aus, als mache es ihr Freude, etwas so Aufregendes mitteilen zu können.

»Der Mann, den ich traf, war der Meinung, du solltest deine Gäste warnen. Er hatte es so eilig auf dem Weg zum Schloss, dass er nicht einmal stehen blieb. Hast du etwas zu trinken?«

Valborg deutete auf die Kanne, die auf dem Tisch stand. »Dünnbier kann ich dir anbieten.«

Geistesabwesend schenkte sie einen Becher ein und stellte ihn Ingrid hin. Um die vierzig Schiffe, das mussten insgesamt über tausend Mann Besatzung sein. Wenn sie Glück hatte, bedeutete das wieder mehr Gäste im Weinkeller, doch viel größer war die Gefahr, dass die Männer die Häuser niederbrannten und plünderten. Finster betrachtete sie Johan, der ein Rindenboot auf dem Boden herumschob. Er war noch klein, aber eines Tages würde auch er zu den Soldaten gehen. Fast alle taten das. Sie konnte sich kaum vorstellen, dass er jemand würde töten können.

»Am besten bringt man sich gleich in Sicherheit«, fuhr Ingrid fort. »Vor Jahren hat Magnus mir von einem Geheimgang vom Korntorget zum Schloss erzählt. In diesem Gang befinden sich auch Vorratsräume, in denen man sich verstecken kann.«

Valborg dachte nach. Was hätte Anne getan, wenn sie erfahren hätte, dass die Vitalienbrüder nach Stockholm unterwegs waren? Sie wäre geflohen oder hätte sich an einem sicheren Ort versteckt. Doch Valborg hatte ihren Weinkeller, und den wagte sie nicht allein zu lassen, solange nicht gerade Lebensgefahr bestand. Am besten wartete sie ab. Im Notfall konnte sie immer noch einen der Schlosswächter überreden, ihr Haus im Auge zu behalten, und ihm dafür freie Verpflegung samt Bier anbieten. Viele dieser Männer kamen öfter zu ihr und genehmigten sich einen Krug.

Kaum war sie zu diesem Schluss gekommen, als sich die Tür öffnete und drei Soldaten in Brustharnischen eintraten. Ihre Wangen glänzten vor Schweiß, und ihr Gesichtsausdruck war angespannt. Sie setzten sich, und Valborg trat an ihren Tisch.

»Zwei Krüge Lübecker Bier, bitte.«

Valborg holte die Getränke und brachte sie den Gästen.

Nachdem sie die Krüge abgestellt hatte, blieb sie am Tisch stehen.

»Habt Ihr etwas Neues über die Vitalienbrüder gehört?«

»Vor Stockholm liegt eine ganze Flotte, mindestens vierzehnhundert Soldaten. Wir im Schloss zählen nicht mehr als hundertvierzig Mann. Nun kann alles Mögliche passieren.«

»Vierzehnhundert Soldaten«, wiederholte Valborg. Sie hatte ihre Vorräte aufgefüllt und reichlich Wein und Bier eingelagert. Bis zu zwei Monate Belagerung konnte sie überstehen, doch wenn so viele Soldaten auf den Straßen unterwegs waren, schien es riskant, in der Stadt zu bleiben. Sobald sie sich innerhalb der Stadtmauern befänden, käme es zu Plünderungen.

»Wie schlimm ist es?«

»Wir wollten noch einmal gut essen und trinken. Was dann kommt, weiß keiner.«

»Wäre es besser zu fliehen?«

»Wenn man es noch schafft. Zumindest verstecken sollte man sich«, antwortete der Ältere. »König Albrecht will Stockholm zurückerobern und hat seinen Sohn um Hilfe gebeten. Und Herzog Erik seinerseits hat Sven Sture geschickt, um die Stadt für ihn einzunehmen. Wenn das gelungen ist, kommt er sicher nach. Doch auf Sven Sture ist kein Verlass. Nachdem er die Königin verraten hat, ist er gewiss zu allen Schandtaten bereit. Wenn diese Angelegenheit nicht mit Verhandlungen gelöst wird, gibt es ein Blutbad. Dagegen sind wir machtlos.«

Der Mann verstummte und ließ seine Worte wirken.

»Warum könnt Ihr denn nicht fliehen?«, erkundigte sich Valborg.

»Und Stockholm seinem Schicksal überlassen? Nein, dafür würde man uns hängen. Wir können nur auf ein Wunder hoffen.«

Ingrid, die das Gespräch belauscht hatte, stand auf und trat an den Tisch.

»Ich kann Euch zu einem guten Versteck führen«, bot sie den Männern an.

»Danke, aber dorthin begebt Ihr Euch besser allein, Jungfer«, erwiderte der Soldat und lachte. »Für hundertvierzig Soldaten lässt sich in Eurem Versteck schwerlich Platz finden.«

Mit beleidigter Miene zog Ingrid sich zurück. Valborg beobachtete sie genau, und als das Gespräch mit den Soldaten beendet war, trat sie zu Ingrid. Sie dachte an die Kinder.

»Wo liegt dieses Versteck, von dem du gesprochen hast?«, wollte sie wissen.

»Ich werde es dir zeigen. Magnus kannte die unterirdischen Gänge der Stadt, und wenn ich Angst bekam, beruhigte er mich damit. Auch einer der Soldaten im Schloss will dort Schutz suchen. Lass uns doch zusammen hingehen!«

Valborg nahm Ingrid gegenüber Platz und musterte sie ernst. »Warum tust du das? Magnus und ich waren gute Freunde, aber du bist mir nichts schuldig.«

Ingrid zögerte nicht mit der Antwort. »Nach dem Brand, als Magnus gestorben war, wollte ich nicht mehr leben. Alles war zu Ende. Doch nach einer Weile im Spital in Falan lernte ich einen Pastor kennen, der mir half. Jeden Tag erzählte er mir, dass Gott mir ein neues Leben schenken kann. Allerdings nur dann, wenn ich anderen Menschen helfe. Und das versuche ich nun. Glück und Frieden erlangt man nur durch gute Taten.«

Neue Gäste betraten das Wirtshaus, und Valborg stand auf.

»Es ist schön zu hören, dass du Frieden gefunden hast. Ich hatte mir schon Sorgen um dich gemacht. Gott hilft vielen Menschen.«

Doch während sie die Neuankömmlinge bediente, blieben ihr gewisse Zweifel. Ingrid war immer ein Mensch gewesen, der nur nahm und forderte. War sie über Nacht zu einem gebenden Menschen geworden?

33. Kapitel

Anne sprang aus dem Bett. Es war spät, sie musste eingeschlummert sein. Der Wächter war noch nicht gekommen, um sie abzuholen, und sie fragte sich, warum er so lange auf sich warten ließ. Störtebeker schlief nach dem Abendessen meistens ein wenig und ließ sie dann gegen Mitternacht zu sich rufen. Es war schon höchste Zeit. Hatte er am Ende etwas geahnt? Sie hegte keinen Zweifel daran, dass sie nur eine einzige Gelegenheit zur Flucht aus der Burg bekäme.

Sie sah sich im Zimmer um, betrachtete die alte Holzbank, die Strohmatratze mit den zerschlissenen Decken und den

Nachttopf, den sie während der Wochen ihrer Gefangenschaft benutzt hatte. Hier gab es nichts, woran sie sich erinnern oder was sie vermissen würde – von einem solchen Ort konnte man nur fliehen. Und so sammelte sie sich für das letzte Kräftemessen. Ihr Herz pochte, und ihre Hände waren schweißnass. Der Wächter konnte jeden Moment erscheinen. Sie lehnte sich an die Tür und lauschte, doch es war noch nichts zu hören. Unruhig lief sie in der Stube auf und ab, wartete und glaubte schließlich tatsächlich Schritte zu hören.

Die Schritte kamen näher, und als der Mann vor der Tür stand, rief sie mit hoher, schriller Stimme: »Hilfe! Hilfe, ich bekomme keine Luft mehr! Ich sterbe!«

Es wurde still, dann entfernten sich die Schritte. Anne konnte es nicht glauben, schrie weiter und jammerte laut. Nun schien es sich der Wächter doch anders überlegt zu haben, denn sie hörte abermals Schritte. Vor der Tür blieb er stehen, schloss auf und öffnete. Sie ließ ihn einige Schritte in den Raum hereinkommen, dann stieß sie mit aller Kraft von hinten zu, und er ging zu Boden. Rasch lief sie hinaus und schlug die Tür hinter sich zu, drehte den Schlüssel im Schloss und rannte zur Turmtreppe und zu dem Waffenlager. Sie erklomm die Stiege zum Lagerraum, sah sich um und nahm ein Messer und eine Axt an sich. Atemlos befestigte sie die Waffen am Gürtel und rannte weiter. Noch folgte ihr niemand, doch sie wusste, dass ihr nicht viel Zeit blieb.

Als sie sich den Tonnen mit der Seifenlauge näherte, kam ihr ein Gedanke. Falls der Feind die Burg einnehmen wollte, sollten die Piraten die Flüssigkeit auf der Treppe verschütten, damit die Soldaten ausrutschten. Eine altbekannte List, die gewiss auch gegen die Piraten anzuwenden ist, dachte sie und rollte zwei Fässer bis zur Treppe, während sie sich ständig nach Verfolgern umsah. Doch noch war niemand hinter ihr her, und als sie fertig war, atmete sie ein paar Mal tief durch, um sich erst einmal zu beruhigen. Anschließend nahm sie ihre Axt, schlug ein Loch in den Fassboden und sah zu, wie sich die Seifenlauge wie ein glänzender Fluss über die Stufen ergoss.

Dann rannte sie weiter, so schnell sie konnte, doch zwei Stockwerke tiefer stand sie plötzlich vor einer verschlossenen Tür. Was hatte sie sich eigentlich eingebildet? Dass alle Türen offen stünden und sie einfach aus der Burg hinausspazieren könne? Sie fluchte über ihre eigene Dummheit und sah sich um. Rechts von ihr befand sich eine weitere schmale Tür sowie eine etwas höhere und breitere schräg gegenüber auf der linken Seite. Nach kurzem Zögern entschied sie sich für die linke. Die große Türöffnung deutete darauf hin, dass die Freibeuter hier Verpflegung und Gebrauchsgüter von den Schiffen herauftrugen. Wenn sie Glück hatte, war die Tür vielleicht unverschlossen, und die Treppe führte geradewegs in den Keller, von welchem es eine Öffnung zum Wallgraben und zum Meer geben musste.

Sie betätigte den Riegel und entdeckte, dass sie ihn einfach nur beiseiteschieben musste. Vorsichtig öffnete sie die Tür und stieg ein ausgetretenes Treppchen hinunter. Die Stufen waren feucht und kalt, und hier und da sah sie Spuren von irgendetwas Grünem. Je weiter sie hinuntergelangte, umso dunkler wurde es, und sie musste die Augen anstrengen. Plötzlich meinte sie Stimmen und Gelächter sowie Geräusche zu vernehmen, die sich nach Ruderschlägen anhörten. Sie hielt inne und lauschte erneut. Doch, das war ein Boot! Von unten stieg Kühle auf, und es roch modrig nach abgestandenem Wasser. Sie musste eine in den Fels geschlagene Höhle erreicht haben, die eine Verbindung zum Wallgraben besaß. Mit steigender Hoffnung schlich sie hinunter, hinter jeder Ecke eine Gefahr witternd. Als sie schließlich den Fuß der Treppe erreicht hatte, entdeckte sie hinter einigen Steinen eine dunkle Wasseroberfläche sowie einen schmalen Sandstreifen, auf dem mehrere Männer damit beschäftigt waren, Stoffballen von einem Beiboot abzuladen. Vielleicht lag irgendwo dort draußen eine Kogge in der Bucht. Lautlos näherte sie sich dem kleinen Strand, und als sie schon in unmittelbarer Wassernähe war, entdeckte sie einen Haufen ausgedienter Säcke und eine alte Pferdedecke. Ein Stück entfernt sah sie nahe der Stelle, an der die Männer die Ladung löschten, helle Lichtstreifen auf dem Wasser. Wahrscheinlich kamen die Boote aus der Richtung, in der das Licht schimmerte. Und das bedeutete, dass Anne dort endgültig ins Freie gelangen würde. Die Höhle hatte offenbar eine Verbindung zum Wallgraben, und von dort musste ein weiterer Wasserweg bis zum Meer führen. Sie versuchte abzuschätzen, wie weit die Strecke sein mochte, während Störtebekers Stimme in ihrer Erinnerung widerhallte: *... wenn du* *noch einmal versuchst, mich hinters Licht zu führen, werde ich dich töten.*

Höchstwahrscheinlich hatte er sich schon auf die Suche nach ihr gemacht, sie hatte also nicht viel Zeit. Leise näherte sie sich dem Wasser und orientierte sich an dem bräunlichen Stoffstück, das sie am Strand gesehen hatte. Abermals hörte sie muntere Stimmen, und als sie aufblickte, sah sie ein Boot mit zwei Männern und einer Frau, das auf das Gestade zuhielt. Die anderen unterbrachen ihre Arbeit und gingen ihnen entgegen. Erst glaubte Anne, dass die Frau vielleicht auch auf der Burg wohnte, doch dann entdeckte sie, dass die Unbekannte vornehme Kleidung und einen Halsschmuck trug. War sie etwa Reisende auf einem Handelsschiff gewesen?

Während die Männer die Frau umringten, nutzte Anne die Gelegenheit, sich zu der Pferdedecke hinüberzuschleichen. Sie war schwarz-braun gemustert, würde ihr also gute Tarnung bieten. Leise glitt sie ins Wasser und zog sich die nasse, übelriechende Decke über den Kopf. Sie war so schwer, dass Anne bei den Bemühungen, sich vollständig darunter zu verstecken, einen ihrer Ringe verlor. Sie fluchte über ihre Ungeschicklichkeit und schwamm los. Hinter sich hörte sie die Schreie der Frau, vermischt mit den Ausrufen und dem Gelächter der Männer, und Anne ahnte, was dort gerade geschah. Verängstigt legte sie noch mehr Kraft in ihre Schwimmzüge. Sie musste sich beeilen, bevor man sie entdeckte, sonst würde sie am Ende dasselbe Schicksal ereilen wie die fremde Frau. In ihrem aufgeregten Zustand ruderte sie so wild mit den Armen, dass sie ein planschendes Geräusch erzeugte. Es war nicht sonderlich laut, aber einer der Männer hörte es und spähte übers Wasser.

»Seht ihr das Stoffstück da drüben? Das muss die Pferdedecke sein, die uns weggetrieben ist. Wolfgang, rudere doch schnell hinüber!«

Klaus Störtebeker erhob sich aus seiner Koje, streckte sich und gähnte. Er war immer noch schlaftrunken, fühlte sich aber heiter und beschwingt. Dass eine Frau ihm so viel bedeuten konnte! So viele Schiffe hatte er schon gekapert und sich meist über seine Beute gefreut, doch was er mit Anne erlebte, war etwas ganz anderes. Jeder Augenblick in ihrer Gesellschaft war eine Herausforderung und erfüllte ihn mit Erwartung, und er wusste, lange würde es nicht mehr dauern, bis sie freiwillig bei ihm bliebe. Ohne Handfesseln, ohne Bewachung, und dann wäre sie immer hier bei ihm und nicht mehr in der Turmstube.

Als sein Blick auf das Schachbrett fiel, lächelte er in sich hinein. Er liebte die Momente, wenn sie dort saßen und sich unterhielten und sich stritten, und nach dem Zwischenfall mit dem Wein hatte er sie sogar als Frau besitzen dürfen. In Wirklichkeit hatte sie ihn gar nicht enttäuscht. Er trat zur Waschschüssel und wusch sich, damit er hübsch und sauber war, wenn sie kam. Vor einer Weile hatte er den Wächter gebeten, Anne zu holen; sie musste also jeden Moment vor der Tür stehen. Er zupfte seine Kleidung zurecht, kämmte sich das Haar und setzte sich auf die Bank. Hier würde er sie empfangen, nicht hinter dem Tisch, wie sonst.

Seit Anne in die Burg gekommen war, hatte er mehr an sie gedacht als an die Waren, die er verkaufen sollte. Er lächelte. Sie glaubte also tatsächlich, dass sie es mit ihrem Kupfer bis nach Konstantinopel schaffen würde. Pfiffig und stark war sie zwar, doch eine solche Reise würde sie niemals überleben. Und sie würde ihn niemals davon überzeugen, sie freizulassen, damit sie Handel miteinander treiben konnten. Hingegen wurde es höchste Zeit, ihre Kupferladung zu verkaufen, und er spielte sogar mit dem Gedanken, sie am Gewinn zu beteiligen. Doch erst musste er die Sache noch sorgfältig durchdenken. Im Augenblick wollte er sie einfach nur wiedersehen.

Er malte sich aus, wie ihr Treffen verlaufen würde: Wie immer würden sie Schach spielen – er hatte vor, sie gewinnen zu lassen, und hinterher würde sie bei ihm schlafen. Vielleicht würden die Männer darüber reden, aber das sollte ihn nicht stören. Zufrieden fuhr er sich über den Mund, ging zur Tür und öffnete. Doch da war niemand, und langsam wurde er ungeduldig. Der Wächter brauchte länger als sonst.

»Nun beeil dich doch!«, murmelte er und kehrte ins Zimmer zurück.

Er würde Anne ein schönes Leben bieten. Seit seine Kumpane und er unterschiedslos alle Schiffe kaperten, waren sie reich geworden. Es ging ihnen gut – der einzige Nachteil war der Umstand, dass sie sich auf diese Weise noch mehr Feinde gemacht hatten. Jetzt wurden sie nicht nur von den Dänen und der Hanse gejagt, sondern auch vom Deutschen Orden und den Engländern. Sie waren eine große Truppe und gut bewaffnet, und solange ihre Feinde nicht gesammelt zum Angriff rüsteten, waren sie sicher. So stark waren die Vitalienbrüder und er mittlerweile. Als er damals beschlossen hatte, als Freibeuter auf der Ostsee zu bleiben, hatte er die richtige Entscheidung getroffen. Wäre er hingegen wieder an Land gegangen, hätte er sich als Bettler durchs Leben schlagen müssen.

Als er alle diese Entscheidungen traf, hatte er nie eine Frau an der Seite gehabt. Mit Anne war alles anders geworden. Die Frage war nur, ob sie sich an seine Lebensart gewöhnen würde? Sollten seine Feinde ihn je besiegen, dann würde auch sie ins Unglück gerissen und ebenfalls getötet werden, das wusste er. Er seufzte. Anne war mehr als eine vorübergehende Zerstreuung für ihn. Er begehrte sie, und sie langweilte ihn nie. Selbst als sie versuchte, ihm seine Goldkette zu stehlen, war er ihr nicht richtig böse gewesen. Sie war so keck gewesen, dass er ihr einfach verzeihen musste. Und diese Liebeskräuter – welch ein Einfall! Er lachte laut heraus.

Da der Wächter immer noch nicht kam, warf Störtebeker einen gereizten Blick in den Gang hinaus. Die kahlen Wände lagen im Dunkeln, und er entdeckte niemanden. Er musste nur selten auf etwas warten, und zu guter Letzt riss ihm der Geduldsfaden. Da konnte er sie genauso gut gleich selbst holen. Mit langen Schritten eilte er den Korridor entlang, und als er sich der Turmstube näherte, übermannte ihn die Vorfreude. Ihr Wiedersehen würde wunderbar werden. Gleichzeitig kam es ihm vor, als würde jemand an die Tür hämmern. Er freute sich – offensichtlich versuchte Anne, den Wächter zu rufen, damit er sie zu ihm führte. Störtebeker beschleunigte seine Schritte, doch dann hielt er jäh inne: Der Schlüssel steckte im Schloss der Tür. War der Wächter schon hier gewesen? Oder hielt er sich mit Anne in dem Raum auf? Aber warum war die Tür von außen abgeschlossen? Hastig öffnete Störtebeker, stieß die Tür auf und stürmte in die Stube. Als er dort nur den Wächter antraf, trat er verblüfft einen Schritt zurück. Anne war nicht da.

»Sie hat mich eingeschlossen und ist über die Turmtreppe davongelaufen!«

Der Mann zitterte vor Wut. Einen Augenblick lang blieb Störtebeker wie angewurzelt stehen, dann kehrte er eilends in den Flur zurück.

»Soldaten!«, rief er. Dann stürmte er durch die Gänge, während er nach seinem Schwert und dem Messer tastete. Anne hatte ihn wieder hinters Licht geführt. Einmal zu viel.

34. Kapitel

Anne keuchte, und obwohl sie ab und zu die Pferdedecke anhob, um wieder Luft zu bekommen, geriet sie allmählich außer Atem. Die schwere Axt und das Messer zogen sie nach unten, und sie hatte das Gefühl zu ersticken.

»Die Decke darf nicht davontreiben, beeil dich!«, hörte sie einen Mann rufen.

Ruderschläge näherten sich, und Anne spürte, wie Panik von ihr Besitz ergriff. Noch hatte niemand sie entdeckt, aber es war bloß eine Frage der Zeit, bis die Piraten entdecken würden, dass sich unter dieser Decke jemand versteckte, und dann brauchte man sie nur noch aus dem Wasser zu fischen. So rasch wie möglich musste sie sich etwas ausdenken, sie durfte nicht aufgeben. Vorsichtig hob sie die Decke an der Seite an, um herauszufinden, was ringsum geschah. In der Felsenhalle war es nach wie vor dämmrig, aber sie erkannte dennoch ein kleines Beiboot, das geradewegs auf sie zuhielt. Ein grobschlächtiger, dicker Mann legte sich in die Riemen. In kürzester Zeit hätte er sie erreicht, und dann wäre alles vorbei.

Anne blieb ganz still liegen, atmete ein paar Mal tief durch und sammelte sich. Der Ruderer würde die Decke wahrscheinlich erst erkennen, wenn er ziemlich nahe herangekommen war. Wenn sie doch nur vorher entkommen könnte! Sie wartete ab und spürte ihren Herzschlag dröhnend wie Kirchenglocken in der Brust. Der Mann ruderte auf sie zu, und dann hörte sie ihn aufstehen. Jetzt!, dachte sie, taucht unter das Boot und schwamm unter dem Kiel durch. Lautlos glitt sie auf der anderen Seite wieder an die Oberfläche, und obwohl sie am liebsten geprustet und stöhnend nach Luft gerungen hätte, atmete sie so leise wie möglich ein. Rasch blickte sie sich um und schwamm in die Richtung, aus der der Wind kam. Sorgfältig achtete sie darauf, dass den Männern am Strand durch das Boot die Sicht auf sie versperrt wurde. Erst als sie um einen Landungssteg herumgeschwommen und den Blicken der Piraten ganz entzogen war, wagte sie, sich hinzustellen und durchzuatmen. Sie hatte die Felsenhöhe hinter sich gelassen und befand sich im Wallgraben. Nun musste sie nur noch aufs Meer hinausschwimmen.

»Über diese Treppe ist sie geflohen. Haltet sie auf!« Störtebeker gab den Männern ein Zeichen und fuhr mit der Hand über den Griff seines Schwerts. Anne hatte ihn betrogen. Sie hatte ihn hintergangen und zutiefst verletzt. Es brannte in seiner Brust, und er wusste, dass es nur einen Weg gab, mit ihr abzurechnen: Er musste sie töten.

»Haltet im Wallgraben Ausschau nach ihr! Vielleicht versucht sie, schwimmend zu entkommen!«, rief er.

»Sollen wir sie gleich töten?«

»Nein, bringt sie zu mir!«

Die Wächter rannten zur Treppe und vorbei an den Fässern. Als der erste die Stufen betreten wollte, rutschte er aus und stürzte mit einem erschrockenen Aufschrei die Treppe hinunter. Der Mann hinter ihm hatte alles beobachtet und konnte noch stehen bleiben, doch die Soldaten hinter ihm drückten von hinten nach, sodass er gleichfalls ausglitt. Die Beine wurden ihm unter dem Körper weggerissen, und mit ohrenbetäubendem Getöse polterte er in voller Rüstung die Stufen hinunter. Je mehr hinter ihm herkamen, umso lauter wurde es. Ein solcher Lärm hatte in dieser Burg sicherlich noch nie geherrscht. Diejenigen, die vornüber auf ihren Brustharnisch fielen, schlidderten noch schneller dahin, wobei es nur so quietschte und kratzte und Funken schlug. Einige versuchten aufzustehen, wurden jedoch sofort von den Nachfolgenden umgeworfen und bis zum Fuß der Treppe mitgerissen.

Der erste Wächter hob die Hände zum Kopf, während er sich entsetzt dem Ende der Treppe näherte. Mit halsbrecherischer Geschwindigkeit fiel er Stufe um Stufe und wusste dabei sehr gut, dass unten die Türen warteten. Vor seinem inneren Auge sah er schon, wie es ihn an der Holztür zerschmetterte. Da wandte er den Kopf ab und streckte die Hände nach vorn, um den Aufprall abzufangen. Plötzlich öffnete sich die Küchentür zu seiner Rechten, und der Koch und seine vier Gehilfen traten heraus. Sie hatten den ganzen Abend gefeiert und waren nicht übel betrunken. Grölend trugen sie die großen Körbe hinaus, die bis obenhin mit dem Küchenabfall einer Woche gefüllt waren: madenzerfressenes Fleisch, Fleischfetzen, alte Kohlrüben und verfaulte Äpfel. Der Wächter nahm den Gestank wahr und konnte gerade noch ein ranziges Stück Lammschulter und das Hinterteil eines zerlegten Ochsen erkennen, dann schrie er auf und schloss die Augen. Im gleichen Augenblick hörten die betrunkenen Männer den Lärm von der Treppe und blickten nach oben. Der Koch konnte noch einen Warnruf ausstoßen und einen Schritt zurückweichen, bevor der Wächter heransauste. Er pflügte mitten durch die Kohlrüben, dicht gefolgt von den anderen, die mit Fleischresten und Apfelstückchen bedeckt übereinanderstürzten. Im Handumdrehen lagen die Küchenabfälle überall verstreut.

Anne atmete tief durch und schwamm der Öffnung zum Meer entgegen. Sie hatte sich eine kleine Pause gegönnt, um Kräfte zu sammeln, aber jetzt musste sie dringend weiter. Dabei versuchte sie, sich so leise wie möglich zu bewegen. Natürlich kann man mich von oben sehen, dachte sie und vermisste die Pferdedecke, die sie hatte zurücklassen müssen. Mit langen, kräftigen Zügen ließ sie das Gemäuer hinter sich und hielt auf einen großen Stein am Strand zu. Es kam ihr vor, als wollten die Tiefe und die Finsternis sie auf den Grund ziehen. Nur noch ein kurzes Stück, nur noch wenige Schwimmzüge!, sagte sie sich immer wieder vor, doch als sie das Gepolter und Waffengerassel von der Burgmauer hörte, erschrak sie schier zu Tode. Sie haben mich entdeckt und werden mich mit der Armbrust erschießen!, fuhr es ihr durch den Sinn. Ich bin verloren.

Mit aller Kraft schwamm sie weiter und rechnete jeden Moment mit einem Armbrustpfeil im Rücken. Sie bekam Wasser in Mund und Nase und wollte fast aufgeben, zwang sich aber trotzdem immer weiter. Ihre Armbewegungen wurden schwerfällig, und während es ihr vor den Augen flimmerte, breitete sich eine Erschöpfung im ganzen Körper aus. Im Kopf sauste und brauste es nur so. Da wurde es plötzlich wieder seichter, und sie spürte Kies und Sand unter den Füßen. Als sie den großen Stein erreicht hatte, zog sie sich hoch und legte sich hin.

Ich muss mir ein Boot verschaffen, aber erst muss ich ein wenig ausruhen, dachte sie während sie tief Luft holte und ihr das Blut in den Schläfen pochte. Ich lebe, ich habe es geschafft, jubelte sie innerlich. Gleichzeitig kam es ihr so vor, als befinde sie sich auf hoher See und kein Land sei in Sicht. Sie war so ausgelaugt, dass sie sich fast erbrechen musste. Dann umfingen sie auch schon Schwindel und Dunkelheit.

Sie hörte Wasser, ein gedämpftes, gluckerndes Geräusch, als läge sie in einem Fischkasten in Strandnähe. Sie konnte es nicht richtig deuten.

»Dachtest du, du könntest mich überlisten?«

Es war Störtebekers Stimme, aber sie begriff nicht gleich, wo er stand.

»Du hast mich hintergangen und mich zum Gespött meiner Männer gemacht«, sagte er. »Du hast mich verhöhnt und meine Ehre beschmutzt. Ich kann dich nicht am Leben lassen.«

Anne spürte Licht auf den Lidern. Träumte sie etwa? Sie versuchte nachzudenken, fühlte aber nichts als unendlich tiefe Müdigkeit. Vorsichtig bewegte sie Arme und Beine, um zu prüfen, ob sie verletzt war. Immerhin tat ihr nichts weh, und sie blutete auch nicht. Doch sie hatte sich völlig verausgabt, und ringsum war es kalt und zugig. Irgendwo schrie ein Möwenschwarm, und sie hörte Wellen, die gegen einen Schiffsrumpf schlugen.

»Steh auf!«

Da war die Stimme wieder, und jetzt erinnerte sie sich. Sie war aus der Burg geflohen und schwimmend durch den Wallgraben entkommen. Doch wo befand sie sich? Sie schlug die Augen auf und stellte fest, dass sie in einem Bootshaus lag. Wie in aller Welt war sie hierhergekommen? Benommen stemmte sie sich hoch, taumelte und fühlte sich am Oberarm gepackt. Es war Störtebeker, jetzt sah sie ihn auch. Sein Griff wurde noch härter, und seine wilden Augen verdunkelten sich.

»Warum hast du das getan?«, fragte er grimmig. »Du weißt, dass ich dich töten muss, wenn du zu fliehen versuchst.«

Sie gab ihm keine Antwort.

»Hast du mir etwa nicht geglaubt?«, knurrte er.

Anne entzog sich seinem Griff und sah ihn unverwandt an. »Du bist ein Mann von Ehre. Du würdest niemals eine Frau töten. Denn du tötest nur im Kampf.«

Sie merkte, wie er zusammenzuckte. »Aber du zwingst mich dazu«, zischte er.

Er stand genau vor ihr, und hinter ihm sah sie das Wasser. Sollte sie an ihm vorbei einfach ins Meer springen? Doch der Meeresgrund fiel an dieser Stelle ganz flach ab, und das Wasser im Bootshaus mochte gerade eine Elle tief sein.

»Du kannst mich nicht töten, so bist du nicht. Früher oder später hättest du mich freigelassen, damit ich deinen Feinden nicht in die Hände falle. Denn du weißt genau – sobald man dich fasst, muss auch ich sterben, wenn ich bei dir bleibe.«

Er starrte sie an und wusste, dass sie recht hatte. Genau das war auch sein Gedanke gewesen. Doch dann sah sie das Messer. Es blitzte auf, und obwohl sie noch mitbekam, dass er ausholte, konnte sie nicht glauben, dass er wirklich auf sie einstach. Als das Messer auf sie zusauste, glaubte sie es immer noch nicht. Erst als die Messerspitze ihre Haut traf, begriff sie, dass sie sich getäuscht hatte.

35. Kapitel

Anne hob abwehrend die Hände und stieß einen Schrei aus. Die Messerspitze hatte ihre Haut geritzt, und gerade hob Störtebeker von Neuem die Hand.

»Das darfst du nicht, das darfst du nicht tun!«, schrie sie.

Er hielt inne und trat einen Schritt zurück, als würde ihm sein Tun erst jetzt bewusst. In Todesangst sah Anne seinen schwarzen Blick.

»Ich kann nicht«, flüsterte er. Er wog das Messer in der Hand und starrte sie verwirrt an. »Beinahe hättest du einen Mörder aus mir gemacht.«

Sie ließ ihn nicht aus den Augen und setzte sich vorsichtig auf. Dann schlang sie die Arme um die Knie, als wolle sie ihm zeigen, dass sie ihm vertraute. Doch innerlich war sie so verkrampft, dass sie kaum ein Wort herausbrachte.

»Ich weiß, dass du nur im Kampf tötest«, versuchte sie es noch einmal. »Sonst hätte ich die Flucht niemals gewagt.«

»Du denkst besser von mir als ich selbst.«

»Ich erkenne sehr wohl, wer du bist. In einer anderen Zeit wäre aus dir ein Ratsherr oder ein erfolgreicher Kaufmann geworden. Das Schicksal hat dich zum Piraten gemacht.«

Er schien sie gar nicht zu hören. »Du machst mich verrückt, Anne. Ständig bist du hier drinnen.« Er deutete sich auf die Stirn.

Anne spürte, dass sie am Rand des Abgrunds wandelte. Wenn sie fiel, würde er die Hand nicht ausstrecken. Gleichzeitig wollte sie aber auch ehrlich mit ihm sein.

»Ich habe dir doch gesagt, dass ich fliehen würde. Wir haben ein Spiel gespielt, und ich habe gewonnen.« Sie machte eine kurze Pause. »Jedenfalls vorübergehend«, fügte sie mit einem selbstironischen Lachen hinzu.

»Vorübergehend, ja, aber um ein Haar wärst du wirklich entkommen. Ich habe dich draußen im Wasser auf dem großen Stein entdeckt. Da hätte ich dich schon erstechen können, aber ich habe dich stattdessen ins Bootshaus getragen. Wahrscheinlich wollte ich dich doch nicht töten oder zumindest vorher mit dir reden. Aber was soll ich nun mit dir anfangen? In der Burg willst du nicht bleiben, aber du kannst auch nicht auf dem Schiff weitersegeln. Das ist zu riskant.« Er setzte sich auf den Steg und sah sie an.

Dann lass mich doch frei!, wollte sie schreien, aber sie befürchtete, ihn nur noch mehr zu reizen. Am besten hielt sie den Mund.

»Ein Mann sollte seine Frau versorgen können, und das kann ich sehr wohl – aber mein Leben ist mittlerweile ständig bedroht. Meine Zukunft besteht nur aus Kämpfen, Anne. Früher gaben die Besatzungen oft auf, sobald sie uns entdeckten, sodass wir Schiffe und Ladung ohne Mühe erbeuten konnten. Doch inzwischen ist eine neue Art der Seeräuberei aufgekommen, bei der unterschiedslos geplündert und gemordet wird, und oft müssen wir uns die Schiffe mit Gewalt holen. Neulich wurden einige meiner Männer auf einer Hansekogge getötet, woraufhin ein gewalttätiges Handgemenge ausbrach. Die Feinde werden uns irgendwann verfolgen, um Vergeltung zu üben, und dann werden meine Männer und ich sterben. Hielte ich dich weiter gefangen, träfe dich dasselbe Schicksal.«

So grausam der Inhalt seiner Worte auch war, in diesem Augenblick hatte Anne Mitleid mit ihm.

»Ich habe nachgedacht.« Er sah sie forschend an, und als er fortfuhr, hörte sie einen traurigen, bitteren Unterton in seiner Stimme. »Mein Schicksal soll dich nicht auch ereilen. Und wenn du für die Flucht dein Leben aufs Spiel setzst, dann …« Er suchte nach Worten. »Nein, dann will ich dich auch nicht mehr gefangen halten.«

»Willst du mich wirklich freilassen?« Anne biss die Zähne zusammen. Sie wagte kaum zu glauben, was sie da hörte.

»Du hast dein Leben aufs Spiel gesetzt, um mir zu entkommen.« Immer noch hielt er das Messer in der Hand.

»Um aus der Burg zu entkommen, ja. Ich habe zwei Kinder, die auf mich warten.«

Unvermittelt stand er auf. »Ich dachte, dir gefällt unser Zusammensein. Aber es war offenbar alles ein großes Missverständnis. Ich will dich nicht mehr sehen. Geh!«

»Aber die Ladung und …«

Störtebeker schien einen inneren Kampf auszufechten. »Siehst du das Boot dort am Steg? Nimm es!«

»Wo ist mein Schiff?«

Er hatte sein Messer noch nicht ganz in die Scheide zurückgesteckt und hielt inne. »Ach, wolltest du das etwa kapern?«, fragte er höhnisch. »Nein, die Ladung gehört mir, und die wirst du dir auch mit einer Horde Soldaten nicht wiederholen. Der Hafen von Visby ist bestens bewacht. Und jetzt geh mir aus den Augen, bevor ich es mir anders überlege!«

In diesem Moment wurde Anne klar, wie viel Kraft ihn seine Entscheidung kostete. Eigentlich wollte er sie bei sich behalten, aber er gab sie frei, um sie zu retten. Aus Angst, ein frohlockender Blick oder eine unüberlegte Handbewegung könne ihn umstimmen, wagte sie ihn kaum anzusehen.

»Nun, worauf wartest du noch? Die Ruder liegen im Boot. Beeil dich, bevor dich jemand entdeckt!«

»Danke!« Vor Erleichterung und Dankbarkeit hätte sie ihn am liebsten umarmt, doch stattdessen streckte sie nur ungeschickt die Hand nach ihm aus. Er wandte den Kopf ab und ergriff die Hand nicht.

Dann eilte sie zu dem vertäuten Ruderboot, machte es los und sprang hinein. Sie wusste, dass sie schleunigst so weit wie möglich hinausrudern musste, bevor Störtebeker es sich anders überlegte. Auf dem Weg aus dem Bootshaus hinaus fing sie noch einmal seinen Blick auf, und als sie sich so ansahen, wussten beide, dass keiner den anderen je vergäße. Dann geschah etwas – ein Schatten fiel über seine Augen, und die schwarze Angst gewann doch wieder die Oberhand über Anne. Verzweifelt legte sie sich in die Riemen – sie musste ihm entkommen! Erst als sie sich ein gutes Stück vom Strand entfernt hatte, atmete sie auf, doch ganz ruhig war sie immer noch nicht. Er konnte jeden Augenblick mit einem seiner Schiffe auftauchen und sie wieder gefangen nehmen.

Valborg hatte den ganzen Vormittag gearbeitet, und nun war es endlich so weit. Es würde sicher spannend werden, das Versteck in Augenschein zu nehmen, von dem Ingrid ihr erzählt hatte. Und hinterher würde sie sich bestimmt ruhiger fühlen, weil sie wusste, dass es einen Platz gab, an den sie und die Kinder sich notfalls flüchten konnten. Trotzdem war ihr nicht ganz wohl in ihrer Haut, als sie sich mit Johan an der Hand durch die Gassen kämpfte. Mit beengten Räumen hatte sie schon immer Schwierigkeiten gehabt, aber wenn der Feind vor der Tür stand, musste ihr Wohlbefinden nun einmal hinter den Bedürfnissen aller zurückstehen. Sie hatte Decken, Getränke, Knäckebrot und etliche Stockfische mitgenommen, um einen kleinen Vorrat in dem Geheimgang anzulegen. Auf diese Weise konnten sie sofort flüchten, wenn der Feind erst einmal da war, und mussten nicht noch ihre Habseligkeiten zusammenpacken.

Heute wollte sie jedoch nicht lange wegbleiben. Maria hatte sie bei einer Nachbarin untergebracht, doch Johan hatte sie mitnehmen müssen. Eigentlich hätte er seinen Mittagsschlaf halten sollen. Nun ja, sie wären sicher bald wieder zu Hause, denn sie wollte ja nur die Vorräte verstauen.

Ingrid ging so rasch voraus, dass Valborg kaum mithalten konnte. Innerlich fluchte sie über ihre Leibesfülle und bereute schon, dass sie sich so viel Gepäck aufgeladen hatte.

»Wie, das schleppst du etwa alles mit?«, hatte Ingrid gefragt, als sie Valborgs Gepäck gesehen hatte. Doch Valborg war hart geblieben. Nun lächelte sie über sich selbst – sie besaß wirklich die Gabe, in jeder Lebenslage an Essen und Trinken zu denken. Doch falls die Stadt den Eindringlingen Widerstand leistete, war man besser gut vorbereitet. Wer mochte wissen, wie lange die Kämpfe um Stockholm dauern würden?

»Wir sind fast da«, erklärte Ingrid und wandte sich um. »Hier müssen wir hinunter.« Sie zeigte auf eines der Kaufmannshäuser links von der Eisenwaage. »Magnus kannte den Händler, der dort wohnte, und bekam von ihm die Schlüssel«, fügte sie hinzu und tastete an ihrem Gürtel herum. Als sie die zwei großen Eisenschlüssel gefunden hatte, schloss sie das Tor auf. Es war ein wenig eingerostet und quietschte, als sie es aufschob. Ingrid sah sich hastig um und nickte Valborg zu.

»Alles in Ordnung, wir können rein.«

»Und dieser Soldat? Sollte der nicht mitkommen?«

»Der ist auf dem Schloss zur Wache eingeteilt. Dort bereitet man sich schon auf den großen Angriff vor. Dem muss ich das Versteck ein andermal zeigen.«

Valborgs Blick fiel auf den Schlüsselbund. »Wenn der Feind kommt und du nicht in der Nähe bist, wie gelange ich dann in das Versteck? Hast du einen zweiten Schlüssel?«

»Darum habe ich mich bereits gekümmert. Sieh her, hier ist ein Schlüssel, den du dir leihen kannst.« Sie schwenkte einen Schlüssel in der Hand.

Sie stiegen die Treppe hinunter und schritten einen dunklen Gang entlang, bis sie eine breite Holztür erreichten. Ingrid zog den Riegel zurück, und sie mussten eine weitere Treppe hinuntersteigen. Dort kam die nächste Tür, die höher und schmaler war als die erste. Als Ingrid mit dem zweiten Schlüssel aufschloss, bemerkte Valborg, dass dieses Schloss ganz anders aussah als das zum Haustor. Also konnte dieser Schlüssel auch kein Ersatz sein. Gerade wollte sie Ingrid darauf ansprechen, als diese sich zu ihr umwandte.

»Sieh her, dieser Gang führt schräg hinauf zur Köpmannagatan, bevor er unter dem Stortorget hindurchläuft und auf der anderen Seite der Stadtkirche wieder herauskommt. Von dort geht es weiter bis zum Schloss.«

»Aber so weit müssen wir doch nicht gehen, oder?«, erkundigte sich Valborg.

»Nein, nein, aber es ist doch großartig, findest du nicht? Magnus sagte, dieser Gang sei gegraben worden, damit man vom Schloss zum Hafen fliehen kann. Hier ganz am Anfang befindet sich ein Lagerraum, in dem man sich verstecken kann.«

Sie drangen weiter vor und mühten sich eine kleine Holzstiege hinunter. Der Boden bestand aus festgetrampeltem Lehm, es roch stickig und feucht, und die gemauerten Steinwände erinnerten Valborg an ein Bergwerk.

»Wird es da vorn noch enger?«, erkundigte sie sich mit einem Blick auf Ingrids schlanken Körper. »Ich brauche nämlich ein bisschen mehr Platz als du.«

»Das ist gar nicht so schlimm, sieh selbst!«, beruhigte sie Ingrid. »An dieser Stelle ist der Gang ziemlich schmal, aber dann wird er bald wieder breiter. Komm, ich helfe dir mit deinen Sachen.«

Ingrid nahm ihr die Decken und zwei der Bündel ab. »Der Lagerraum ist eine gute Einrichtung. Magnus erzählte mir einmal, dass die Ratsherren einen solchen Raum als Aufenthaltsort benötigten, wenn zum Beispiel das Schiff, das sie aus der Stadt bringen sollte, verspätet eintraf.«

Valborg ließ Ingrid reden. Ihr war nur wichtig, dass sie die Vorräte abstellen konnte. Sie hob das Fässchen, ging mit Johan an Ingrid vorbei und warf einen Blick in den Gang. Dort drinnen war es kalt und finster, und sie konnte kaum etwas erkennen. Ihre Augen mussten sich erst an die Dunkelheit gewöhnen.

»Müssen wir hier nur geradeaus gehen?«

»Genau, und nach wenigen Schritten kommt auf der linken Seite ein Raum, in dem du deine Sachen lagern kannst.«

Valborg versuchte den Raum auszumachen, von dem Ingrid sprach, doch der Tunnel endete in einer scharfen Biegung und sah überhaupt nicht so lang aus, wie Ingrid behauptete. Sie tastete sich vor. Johan begann zu weinen.

»Nächstes Mal müssen wir aber eine Kienfackel mitnehmen, hier unten ist es ja furchtbar dunkel«, murmelte sie, während sie den Kleinen zu beruhigen versuchte.

»Du hast recht. Ich bitte den Soldaten, das nächste Mal einige mitzubringen«, erwiderte Ingrid. Ihre Stimme klang plötzlich viel weiter entfernt, und dann hörte Valborg ein quietschendes Geräusch. Sie fuhr herum und sah gerade noch, wie sich die Tür schloss. Mit einem Satz sprang sie zur Holzstiege, doch sie kam zu spät. Die Tür schlug zu, und der Schlüssel wurde umgedreht. Mit einem Schlag war ihr klar, dass sie angesichts von Ingrids Schlüsselbund mit Recht misstrauisch geworden war. Um Hilfe zu rufen, war völlig müßig. Ingrid hatte die Tür mit voller Absicht hinter Valborg und Johan zugeschlossen. Und den Ausflug zu diesem unterirdischen Verlies hatte sie von langer Hand geplant.

36. Kapitel

Anne holte die Ruder ein. Sie war völlig verschwitzt und zu Tode erschöpft. Sie beugte sich über den Bootsrand, schöpfte mit den Händen ein wenig Meerwasser und wusch sich das Gesicht. Danach fühlte sie sich schon besser, und während sie sich umsah, ließ sie sich das Wasser über Hals und Brust rinnen. Über dem Meer lag leichter Morgennebel. Im Dunst erkannte sie die flache Steinküste als grauen Umriss, und etwas weiter entfernt erahnte sie schon den Hafen von Visby. Doch dorthin wollte sie nicht sofort rudern. Erst ruhte sie sich besser noch ein wenig aus, denn wenn sie an Land ging, musste sie so weit bei Kräften sein, dass sie im Notfall erneut fliehen konnte.

Sie blieb still sitzen, schloss die Augen und ließ sich eine Weile von der lang gezogenen Dünung schaukeln. Dann wischte sie sich mit dem Handrücken über die Stirn und dachte nach. Auch früher hatte sie schon fliehen müssen, aber diesmal floh sie nicht nur *vor* etwas, sondern auch *zu* etwas. Zu jemandem. Sie war auf dem Weg zu Leonardo. So stark Störtebeker ihr Leben in der Burg auch bestimmt hatte, den Venezianer hatte sie nie vergessen. Er war der Mann, der ihr wirklich etwas bedeutete und ihr Hoffnung gab. Sie hatte ihn mehr vermisst als erwartet, und sobald sie im Hafen angelangt wäre, würde sie sich sofort zu dem verabredeten Treffpunkt begeben. Gleichzeitig musste sie auf das Schlimmste gefasst sein: dass er ohne sie weitergesegelt war. Das hätte sie durchaus verstanden, denn sie war lange

Zeit in Gefangenschaft gewesen. Doch sie wusste auch, wie enttäuscht sie sein würde. Ganz allein Handel zu treiben, wollte ihr nicht mehr recht gefallen. Mit ihm hatte alles viel mehr Spaß gemacht. Das Wissen, dass er auf sie wartete, hatte ihr geholfen und ihr die Flucht aus Störtebekers Bucht erleichtert.

Sie ruderte mit neuer Kraft. Leonardo und sie hatten vereinbart, im Hafen nacheinander Ausschau zu halten, aber liefen freilich auch Gefahr, den Vitalienbrüdern in die Arme zu laufen. Hatte Leonardo sich diesem Wagnis ausgesetzt? Sie spähte zum Hafen hinüber. Wenn sie ihn dort nicht fände, wüsste sie erst einmal nicht weiter, denn wo sollte sie nach ihm suchen?

Es war totenstill bis auf die Geräusche von Johans leisen Atemzügen. Valborg sah sein Köpfchen wie einen Schatten und erahnte seine Gesichtszüge im Dunkeln. Sie war müde und fror und hatte sich die Unterlippe blutig gebissen. Noch nie in ihrem ganzen Leben hatte sie sich so elend gefühlt. Im Nachhinein war es ihr ein Rätsel, wie Magnus' Witwe sie so hatte hinters Licht führen können. Schließlich hatte sie gewusst, dass Ingrid längere Zeit im Spital in Falan hatte bleiben müssen. Doch Ingrids starker neuer Glaube und ihr Wunsch, anderen Menschen zu helfen, hatten sie beeindruckt. Außerdem hatte Valborg die Verantwortung für die Kinder und wollte sie schützen, wenn die Soldaten plündernd durch die Stadt zogen. Wer hätte ahnen sollen, dass Ingrid so jenseits jeder Vernunft handelte? Jetzt hatte ihr Irrtum nicht nur sie selbst ins Unheil gestürzt, auch Johan musste darunter leiden. Wenn sie doch nur die Decken mitgenommen hätte! Aber die lagen noch draußen. Sie drückte den Jungen an sich und atmete in sein Haar. Sie zwei hatten immer noch einander, aber was würde mit Maria geschehen? Am Ende setzte die Nachbarin das Mädchen wie immer im Weinkeller ab, ohne sich zu vergewissern, ob Valborg wieder zu Hause war.

Sie schauderte. Was sie getan hatte, war unverzeihlich. Irgendwann begriff Johan, dass sie eingesperrt waren, und schrie so herzzerreißend, dass sie gleich mitweinen musste. Unter Tränen versuchte sie, ihn zu trösten, doch er brüllte weiter, und sie brauchte eine ganze Weile, ihn wieder zu beruhigen.

»Wir müssen warten, bis es hell wird, dann sehen wir besser«, murmelte sie und strich ihm zärtlich übers Haar. Im selben Moment ging ihr auf, dass es niemals heller werden würde – hier unten gab es weder Fenster noch Kerzen. Sie musste versuchen, einen anderen Ausweg zu finden. Sonst würden sie beide sterben.

Mühsam rappelte sie sich auf, streckte den schmerzenden Rücken und spähte in die Dunkelheit. Sollte sie versuchen, einen Gang ins Freie zu graben? Sie bückte sich und tastete nach der Unterkante der Tür, doch der Boden war hart. Dann suchte sie nach einem Werkzeug, aber alles, was sie fand, war ein alter Nagel. Sie wollte ihn in den Boden bohren, doch sosehr sie auch drückte, nur die Spitze blieb im Boden stecken. Valborg schluckte und versuchte, ihre Angst zu bezähmen, während sie sich zu Johan zurücktastete. Der Erbauer des unterirdischen Gewölbes hatte doch sicher auch an einen Fluchtweg gedacht – oder zumindest weitere Räume angelegt. Mit den Fingern fuhr Valborg erst über die raue Wand und suchte dann nach einer Öffnung in der Decke. Die frische Luft, die sie hier unten atmete, musste doch irgendwoher kommen. Schritt für Schritt arbeitete sie sich durch den Keller und die Gänge, um ja nichts zu übersehen, doch vergebens. Stunden später sank sie erschöpft auf dem Lehmboden zusammen. Sie hatte weder Fenster noch Mauerrisse oder einen anderen Ausweg gefunden.

Die dunkle Quelle glänzte zwischen den windgepeitschten Fichten des Walds, der gleich hinter dem Strand begann. Anne blickte in das finstere Wasserloch und begriff, warum der alte heidnische Platz den Ruf hatte, Selbstmörder magisch anzuziehen. Er übte eine seltsame Kraft aus, und sie trat vorsichtig einige Schritte zurück, um nicht aus Versehen hineinzustürzen. Sie hatte Angst, ins Unbekannte hinuntergezogen zu werden. Vielleicht hausen unter der dunklen Oberfläche ja böse Kräfte, dachte sie und presste das Amulett an die Brust.

Nachdem sie mit dem Boot im Hafen von Visby angekommen war, hatte sie sich in einer Kirchenruine am Klinten versteckt und sich in der Nacht das Amulett unters Kopftuch gesteckt. Dann hatte sie gebetet und gehofft, Leonardo bald zu finden.

Vorsichtig beugte sie sich wieder über die Quelle, schöpfte

eine Handvoll brackiges Wasser und trank. Wie es hieß, enthielt die Quelle um Mitternacht die größte Kraft, doch so spät wagte sie nicht mehr herzukommen. Ihre Finger tasteten nach dem Amulett. Sie hoffte, zumindest eine Eingebung zu bekommen, wo Leonardo sich aufhielt. Am Vorabend war sie zum Hafen hinuntergegangen. Nachdem sie eine Weile auf und ab gegangen war, hatte sie sich auf eine Klippe gesetzt, gewartet und so unauffällig wie möglich Ausschau gehalten, um nur keine Blicke auf sich zu ziehen. Doch von Leonardo keine Spur. Die anderen und er müssten es mit ihrem Beiboot doch an Land geschafft haben, dachte sie. Das Boot hatte aus bestem Holz bestanden, und das Wetter war gut gewesen. Was sollte also Schlimmes passiert sein? Vielleicht hatte sie den Allmächtigen mit ihrem Amulett verärgert? Es hieß, dass er niemandem half, der noch den heidnischen Sitten anhing. Ihre Hand schloss sich um das Bernsteinamulett, dann nahm sie den golden leuchtenden Schmuck ab und warf ihn ins Wasser. Danach kniete sie auf dem Boden nieder und betete.

Als sie fertig war, stand sie auf, glättete ihre Bluse und trat auf den Weg hinaus. Nachdenklich kehrte sie in die Stadt zurück. Nach einer Weile hörte sie in der Ferne den dumpfen Klang von Kirchenglocken, erst ganz entfernt, doch je näher sie kam, umso lauter wurde er. Es waren die Glocken der Marienkirche mit ihrem schönen, warmen Klang. Sofort wurde ihr leichter ums Herz, und auf einmal war sie fest überzeugt, dass Leonardo und sie sich nur verfehlt hatten. Sie würde nicht mehr im unüberschaubaren Hafen nach ihm suchen, sondern an einem Weg Aufstellung nehmen, der zum Wasser führte. Den ganzen Tag und den ganzen Abend wollte sie dort warten. Früher oder später musste er auftauchen.

Leonardo war jeden Abend zum Hafen gegangen, um Anne zu suchen, doch sie erschien nicht. Seine Besorgnis stieg. In seinen Albträumen sah er, wie sie von den Männern in der Burg geschändet, misshandelt und getötet wurde. Nach dem Erwachen versuchte er sich mit dem Gedanken zu beruhigen, dass sie listig genug war, um einen Ausweg zu finden. Aber warum kam sie nicht zum verabredeten Treffpunkt?

In Visby war es schwierig, einen Menschen zu finden, der

Einzelheiten über Störtebekers Treiben zu verraten wagte. Doch Leonardo forschte hartnäckig weiter, denn wo Störtebeker sich befand, so die Überzeugung des Venezianers, war Anne nicht weit. Manche sagten, er sei nach Flandern gesegelt, andere behaupteten, er halte sich in Klintehamn auf. Dort war Leonardo Zeuge der Ermordung zweier Kaufleute geworden, und er brachte nicht den Mut auf, sich noch einmal allein dorthin zu begeben. Als er versuchte, seine Kumpane zu überreden, ihn zu begleiten, erntete er nur Kopfschütteln.

»Besieg die Vitalienbrüder beim Würfeln, und setz den Gewinn als Bestechungsgeld ein, wie du selbst schon meintest. Das ist sicher das Beste. Natürlich gibt es Leute, die wissen, wo Störtebeker sich aufhält, sie wollen nur nicht darüber reden«, erklärte der Steuermann. »Wahrscheinlich ist er noch auf der Insel und behält Anne in seiner Gewalt. Doch wenn du einem seiner Männer ein bisschen die Hand versilberst, verhilft er ihr vielleicht zur Freiheit.«

Leonardo tastete nach seinen Spielfiguren und den Würfeln, die er in der Gürteltasche trug. Konnte sein gezinkter Würfel aus echtem Elfenbein ihm wohl helfen? Er blickte zum Hafen hinunter und fuhr sich nachdenklich über die Bartstoppeln.

»Einen Versuch ist es wert«, entschied er schließlich. »Begleitet mich heute Abend.«

Das Wirtshaus *Zu den drei Sternen*, das ohne Genehmigung betrieben wurde, war in einem Keller untergebracht, nur wenige Steinwürfe von Sven Stures Quartier entfernt. Diese Spelunke war dafür bekannt, dass sich die Leute hier zum Glücksspiel trafen, und die Anwohner beklagten sich häufig über nächtlichen Lärm und die Betrunkenen, die hier ein und aus gingen. Vor der Tür blieb Leonardo stehen und zog sich die Mütze noch tiefer in die Stirn, bevor er eintrat. Er musste an die Warnung eines Seemanns denken: *Wenn du um mehr als eine Goldmark spielst, musst du drei Goldmark Bußgeld zahlen. Wenn du kein Geld hast, bekommst du stattdessen eine Tracht Prügel. Und wenn man dich zum dritten Mal erwischt, wirst du aus der Stadt gejagt.*

Würfelspiel blieb nicht ungestraft. Andererseits lag darin seine einzige Hoffnung, zu Geld zu kommen. Als die Männer ihr Kupfer in Visby zum Kauf angeboten hatten, hatten sie keinen Abnehmer gefunden.

Die Kienfackel flackerte, als er mit den Gefährten im Gefolge das Wirtshaus betrat. Jetzt galt es. Sie setzten sich an einen langen Tisch und bestellten einige Krüge Lübecker Bier. An einem quietschenden Spieß über dem Feuer drehte sich ein Spanferkel, ein Anblick, bei dem Leonardo plötzlich Hunger bekam. Er ließ den Blick durch die Stube schweifen. Hier unten war es eng und schmuddelig, und in den Bratenduft mischte sich der Geruch von Fisch und Öl. Ganz hinten in einer Ecke saßen zwei Männer und spielten Karten. Neben ihnen lag ein Schachbrett mit etlichen Figuren. Ein kleiner Hund schlich unter den Tisch und schnappte nach Leonardos Beinkleidern, bevor er verschwand. Leonardo zeigte seine Würfel her.

»Wie gesagt, ihr sollt einfach nur wetten, ob ich gewinne oder verliere. Wenn die Augenzahl meiner Würfel zusammen sieben oder elf ergibt, habe ich gewonnen. Bei zwei, drei oder zwölf verliere ich. Ansonsten würfle ich einfach neu.«

Die Männer nickten und legten ihre Öre und Mark auf den Tisch. Leonardo schob die Münzen in die Tischmitte.

»Als Erstes werde ich gewinnen – die Gäste hier können sich davon überzeugen. Und dann ... nun, ihr wisst schon.« Er lächelte und stapelte das eingesetzte Geld zu einem Häufchen. »Also, macht euch bereit, ich würfle!«

Leonardo blickte von einem Gast zum anderen, schüttelte die Würfel in der Hand und ließ sie über den Tisch rollen. Die Männer beugten sich vor, und der Steuermann stieß einen anerkennenden Pfiff aus. Leonardo hatte eine Vier und eine Drei geworfen.

»Eine Sieben. Fürs erste Mal lasse ich den Gewinn liegen und wette neu«, erklärte er.

Seine Begleiter wühlten in ihren Gürteltaschen und zogen weitere Münzen heraus. Leonardo nahm einen neuen Anlauf und warf die Würfel auf den Tisch. Diesmal eine Fünf und eine Sechs. Zusammen elf – er hatte wieder gewonnen. Mürrisch brummend schoben die Männer Leonardo ihren Einsatz über den Tisch. Auch beim nächsten Mal gewann er, und mittlerweile hatten auch die anderen Gäste bemerkt, dass es hier etwas zu sehen gab. Schweigend versammelten sie sich um den Tisch.

»Ich wette, dass du wieder gewinnst!«, rief ein bärtiger Mann mit eingefallenem Brustkorb und musterte Leonardo. Dann legte er vier Öre auf die zerkratzte Tischplatte.

»Und ich wette auch auf den Würfelspieler. Ich setze zehn«, schloss sich sein sommersprossiger Kamerad an.

Daraufhin warf ein hochgewachsener Soldat noch ein paar Münzen dazu, und andere folgten dem Beispiel.

Abermals warf Leonardo die Würfel, und die neu hinzugekommenen Wettgäste strichen einen hübschen Gewinn ein. Die Stimmung am Tisch wurde immer ausgelassener.

»Setzt nur auf mich, das bringt euch Glück!«, lachte Leonardo. Er schob den Männern die Münzen hinüber. »Will es noch jemand versuchen?«

Der Steuermann verdoppelte den Einsatz, und mehrere Zuschauer taten es ihm gleich. Leonardo wartete, hob die Arme und schüttelte mit großer Geste die Würfel in seiner Hand.

»Aber setzt nicht mehr, als ihr euch leisten könnt, falls ihr verliert!«, mahnte er.

Wieder rollten die Würfel über den Tisch, und diesmal zeigten sie eine Vier und eine Drei. Die Zuschauer zählten die Augen und staunten. Der Fremde hatte zum vierten Mal gewonnen! Als Leonardo auch beim fünften und sechsten Mal gewann, stieg die Begeisterung, und die Umstehenden wetteten immer höher. Die Männer seines Gefolges hatten ihr Geld jedoch darauf gesetzt, dass er keine Sieben oder Elf warf, und verloren prompt. Die Stimmung stieg. Erneut wurden die Einsätze erhöht, doch dann breitete sich unter den Wettenden eine gewisse Unsicherheit aus. Dieser Spieler konnte schließlich nicht ununterbrochen gewinnen. Man bestellte eine Runde Bier, und das Spiel ging weiter. Jetzt glaubten alle, der Spieler müsse verlieren; nur Leonardos Männer setzten einen ansehnlichen Betrag auf seinen Sieg. Er schüttelte die Würfel, warf, und ein Raunen erhob sich am Tisch. Die zwei Würfel zeigten eine Eins und eine Sechs. Sieben. Nun hatten seine Kameraden gewonnen.

Eine Stunde später war das Bier ausgetrunken, und die Gäste hatten achtmal in Folge ihren Einsatz verloren, während Leonardos Gesellschaft eine hübsche Summe gewonnen hatte. Da brach er das Spiel ab. »Man sollte immer wissen, wann man aufhören muss«, verkündete er.

Seine Freunde nickten und strichen ihren Gewinn ein.

»Ihr könnt jetzt nicht einfach gehen!«, protestierte der Soldat.

»Doch, für heute Abend haben wir genug gespielt.« Leonardo stand auf, und die Männer folgten ihm.

»Mit dieser List kommst du bei mir nicht durch. Deine Kumpane und du, ihr seid doch zusammen hier aufgetaucht, und kaum habt ihr gegen uns gewonnen, hört ihr auf. Ihr steckt doch alle unter einer Decke!« Der Soldat stieß Leonardo den Zeigefinger gegen die Brust.

»Bist du so ein schlechter Verlierer? Morgen hast du vielleicht wieder Glück«, erwiderte Leonardo lässig und trat einen Schritt zurück.

Ein wenig Fett vom Spanferkel tropfte zischend ins Feuer und verbrannte. Als die Flammen kurz aufloderten, wandten die Gäste die Blicke zur Feuerstelle, und Leonardo und seine Männer ergriffen die Gelegenheit, das Wirtshaus rasch zu verlassen.

»Das ging ja besser, als ich gedacht hätte«, schnaufte Leonardo, als sie wieder auf der Straße standen. »Aber nächstes Mal müssen wir mit den richtigen Würfeln spielen.«

»Das ist doch nicht nötig. Wir haben so viel gewonnen, dass du dein Bestechungsgeld zusammenhast, und es reicht auch noch für ein Bier!«, lachte der Steuermann und klopfte dem Kaufmann auf den Rücken.

Sie waren gerade ein Stück die Straße entlanggegangen, da verspürte Leonardo plötzlich einen heftigen Stoß im Rücken. Der Soldat aus der Kneipe drängte ihn an die Wand.

»Dachte mir doch gleich, dass ich dich wiedererkenne. Habt es also mit dem Beiboot an Land geschafft. Los, gib mir mein Geld zurück! Ich weiß, dass ihr mich betrogen habt.«

Leonardo erbleichte. Dieser Mann musste einer der Soldaten von Störtebekers Schiff sein.

»Wir sind keine Falschspieler. Hast du schon vergessen, welches Pech wir anfangs hatten? Erst am Schluss haben wir gewonnen. Daran ist doch nichts Verkehrtes.«

»Gib mir die Würfel! Mit denen stimmt was nicht!«

»Niemals!«

»Her damit, sonst schlag ich dir den Schädel ein!«

Leonardo hielt nach den Gefährten Ausschau, aber die waren schon weit voraus. Der Pirat legte ihm die Finger um den Hals.

»Na, wird's bald?«

Plötzlich hatte Leonardo einen Einfall. »Ich gebe sie dir – unter der Bedingung, dass du mir verrätst, wo Störtebeker und Anne sich aufhalten.«

Der Mann trat einen Schritt zurück. »Erst die Würfel.«

Leonardo überlegte eine Weile, dann schob er die Hand in die Gürteltasche und holte einen Würfel hervor. Den riss ihm der Seeräuber mit zufriedenem Grinsen aus der Hand.

»Störtebeker ist immer noch hier auf der Insel.«

»Und Anne?«

»Her mit dem zweiten!« Der Mann streckte die Hand aus.

Wenn ich ihm den auch gebe, merkt er, dass der Würfel gezinkt ist, dachte Leonardo und spürte, wie ihm Schweißperlen auf die Oberlippe traten.

»Hör zu, wir spielen darum. Such dir eine Zahl aus, ich suche mir auch eine aus. Wer näher an der gewürfelten Augenzahl ist, hat gewonnen.«

Der Soldat zögerte. »Du gibst aber auch nie auf«, knurrte er. »Gut, dann würfle! Setzen wir uns auf die Bank dort drüben!«

Es dämmerte. Auf dem Weg zum Hafen stand eine Bank, an der Leonardo schon öfter vorübergegangen war, ohne sie zu bemerken.

»Welche Zahl?«

Leonardo nahm den Würfel und schüttelte ihn in der Hand.

»Ich sage Sechs, und du bekommst die Eins«, bestimmte der Mann.

»Einverstanden.« Leonardo zuckte mit den Schultern, als wäre es ihm völlig gleich. Er wusste, wie er eine Eins würfeln musste. »Wo ist Anne?«

»Zuerst würfeln!«

»Sag mir, wo sie ist. Wenn du gewinnst, bekommst du sowohl meine Würfel als auch das Geld«, versprach Leonardo.

Der Soldat fuhr sich ein paar Mal durchs Haar.

»Sie saß als Gefangene in Klintehamn, ist aber vor Kurzem geflohen. Wäre sicher besser, wenn du sie vor Störtebeker findest, denn er ist kein gnädiger Herr. Man erzählt sich aber, dass er sie gefunden hat und sie ihn überreden konnte, sie laufen zu lassen. Hinterher tat es ihm leid, und inzwischen hat er seinen Männern befohlen, sie wieder einzufangen.«

»Gotland ist groß.«

»Vor einigen Tage soll sie unten am Hafen gesehen worden sein.«

Leonardo stieß einen Pfiff aus. Dann hob er den Würfel, ließ ihn auf der Handfläche herumrollen und warf ihn auf die Bank. Die Eins zeigte nach oben.

»Immerhin hast du kein Geld verloren. Ich hätte ja auch um ein paar Mark wetten können«, erklärte Leonardo zufrieden und steckte seinen Würfel wieder ein. »Den anderen darfst du behalten.«

Er verbeugte sich und entfernte sich mit raschen Schritten. Nun galt es, Anne zu finden, das war im Moment das Wichtigste.

37. Kapitel

Die Sonne ging über dem Meer auf und tauchte die Schiffsmasten in ein schwaches Rosa. Es herrschte noch morgendliche Stille, und der feuerrote Ball, der sich langsam über den Horizont schob, hatte die Männer an Bord noch nicht geweckt. Mattis, der früh auf den Beinen war, beugte sich über die Reling und betrachtete die vielen Schiffe, die vor ihnen vor Anker lagen. Im Schutz der Schären schaukelten Koggen, Hoken und Fischerboote. Demnächst würde Sven Stures riesige Flotte Stockholm einnehmen und mit Chaos und Zerstörung überziehen. Gott war nicht mit den Schweden – mit der Hanse und den Vitalienbrüdern offensichtlich aber auch nicht. Keiner gewann etwas bei all diesem allgemeinen Plündern.

Mattis hatte gehört, dass man angeblich demnächst zuschlagen wolle, doch die Schiffe lagen immer noch im Schärengarten. Und Landsort war nicht gerade der beste Ankerplatz. Wenn ein Sturm aufkam, liefen die Schiffe Gefahr, gegen die Schärenfelsen geworfen zu werden und in den Untiefen Schiffbruch zu erleiden. Er wollte weder mit seinem Schiff untergehen noch am Angriff auf die Hauptstadt teilnehmen, und dennoch war er hier gelandet.

Kurz nach seiner Begegnung mit Sven Sture in Visby hatte er

erfahren, dass sein neuer Herr zu den Waffen rief. Das waren also die heimlichen Pläne, die er angedeutet hatte. Mit Hilfe von Sven Sture sollte Herzog Erik Stockholm für die Mecklenburger zurückerobern, und wenn ihm das gelänge, sollte er mit seinem Vater wieder die Regierung übernehmen. Damit wären die Schweden und Königin Margareta der Macht beraubt. Mattis hatte angezweifelt, dass man eine so große Flotte aufstellen konnte und hatte das Gerede eher für Prahlerei gehalten. Doch eines Tages, als er auf der Burgmauer entlangging und sah, wie viele Schiffe sich vor dem Hafen von Visby gesammelt hatten, begriff er, dass hier Großes vorbereitet wurde. Steuerleute und Soldaten ruderten Proviant zu den Schiffen, andere brachten Schleudern, Armbrüste und Bogen an Bord. Innerhalb weniger Tage sollten die Anker gelichtet werden, und Mattis musste als Spielmann mitziehen. Er fragte sich, wie jemand auf den Gedanken verfallen konnte, auf einer Flotte von Kriegsschiffen für Musik zu sorgen, doch Sven Sture bat ihn, die Fiedel mitzunehmen. Jedes Mal, wenn er Mattis in der Burg auftreten sah, lachte er laut und bat um eine Zugabe. Offensichtlich hatte Mattis die Gunst des hohen Herrn gewonnen, und so war es ihm gelungen, in die Nähe seiner Heimat zu gelangen.

Die Flotte wurde eine Woche lang ausgerüstet, dann segelte sie nach einem Gottesdienst im Morgengrauen los. Wenige Tage später war sie nach einer raschen Fahrt unter südwestlichem Wind schon im Schärengarten von Stockholm angekommen. Mattis hatte sich schon Sorgen gemacht, was wohl wäre, wenn sie die Stadt erreicht hätten, doch dann erging vor Landsort Befehl zum Ankern.

»Sven Sture hat sich in die Stadt begeben, um zu verhandeln«, erklärte der Steuermann. »Er will eine Belagerung und größere Verluste bei seinen Männern vermeiden.«

Der erwartet wohl, dass die Hanseaten beim Anblick der vielen Schiffe sofort aufgeben, dachte Mattis, der den seit Jahren anhaltenden Kampf um seine Stadt gründlich satt hatte. Erst König Albrecht von Mecklenburg, dann die Vitalienbrüder und nun die Hanse. Wäre das Glück Herzog Erik und den Mecklenburgern wieder hold? Mattis wusste nicht, was er glauben sollte. Er überlegte nur, wie es sich vermeiden ließ, in die Kämpfe mit hineingezogen zu werden. Er wollte nur noch zurück zu Valborg und den Kindern. Alles andere kümmerte ihn nicht.

Ein Windstoß kam übers Meer, und er hoffte auf ein wenig Kühle. In Visby war es so unerträglich heiß gewesen, dass die Alten behaupteten, etwas Derartiges hätten sie seit dem Schwarzen Tod nicht mehr erlebt. In der Stadt waren mehrere Menschen erkrankt, und man erzählte sich, dass die Pest wieder umgehe. Auch Mattis hatte befürchtet, von der Seuche befallen zu werden, und war deshalb froh gewesen, mit der Flotte fortsegeln zu können.

Inzwischen lagen sie schon drei Tage vor Landsort, hatten aber immer noch nicht erfahren, was in Stockholm vor sich ging. Wie es aussah, gestalteten sich die Verhandlungen schwierig. Die Kämpfe rückten unausweichlich näher, und Mattis wurde unruhig. Auf keinen Fall wollte er sich daran beteiligen. Lieber floh er, auch wenn er dabei als Deserteur gefasst werden sollte.

Als er so an Deck stand und über die Reling blinzelte, blieben seine Blicke an einem kleinen Boot hängen, das in der Bucht am Strand lag. Solange er hier war, war dieses Boot augenscheinlich nie benutzt worden. Er fragte sich, ob es wohl einem Fischer gehörte oder vielleicht einfach von seinem Besitzer zurückgelassen worden war. Jedenfalls lag es da und lockte ihn jeden Tag. Damit müsste ich es eigentlich ohne größere Schwierigkeiten bis nach Stockholm schaffen. Das Boot war groß genug, um auch außerhalb der Schären seetüchtig zu sein, aber nicht so groß, dass er es nicht allein hätte steuern können. Mattis dachte an Valborg. Und er dachte an Johan und Maria. Dann spähte er ins Landesinnere.

Nach dem Nachtmahl machte er sich bereit und wartete geduldig auf die Dämmerung. Dann packte er seine Kleidung und seine Stiefel in einen Ranzen und schlich sich an Deck. Nachdem er sich sorgfältig umgesehen hatte, lief er auf Zehenspitzen zur Strickleiter und kletterte hinab. Lautlos glitt er ins Wasser und schwamm an Land.

Anne verzweifelte allmählich. Einen ganzen Tag lang hatte sie vor der Marienkirche gesessen, Leonardo aber war nicht vorbeigekommen. Am Morgen hatte sie sich am Strand aufgehalten, als die Fischer zurückkamen, und hatte gehofft, ihren Kompagnon dort unten zu finden, doch vergeblich. Sie musste an die Reise denken, die sie zusammen geplant hatten, und an die Königin, die so großes Vertrauen in ihn gesetzt hatte. Jetzt waren sowohl er als auch das Schiff verschwunden.

Als sie wieder in die Stadt kam, war sie auf der Hut. Störtebeker hatte sie zwar freigelassen, aber sie traute ihm nicht und befürchtete, er könne seinen Entschluss inzwischen bereut haben. Sie musste vorsichtig sein. Gleichzeitig fiel es ihr immer schwerer, guten Muts zu bleiben. Ohne ihre Kinder, ohne Leonardo und ohne Schiff und Ladung. Sie musste sich entscheiden, ob sie weiter abwarten und suchen wollte oder ob es Zeit wurde, die Rückkehr nach Stockholm in Angriff zu nehmen.

Am gleichen Nachmittag, während die Hitze immer mehr zunahm, begab sie sich zu einem Bootshäuschen am Strand und setzte sich in den Schatten. Es hatte ein Dach, aber offene Wände, und wo sonst die Boote lagen, war es leer. Hier ging eine leichte Meeresbrise, die einen Geruch nach Tang und Teer mitbrachte. Behaglich seufzend legte Anne sich nieder, schloss die Augen und spürte, wie die Müdigkeit sie übermannte. Schläfrig lauschte sie dem Glucksen des Wassers, und es dauerte nicht lange, da war sie eingeschlafen.

Sie wusste nicht, wie lange sie geschlafen hatte, als sie vom Geräusch rascher Schritte auf dem Kies geweckt wurde. Jemand war gerade auf dem Weg zum Strand. Sie stand auf und hielt Ausschau. Die Art, wie der Mann ging, sein dunkles Haar und sein geschmeidiger Körper erinnerten an Leonardo. Nur die zerschlissene Hose und die kurze Jacke konnten ihm nicht gehören, denn er hätte sich doch niemals in einem solchen Aufzug gezeigt. Anne beschattete die Augen und sah dem Mann hinterher. Doch, es war Leonardo, er musste es sein! Sie eilte ihm nach.

»Leonardo!«

Der Mann wandte sich um. Er sah zwar abgerissen aus, hatte sich aber eine gewisse Würde und sogar Eleganz bewahrt. Dann veränderte sich sein Blick, die blauen Augen leuchteten wie der Silberglanz auf dem Meer. Er breitete die Arme aus und eilte ihr entgegen.

»Du lebst!«, rief er und schloss sie in die Arme.

Sie spürte seinen Herzschlag.

»Und ich hatte schon Angst, dass ich dich nie wiedersehe«, flüsterte sie.

Er ließ sie los, nahm ihre Hand und schwang sie einmal im Kreis herum. »Lass dich anschauen! Ich kann immer noch nicht glauben, dass du es bist.«

Er lachte und gab ihr einen herzhaften Kuss auf die Wange.

»Eigentlich hätte ich wissen müssen, dass du zurechtkommst, aber ich habe mir immer wieder das Schlimmste ausgemalt«, fuhr er fort.

Sie gingen zum Wasser hinunter.

»Ich hatte solche Angst, du könntest schon ohne mich losgesegelt sein.«

»Ich könnte dich niemals verlassen.« Auf einmal wurde er ganz ernst, und nach kurzem Zögern beugte er sich vor und küsste sie. Vorsichtig legte er ihr die Hand in den Nacken und küsste sie noch einmal, und bevor sie sichs versah, streckte sie ihm die Arme entgegen. Was sich damals auf dem Schiff in Kalmar ereignet hatte, war vielleicht doch keine vorübergehende Laune gewesen. Wahrscheinlich hatte es mehr bedeutet.

»Gott sei Dank bist du unversehrt«, murmelte er. »Ich habe alles versucht, um herauszufinden, wo du bist, und hätte wegen dir beinahe alles verspielt, was ich besitze. Ich kann nicht ohne dich leben.«

»So wie man ohne eine ordentliche Mahlzeit nicht leben kann?«

»Nun, seine Mahlzeiten isst man auf. Dich aber möchte ich behalten.«

Sie lächelten sich an, und ihr Lächeln verschmolz miteinander. Dann setzten sie sich an dem steilen Gestade nieder und schwiegen, obwohl sie sich eigentlich so viel zu erzählen hatten. Schließlich riss Leonardo einen Grashalm aus und drehte ihn zwischen den Fingern.

»Ich habe das Schiff gefunden«, verkündete er.

Sie hatte so oft an die Kogge und die verschwundene Ladung gedacht, doch im Moment kam ihr das alles nicht mehr so wichtig vor.

»Unser Schiff? Wo denn?«

»Ganz hinten im Hafen, hinter den Lagergebäuden. Erst traute ich meinen Augen nicht. Ein Seemann erzählte mir, die Vitalienbrüder hätten die Fracht verkaufen und das Schiff dann in Sven Stures Flotte eingliedern wollen. Da sie keinen Käufer fanden, blieb es im Hafen. Die anderen Schiffe sind schon nach Stockholm gesegelt.«

»Ich mache mir Sorgen, wie es den Kindern geht und was mit Valborg und Mattis ist. Am Ende brennen sie Stockholm nieder wie zuvor Malmö und Bergen.«

Leonardo legte Anne einen Arm um die Schultern.

»Stockholm ist uneinnehmbar – das sind doch deine Worte.«

Anne nickte. Trotz aller Angriffe und Belagerungen im Lauf der Jahre hatte es niemand geschafft, die Stadt zu zerstören und auszuplündern. Und die einzigen Brände, die es jemals gegeben hatte, waren durch Fahrlässigkeit entstanden. Der Gedanke beruhigte sie.

»Du hast recht. Aber bevor wir davon reden, was Stockholm widerfahren könnte, musst du mir erzählen, was du alles erlebt hast.«

Leonardo lächelte und zog Anne an sich. Mit wenigen Worten fasste er zusammen, wie er mit den anderen Männern zunächst in der Grotte gelebt hatte und sich von Fischen und den Abfällen der Buden am Strand ernährt hatte.

»Aber auf dem Land wurde es zu gefährlich, also sind wir nach Visby weitergerudert. Vor allem wollte ich nach dir suchen. Wir wollten doch in den Osten segeln.«

Vor ihrem inneren Auge sah sich Anne wieder mit ihm auf einem Schiff stehen. Auf dem Weg nach Konstantinopel.

»Wenn unser Schiff noch im Hafen liegt, können wir es uns doch einfach wieder nehmen und weitersegeln, als wäre nichts geschehen«, meinte sie.

»Ja, warum gehen wir nicht einfach an Bord und überwältigen die Besatzung? Wir zwei gegen alle Männer zusammen«, antwortete Leonardo belustigt.

»Ein Seeräuberschiff kapern, das wäre doch eine großartige Sache«, fuhr sie fort.

»Und wenn wir fertig sind, nehmen wir die Piraten mit auf die Reise«, spottete er vergnügt.

»Im Ernst – es ist gar nicht so unmöglich, dass wir uns unser

Schiff zurückholen«, widersprach sie. »Wir müssen die Besatzung nur irgendwie auf den Leim locken.« Sie überlegte ein wenig. »Ihr wart ziemlich viele in diesem Beiboot, oder?«

»Wir waren zu zwölft, aber du glaubst doch nicht etwa ...«

»Macht dreizehn, wenn wir mich dazuzählen«, unterbrach ihn Anne ungerührt. »Eine Kogge kann von zehn Seeleuten gesegelt werden, auch wenn die Deutschen meistens größere Besatzungen haben. Und zwanzig haben sie auch bloß auf den ganz großen Schiffen.«

»Sollten wir das Schiff nicht kapern, bevor du dir überlegst, wie wir damit davonsegeln?«

»Im Gegenteil, wir müssen vorbereitet sein. Ich glaube, es könnte uns gelingen!«, rief sie eifrig. »Hör zu!«

Sie beugte sich vor und flüsterte ihm etwas ins Ohr. Als sie geendet hatte, betrachtete er sie verblüfft, nahm ihren Kopf zwischen beide Hände und gab ihr rasch einen Kuss auf den Mund.

38. Kapitel

Als sie auf die Straße traten, schlug ihnen brütende Hitze entgegen. Die Gasse lag verlassen im blendenden Sonnenlicht, und die Kalkmauern waren in strahlendes Weiß getaucht. Leonardo strich sich mit der Handfläche übers Gesicht und wischte sich den Schweiß an der Hose ab. Dann rückte er den Sarg auf der Ladefläche zurecht, nickte Anne zu und machte sich daran, den Karren hinter sich herzuziehen. Die Räder des Gefährts knarrten und quietschten, und Anne sah sich besorgt um. Sie durften nicht gesehen werden, am besten wurden sie von gar niemandem bemerkt.

»Ein schwarzer Mantel bei dieser Hitze!«, klagte Anne mit Blick auf den Sarg.

»Wir haben keine andere Wahl. Der Tod ist schwarz, und wir können von Glück reden, dass wir einen Schneider gefunden haben, der uns die Mäntel so rasch genäht hat.«

Schweigend mühten sie sich weiter. Die Männer an Bord des Schiffs durften keinen Verdacht schöpfen. Deswegen hatten sie beschlossen, die Mäntel in der heißesten Stunde des Tages abzuholen, während die Bewohner von Visby ihr Mittagsmahl einnahmen. Leonardo zog den Karren mit ganzer Kraft, und Anne folgte ihm mit raschen Schritten. Die Sonne brannte auf sie herab, und der Staub der Straße stieg unter ihren Füßen auf.

Als sie das Osttor der Stadt erreicht hatten, bogen sie rechts ab. In der Ferne erkannte Anne schon das Bootshaus, von dem Leonardo gesprochen hatte. Während der Tage, als er auf sie gewartet hatte, hatte er Zeit genug gehabt, sich gründlich in der Gegend umzusehen. Er hatte Plätze gesucht, an denen sie für den Fall, dass sie die Stadt rasch verlassen mussten, die Ladung, den Proviant und andere wichtige Gegenstände verstecken konnten. Nun kam ihnen der verlassene Holzschuppen sehr gelegen.

»Die Besatzung wartet, wir müssen uns beeilen«, mahnte Leonardo, obwohl ihm die Arme vom Ziehen des Karrens bereits schmerzten.

Sie passierten eine weitere Gasse, und dann waren sie schon am Wasser. Anne warf einen Blick aufs Meer und wurde von ihren Gefühlen überwältigt. Vor ihren Augen lag eine sonnenschimmernde Fläche von Freiheit und Unendlichkeit, eine silberblaue Weite, die nach ihr rief. Sie beschattete die Augen mit der Hand. Wenn ihnen ihr Unternehmen glücken sollte, würde sie schon bald wieder übers Meer segeln.

Nach einer Weile erreichten sie den Verschlag und blieben vor der zersplitterten braunen Tür stehen. Leonardo sah sich hastig um, dann schlug er mit der Faust zweimal kurz dagegen, legte eine Pause ein und ließ drei langsame Klopfzeichen folgen. Die Stille wurde von einem schabenden Geräusch und Stimmengemurmel unterbrochen. Vorsichtig wurde die Tür geöffnet. Wortlos trat Leonardo ein und streckte die Hand nach Anne aus. »Komm!«

Eilig schloss er die Tür hinter ihnen, und Anne taumelte in einen engen Raum, in dem es nach Bier, Schweiß und abgestandener Luft roch. Es war dämmrig hier drinnen, und als sie sich umsah, entdeckte sie die Männer, die an der Wand auf Säcken saßen. Von ihren Schiffsreisen war Anne den Anblick von Männern gewöhnt, aber hier fühlte sie sich plötzlich völlig ungeschützt.

Als hätte Leonardo etwas gemerkt, beugte er sich zu ihr

herunter und streichelte ihr leicht über die Wange. »Hab keine Angst! Jetzt öffnen wir erst einmal den Sarg.«

Leonardo und einer der Männer traten vor die Tür, hoben den Sarg vom Karren und kehrten damit in die Hütte zurück. Anne nickte, nahm den Schlüssel vom Gürtel und schloss den Sarg auf. Als sie den Deckel anhob, fing sie Leonardos ernsten Blick auf.

»Wenn irgendetwas passieren sollte …« Er suchte nach Worten. »Ich werde dich nie vergessen.«

Sie lächelte ihn an. Dann bückte sie sich und räumte den Sarg aus.

Visby krümmte sich unter der Wärme, die klebrig schwer über der Stadt lag. Unten am Kai schabten zwei sanft schaukelnde Koggen an ihren Trossen, weiter draußen waren ein kleines Schiff und ein noch kleineres Fischerboot zu erkennen. Es roch nach Teer, Fisch und Tang. Ein Schauermann wankte schweißgebadet unter seinem Sack einher, ein Stück weiter weg saßen zwei ältere Männer beisammen und flickten Netze. Neben einem Poller lag aufgerollt ein dickes Tau, und daneben standen mehrere aufeinandergestapelte Hühnerkäfige.

Ein Kaufmann näherte sich zu Pferd. Er trug eine prächtige Kopfbedeckung, eine kurze blaue Jacke mit hellen Borten und eine lange grüne Hose. Am Geschirr seines Pferds, das von einem schwarz gekleideten Mann mit Umhang geführt wurde, hingen zwei große Ledertaschen und ein Keramikkrug, und dahinter folgten drei Kaufmannsgehilfen in Mänteln und Lederstiefeln. Die Männer bewegten sich gemächlich, und der Mann, der das Pferd führte, schien seinen Herrn zu stützen. Der Kaufmann ließ den Kopf hängen, und ab und zu geriet er ins Schwanken. Gerade als der Zug sich der größten Kogge näherte, glitt er aus dem Sattel zu Boden und blieb liegen. Einer aus seiner Gefolgschaft beugte sich über ihn und bekreuzigte sich, während sein Kamerad einen Eimer mit Wasser füllte und dem Mann damit das Gesicht benetzte.

Auf der ersten Kogge ging gerade Arendt Styke auf und ab, Klaus Störtebekers rechte Hand. Er warf einen Blick zum Kai hinüber und beobachtete die Geschehnisse. Eine Weile blieb er stehen und betrachtete die Männer, dann spuckte er über die

Reling aus und verschwand Unverständliches murmelnd zum Vorschiff.

Nach einer Weile war das dünne Klingeln von Schellen zu hören, und Männer in schwarzen Mänteln und Umhängen näherten sich der Gruppe. Sie trugen Weihrauchgefäße und schnauften in der Hitze unter ihrer dicken Kleidung. Neben dem gestürzten Reiter blieben sie stehen, bildeten einen Kreis um ihn und murmelten Gebete. Einer der Männer ging sogar auf die Knie und fühlte am Hals des Kaufmanns nach dem Puls, dann hob er das Gesicht zum Himmel und bekreuzigte sich. Er stand auf, hob ein Weihrauchfass und schwenkte es mit weit ausholenden Bewegungen über dem ausgestreckt liegenden Mann. Schließlich hoben die Männer den Reiter auf ein Pferd und banden ihn fest. Dann traten sie einen Schritt zurück und sahen sich um.

»Der Mann ist von dem Schiff dort gekommen«, sagte einer der Schwarzgekleideten laut und wies mit einer nickenden Kopfbewegung auf die große Kogge. »Er war nur an Land, um Kräuter zu verkaufen.«

»Gott segne ihn. Friede seiner Seele«, sagte einer der anderen.

Dann setzte die Karawane ihren Weg in Richtung Stadt fort.

Am nächsten Tag war es noch wärmer, und das Meer lag völlig still da. Aus den Gassen und von den Abfallhaufen stieg ein Gestank auf, der jedem den Atem verschlug. Innerhalb der Stadtmauern erzählte man sich von Männern, die tot von ihrem Pferden gefallen waren, und viele erinnerten sich an die Erzählungen ihrer Eltern über den Schwarzen Tod. Zu Beginn schenkten nur wenige diesen Gerüchten Glauben, aber mehrere konnten bezeugen, dass sie einen toten Kaufmann gesehen hatten, der von Männern in schwarzen Umhängen fortgebracht worden war. Der Tote war mit Arendt Stykes Kogge gekommen, die immer noch am Kai lag, und wem das Leben lieb war, der hielt sich tunlichst fern. Dieses Schiff hatte bestimmt die Pest an Bord! In den Wirtshäusern bestellten sich die Männer ein weiteres Bier und versuchten, die Sache scherzhaft abzutun, doch es gelang ihnen nicht. Die Bewohner von Visby schlossen die Fenster und verriegelten die Türen, während die fremden

Kaufleute, die sich gerade in der Stadt aufhielten, immer unruhiger wurden und am liebsten abgereist wären.

Die Luft flimmerte in der Hitze, und selbst die schwache Meeresbrise brachte kaum Erfrischung. Barfuß konnte niemand mehr gehen, aber die Hitze der Straße war auch noch durch die Schuhsohlen zu spüren. Als vier schwarz gekleidete Männer mit Weihrauchfässern im Hafen auftauchten, ahnten die Menschen, dass bald großes Unheil die Stadt heimsuchen würde. Und als dieser Gruppe weitere schwarz gekleidete Männer folgten, die sich bekreuzigten und beteten, stieg die Verunsicherung. Die Männer versammelten sich zu einer Prozession, die singend auf die größte Kogge zuhielt.

Arendt Styke, der schon beobachtet hatte, wie sich seine ganze Besatzung an der Backbordseite aufgestellt hatte, blickte zum Kai hinunter. Verblüfft betrachtete er die schwarz gekleideten Figuren dort unten und wollte ihnen gerade befehlen, auf der Stelle zu verschwinden, als sich einer aus der Gruppe löste und zum Schiff kam. Er verbeugte sich und gab dem Kapitän in Zeichensprache zu verstehen, dass er ihn zu sprechen wünsche, doch Arendt Styke machte nur eine zotige Handbewegung und wandte ihm den Rücken zu. Aber der Mann gab nicht auf, sondern schritt einfach mit seinem Weihrauchfass den Landungssteg herauf. Einer der Seeleute versuchte ihn aufzuhalten, doch der Schwarzgekleidete neigte sich zu ihm, sagte ihm etwas ins Ohr und schob ihn beiseite. Als er an Deck trat, bekreuzigte er sich und sprach mit lauter, Ehrfurcht gebietender Stimme.

»Ihr habt die Pest an Bord. Der Rat schickt mich, und wir sind mit Gottes Segen hier. Aber fürchtet Euch nicht, wir werden für Euch beten.«

Die Besatzung wich zurück und tauschte verunsicherte Blicke. Arendt Styke zuckte zusammen, fing sich aber rasch wieder. »Wir haben keine Krankheit an Bord. Hier sind alle gesund«, protestierte er.

»Der Kaufmann, der heute starb, behauptete glaubhaft, er sei auf diesem Schiff gewesen und habe mit Euch gehandelt.«

»Das stimmt nicht.«

»Seine Begleiter konnten unter Eid bezeugen, dass er hier war, und bevor er starb, warnte er uns ausdrücklich. Er meinte, er habe die großen schwarzen Beulen bekommen, nachdem er sich an Bord Eures Schiffs aufgehalten habe.«

»Nichts als Lügen und üble Nachrede, zur Hölle mit Euch allen!«, schrie Arendt Styke.

»Er wies Schwellungen in den Leisten und Achseln auf und spuckte Blut«, fuhr der Schwarzgekleidete fort. »Und die Beulen waren voller Eiter.«

Der Mann hatte mit so lauter Stimme gesprochen, dass ihn alle hörten. Unruhe breitete sich in den Reihen der Besatzung aus.

»Die Pest, Gott sei uns gnädig! Wir müssen das Schiff verlassen!«, rief der Steuermann.

Das Wort besaß magische Kraft, und der Anblick der schwarzen Männer unten am Kai verdeutlichte den Ernst der Lage. Der Steuermann zog sich zurück und stürzte unter Deck. Als er wieder heraufkam, hielt er seinen Ranzen in der Hand. Unauffällig gesellte er sich erst wieder zu den anderen, um sich dann unmerklich in Richtung Reling abzusetzen. Dort sah er sich um und rannte zum Landungssteg.

»He! Komm zurück!«, brüllte Arendt Styke.

Doch der Mann tat, als hätte er nichts gehört, und als die anderen sahen, wie der erste Steuermann das Schiff verließ, stieg die Furcht. Auf dem Kai hoben die schwarz gekleideten Männer ihre Weihrauchfässer und rezitierten einen Psalm, und die schicksalsschweren Töne stiegen zum Schiff hinauf. Eine Weile blieb die Besatzung noch still stehen, doch als Arend Styke sich über die Reling lehnte, um mit den Männern zu reden, schlich sich auch der Bootsmann davon, um seine Habseligkeiten zu holen. Das war das Signal für die anderen. Einige rannten unter Deck und rafften ihre Besitztümer zusammen, andere eilten Hals über Kopf an Land, ohne sich Gedanken zu machen, was sie an Bord zurückließen.

»Bleib hier, hier gibt es keine Pest!« Arendt Styke verstellte dem Mann den Weg, doch der stieß ihn beiseite. Und während die Seeleute vom Schiff flohen, versammelten sich die schwarzen Männer am Landungssteg und segneten die Fliehenden.

»Was tut ihr denn? Bleibt an Bord!«, schrie Styke und sah zu seinem Entsetzen die ganze Besatzung davonrennen. Da keiner seinem Befehl gehorchte, stürmte er ebenfalls auf den Kai und versuchte, seine Männer einzuholen. Da erklommen die Schwarzgekleideten den Landungssteg und stellten sich mit ihren rauchenden Weihrauchfässern an Deck. Während sie Psalmen sangen und Gebete murmelten, gingen die anderen mit Kruzifixen in der Hand auf und ab und segneten das Schiff. Dann sanken sie auf die Knie und beteten in so laut klagendem Ton, dass die Menschen in der Nähe des Schiffs sich erschrocken zurückzogen. Ein Mann, der seinem Pferd gerade den Hafersack zum Fressen umgehängt hatte, schwang sich hastig in den Sattel und ritt davon. Ein Fischer, der dabei gewesen war, seine Netze zu reinigen, sprang Hals über Kopf in sein Boot und ruderte von dannen. Sogar die Bettler und Straßenhändler verließen schleunigst den Kai, und bald waren nur noch die schwarz gekleideten Männer zu sehen. Sie hüllten das vom Unheil geschlagene Schiff in ihre Weihrauchwolken und Gesänge, und ihre klagenden Lieder zogen schwermütig über das Wasser.

Als der Kai so gut wie menschenleer war, standen die Schwarzgekleideten auf, traten würdevollen Schritts an die Reling, knieten nieder und legten ihre Kreuze aus der Hand. Zwei Männer machten unten die Taue von den Pollern los und begaben sich dann still und ernst aufs Schiff. Als sie an Deck waren, holte einer von ihnen eine Pestflagge hervor, und während das Schiff langsam ablegte, kletterte der Mann auf den Mast und setzte die Fahne. Jetzt konnte niemand mehr an Bord kommen. Dieses Schiff stand unter Quarantäne.

39. Kapitel

Frühmorgens kam Mattis nass und hungrig vom Koggenhafen, schritt am Dominikanerkloster vorbei und betrat die verlassenen Stockholmer Gassen. Er erinnerte sich nicht, die Stadt jemals so still gesehen zu haben. Keine ratternden Karren, keine Bettler, die lauthals um Almosen baten, und keine kleinen Jungen, die auf der Straße Fangen spielten. Man hörte keine krakeelenden Straßenverkäufer, keine schnaubenden Pferde oder bellenden Hunde. Die Straßen waren leer, und die einzigen Menschen, denen er begegnete, waren Soldaten in blank polierten Rüstungen.

Mattis dachte an seine Fiedel, die er auf dem Schiff hatte zurücklassen müssen. Hätte er sein Instrument dabeigehabt, hätte er sich hingestellt und gespielt, um endlich Menschen um sich zu sehen.

Es wurde nicht besser, als er zum Handelshaus gelangte, denn dort stieß er auf verschlossene Türen. Das Getränk wirkte nicht mehr so gepflegt wie sonst, und wie es aussah, war Valborg schon lange nicht mehr hier gewesen. Was war mit dem Haus geschehen? Hatten es am Ende etwa die Deutschen übernommen?, fragte er sich besorgt. Er hätte nicht fortreisen, sondern in Stockholm bleiben und Valborg helfen sollen. Sie war immer so fürsorglich zu ihm gewesen, hatte ihm zugehört und sich um ihn gekümmert. Obwohl so viel Arbeit im Weinkeller zu erledigen gewesen war, hatte sie stets Zeit für ihn gehabt. Aber als sie selbst ihn brauchte, hatte er sie im Stich gelassen. Dafür schämte er sich.

Er beschleunigte seine Schritte, und als er den Kranz vorm Weinkeller aufgesteckt sah, bekam er sofort bessere Laune. Er sehnte sich danach, sie und die Kinder endlich wiederzusehen. Wie immer würde sie ihn willkommen heißen und ihm zu essen geben, würde ihm zuhören und über seine Geschichten lachen. Frohgemut öffnete er die Tür und trat ein.

Als Erstes fiel ihm der Gestank auf. Es roch muffig, sauer und stickig. Die Gaststube lag im Dunkeln, und trotz der Wärme war nur ein Fenster geöffnet. Da die Tür nicht verschlossen war, konnte hier jeder einfach hereinspazieren. Dennoch entdeckte er keine Gäste. Nur ein Bettler in schmutzigen Lumpen saß an einem Tisch und schlief. Über dem Herd hing zwar der Kessel, aber das Feuer darunter musste schon vor geraumer Zeit erloschen sein.

»Valborg?«

Keine Antwort. Er ging weiter in den Raum hinein. Zu den wenigen Gelegenheiten, wenn Valborg den Weinkeller verließ, bat sie immer jemanden, in ihrer Abwesenheit nach dem Rechten zu sehen. Mattis runzelte die Stirn. Irgendetwas musste passiert sein. Er trat hinaus in den Garten mit den Apfelbäumen, aber dort fand er sie auch nicht. Allmählich machte er sich echte Sorgen. Er rief nach ihr, suchte im Keller und im Lager. Als er zum Schluss in die Gaststube zurückkam, hoffte er, dort vielleicht doch noch auf sie zu stoßen, doch da schlief nur der Bettler. Mattis setzte sich an einen Tisch und legte die Hände auf die Platte.

»Habt Ihr die Frau gesehen, der das Wirtshaus gehört?«, fragte er laut. Der Mann erwachte und sah sich verwirrt um.

»Hä?«

»Habt Ihr Valborg gesehen, der dieses Wirtshaus gehört?«

Der Bettler schüttelte den Kopf. »Die ist schon eine ganze Weile nicht mehr hier gewesen. Keiner gibt einem was zu essen.«

Ungläubig starrte Mattis den Mann an und merkte, wie ihn die Angst packte. Vielleicht war sie schwer krank, oder irgendjemand hatte ihr etwas angetan. Und die Kinder? Hatte sie die mitgenommen? Er stöhnte und stützte den Kopf auf die Hände. Da fiel ihm ein, dass er vergessen hatte, im Obergeschoss nachzusehen. Vielleicht lag sie mit den Kleinen im Bett und schlief. Mit neuer Hoffnung eilte er die Treppe hinauf. Als er fast oben war, hörte er ein Kind weinen, und er nahm die letzten Stufen in wenigen Sätzen. Die ersten beiden Türen standen offen, die dritte Tür war geschlossen. Nachdem er vorsichtig angeklopft hatte, trat er ein. Maria lag weinend auf dem Bett und hatte das Gesicht im Kissen vergraben.

»Maria! Was ist geschehen?«, rief er und eilte zu ihr. Er nahm sie in die Arme, küsste ihr die Wange und strich ihr tröstend übers Haar. Besorgt musterte er ihr geschwollenes, rot geweintes Gesicht.

»Erzähl doch, warum bist du so traurig?«

Doch Maria konnte kaum aufhören zu schluchzen. Also drückte er sie noch eine ganze Weile an sich, bis sie sich ein wenig beruhigt hatte.

»Ich war bei Stina und hab gespielt, und als wir wiederkamen, war keiner da«, erklärte sie und wischte sich die Tränen aus den Augen. »Da durfte ich bei Stina bleiben, aber später hat Stinas Mutter mich hierhergebracht und gesagt, dass Valborg bestimmt bald wiederkommt. Warum ist sie denn nicht da?«

Das arme Mädchen, dachte Mattis und ergriff ihre Hände. »Hast du Valborg denn überhaupt nicht mehr gesehen?«

»Nein, ich hab überall gesucht.«

»Keine Sorge, wir finden sie. Wir müssen nur gut überlegen, wo wir suchen sollen. Wo ist denn Johan?«

»Ich weiß nicht.«

Mattis stand auf. Niemals würde Valborg mit Johan fortgehen und Maria ihrem Schicksal überlassen. Selbst wenn ihr etwas zugestoßen sein sollte, gab es immer noch Hoffnung, sie lebendig wiederzufinden.

»Weißt du, wohin sie gegangen ist?«

Maria schüttelte den Kopf.

»Das hat sie Stinas Mutter nicht erzählt.«

»Vielleicht hat jemand im Weinkeller mitbekommen, was sie vorhatte. Weißt du, wer in letzter Zeit hier zu Gast war?«

Während sie sich die Tränen abwischte, dachte Maria weiter nach. »Hier waren viele Soldaten und dann noch diese Tante.«

»Welche Tante?«

»Ich weiß nicht, die hat mit den Soldaten geredet.«

»Gut, dann gehen wir jetzt als Erstes zum Schloss.«

Nachdem sie ein wenig gegessen und etwas Dünnbier getrunken hatten, nahm Mattis die Kleine bei der Hand und machte sich mit ihr auf zum Schloss. Vor den Mauern tummelten sich mehr Soldaten als früher, doch im Hof sah alles aus wie immer. Er trat ans Schilderhäuschen.

»He, Mattis! Wo hast du denn deine Fiedel gelassen?« Das Gesicht des Wachsoldaten hellte sich auf, als er Mattis erkannte.

»An Bord von Sven Stures Schiff im Schärengarten.«

»Machst du dich über mich lustig?«

»Nein, ich war an Bord, habe das Schiff aber bei Landsort verlassen.«

Der Wächter kratzte sich im Nacken und wartete auf die Fortsetzung der Geschichte.

»Ich wollte nicht an den Kämpfen teilnehmen«, erklärte Mattis. »Sven Sture führt ja gerade Verhandlungen im Schloss. Hast du schon irgendetwas gehört?«

Der Mann schüttelte den Kopf.

»Dann gibt es wohl noch Hoffnung.« Mattis warf einen Blick auf die Armbrust, die am Schilderhäuschen lehnte. Auf dem Hof standen zwei Schleudern und mehrere Fässer Schießpulver. »Da wäre noch etwas. Ihr Schlosswächter besucht doch ab und zu Valborgs Weinkeller. Kennst du Kameraden, die in letzter Zeit dort waren?«

»Mehrere. Ich war auch erst neulich dort. Aber wie kommst du auf so eine Frage? Wir erwarten jeden Tag einen Angriff auf Stockholm, und du willst wissen, wann wir zum letzten Mal in der Kneipe waren!«

»Valborg ist verschwunden.«

»Dann ist sie wohl unterwegs und amüsiert sich mit einem von den Soldaten …«, begann der Wachmann, doch als er Mattis' finsteren Blick bemerkte, verstummte er sofort.

»Welche anderen Gäste waren außer dir noch dort?«

»Zwei von meinen Kameraden vom Schloss und dann diese Witwe, die sich die ganze Zeit in unser Gespräch eingemischt hat.«

Mattis horchte auf. »Welche Witwe?«

»Die vom Ratsherrn. Die aus Bergslagen zurückkam. In letzter Zeit saß die jedes Mal im Weinkeller, wenn wir dort einkehrten. Sie erzählte etwas von einem Versteck, in dem wir sicher sind, wenn Sven Sture kommt. Als ob wir solche Märchen glauben täten.«

»Hat sie gesagt, wo dieses Versteck liegt?«

»Nein, aber sie erwähnte irgendwas von einem Geheimgang. Wahrscheinlich hat sie fantasiert und dachte an die Minen in Falan.«

»Und was hat Valborg gesagt?«

»Das Übliche eben, und dass wir wiederkommen sollen. Aber am nächsten Tag war sie schon nicht mehr da.«

Mattis dachte schweigend nach, und der Wächter beugte sich zu Maria hinab. »Das ist aber ein hübsches kleines Mädchen«, lächelte er und tätschelte ihr den Kopf. Dann zog er eine Flöte aus Weidenholz aus der Tasche. »Kannst du die spielen?«

Maria schüttelte den Kopf.

»Wenn du willst, kannst du sie haben, ich hab mehrere davon.« Er spielte eine kleine Melodie und reichte ihr das Instrument.

»Komm, Maria!«, sagte Mattis. »Wir müssen gehen, wir haben es eilig.«

»Ich will aber nicht«, quengelte Maria und umklammerte die Flöte. »Ich will, dass er mir zeigt, wie man die spielt.«

»Später, mein Schatz. Wir kommen zurück.« Er nahm sie bei der Hand, bedankte sich bei dem Wachmann und verließ das Schloss. Er musste daran denken, was Valborg ihm über den Brand und die Vorfälle in Bergslagen erzählt hatte. Unwillkürlich verkrampfte sich sein ganzer Körper.

Mattis machte sich wenig Hoffnung, Ingrid in Magnus Spangenmachers altem Haus zu finden, versuchte es aber trotzdem. Zu seiner Überraschung öffnete sie ihm die Tür und erkannte ihn sofort wieder. Als sie damals mit Magnus ein paar Mal im Weinkeller gewesen war, hatte er aufgespielt. Sie begrüßte ihn freundlich, bat ihn und Maria ins Haus und setzte sich mit ihnen an den großen Esstisch. Verstohlen warf sie einen Blick auf das Mädchen.

»Willst du den haben?« Sie reichte der Kleinen einen Apfel, doch die schüttelte den Kopf.

»Ich komme gerade vom Weinkeller«, begann Mattis. »Valborg und der Kleine waren nicht dort, und ich kann sie auch nirgends finden. Die Soldaten vom Schloss haben mir erzählt, dass du vor Kurzem noch mit ihr geredet hast. Vielleicht kannst du mir helfen.«

»Ach so, Valborg... Nein, die beiden habe ich schon seit Tagen nicht mehr gesehen.«

Ingrid rutschte näher zu Maria hinüber. Diesmal bot sie ihr ein Stück Brot an, doch die Kleine kniff die Lippen zusammen.

»Ich glaube, ihr ist etwas geschehen«, fuhr Mattis fort. »Wenn früher in Stockholm Unruhen drohten, blieb sie doch immer in der Stadt.«

»Früher vielleicht, aber nun hat sie sich in einen Soldaten verliebt. Der war fast jeden Abend im Weinkeller, und sie hat so viel mit ihm geredet, dass sie die anderen Gäste schier vergessen hat.«

Mattis fluchte innerlich. Sie waren zwar nur gute Freunde, und er hatte sie auch im Stich gelassen, aber sollte sie tatsächlich mit einem Soldaten durchgebrannt sein? Das sah ihr gar nicht ähnlich.

»Wie heißt er denn?«

»Weiß ich nicht mehr. Henning oder so.«

Auf einmal fühlte sich Mattis unendlich müde. Die Suche

nach Valborg gestaltete sich schwieriger als erwartet und würde wahrscheinlich einige Zeit in Anspruch nehmen.

»Ich muss sie finden, aber ich möchte mich nicht unbedingt offen auf der Straße zeigen. Ich bin von Sven Sture und seinen Männern geflohen, und wenn die mich erwischen würden, erginge es mir übel«, erklärte er, ohne nachzudenken.

»Du bist also geflohen?« Ingrid wandte sich an das Mädchen. »Komm, mein Schätzchen, du kannst dich neben mich setzen.«

Sie streckte die Arme nach ihr aus, doch Maria zuckte zurück und wich dem Griff aus.

»Wenn sie dich kriegen, werden sie dich töten.«

»Ich weiß.« Mattis sank in sich zusammen. »Übrigens haben mir die Soldaten auch erzählt, dass du einen Geheimgang kennst.«

»Ja, das wäre vielleicht etwas für dich und das Mädchen.« Ingrids Augen leuchteten auf.

»Aber erst muss ich Valborg und Johan finden.«

»Ich kann dir helfen. Zuerst zeige ich dir den Gang, und dann suchen wir die beiden.« Sie presste ihre harten schmalen Hände auf die Tischplatte. »Die Soldaten haben mich nur ausgelacht, als ich von diesem Versteck erzählte, aber Magnus kannte mehr als einen Geheimgang.«

Ingrid stand auf, zog die Schublade einer Kommode auf und nahm mehrere Schlüssel heraus. Mattis wurde unsicher. Er hatte sofort daran gedacht, dass Valborg aus irgendeinem Grund in den Geheimgang geflüchtet war und dass er sie vielleicht fände, wenn er wüsste, wo dieser Gang lag. Vielleicht mit einem verstauchten Fuß oder einer ausgekugelten Schulter, aber immerhin lebendig. Als er jetzt sah, dass man Schlüssel brauchte, wurde ihm klar, dass sich Valborg nicht in diesem Versteck befand. Nun, er konnte sich den geheimen Gang trotzdem ansehen, wer weiß, ob er ihn selbst nicht später einmal nützen konnte.

»Dann lass uns gehen. Komm, Maria!«, sagte Ingrid.

»Nein, ich will nach Hause«, schniefte Maria und zog Mattis am Arm.

»Gleich«, antwortete Mattis und nahm das Mädchen bei der Hand. »Erst sehen wir uns noch etwas Spannendes an.«

»Ich will nicht!« Die Kleine versteckte den Kopf an seinem Wams.

»Es dauert auch nicht lange. Wir sind bald wieder zurück«, redete er ihr zu und umarmte sie kurz.

Mattis und Ingrid traten auf die Straße und schlugen die Richtung zum Korntorget ein. Während sie schweigend nebeneinander hergingen, spürte der Spielmann, wie unruhig Maria war.

»Maria, willst du mir nicht sagen, was mit dir ist?«, fragte er ungeduldig.

»So, da wären wir«, verkündete Ingrid und zeigte auf eins der Steinhäuser am Marktplatz. Sie öffnete das Tor, stieg eine Treppe hinunter und durchschritt einen Gang. Vor einer großen Holztür blieb sie stehen und schob den Riegel beiseite. Dann trat sie zurück und ließ ihren Begleitern den Vortritt. Mattis bemerkte einen seltsamen Glanz in ihren Augen.

»Ach, hab ich doch ganz vergessen, die Haustür zu schließen! Geht ihr schon einmal hinunter, ich komme sofort nach!«, rief sie.

Gerade wollte Mattis die Treppe hinuntersteigen, da zog Maria ihn am Ärmel und fing an zu weinen.

»Aber meine Kleine, was ist denn nur?« Mattis kniete vor ihr nieder und strich ihr zärtlich übers Haar. »Wir wollen uns doch nur ein Versteck ansehen. Das wird bestimmt aufregend.«

»Ich will aber nicht.«

»Nur ganz kurz. Dann gehen wir wieder.«

»Nein!«, schrie sie und trat ihm gegen das Schienbein.

Da kam Ingrid wieder zurück.

»Vielleicht ist das alles doch keine so gute Idee«, murmelte Mattis und stand auf.

»Es dauert nicht lange.« Ingrid ging die Treppe hinunter und öffnete eine weitere Tür. »Hier ist es schon. Man muss nur noch geradeaus weiterlaufen. Schau du es dir doch eben an, ich passe währenddessen auf Maria auf.«

»Gut, ich werfe einen kurzen Blick hinein«, erklärte Mattis.

Während er den Gang entlangschritt, wurde es immer dunkler, und er konnte kaum noch etwas erkennen. Da hörte er auf halbem Weg plötzlich Ingrids Schritte hinter sich. Sie war ganz dicht hinter ihm, und bevor er fragen konnte, wo sie Maria gelassen habe, bekam er einen kräftigen Stoß von hinten und spürte einen heftigen Schmerz im Rücken. Er fiel kopfüber eine kleine Holzstiege hinunter und hörte im Sturz noch Ingrids schrilles Gelächter. Maria, dachte er und streckte die Hände aus, um den Fall abzufangen. Doch im selben Moment, als er auf dem Boden aufschlug, hörte er, wie hinter ihm die Tür abgeschlossen wurde. In der Ferne hörte er Marias durchdringende Schreie.

40. Kapitel

Maria brüllte wie am Spieß, doch Ingrid war glücklich. Schon lange hatte sie darüber nachgegrübelt, wie sie sich Maria zurückholen konnte, und dann hatte Mattis ihr unwissentlich selbst in die Hände gespielt. Sie dachte daran zurück, wie ihre Schwester ihr damals das neugeborene Mädchen gebracht und behauptet hatte, es sei ein Findelkind. Ingrid hatte große Freude an der Kleinen gehabt, bis sich eines Tages herausstellte, dass sie Annes Tochter war. Niemals würde sie den Tag vergessen, als diese schreckliche Frau sich das Mädchen zurückholte. Schon damals hatte Ingrid von Rache geträumt. Magnus und sie hatten viele Jahre versucht, ein Kind zu bekommen, vergebens. Jetzt war Johan beseitigt, und Maria befand sich in ihren Händen. Endlich würde sie ihren Seelenfrieden finden und wieder Mutter sein. Mit Gottes Hilfe würde alles gut gehen.

Mit Mattis vermochte sie nicht viel Mitleid zu haben. Wer sich mit den Vitalienbrüdern einließ, war selbst schuld, und Sven Stures Soldaten hätten ihn wahrscheinlich sowieso getötet. Jetzt hatte Maria jedenfalls jemanden, der sich um sie kümmerte. Eine Weile hatte sie überlegt, ob sie auch den Jungen mitnehmen sollte, doch Johan erinnerte sie zu sehr an Magnus. Den wollte sie lieber vergessen. Mit Grauen erinnerte sie sich an die unzähligen Male, als sie sein Kind unterm Herzen getragen hatte – und jedes Mal hatte ihre Schwangerschaft ein unglückliches Ende genommen. Alles, was er ihr geben konnte, war eine breiige, blutige Masse oder ein tot geborenes Kind. Obwohl es vielleicht eine Weile dauern würde, bis das Mädchen sich an das neue Zuhause gewöhnt hätte, war Ingrid sicher, dass schon alles ein gutes Ende fände. Außerdem bezweifelte sie sowieso, dass Anne zurückkommen würde. Von der hatte sie nichts mehr gehört, seit sie Falan verlassen hatte, und den Gerüchten zufolge war sie mit einem Venezianer zu einer Handelsreise aufgebrochen. Als Ingrid davon erfahren hatte, hatte sich wieder Hoffnung in ihr geregt. Vor die Wahl gestellt zwischen diesem Kaufmann und den Kindern, würde Anne sich bestimmt für ihn entscheiden. Und falls Anne wider Erwarten nach Stockholm zurückkäme? Ingrid lächelte in sich hinein. Wenn sie eine so kluge Frau wie Valborg hereingelegt hatte, würde sie mit Anne mindestens genauso gut fertig werden.

Ingrid strich Maria das Haar aus dem Gesicht und lächelte sie an. »Mattis wird für einige Tage wegbleiben. So lange darfst du bei mir wohnen. Du bekommst ein warmes Bett und etwas Gutes zu essen und zu trinken.«

Maria hatte zwar aufgehört zu weinen, gab aber keine Antwort. Sie gingen weiter durch die Gasse in Richtung Skomakargatan. Ingrids eigene Mutter war gestorben, als ihre Tochter vier Jahre alt gewesen war, sodass sie in der Obhut ihres Vaters aufgewachsen war. Eine Kindheit ohne Liebe. Doch Maria sollte alles bekommen, was sie sich wünschte, Ingrid wollte ihr alles geben. Das Mädchen sollte es gut bei ihr haben. Plötzlich blieb Maria stehen und weigerte sich weiterzugehen.

»Ich hole Mattis«, verkündete sie.

»Nicht jetzt, später. Wir können doch zum Hafen gehen und den Fischern zusehen, wie sie die Netze säubern. Was meinst du?«

Maria schüttelte den Kopf und presste die Lippen aufeinander. Ingrid versuchte zu lächeln, war aber enttäuscht. Sie hatte sich ausgemalt, wie schön sie es zusammen haben würden, doch Maria zeigte sich nur mürrisch und verstockt. Aber zu Hause wollte sie der Kleinen gleich Pfannkuchen mit Honig backen. Das würde ihr gewiss gefallen. Und dann würden sie sich lustige Spiele ausdenken.

Nach einer Weile erreichten sie die Haustür, und Ingrid tastete nach ihrem Schlüsselbund. »So, hier gehen wir nun hinein. Du wirst sehen …«

»Nein!« Maria schrie so laut, dass sie die Blicke der vorübergehenden Menschen auf sich zog.

»Pst, Maria, beruhige dich! Sag, isst du gern Pfannkuchen?«

»Ich will nicht bei dir bleiben«, zischte Maria und zog die Hand weg. »Dich mag ich nicht.«

Erschrocken trat Ingrid einen Schritt zurück, und ohne zu überlegen, gab sie dem Kind eine schallende Ohrfeige. »Jetzt bist du aber still!« Sie packte das Mädchen am Arm. »Komm, Maria!«

»Lass mich!«, schrie das Mädchen, riss sich los und schlug mit den Fäusten nach Ingrid.

Ein zweites Mal landete Ingrids Hand auf Marias Wange, und dann übermannte sie die Wut, und sie schlug immer und immer wieder zu. Doch der Schmerz schien Maria ungeahnte Kräfte zu verleihen. Blitzschnell beugte sie sich vor und biss ihrer Peinigerin in die Hand. Ihre Zähne gruben sich tief in deren Handrücken, sodass Ingrid erschrocken den Arm zurückzog, und im nächsten Augenblick entwand Maria sich ihrem Griff. So schnell sie konnte, lief sie die Gasse hinauf, und bevor Ingrid begriff, was geschehen war, hatte das Mädchen schon einen großen Vorsprung. Sie rannte Maria hinterher, doch die war schneller und vergrößerte den Abstand noch mehr.

»Entschuldige, ich hab's nicht so gemeint! Komm zurück!«, rief Ingrid. »Nun sei doch nicht so dumm, bleib stehen!«

Doch das Mädchen drehte sich nicht einmal um, bog in die Strandgatan ein und verschwand aus ihrem Blick.

»Maria, komm zurück!«, schluchzte Ingrid und sank tränenüberströmt zu Boden. »Bitte, komm zurück!«, wimmerte sie, während sie den Kopf hin und her wiegte und weinend die Hände an die Brust drückte. »Bitte, Maria!«, schrie sie.

Sie war so außer sich, dass sie den Wagen zuerst gar nicht bemerkte, der sich auf der Straße näherte. Als sie schließlich das Räderrollen hörte und den Schatten wahrnahm, den der Wagen über sie warf, war es schon zu spät. Sie schrie auf, doch der Fahrer sah sie überhaupt nicht hinter seiner Ladung Rüben. Sie versuchte noch aufzustehen, doch im gleichen Augenblick schleuderte ein knirschendes Wagenrad sie zu Boden. Bei ihrem verzweifelten Versuch, sich kriechend in Sicherheit zu bringen, wurde sie überrollt, und ein schrecklicher Schmerz schoss ihr durch den ganzen Körper.

»Maria«, flüsterte sie noch einmal. Dann wurde es still.

Irgendetwas hatte sie geweckt. Langsam erwachte Valborg aus ihrem Dämmerzustand. Ihr Körper schmerzte, und die Kleider klebten ihr am Leib. Wo war sie nur? Da erinnerte sie sich wieder an Ingrids grausamen Blick, und ihr schauderte. Ihre Lippen fühlten sich an wie Sand. Sie blinzelte ins Nichts und wandte sich zu Johan um. Der Kleine schlief unruhig. Der arme Junge.

Immer wieder hatte sie im Dunkeln nach Türen und Ausgängen getastet. Zu guter Letzt hatte sie eine kleine Öffnung gefunden, die ihr anfangs entgangen war, weil sie hinter einem großen Stein versteckt war. Dort war die Luft frischer und der Erdboden nicht ganz so kalt, und so war sie mit Johan in diese Aushöhlung gekrochen. Die Wände fühlten sich feucht an, und wenn es regnen sollte und das Wasser liefe an den Wänden herunter, bekämen sie vielleicht sogar wieder ein wenig zu trinken. Das Dünnbier war fast aufgebraucht – sie hätten besser damit haushalten sollen.

Wieder fiel ihr Blick auf Johan. Anfangs hatte er es noch spannend gefunden, als sie ihm erklärte, dass jemand hinter ihnen her sei und sie sich verstecken müssten. Doch nach einer Weile wurde er der Sache überdrüssig. Sie tat ihr Bestes, um ihn zu überzeugen, dass alles nur ein Spiel war, doch er weinte und trat um sich und fand es schrecklich gemein von ihr, ihn nicht wieder hinauszulassen. Ab und zu quengelte er, dass er etwas zu essen und zu trinken haben wolle, aber am schlimmsten war es, wenn er weinte. Vergeblich versuchte sie, ihn zu beruhigen. Sie wurde immer benommener.

Langsam verlor sie die Vorstellung von Zeit, und sie hätte gar nicht mehr zu sagen gewusst, wie lange sie schon hier unten waren. Außerdem spürte sie, wie ihre Kräfte sie allmählich verließen. Manchmal spielte sie mit dem Gedanken, wie schön es wäre, sich einfach von der Dunkelheit umfangen zu lassen und wegzudämmern, doch sobald sie wieder zu sich kam, schämte sie sich solcher Gedanken. Es war ihre Schuld, dass Johan und sie hier eingesperrt waren. Sie musste es also auch schaffen, dass sie wieder ins Freie gelangten.

Mühsam kam sie auf die Füße. Ihr Körper fühlte sich ganz schwer an, die Beine wollten ihr kaum gehorchen, und sie taumelte. Sie musste einen Ausgang finden, auch wenn sie schon so oft im Dunkeln alles abgetastet hatte. Sie dachte an Ingrid und wünschte, sie käme zurück. Dabei hoffte sie, dass die schwarze Witwe ihre Untat einsähe und das Kind und sie befreien würde. So grausam konnte doch niemand sein, zwei Menschen einfach einzusperren und sterben zu lassen. Nein, sicher würde sie bald den Schlüssel im Schloss hören, und dann hätte diese Hölle ein Ende.

Als ein plötzlicher Schwindel sie packte, musste sie sich wieder hinsetzen. Sie wollte sich nur ein wenig ausruhen und danach einen neuen Anlauf nehmen. Sie überlegte. Vielleicht war ja in der Zwischenzeit jemand da gewesen und hatte die Tür geöffnet. Oder es ließ sich ein versteckter Schlüssel finden, sodass sie selbst aufsperren konnte. Am besten stand sie gleich wieder auf und suchte. Mit einer Hand stützte sie sich an der Wand ab und versuchte keuchend, den schweren, steifen Körper hochzuwuchten. Doch ihre Beine zitterten zu stark, und sie sank wieder in sitzende Haltung zurück. Wimmernd schlang sie die Arme um die Knie und begann zu weinen. Es gab keine Rettung. Sie war in Ingrids Händen. In den Händen der Wahnsinnigen, die sie und Johan hier unten eingesperrt hatte.

41. Kapitel

Es war zwar bewölkt, doch es regnete nicht, als die Kogge unter günstigem Wind aus Südwest gen Brügge segelte. Anne stand an Deck und betrachtete das Beiboot, das mittschiffs unter einer Persenning lag. Es war schwierig gewesen, es an Bord zu hieven, doch nun lag es dort. Sie lächelte in sich hinein. Sogar das Beiboot hatten sie noch mitnehmen können! Mit ihren Weihrauchfässern und dem seltsamen Aufzug schwarzer Mönchskutten waren sie ein großes Risiko eingegangen – sie hätten jederzeit enttarnt werden können. Aber die Seeleute hatten nur dagestanden wie verirrte Lämmchen und die Prozession angestarrt, bis das Grauen sie überwältigt hatte und sie zu keinem vernünftigen Gedanken mehr in der Lage gewesen waren. Ob sie jetzt wohl im Wirtshaus saßen und bereuten, das Schiff Hals über Kopf verlassen zu haben? Oder glaubten sie immer noch, dass das Schiff von der Pest verseucht war? Das Schiff, das die Piraten Leonardo und ihr geraubt hatten. Früher oder später würden die Männer begreifen, dass man sie hinters Licht geführt hatte. Wieder musste sie lächeln.

Ihre Gedanken wanderten zu Störtebeker. Immer noch besaß sie einen der Ringe, die er ihr geschenkt hatte. Sie hatte es nicht über sich gebracht, ihn wegzuwerfen, und so lag er mit den Kräutern in ihrem Lederbeutel – als Erinnerung daran, was er ihr gegeben hatte. Wenn Störtebeker die Geschichte mit dem Schiff zu hören bekäme, würde er sich zusammenreimen, was geschehen war. Vermutlich würde er schimpfen und fluchen, aber in seinem Innersten doch an sie denken und vermutlich sogar lachen. Dass es ihr doch gelänge, ihr Schiff zurückzuerobern, hätte er wahrscheinlich im Traum nicht vermutet. Glücklicherweise hatte nicht er sein Gesicht verloren, sondern Arendt Styke. Störtebeker konnte ungestraft behaupten, dass er alles sofort durchschaut hätte, wenn er dabei gewesen wäre.

Leonardo riss Anne aus ihren Gedanken. Er stellte sich neben sie und stützte sich auf die Reling.

»Ich habe die Mäntel in einer Kiste verstaut. Die haben vielleicht gestunken, das kannst du mir glauben«, sagte er.

»Dass die Mönche bei dieser Hitze tatsächlich so herumlaufen…«

»Wir müssen ihnen dankbar sein. Ohne die Verkleidung hätte uns niemand Aufmerksamkeit geschenkt. Aber dank dieser List ist unser Plan bestens gelungen.«

Erleichtert und glücklich sahen sie sich an. Er näherte sich ihr, und seine Finger streiften ihre Hand.

»Mir werden die Knie immer noch weich, wenn ich daran denke, welche Gefahr wir auf uns genommen haben«, murmelte Anne. »Aber als ich hörte, dass in Herzog Eriks Burg die Krankheit tatsächlich aufgetreten war, kam mir der Gedanke mit der Pest. Nichts jagt den Menschen solche Angst ein wie diese Seuche. Obwohl dein Einfall mit dem kranken Reiter, der tot aus dem Sattel fällt, die Sache erst so richtig glaubwürdig gemacht hat. Gott sei Dank hast du dich bei dem Sturz nicht verletzt.«

Er schenkte ihr ein warmes Lächeln und legte ihr die Hand auf den Arm.

»Erst den Vitalienbrüdern zu entkommen und dann auch

noch Schiff samt Ladung zurückzuerobern – so etwas ist bisher bestimmt noch niemandem gelungen!«

»Wir waren zu zweit.«

»Aber du hast nie aufgegeben. Während deiner Gefangenschaft musste ich oft daran denken – und tröstete mich immer damit, dass du wahrscheinlich doch eine Möglichkeit zur Flucht finden würdest.«

»Es ist nie zu spät, nicht aufzugeben«, lächelte sie. »Obwohl es länger gedauert hat, als ich dachte.«

»Ich hatte die größte Angst, dass die Piraten dir etwas antun könnten. Und du hast noch nicht viel darüber erzählt.«

Anne fuhr mit den Händen über die Reling.

»Nun, ich hatte Essen und ein Dach über dem Kopf, und niemand hat mich geschlagen.«

»Schlagen ist das eine – aber haben sie dich wirklich in Ruhe gelassen?«

Anne spürte seinen Blick und betrachtete ihre Hände. Sie dachte daran, was zwischen Störtebeker und ihr vorgefallen war. Sie gehörte nicht zu jenen Menschen, die gut lügen können, aber die Wahrheit wollte sie lieber für sich behalten. Wer nicht selbst in Gefangenschaft gesessen hat, dachte sie bei sich, wird kaum verstehen, dass man sich auf so gut wie alles einlässt, um zu überleben. Und das hatte sie getan.

»Störtebeker hat es einmal versucht, aber ich habe ihn davon abgehalten, und es tat ihm dann auch leid. Danach haben wir meistens Schach gespielt.«

Was sie gesagt hatte, entsprach der Wahrheit, und mehr musste sie nicht verraten. Doch Leonardo bohrte weiter.

»Er hat dich also in Frieden gelassen?«

»Nein, Störtebeker hat mich nicht in Frieden gelassen. Er war unentwegt in meinen Gedanken, weil mein Leben in seinen Händen lag, und ich musste mir einen Plan ausdenken, wie ich aus der Burg fliehen konnte«, erwiderte sie. »Und das ist mir zum Schluss auch gelungen. Aber ich möchte lieber nicht mehr darüber sprechen.«

Sie begriff sehr wohl, wonach Leonardo eigentlich gefragt hatte, und sie wusste auch, dass die Männer einen Bogen um Frauen machten, die außerehelich mit anderen Männern zusammen gewesen waren. Solche Frauenzimmer heiratete man nicht.

Was in der Vergangenheit geschehen war, als sie sich noch nicht kannten und sie noch verheiratet war, war die eine Sache – aber was sich seit ihrer ersten Begegnung ereignet hatte, stand auf einem anderen Blatt. Anne dachte an ihren Versuch, Störtebeker aufs Kreuz zu legen, und wie er sie dann doch überlistet hatte. Fände Leonardo das heraus, wollte er womöglich nichts mehr mit ihr zu tun haben. Also erzählte sie stattdessen lieber von ihrer Flucht. Wie sie den Wächter eingesperrt hatte, die Treppen hinuntergelaufen war und das Boot aus dem Verschlag gestohlen hatte. Störtebeker hingegen erwähnte sie mit keinem Wort mehr.

»Du ahnst gar nicht, wie froh ich bin«, sagte Leonardo, der ihr aufmerksam zugehört hatte. »Wenn du es nicht geschafft hättest, aus der Burg zu fliehen, und nicht darauf bestanden hättest, dass wir das Schiff und die Fracht mitnehmen, wäre der Handel mit der Königin schon auf Gotland vorbei gewesen. Ich weiß noch, wie du verletzt auf dem Pfarrhof in Falan im Bett lagst – damals ahnte ich nicht, dass du im Alleingang eine ganze Bande Seeräuber überlisten würdest.« Er legte ihr einen Arm um die Schulter und gab ihr rasch einen Kuss auf die Wange.

»Dafür hast du die Absprache mit der Königin getroffen«, gab sie zu bedenken.

»Da siehst du's, wir brauchen einander! Vielleicht sollten wir gemeinsam ein Handelshaus gründen.«

Sie hielten inne und tauschten einen Blick. Anne lächelte. »Gern, aber vergiss die Königin nicht. Die will ihren Anteil haben. Außerdem frage ich mich, ob ihr dein Geld wirklich so sehr am Herzen liegt. Wahrscheinlich will sie dich einfach wiedersehen.«

Leonardo lachte und kniff Anne scherzhaft in die Wange. »Als mein Vater mir von den Frauen erzählte, erwähnte er nicht, dass es auch solche wie dich gibt.«

Anne schwieg. Sie hatte die Zärtlichkeit in seiner Stimme wohl bemerkt und ahnte, dass sich hinter diesen Worten noch viel mehr verbarg.

Visby ruhte in der Sommernacht, und der leichte Nebel über dem Meer dämpfte alle Geräusche. Klaus Störtebeker atmete die warme, feuchte Luft ein und taumelte auf die Straße, ohne das junge Mädchen loszulassen. Sie war nicht wie Anne, das war ihm klar, doch sie war so weich und üppig. Den ganzen Abend hatten sie zusammen getrunken, und er nahm sie immer wieder in den Arm. Heute war er betrunkener als sonst. Jedes Mal, wenn er ein Bier hinunterstürzte, klatschten alle Umsitzenden Beifall. Außerdem hatte er durchaus Grund zum Feiern gehabt: Die Piraten hatten ein englisches Schiff mit feiner Wolle und allerlei Kostbarkeiten gekapert. Das geschah dem englischen König nur recht, denn der setzte alles daran, um ihnen das Handwerk zu legen. Gerade tat sich dieser Schuft mit mehreren deutschen Städten zusammen, um gegen Störtebeker und seine Männer vorzugehen, die den Handel auf der Nordsee so sehr störten. Es stimmte wohl, dass sie sowohl dort als auch auf der Ostsee Schiffe kaperten, aber nachdem die Piraten so zahlreich geworden waren, mussten sie ihre Raubzüge weiter nach Westen ausdehnen. Immerhin gehörte das Meer nicht den Engländern allein, das Meer war für alle da.

Das Bier wollte hinaus, und er ließ das Mädchen los, um sich zu erleichtern. Als er fertig war, stützte er sich gegen die Wand, zog die Hose wieder hoch und torkelte zurück zu ihr.

»Ich kann dich nach Hause begleiten. In Zeiten wie diesen sollte eine Frau nicht allein nach Hause gehen.«

»Ich wohne oben im Klintenviertel.«

Den ganzen Abend war sie schon so einsilbig gewesen. Andererseits konnte sie gut zuhören und war leicht zum Lachen zu bringen. Er hatte sofort eine Neigung zu ihr gefasst. Wie alt mochte sie wohl sein, sechzehn oder siebzehn Lenze? Vielleicht hätte sie dieses letzte Bier doch nicht trinken sollen, denn sie lallte und war so unsicher auf den Beinen, dass er sie immer wieder stützen musste. Dann musste sie sich ebenfalls erleichtern, und während er auf sie wartete, schweiften seine Gedanken wieder zu den Engländern. Der Versuch König Richards des Zweiten, den Piraten das Handwerk zu legen, ärgerte ihn. Dieser Emporkömmling sollte sich ihm nicht in den Weg stellen. Manchmal segelten Arendt Styke und er gleich mit mehreren Schiffen los, damit sie auch sicher sein konnten, Beute zu machen. Dieses englische Schiff war wirklich ein außerordentlich fetter Fang gewesen.

Als er mit seiner Mannschaft im Wirtshaus *Zu den drei Fäs-*

sern feierte, hatte das Mädchen am selben Tisch gesessen. Sie behauptete, mit ihrem Vater gestritten zu haben und ins Wirtshaus gegangen zu sein, weil sie nicht wusste, wohin. Da gab er ihr ein Bier aus, und sie unterhielten sich. Sie blieb bei ihm sitzen, er bestellte noch mehr Bier und einen Bissen zu essen. Störtebeker war es leid, ununterbrochen an Anne zu denken und sich zu grämen, dass er sie nie wiedersehen würde. Doch sie war keine Frau, die in Gefangenschaft leben konnte. Und als sich zeigte, dass sie lieber ihr Leben aufs Spiel setzte, als bei ihm zu bleiben, war für ihn das Ende erreicht. Doch anschließend bereute er seine Entscheidung und wollte sie wieder einfangen. In seinem Innersten hing er immer noch an ihr. Sie war in ihm, wie eine Seele, ein Geist, ein Traum.

Das junge Mädchen kam zurück, und er legte ihm einen Arm um die Hüfte. Langsam hob sich der Morgennebel, und die Sonne ging auf. Es sah aus, als würde die Stadt im Licht ruhen und nur ganz allmählich die Augen öffnen. Störtebeker blieb stehen und betrachtete die ersten Sonnenstrahlen, die sich über die Stadtmauer tasteten. Er staunte, dass es an Land so schön sein konnte. Und die Sonne ging auch schon auf – er hatte wahrhaftig lange im Wirtshaus gesessen! Immer noch angeheitert, geriet er ab und zu ins Taumeln. Verdammte Anne! Aber Gott sei Dank gab es noch andere Frauen. Er ließ die Hand ein wenig wandern und befühlte die weiche Brust der jungen Frau.

»Willst du noch etwas trinken?«, lallte er. »Ich glaube, da vorn kommt ein Wirtshaus.«

Sie schüttelte den Kopf. »Du wolltest mich doch nach Hause begleiten.«

»Wir sind doch unterwegs, wir sind doch unterwegs.« Er nahm ihre Hand, und sie gingen weiter durch die Gassen.

»Bist du schon einmal mit einem Mann zusammen gewesen?«, fragte er plötzlich und blieb stehen.

Sie schlug die Augen nieder. »Der Knecht bei uns zu Hause hat es versucht, aber ...«

Störtebeker lachte schallend. »Du willst doch nicht etwa warten, bis du verheiratet bist!«

»Das muss ich doch.«

»Ach, dummes Gerede! Wäre es nicht besser, wenn du wüsstest, wie man es anstellt?«

Das Mädchen schüttelte den Kopf und ging weiter. Er fasste es bei der Schulter und hielt es zurück. Irgendwie besaß das Mädchen eine gewisse Ähnlichkeit mit Anne. Dieselbe Weichheit, dasselbe helle, glänzende Haar. Zwar war es nicht so schön und auch noch keine reife Frau, doch es hatte seine Lust geweckt.

»Komm«, sagte er, »ich zeige dir etwas.« Er bemerkte ihr Zögern. »Es dauert nicht lange«, versprach er.

Er nahm sie bei der Hand und führte sie zu einem Lagerhaus in der Nähe der Stadtmauer, das schon eine ganze Weile leer stand. Darin standen nur Geräte, Fässer, Strohballen und große Getreidesäcke. Störtebeker betrachtete das Mädchen und merkte, dass es allmählich unruhig wurde. Seine Unterlippe zitterte, aber es ging auch nicht fort. Nachdem er sie eine Weile gemustert hatte, strich er ihr mit der Hand über die Wange.

»Du bist so hübsch«, murmelte er, beugte sich vor und küsste sie. Erst war sie ganz steif, doch dann spürte er, wie sie in seiner Umarmung nachgab. Sie hatte begriffen, was jetzt geschehen sollte, stieß ihn aber nicht zurück. Er gab ihr einen weiteren Kuss.

»Du tust mir doch nicht weh?«, flüsterte sie.

»Ich bin ganz vorsichtig, das verspreche ich dir«, antwortete er und führte sie zu den Säcken. Er hatte mit einem Nein gerechnet und hätte dies auch hingenommen, aber nun unternahm sie nichts, um ihn aufzuhalten. Stattdessen sah sie ihn mit großen Augen an und legte ihm die Arme um den Hals.

»Ich mag dich«, flüsterte sie, und als sie sich hinlegten, presste sie ihren Körper an ihn. Er hielt sich zurück und liebkoste sie lange, bis er sie schließlich an sich zog. In diesem Augenblick hätte er glücklich sein sollen, doch seine Gedanken waren bei Anne.

42. Kapitel

Nicht der kleinste Lichtstrahl kam unter der geschlossenen Tür hindurch, nur ein muffiger, abgestandener Geruch. Mattis fühlte sich völlig zerschlagen. Er stand auf und versuchte, sich einen Begriff davon zu machen, wo er eigentlich war. Sein Kopf schmerzte und pochte, und ihm war schwindlig. Als er sich mit den Händen übers Gesicht fuhr, stellte er fest, dass er blutete. Die Wunde schien nicht allzu groß zu sein, und er presste den Ärmel dagegen, um die Blutung zu stillen. Unterdessen lauschte er auf Geräusche von draußen, doch es blieb totenstill. Entschlossen tastete er die geschlossene Tür ringsum ab, ob er sie nicht doch irgendwie öffnen konnte. Dann suchte er nach einem Gegenstand, den er von innen ins Schloss einführen konnte, wurde jedoch nicht fündig. Schließlich stemmte er die Schulter gegen die Tür, stieß zu und drückte, doch sie bewegte sich um keinen Fingerbreit. Zornig trat er gegen das harte Holz und verfluchte sich selbst. Wie hatte er nur so gutgläubig sein können, Ingrid hierher zu folgen? Dann besann er sich und rief:

»Hilfe! Macht mir auf!«

In der Hoffnung, dass ihn jemand hörte, wiederholte er seine Rufe mehrmals, doch irgendwann gab er auf. Er war allein, völlig allein. Warum die Witwe ihn eingesperrt hatte, war ihm ein Rätsel. Es musste sich um eine vorübergehende Umnachtung gehandelt haben, um einen Anfall, der wieder vorbeigehen würde. Sicher würde sie ihre Tat bald bereuen und zurückkommen, und sei es nur, um ihn mit Essen zu versorgen. Dann würde er sie zur Vernunft bringen. Doch in seinem Innersten wusste Mattis, dass nichts dergleichen geschehen würde. Ingrid hatte alles geplant.

In seinem Kopf überschlugen sich die Gedanken. Wie war es Maria ergangen? Wenn Ingrid ihr nur kein Leid antat! Nein, er durfte nicht aufgeben. Um der Kinder und Valborgs willen musste er einen Weg aus diesem Verlies finden. Neuerlich tastete er im Dunkeln umher. Er stieß gegen kalte Steinwände und gestampften Lehmboden, fand aber weder Türen noch Fenster und auch kein Wasser. Verzweifelt tappte er in die Tiefe des Kellergangs hinein. Der Korridor wurde noch schmaler und der Boden unter den Füßen immer unebener. Er breitete die Arme aus und befühlte die Wände rechts und links. Plötzlich schien der Gang eine Biegung zu machen, und er gelangte in einen größeren Raum. Dort spürte er einen Luftzug und schöpfte neue Hoffnung. Als er allzu hastig vorwärtsstolperte, stieß sein Fuß auf einmal gegen etwas Weiches, und er stürzte zu Boden. Im nächsten Augenblick gellte ein Schrei durch das Gewölbe – der Schrei eines Kinds. Entsetzt streckte Mattis die Hände in die Finsternis aus und berührte einen Kinderkörper neben einem großen Stoffbündel. Das Kind weinte lauthals, und Mattis erkannte das Stimmchen wieder: Es war Johan! Vorsichtig nahm er den Kleinen in die Arme, und dessen rundliche Ärmchen schlossen sich um seinen Hals.

»Johan, ich bin's, Mattis. Hab keine Angst!«

Während er den Jungen beruhigend hin und her wiegte, trat er zu dem weichen Bündel auf dem Boden. Er kniete nieder, setzte Johan ab und tastete über den Stoff. Darunter steckte etwas Großes, Warmes, und als er das Haar und das Kopftuch ertastet hatte, wurde ihm klar: Das musste Valborg sein. Hatte Ingrid die beiden ebenfalls eingesperrt? Er beugte sich zu ihr hinab.

»Valborg?«

Keine Antwort. Sie atmete zwar, aber als Mattis sie schüttelte, damit sie zu Bewusstsein kam, rührte sie sich nicht. Ein eiskalter Schreck fuhr ihm in die Glieder. Sie musste schon seit Tagen hier liegen. Hier kam also niemand mit Nahrung oder Wasser. Sie waren zum Sterben eingeschlossen worden.

Leonardo lag unter Deck und starrte geistesabwesend auf die Balken an der Decke. Das Schiff schaukelte und schlingerte in der schweren See, und immer wieder spülten große Wellen über den Bug. Gewöhnlich wiegten ihn die Bewegungen des Schiffs in den Schlaf, aber an diesem Abend konnte er nicht einschlafen. Er dachte an Giorgio und fragte sich, was sein Kompagnon wohl sagen würde, wenn er wüsste, dass er, Leonardo Omicelli, eine geschäftliche Absprache mit der dänischen Königin getroffen hatte. Eigentlich wusste er selbst nicht recht, wie ihm das gelungen war. Außerdem arbeitete er mit einer geheimnisvollen

Frau aus dem Norden zusammen, die tat und ließ, was ihr passte. Er musste in sich hineinlächeln. Eine venezianische Frau blieb brav zu Hause und gebar ihrem Mann Kinder. Anne hingegen trieb Handel und schaltete und waltete ganz nach Belieben wie alle anderen Kaufleute. Und dabei büßte sie nichts von ihrer Weiblichkeit ein. Ihre Stimme, ihre Bewegungen und ihr weiches Lachen, ihre Blicke und ihre Ausstrahlung gaben ihm das Gefühl, ganz Mann zu sein. Seit sie losgesegelt waren, hatte er sich mehrmals dabei ertappt, sie zu betrachten, und sobald er hörte, dass sie an Deck kam, eilte er ihr hinterher. All das geschah ganz unbewusst, als müsse er einfach dort sein, wo sie war.

Was auf dem Boot in Kalmar geschehen war, hatte er natürlich nicht vergessen. Weder sie noch er hatten etwas dergleichen erwartet, doch in jenem Augenblick hatten sie eine unsichtbare Grenze überschritten. Es hatte sich angefühlt wie ein Anfang, doch dann war es zu keiner Fortsetzung mehr gekommen. Zwar hatte er sie vor Freude geküsst, als er sie in Visby wiederfand, aber das war schon alles gewesen. Als sie plötzlich nicht mehr da war, hatte er sie vermisst, und jetzt lag ihm mehr an ihr denn je zuvor. Gleichzeitig war er auch fasziniert von ihr. Ihre Ausstrahlung hatte gewiss auch auf Störtebeker und seine Männer gewirkt. Er wollte gar nicht daran denken, was auf der Piratenburg geschehen sein mochte. Anne hatte sich in Gefangenschaft befunden und unter ständiger Bedrohung gelebt, das musste er verstehen. Also sollte er hinnehmen, dass sie ihm nicht alles erzählte. Und falls sie Geheimnisse hatte, mochte sie sie für sich behalten – sie war schließlich nicht die Seine.

Es gab Gründe genug, sie auf Abstand zu halten. Zu Hause in Venedig hatte er immerhin seine Verpflichtungen, und wenn er sich ihr näherte, hätte das wahrscheinlich Auswirkungen auf ihre zukünftige Zusammenarbeit. Nicht zuletzt war es durchaus möglich, dass sie ihn abwies, und diese Demütigung wollte er sich ersparen. Er warf sich auf seinem Lager hin und her und schloss die Augen. Doch sosehr er auch versuchte, an etwas anderes zu denken, er sah sie beständig vor seinem inneren Auge, lächelnd, spöttisch und herausfordernd. Er wusste nicht, was mit ihm geschah, er ahnte nur, dass sich irgendetwas in seinem Leben veränderte.

43. Kapitel

Mattis hob Johan hoch und presste das schmutzige Kerlchen an die Brust. Der Kleine schlang ihm die Arme um den Hals und schluchzte. Am liebsten hätte Mattis mitgeweint, denn er hatte keine Ahnung, wie er ihm und Valborg aus diesem Gefängnis heraushelfen sollte.

»Mein armer kleiner Junge«, murmelte er und küsste Johan auf Wangen und Stirn. Trotz aller Sorge freute er sich maßlos, den Jungen wiederzusehen.

Behutsam setzte er ihn auf dem Boden ab und wandte sich Valborg zu, die immer noch nicht aufgewacht war. Er strich ihr über die Wangen, befeuchtete ein Stückchen Leinen und benetzte ihre Lippen. Im Sommer trug er immer eine Lederflasche mit Wasser bei sich, und diese Gewohnheit erwies sich nun als hilfreich.

»Sie schläft. Mama schläft«, stellte Johan fest.

Mattis betastete Valborgs Gesicht. Noch war sie warm und atmete, doch es stand schlecht um sie. Aber vielleicht war sie nur ausgetrocknet. Er wusch ihr das Gesicht und verabreichte ihr einen Mundvoll Wasser. Das kostbare Wasser rann am Mund vorbei, und er wiederholte den Versuch. Diesmal schluckte sie, musste jedoch husten, und auf das Husten folgte ein heiseres, rasselndes Geräusch. Als sie die Hand nach ihm ausstreckte, jubelte er innerlich. Sie war benommen, aber bald würde sie wieder die Alte sein.

»Bitte, Valborg, wach auf!«

Er legte sich dicht neben sie und nahm sie in die Arme. Doch selbst wenn ihre Lebensgeister zurückkehrten, blieb es völlig ungewiss, wie lange sie noch hier unten bleiben mussten. Erneut zerbrach er sich den Kopf, wie er die beiden und sich selbst retten konnte. Es musste doch mehr als eine Tür geben.

Erst einmal aber blieb er neben ihr liegen und hoffte, dass sie irgendwann die Augen aufschlüge und zu reden anfinge. Während die Zeit verstrich und nichts geschah, packte ihn abermals die Angst. Und in einem verzweifelten Versuch, sie zu wecken, hob er die Hand und versetzte ihr einen kräftigen Schlag auf die Wange.

Valborg bewegte sich.

Er schlug ein zweites Mal zu, woraufhin sie zitternd die Hände hob, um das Gesicht zu schützen.

»Valborg, ich bin's, Mattis. Wach auf!«

Sie antwortete nicht.

»Halt durch! Ich bring dich von hier weg.« Dann brach ihm die Stimme, und er begann zu weinen.

Wurde es schon Nacht? Er wusste es nicht. In der traumlosen schwarzen Finsternis brach das Grauen mit aller Macht über ihn herein. Du darfst nicht aufgeben, ging es ihm immer wieder durch den Kopf, und wie betäubt tastete er sich an den Wänden entlang, um einen Ausweg zu finden, doch er suchte vergeblich. Mehrmals tappte er bis zu der verschlossenen Holztür, um sich daran zu erinnern, dass es dort draußen eine Welt gab, aus der er gekommen war und in die er zurückkehren wollte.

Johan schlief die meiste Zeit, doch wenn er wach war, weinte er oder kuschelte sich eng an Mattis. Der versuchte, den Jungen zu trösten, und bezog ihn in die Suche nach einem Ausgang mit ein. Ab und zu bewegte sich Valborg unruhig und versuchte etwas zu sagen, doch ihre Worte blieben zusammenhangslos und unverständlich.

Die Zeit verging quälend langsam, und Mattis hatte das Gefühl, schon seit Wochen in diesem Keller eingekerkert zu sein. Allmählich wurde ihm immer öfter schwindlig. Sein Kopf hämmerte, vor seinen Augen flimmerte es, und manchmal überfiel ihn solche Übelkeit, dass er sich fast übergeben hätte. Ihn quälte der Durst, aber der klägliche Rest der Wasserflasche musste vorsichtig aufgeteilt werden. Außerdem dachte er immer wieder an Maria und fragte sich, was wohl mit ihr geschehen war. Schließlich konnte er nur noch beten. Dann wanderten seine Gedanken zu den Vitalienbrüdern. Sobald Sven Sture mit seinen Soldaten an Land gegangen wäre und Stockholm angegriffen hätte, würden viele Menschen unterirdischen Schutz suchen. Wenn er jeden Tag ein paar Mal um Hilfe riefe, würde ihn vielleicht irgendwann jemand hören und ihn, Valborg und Johan retten.

Er tastete sich wieder zur Tür, kniete nieder und schrie durch den schmalen Spalt nach draußen. Immer wieder rief er um

Hilfe, bis sein Hals ganz wund war und er kaum mehr Luft bekam. Erst dann ruhte er sich aus, um es wenig später erneut zu versuchen. Zum Schluss konnte er nicht mehr und erhob sich benommen. Als er sich gerade umwandte und zu Valborg und Johan zurückkehren wollte, hörte er plötzlich ein Geräusch von der Treppe. Er blieb stehen. Da war doch jemand! Hoffnung mischte sich mit Furcht. Wenn es Sven Stures Leute waren, konnte das den Tod bedeuten, aber wenn es nur gewöhnliche Soldaten waren, die Keller und Vorratskammern durchsuchten und plünderten, würden sie ihn wahrscheinlich verschonen. Er musste das Wagnis eingehen.

»Macht auf! Wir sind hier unten eingesperrt!«, brüllte er und hämmerte mit aller Kraft gegen die Tür.

Keine Antwort. Da legte er die Hände um den Mund und schrie, so laut er konnte. Erst war es still, doch dann hörte er wieder Schritte und Stimmen, gefolgt von Waffengerassel.

Jemand bewegte von außen den Riegel, und eine deutsche Stimme schrie: »Tretet beiseite, wir müssen die Tür einschlagen!«

Mattis stieg die kleine Treppe hinunter und krümmte sich im Dunkeln zusammen, während er darum betete, dass es sich bei den Männern dort draußen zumindest nicht um Feinde der übelsten Sorte handelte. Bereits der erste Axthieb traf so gut, dass das Holz splitterte. Der Spalt zwischen dem Fußboden und der Unterseite der Tür vergrößerte sich, und Mattis erspähte mehrere Füße. Im nächsten Augenblick zerhieb die Axt die Beschläge, und das Getöse dröhnte so laut durch den Gang, dass Johan aufwachte und schrie. Nun folgten die Schläge immer rascher aufeinander, und das Blatt der Axt durchdrang das Holz. Zum Schluss stemmten sich die Männer mit den Schultern dagegen, die Tür gab nach und öffnete sich. Mattis hob die Hände vor die Augen und blinzelte in das schimmernde weiße Licht, das durch die Türöffnung hereinfiel. Die Männer trugen nur ganz gewöhnliche Wachskerzen in den Händen, doch die Helligkeit blendete Mattis so stark, dass er anfangs fast nichts erkennen konnte. Dann hörte er eine Stimme, die er wiedererkannte – einen der Soldaten vom Schloss.

»Da drinnen liegen eine kranke Frau und ein Kind!«, rief Mattis und deutete in die Dunkelheit.

Er spürte eine Hand auf der Schulter und hörte wieder die bekannte Stimme. Es war der Wächter, der Maria die Flöte geschenkt hatte.

»Deine Kleine hat mir erzählt, wo ihr seid. Sie hat gesagt, du bist in einem Keller eingesperrt, und hat sich geweigert, das Schilderhäuschen zu verlassen, bis wir mit ihr hierhergekommen sind. Da hast du ja ein ganz schön stures Mädchen, die stand stundenlang bei uns. Jetzt wartet sie auf der Straße mit anderen Soldaten auf dich.«

»Maria, dem Himmel sei Dank!«, rief Mattis aus. »Und was ist mit Stockholm geschehen? Ist die Stadt geplündert worden?«

»Nein, Sven Sture hat den Angriff abgeblasen und ist wieder nach Gotland gesegelt.«

»Ist das wahr?«

»Herzog Erik ist der Pest zum Opfer gefallen, sodass Sven Sture zurückkehren musste.«

»Wenn König Albrechts Sohn tot ist, ist Stockholm doch gerettet!«

»Vorerst schon, das stimmt, und für die Vitalienbrüder sieht's zurzeit richtig schlecht aus. Aber was treibst du eigentlich hier unten? Wie um alles in der Welt bist du in diesen Keller geraten?«

»Eine Verrückte hat mich eingesperrt. Ich dachte, sie wolle mir nur ein sicheres Versteck zeigen für den Fall, dass es in der Stadt zu Kämpfen kommt.« Mattis zog eine Grimasse. »Warte nur, bis ich die in die Finger kriege!«

Mattis und der Wächter wurden von den Soldaten unterbrochen, die Valborg hinaustrugen.

Mattis beugte sich über sie. »Wir sind gerettet, Valborg. Jetzt bin ich wieder zu Hause, und alles wird wie früher.«

»Es ist wohl am besten, wenn wir gehen«, meinte einer der Soldaten. »Sie ist schwer krank. Wir bringen sie ins Heiliggeistspital.«

»Ich komme mit. Wie geht es dem Jungen?«

»Der kommt durch. Wir haben ihn in eine Decke gewickelt und ihm etwas zu trinken gegeben.«

Mattis betrachtete Valborgs blasses Gesicht. »Wird sie es schaffen?«

»Das kann man dir erst im Heiliggeistspital sagen. Wir müssen sie so rasch wie möglich dorthintragen.«

Mattis zitterte und begriff auf einmal, wie viel Valborg ihm bedeutete. Während sie eingesperrt im Keller gesessen hatten, war ihm langsam aufgegangen, dass sie ihm wichtiger war, als er gedacht hatte.

44. Kapitel

Anne sah zu, wie die Matrosen den Anker warfen und das Schiff geschickt an den Kai lotsten. Die Bootsleute sprangen an Land und machten die Kogge mit raschen Bewegungen an den Pollern fest. Eine lange Reihe von Schiffen lag hier vertäut, deren Ladung gelöscht werden sollte. Brügge war die große Hafenstadt im Norden, hier legten mehr Schiffe an als in London oder Lübeck. Schauerleute schleppten schwere Getreidesäcke und Fässer mit Stockfisch weg, andere stapelten Waren unten am Kai oder brachten sie noch ein Stück weiter zum Lagerhaus der Hanse. Hier sollte das Kupfer auf ein venezianisches Handelsschiff umgeladen werden. Als Anne sich gerade auf die Suche nach Leonardo machen wollte, kam er ihr entgegen. Schon seltsam, dachte sie, er scheint immer zu spüren, wann ich mit ihm reden will. Kann er meine Gedanken lesen?

»Wir sollten uns einen venezianischen Schiffer suchen, der das Kupfer auf einmal mitnehmen kann, dann sind wir die Kontrolleure der Hanse los«, meinte er.

»Und die Zollkosten ebenfalls. Kannst du das in die Wege leiten?«

»Ja, das müsste mir gelingen. Aber vermutlich sollten wir geradewegs nach Konstantinopel segeln. Nach Venedig kommen wir dann erst auf der Rückfahrt.«

»Das ist mir alles recht.«

Lächelnd sah er sie an und zog sie mit zum Landungssteg. »Komm, ich zeige dir etwas!«

Auf dem Kai wimmelte es von Menschen, und sie kamen kaum vorwärts. Dänische, englische und deutsche Schiffe wurden entladen, und fremde Laute schwirrten durch die Luft. Seeleute und Schauerleute drängten sich mit Passagieren, Karren und Wagen, es brauste und brodelte und lärmte. Männer in grünen Röcken und Schürzen verkosteten Wein aus einer Ladung mit Weinfässern, und eine Gruppe braun gekleideter Mönche war auf dem Weg in die Stadt. Ein Kaufmann mit großen Bündeln Pelzen und Leder ritt vorbei, unmittelbar gefolgt von einem Bauern, der Keramikkrüge und Kisten auf einer Karre hinter sich herzog. Hinter ihnen ragten hohe Steinhäuser mit Treppengiebeln auf.

»Ich kann es gar nicht fassen, wie groß hier alles ist!«, rief Anne und klammerte sich fest an Leonardos Hand.

»Du hast Konstantinopel noch nicht gesehen«, antwortete er. »Was sagst du hierzu?«

Zwei Kaufleute in eng anliegenden Hosen und Schnabelschuhen drängten sich an ihnen vorbei, und es dauerte eine Weile, bis sie sah, worauf Leonardo deutete. Doch dann hörte sie das Ächzen und Knarren von Tauen und erblickte so etwas wie einen Schiffssteven. Es war eine riesige Tretmühle mit einem mächtigen Rad an der Seite, das im Innern von Männern bewegt wurde. Langsam hob sich der Kran mit mehreren Tonnen in die Luft, schwenkte zur Seite und setzte alles auf dem Steinpflaster ab.

»Eine Mühle, die von Menschen angetrieben wird!«, staunte sie.

»Im Süden verwenden wir Esel, um auf diese Art Wasser aus den Brunnen hochzupumpen. Aber das hier …« Er schüttelte den Kopf und lachte.

Als sie eine Weile weitergegangen waren, erreichten sie ein großes Schiff mit Rahsegel, einem gerefften Lateinsegel und einem geschwungenen Heck.

Leonardo deutete mit einer Kopfbewegung darauf. »Hier gehen wir an Bord«, erklärte er. »Gott sei mit uns!«

Anne spürte die Spannung und war dankbar, dass sie diesmal nicht selbst verhandeln musste.

»Weißt du, welchen Rat mir mein Mentor in Venedig gegeben hat?«, fragte er. Anne schüttelte den Kopf.

»Er hat gesagt, wenn man in eine fremde Stadt kommt, soll man als guter Katholik zuerst die Messe besuchen. Dann soll man über die Märkte und durch die Gassen spazieren, um nach passenden Handelswaren Ausschau zu halten. Gleichzeitig soll man herausfinden, welches die besten Kaufleute der Stadt sind und welchen man vertrauen kann. Erst danach sollte man seine Arbeit aufnehmen.«

»Aber du bist doch schon einmal hier gewesen.«

»So ist es, und deshalb können wir sofort anfangen.«

Wenig später bekam Leonardo die Erlaubnis, auf das venezianische Handelsschiff zu kommen. Als sie die Kajüte des Kapitäns betraten, nahm er seine Kopfbedeckung ab und verbeugte sich. Die Männer redeten eine Weile miteinander, und als der Kapitän zu zögern schien, bat Leonardo Anne, ihm seinen Ranzen zu reichen. Rasch öffnete er den Verschluss und zog ein scharlachrotes Seidentuch heraus.

»Dieses Tuch bekommt Ihr noch obendrauf«, erklärte er.

Der Kapitän stand auf, nahm das Tuch in die Hand und befühlte es. Dann legte er es sich um die Schultern und ging ein paar Schritte bis in die Kombüse. Schließlich schüttelte er den Kopf. Da reichte ihm Leonardo noch eine Handvoll Münzen, die der Kapitän eine Weile hin und her drehte, bis er endlich lächelnd die Hand ausstreckte.

»Der war einer von der störrischen Sorte«, stellte Leonardo fest, als sie den Landungssteg wieder hinuntergingen. »Doch er nimmt sowohl das Kupfer als auch einen Teil der Stabeisen mit, die wir als Ballast dabei hatten. So können wir alles auf einmal verschiffen.«

»Das ging wirklich schnell vonstatten«, freute sich Anne.

Auf jene weiche und freundliche Art, die ihr mittlerweile so lieb geworden war, legte er ihr die Hand auf den Arm. »Ich versuche, sie immer mit einer Zugabe zu überraschen, mit der sie nicht gerechnet haben, wie zum Beispiel mit diesem Tuch. Dann denken sie nicht mehr weiter nach, und ich spare viel Zeit. Und, wie gesagt, ich will die Ladung so schnell wie möglich löschen lassen, bevor die Hanseaten entdecken, was wir da im Frachtraum lagern.« Seine Augen leuchteten, und sein Gesicht strahlte vor fast kindlicher Freude.

Anne lächelte ihn an. In der kurzen Zeit, die sie miteinander im Hafen verbracht hatten, hatte sie erlebt, dass er tüchtiger und erfahrener war, als sie vermutet hatte.

Als der Vertrag fertig und die Ladung an Bord gebracht worden war, besuchten sie ein Wirtshaus am Hafen, um den Geschäftsabschluss zu feiern. Am Tisch saßen Kaufleute und

Schiffsmakler auf Bänken mit weichen Schaffellen. Die Wände waren mit Behängen geschmückt, auf denen Schiffe und Heilige abgebildet waren. Es war eng und roch nach Schweiß.

»Die Seeleute gehen in eine andere Kneipe«, erklärte Leonardo. »Brügge ist die Stadt des Handels und der Bankiers, und dieses Wirtshaus suchen die Kaufleute auf.« Er lehnte sich zurück. »Nun, was meinst du? Zuerst natürlich Brot und eine Kanne Wein, aber dann? Vielleicht zwei große Schüsseln Fleisch und Geflügel? Und danach Rüben? Und zum Schluss Obst?«

»Gern. Endlich Abwechslung nach dem ewigen Schiffszwieback! Ja, lass uns etwas Gutes essen, solange wir uns an Land befinden!«

Eine Gesellschaft betrat das Wirtshaus und blickte sich suchend um. Leonardo bedeutete den Gästen mit einer Hand, dass an ihrem Tisch noch Platz sei, und zwei gut gekleidete Frauen und ein Knappe setzten sich zu ihnen. Während der Mann Wein bestellte, warfen die Frauen Leonardo verstohlene Blicke zu. Sie rückten ein wenig näher an ihn heran und lächelten ihm einladend zu. Eine beugte sich weit vor und gewährte Einblick in ihren Ausschnitt. Nach einer Weile nahm Leonardo eine höfliche Unterhaltung mit den dreien auf und hob sein Glas.

Dann wandte er sich an Anne. »Woran denkst du? Trink doch!«, forderte er sie auf, und sie prostete ihm zu und trank, obwohl sie keinen Durst hatte. Als Leonardo sich lachend zu seiner linken Tischdame hinüberlehnte und abermals das Glas hob, wäre Anne am liebsten aufgestanden und gegangen. Sie musste sich zusammennehmen und zum Sitzenbleiben zwingen. Er schenkte ihr überhaupt keine Aufmerksamkeit mehr, und je weiter der Abend vorrückte, umso schweigsamer wurde sie. Obwohl er ab und zu auch mit ihr anstieß, kam sie sich schrecklich überflüssig vor. Danach zu urteilen, wie er andere Frauen umschmeichelte, konnten die Küsse, die sie getauscht hatten, nichts bedeuten, das wurde ihr immer klarer. Bestimmt verhielt er sich bei allen so. Sie tröstete sich, indem sie alles aß und trank, was vor ihr auf dem Tisch stand, und es wurden etliche Gläser Wein. Wie aus weiter Ferne hörte sie Leonardos weiche, klare Stimme und sein ansteckendes Lachen. Die Geräusche kamen und gingen in Wellen, und irgendwann schloss sie die Augen.

»Was ist denn mit dir? Du bist ja so still«, hörte sie ihn sagen. Sie versuchte zu lächeln und stieß gegen den Tisch.

»Geht es dir nicht gut?«

»Doch, doch«, brachte sie hervor, aber in ihrem Kopf drehte sich alles, und sie spürte einen ersten Brechreiz.

»Welch herrlicher Abend!«, rief er aus, als sie das Wirtshaus schließlich verließen und sich auf den Rückweg zum Schiff machten.

Ich hatte gedacht, dass wir feiern wollten, dass du mit mir reden wolltest und nicht mit diesen aufgeputzten Huren, hätte sie am liebsten gesagt. Doch sie biss sich auf die Zunge, denn sie wollte ihm nicht zeigen, wie beleidigt sie war.

»Das war heute wohl dein großer Abend«, murrte sie stattdessen nur.

Er lachte zufrieden. »Das waren die Gattinnen zweier Kaufleute, mit denen ich Handel treibe. Ich kenne keine Frauen, die einfältiger sind als die beiden, aber sie sind wichtig für uns. Sie haben großen Einfluss.«

»Willst du damit sagen ...?«

»Du bist doch nicht etwa eifersüchtig?« Er hielt inne, als er ihren Blick sah. »Mein kleines Dummerchen.« Dann gab er ihr einen Kuss auf die Wange.

Anne lehnte den Kopf an seine Schulter. Immer noch drehte sich alles. Doch er hielt sie fest, als sie den Landungssteg erreichten und unter Deck gingen.

»Du bist so entzückend«, murmelte er und blieb stehen. In diesem Augenblick hätte sie am liebsten die Arme nach ihm ausgestreckt und ihn in der Dunkelheit an sich gezogen, doch sie wagte es nicht. Lächelnd stand er vor ihr, und sie wusste nicht recht, was sie tun sollte.

»Gute Nacht«, sagte sie schließlich und stellte sich vor ihm auf die Zehenspitzen. Er hielt sie fest, und sie roch seinen Duft nach Wein, Meer und Kräutern. Nachdenklich betrachtete er sie, dann beugte er sich vor und gab ihr einen leichten, flüchtigen Kuss.

»Bald«, raunte er. »Bald sind wir unterwegs.«

45. Kapitel

Am nächsten Morgen fühlte Anne sich krank, versuchte aber, es nicht zu zeigen. Sie schob es auf das Essen und war sicher, dass es bald vorübergehen würde. Rasch packten Leonardo und sie ihre Habseligkeiten auf der alten Kogge zusammen, und bevor sie an Bord des venezianischen Schiffs gingen, blieb sie kurz stehen und betrachtete das große Handelsschiff, das sie übers Mittelmeer bringen sollte. Es war größer und hatte rundere Formen als ihr altes. Der Bug hob sich höher übers Wasser, und hinter den großen Rahsegeln ragte noch ein Mast mit Besansegel auf. Auf dem Achterdeck befanden sich die Kajüten für den Kapitän, den Steuermann und die Passagiere. Fröhlich ging Anne an Bord. Sie war noch nie auf dem Mittelmeer gewesen, hatte aber oft von den Häfen im Osten gehört, den warmen Winden und dem sanften blauen Meer. Nun sollte sie das alles endlich selbst erleben.

Als sie ihre Seemannskisten verstaut und dafür gesorgt hatten, dass die gesamte Kupferladung und die übrigen Waren an Bord waren, trat sie an die Reling und blickte auf den Kai. Sie war immer noch ein wenig schwach auf den Beinen, und die Übelkeit war noch nicht verflogen. Leonardo stellte sich neben sie und strich ihr sanft über den Arm.

»Jetzt beginnt das große Abenteuer«, sagte er.

»Ich bin so froh, dass du mich mitgenommen hast.«

»Nun, wir werden sehen, ob du mir auch noch dankst, wenn diese Reise vorüber ist.«

Sie gingen auf dem Schiff umher, begrüßten den Kapitän und begaben sich, nachdem sie einige höfliche Sätze mit ihm ausgetauscht hatten, gemeinsam unter Deck. Der Kapitän zeigte ihnen die Laderäume und die Kombüse, dann führte er sie zum Achterdeck und zu den Kabinen.

»Hier ist Platz für Euch und Eure Frau, Leonardo«, sagte er und ließ die beiden mit einer Verbeugung allein.

Anne öffnete den Mund, um zu protestieren, entdeckte jedoch gerade noch rechtzeitig Leonardos warnenden Blick.

»Ich habe das einfach so behauptet, sonst hätten wir bei den anderen schlafen müssen. Auf diese Weise haben wir es behaglicher«, gab er etwas beschämt zu, als der Kapitän sich entfernt hatte. »Aber keine Sorge. Wir sind Kompagnons, keine Eheleute. Das werde ich respektieren.«

»Das sagst du jetzt«, erwiderte sie ruhig und versuchte zu lächeln. Doch in ihrem Innersten zweifelte sie. Sollte sie es wirklich wagen, diesen Raum mit Leonardo zu teilen? Nachdenklich sah sie sich in der Kabine um, der dem feuchten Turmzimmer in der Burg so gar nicht ähnlich war. Hier gab es Kojen, eine niedrige Decke, und die Wände waren mit geschnitzten Holzpaneelen gerahmt. Es roch nach frischem Holz und Teer. Sie wollte etwas sagen, doch im nächsten Moment überkam sie eine solche Welle von Übelkeit, dass sie sich an der Wand abstützen musste. Leonardo war bereits auf dem Weg nach draußen und bemerkte nichts. Anne schluckte und suchte in ihrem Lederbeutel nach Ingwer. Dort, zwischen den Kräutern und einem Stückchen Bernstein, lag Störtebekers Ring. Sie steckte ihn auf. Der Schmuck glänzte im schwachen Licht, und sie betrachtete eine Weile den grinsenden Schlangenkopf, bevor sie ihn wieder in den Beutel steckte. Womit Störtebeker sich wohl gerade beschäftigte? Trank er Bier mit seinen Männern, oder hatte er jemanden gefunden, mit dem er Schach spielen konnte? Sie betastete die Kräuter. Was hatte er sich gedacht, als er ihr den Becher zuschob, den sie für ihn vorbereitet hatte? Hatte er Liebeskräuter, Rauschmittel oder schlicht und einfach Gift erwartet? Eine Antwort darauf bekäme sie nie, aber sie wusste, es hätte schlimm ausgehen können. Doch nun täte ihr der gemahlene Ingwer sicher gut. Während sie sich einen Trank mischte, brach ihr der Schweiß aus, und sie fühlte sich noch schlechter als zuvor. Rasch legte sie den Kopf in den Nacken und trank das scharfe Getränk aus. Sie musste sich am Türrahmen abstützen, weil ihr so schwindlig war, doch dann atmete sie ein paar Mal tief durch und beschloss, an Deck zu gehen. Draußen an der frischen Luft ginge es ihr bestimmt besser. An der Reling stieß sie wieder zu Leonardo.

»Wir sind klar zum Ablegen«, sagte er.

Sie nickte und rang sich ein Lächeln ab. Das Schiff legte ab, und sie sah Brügge achtern verschwinden.

»Der Ausgang dieser Reise ist ungewiss«, fuhr Leonardo fort. »Bist du auch wirklich bereit dafür?«

Sie nickte matt und dachte sich, dass er wieder einmal ihre Gedanken gelesen hatte. Gerade noch hatte sie sich gefragt, ob sie es wohl schaffen würden, nicht von Piraten überfallen zu werden, keinen Schiffbruch zu erleiden und in Konstantinopel nicht um ihre Ladung betrogen zu werden. Nichts war sicher, und trotzdem spürte sie die bekannte erwartungsvolle Aufregung, weil so viel Neues auf sie wartete. Sie wandte sich zu ihm und wollte es ihm erklären, als plötzlich die Übelkeit wieder hochkam und sie sich übergeben musste. Sie hörte Leonardos erschrockenen Ausruf und spürte seinen Arm um ihre Schultern. Er versucht, mich aufzufangen, dachte sie noch. Dann wurde ihr schwarz vor Augen.

Als sie in der Kajüte wieder zu sich kam, war sie in kalten Schweiß gebadet, und irgendwo in der Ferne ahnte sie das Geräusch von Wellen und ein Gesicht, das sich über sie beugte. Im Schüttelfrost warf sie sich im Bett hin und her, sank in einen halb betäubten Zustand, fantasierte von Störtebeker und hörte sich Leonardos Namen rufen. Tag und Nacht verschwammen zu einem Nebel, und sie wusste nicht mehr, wo sie war und wie viel Zeit mittlerweile vergangen war. Ab und zu erschienen ihre Kinder in den Träumen, und manchmal wachte sie auf und war überzeugt, sie befänden sich mit ihr auf dem Schiff. Doch die Kajüte war leer, und so laut sie auch rief, sie kamen nicht. Dann weinte sie vor Sehnsucht und wäre am liebsten aufgestanden und zu ihnen geeilt. Doch sie war zu schwach, um das Bett zu verlassen, und draußen gab es nur Wind und Meer.

In einem Traum wanderte sie mit Maria durch einen Wald in Bergslagen. Sie hatte das Mädchen zum Moossammeln mitgenommen, während Valborg auf dem Pfarrhof auf Johan aufpasste. Der Schnee war geschmolzen, die Erde taute, und das Wasser stand nicht mehr so hoch in den Gräben. Eine blasse Sonne schickte ihre Strahlen durch die Zweige, und es roch nach Tannennadeln und Harz. Plötzlich lief Maria an ihr vorbei und stellte sich ihr in den Weg.

»Geh nicht weg! Du darfst mich nie mehr verlassen, Mutter!«, rief sie und warf das Moos zu Boden, das sie gesammelt hatte.

»Aber, liebste Maria, ich bleibe doch hier«, antwortete Anne.

»Das ist nicht wahr. Du reist ganz bestimmt wieder fort, das weiß ich.«

Der Kleinen stiegen Tränen in die Augen, und Anne kniete vor ihr nieder. Da schlug Maria mit ihren mageren Kinderhändchen auf sie ein. »Du darfst nicht, du darfst nicht! Ich will es nicht!«

Anne schloss ihre Tochter in die Arme, küsste sie auf die Stirn, flüsterte ihr sanfte Worte ins Ohr und versuchte, sie zu trösten, doch Maria schrie so lange, bis Anne erwachte.

Ihre Albträume verfolgten sie, und sie konnte sich kaum dagegen wehren, denn Fieber und Schüttelfrost hatten sie mittlerweile geschwächt. Zu guter Letzt wusste sie nicht mehr, ob ihre Träume Wirklichkeit waren oder nicht. Sie erinnerte sich nur noch, dass Maria ohne ein Abschiedswort davongelaufen war, als sie mit Leonardo abreiste. Die Bilder ihrer Kinder flimmerten an ihrem inneren Auge vorbei, und in der einen Hand spürte sie noch den leichten Druck von Johans verschwitzten Fingerchen. Doch die andere Hand war leer. Maria war nicht da.

Vorsichtig schlug Ingrid die Augen auf. Ihr Kopf hämmerte, der ganze Körper tat ihr weh. Sie versuchte aufzustehen, ließ aber mit schmerzverzerrtem Gesicht von dem Vorhaben ab. Benommen schloss sie die Augen, sammelte Kraft und nahm einen neuen Anlauf. Doch ein stechender Schmerz durchfuhr ihre Schultern, und sie sank auf den Boden zurück. So blieb sie eine Weile still liegen und bewegte ihre Gliedmaßen. Den einen Arm und beide Beine konnte sie bewegen, aber es tat so weh, dass ihr der kalte Schweiß ausbrach. Ihre Bluse und der Schal waren schmutzig und steif von getrocknetem Blut. Sie wandte den Kopf. Offensichtlich befand sie sich in einer alten Scheune, aber wo? Überall war Brennholz gestapelt, und in einer Ecke lagen eine Sense und einige Rechen. Ein Teil des Dachs war eingestürzt, und die Tür schlug leicht im Wind. Als Ingrid die Augen schloss, tauchte sofort Marias Bild vor ihr auf. Ein Kind lief davon, fort von ihr. Sie sehnte sich so nach ihr, aber sie musste Geduld haben. Erst wollte sie gesund werden, dann konnte sie ihr kleines Mädchen suchen. Sie schloss die Augen und ließ sich in die Dunkelheit zurücksinken.

Als sie aufwachte, fiel das Sonnenlicht schräg in die Scheune, und sie hörte Schritte an der Tür. Dann trat ein Mann auf sie zu.

»Nun bist du also aufgewacht«, stellte er fest. Neugierig musterte er sie, und ein muffiger Geruch nach Bier und Schweiß schlug ihr entgegen. »Ich habe dich auf der Straße gefunden. Der Kutscher, der dich überfahren hat, ist nicht einmal stehen geblieben.«

Ingrid versuchte, sich abermals aufzurichten, und der Mann half ihr, bis sie eine Kauerstellung eingenommen hatte.

»Wie geht es dir? Du musst vorsichtig sein.«

»Wo bin ich?«

»Auf einem Bauernhof, den ein schwedischer Bürger verlassen hat. Aber ruh dich erst einmal aus. Ich bringe dir etwas zu trinken.«

Er verschwand durch die Tür und kehrte mit einem Schöpflöffel Wasser zurück. »Hier, trink, so viel du willst. Draußen gibt es einen Brunnen.« Er reichte ihr die Kelle, sie nahm sie entgegen und trank.

»Und jetzt sehen wir uns am besten deine Wunde noch einmal an.«

Er holte Schafgarbe und Wegerich aus einem Birkenrindenrucksack und deutete auf ihren Fuß. Sie sah, dass sie einen Verband trug. »Dort hattest du eine große, offene Wunde, und verstaucht war der Fuß obendrein. Halt still, damit ich den Verband wechseln kann!«

Ingrid verzog den Mund. »Wer bist du?«

»Olof der Hausierer. Ich verkaufe Scheren, Kämme, Birkenrindenrucksäcke und solcherlei Dinge. Außerdem Extrakte und Kräuter.«

»Kräuter?«

»Meine Mutter war eine Heilkundige und wusste fast alles über Pflanzen. Eine kluge alte Frau, die alle möglichen Pflanzen sammelte.«

»Schafgarbe und Wegerich, meinst du?«

»Ja, aber auch Bilsenkraut und Eisenhut und anderes. Sie wusste genau, welche Pflanzen guttun und welche gefährlich sind.«

»Helfen denn die Kräuter, die du mir auf den Fuß gelegt hast?«

»Wegerich? Natürlich. Du hättest sehen sollen, wie das noch vor einer Woche aussah. Aber nun halt schön still, sonst eitert die Wunde noch.«

»Aber ich kann doch nicht einfach hier herumliegen.«

»Musst du aber. Dein Fuß sieht immer noch schlimm genug aus, und deine Schulter ist ebenfalls noch nicht verheilt. Die war ausgekugelt, und ich musste sie dir wieder einrenken. In der Zwischenzeit benachrichtige ich deine Familie.«

»Ich habe keine Familie.«

»Eine Frau wie du?«

Er musterte sie neugierig und ließ den Blick kurz über ihren Körper schweifen.

»Mein Mann ist vor einer Weile gestorben, und meine Eltern sind schon seit Langem tot.«

»Du kannst hierbleiben. Ich stamme aus Dalarna und übernachte immer in dieser Scheune, wenn ich auf Handelsreise in Stockholm bin.« Er öffnete seinen Rucksack und entnahm ihm einen Kanten Brot sowie einige Stücke Stockfisch.

»Hast du Hunger?« Er reichte ihr ein Stückchen Brot, das sie dankbar entgegennahm.

Verstohlen musterte sie ihn von der Seite. Er hatte einen Bart und trug das Haar zurückgekämmt. Seine Augen unter den dicken blonden Brauen waren eher klein. Er war weder dick noch dünn und sah eigentlich recht gut aus. Nur roch er leider ziemlich schlecht. Neben ihm lagen ein Rucksack aus Birkenrinde und ein Wanderstab, und auf einer Decke hinter ihm entdeckte Ingrid etliche Kräuterbündel.

»Hat deine Mutter dir alles über Kräuter beigebracht?«, wollte sie wissen.

»Nicht alles, aber genug. Ich kann einen Menschen heilen oder umbringen, je nachdem«, lachte er.

»Bringst du mir ein wenig davon bei, während ich hier liege?«, fragte Ingrid. »Ich habe mir immer gewünscht, anderen helfen zu können.«

»Natürlich.« Er rückte näher an sie heran. »Mit welchen Pflanzen wollen wir anfangen?«

»Ist es wahr, dass Buschwindröschen und Mohn giftig sind?«, fragte sie.

46. Kapitel

Während der Überfahrt übers Mittelmeer war Anne schwer krank, und als sie nach mehreren Wochen aus der Kajüte endlich wieder an Deck kam, war sie bleich und abgemagert. Zu diesem Zeitpunkt befanden sie sich schon weit im Ägäischen Meer und waren auf dem Weg zum Marmarameer. Sie war zutiefst enttäuscht, so viel verpasst zu haben, und erst als Leonardo ihr mitteilte, dass sie demnächst Konstantinopel erreichen würden, hob sich ihre Stimmung.

Wenige Tage später näherten sie sich dem Bosporus. Während ein lauer Wind aus Südwest das Schiff umwehte, stand Anne an der Reling und spähte zur Küste hinüber. Die Berichte, die sie über Konstantinopel gehört hatte, waren ihr immer so unwirklich vorgekommen wie ein Märchen, und nun sah sie die mächtige Stadt tatsächlich aus dem Meer aufsteigen. Eine Steinmauer mit hohen Wachtürmen umgab den Stadtkern, und innerhalb der Mauern entdeckte sie Moscheen und andere stolze Bauten. In der Ferne, wo die Stadtmauern im leichten Dunst verschwanden, erahnte sie weitere Türme, Steinhäuser und Gärten.

»Schön, nicht wahr?«, sagte Leonardo. »Hier kommen Kaufleute aus Venedig, Brügge und vielen anderen Städten zusammen, um mit Tuchen, Gewürzen, Porzellan und Edelsteinen zu handeln. Später schlagen sie die Waren dann mit gutem Gewinn auf den Märkten im Westen los. Auch wir werden das tun, aber zuerst müssen wir unser Kupfer verkaufen.«

»Ich mache mir keine Sorgen. Wenn du die Königin überzeugen konntest, wirst du hier jeden in Grund und Boden reden.«

»So leicht ist es auch wieder nicht, aber wir haben immerhin Glück mit dem Wetter. Du ahnst nicht, wie schnell es in diesen Gegenden umschlagen kann. In einem Moment hat man Flaute, im nächsten stürmt es schon.« Er schnippte mit den Fingern. »Ganz zu schweigen davon, wenn man durch den Bosporus ins Schwarze Meer segeln will. Da hat man gegen Strömungen und Gegenströmungen zu kämpfen. Dort endeten schon große Galeeren als Wracks an den Stränden.«

Geistesabwesend nickte Anne. Zu hingerissen war sie von

der Stadt, die ihr umso größer und mächtiger vorkam, je näher sie kamen. Leonardo, der dies alles schon einmal gesehen hatte, redete weiter. Er erzählte von starken Ruderern, Strömungen, Schiffswracks und Legenden, während er hierhin und dorthin zeigte und dazu eifrig gestikulierte. Die dunklen Locken flatterten im Wind, und seine Augen glänzten. Anne beobachtete seinen Eifer, und eine Welle der Zärtlichkeit überkam sie. Dieser Mann ist mein Kompagnon, dachte sie stolz.

»Riechst du das?« Er schnupperte und forderte sie auf, es ihm gleichzutun. Übers Wasser zogen Gerüche nach Meer und Gewürzen. Laute Rufe und Hafenlärm drangen zu ihnen herüber. Anne atmete den milden, süßen Duft ein, betrachtete die Dächer der Basiliken und die runden roten Dächer der Steinhäuser. Sowohl innerhalb als auch außerhalb der Mauern entdeckte sie Gärten und Paläste.

»Und dies ist die Hagia Sofia«, erklärte Leonardo und zeigte auf ein sandsteinfarbenes Gebäude, das alle anderen überragte.

»Ein Wunderwerk!«

Leonardo nickte. »Dass du wieder gesund geworden bist, ist auch ein Wunder.«

Er hatte ihr von ihrem Fieber und Schüttelfrost erzählt und dass er schon befürchtet hatte, sie zu verlieren. Tatsächlich konnte sie sich noch dunkel an seine besorgten Augen und sein bekümmertes Gesicht erinnern. Sie hatte seine Hand auf ihren Fingern gefühlt und seine Stimme gehört, war aber zu schwach gewesen, um ihm zu antworten. Er hatte ihr die Stirn befeuchtet, ihre Lippen mit Wein benetzt, und oft hatte sie seine weiche Hand liebkosend auf ihrer Wange gespürt. Sie hatte sich gewundert, wie aufmerksam er sich um sie kümmerte, und wurde sich gleichzeitig bewusst, wie hilflos sie in diesen Stunden war. Was wäre geschehen, wenn sie allein gewesen wäre?

Als das Schiff angelegt hatte und beide an Land gingen, trug Anne ein schwarzes Kleid und einen Schal, mit dem sie den Kopf verhüllte. In dem dunklen Stoff wurde ihr rasch zu warm, und sie fühlte sich erschöpft, bis Leonardo einen Wagen anhielt. Er half ihr hinein, und während sie durch die Stadt fuhren, erklärte er ihr die Sehenswürdigkeiten, an denen sie vorbeikamen. Als sie die Kirche der Heiligen Weisheit erreichten, blieben sie stehen.

»Bevor wir Zerxes treffen, musst du die Hagia Sofia besichtigen haben.«

Nachdem sie die Schuhe ausgezogen hatten, betraten sie das große, offene Kirchenschiff. Anne betrachtete den riesigen Raum mit den hochgewölbten Kuppeln und den Glasfenstern, durch die fächerförmig das Licht hereinfiel.

»Wie können Menschen nur etwas so Schönes bauen?«, flüsterte sie.

»Fünf Jahre hat es gedauert«, bemerkte Leonardo.

Schweigend machten sie einen Rundgang, während Anne die Mosaiken, die dekorierten Pfeiler und die fantastischen Emporen bewunderte. Zum Schluss musste Leonardo sie förmlich ins Freie hinausziehen.

»Jedes Mal, wenn ich in Konstantinopel bin, komme ich zu allererst hierher«, erzählte er. »Ich kann einfach nicht genug bekommen von dieser Kirche.«

Der Kutscher wartete auf dem Marktplatz, und als sie wieder in den Wagen gestiegen waren, fuhren sie weiter zu den Basaren. Dort steckte Leonardo dem Mann ein paar Münzen zu, bat ihn zu warten und fasste Anne unter.

»Hier wimmelt es von Menschen, da müssen wir aufpassen, dass wir uns nicht verlieren.«

Anne drückte sich an Leonardo und spürte die Wärme seines Körpers. Es gefiel ihr, ihm so nahe zu sein, und sie war glücklich, gemeinsam mit ihm all diese Wunder zu erleben. Es fühlte sich an, als gebe es da etwas Unausgesprochenes zwischen ihnen, das aber noch unter der Oberfläche schwelte. Doch als sie ihn ansah, fand sie in seinem Blick keine Antwort.

Überall waren Geräusche von Wagen und Pferden zu hören, die sich mit Rufen, Gelächter und fremdartigem Stimmengewirr mischten. Die Webstühle klapperten, Kinder sprangen umher, und in den Höfen duftete es nach Essen. Ein hübsches Steingewölbe führte in die Basare, wo ihnen der Geruch von Gewürzen und Kräutern entgegenschlug. Es war eng und laut, und Anne umfasste Leonardos Hand gleich noch fester. Sie schwitzte so sehr, dass ihr Schal schon fast durchnässt war, und wusste es zu schätzen, dass sie immerhin im Schatten gingen. Vor dem Stand eines Gewürzhändlers blieb sie unvermittelt stehen.

»Hast du das gesehen? Hier lagern die Gewürze gleich säckeweise!«, rief sie und deutete auf eine Reihe offener Jutesäcke.

Es roch scharf und süß, und zeitweise waren die Gerüche so stark, dass Anne die Augen tränten. Hier gab es Trockenobst, Knoblauch, Zimt und Ingwer, einen Stand weiter Pfeffer, Nelken, Safran und andere Gewürze, die sie nicht einmal dem Namen nach kannte. Sie dachte an den Inhalt ihres kleinen Lederbeutels, den sie so sorgfältig hütete. Hier lag mindestens ebenso viel auf dem Boden und wurde von den Füßen der Käufer zertrampelt. Sie sah sich um. Allein bei diesem einen Händler hätte es genug Gewürze für ganz Stockholm gegeben.

»Warte, ich will etwas kaufen! Nur ein klein wenig«, bat sie.

»Tu das, solange du keinen Pfeffer mitnimmst.«

Sie nickte und zeigte auf die Säcke, aus denen sie etwas haben wollte, woraufhin der Händler alles in große Blätter wickelte und in ein Körbchen legte.

Leonardo begutachtete den Einkauf, dann sah er Anne an. »Nun, zufrieden?«

»Vorerst ja.«

Er lächelte, und sie schoben sich weiter durch das Gewühl. An beinahe jedem Stand musste Anne stehen bleiben, um die Auslagen zu betrachten. Sie befühlte farbenprächtige Seidenstoffe und hübsch gemusterte Teppiche, bewunderte Teller und Kannen aus Porzellan. Manchmal blieb sie ganz still stehen, weil sie von den glitzernden Schmuckstücken und farbenfrohen Mosaiken so hingerissen war.

»Die Gerüchte über Konstantinopel sind noch untertrieben«, befand sie schließlich.

»Stimmt, diese Stadt ist wirklich unbeschreiblich, man muss sie selbst gesehen haben. Und wer davon erzählt, dem glaubt man oft nicht. Deswegen freue ich mich, mit dir hier zu sein.«

Sie stiegen wieder in den Wagen.

»Nun lass uns zum alten Zerxes fahren. Er wird in Jubel ausbrechen, wenn er unsere Ladung sieht.«

»Bist du sicher, dass wir ihm trauen können?«

»Aber ja, letztes Mal war er derjenige, der am meisten von uns gekauft hat. Er ist zuverlässig und bezahlt gut.«

»Und wenn du dich in ihm täuschst?«

»Ich bin wie du. Ich täusche mich nie.« Er zwinkerte ihr zu, doch Anne entdeckte einen Funken Unsicherheit in seinem Blick.

»Es wird bestimmt gut gehen«, lenkte sie ein und nahm wieder seine Hand. In ihrem Innersten war sie jedoch noch nicht ganz überzeugt.

Allmählich wurde es Abend, die Sonne war bereits untergegangen. Über ihren Köpfen leuchteten erste Sterne am tiefblauen Himmel.

»Es wird schon dunkel. Wenn ich's mir recht überlege, ist es wohl am besten, wenn wir in eine Taverne fahren, wo wir eine Mahlzeit und ein Bett bekommen. Morgen fahren wir dann zu Zerxes«, schlug Leonardo vor.

Anne nickte. Die Wanderung durch die Basare und die unzähligen neuen Eindrücke hatten sie müde gemacht, und außerdem fand sie die Vorstellung spannend, in der Stadt bleiben zu können. An einem kleinen Marktplatz, nicht weit vom Palast des Sultans Ahmet und dem Hippodrom entfernt, ließ Leonardo den Kutscher vor einem zweistöckigen Steinhaus anhalten.

»Hier ist es. Zerxes hatte mir letztes Mal diese Herberge für meinen nächsten Besuch empfohlen.«

»Und wir werden wie immer als Mann und Frau auftreten.«

»Wie immer.«

Sie tauschten ein kurzes Lächeln und stiegen aus dem Wagen. Während Leonardo den Kutscher bezahlte, betrachtete Anne neugierig die vorbeigehenden Menschen in ihren Röcken und Kaftanen. An einem Verkaufsstand auf der anderen Straßenseite stand ein Brothändler, und neben dem Eingang zur Herberge saß ein Mann mit einer Wasserpfeife. Er sog den Rauch ein und musterte neugierig die junge Frau. Ein Bettler zeigte seine Beinstümpfe und streckte die Hand aus. Leonardo gab ihm eine Münze und legte dann den Arm um Anne.

»Ich bin froh, dass ich nicht allein bin«, sagte sie. »Es ist alles so neu.«

Hier gibt es so viel zu entdecken, dachte sie, die Menschen, die Plätze und die Obstgärten, die riesigen Moscheen und Paläste. Daneben nahm sich die Stadtkirche auf dem Stortorget zu Hause wie eine kleine Hütte aus. Es wäre sicher seltsam, in die engen, schmutzigen Gassen von Stadsholmen mit den heruntergekommenen Holzhäusern zurückzukehren, zu den schlichten Verkaufsständen, für die man einfach nur eine Holzplatte von der Wand wegklappte und die Waren darauf ausbreitete.

»Du siehst so begeistert aus«, meinte Leonardo.

»Manchmal bin ich einfach sprachlos«, erwiderte sie. »Und ich kann immer noch nicht ganz begreifen, dass ich hier bin.«

Beim Betreten des Wirtshauses hielt Anne sich still hinter Leonardo. Das Zimmer war nicht groß, und es roch noch leicht nach Rauch darin. Die Wände waren weiß, und auf dem Boden lag ein gemusterter dicker Teppich. Auf einem Bett mitten im Zimmer lag ein blauer Überwurf mit aufgestickten bunten Blumen und Schnörkeln. Anne setzte ihren Ranzen ab und sah Leonardo fragend an.

»Es gibt nur Zimmer mit einem Bett«, erklärte er entschuldigend. »Aber lieber bist du hier bei mir als allein in einem anderen Zimmer.«

»Meinst du?« Sie sah ihn neckend an und stellte fest, dass er rot wurde.

Ihr Nachtmahl nahmen sie im Erdgeschoss in der Taverne ein: Lamm, Bohnen, Brot und Frischkäse. Dazu tranken sie einen milden süßen Tee.

Während sie aßen, erzählte Leonardo von der Geschichte Konstantinopels, von den Kreuzzügen und vom Handel, vom Fastenmonat, dem Seidenmarkt und einem fantastischen Schauspiel, das er einmal im Hippodrom verfolgt hatte. Anne lehnte sich zurück, hörte zu und bewunderte den Mann an ihrer Seite für sein Wissen. Er schien alles zu kennen, und wie sein Gesicht leuchtete und wie eifrig er gestikulierte! Als sie ihn ansah, war sie von seiner Schönheit überwältigt, die sie schon gar nicht mehr bewusst wahrgenommen hatte. Zwar hatte sie sich daran gewöhnt, die Kajüte mit ihm zu teilen, doch nun, da sie an Land in einem Bett übernachten sollten, war sie plötzlich wieder verunsichert.

Nachdem sie ins Zimmer zurückgekehrt waren, wuschen sie sich und legten sich zu Bett. Lange schwiegen sie und starrten in den Nachthimmel vor dem Fenster.

»Du warst so begeistert auf dem Markt, dass ich schon Angst hatte, du könntest alles kaufen, was dir ins Auge fiel«, brach Leonardo schließlich das Schweigen.

»Du hättest mich aufhalten sollen.«

»Dazu wäre kein Mann stark genug gewesen.«

Sie kicherte in der Dunkelheit. »Ist es anders, mit einem solchen Kompagnon zusammenzuarbeiten?«, wollte sie wissen.

»Mit einer Frau, meinst du?«

»Ja, das meine ich.«

»Das werden wir morgen sehen. Dann wird es richtig ernst. Gute Nacht!« Er beugte sich zu ihr hinüber und küsste sie auf die Wange.

Es war heiß, und Anne wischte sich mit einem leichten Gefühl der Enttäuschung die feuchten Hände an der Decke ab. Sie hatten gut gegessen und sich den ganzen Abend unterhalten, und nun war plötzlich alles vorüber. Sie legte sich auf die Seite und wandte ihm den Rücken zu. Da spürte sie, wie er ihr die Hand auf den Oberarm legte und ihr kurz die Schulter streichelte. Dann drehte auch er sich um. Anne lag noch eine Weile wach und horchte auf seine leisen Atemzüge, bis sie schließlich selbst in einen unruhigen, traumreichen Schlaf sank.

Am Morgen danach erwachte sie früh und warf einen Blick auf die andere Bettseite. Leonardo schlief noch. Die Decke war ihm entglitten und entblößte seinen nackten Oberkörper. So hatte sie ihn noch nie gesehen. Er war überhaupt nicht mager oder schmächtig, wie sie ihn sich vorgestellt hatte, vielmehr hatte er eine feste, wohlgeformte Brust, die mit dunklem Haar bedeckt war. Seine Oberarme waren kraftvoll und braun gebrannt. Heimlich betrachtete sie ihn und bekam Lust, die Hand auszustrecken und ihn zu streicheln, doch sie traute sich nicht. Stattdessen schämte sie sich ihrer Gedanken, stand auf und zog sich an. Er hatte keinen ernsthaften Versuch unternommen, sich ihr zu nähern, aber sie hatte ihn auch nicht dazu ermuntert. Trotzdem fühlte sie sich seltsam unerwünscht.

Sie konnten sich ohne Weiteres wieder Pferd und Wagen besorgen, und dann fuhr sie derselbe Kutscher wie am Tag vorher nach Galata, nördlich des Goldenen Horns, wo die italienischen Kaufleute verkehrten. Auf dem Hinweg kamen sie an

Pferden vorbei, die mit ihren Fohlen auf den Abhängen weideten, an einem Hirten, der vor einem Hain saß und die Laute spielte, und an einem Bauern, der gerade seine Ziegen molk. Ab und zu begegneten ihnen Männer und Frauen mit Weinkrügen auf dem Kopf oder Knaben, die ihnen auf einem Pferd oder einem Esel entgegenritten.

Als der Wagen einen Hügel hinauffuhr, roch Anne plötzlich Rauch. Sie blickte durch die Fensteröffnung hinaus, und als sie die Bergkuppe erreicht hatten, entdeckte sie, woher der Geruch kam. Von einem brennenden Haus, um das schreiende Menschen herumliefen, stieg eine gewaltige Rauchwolke auf. Die Flammen schlugen aus Fensteröffnungen und Türen, und die der Straße zugewandte Hauswand stand kurz vor dem Einsturz. Zu ihrer Überraschung zitterte Anne plötzlich am ganzen Leib und hielt sich an Leonardos Arm fest.

»Es brennt! Schnell, wir müssen weg hier!«, schrie sie voller Entsetzen.

Weiter kam sie nicht, denn im nächsten Augenblick stürzte das Dach ein und sandte eine Wolke aus Qualm und Funken in die Luft. Glühende Ascheflocken flogen über die Straße, das Pferd scheute, und der Wagen geriet ins Schlingern. Leonardo nahm Anne in den Arm und drückte sie fest an sich, während sie nach Atem rang und die Tränen nicht zurückhalten konnte. Die schrecklichen Szenen, die sie hatte vergessen wollen, waren auf einmal wieder gegenwärtig. Hier brannte ihr Haus! Die Kinder mussten gerettet werden, und da war auch Magnus mit seinem verrußten, wunden Gesicht und dem Geruch nach verbranntem Haar und Fleisch!

»Sag mir, dass es nicht wahr ist!«, flüsterte sie an Leonardos Brust.

»Beruhige dich, Anne, wir sind schon vorbei. Wir sind in Sicherheit.«

»Aber was ist mit den Menschen?«

»Sie sind gerettet worden, ich habe sie an der Straße stehen sehen. Es hält sich keiner mehr im Haus auf.«

Er wiegte sie stumm und küsste ihr Haar. Dann beugte er sich vor und küsste ihr die Tränen von den Wangen, während er ihr zärtlich über Stirn und Wangen streichelte.

»Keine Angst, ich bin bei dir«, flüsterte er ihr zu.

Sie weinte und zitterte immer noch, doch irgendwann versiegten die Tränen, und sie richtete sich wieder auf.

»Danke«, murmelte sie und schämte sich für ihr Verhalten, doch ihr Zusammenbruch schien seine Gemütsruhe überhaupt nicht beeinträchtigt zu haben.

Der Kutscher trieb das Pferd an, und bald lag der Rauch weit hinter ihnen. Anne schmiegte sich an Leonardo. Sein Arm lag immer noch um ihre Taille, und sie unternahm nichts, um sich aus dieser Umarmung zu befreien. Als sie den Blick hob, las sie in seinen Augen, welche Sorgen er sich um sie machte.

»Entschuldige«, bat sie. »Der Brand hat mich an schreckliche Ereignisse erinnert.«

»Ich wusste doch, was mit dir ist.« Er schmiegte seine Wange an ihr Gesicht. »Du darfst auch einmal schwach sein. Und weißt du, manchmal gefällt es mir sogar besser, wenn du nicht so stark bist.«

Überrascht sah sie ihn an, und ein ganz neues Gefühl keimte in ihr auf. Sie hatte gemeint, ihn zu kennen, aber das stimmte nicht. Er war ganz anders, als er sich auf den ersten Blick zeigte.

Die Straße wurde immer schmaler, und nachdem sie über steinige Wege voller Schlaglöcher gerumpelt waren, erreichten sie irgendwann eine offene, wellige Landschaft. Auf einem Hügel erspähte Anne ein riesiges Haus aus Marmor und Sandstein mit einem kleinen Garten vor dem Eingang.

»Da wären wir«, verkündete Leonardo, als der Wagen vor dem Tor anhielt. Ermutigend drückte er ihr die Hand, bat den Kutscher zu warten und half ihr aus dem Wagen. Gemeinsam schritten sie zu einem kleinen Glockenturm vor einem massiven Holzportal. Er läutete, und nach einer Weile erschien ein älterer Mann in bodenlangem Gewand auf der Schwelle. Er verbeugte sich, als er Leonardo wiedererkannte, und bat die Ankömmlinge ins Haus. Sie betraten einen Saal mit schönen Mosaiken und Wandbehängen. An den Seiten standen Bänke, und durch eine Öffnung zum Hof sah Anne ein Wasserbecken mit einem Springbrunnen. Mitten im Wasser stand eine kleine Bronzefigur, und rings um das Becken rankte wilder Wein, und Blumen blühten in großen Töpfen. Auf der rechten Hofseite entdeckte sie weiße Säulen und dahinter eine Reihe verzierter Türen.

»Lass mich zuerst allein mit Zerxes reden«, bat Leonardo.

»Dann warte ich hier«, nickte sie und zeigte auf eine Bank. »Ich will versuchen, mich in Geduld zu üben.«

Es glänzte in seinen Augen, aber er sagte nichts. Dann folgte er dem Diener durch einen Korridor. Ein Vorhang wurde beiseitegezogen, und dann verschwanden die beiden Männer in einem Raum.

Als sie so allein dort saß, schweiften Annes Gedanken ab. Wieder sah sie den Rauch und die auflodernden Flammen, Magnus' verbrannte Wangen und die verschreckten Gesichter der Kinder. Das Bild von Johan und Maria stand ihr vor Augen, und sie spürte, wie die Sehnsucht ihr schmerzhaft zusetzte. Sie überlegte, wie es den Kleinen wohl gehen mochte, und wusste, dass sie die Trennung niemals ausgehalten hätte, wäre Leonardo nicht gewesen. Die Reise hatte viel länger gedauert als geplant, und es stand ihnen noch eine weite Heimreise bevor. Jetzt kam alles auf ihren Kompagnon und sein kaufmännisches Geschick an. Sie blickte zu dem Korridor hinüber, in dem die beiden Männer verschwunden waren. Der Vorhang bewegte sich nicht.

Sie wusste nicht, wie lange sie gewartet hatte, bis sie endlich Schritte hörte. Leonardo kam zurück, begleitet von einem fetten Mann in blauem Gewand und mit Sandalen an den Füßen. Der Fremde hielt sich aufrecht und würdevoll und trug glänzende Ringe an den Fingern. Als Anne aufstand, verbeugte er sich und küsste ihr die Hand. Er hatte lange, schmale Finger, doch seine Hand fühlte sich überraschend klebrig an. Unter den Nägeln zeichneten sich schwarze Schmutzränder ab.

Leonardo beugte sich vor. »Zerxes ist tot, und die Arbeiten ruhen zurzeit. Jetzt muss ich die Bezahlung ganz neu verhandeln«, erklärte er leise. »Das kann mehrere Monate in Anspruch nehmen.«

Eine eisige Kälte überlief Anne. Wieder musste sie an ihre Kinder denken. Auf keinen Fall konnte sie so lange fortbleiben.

»Aber das ist doch unmöglich«, flüsterte sie. Doch als sie Leonardos unglücklichen Blick bemerkte, begriff sie, dass es ihm ernst war.

47. Kapitel

Niemand im Haus nahm sich ihrer an. Leonardo musterte den fetten kleinen Mann, Zerxes' Sohn. Er hieß Pelias und hatte während des Gesprächs einen seltsamen Eindruck auf ihn gemacht. Zuweilen zeigte er sich förmlich, zurückhaltend und sehr auf seine Würde bedacht, dann wieder wirkte er geradezu ausgelassen. Wenn er etwas sagte, konnte er sehr ernst sein, um im nächsten Moment loszulachen und alles wieder zurückzunehmen. Leonardo dachte an die Ladung, welche die Schauerleute in Zerxes' Lagerhaus gebracht hatten. Seltsam, dass sie gar nichts erwähnt hatten. Hatten sie nichts von Zerxes' Tod gewusst, oder hatten sie Order bekommen, die Waren zu beschlagnahmen, sobald diese eintrafen? Er warf Anne einen Blick zu und stellte fest, dass sie mindestens genauso erregt und besorgt war wie er.

Sie hatten sich in den rechteckigen Hof an den Springbrunnen gesetzt, und unter einer Tür drang der schwache Duft von Räucherstäbchen hervor. Pelias hatte Leonardo und Anne zum Tee eingeladen, und während sie an ihren Gläsern nippten, tauschten sie die üblichen Höflichkeiten aus. Allmählich wurde Leonardo ungeduldig, denn die Verhandlungen hatten überhaupt noch keine Fortschritte gemacht, und er stellte das Glas mit entschlossener Geste auf dem Tisch ab. Er hatte keine Wahl, er musste mit Pelias verhandeln. Kurz fasste er seine bisherigen Abschlüsse mit Zerxes zusammen und erwähnte dabei auch die letzte Bestellung.

»Es war eine beschwerliche Reise, doch nun ist das Kupfer in Konstantinopel angekommen, und wir haben die Ladung bereits in Euer Lagerhaus im Hafen bringen lassen.« Leonardo zeigte die fünf Holzstäbe vor, auf denen der Hafenvorsteher mit seinen aufgemalten Zeichen die Lieferung quittiert hatte.

Pelias nahm die Stäbe und betrachtete die Buchstaben auf eine Art und Weise, die Leonardo verriet, dass der Mann nicht gut lesen konnte.

»Hier sind Zerxes' Bestellung, seine Bankverbindung und die Summe, auf die wir uns geeinigt hatten«, fuhr Leonardo fort und hielt Pelias ein abgegriffenes Pergament hin. »Angesichts des Tods Eures Vaters habt Ihr vielleicht Schwierigkeiten, die Waren zu beschaffen, die ich bestellt hatte. Aber ich kann ebenso gut Eure Bezahlung entgegennehmen und mir selbst besorgen, was ich brauche.«

Es wurde ganz still, und Leonardo brach unter seinem Mantel der Schweiß aus. Er hatte keinerlei unterschriebene Abmachung mit Zerxes. Jeden Augenblick konnte ein Schreiber hereinkommen, der sofort erkennen würde, dass sich dieses Blatt mit dem Hering- und Salzhandel in Schonen befasste. Pelias kratzte sich im Nacken, und Leonardo musste an Giorgios Rat denken: Wenn du auf Schwierigkeiten stößt, lass dir gesagt sein, dass Geschenke einen Weisen blenden und das Wort eines rechtschaffenen Menschen ins Wanken bringen.

Pelias war prächtig gekleidet, sein Gewand musste sehr kostspielig gewesen sein. Pelz und Bernstein machten im Osten Eindruck, aber vielleicht ja auch flämisches Tuch.

»Mein Herr, ich werde Euch einen guten Preis für das Kupfer geben, wenn Ihr Euch bald entschließt«, schlug er rasch vor. »Außerdem schenke ich Euch dann einen Ballen flandrisches Tuch.«

Pelias sah ihn abwartend an und kaute auf einem Blatt herum.

»Und nächstes Mal bringe ich Pelze, Stoffe und Bernstein mit«, fuhr Leonardo fort.

Unvermittelt stand Pelias auf, trat dicht an Anne heran und ließ den Blick eine ganze Weile auf ihr ruhen, bevor er sich wieder Leonardo zuwandte.

»Folgt mir!«, forderte er seine Besucher auf.

Sie überquerten den Hof und betraten Zerxes' Stube, in der Leonardo früher schon gesessen hatte. Es war kühl, die Teppiche waren noch dieselben, ebenso die geschnitzten dunklen Truhen an den Wänden. Pelias trat zu der kleinsten Truhe, schloss sie auf und entnahm ihr einen Lederbeutel. Als er ihn aufgeschnürt hatte, zog er eine Kette hervor und schüttete sich den restlichen Inhalt auf die Handfläche Einen Moment lang rechnete er im Stillen, während er die Steine in der Hand hin und her rollen ließ. Leonardo sah, dass es sich um Diamanten und Granate handelte.

»Dies soll Euch gehören, wenn wir uns handelseinig werden.

Ich will das Kupfer nur noch von meinen Beratern begutachten lassen.«

»Natürlich. Aber wenn Ihr entschuldigt, so sähe ich mir unterdessen gern die Juwelen näher an«, bat Leonardo sich aus, lächelte höflich und streckte die Hand nach dem Lederbeutel aus. »Ich arbeite mit einem Mann im Basar zusammen, der sich mit solchen Steinen auskennt. Bis morgen müsste das zu klären sein.«

Leonardo spielte mit hohem Einsatz, doch er wusste, dass Pelias unter Druck stand. Das Begräbnis musste durchgeführt werden, und wahrscheinlich erwarteten ihn Machtkämpfe innerhalb des Handelshauses. Je weniger Zerxes' Sohn im Blick behalten musste, umso besser. Daher hoffte Leonardo, dass sie sich nun einig werden würden.

»Die Steine sind echt, aber ...« Pelias führte seinen Satz nicht zu Ende, sondern blickte zu Anne hinüber. »Eine schöne Frau habt Ihr dabei. Ist sie Eure Ehefrau?«

»Nein«, erwiderte Leonardo, »wir reisen nur gemeinsam.« Er zeigte abermals auf den Lederbeutel. »Mein Preis beläuft sich auf zweitausenddreihundert Florin.«

»So viel?« Pelias wandte dem Venezianer den Rücken zu und trat auf Anne zu. Lächelnd beugte er sich vor und küsste ihr die Hand. Das Geschäftliche schien ihn plötzlich nicht im Mindesten mehr zu kümmern, sein Blick verweilte nur noch auf dem Gesicht der schönen jungen Frau. Vorsichtig berührte er ihre rotblonden Locken, die sich unter dem Schal hervorringelten. Er wandte sich um.

»Lasst mich einen Augenblick mit ihr allein, dann werden wir uns sicher einig«, meinte er und zwinkerte verschwörerisch. »Ich versichere Euch, der gesamte Inhalt dieses Beutels ist Euer. Ihr habt mein Ehrenwort.«

Verblüfft starrte Leonardo den fetten Mann an. Dann geriet er in Wut. Sie begann wie ein dumpfes Knurren, um sich zu steigern und jäh aufzulodern.

»Ihr seid ein elender Schuft!«, stieß er zwischen zusammengebissenen Zähnen hervor und sprang auf. Doch Pelias verstellte ihm den Weg, ohne seine dunklen, lüsternen Blicke von Anne abzuwenden.

»Nicht so eilig, nicht so eilig!«, beschwichtigte er Leonardo.

»Diesem Angebot könnt Ihr wohl kaum widerstehen, oder?« Er hielt ihm den Beutel unter die Nase und schwenkte ihn so heftig hin und her, dass die Steine klirrten.

Leonardo zitterte vor Zorn, aber er beherrschte sich. »Ich verstehe, was Ihr wollt«, antwortete er und verbeugte sich. »Lasst mich kurz mit ihr sprechen.«

Er beugte sich vor, legte Anne eine Hand auf die Schulter und erklärte ihr, was Pelias begehrte. Ihre Augen blitzten auf, und er duckte sich vor dem Schlag, der aber ausblieb. Stattdessen trat sie vor den fetten Mann und richtete sich auf. Mit einem angestrengten Lächeln wandte sie sich an Leonardo. »Sag ihm, dass ich heute Abend komme.«

»Er will aber, dass du sofort mit ihm kommst.«

»Sag ihm, der Tag ist kurz, und die Nacht ist länger.«

Leonardo sah sie ernst an. »Du musst es nicht tun. Wir gehen. Ein Handelsvertrag kann gar nicht so wichtig sein. Nicht einmal ein Vertrag mit der Königin.«

Anne schüttelte den Kopf und lächelte Pelias an.

»Sag ihm, dass ich zuerst ein Bad nehmen und meine besten Kleider anlegen will. Dann komme ich zurück.«

Pelias zog sie bereits mit Blicken aus.

»Das brauchst du nicht zu tun, Anne.« Leonardo ballte die Hände so fest, dass es wehtat. Am liebsten hätte er sie gepackt und von hier fortgebracht. Doch dann hätte er die ganze Ladung verloren. Und wenn er den Lederbeutel mit den Juwelen heimlich mitgehen ließ und Pelias ihn beobachtete, riskierte er, in einem Verlies zu landen oder gar getötet zu werden. Leonardo warf Anne einen verzweifelten Blick zu, doch sie nickte ermutigend. Und so übersetzte er mit bebender Stimme ihre Worte. Pelias' Miene hellte sich auf, und er legte Anne eine Hand auf die Hüfte.

»Bad und Kleider? Dafür werde ich sogleich sorgen«, schlug er vor.

»Ich kenne diese Frau sehr gut«, antwortete Leonardo. »Hört auf meinen Rat. Das größte Vergnügen werdet Ihr an ihr haben, wenn Ihr tut, was sie will. Sie hat Kräuter und Parfums dabei, mit denen sie Euch gern erfreuen würde. Wir kommen heute Abend wieder.«

Leonardo wollte Zeit gewinnen. Bei dem Gedanken, Anne

mit Pelias allein zu lassen, geriet er schier außer sich. Alles, nur das nicht. Wenn er nur einen Tag Zeit gewinnen könnte, würde er schon eine Lösung finden. Jetzt galt es, schnell zu verschwinden, bevor sich Pelias noch etwas einfallen ließ, um sie festzuhalten.

Der Fette blinzelte und zupfte sich am Ohrläppchen. »Sie ist das Warten sicher wert.«

»Einverstanden. Wir kommen in wenigen Stunden zurück, aber dann will ich auch meine Bezahlung haben.«

Pelias bedachte ihn mit einem verschlagenen Blick. »Gut, abgemacht. Zum Nachtmahl seid Ihr meine Gäste.«

Leonardo nahm Anne bei der Hand, verbeugte sich und zog sie mit zum Ausgang. Er ging mit kurzen, steifen Schritten und war so außer sich, dass er keinen Laut hervorbrachte. Auf dem Weg hinaus gab er dem Bediensteten ein paar Münzen, sagte aber immer noch nichts.

Erst als sie im Wagen saßen und losfuhren, wandte er sich an Anne. »Er wollte um dich feilschen. Wie konntest du dich nur auf so etwas einlassen?«

»Hast du die Kette nicht gesehen? Die ist mehr als zweitausenddreihundert Florin wert. Und dann noch die Edelsteine. Dieser Mann hat überhaupt keine Ahnung, und du wirst dein Geld bekommen.«

»Niemals! Ich habe nicht vor, diesem Mann seinen Willen zu lassen.«

Beschwichtigend legte Anne ihre Hand auf die seine. »Pelias ist ein Mann von Ehre, und er wird alles tun, um sie sich zu bewahren. Glaub mir.«

»Ich verstehe nicht ...«

»Du warst bereit, deine Abmachung mit der Königin um meinetwillen zu brechen. Das vergesse ich dir nie. Dafür werde ich nun etwas für dich tun.«

»Aber ...«

»Kein Aber! Wir führen den Plan genauso durch, wie ich ihn erdacht habe.« Anne beugte sich vor und küsste Leonardo auf die Wange.

Am späten Abend hielt ein Wagen vor dem Palast, und eine verschleierte Frau stieg aus. Sie schob sich eine lose Strähne rotblonden Haars unter das Tuch, atmete tief durch und folgte dem Venezianer durch die Tür. Die beiden Ankömmlinge wurden von dem Diener ins Haus geführt. Leonardo sah sich um.

Wieder geleitete man sie in den großen Saal mit dem Durchgang zum Garten und dem kleinen Springbrunnen. Sie setzten sich zum Warten auf eine Bank, doch Leonardo sprang immer wieder auf. Er rang die Hände und warf beunruhigte Blicke in den Korridor. Nach einer Weile tauchte Pelias auf. Seine Augen glänzten, und obwohl er alles tat, um sich würdevoll zu geben, schwankte er schon und musste sich an der Wand abstützen. Als er seine beiden Gäste erblickte, hellte sich seine Miene auf, und er straffte den Rücken.

»Ich rieche den Duft von Parfum«, lallte er. »Und welch schönes Kleid!« Er trat auf Anne zu und befühlte den Stoff. »Aber den Schleier brauchen wir hier im Haus doch nicht.«

»Ein wenig Spannung ist Euch doch recht, oder?« Leonardo verbeugte sich mit seinem verbindlichsten Lächeln. »Sie hat große Sorgfalt auf die Auswahl ihres Gewands verwendet, aber wenn Ihr wollt, dass sie etwas anderes anzieht, ist das natürlich möglich.« Er zwinkerte seinem Gastgeber zu.

Pelias nickte und betrachtete hingerissen die verschleierte Frau. Wieder trat der dunkle, lüsterne Blick in seine Augen.

»Ich fahre in die Stadt zurück und bin morgen zum Mittagessen wieder hier«, erklärte Leonardo mit erzwungener Ruhe. »Aber zuvor möchte ich wie besprochen meine Bezahlung entgegennehmen.«

»Eure Bezahlung?« Pelias schien gar nicht richtig zuzuhören.

»Den Lederbeutel mit der Kette und den Juwelen.«

»Gewiss, mein Ehrenwort, ich habe Euch ja mein Ehrenwort gegeben«, murmelte Pelias und rief einen Diener zu sich. Er flüsterte ihm etwas ins Ohr, und der Mann verschwand.

Leonardo sah ihm besorgt nach. »Wir werden Konstantinopel bald verlassen, deswegen möchte ich sie mitnehmen, wenn ich morgen wiederkomme.«

»Natürlich, das verspreche ich Euch.«

Endlich kehrte der Diener zurück. Pelias nahm den Lederbeutel und reichte ihn Leonardo. Der öffnete ihn, vergewisserte sich, dass Kette und Steine vorhanden waren, und befestigte ihn an seinem Gürtel. Danach reichte er Pelias die Hand, verbeugte sich tief und trat hinaus in die laue Nacht. Eilig zog er sich zum Wagen zurück und kletterte auf den Kutschbock. Er ergriff die Zügel, versetzte dem Pferd einen Peitschenhieb, und der Wagen setzte sich in Bewegung. Er trieb das Tier immer wieder an, und erst als das Gefährt die Stadt erreichte und von den belebten Straßen geschluckt wurde, wagte er, die Geschwindigkeit zu drosseln. Am Platz vor der Hagia Sofia hielt er das Pferd an, rutschte erschöpft vom Bock und öffnete die Wagentür.

»Endlich. Ich dachte, ich breche mir alle Knochen bei dem Gerüttel«, bemerkte Anne beim Aussteigen.

»Das hätten wir geschafft«, seufzte Leonardo erleichtert und umarmte sie.

»Nur Pelias ist im Moment wohl nicht so glücklich«, antwortete sie und brach in lautes, ansteckendes Gelächter aus. »Der arme Kutscher, der tut mir wirklich leid. Aber wir haben ihn ordentlich bezahlt.«

»Wie Pelias wohl schauen wird, wenn er entdeckt, wen er sich da ins Haus geholt hat«, lachte Leonardo. »Aber es geschieht ihm nur recht. Zerxes war ein anständiger Mann. Ich verstehe nicht, wie er zu einem solchen Sohn kam.«

Lachend legte er den Arm um Anne, und in diesem Augenblick fühlte sich einfach alles richtig an. Er zog sie an sich und küsste sie. Doch als er ihre Lippen auf seinem Mund spürte und merkte, wie sie sich an ihn schmiegte, tauchte plötzlich Giorgios Gesicht vor seinem geistigen Auge auf. Rasch verdrängte er das Bild, doch es war zu spät. Vorsichtig machte er sich von Anne los.

»Wir müssen uns beeilen und die benötigten Waren besorgen, bevor das Schiff weitersegelt. Und bevor Pelias seine Leute nach uns ausschickt.«

Ingrid betrachtete die Schultern des Hausierers und versuchte, nicht daran zu denken, wie übel er roch. Nachdem er sich ein letztes Mal an sie gepresst hatte, keuchte er auf und rollte von ihr herunter. Sie atmete aus. Während sie sich von ihren Verletzungen erholt hatte, hatte sie ihn sich nicht mehr vom Leib halten können. Er bereitete ihr kein großes Vergnügen, aber er war gut zu ihr gewesen, und irgendwann hatte sie nachgegeben.

Mittlerweile fand sie, dass der Preis ziemlich hoch war, aber sie wagte ihn nicht abzuweisen. Noch brauchte sie ihn.

Nachdem er die Hose wieder angezogen hatte, setzte er sich neben sie. »Ich sollte mich bei dem Kutscher bedanken, der dich angefahren hat. Einen besseren Sommer als diesen hatte ich noch nie.«

Sie zog sich die Bluse zurecht und schnippte ein paar Strohhalme vom Stoff. »Und ohne dich hätte ich nicht überlebt.«

»Wir haben es schön gehabt zusammen, aber jetzt muss ich weiterfahren.«

»Jetzt? Aber du hast mir doch versprochen, mir zu zeigen, wo die Kräuter wachsen. Wir wollten sie gemeinsam pflücken.«

»Ein andermal. Die meisten sind auch schon verblüht. Ich muss zurück nach Dalarna.«

Ingrid merkte, wie der Zorn in ihr aufstieg. »Dann gib mir wenigstens einige Kräuter von deinen ab!«

»Die brauche ich selbst. Ohne meine Kräutersträußchen lassen sich die anderen Waren nicht verkaufen. Die Pflanzen locken Neugierige an, ich heile die Kranken, und dann kaufen sie bei mir auch andere Dinge.«

Ingrids Augen wurden ganz schmal. Da war sie ihm in jeder Hinsicht zu Willen gewesen, und nun brach er sein Versprechen. »Du kannst mich nicht einfach so sitzen lassen.«

Er beugte sich vor und zog ihren Kopf an die Brust. »Aber ich habe dir doch fast alles beigebracht, was ich weiß, Ingrid. Reicht das denn nicht? Nächstes Jahr begleitest du mich beim Pflücken.«

»Ich kann die Kräuter zwar richtig anwenden, aber ich besitze keine. Bis zum nächsten Jahr habe ich doch alles wieder vergessen.«

Lachend strich er ihr übers Haar. »Wart nur ab.« Er stand auf, und als er zurückkam, hielt er etwas hinter dem Rücken versteckt.

»Hier, ein Geschenk für dich«, sagte er und streckte die Hand aus.

»Ein Kamm?« Ingrid hob den Arm und schlug ihm das Geschenk aus der Hand. »Du verstehst wirklich überhaupt nichts.«

Innerlich fluchte sie. Ihr Plan war dahin.

Als sich die Dunkelheit herabsenkte und der Mond hinter grauen Wolken hervorleuchtete, legten sich Ingrid und Olof wie immer in der Scheune schlafen. Ingrid war nach wie vor schlecht gelaunt. Der Abend hatte mit Streit und hitzigem Wortwechsel geendet, und nun konnte sie nicht einschlafen. Der Regen prasselte aufs Dach, und draußen blies der Wind. Der Wind kam in heftigen Stößen, und es heulte und pfiff durch alle Ritzen. Olof schnarchte laut, und Ingrid betrachtete ihn müde. Nach ihrem Streit hatte er sich haltlos zugetrunken. Als sie ihn des Geizes beschuldigt hatte, war er beleidigt gewesen, doch sie hatte recht gehabt. Schließlich hatte er sich geweigert, seine Kräuter mit ihr zu teilen. Da geriet er außer Rand und Band und trank die ganze Kanne Bier allein aus, ohne sich von ihr zurückhalten zu lassen. Sie sah die glänzenden roten Wangen und den stacheligen Bart. Den würde sie nie wieder anfassen!

Der Wind nahm zu und kroch durch sämtliche Löcher in der Scheunenwand. Es knackte und knarrte im Holz. Ingrid stützte sich auf einen Ellbogen. Das blauweiße Mondlicht fiel durch die halboffene Tür und auf den Ranzen mit Olofs Kräutern – als wolle es darauf deuten, womit sich ihre Gedanken gerade beschäftigten. Sie stellte sich den Duft von Thymian und Rosmarin und den stechenden Geschmack des Schierlings vor. Wieder betrachtete sie Olofs schlafendes Gesicht und schnaubte. Er hatte sie betrogen. Hätte er ihr anfangs nicht dieses Versprechen gegeben, sie wäre niemals bei ihm geblieben. Am liebsten hätte sie den Rucksack gepackt und wäre davongerannt, doch nach ihrem Unfall konnte sie noch nicht wieder richtig laufen. Ihre Schulter war verheilt, doch aufgrund ihrer Fußverletzung humpelte sie immer noch. Seufzend ließ sie sich wieder auf dem Boden nieder, legte sich auf den Rücken und versuchte einzuschlafen.

Der Wind wurde stärker. Dach und Regenrinnen quietschten unablässig, und die verrotteten Holzwände bogen sich im Wind. Von oben kam ein seltsames Geräusch, und als sie aufblickte, entdeckte sie, dass sich das Heu bewegte, das auf halber Höhe über ihnen auf einem Holzboden lagerte. Mit jedem Windstoß rutschte es näher an die Kante und drohte jeden Augenblick herabzufallen. Da es gefährlich war, hier liegen zu bleiben, streckte sie die Hand nach Olof aus, um ihn zu wecken. Sie mussten ihren Schlafplatz wechseln.

Doch im letzten Moment hielt sie inne. Vor ihrem inneren Auge spielte sich der ganze Streit mit ihrem Liebhaber noch einmal ab, und plötzlich wusste sie, was zu tun war. Leise stand sie auf, zog den Ranzen zur Tür und kletterte mühsam auf den hölzernen Zwischenboden. Sie musste nicht lange suchen, bis sie eine Heugabel fand. Obwohl ihre Schulter schmerzte, während sie das verschimmelte Heu nach unten schaufelte, arbeitete sie verbissen weiter. Sie hatte lange genug gewartet. Was jetzt geschah, hatte Olof sich selbst zuzuschreiben.

48. Kapitel

Der Morgen dämmerte gerade erst, als das Schiff Konstantinopel wenige Tage später verließ. Während die Sonne aufging und eine schwache Brise das Wasser kräuselte, bewegte sich das Schiff langsam aus dem Hafen hinaus. Die Besatzung hisste die Segel und versammelte sich dann an der Reling, um noch einmal die riesige Stadt zu betrachten, die allmählich am Horizont verschwand. Konstantinopel, das Juwel des Ostens. Anne nahm immer noch den milden, süßen Geruch wahr, der vom Land herüberwehte. Im morgendlichen Dunst kam ihr die Stadtmauer vor wie ein riesiger, sich schlängelnder Drache. Ein Drache, der seine Schätze bewachte. Diese Stadt und alles, was sie dort erlebt hatte, würde sie niemals vergessen.

Sie musste in sich hineinlächeln, als sie an den Kutscher dachte, der sich gegen einen Ballen Stoff und zwei Goldmünzen ihre Kleider angezogen und einen Schleier angelegt hatte. Sie hatte einige Strähnen ihres Haars opfern müssen, die am Stoff des Tuchs befestigt worden waren, aber dieses Opfer hatte sich gelohnt. Ihr Haar wuchs schließlich wieder nach. Sie stellte sich Pelias' verstörten Blick vor, als er entdeckte, dass er den beiden Fremden auf den Leim gegangen war. Wahrscheinlich war er ziemlich bald hinter die Täuschung gekommen, nachdem Leonardo und sie den Palast verlassen hatten, doch seine Diener hatten sie nicht verfolgt. Anfangs wunderten sie sich, doch dann dämmerte ihnen, dass Pelias die Angelegenheit wohl geheim halten wollte. Es war so, wie sie gehofft hatten. Für ihn war die Ehre wichtiger als alles andere. Schon als der Kutscher die Frauenkleider abgelegt hatte, hatte Pelias das Gesicht verloren. Statt Anne stand plötzlich ein nackter Mann vor ihm. Sicher hatte er den Kutscher gar nicht rasch genug hinauswerfen können.

Danach waren sie bald aufgebrochen, und Anne war glücklich, trotz aller Hindernisse einen Eindruck von der Stadt gewonnen zu haben. In der kurzen Zeit, die ihnen bis zur Abreise blieb, hatten sie noch einen Großhändler getroffen, den Leonardo von früher kannte, und hatten mit ihm einige Geschäfte abgeschlossen. Dann ging alles sehr schnell, und statt zwei Wochen verbrachten sie nur wenige Tage in Konstantinopel. Einerseits bedauerte Anne die rasche Abreise, andererseits war sie erleichtert, wieder auf See und auf dem Weg zu ihren Kindern zu sein. Bis das Schiff ablegte, hatte sie noch mit dem Schlimmsten gerechnet. Sie fürchtete, ein Trupp bewaffneter Männer könne in die Herberge stürmen, um sich den Lederbeutel mit den Edelsteinen zurückzuholen und sie zu entführen. Leonardo versuchte, ihr zu erklären, dass Zerxes' Vermögen zu groß gewesen war, als dass Pelias sie wegen einer Handvoll Juwelen verfolgen würde, doch sie hatte sich trotzdem Sorgen gemacht.

Der Wind frischte auf, und der dunkelblaue Farbton des Meers ging in Schwarz über. Achtern schaukelte eine kleine Fischerflotte auf dem Wasser, und Anne beobachtete eine Weile die Boote. Ein Möwenschwarm kreiste über ihnen, und wenn einer der Fischer sein Netz einholte, stießen sie sofort herab. Kreischend stritten sie sich um die Beute, und sie musste an die heiseren Rufe der Straßenhändler auf dem Basar denken. Dort waren Leonardo und sie noch einmal gewesen, um Waren zu kaufen, für die sie zu Hause ohne Weiteres Abnehmer fänden. Manches hatten sie auch unmittelbar aus dem Lagerhaus aufgekauft. Die ganze Zeit hatten sie sich gegenseitig unterstützt und Mut gemacht. Am Abend lagen sie nebeneinander und sprachen über ihre Erlebnisse, doch Leonardo hatte ihr nie mehr Zärtlichkeit als einen Gutenachtkuss erwiesen. Das war ihr unbegreiflich. Bisher waren sie nichts weiter als Kompagnons, und sie fragte sich allmählich, warum er sie nicht mehr anziehend fand. Offensichtlich war sie nicht die richtige Frau für ihn, sosehr sie sich das in ihren Träumen auch ausgemalt hatte.

Er hatte ein Handelsabkommen aufs Spiel gesetzt und sich

auf den gefährlichen Streich mit Pelias eingelassen. Als sie erlebt hatte, dass er so viel für sie opfern wollte, waren ihre Erwartungen gestiegen, aber dann blieb doch alles beim Alten. Nur ihre Gefühle waren stärker geworden, seine nicht.

Nachdenklich blickte sie über die Reling und betrachtete die Möwen, die über den Fischernetzen kreisten. Gehörte Leonardo zu den Männern, die sich nur lieben ließen? Männer, die nach Liebe jagten, aber rasch wieder abkühlten, wenn sie Beute gemacht hatten, um sich anderen Herausforderungen zuzuwenden? Sie musste an Störtebeker denken. Der war anders gewesen.

»Anne?«

Leonardo war lautlos hinter sie getreten und beugte sich über ihre Schulter.

»Ich glaube, wir haben es geschafft«, murmelte er. »Jetzt kann uns keiner mehr einholen.«

»Also hast du insgeheim auch Angst gehabt?« Verblüfft sah sie ihn an. »Du hast auf mich so kaltblütig gewirkt.«

»Ich wollte dich nur beruhigen.«

»Das war auch wirklich nötig. Aber wahrscheinlich werden wir erst ganz sorglos sein, wenn wir wieder in Stockholm sind.«

»Da hast du recht. Die meisten Schiffseigner begeben sich angesichts der Gefahren nicht mehr selbst auf See. Sie schicken stattdessen andere auf die Reise. Aber wir fänden daran keinen Gefallen, nicht wahr?«

Sein Blick suchte den ihren, doch sie tat sich schwer, ihn zu deuten. Sie ließ seine Worte wirken. *Wir* hatte er gesagt.

»Ich habe jedenfalls keine Lust, an Land zu bleiben, während andere all diese Abenteuer erleben«, stimmte sie zu.

»Nein, das wäre gar zu langweilig. Da bin ich lieber mit dir zusammen.«

Zärtlich strich er ihr mit der Hand über den Nacken und von dort über den Rücken. Sie blickte ihm in die Augen und entdeckte einen ganz neuen Glanz darin.

»Du hast etwas ganz Besonderes an dir, Anne«, flüsterte er.

Leonardo hatte lange wach gelegen, und als er sah, dass die Dunkelheit langsam wich, ging er an Deck, um den Sonnenaufgang mitzuerleben. Jedenfalls versuchte er, sich das einzureden, aber in seinem Innersten ahnte er die Wahrheit: Es fiel ihm immer schwerer, neben Anne zu schlafen und ihren weichen, warmen Körper zu sehen, ohne ihn zu berühren. In seinem Leben hatte er schon viele Frauen getroffen, doch keine wie sie. Ihre Kraft erschreckte ihn einerseits, zog ihn aber auch magisch an. Seine Gedanken wanderten zu Giorgios Tochter, einer schönen jungen Frau, mit der er ein ruhiges Leben würde führen können, ohne sich je Sorgen um die Zukunft machen zu müssen. Mit ihr würde er auch ein Zuhause und eine Familie bekommen. Wenn er auf Reisen wäre, würde sie sich um Heim und Kinder kümmern, und bei seiner Rückkehr würde sie ihn freudig begrüßen.

Nachdem er eine Weile in Gedanken versunken zugesehen hatte, wie sich die Sonne über den Horizont erhob, hörte er Schritte hinter sich. Es war Anne, und er erkannte an ihrem Blick, dass sich etwas verändert hatte. Diesen Blick hatte er früher schon beobachtet, und zwar bei verliebten Frauen. Er wusste, dass er vor einer Entscheidung stand, denn sie hatten noch eine lange Fahrt übers Mittelmeer vor sich. Er war ihr Freund und Kompagnon, und dabei konnte er es belassen und einfach so weitermachen wie bisher. Damit würde keinem von ihnen wehgetan. Doch es gab noch eine andere Möglichkeit, und damit konnte er ihr und sich selbst großen Kummer bereiten.

Nach seinem Auftritt im Schloss stieg Mattis auf die Mauer, von der er einen guten Ausblick über den Koggenhafen hatte, und blickte übers Wasser. Das Meer lag spiegelglatt vor ihm, und gerade ging die Sonne unter. Eines der Friedensschiffe der Hanse, das ein Stück vorm Hafen vor Anker gegangen war, schaukelte sachte auf den Wellen. Unten am Kai lagen schon lange drei Koggen, denn keiner der Schiffer wagte sich hinaus. Noch fühlte man sich nicht sicher vor den Vitalienbrüdern. Die Bedrohung lauerte noch immer überall.

Mattis hatte in den letzten Jahren gefährlich gelebt und war immer mit heiler Haut davongekommen. Doch wäre Maria nicht gewesen, wäre er niemals aus diesem Keller entkommen. Welch eine Beharrlichkeit! Obwohl die Soldaten ihr nicht geglaubt hatten, hatte sie nicht aufgegeben, sondern hatte so lange auf dem Schlosshof ausgeharrt, bis sie den Mann mit der Weidenholzflöte gefunden und ihn sowie einige seiner Kameraden zum Keller geführt hatte. Mattis stellte sich vor, wie stolz Anne auf die Kleine wäre, wenn sie davon erführe. Dieses Erlebnis hatte ihn noch enger mit dem Mädchen verbunden, und mehr denn je kam es ihm so vor, als sei es seine eigene Tochter. Valborg und er waren sich ebenfalls nähergekommen. Sobald sie sich erholt hatte, hatte sie den Weinkeller wieder geöffnet, und er half ihr tagsüber oder abends aus. Bis jetzt hatten sie auch das Handelshaus vor dem Zugriff der Hanse retten können, und wenn Anne wieder da wäre, bekäme sie die Wohnung zurück und fände alles so vor, wie sie es verlassen hatte.

Wenn es nur nicht zu neuen Angriffen auf die Stadt kam! Es gingen Gerüchte, dass die Königin bald in Stockholm einziehen wolle, und alle hofften, dass die Übernahme friedlich verliefe. Doch niemand konnte sagen, ob Sven Sture einen neuen Versuch unternehmen oder einen anderen Vitalienbruder an seiner Stelle schicken würde. Die Zukunft war ungewiss, und die Stadt wartete ab.

Mattis stieg von der Mauer hinunter auf den Schlosshof. Die innere Unruhe, die ihn früher von zu Hause fortgetrieben hatte, um andere Orte kennenzulernen, war völlig verflogen. Es gefiel ihm, im Weinkeller aufzuspielen und seine Gaukeleien vorzuführen, und mit Valborg und den Kindern fühlte er sich wohl. Dass er so zufrieden war mit diesem einfachen Leben, überraschte niemanden mehr als ihn selbst. Manchmal dachte er allerdings, dass es vielleicht nur die Ruhe vor dem Sturm war.

Er kam an der Wache vorbei und trat auf die Straße hinaus. Pfeifend und gedankenverloren schlenderte er in Richtung Weinkeller. Er bemerkte einen Jungen, der an der Ecke zwischen Kåkbrinken und Skomakargatan stand und Murmeln spielte, doch die humpelnde Frau, die ihn in einigem Abstand verfolgte, nahm er nicht wahr.

Er fühlte sich so sicher, dass er ganz vergessen hatte, immer ein wenig auf der Hut zu sein.

49. Kapitel

Nachdem Anne erwacht war, blieb sie noch eine Weile liegen und horchte auf Wind und Wellen und das ununterbrochene Knarren, das die Blöcke und Taljen der Takelage erzeugten. Das Schiff hatte das Marmarameer verlassen und war auf dem Weg ins Ägäische Meer. Bald wäre Anne wieder bei den Ihren. Aber zuerst würde sie noch in Venedig haltmachen.

Als sie zur Seite blickte, sah sie, dass Leonardo die Kajüte bereits verlassen hatte. Sie zog sich an und ging an Deck. Er stand an der Reling, und sie betrachtete ihn eine geraume Weile in stillem Kummer. Dort stand er, so nahe und doch so fern. Sie trat neben ihn. Er sah sie an und ergriff nur wortlos ihre Hand. So blieben sie zu zweit stehen und blickten schweigend aufs Meer, doch ihre Hand ließ er nicht los. Irgendwann spürte sie, wie seine Finger zärtlich über ihre Handfläche wanderten.

»Endlich haben wir ein wenig Zeit für uns selbst«, murmelte er, ohne sie anzusehen.

»Das ist wahr.«

Sie hoffte, dass er wirklich recht hatte. Bisher war es nur um Pelias, Geld, Einkäufe und das Verstauen der neuen Waren gegangen. Obwohl sie in letzter Zeit so viel miteinander geteilt hatten, schien er innerlich abwesend zu sein.

»Ich habe da etwas für dich, das ich dir gern gäbe«, fuhr er fort.

»Vielleicht eine Dose Pfeffer?«, versuchte sie zu scherzen.

»Ach was, einen ganzen Sack. Komm!«

Er zog sie zum Achterschiff und blieb schließlich vor der Kajüte stehen.

»Ich hätte es natürlich mit nach oben nehmen können, aber ich wollte nicht, dass die anderen es sehen.« Sie betraten den kleinen Raum. Er hob den Deckel seiner Seemannskiste, nahm etwas heraus und versteckte es hinter dem Rücken.

»Was hast du da?«

Er streckte die Hand aus und öffnete sie. Da lag ein glänzendes Silberarmband.

»Für dich«, sagte er.

Sie sah die Wärme in seinen Augen, als sie den Schmuck entgegennahm. Vorsichtig legte sie das Armband um und bewegte die Hand hin und her. Das Silber glitzerte im Licht.

»Wie schön«, flüsterte sie und brach plötzlich scheinbar grundlos in Tränen aus.

»Aber, meine Liebe, was ist denn?«, fragte er und zog sie an sich.

»Ich bin so glücklich.«

Er drückte sie an die Brust, und so blieben sie schweigend stehen, als wären sie in einem niemals endenden Tanz miteinander vereint. Anne rührte sich nicht, sondern wartete ab, als ahne sie schon, dass noch etwas geschehen würde. Als er ihr in die Augen sah, entdeckte sie plötzlich die Zärtlichkeit in seinem Blick.

»Vielleicht sollte ich es nicht tun«, murmelte er.

Dann verstummte er und nahm ihren Kopf zwischen die Hände. Sie hörte einen halb erstickten Seufzer, als sei er aufrichtig verzweifelt, und dann fand sein Mund auf den ihren. Seine Lippen waren weich und zärtlich, und er küsste sie immer und immer wieder, bis es nichts mehr gab als das Hier und Jetzt. Ein gewaltiges Begehren ergriff Besitz von ihr, sie schloss die Augen und drängte sich ihm entgegen. Sie spürte seine Hüften auf den ihren und seine Härte. Alles, was sich bis zu diesem Augenblick in ihr angestaut hatte, pulsierte in ihrem Körper. Sie spürte nicht die Bewegungen des Schiffs, sah nicht, wie sich die Tür öffnete, hörte weder den Wind in den Segeln noch die Schritte an Deck. Sie war sein.

Als er ihre Brust mit den Händen umfasste, schauderte sie, und als sie mit ihm auf das Lager niedersank, spürte sie ein unbändiges Verlangen nach ihm. Behutsam zog er sie aus, als wolle er ihr keine Angst machen, und legte dann den Kopf auf ihren nackten Leib. Das kitzelte, und sie musste lachen. Da er sich nicht rasiert hatte, kratzten seine dunklen Bartstoppeln ganz leicht auf ihrer Haut, als läge sie an einem Sandstrand. Einen Moment lang hielt er inne und liebkoste den Flaum rings um ihren Nabel, bevor er sich weiter nach unten schob. Sie lächelte und atmete ruhig, erfüllt von einem Gefühl des Friedens.

Als er sich auf sie herabsenkte, streckte sie die Arme aus und zog ihn an sich.

»Danach habe ich mich die ganze Zeit so sehr gesehnt«, flüsterte er.

Ihre eifrigen Hände fuhren über seinen Rücken, und sie drückte sich an ihn, als wolle sie beweisen, dass sie eins waren, nur durch eine dünne Hautschicht getrennt. Er bewegte sich in ihr wie eine brandende Woge, und als er zum Schluss ein letztes Mal tief in sie hineinstieß, schauderte sie und erstickte ihren Schrei an seiner Brust.

Den Schatten vor der Tür bemerkte sie nicht, und sie hörte auch nicht die Schritte, die sich hastig entfernten. Stattdessen lag sie glücklich keuchend in Leonardos Armen und wollte ihn nicht mehr loslassen. Dabei fragte sie sich, ob das eben Erlebte für sie beide das Gleiche bedeuten mochte. Für sie selbst jedenfalls hatte sich alles verändert.

50. Kapitel

Die Sonne brannte vom Himmel, und es war warm an Deck, als Leonardo sich neben den Steuermann setzte. Obwohl sie keinerlei Streit miteinander gehabt hatten, sah der griesgrämige Mann alles andere als freundlich drein, während er einige Taue spleißte.

»Kannst du mir helfen?«, fragte er und warf Leonardo ein Tauende zu. Der starrte darauf und wendete es mit ungeschickten Händen hin und her. Der Mann verunsicherte ihn. Antonio Cormaro entstammte einer reichen venezianischen Familie und war Bankier gewesen, bevor er zur See fuhr. Seine Finger waren breit wie Brotlaibe, und was Taue und Knoten betraf, wusste er einfach alles. Was mochte der Steuermann von ihm wollen?, fragte sich Leonardo. Obwohl sie aus derselben Stadt kamen, hatten sie kaum je miteinander geredet.

Eine Weile saßen sie schweigend nebeneinander, dann stieß der Steuermann Leonardo in die Seite.

»Ich weiß Bescheid. Anne ist nicht deine Ehefrau, und trotzdem teilt ihr euch eine Kajüte.«

Leonardo hob abwehrend die Hände, doch Antonio ließ sich nicht aufhalten. »Auf dem Hinweg, als sie krank war, konnte ich das noch verstehen, aber jetzt? Wenn Giorgio das wüsste, wäre er ganz und gar nicht glücklich.«

Leonardo schluckte. Kannte der Steuermann etwa seinen Kompagnon?

»Giorgio ist ein alter Freund von mir, und ich will nicht, dass du ihn hintergehst«, fuhr der Mann fort.

»Das tue ich doch gar nicht. Ich will bloß nicht, dass Anne zusammen mit den anderen unter Deck schlafen muss.«

»Wenn ich dir das glauben soll, musst du die Kabinentür schon besser zumachen.«

Leonardo errötete. Er erinnerte sich, dass sich die Tür tatsächlich nicht richtig hatte schließen lasssen, und als er aufgestanden war, um sie zuzuziehen, war es wohl zu spät gewesen.

»Wenn du mit irgendwelchen Frauen schläfst, ist das deine Sache, schließlich bist du nicht verheiratet«, räumte der Steuermann ein, »aber ich warne dich. Giorgio erwartet, dass du seine Tochter heiratest. Und das solltest du besser auch tun, sonst könnte es dir übel ergehen.« Er hantierte mit seinem Messer herum.

»Ich heirate, wen ich will. Das geht dich überhaupt nichts an.«

»Das geht mich mehr an, als du denkst. Meine Familie hat nämlich einiges Geld in Giorgios Handelshaus investiert.«

»Das soll mich nicht kümmern.«

»Giorgio hat sich Geld von meiner Familie geborgt, daher liegt uns sehr daran, dass das Handelsunternehmen weiterhin floriert. Wenn du Giorgio im Stich lässt, werden seine Geschäfte leiden.«

Leonardo unternahm den Versuch, gleichgültig zu wirken. »Seine Tochter ist eine gute Partie, aber du weißt doch selbst, wie es auf einer langen Reise so ganz ohne Frauen ist. Man muss nehmen, was man bekommt...«

»So ist es recht. Ich hatte schon Angst, du hättest dich in sie verliebt.«

»Giorgio hätte die Gelegenheit auch ergriffen, das kann ich dir versichern«, warf Leonardo ein. Er stand auf und reichte dem Steuermann das Tauende.

Antonio deutete mit einem Kopfnicken auf Anne, die sich achtern an die Reling lehnte. »Sie ist wirklich eine Augenweide. Viel zu hübsch, als dass du sie für dich allein...«

»Aber so ist es nun einmal«, fiel Leonardo ihm ins Wort.

»Und mach dir keine Sorgen wegen Giorgios Handelshaus. Ich verspreche dir: Ihr bekommt euer Geld zurück.«

Dann eilte er davon, denn er war zu aufgewühlt, um ruhig neben Antonio sitzen zu bleiben. Hoffentlich hielt der Narr den Mund. Leonardo hatte versucht, jeden Gedanken an zu Hause auszuschalten, doch jetzt hatte der Kerl ihn mit Nachdruck wieder daran erinnert. Er hätte sich nicht von seinen Gefühlen hinreißen lassen dürfen, doch er hatte Anne einfach nicht mehr widerstehen können. Was sollte werden, wenn er in Venedig ankäme und Giorgio und den Seinen gegenüberträte?

Während das Schiff durch die Ägäis segelte, vorbei an den griechischen Inseln und dem Festland und weiter ins Ionische Meer, fühlte Anne sich wie ein Passagier auf einem voll beladenen Handelsschiff. Leonardo und sie hatten Waren eingekauft, und die harte Arbeit begänne erst wieder, wenn sie in Venedig angelangt wären. Oft hielten sie und Leonardo sich an Deck auf und betrachteten die Küste und die Inseln, die an ihnen vorüberzogen, oder sie genossen gemeinsam den Anblick der schönen Sonnenuntergänge und den Nachthimmel. Doch am häufigsten hielten sie sich in ihrer Kajüte auf. Anne war dankbar, dass Leonardo sie bei der Abreise als Mann und Frau vorgestellt hatte, und es schien ganz so, als schenke ihnen niemand große Beachtung. Nur der Steuermann starrte sie immer so seltsam an, doch dem ging sie möglichst aus dem Weg und freute sich umso mehr, dass Leonardo und sie einander hatten. Niemals hätte sie sich vorstellen können, dass sie sich noch einmal so verlieben würde. Jetzt erlebte sie wieder die Höhenflüge der Leidenschaft und erlebte, dass sie doch noch starke Gefühle für einen Mann empfinden konnte. Aber obwohl Leonardo und sie sich gegenseitig ihrer Liebe versicherten, ließen sie einen Bereich stets außer Acht: ihre Zukunft. Sobald einer von der Zeit nach ihrer Rückkehr sprach, wechselte der andere sofort das Thema. Sie wusste nur zu gut, dass sie in dieser Welt aus Meer und Horizont weit weg von aller Wirklichkeit lebten. Hier auf dem Schiff stand die Zeit still, alles andere musste warten. Aber je mehr Tage vergingen und je näher sie dem Adriatischen Meer kamen, umso näher rückte auch das wirkliche Leben.

Eines Abends bei Einbruch der Dämmerung stand Anne mit

Leonardo an Deck. Es wurde rasch dunkel, und der Mond stieg über dem Meer auf. Über ihnen begannen die Sterne zu funkeln. Das Schiff schaukelte heftig, und als er die Hand nach ihr ausstreckte, schien er sie nur auffangen zu wollen. Doch dann merkte sie, dass er ihr etwas sagen wollte.

»Ich habe über uns und unsere Zukunft nachgedacht.«

Anne sah ihn im Licht der Laterne neben dem Ruder stehen. Unruhige Schatten zogen über sein ernstes Gesicht, und ihr fiel wieder einmal seine Schönheit ins Auge. Fast schmerzlich empfand sie Vorfreude auf ihr Zusammensein, doch er küsste sie nicht, und seine Hand war kalt und steif. Plötzlich zog er etwas aus seiner Gürteltasche.

»Wer hat dir den gegeben?«

Beim Klang seiner kalten Stimme zuckte sie zusammen. In seiner Hand lag der Ring mit dem Schlangenkopf.

»Den habe ich von Klaus Störtebeker bekommen.«

»Hat er dich angefasst?«

Anne zögerte. Sie hätte ihn anlügen können, denn es war ziemlich dunkel, und er konnte ihre Augen nicht sehen. Sie brauchte einfach nichts zu sagen, dann würde alles so bleiben, wie es war. Doch sie wusste, dazu war sie nicht fähig. Leonardo verdiente eine ehrliche Antwort. Es verstrichen nur wenige Augenblicke des Zögerns, und als sie den Mund öffnete, merkte sie, dass er schon begriffen hatte.

»Es ist also geschehen«, stellte er fest und biss die Zähne zusammen.

»Lass mich erzählen, wie es war!«, bat sie. »Ich streute ihm etwas von meinen Kräutern in den Wein, damit er einschlief. Aber er hielt mich zum Narren und tauschte die Gläser, sodass ich den Wein trank, der für ihn gedacht war.«

»Ich verstehe. Und dann?«

Anne wurde immer beklommener zumute. Die Wahrheit war gefährlich, doch sie liebten sich schließlich, oder nicht? Sie nahm seine Hand und strich ihm mit den Fingern zärtlich über die Innenfläche.

»Ich hatte keine andere Wahl. Ich war seine Gefangene«, flüsterte sie zum Schluss.

Da zog Leonardo wortlos seine Hand zurück und ging rasch davon. Sie lief ihm nach und holte ihn an der Treppe ein.

»Sei doch nicht so böse – er hat mich dazu gezwungen«, beteuerte sie und streckte ihm die Hand hin.

»Ich weiß. Aber warum hast du dann den Ring behalten? Ein Seeräuber! Ein Mörder!«

»Er hat mich am Leben gelassen.«

»Alles andere wäre ja auch äußerst dumm gewesen. Wer begehrt schon eine Tote?« Brüsk drehte er sich um und stürmte die Treppe hinunter.

Auf den folgenden Tagen lastete bleischwere Enttäuschung. Sie versuchte, ihm die Geschehnisse begreiflich zu machen, doch er schüttelte nur abweisend den Kopf.

»Ich dachte, es sei alles anders gewesen.«

»Du weißt ja nicht, was es heißt, in Gefangenschaft zu leben!«, schrie sie ihn an, doch in ihrem Innersten ahnte sie, dass es hier um etwas ganz anderes ging. Sie fragte nach, doch er verschloss sich vor ihr, und sie erhielt keine Antwort. Als schließlich Venedig am Horizont erschien und sie sich verzweifelt an ihn schmiegte, trat er einen Schritt zurück und legte ihr die Hände auf die Schultern.

»Ich hätte mir so sehr gewünscht, mit dir zusammenzuleben, aber du hast einem anderen Mann gehört. Mehr als einmal. Eine solche Frau wage ich einfach nicht zu heiraten.«

Erst glaubte Anne sich verhört zu haben, doch als sie seinen bekümmerten Blick sah, wurde ihr klar, dass er es ernst meinte.

»Witwen sind nun einmal nicht unschuldig. Aber Ungeheuer sind sie deshalb noch lange nicht«, fauchte sie.

»In Venedig kannst du dir eine Wohnung bei einem meiner Freunde mieten. Wir werden weiter gemeinsam Handel treiben wie zuvor«, fuhr er fort. »Aber das, was zwischen uns war …« Er umklammerte die Reling und sah sie nicht an, als er es aussprach. »Es ist sicher am besten, wir vergessen alles.«

Der Wind peitschte gegen die Mauern, pfiff durch die Gänge für die Scharfschützen auf der Schlossmauer und durch die undichten Türen. Klaus Störtebeker fröstelte, zog sich den Marderpelz fester um den Hals und schlüpfte mit einer missmutigen Grimasse in den pelzgefütterten Mantel. Der Winter lag in der Luft. In der Burg war es stets kalt genug, aber er hatte gehofft, dass die strenge Kälte noch etwas auf sich warten lasse. Doch es sah ganz so aus, als müssten sie schon bald mit den großen Holzscheiten einheizen.

Seit Anne die Insel verlassen hatte, war er niedergeschlagen, und erst als Sven Sture mit seiner Flotte zurückkehrte, schöpfte er neuen Mut. Sven Sture, der zu Gotlands neuem Herrscher aufgestiegen war, hatte sich mit Herzog Eriks Witwe zusammengetan. Sie hatten kundgetan, wer Seeräuberei betreiben wolle und ihr die Hälfte der Beute abtrete, werde ihre Unterstützung und Zugang zu den Burgen Landscrone und Slite erhalten. Klaus Störtebeker jubelte. Endlich eine Herrscherin, die einen erfolgreichen Piraten zu schätzen wusste! Doch da hatte er noch nicht geahnt, welche Folgen das alles nach sich ziehen würde.

An Bord der Schiffe, die aus Stockholm zurückgekehrt waren, befanden sich auch Männer, die erstmals ihr Glück als Seeräuber versuchen wollten und sofort auf Raub auszogen. Doch inzwischen gab es immer mehr Piraten und immer weniger Handelsschiffe. Störtebeker musste weiter in den Westen ausweichen, Richtung Nordsee und Flandern. Die dänischen und deutschen Schiffe reichten ihm nicht mehr, und er kaperte immer mehr englische. Allerdings ahnte er, dass die Engländer dieses Treiben auf Dauer nicht hinnehmen würden. Vor nicht allzu langer Zeit hatte er ein englisches Schiff gekapert, das Marderfelle, Silber, Seide und Porzellan geladen hatte, doch seitdem hatte er kein einziges mehr gesichtet. Es war so ruhig, da konnte irgendetwas nicht stimmen. Bestimmt schmiedeten die Hanse und die Engländer gemeinsam große Pläne. Störtebeker spürte es, er hatte ein seltsames Gefühl, das er nicht recht zu benennen wusste. Die Gedanken wirbelten ihm durch den Kopf wie Kieselsteine in der Brandung. Wäre Anne hier gewesen, hätte er mit ihr darüber reden können, und sie hätte sicher etwas Kluges dazu gesagt. Er hätte sie nie freilassen dürfen.

Er ging zur Tür. Eines Tages werden unsere Feinde mit uns abrechnen, und dann bist du besser nicht mehr hier, hatte er sinngemäß zu ihr gesagt. Und dieser Tag rückte immer näher.

Mit wehendem Mantel verließ er die Burg, überquerte den Wallgraben und ging zum Strand. Das Meer lag verlassen da, die Bootsschuppen standen einsam im Wind, und an den Wänden hatten sich Tang und Abfall zu Haufen aufgetürmt. Er wandte den Blick in die andere Richtung und entdeckte einen einsamen Reiter, der in vollem Galopp am Wassersaum heransprengte. Erst hielt Störtebeker ihn für einen seiner Männer, doch als der Mann näher kam, wurde er misstrauisch. Der Fremde trug einen braunen Mantel und eine einfache Hose, die übliche Kleidung der Gegend. Doch seine Kleider waren weder zerschlissen noch schmutzig, und er ritt so geübt wie ein Ritter. Störtebeker hatte noch nie jemanden gesehen, der sein Pferd so geschickt zu lenken wusste. Eine Weile blieb er stehen und starrte den Unbekannten ratlos an, dann zog er sich hastig zurück. Böse Vorahnungen befielen ihn. Dieser Reiter stammte ganz offensichtlich nicht von hier. Es musste ein Kundschafter sein.

51. Kapitel

Leonardo wird seine Meinung schon noch ändern. Wenn er nur Zeit zum Nachdenken bekommt, wird alles wieder werden wie früher, dachte Anne, als sie sich Venedig näherten. Was er gesagt hatte, musste sie einfach vergessen. Bestimmt tat es ihm schon leid. Und während das Schiff langsam in den Lido glitt, warf sie einen verstohlenen Blick zu ihm hinüber. Sie versuchte, seinen Gesichtsausdruck zu deuten, und hoffte, dass seine Worte nur Zeichen vorübergehender Verwirrung gewesen waren. Jetzt, da er glücklich war, nach Hause zurückzukehren, würde er ihr sicher gleich den Arm um die Schultern legen und sie an sich drücken. Sie lächelte ihn an und wartete.

Als sie das Boot bestiegen, das sie durch den Canal Grande fahren sollte, reichte er ihr höflich die Hand. Doch sobald sie eingestiegen war, ließ er sie sofort wieder los. Große und kleine Boote drängten sich vor ihnen, und auf der glitzernden Wasseroberfläche spiegelten sich prunkvolle Paläste und Kirchen wie Schmuckkästchen. Venedig zu sehen, war für sie fast so, als würde sie noch einmal etwas von der Schönheit Konstantinopels erleben, und im ersten Augenblick war sie hellauf begeistert.

»Hier ist es aber schön!«, staunte sie.

»Venedig ist schöner als jede andere Stadt.«

Mehr sagte er nicht, und obwohl er ab und zu das Schweigen brach, um etwas zu den Gebäuden zu bemerken, an denen sie vorüberkamen, blieb eine unausgesprochene Spannung zwischen ihnen bestehen. Er hatte seinen Entschluss nicht geändert.

»Was geschieht jetzt, Leonardo?« Sie berührte ihn am Arm.

»Wie ich schon sagte, werde ich dich meiner Familie und den Freunden vorstellen, bei denen du eine Unterkunft mieten kannst. Dann segeln wir so bald wie möglich weiter. Aber mehr erwarte nicht von mir.«

Deutlicher hätte er es nicht ausdrücken können. Doch er wich ihrem Blick aus, und sie sah, dass auch er sich quälte. Sie weigerte sich zu glauben, dass er sich mit ihr nur getröstet hatte, solange er auf See war und keine andere weibliche Gesellschaft hatte. So hatte es sich nicht angefühlt. Dennoch hielt er sich von ihr fern. Es wurde schon kühl – wie sie es im Winter allein in einem Steinhaus in der Stadt aushalten sollte, wusste sie nicht. Aber es war zu spät, noch einen Platz auf einem Schiff nach Brügge oder Visby zu bekommen. Selbst wenn sie sofort hätte heimfahren wollen, es wäre nicht möglich gewesen. Die Winterstürme zogen bereits herauf, und bald würde das Eis den Norden bedecken.

Die folgenden Monate hätte sie am liebsten aus ihrem Gedächtnis gestrichen. Das feuchte Haus, in dem sie wohnte, und die Zusammenkünfte mit Leonardos hagerer, bleicher Mutter und seinem selbstsüchtigen, prahlerischen Vater waren ihr eine Qual. Doch am schlimmsten von allem war die Tatsache, dass sie keine Liebe mehr von dem Mann bekam, dem sie sich erst vor Kurzem rückhaltlos hingegeben hatte. Ein Mann, von dem sie sich geliebt gefühlt hatte.

Um sich die Zeit zu vertreiben, verlangte sie, im Handelshaus mitarbeiten zu dürfen, doch als Leonardo sich für sie einsetzte, stieß er auf strikte Ablehnung. Seine Kompagnons wollten keine Frau in ihren Reihen. Da begann sie stattdessen, Italienisch zu lernen, half seiner Mutter im Haushalt und erledigte die Einkäufe auf dem Markt. Sie webte, besuchte die Kirchen der Stadt, fuhr durch die Kanäle und unternahm lange, trostlose Spaziergänge. Und während sie im Schatten der prächtigen Gebäude und Türme am Wasser entlangschlenderte, sehnte sie sich entsetzlich nach ihren Kindern. Sie verlor den Appetit, und die Tage kamen ihr so zäh vor wie Harz. Stockholm schien ihr unendlich weit entfernt.

Manchmal besuchte Leonardo sie und erzählte vom Verkauf ihrer gemeinsam eingekauften Waren. Genauestens berichtete er von jeder Kiste Porzellan und jedem Gewürzsack. Er war bei ihr, aber doch unnahbar. Zum Schluss machte seine Gegenwart sie nur noch traurig, und sie bat ihn, sie lediglich dann zu besuchen, wenn es dringend notwendig war. Als endlich der Frühling in Venedig Einzug hielt und sie einen Platz im ersten Schiffskonvoi nach Brügge bekam, war sie unglaublich erleichtert. Wäre sie nur erst zu Hause, würde alles besser werden.

Am Vorabend ihrer Abreise besuchte Leonardo sie in ihrem grauen Haus an der Rialtobrücke. Sie hatte die Gewürze, Stoffballen und anderen Waren zusammengepackt und musste nur noch ihre Kleider und einige kleinere Gegenstände verstauen. Als er eintrat, sah sie, wie sein Blick über die Unordnung glitt.

»Ich helfe dir morgen, alles an Bord zu bringen«, erbot er sich.

»Danke«, murmelte sie, aber sie freute sich nicht.

Er legte ihr die Hände auf die Schultern. »Mir geht so vieles durch den Kopf, worüber ich gern mit dir reden würde.«

»Jetzt? Ich bin doch nur noch wenige Stunden in Venedig.«

»Ich komme bald nach, aber erst ...« Er strich ihr kurz über die Schultern, und sein Blick irrte über ihr Gesicht. Dann beugte er sich vor und küsste sie leicht auf beide Wangen.

»Ich hatte euch Venezianer immer für feuriger gehalten.«

»Man kann auch verbrennen«, erwiderte er zweideutig.

»Ach so, davor hattest du also Angst.«

Seine Augen lächelten, und der verbissene Zug um seinen Mund verschwand. Plötzlich nahm er sie in die Arme und presste seine Lippen auf ihren Mund.

»Und, was sagst du jetzt?«

»Du bist nicht verbrannt.«

»Eine wie dich gibt es bloß einmal, Anne«, flüsterte er rau.

»Da kann ich dir nur zustimmen.«

Er brach in schallendes Gelächter aus, und für einen Augenblick war die gespannte Stimmung wie weggeblasen.

»Willst du ein Glas Wein?« Vielleicht konnte sie ihn noch ein wenig festhalten.

Aber er schüttelte nur den Kopf und wandte sich zum Gehen. Anne blieb erst traurig stehen, weil er sie wieder einmal enttäuscht hatte. Doch was zwischen ihnen gewesen war, war nicht tot, es war noch irgendwo in ihm, und sie war sicher, dass er es ebenso gespürt hatte. Sie stellte sich vor die Tür und versperrte ihm den Weg.

»Lauf nicht davon!«

»Ich muss gehen. Das Leben ist nicht immer so einfach.«

»Dann erlaub mir, dir zu helfen. Ich kenne bestimmt ein paar gute Kniffe.«

Wieder kostete es ihn Mühe, ernst zu bleiben.

»Seit Monaten hast du mich kaum angesehen, und an diesem letzten Abend küsst du mich plötzlich«, stellte sie fest.

»Das war ein Abschiedskuss. Alles andere wäre unhöflich gewesen.«

»Ein Abschiedskuss? Wohl kaum. Du hast mich immer noch gern. Mich kannst du nicht täuschen.«

Zu ihrer Überraschung stieß er einen Seufzer aus.

Da nahm sie seine Hand und legte sie auf ihre Wange. Schweigend und reglos standen sie so beieinander. Schließlich küsste er sie noch einmal, und langsam, fast unmerklich schob er sie an die Wand. Sie spürte seine tastenden Hände auf ihrem Körper, und die Glut, die nie erloschen war, flammte neu auf.

»Ich habe so oft davon geträumt«, flüsterte er und hob ihre Bluse hoch.

Ab diesem Augenblick war plötzlich alles wie früher, wie auf dem Schiff, nichts konnte sie mehr aufhalten. Leidenschaftlich zog sie ihn an sich, und er drückte sich an sie. Als ob sie beide ahnten, dass dies ihr endgültiger Abschied war und sie sich vielleicht nie wiedersähen. Sie sanken zu Boden und vereinigten sich zu einer einzigen lodernden Flamme, und sie fühlte, dass diese Hitze und Inbrunst unmöglich nur ein Spiel sein konnten. Sie folgte seinem Rhythmus, öffnete sich, um ihn in sich aufzunehmen, und war glücklich. Als es vorbei war, blieben sie noch eine geraume Weile beieinander liegen und küssten sich. Sanft fuhr er ihr mit den Fingern über Stirn und Wangen. Er liebt mich immer noch, dachte sie, es muss so sein. Sein Blick suchte den ihren, und sie hatte das deutliche Gefühl, dass er ihr etwas sagen wollte, es aber nicht schaffte. Es liegt nicht nur an Störtebeker, da gibt es noch etwas anderes, fuhr es ihr durch den Kopf. Sie wartete auf seine Worte, doch sie wartete vergeblich.

Später, als er gegangen war, lag sie noch lange grübelnd wach und schlief erst nach Mitternacht ein. Doch am nächsten Tag war alles wieder so, als wäre nichts geschehen. Er half ihr mit ihrem Gepäck an Bord und küsste sie auf die Wangen.

»Sobald ich hier alles in Ordnung gebracht habe, komme ich nach Stockholm. Königin Margareta wartet.«

»Ich auch.«

»Dann müssen wir sehen, wann ich noch Zeit für die Königin erübrigen kann.«

Sie lächelten sich an, doch innerlich war Anne verunsichert. Sie musste darauf gefasst sein, ihn vielleicht nie wiederzusehen. Und dieses Wissen war schlimmer als alles andere.

Sie beschloss, über Lübeck heimwärts zu segeln. Auf der Weiterfahrt sollte das Schiff nämlich kurz in Visby anlegen, und bei dieser Gelegenheit wollte sie ihre Waren aus Gottvids Hof abholen. Sollte Leonardo nicht nach Schweden zurückkehren, musste sie mehr Waren zum Lebensunterhalt haben als nur jene, die sie aus Venedig mitgenommen hatte. Das Silber und der Bernstein, die auf dem Hof in Gotland versteckt waren, würden ein gutes Anfangskapital in Stockholm abgeben, sobald sie wieder Handel treiben durfte. Eigentlich hätte sie ohne weitere Umwege nach Hause segeln wollen, da sie sich so sehr nach ihren Kindern sehnte, doch andererseits musste sie sie auch versorgen. Außerdem hatte sie Valborg Geld versprochen, und was sie aus Venedig mitbrachte, würde nicht lange reichen.

Während der Fahrt über die Nordsee wurde nur ein einziges Schiff gesichtet. Vor Öland wurde es kühler, und als Visby endlich erreicht war, regnete es, und es war eiskalt. Bis hierher war der Frühling noch nicht vorgedrungen, und sie musste daran denken, wie Leonardo und sie im Jahr zuvor unter ihren schwarzen Mänteln geschwitzt hatten. Da hatte sie Wärme und Gemeinschaft gespürt. Jetzt empfand sie fast nur noch Enttäuschung.

Das Schiff sollte zwei Tage lang in Visby liegen, und in dieser Zeit musste sie es bis zu Gottvids Hof und zurück schaffen. In einem Stall am Kai mietete sie sich ein Pferd und lieh sich einen warmen Mantel aus. Für einen Wagen reichte die Zeit nicht, und Gottvid konnte ihr sicher mit einem Karren aushelfen. Nachdem sie eine kräftige Mahlzeit eingenommen hatte, ritt sie los. Es dauerte nicht lange, da ging der Regen in Schnee über.

Über dem Meer verdunkelten sich die Wolken, und die Sicht wurde immer schlechter. Die Männer an Bord hatten sie davor gewarnt, allein loszureiten, doch mit einem schnellen Pferd fühlte sie sich sicher, auch bei Schneeregen und Gegenwind. Sie verwünschte das Wetter und grub dem Tier die Fersen in die Flanken. Hoffentlich kam kein Sturm auf.

Klaus Störtebeker brachte sein Pferd zum Stehen und bedeutete seinen Männern, ebenfalls anzuhalten. Er hatte ein seltsames Geräusch vom Meer her gehört und sah sich um. Seit er den einsamen Reiter am Strand entdeckt hatte, war er auf der Hut. Bevor der Feind zum Angriff überging, schickte er oft einen Kundschafter voraus. Irgendetwas sagte ihm, dass der Reiter von den Engländern oder der Hanse geschickt worden war. Im Wirtshaus hatte niemand von einem Fremden gehört, und der Reiter war genauso rasch wieder verschwunden, wie er aufgetaucht war. Anscheinend hatte der Mann nicht gesehen werden wollen.

Da war das Geräusch wieder. Störtebeker ließ die Zügel nach, gab seinen Männern ein Zeichen, dass sie warten sollten, und ritt vorsichtig den Hügel hinauf. Der Wind fuhr ihm durchs Haar, und die Kälte kroch ihm unter den Mantel. Den ganzen Abend und die Nacht über war es bewölkt gewesen, und im Schneeregen hatte er obendrein äußerst schlechte Sicht. Es beunruhigte ihn, dass er erst sehen konnte, was er zuvor längst gehört hatte, wenn die Sicht besser wurde – oder die Bedrohung schon ganz nahe war. Wenn sein Gefühl ihn nicht trog, würde er eines Tages von feindlichen Schiffen überrascht werden. Doch bisher war er stets, nachdem er seinen Erkundungsgang beendet hatte, erleichtert in die Burg zurückgekehrt.

Er saß ab und ging das letzte Stück zu Fuß. Das Meer lag offen vor ihm, und es konnte jeden Tag so weit sein, dass die mutigsten Kaufleute zur ersten Handelsreise des Jahres aufbrachen. Dann wäre er hier und würde sie überraschen. Die Spannung ließ nach, und er lächelte in sich hinein. Der Pfad war steil, aber oben angekommen, hatte er einen guten Ausblick. Er blieb breitbeinig stehen und stemmte die Hände in die Seiten. Im Süden waren die Umrisse von Landscrone zu erkennen, und die Wellen trugen weiße Schaumkronen. Die Wolken waren dunkler als sonst, und er roch das heraufziehende Unwetter geradezu. Wollte dieser verdammte Winter denn gar kein Ende nehmen? Er trat einen Schritt vor und spähte übers Wasser. Dann blinzelte er, starrte und blinzelte erneut, als könne er damit auslöschen, was er gerade entdeckt hatte. Er schüttelte den Kopf. Das konnte nicht sein, das war unmöglich! Das ganze Meer war voller Segel. Und es schienen weder gewöhnliche Handelsschiffe noch die Friedensschiffe der Hanse zu sein, die er von früher kannte, sondern es war eine riesige Flotte. Eine feindliche Flotte, die sich Gotlands Küste näherte. Er rannte zurück zu seinem Pferd und warf sich in den Sattel.

»Sie sind da! Wir müssen die Burg verlassen!«

Der Ritt zurück nach Landscrone war eine Flucht durch herabpeitschenden, eisigen Schneeregen, doch trotz der Kälte schwitzte er. In die Mähne seines Pferdes verkrallt, galoppierte er über die Zugbrücke, durchs Tor und auf den Burghof.

»Feind in Sicht! Macht die Schiffe bereit!«, brüllte er und saß ab. »Bringt Waffen und Proviant an Bord. Sobald wir fertig sind, legen wir ab!«

Das Herz hämmerte ihm in der Brust, und er keuchte vor Aufregung. Wahrscheinlich würde es noch Stunden dauern, bis die Flotte die Insel erreichte, doch bis dahin mussten sie alle verschwunden sein. Wäre er nicht auf der Hut gewesen und hätte regelmäßig das Meer beobachtet, wären sie gnadenlos überrumpelt worden. Jetzt hatten sie Zeit zu fliehen und konnten auch noch Sven Sture warnen. Störtebeker hatte geahnt, dass die Feinde früher oder später angreifen würden, aber dass sie so früh kamen, war doch eine Überraschung. Ebenso wenig hatte er einen Angriff eines Ritterordens erwartet. Doch die Schiffe, die sich Gotland unter vollen Segeln näherten, trugen das Zeichen des Deutschen Ordens. Weswegen sie kamen, darüber brauchte er nicht lange nachzudenken: Sie hatten sich aufgemacht, die Vitalienbrüder endgültig zu besiegen. Und er hatte über achtzig Schiffe gezählt.

52. Kapitel

Anne brachte ihr Pferd zum Stehen, fing einige Schneeflocken mit der Zunge auf und ließ sie im Mund schmelzen. Sie hätte längst beim Hof von Gottvid dem Steinmetzen ankommen müssen. Freilich war es schon zwei Jahre her, seit sie zum letzten Mal hier gewesen war, aber diesen Hof konnte sie eigentlich nicht verfehlen.

Sie hatte sich in Gefahr begeben, als sie sich so weit ins Landesinnere gewagt hatte, doch sie hatte keine andere Wahl gehabt. Für ihr Handelshaus brauchte sie unbedingt die Pelze, das Silber und den Bernstein. Sie sah sich um. Eigentlich musste sie sich in der Nähe von Landscrone befinden, aber sie konnte die Burg nirgends entdecken. Klaus Störtebeker kam ihr in den Sinn. Hielt er sich noch auf Gotland auf, oder hatte er die Insel bereits wieder verlassen? Am besten war sie auf der Hut, immerhin hatte er schon einmal gedroht, sie zu töten.

Sie trieb ihr Pferd wieder an, und nachdem sie eine Weile geritten war, glaubte sie, ein dumpfes Grollen zu hören. In weiter Ferne donnerte es, ein seltsamer Lärm, den sie nie zuvor vernommen hatte. Und die Geräusche kamen näher. Sie versuchte das unbehagliche Gefühl abzuschütteln und sich einzureden, dass es sicher nichts Gefährliches war, doch ihr Pferd wurde unruhig, und sie hatte ihre liebe Not, es zu zügeln. Allerdings verließ sie dann doch lieber den Weg, um nicht so leicht entdeckt zu werden. Abermals kam das Dröhnen näher – es klang wie Pferde und Wagen, nur wesentlich lauter. Als sie dann die Reiter erblickte, suchte sie Schutz hinter einem Fischerhäuschen. Im Schneegestöber konnte sie nicht erkennen, wer diese Fremden waren, aber es waren viele, und sie rückten mit voll beladenen Wagen an. Zur Sicherheit wartete sie eine ganze

Weile, bevor sie sich wieder auf die Straße wagte. Unentwegt überlegte sie, wer die Männer gewesen sein mochten, doch es wollte ihr keine Erklärung einfallen.

Als sie Gottvids Hof endlich erreichte, war es schon spät. Sie meinte Licht hinter den Fensterläden zu sehen, und aus der Öffnung im Dach kräuselte sich eine Rauchfahne. Als sie vor dem Haus anhielt, hörte sie ein Hämmern in der Werkstatt und lächelte erleichtert. Der Hof war nicht niedergebrannt worden, und es lebten immer noch Menschen hier. Sie saß ab und band das Pferd vor dem Stall an.

Als sie die Werkstatt betrat, sah sie zuerst den gebeugten Rücken des Steinmetzen. Er bearbeitete gerade einen großen Steinblock mit Hammer und Meißel, und ringsum standen Taufsteine, Mühlsteine und Standbilder. In einer Ecke brannte ein offenes Feuer.

»Gottvid?«

Der Alte hielt in seiner Arbeit inne und hob den Blick. »Du lieber Gott, Anne, bist du's?«

Bedächtig legte er das Werkzeug aus der Hand und musterte sie, als traue er seinen Augen nicht. Dann kam er auf sie zu und umarmte sie. Er wiegte sie wie ein Kind hin und her, und als er sie nach einer Weile von sich schob, hatte er Tränen in den Augen.

»Du bist also doch zurückgekommen. Du ahnst ja nicht, wie du uns gefehlt hast.«

»Und ihr mir. Aber hierherzukommen war nicht einfach.«

»Ich weiß, die Vitalienbrüder. Sie kapern jedes Schiff, das sie erspähen, und wüten wie die Pest. Hier haben auch Dörfer und Höfe gebrannt, ein Wunder, dass dieser Hof noch steht.«

»Die haben es sicher auf deine Taufsteine abgesehen«, lächelte Anne.

»Auf die Taufsteine weniger, aber auf die Standbilder. Einer von ihnen wollte unbedingt, dass ich ihn in Stein meißle. Ich hab es versucht, er war zufrieden, und dann kamen prompt weitere von diesen Kerlen.«

Anne trat ans Feuer, um sich zu wärmen. Dabei fiel ihr Leonardo ein, und sie fragte sich, ob er wohl auch zu den Männern gehörte, die sich gern als steinerne Bildwerke bewundert hätten.

»Gehen wir in die Stube!«, schlug Gottvid vor. »Du brauchst etwas Warmes zu trinken, und Hunger hast du sicher auch.«

Anne nickte und brachte es nicht übers Herz, dem Alten zu sagen, dass sie es eilig hatte. Auf dem Weg nach draußen fiel ihr Blick auf eine der Statuen neben der Tür. Ihr verschlug es den Atem.

»Lebt er noch?«, fragte sie und versuchte, ihrer Stimme einen festen Klang zu geben.

»Ich glaube schon. Störtebeker war vor zwei Wochen hier. Er hatte der Kirche Almosen gespendet und verlangte ein Standbild von sich. Aber es war schwierig, ihn in Stein zu hauen – dies ist der missglückte erste Versuch. Ich versprach ihm, eine neue Figur anzufertigen, und als er sie abholte, sah er zufrieden aus.«

Anne schluckte und schwieg. Als sie auf den Hof trat, merkte sie, dass der Wind zugenommen hatte.

»Du erinnerst dich doch noch an die Waren, die ich bei dir versteckt hatte. Die möchte ich abholen. Vielleicht ist es besser, wir erledigen das gleich und laden sie auf einen Wagen, bevor der Wind zu heftig wird, meinst du nicht?«

»Gut, dann bringen wir das als Erstes hinter uns.«

Sie beeilten sich, und als sie alles aus dem Steinbruch geholt und auf einen von Gottvids Karren geladen hatten, gingen sie ins Haus. Gottvids Frau Marit begrüßte Anne herzlich und stellte gleich eine Kanne mit warmem Met vor ihr auf den Tisch. Nachdem sie gemeinsam gegessen und getrunken hatten, fühlte Anne sich schon wesentlich besser. Sie war wieder durchgewärmt und hatte den beiden unterdessen erzählt, was ihr seit ihrer letzten Begegnung alles widerfahren war. Sie erzählte von den Kindern, Magnus' Tod und wie sie die Berechtigung verloren hatte, in Stockholm Handel zu treiben. Doch sie verschwieg die Zeit, die sie als Gefangene in Landscrone verbracht hatte. Lieber sprach sie von der Reise nach Konstantinopel und Venedig.

Gottvid betrachtete sie neugierig. »Du erzählst wenig von den Städten, aber umso mehr von diesem Leonardo. Wer ist er, und warum ist er nicht bei dir?«

Anne senkte den Blick und merkte zu ihrem Verdruss, dass sie errötete.

»Ach, das hätte ich mir gleich denken können! Du hast dich in ihn verliebt.« Marit zwinkerte ihrem Gast zu und stellte eine weitere Kanne Met auf den Tisch.

»Wir haben uns in Falan kennengelernt und beschlossen, gemeinsam Handel zu treiben«, wich Anne aus. »Auf diese Weise bin ich auch nach Konstantinopel gekommen und…«

»Er mochte dich also. Sonst nimmt ein Mann eine Frau nicht mit auf eine lange Reise«, fiel Gottvid ihr ins Wort.

»Aber wir waren Kompagnons!«

»So, so, und das soll ich dir glauben… Wann wollt ihr heiraten?«

Gottvid der Steinmetz und sie hatten sich früher oft lange unterhalten, und er hatte sie gut kennengelernt. Ihn konnte sie nicht täuschen.

»Nachdem wir in Konstantinopel gewesen waren, dachte ich, wir würden heiraten, aber als wir uns Venedig näherten, änderte er plötzlich seine Meinung.«

»Er träumte bestimmt von einem Leben mit dir, und als er sich seiner Heimat näherte, wachte er auf. Wahrscheinlich muss er eine entfernte Verwandte heiraten. So ist es doch meistens.«

»Dann hätte er doch etwas sagen können.«

»Vielleicht wollte er es selbst nicht glauben.«

Anne schwieg. Irgendwo tief im Innern keimte plötzlich neue Hoffnung auf. Vielleicht hatte Leonardo sie trotz allem gern. Sie hatte sehr wohl Verständnis für Pflicht und Tradition, aber wichtig war doch, dass er sie liebte.

»Ich habe auf dem Herweg übrigens einen Reitertrupp gesehen«, wechselte sie rasch das Thema.

Gottvid stand auf und trat ans Fenster. Als er es einen Spaltbreit öffnete, quietschte es in den Angeln.

»Tatsächlich? Hast du ihre Kleidung erkannt?«

Anne schüttelte den Kopf. Gottvid spähte weiter ins Dunkel hinaus.

»Nun, es könnten alle möglichen Räuber gewesen sein. Am besten bleibst du über Nacht bei uns.«

»Ich muss aber zurück zum Schiff.«

»Wenn du jetzt losfährst, erfrierst du uns am Ende noch – sofern dich diese Reiter nicht vorher noch einfangen. Lass dir lieber Zeit bei diesem Wetter.«

Anne stand auf und trat neben Gottvid. Draußen war es dunkel, und der Schnee fiel immer dichter. Doch der Kapitän hatte gesagt, er werde absegeln, sobald er seine Ladung Kalkstein an Bord genommen habe. Sie musste also rechtzeitig zurück sein.

53. Kapitel

Klaus Störtebeker ließ den Blick über das Meer schweifen. Der Wind peitschte über die Wellenkämme, und schwere bleigraue Wogen brandeten auf den Strand. Die feindlichen Schiffe waren nähergekommen, und wenn sich die Segel aufblähten, waren die schwarzen Kreuze des Deutschen Ordens deutlich zu erkennen. Der Schnee fiel immer dichter. Arendt Styke und die anderen hatten den Hafen noch verlassen können, und Störtebeker war als Letzter mit seiner Besatzung zurückgeblieben. Eile war geboten. Er musste die Bucht unbedingt verlassen, bevor der Wind die Kogge erfasste und an die Küste trieb. Wenn sie Visby nicht rechtzeitig erreichten, würde das Schiff auf den Riffen in tausend Stücke zerschellen.

Störtebeker atmete tief durch, wandte sich um und wanderte durch die kalten, muffigen Stuben, in denen sie während der letzten Monate gefroren hatten. Bis auf hier und da ein wenig Abfall waren die Räume leer. Er durchquerte den Turm und passierte die Wurfmaschine, die er Anne damals gezeigt hatte. Dann blieb er stehen, zückte das Schwert und hieb die Seile am Wurfarm durch. So würden die Feinde eine Weile brauchen, bis das Gerät wieder gebrauchsfähig war, und dann befände er sich schon längst auf hoher See.

Störtebeker ging weiter, trat auf die Burgmauer und stützte sich auf dem Sims ab. Die Schiffe waren mittlerweile so nahe, dass er die Waffen erkannte, mit denen sie ausgerüstet waren. Und er entdeckte auch die länglichen Silhouetten an Deck. Kanonen. Im Wirtshaus hatte er davon gehört. Der Deutsche Orden besaß schmiedeeiserne Geschütze, die schwere Kugeln verschossen und ganze Schiffe versenkten. Vor dem Angriff auf Gotland hatten sie ihre Schiffe mit diesen neuen Höllenmaschinen bestückt. Er starrte aufs Wasser und befeuchtete sich immer wieder die Lippen. In diesem Augenblick ging ihm auf, dass seine Männer und er in diesem Kampf von Anfang an hoffnungslos unterlegen waren und dass er nie wieder hierher zurückkehren würde. Sie mussten fliehen und alles mitnehmen, auch die Pferde und die letzten Vorräte.

Endlich hatte Anne aufbrechen können. Zur Sicherheit war sie doch über Nacht geblieben und erst bei Tagesanbruch losgeritten. Gottvid hatte sie nicht allein ziehen lassen, sondern hatte sie bis zur großen Straße begleitet. Nun machte sie sich so schnell wie möglich mit ihrem Karren und dem Pferd auf den Weg in Richtung Visby. Es hatte aufgehört zu schneien. Als sie an einem niedergebrannten Dorf vorbeikam, wurde sie wieder einmal daran erinnert, in welch unruhigen Zeiten sie lebte. Ein Wagen mit hohen Rädern stand verlassen am Wegesrand. Hier machte sie kurz Halt, um das Pferd ausruhen zu lassen. Sie aß ein Stück Brot mit Schinken und trank von dem Met, den Gottvids Frau ihr mitgegeben hatte. Das Getränk war stark, es wärmte und schmeckte köstlich nach Honig.

Als sie ungefähr den halben Weg zurückgelegt hatte, begann es wieder zu schneien. Die Flocken fielen immer dichter, und sie hatte kaum mehr als ein paar Ellen Sicht. Sie trieb ihr Pferd an, wurde aber das ungute Gefühl nicht los, sich im Kreis zu bewegen. Der Mantel kam ihr immer schwerer vor, die Kälte kroch ihr in die Knochen, und die Fingerspitzen spürte sie schon fast nicht mehr. Ab und zu musste sie stehen bleiben, um sich die Hände vor den Mund zu halten und warmzublasen.

Sie wusste nicht, wie lange sie schon unterwegs war, als sie sich ernsthaft fragte, wo sie sich eigentlich befand. Der Schneefall war undurchdringlich, und die Krüppelkiefern krümmten sich unter dem Wind. Irgendwo musste sie von der Straße abgekommen sein, und als sie versuchte, ihren Weg zurück zu finden, hörte sie plötzlich ein fernes Grollen. Es donnerte, als würden tausend Hufe den Boden aufreißen. Sie brachte ihr Pferd zum Stehen, und als der Schneefall einen Augenblick spärlicher wurde, nahm sie eine große graue Masse wahr, die sich auf sie zuwälzte. Aus dem Grau lösten sich einzelne dunkle Schatten, die näher kamen und dabei die Gestalten von Menschen annahmen. Auf den niedrigen Wagen mit den großen Rädern entdeckte sie Kanonen. Erst versuchte sie, sich einzureden, dass sie sich dies alles nur einbildete, dass sie träumte, denn sie hatte noch nie so viele Reiter und so viel Fußvolk auf einmal gesehen. Doch die Männer in den vordersten Reihen waren mit Lanzen und Speeren bewaffnet und trugen weite helle Mäntel mit großen schwarzen Kreuzen. Sie hatte schon einmal von ihnen gehört, aber nicht im Traum daran gedacht, dass sie ihnen jemals begegnen würde: den Rittern des Deutschen Ordens.

Anne wusste, dass sie rasch handeln musste. Offensichtlich hatten die Ritter eine Invasion Gotlands geplant, und wenn sie die einsame Reiterin entdeckten, konnte es ihr übel ergehen. Sie musste es nach Visby schaffen, ohne gesehen zu werden. Wenn der Sturm an Stärke noch zunähme, kämen die Wagen kaum noch durch den Schnee. Dann würde sie vielleicht im Schutz der Stadtmauer ans Ziel gelangen. Sie grub dem Pferd die Fersen in die Flanken. Der Karren wurde so heftig hin und her geschleudert, dass sie schon befürchtete, die Seile könnten reißen, mit denen die Ladung befestigt war. Jetzt, da die Ritter des Deutschen Ordens auf der Insel gelandet waren, musste Störtebeker sich gejagt fühlen, denn wenn man seiner habhaft würde, wäre das sein Tod. Während ihr Pferd sich durch das Schneegestöber kämpfte, versuchte sie, sich Störtebeker tot vorzustellen. Es gelang ihr nicht.

Nach einer Weile hörte sie die Männer nicht mehr und folgerte, dass sie mit ihrer schweren Last nicht mehr recht vorankamen. Sie ahnte, dass sie im Schnee entweder stecken geblieben oder sich sogar verirrt hatten, und sie ritt weiter, bis sie bald darauf die Stadtmauer von Visby vor sich sah. Als sie schließlich durchs Stadttor ritt und den Hafen erreichte, jubelte sie innerlich. Nun hatte sie es also doch geschafft, und ihr Schiff lag noch vor Anker. Sie roch Tang und Fisch und sah halb eingeschneite Gestalten, die sich am Wasser tummelten. Das schaukelnde Schiff riss an den Tauen, während das eiskalte Wasser um den Bug spritzte. Da entdeckte sie den Kapitän, der gerade große Kalktonnen an Bord hieven ließ. Doch die Tonnen schwankten so heftig im Wind, dass er den Männern befahl, sie wieder abzusenken.

Anne eilte zu ihm. »Der Deutsche Orden ist unterwegs!«

»Anne, Gott sei Dank! Wir befürchteten schon, wir hätten

dich im Sturm verloren«, antwortete er und breitete die Arme aus. »Das mit dem Deutschen Orden habe ich auch gehört. Ein Kurier berichtete, dass sie mit ihren Wagen im Schneesturm stecken geblieben sind. Also wird es wohl noch eine Weile dauern, bis sie hier sind.«

»Dann können wir also ablegen?«

»Ja, so bald wie möglich. Der Kurier meinte, so etwas habe er noch nie gesehen. Großmeister von Jungingen scheint mit viertausend Mann und vierhundert Reitern auf Gotland eingefallen zu sein.«

»Ist das wahr?«

»Ja. Allerdings will mir nicht in den Kopf, wie sich in aller Heimlichkeit eine solche Kriegsmacht aufstellen lässt. Sie müssen das Ganze sorgfältig geplant haben, um Gotland ein für alle Male von den Piraten zu säubern.«

Anne dachte an die große graue Masse an Fußvolk und Reitern, die sie aus nächster Nähe gesehen hatte, der sie aber glücklich entkommen war. Viertausend Mann – das waren fast so viele wie die gesamte Einwohnerschaft von Stockholm.

»Wahrscheinlich wollen sie sich von Sven Sture und Störtebeker befreien«, meinte sie. »Aber gleich so viele?«

»Die braucht man dazu wohl. Wurde aber auch höchste Zeit.«

Anne tätschelte ihrem Pferd den Kopf und nahm ihr Tuch ab. Gedankenverloren schüttelte sie den Schnee ab und band es wieder um.

Der Kapitän trat neben ihren Karren und begutachtete die Waren. »Das soll auch noch mit an Bord, nehme ich an.«

Sie nickte.

»Ich kümmere mich um die Ladung. Stell du das Pferd ein und besorg dir etwas zu essen. Bevor der Wind nicht nachlässt, segeln wir nicht los. Aber bleib in der Nähe. Wie gesagt, wir brechen auf, sobald das Wetter es erlaubt.«

Die Schneeflocken wirbelten durch die Luft, und am Kai und an den Hauswänden hatten sich bereits große Schneewehen gesammelt. Die Vitalienbrüder hatten Glück gehabt. Der Deutsche Orden hatte zwar angegriffen, als keiner damit rechnete, doch Gott war auf Seiten der Seeräuber. Dank dem Sturm konnte fliehen, wer fliehen wollte.

»Dann kümmere ich mich erst einmal um das Pferd«, erklärte Anne.

Die Männer hatten ihre Tonnen und Säcke bereits vom Karren gehoben und trugen sie nach und nach an Bord.

»Tu das.« Der Kapitän warf einen langen Blick auf ihre Waren, und einen Augenblick lang war sie verunsichert, redete sich aber rasch ein, dass sich ihre Fracht in guten Händen befand. Sie musste dem Mann vertrauen, sie hatte keine andere Wahl.

Beim Wirtshaus fand sie keinen Stallknecht und beschloss, ihr Pferd selbst in den Stall zu führen. Als sie eintrat, sah sie, dass der Stall bis auf zwei Pferde völlig leer war. Sie führte ihr Pferd zu einer Box, rieb das verschwitzte Tier trocken und gab ihm zu trinken. Als sie gerade fertig war und gehen wollte, hörte sie hinter sich ein Geräusch. Ein Mann in einem weiten schwarzen Mantel, dessen Gesicht unter einem Hut verborgen war, brachte sein Pferd herein und machte es in der benachbarten Box fest. Seine Art zu gehen kam ihr bekannt vor, und unwillkürlich trat sie einen Schritt zurück.

Der Mann wandte sich um und erstarrte. »Anne!«

Er riss die Augen auf und war genauso gelähmt wie sie. Anne sah sich nach einem Fluchtweg um, doch die Beine wollten ihr nicht gehorchen. Also blieb sie stehen. Zwischen ihnen schien alles stillzustehen, und sie spürte, wie sie zitterte. Er nahm den Hut ab, sah sie an und lächelte. Noch nie hatte sie einen so wehmütigen und sehnsüchtigen Blick an ihm gesehen. Als sich die erste Überraschung gelegt hatte, erfüllte sie ein seltsames Gefühl.

Sie trat einen Schritt auf ihn zu. »Was tust du hier?«

Seine Augen glänzten, und sein Körper strahlte eine unbändige animalische Kraft aus. Noch hätte sie fliehen können, aber sie tat es nicht. Kraftlos blieb sie stehen, blickte ihm in die Augen und ließ die Arme hängen. Verwirrt beobachtete sie, wie er näher kam und sich verwandelte: Seine Augen füllten sich mit Leben, sein Gesicht wurde glatter. Wortlos legte er ihr die rauen Hände auf die Schultern. Sein Mantel fühlte sich eiskalt an, als er sie an sich zog.

»Du bist also doch zurückgekommen«, stellte er fest.

»Ich bin nicht zurückgekommen, ich wollte hier …«

Doch er hörte ihr gar nicht zu. Seine Hand fasste sie am Nacken, und sein Mund suchte den ihren. Als er sie küsste, waren seine Lippen warm und feucht, und er roch nach Bier und Schweiß. Er drückte sie an sich, ließ die Hände über ihren Körper wandern und war ganz Mann und wildes Begehren. Er hielt sie fest, er ließ sie nicht gehen, er nahm ihr den Atem.

»Du gehst nie wieder fort«, murmelte er heiser.

Er schmeckte nach Salz und Lust, und im Durcheinander widerstreitender Gefühle stieg auch in ihr die Hitze auf. Als die Pferde sich in ihren Boxen bewegten, erwachte sie aus ihrer Starre, hob die Hände und stieß ihn von sich. Lächelnd packte er ihre Handgelenke, zog ihre Hände zum Mund und küsste sie. Weder wollte er sie loslassen, noch ließ er ihr eine Wahlmöglichkeit. Entschlossen schob er sie vor sich her, und sie sah gerade noch die Pferdedecken am Boden, bevor er mit ihr in den Armen zu Boden sank.

»Du hast versucht, vor mir davonzulaufen, aber das ist nun nicht mehr möglich. Mich kannst du nicht täuschen.«

Er wälzte sich über sie, und mit seinen harten Händen und der feuchten, rauen Zunge machte er jeden Widerstand zunichte. Nein, nein, dachte sie, doch seine Finger fanden ihren Schoß, und sie war außerstande, sich zu wehren. Schauder mischte sich mit Vorfreude, und als sich sein Körper an den ihren presste, entfachte er auch in ihr die Glut. Sie spürte, wie er in sie eindrang, öffnete sich und war auch schon verloren. Wie ein Flammenstrahl festigte er seine Macht über sie. Sie schloss die Augen und wurde wie auf Wellen davongetragen. Leonardo hat es gleich begriffen, dachte sie. Er hatte ihre Anfälligkeit für das Verbotene erkannt, hatte ihren Blick gedeutet und es ihrer Stimme entnommen, als sie von Störtebeker erzählte.

»Ich wusste es immer«, flüsterte er dicht neben ihrem Ohr, und sie wand ihren Körper in steigendem, unbeherrschtem Begehren unter ihm.

Er hat mich erobert, und ich lasse es geschehen, dachte sie, und als sie spürte, wie er sich tief in ihr bewegte, konnte sie es kaum glauben. Sie gab sich dem Genuss hin und fragte sich, ob sie verrückt geworden war.

Als das letzte Beben abgeklungen war, kam er ihr auf einmal furchtbar schwer vor, und plötzlich bemerkte sie auch die Kälte, die vom Boden aufstieg. Das ist alles gar nicht geschehen, dachte sie matt und warf Störtebeker einen gehetzten Blick zu, doch er lächelte nur. Sie hörte die Pferde, die sich in ihren Boxen bewegten, und sein leises, zufriedenes Lachen. Störtebekers Lachen. Angst und Reue überfielen sie. Sie war einmal vor ihm geflohen, doch nun hatte er seine Rache genommen. Nun war sie eine der vielen, denen er seinen Willen aufgezwungen hatte. Zwar nur für einige Augenblicke, doch sie wusste: Sie würde sich dieser Niederlage für immer bewusst sein und sie nie vergessen. Schweigend standen sie auf und richteten ihre Kleider, wobei sie es tunlichst vermied, ihm in die Augen zu blicken.

»Ich hätte gern mehr von dir gehabt«, sagte er plötzlich und fasste ihr unters Kinn. »Du bist wie ich, wir sind uns ebenbürtig. Du solltest mit mir aufs Schiff kommen.«

»Nein, ich habe nicht vor ...«

Doch er hörte nicht hin. »Du solltest bei mir bleiben, aber früher oder später wird das Schicksal mich einholen. Der Feind ist nahe. Weißt du noch, wie ich damals sagte, dass sie eines Tages zurückschlagen werden? Jetzt sind sie mit Tausenden von Männern und Kanonen auf der Insel gelandet und wild entschlossen, uns zu töten. Wir sind zwar auf der Flucht, aber selbst außerhalb Gotlands werden sie uns noch jagen. Sie geben nie auf, und dann ...« Sanft fuhr er ihr mit dem Zeigefinger über den Hals. »Aber ich werde auf dem Meer weitermachen wie bisher. Für mich gibt es kein anderes Leben. Wenn sie uns zu guter Letzt besiegen, werde ich so viele von meinen Männern retten wie möglich. Kämpfen ist eine Sache, aber sie sollen nicht dafür geköpft werden, dass sie bei mir waren.«

Er schwieg und strich ihr sanft mit dem Daumen übers Kinn. Sie wagte weder, ihn zu unterbrechen, noch seine Hand wegzuschieben.

»Dabei hatten viele meiner Männer keine andere Wahl«, fuhr er fort. »Sie mussten nach dem Krieg hungern und haben sich uns nur angeschlossen, um zu überleben. Andere waren einfach an Bord der Schiffe, die wir gekapert hatten. Eigentlich sind diese Männer unschuldig. Ich will nicht, dass sie meinetwegen ihr Leben lassen müssen. Am Tag der Abrechnung werde ich sie retten. So viele wie nur irgend möglich.«

Er zog sie an sich, lächelte und zauste ihr zärtlich das Haar.

»Und du … Du kannst in diesem Leben leider nicht die Meine sein.«

Er gab ihr einen hastigen Kuss auf die Wange, richtete sich auf und verließ den Stall.

54. Kapitel

Sobald der Schneesturm sich gelegt hatte, ließ der Kapitän den Anker lichten. Noch immer ging ein starker Wind, und bei rauer See wurde Kurs auf Stockholm genommen. Anne lag unter Deck und hörte, wie die Brecher mit mächtigen Wasserkaskaden das Deck und die Takelage trafen. Mit jeder Woge und jedem Schlingern stieg ihre Besorgnis. Sie stellte sich vor, dass das Wasser auf dem Schiff gefrieren und die Kogge einfach sinken könne, weil sie zu schwer wurde. Doch obwohl das Risiko höher war, wenn man um diese Jahreszeit segelte, waren sie diesmal wenigstens nicht so stark durch Seeräuber gefährdet. Sie dachte an Störtebeker. Seine Männer und er waren gerade dabei gewesen, Gotland zu verlassen, und den neuesten Gerüchten zufolge waren die Vitalienbrüder nach Helgoland geflüchtet. Sie hatten sie unterwegs nicht gesichtet.

Es war unheimlich, in ein Nichts zwischen Himmel und Meer zu segeln, ohne einem Schiff zu begegnen, und als sie endlich den Schärengarten von Stockholm erreicht hatten, verspürte Anne maßlose Erleichterung. In der Morgendämmerung stand sie an der Reling, um die Schären bei Landsort zu sehen, und als sie schließlich vor dem Koggenhafen anlegten, weinte sie vor Freude. Am Kai wimmelte es von Menschen, und eifrig suchten ihre Blicke nach Valborg und den Kindern, doch sie waren nicht zu sehen. Daraufhin konnte Anne gar nicht schnell genug in den Weinkeller kommen.

Ingrid stand auf, zog den abgetragenen Mantel an und griff nach Ranzen und Wanderstab. Wenn sie um diese Zeit losging, konnte sie immer bei einem Mann mitfahren, der mit seinem Fuhrwerk Brennholz in die Stadt brachte. Sie lächelte. Obwohl sie allein war, hatte sie sich alles bestens eingerichtet.

Nach dem Tod des Hausierers war sie allein zurechtgekommen – und war überrascht, wie gut es ihr gelang. In den ersten

Tagen hatte sie sich noch Sorgen gemacht, wie sie sich Nahrungsmittel beschaffen sollte. Dann kam sie darauf, dass sie ja durch die Stadt gehen und betteln konnte. Sie band sich ein Kopftuch um, riss die Ärmelsäume an ihren schmutzigen Kleidern in Fransen und trennte den Rocksaum auf. Als Bettlerin konnte sie sich frei in der Stadt bewegen. Alle hielten sie für eine arme Frau, und sie staunte, wie viel Geld sie zusammenbekam, indem sie einfach jammerte und die Hand ausstreckte. Zu Anfang stellte sie sich vor die Wirtshäuser und in das Viertel der Reichen, manchmal drang sie sogar bis zum Schloss vor. In der Nähe des Klosters und der Stadtkirche war das Geschäft am einträglichsten. Die Franziskanermönche warfen ihr zwar finstere Blicke zu, weil sie weniger Almosen bekamen, wenn sie dastand, doch das war ihr gleichgültig. Den Mönchen ging es gut; die erhielten im Kloster ihre Verköstigung und ein Dach über dem Kopf.

Den Winter über hatte sie in einem Armenhaus gelebt, doch sobald es wärmer wurde, hatte sie sich einen verlassenen Hof nördlich der Stadt gesucht. Er war zwar nicht so schön wie jener, den der Hausierer damals gefunden hatte, aber für sie reichte es. Statt in der Scheune zu schlafen, bewohnte sie das Wohnzimmer, in dem sie einheizen konnte. Manchmal dachte sie an den Hausierer und vermisste ihn, denn trotz allem war er doch ein guter Mann gewesen. Wenn er ihr die Kräuter gegeben hätte, wäre ihm ja auch nichts passiert. Und damals hatte sie es schließlich noch nicht gewusst. Sie schob die Hand unter den Rock und strich sich über den Leib. Bei ihrem letzten Zusammensein musste er sie geschwängert haben. Merkwürdigerweise ging es ihr gut, jedenfalls hatte sie das Kind bisher noch nicht verloren. Tief in ihr wuchs das neue Leben heran, trat um sich und war putzmunter. Sie war glücklich. Seit man ihren Bauch sah, bekam sie noch mehr Almosen und fühlte sich sicher. Es war mittlerweile gar nicht mehr so leicht, sie wiederzuerkennen.

Eigentlich hatte sie keine Angst, für Olofs Tod belangt zu werden, denn niemand würde jemals herausfinden, was geschehen war. Mattis oder Valborg hingegen konnten ihr durchaus Schwierigkeiten bereiten. Auf welche Weise auch immer, die beiden waren entkommen und führten weiterhin den Weinkeller. Sie wussten, wer sie eingesperrt hatte, und Ingrid ging davon aus, dass sie sie im Rathaus angezeigt hatten. Vielleicht glaubten sie ja, dass sie die Stadt verlassen habe oder gar gestorben sei, aber wahrscheinlich hatten sie die Suche nach ihr noch nicht aufgegeben. Ingrids Blick verfinsterte sich beim Gedanken an ihren Misserfolg. Sie war überzeugt gewesen, dass ihr Plan zum Erfolg führen müsse, und hatte sich darauf gefreut, sich um Maria zu kümmern. Doch nicht genug damit, dass das Mädchen ihr davongelaufen war – man erzählte sich auch, dass die Soldaten einen Geheimgang am Korntorget entdeckt hätten, also musste das Mädchen Hilfe geholt haben. Das konnte Ingrid ihr niemals verzeihen. Auf einmal tat sie sich selbst schrecklich leid – sie hatte nicht nur Magnus verloren, sondern auch Maria. Und ihre Rache hatte sie immer noch nicht bekommen. Anne und die Kinder lebten nach wie vor.

Neulich, als sie am Weinkeller vorbeigegangen war, den Kopf gut unter dem Tuch verborgen, hatte sie voller Bestürzung Anne und die Kinder drinnen reden und lachen gehört. Das hatte sie in ihrem Entschluss nur noch bestärkt, ihren Plan zu Ende zu führen. Diesmal würde sie es nicht mit Feuer versuchen, denn ein Brand konnte sich allzu rasch auf ganz Stadsholmen ausdehnen. Es gab ja noch andere Möglichkeiten.

Da hörte sie das Rattern von Rädern und sah den Fuhrmann, der gerade den Hügel heraufkam. Sie hob die Hand und winkte ihm. Im Ranzen lagen ihre Kräuter.

55. Kapitel

Es gibt Augenblicke im Leben eines Menschen, da gewinnt er endlich Klarheit, dachte Anne und betrachtete ihre Kinder. Man muss sich um jene kümmern, die man liebt. Seit drei Monaten war sie nun wieder in Stockholm, empfand aber immer noch nicht dieselbe Nähe zu ihren Kindern wie vorher. Die Kleinen pflückten gerade Kirschen im Obstgarten hinter dem Weinkeller. Johan war schon groß, fast vier Jahre alt, und half mit rührendem Eifer. Manchmal wurde er müde, dann setzte er sich auf den Boden, nahm sich eine Kirsche und verspeiste sie. Im nächsten Augenblick spuckte er sie wieder aus, suchte sich eine neue und kostete sie. Anne betrachtete ihn lächelnd. Während der ganzen Zeit ihrer Reise hatte sie sich nach ihm und Maria gesehnt, doch sie hatte erst nach Hause kommen müssen, um zu begreifen, wie viel die Kinder ihr bedeuteten. Bald hatte sie auch eingesehen, dass es noch länger dauern würde, bis sie wieder ihr Vertrauen gewonnen hätte, und noch länger, um ihre Liebe zurückzugewinnen.

Die Kinder fühlten sich so geborgen bei Valborg und Mattis, dass Anne sich manches Mal überflüssig vorkam. Mattis war wie ein Vater für Maria, und Johan hängte sich an Valborg. Doch wenn Anne nähte, wusch oder Essen kochte, war ihre Tochter bei ihr, und sie bemerkte dankbar den Fleiß, mit dem das Mädchen bei der Sache war. Maria war fröhlich und verursachte ihr keine Schuldgefühle mehr. Ihre Selbstständigkeit hatte etwas Erwachsenes, und nur so war es ihr auch gelungen, Hilfe zu holen, als Valborg und Mattis eingesperrt gewesen waren. Nicht genug damit, dass Magnus wegen Ingrid sein Leben gelassen hatte, diese Wahnsinnige hätte beinahe auch Valborg, Mattis und Johan auf dem Gewissen gehabt. Seitdem hatte niemand mehr von ihr gehört, und das war auch gut so.

Mattis und Valborg hatten ihr alles erzählt, was seit ihrer Abreise aus Stockholm geschehen war. Sie hatten das Handelshaus vor dem Zugriff der Deutschen bewahren können, obwohl sie zweimal schwer mit fremden hanseatischen Kaufleuten zu kämpfen gehabt hatten, die sich rundheraus geweigert hatten, das Gebäude zu verlassen. Anne versuchte tatsächlich, ihren Handel klammheimlich wiederaufzunehmen, doch die Hanse kam ihr auf die Schliche und schob ihrem Treiben sofort einen Riegel vor. Da verlegte sie sich einfach auf die Märkte außerhalb Stockholms und half in der Zwischenzeit im Weinkeller aus. Wie so viele andere Stockholmer wartete sie ungeduldig darauf, dass die Königin endlich die Stadt einnahm.

Leonardo ließ allerdings auf sich warten. Ihren Gewinn aus dem Verkauf der gemeinsam erworbenen Waren hatte sie immer noch nicht erhalten, und in ihren finstersten Momenten fragte sie sich, ob sie ihn wohl je wieder zu Gesicht bekäme. Doch dann schlug sie sich den Gedanken aus dem Kopf. Er würde sie niemals betrügen. Und er musste ja auch seine Abmachung mit der Königin einhalten. Aber er ließ sich wirklich viel Zeit. Hatte er doch eine Frau in Venedig?

Als sie wütend auf ihn wurde, dachte sie stattdessen an Störtebeker. Was in Visby zwischen ihnen gewesen war, ließ sich nicht ungeschehen machen, doch wenn Leonardo sich nicht von ihr abgewendet hätte, hätte sie vielleicht die Kraft besessen, sich anders zu verhalten. Außerdem war Störtebeker kein gewöhnlicher Mann – er war eine Urgewalt.

»Jetzt haben wir alle gepflückt.« Maria kam mit einer Schürze voller Kirschen zu ihr. Vorsichtig leerte sie sie in den Korb. Als das Mädchen lächelte, erfüllte Anne ein Gefühl von Zärtlichkeit. Sie wartete geduldig darauf, dass ihre Tochter wieder Vertrauen zu ihr fasste, und freute sich über jedes Lächeln.

»Seid ihr fertig?« Mattis betrat den Hof, gefolgt von Johan. Der Spielmann versetzte dem Kleinen einen zärtlichen Stoß, und vergnügt beobachtete Anne die beiden. Hier waren zwei Menschen, die ihr ebenfalls nahestanden, zwei, ohne die sie nicht leben wollte. Manchmal hatte sie Lust, Mattis von Störtebeker zu erzählen, doch im letzten Augenblick hielt sie sich stets zurück. Sie schämte sich für den Vorfall und konnte ihn sich selbst kaum erklären. Wie sollte sie da ein anderer verstehen?

Vor einigen Tagen waren ihr Gerüchte zu Ohren gekommen, dass die Vitalienbrüder zwischen London und Hamburg englische Handelsschiffe gekapert hätten. Wie es hieß, war ihre Vorgehensweise grausamer denn je. Vielleicht spürten die Freibeuter, dass das Ende nahte, und wollten während der verbleibenden Zeit so viel Beute wie möglich machen. Nein, was zwischen ihr und dem berüchtigten Piraten gewesen war, behielt sie besser für sich.

»Komm schon, wir warten!« Mattis' Stimme klang ungeduldig.

Mit einem Blick auf den Korb stellte sie fest, dass er tatsächlich voll war. Johan war schon auf dem Weg ins Haus.

»Wir kommen!«, rief sie und nahm Maria bei der Hand.

»Ich kann allein gehen«, protestierte das Mädchen und entzog ihr die Hand.

Anne nickte, bückte sich nach dem Korb und folgte den anderen ins Haus. An der Schwelle streifte sie die Schuhe ab, hängte den Mantel an einen Haken und stieg in den Keller hinunter. Es roch sauber, und aus der Stube drang der Geruch von frischem Brot. Valborg hatte gebacken. Mattis und sie führten den Weinkeller mittlerweile gemeinsam. Dabei war Anne die ungewohnte Vertrautheit zwischen den beiden aufgefallen, und Mattis sprach auch nicht mehr wie früher davon, dass er wieder losziehen und sich anderswo als Gaukler verdingen wolle. Offensichtlich war er zufrieden mit dem Leben, das er hier führte. Jede Woche spielte er ein- oder zweimal mit seinen Musikantenfreunden auf verschiedenen Festen, und bei Gelegenheit unterhielt er auch die Gäste im Weinkeller mit seinen Kunststücken. Dann lehnte sich Valborg an den Türpfosten und beobachtete ihn mit glänzenden Augen.

Seltsam, wie das Leben so spielt, dachte Anne. Es sieht so aus, als hätten die beiden zueinandergefunden, und ich stehe außerhalb, obwohl ich früher doch ihre engste Freundin war. Wenngleich sie weit gereist war und mehr erlebt hatte als ihre Freunde, fühlte sie sich arm. Leonardo fehlte ihr. Und Störtebeker hatte eine seltsame Leere in ihr hinterlassen.

Als ihr der Duft des Brots in die Nase stieg, merkte sie erst, wie hungrig sie war, und eilte in die Gaststube. Auf der Schwelle blieb sie stehen. Valborg hatte den Tisch mit einem weißen Tischtuch gedeckt und in der Mitte mit einer langen Blumengirlande geschmückt. In den großen Schüsseln häuften sich Fisch und Hühnchen, und auf einem riesigen Holzteller thronte eine Lammkeule auf Gemüse und Rüben.

Anne stemmte die Hände in die Seiten. »Soll hier ein Fest stattfinden?«

Schmunzelnd schüttelte Valborg den Kopf und streckte die Hand nach Mattis aus. »Du wirst es nicht glauben, aber wir haben vor, uns zusammenzutun. Wir werden heiraten.«

»Was?«, rief Anne völlig verblüfft. Obwohl sie die veränderte Stimmung zwischen den beiden wahrgenommen hatte, hatte sie die Sache nicht für so ernst gehalten.

»Ist das alles, was dir dazu einfällt?«, lächelte Mattis. »Wir haben dich mit den Kindern hinausgeschickt, damit wir den Tisch decken konnten. Außerdem wollten wir Kirschen zum Nachtisch.«

Tatsächlich hatte Anne zuvor ins Haus gehen und einen weiteren Korb holen wollen, doch Mattis hatte sie daran gehindert. Jetzt erfuhr sie den Grund dafür.

»Es gibt keine, die mich besser versteht, und wir fühlen uns so wohl zusammen«, verkündete Mattis und küsste Valborg auf den Mund.

Als sie sah, wie ihre Freundin errötete, musste Anne lächeln. »Das ist ja wunderbar!«, rief sie und umarmte die beiden. »Ich freue mich so für euch!«

»Wärst du nicht so lange fort gewesen, wäre es wahrscheinlich nie geschehen«, lachte Valborg und warf Mattis einen liebevollen Blick zu. »Das Schicksal hat uns zusammengeführt. Erst haben wir es selbst nicht begriffen, dann haben wir es noch eine Weile geheim gehalten, bis wir ganz sicher waren. Du bist die Erste, die es erfährt.«

Mattis küsste Valborg noch einmal, und sie sahen sich glücklich in die Augen. Valborg war kräftig und robust, Mattis schlank und hübsch. Ein ungleiches Paar, dachte Anne verwundert, aber sie sind glücklich. Sie winkte die Kinder zu sich und setzte sich mit ihnen auf die Bank. Valborg trat zu ihr.

»Vielleicht findest du es seltsam, aber es wird alles gut werden. Er ist nicht der Erste in der Stadt, der die Witwe eines Geschäftsmanns heiratet. Jetzt habe ich auch dem Gesetz nach das Recht, den Weinkeller zu führen, und Mattis bekommt einen festen Platz im Leben. Er weiß, dass er tun kann, was er will, und deshalb kommt er sich nicht eingesperrt vor. Wir fühlen uns wohl zusammen. Und wenn du in meinem Alter wärst, hättest du dasselbe getan.«

»Geheiratet?«

»Ja, und du hättest auch mit Freuden einen Jüngeren geheiratet. Aber nun wollen wir nicht länger darüber reden, nun wird gefeiert.«

Valborg schob Anne die Weinkaraffe und die Fleischschüsseln hinüber. »Esst und trinkt, so viel ihr könnt!«

»Wartet! Es soll doch ein Fest werden.«

Anne stand auf, holte ihre besten Gewürze und zündete dann die Kienfackeln und Öllampen an. Erst danach setzte sie sich, hob ihr Glas und wünschte dem Brautpaar alles Gute. Sie aßen und tranken, und später übernahm Anne Valborgs Aufgaben und sorgte dafür, dass immer Nachschub auf dem Tisch stand. Am Ende des Abends stieg sie ins Obergeschoss hinauf, wo sie einige ihrer Kisten aufbewahrte. Als sie zurückkam, hatte sie einen schönen Seidenschal für Valborg und eine warme Wolldecke für Mattis in der Hand.

»Aus Konstantinopel«, erklärte sie und umarmte die Verlobten noch einmal.

Als diese wenig später aufstanden, zwinkerte sie ihnen verschwörerisch zu. »Ich weiß schon, wie man nach einem Fest wieder Ordnung in die Stube bringt«, sagte sie und schob die beiden zur Treppe.

Nun waren Valborg und Mattis also ein Paar. Das hätte sie sich niemals träumen lassen. Eigentlich hätte sie sich über das Glück ihrer Freunde freuen müssen, aber insgeheim fühlte sie sich nur noch einsamer. Und warum kam Leonardo nicht?

Im Innern der Kirche roch es nach Weihrauch, und die Kerzen brannten hell. Anne erhob sich von den Knien und betrachtete nachdenklich das Bild des leidenden Christus am Kreuz. Wie alle Stockholmer hatte auch sie die Taufe erhalten, aber seit ihrer Kindheit verrichtete sie ihre Gebete eher aus Gewohnheit und mit wenig innerer Beteiligung. Früher war sie nicht so oft in der Kirche gewesen, aber seit sie nach Stockholm zurückgekehrt war, kam sie ab und zu hierher, um einen Augenblick der Ruhe zu finden. Unter dem schönen, hellen Kirchengewölbe einherzugehen und den Frieden dieses Orts zu spüren, das schenkte ihr Trost und gab ihr Halt, und sie hörte auch gern die Musik in den Gottesdiensten.

Anne bekreuzigte sich, wandte sich um und verließ die Stadtkirche.

Als sie auf den Vorplatz trat, blieb sie stehen und zögerte kurz. Eine Bettlerin hatte sie entdeckt.

»Ihr dort, schenkt mir doch einen Pfennig!«, rief die Frau.

Die Bettlerin war nur wenig älter als sie selbst. Sie saß mit verschränkten Beinen neben der Kirchentreppe und streckte die schmutzige Hand aus. Auf dem Rücken hatte sie einen Säugling, neben ihr lagen ein Ranzen und einige Kräutersträußchen. Ihre abgetragenen Kleider waren schmutzig und zerrissen, und sie trug ein Kopftuch, das ihr Gesicht fast ganz verdeckte. Anne betrachtete sie mitleidig und dachte an den alten Vorsatz, ihr Geld mit den Armen zu teilen, doch im Augenblick hatte sie gerade so viel, dass sie nur hie und da eine Münze spenden konnte. Die Reise in den Osten hatte bisher noch keinen Gewinn für sie abgeworfen, und sie hatte nicht mehr als das, was sie brauchte, um die Kinder und sich zu versorgen.

Sie tastete in ihrer Gürteltasche herum und fand eine Münze. So viel kann ich wohl entbehren, dachte sie und ließ das Geldstück in die ausgestreckte Hand der Bettlerin fallen. Die Frau murmelte etwas und senkte den Kopf zum Dank. Als Anne Richtung Klara-Kloster weiterging, warf sie noch einen Blick über die Schulter zurück und entdeckte, dass die Bettlerin ihr nachstarrte. Auf einmal beschlich sie ein unbehagliches Gefühl. Diese Frau strahlte etwas aus, das sie verunsicherte. Gleichzeitig kam sie ihr aber auch bekannt vor. Vielleicht war Anne ihr früher einmal in der Stadt begegnet, als die Frau noch reich war, während sie inzwischen alles verloren zu haben schien. Man muss sich beizeiten kümmern, wo man bleibt, dachte Anne. Mir darf es nicht so ergehen wie ihr.

Die Tage vergingen. Es war kalt, und die Nächte wurden immer länger und dunkler. Die Entscheidung zwischen König Albrecht und Königin Margareta zog sich hin, und Anne durfte ihren Handel immer noch nicht wiederaufnehmen. Sie grübelte häufig und wurde zusehends niedergeschlagener. Da Leonardo weiterhin nicht auftauchte, verdüsterte sich ihre Stimmung immer mehr. Sie wünschte sich eine sinnvolle Beschäftigung, statt immer nur zu warten.

Natürlich kümmerte sie sich um die Kinder, half Valborg im Weinkeller und war schon auf zwei Märkte gefahren, doch das reichte ihr nicht. Vor lauter Überdruss und Niedergeschlagenheit dachte sie sogar über das Klosterleben nach. Diese Welt kannte sie überhaupt nicht, und sie hätte gern mehr darüber erfahren. Immer öfter blickte sie zum Klara-Kloster hinauf, in dem die Nonnen wohnten, und versuchte sich vorzustellen, wie ein Leben innerhalb von Klostermauern aussehen mochte. In dem großen roten Backsteingebäude auf Malmarna gab es für die Frauen viel zu tun: Die Klarissen unterrichteten, arbeiteten im Garten oder kümmerten sich um die Armen, brauten aber auch Bier und buken. Dort gäbe man ihr das Gefühl, gebraucht zu werden und dazuzugehören. Magnus Ladulås Tochter Rikissa war im Alter von sieben Jahren ins Kloster eingetreten, also konnte Anne die Kinder vielleicht auch mitnehmen.

An einem klaren Herbstmorgen beschloss Anne, um ein Gespräch mit der Äbtissin zu bitten. Die Luft war frisch, die Bäume leuchteten feurig, und die Vogelbeeren flammten rot vor einem hellblauen Himmel. Die Kinder hatte sie Mattis anvertraut, und gerade wollte sie den Weinkeller verlassen, als sie Valborg in die Arme lief.

»Du bist aber früh auf den Beinen. Wohin willst du denn so zeitig?«

»Nach Malmarna.«

»Nach Malmarna?«

»Ja, ich habe das Kloster dort noch nie von innen gesehen.«

Valborg legte Anne eine Hand auf die Schulter und ließ sie nicht los.

»Das Kloster? Das musst du mir näher erklären.«

Anne wich dem Blick der Freundin aus, aber der Griff um ihre Schulter wurde umso fester.

»Jetzt kommst du erst einmal wieder mit hinein.«

Anne riss sich los und lief davon, doch schon nach wenigen Schritten trat sie in einen Kuhfladen und fiel. Ein widerlicher Geruch nach Urin und Abfall stieg ihr in die Nase, und als sie sich zum Aufstehen mit der Hand aufstützte, griff sie in etwas Ekliges, Weiches. Valborg half ihr auf.

»Du stinkst. So kannst du nicht losgehen. Komm, ich helfe dir, damit du wieder sauber wirst.«

Widerstrebend folgte Anne Valborg ins Haus zurück. Sie kam sich vor, als sei sie bei etwas Unerlaubtem ertappt worden. Und obwohl sie kein Wort gesagt hatte, spürte sie, dass Valborg sie durchschaut hatte. Die Freundin schleppte sie zur Holzwanne im Hof, die – wie immer am Samstag – schon mit Wasser gefüllt war. Valborg wartete, bis Anne sich ausgezogen hatte und in die Wanne gestiegen war.

»Bleib sitzen, ich hole noch warmes Wasser. Kamille und Seifenkraut sind schon drin, aber wir brauchen noch weitere Kräuter. Sie sind schon wieder alle aufgebraucht.«

»Auf der Kirchentreppe sitzt eine Frau, die Kräuter verkauft. Dort besorge ich dir später ein paar Bündel, wenn du willst.«

»Tu das.«

Valborg ging ins Haus und kam mit zwei Bechern warmem Met und einem Kessel zurück. Nachdem sie heißes Wasser zugegossen hatte, reichte sie Anne einen Becher.

»Trink!«, befahl sie und wartete, bis der Becher leer war. »Ich verstehe überhaupt nichts mehr. Warum wolltest du ins Kloster? Was ist denn in dich gefahren? Seit du aus Venedig zurück bist, kommst du mir seltsam vor. So hab ich dich noch nie erlebt.«

Gedankenverloren bewegte Anne die Hände auf der Wasseroberfläche hin und her und erzeugte dabei ein leise planschendes Geräusch.

»Los, heraus mit der Sprache! Wie lange soll ich noch herumstehen und warten?«, fragte Valborg streng. »Pass bloß auf, gleich ziehe ich den Stöpsel aus der Wanne, dann kannst du nackt darin sitzen bleiben.«

Anne konnte ein Lächeln nicht unterdrücken. »Ich ... möchte etwas Sinnvolles tun«, erklärte sie stockend. »Und außerdem brauche ich einen Mann.«

»Aha, und deswegen wolltest du zu den Nonnen im Klara-Kloster.«

Wider Willen verzog Anne den Mund. Valborg jedoch blieb unerbittlich.

»Leonardo fehlt mir«, murmelte Anne. »Und wenn ich ihn nicht kriegen kann, dann ...«

»Jetzt redest du aber Unsinn. Wir brauchen dich hier. Leonardo musst du vergessen, der ist auch nicht unersetzlich. So wie ihr euch auf dem Schiff gebärdet habt, lief er Gefahr, sein Handelshaus und seinen Palast in Venedig zu verlieren. Er führt dort unten sein eigenes Leben.«

»Er mag mich aber.«

»Die Venezianer wollen Jungfrauen, und das bist du nun einmal nicht mehr. Es war sicher nicht leicht für ihn, auf eine so starke Frau aus dem hohen Norden zu treffen, die Handel treibt und obendrein schon mit mehreren Männern zusammen war.« Valborg griff nach dem Schwamm und wusch Anne den Rücken. »Als hätte es nicht gereicht, dass du einem Piraten in die Hände gefallen bist. Wer weiß, was da noch alles passiert ist.«

Da Anne Valborg nicht anzusehen wagte, spielte sie mit

einem Blütenblatt, das auf dem Wasser schwamm. Sie hatte nur erzählt, dass sie gefangen gehalten worden war, nicht aber, was auf der Burg sonst noch geschehen war. Die halbe Wahrheit war schon genug.

»Außerdem hat Leonardo vermutlich eine Verlobte in Venedig«, fuhr Valborg fort. »Und wie soll er aus einer solchen Absprache herauskommen? Auf jeden Fall würde er dazu einige Zeit brauchen. Und an eure geschäftliche Vereinbarung wird er sich halten, darauf kannst du dich verlassen. Er hat schließlich auch eine Absprache mit der Königin, und die wird bald hier sein. Im Schloss erzählt man sich, dass Margareta Ende des Monats in Stockholm einziehen wird. Dann wird er wahrscheinlich auch kommen.«

Valborg reichte Anne den Schwamm. »Die Beine und Füße musst du dir selbst waschen.«

»Du meinst, ich soll noch eine Weile warten?«

»Die Dinge nehmen immer dann ihren Lauf, wenn man am wenigsten damit rechnet. Und wenn du den Armen helfen willst, dann frag doch lieber beim Heiliggeistspital nach. Da kannst du dich nützlich machen.«

Mit einem tiefen Seufzer lehnte Anne sich zurück und fühlte das kühle Holz der Wanne im Rücken. »Du hast recht. Ich weiß auch nicht, was in mich gefahren ist. Ich dachte, ich könne Gutes tun.«

»Das kannst du auch. Besorg mir doch diese Kräuter, ich brauche welche fürs Essen und außerdem Lavendel und Kamille fürs Bad. Also, hoch mit dir! Du kannst nicht den ganzen Tag hier herumliegen und im Wasser planschen.«

Anne legte sich den Schwamm in den Nacken, und während ihr das warme Wasser über den Rücken rann, dachte sie über Valborgs Worte nach. Ihre Freundin sah immer so klar, wenn sie selbst von ihren Gefühlen fortgerissen wurde. Den Gedanken mit dem Kloster würde sie sich aus dem Kopf schlagen und stattdessen im Heiliggeistspital ihre Dienste anbieten. Aber zuerst wollte sie für Valborg einkaufen gehen.

56. Kapitel

Anne stolperte und stürzte aufs Pflaster. Maria und Johan liefen herbei.

»Mutter, hast du dir wehgetan?«, erkundigte sich Maria.

»Nein, nein.«

»Ich weiß, wir sind spät dran, aber so kommen wir auch nicht schneller voran.« Valborg streckte Anne die Hand hin, um ihr aufzuhelfen.

Anne ergriff sie und stand auf. »Tut mir leid, dass ihr warten musstet«, entschuldigte sie sich und bürstete sich den Staub von den Kleidern. »Im Heiliggeistspital war so viel zu tun. Die Leute sind alt und krank, auch wenn die Königin …«

»Sie ist bald da, beeil dich!« Mattis legte den Arm um sie. »Tut es weh?«

»Nein, es ist nichts.« Sie nahm die Kinder bei der Hand und ging weiter.

Die Königin sollte heute in die Stadt einziehen. Eigentlich hätte Anne überwältigt sein müssen, doch sie dachte nur noch an Leonardo. Vielleicht war er unter den Zuschauern. Obwohl sie im Spital hart arbeitete und ihr Bestes tat, um ihre Gedanken zu zerstreuen, wollte es ihr nicht gelingen. Zu diesem Anlass käme er wahrscheinlich wirklich in die Stadt. Wenn nicht, dann sähe sie ihn wohl nie mehr.

Schon in der Helga-Lekamens-Gasse hingen die Flaggen und Bänder aus den Fenstern, und als sie zur Westseite der Stadtmauer abbog, war auch dort alles festlich geschmückt. Überall drängten sich Männer, Frauen und Kinder, und die Stadtwachen hatten alle Hände voll zu tun, um die Menschenmenge in Schach zu halten. Die Soldaten standen längs der Straße, auf der die Königin mit ihrem Gefolge durchziehen sollte, doch das Volk drängelte und drückte schon von hinten. Nach den Jahren des Hungers, des Kriegs und der Belagerung hatten die Stockholmer endlich etwas zu feiern. Es war, als hätte man ihnen eine schwere Last von den Schultern genommen. Trotz des Gedränges waren fröhliche Stimmen, Rufe und Gelächter zu hören. Alle sprachen von der Königin. Anne dachte an die Männer, die um diese Stadt gekämpft hatten: die Hanse, die Vitalienbrüder, die schwedischen Oberhäupter und die Mecklenburger. Doch zu guter Letzt hatte eine Frau gesiegt. Königin Margareta hatte geduldig mit allen verhandelt, hatte die widerstreitenden Interessen ausgeglichen und das Vertrauen von Kirche, Volk und Herrschern gewonnen. Ihr war geglückt, was keinem anderen vor ihr gelungen war: sie hatte den Norden geeint und zum Schluss sogar die schwedische Hauptstadt eingenommen. Und mit dieser Frau hatte Leonardo Geschäfte gemacht. Königin Margareta musste hingerissen gewesen sein von dem Venezianer. Es war wohl nicht verwunderlich, dass Anne ihn nicht vergessen konnte.

Vom Fischmarkt war das Geräusch sich nähernder Wagen und Pferde zu hören. Der Lärm stieg, und das Stimmengewirr und Gelächter der Menschenmenge gingen in Jubel über, als sich das königliche Gefolge näherte. Reiter in kurzen blauen Jacken und roten Hosen bewegten sich den Hügel herauf, machten halt und stellten sich in Reih und Glied auf. Als die Pferde der Königin erschienen, bliesen sie in ihre Fanfaren. Die Trompetenstöße tönten gen Himmel, und durch die Menge lief ein Raunen. Anne beugte sich vor, und wohin sie auch sah, stand ein Ritter in Harnisch mit Banner und Lanze. Während das Volk die Hände erhob, schrie und klatschte, fragte sich Anne, ob sie sich wohl den Anbruch einer neuen Zeit erhofften. Oder jubelten sie nur, weil sie einen Blick auf die Königin erhascht hatten?

Sie stellte sich auf die Zehenspitzen, um besser zu sehen, und dann entdeckte sie sie. Erst kamen vier Reiter, hinter denen die Königin würdevoll auf einem schwarzen Hengst einherritt. Sie trug ein langes goldenes Kleid und darüber einen mit Marderpelz besetzten Mantel. Hinter ihr folgte eine von vier Pferden gezogene vergoldete Kutsche. Darin muss Erik von Pommern sitzen, dachte Anne, der in Kalmar gekrönt wurde und eines Tages Margaretas Nachfolge antreten wird. Die Menge begrüßte die Königin mit Hurrarufen, und einige Leute in der ersten Reihe warfen Blumen auf die Straße.

»Seht doch!« Anne hob Johan hoch über den Kopf, obwohl er dafür eigentlich schon zu schwer war. Aus den Augenwinkeln bemerkte sie, wie Mattis dafür sorgte, dass auch Maria alles sah. Sie musste an den Tag zurückdenken, als die Hanse in der Stadt eingezogen war. Damals hatten sie sich die Kinder noch auf die Schultern setzen können. Es waren wirklich andere Zeiten angebrochen.

»Dies ist der Beginn eines neues Lebens«, verkündete Anne.

Mattis nickte, und sie tauschten einen einträchtigen Blick. Sie verstanden sich ohne Worte. Valborg und er würden gemeinsam den Weinkeller weiterführen, und sie würde ihr Handelshaus wiedereröffnen und versuchen, allein damit zurechtzukommen. Sie wusste nicht, wie die Zukunft aussah, doch es musste ihr gelingen. Sie wandte den Kopf und suchte nach Leonardo, entdeckte ihn jedoch nirgends.

Mittlerweile war der Zug ganz nahe bei ihnen und die Königin nur noch wenige Armlängen von ihnen entfernt. Anne hatte sie sich groß und kräftig vorgestellt, doch Margareta war recht klein, und unter dem glänzenden Mantel wirkte sie dünn und schmalschultrig. Trotz ihres weiblichen Auftretens flößte sie ihrer Umgebung Respekt ein, indem sie den Rücken gerade hielt und den Kopf hoch trug. Ihr Alter – sie zählte fünfundvierzig Lenze – verlieh ihr ein würdevolles und vornehmes Aussehen. Ihre Augen waren nicht blau, wie Anne angenommen hatte, sondern dunkel, genau wie ihr Haar. Unter dem gestärkten Kopfputz wurde das weiche, ovale Gesicht von wallendem Haar eingerahmt.

Mehr konnte Anne nicht mehr erkennen, denn die Prozession zog auf ihrem Weg zum Schloss zu schnell den Hügel hinauf. Dort oben sollte ein Bankett zu Ehren der Königin stattfinden, und dann würde die Stadt drei Tage lang feiern. Endlich herrschte Frieden. Als Anne sich umwandte, erblickte sie schräg hinter sich plötzlich die Bettlerin mit dem Kind, die sie vor der Stadtkirche gesehen hatte. Da fiel ihr ein, dass sie die Kräuter noch immer nicht gekauft hatte. Gleich nach den Feierlichkeiten würde sie sich darum kümmern.

57. Kapitel

Die Kälte kam für alle überraschend. Schon ziemlich früh im November verschwand Stockholm unter einer Schneedecke, und die Schiffe lagen still und verlassen im Koggenhafen. Anne blickte zum Stadttor hinauf und stellte fest, wie anders die Stadt doch im Winter aussah. Der Schnee lagerte schwer auf Ziegeldächern und Schornsteinen, bettete die Stadtkirche in eine weiße Decke und überpuderte Ställe und Bootshäuschen an den ausgetretenen Pfaden, die zum Strand hinabführten. Am liebsten hätte sie im Weinkeller mit einem Becher warmen Mets vorm Feuer gesessen, doch sie hatte Valborg versprochen, ihr beim Waschen zu helfen. Sie zog den Schlitten mit dem Wäschekorb an der östlichen Stadtmauer vorbei, bevor sie zum Korntorget abbog und zum Strand und den Zugbrücken im Norden weiterging. Seit über einer Woche hielt der Frost nun schon an, also trug auch das Eis.

Unterwegs dachte sie an Leonardo. Als die letzten Koggen aus Lübeck angekommen waren und das Eis im Schärengarten sich geschlossen hatte, hatte sie die Hoffnung aufgegeben. Ihre Liebe hatte sich so echt angefühlt, dass sie sich gefreut und auf mehr gehofft hatte, doch wovon hatte sie eigentlich geträumt? Sie konnte schlecht mit den Kindern nach Venedig ziehen. Und was wollte sie überhaupt mit einem Mann, der erst große Pläne schmiedete, dann aber offensichtlich sogar seine Abmachung mit der Königin brach?

Langsam, aber entschlossen machte sie sich innerlich von ihm los. Dabei fand sie Trost in ihrer Arbeit im Heiliggeistspital, wo sie ganz andere Seiten des Lebens kennengelernt hatte. Im großen Krankensaal hatte sie den Einsamen und Verlassenen zugehört und Sterbenden die Hand gehalten. Einige der alten Menschen, die sie pflegte und tröstete, hatte sie richtig lieb gewonnen. Manche der Frauen, die dort nach einem harten Leben mager und hohlwangig in ihren Betten lagen, hatten ihr so viel Dankbarkeit entgegengebracht, dass Anne ganz warm ums Herz wurde. Wenn sie dann ihr irdisches Dasein beendeten, weinte sie hemmungslos und lernte, dass es sich allein für die Nächstenliebe zu leben lohnte.

Doch das Wichtigste waren nach wie vor ihre Kinder. Im Lauf der Zeit hatte sie Johans und Marias Vertrauen zurückerobert und war ihnen wieder sehr nahegekommen. Daher hatte sie auch beschlossen, nicht mehr so häufig zu reisen wie früher. Sie wollte das Handelshaus führen wie zuvor, doch andere an ihrer Stelle segeln lassen. Mittlerweile arbeiteten viele Kaufleute auf diese Weise. Dass ihr Verdienst dadurch geschmälert wurde, störte sie nicht. Sie wollte genießen, was sie hatte, und nicht immer in der Fremde unterwegs sein.

Als sie zu den Zugbrücken kam, entdeckte sie wieder die Bettlerin mit dem Kind, doch da sie keine Münzen in der Tasche hatte, ging sie ihr aus dem Weg. Der Wind hatte Schneewehen am Strand aufgehäuft, sodass die Wäscherinnen die Zugbrücken verlassen hatten und aufs Eis ausgewichen waren. Anne ging auf sie zu und erkannte einige Frauen aus der Nachbarschaft. Sie nickten sich grüßend zu. Aus dem Eisloch dampfte es, und Seevögel drängten am offenen Wasser. Anne suchte sich einen Platz, kniete sich hin und schüttete ihre Schmutzwäsche auf dem Eis aus. Ein paar Kleidungsstücke, die sie vorher im Laugenbad eingeweicht hatte, waren immer noch warm. Sie musste sich beeilen, bevor der Stoff gefror. Im Übrigen war sie sowieso zu spät, und ihr blieb nicht mehr lange Zeit bis zur Dämmerung.

Sie beugte sich vor und spülte Mattis' Hosen, ihre Blusen und die Mäntel der Kinder, doch obwohl sie rasch arbeitete, wurden ihre Hände bald rot und schmerzten. Aus den Augenwinkeln nahm sie wahr, dass die Bettlerin mit ihrem Säugling ebenfalls aufs Eis trat und auf sie zukam. Anne erwartete, dass die Frau sie wieder anbettelte, doch sie trat zum Eisloch, blieb vor dem dunklen Wasser stehen und stellte ihren Rucksack aus Birkenrinde ab. Sie öffnete ihn, um ihm eine Decke und ein Bündel Windeln zu entnehmen. Vorsichtig legte sie das Kind auf die Decke, küsste das Kleine auf die Stirn, streichelte ihm die Wange und flüsterte ihm zärtliche Worte zu. Anne beobachtete Mutter und Kind gebannt. Die Liebe hat so viele Gesichter, dachte sie.

Ohne das Kind aus den Augen zu lassen, beugte sich die Bettlerin über das Eisloch und spülte die Windeln durch. Es sah ziemlich gefährlich aus. Da schob Anne ihre Wäsche entschlossen beiseite, richtete sich auf und ging zu der Frau hinüber.

»Soll ich eine Weile auf das Kleine aufpassen?«, erbot sie sich.

Die Frau stützte sich mit einer Hand im Rücken ab und richtete sich auf. Innerhalb eines Augenblicks veränderte sich ihr Gesichtsausdruck. Das dankbare, freundliche Lächeln verzerrte sich zu einem hässlichen Grinsen, und die eng beieinanderstehenden Augen schienen Funken zu sprühen. Erschrocken trat Anne einen Schritt zurück. Es war Ingrid!

»Verschwinde, du Hexe!«

Ingrid erhob sich und warf sich mit wahnsinnigem Blick auf Anne. Die fuhr zurück, hob zum Schutz die Hände und stieß die Angreiferin mit aller Kraft von sich. Ingrid taumelte, doch sobald sie ihr Gleichgewicht wiedergefunden hatte, ging sie erneut auf Anne los. Dabei drosch sie mit solcher Heftigkeit auf ihre Gegnerin ein, dass sie selbst ausrutschte. Hilflos stürzte sie rücklings auf ihr Kind und riss das Kleine im Fallen mit. Schreiend glitt der Säugling auf die glatte dunkle Wasseroberfläche zu, und Ingrid tat einen Satz, um ihn noch festzuhalten, doch es war schon zu spät. Das Kleine fiel kopfüber in das Eisloch. Ingrid schrie so markerschütternd, dass die Wäscherinnen nebenan alles stehen und liegen ließen und ihr zu Hilfe eilten. Anne legte sich auf den Bauch und streckte die Hände nach dem Kind aus, doch im nächsten Augenblick brach das Eis, und Ingrid und sie stürzten ebenfalls ins Wasser.

Immer noch versuchte Anne, das Kleine zu fassen zu bekommen, doch bevor sie zugreifen konnte, war es schon unter der Eisdecke verschwunden. Ingrid trat um sich, kreischte und tastete im Wasser nach ihrem Kind. Da glaubte Anne den kleinen Körper an den Beinen zu spüren und griff zu, doch ihre Hände waren so steif, dass sie nicht fest genug zupacken konnten. Sie spürte, wie es immer kälter wurde und sich ein dumpfer Schmerz in ihr ausbreitete. Sie musste sofort diesem Eisloch entkommen. Auf dem Weg zum Rand bekam sie plötzlich einen harten Stoß in den Rücken. Zwei Hände mit schmutzigen, klauenartigen Fingern schlossen sich um ihren Hals und drückten sie unter Wasser. Sie zerrte und strampelte, um wieder nach oben zu kommen, sie rang nach Luft, doch Ingrid zog sie in die

Tiefe. Sie will mich töten, dachte Anne und begriff, dass die geistig verwirrte Frau sich immer noch an ihr rächen wollte. Erst hatte sie ihren Mann verloren, nun auch noch ihr Kind, und dafür sollte Anne sterben.

Anne trat nach ihr, um sich loszureißen, während ihr die Kälte in die Knochen kroch und sie lähmte. Das eisige Wasser nahm ihr den Atem, doch Ingrid ließ nicht locker. In ihrer Raserei entwickelte sie ungeheure Kräfte und zerrte an Anne, um sie wieder unters Eis zu ziehen.

Mittlerweile schmerzte die Kälte schier unerträglich, und Anne wusste, dass sie nicht mehr lange im Wasser bleiben durfte. Doch Ingrid drückte sie unter die Oberfläche, und die Strömung zog an ihren Kleidern. Anne dachte an Johan und Maria und dass sie so nicht sterben wollte. Sie sammelte sich, versuchte ganz ruhig zu atmen, befreite sich dann mit einer einzigen kraftvollen Bewegung aus Ingrids Griff und schlug ihrer Gegnerin ins Gesicht. Wie aus weiter Ferne hörte sie die anderen Wäscherinnen schreien und sah, wie sie einen Bootshaken ins Eisloch schoben. Anne riss die Arme hoch und ergriff den Haken, um sich mit einer letzten Kraftanstrengung aufs Eis zu ziehen. Sie hörte aufgeregte Rufe und Stimmen und spürte Hände, die sie ergriffen und an den Strand zogen. Dort blieb sie erschöpft liegen. Während ihre nassen, kalten Kleider im Wind zu Eis gefroren, sah sie, wie die Wäscherinnen sich am Eisloch auf den Bauch legten und weiter nach Ingrid suchten.

»Passt auf!«, wollte sie ihnen zuschreien, doch die Stimme versagte ihr und wurde zu einem Flüstern.

Als die Frauen nach einer Weile an den Strand zurückkamen, begriff sie. Ingrid und ihr Säugling waren unten geblieben.

58. Kapitel

Der Fremde kam aus nördlicher Richtung nach Stockholm. Der Kutscher vermied die belebten Stadttore und machte einen großen Bogen unterhalb des Koggenhafens, bevor er elegant den Fiskestrand hinauffuhr und weiter dem Stortorget entgegenstrebte. Dort blieb er neben den anderen Fuhrwerken stehen, legte die Peitsche auf dem Kutschbock ab und stieg vom Schlitten, um dem Reisenden beim Aussteigen zu helfen. Doch der Mann stand bereits neben dem Schlitten und hielt seinen Geldbeutel bereit.

»Bitte sehr«, sagte er und hielt ihm die Münzen hin. »Wie komme ich von hier zum Weinkeller?«

Der Kutscher deutete den Hang hinunter. »Dort entlang. Dann biegt Ihr ganz hinten links ab und seht auch schon den aufgesteckten Kranz über der Tür.«

Der Mann nickte und schritt die Straße hinunter. Als er die Tür erreichte, nahm er die Kopfbedeckung ab und klopfte energisch. Die Tür wurde ihm von einem verschwitzten dunkelhaarigen Mann mit geröteten Wangen geöffnet, der eine Fiedel in der Hand hielt.

»Immer hereinspaziert«, sagte er.

»Bin ich hier richtig bei Valborg im Weinkeller?«

»Nein, mittlerweile heißt es *Wirtshaus Bei Mattis dem Spielmann*. Aber Valborg arbeitet hier, sie ist drinnen.«

Der Mann stieg die Treppe hinunter und sah sich um. Ein köstlicher Duft nach Gebratenem und Gesottenem sowie nach frisch gebackenem Brot schlug ihm entgegen. Am Herd stand eine kräftige Frau und rührte in einem großen Kessel, und an den beiden Tischen saßen Gäste, tranken Bier und spielten ein Brettspiel. Die Frau erkannte er sofort wieder.

»Schön habt Ihr es hier«, stellte er fest und ließ den Blick über das Deckengewölbe und die massiven Ziegelmauern schweifen. »Anne Persdotter hat mir gesagt, dass ich in dieses Gasthaus kommen soll. Kann ich sie hier treffen?«

»Anne, hier will dich jemand sprechen!«, rief die Frau in den Hof hinaus.

Von draußen waren Schritte zu hören, und dann erschien Anne mit einem Stapel Brennholz auf dem Arm.

»Leonardo!«

Sie starrte ihn an. Als alle Erinnerungen auf einmal auf sie einstürzten, ließ sie verstört das Holz fallen und musste sich erst einmal am Tisch abstützen. Sie konnte weder denken noch ein einziges Wort hervorbringen.

»Ich hatte gehofft, dich hier zu finden«, sagte Leonardo und trat auf sie zu. Gegen ihren Willen wurde sie von seinen glänzenden dunkelblauen Augen angezogen. Im Winter wirkten sie dunkler – wie war das möglich? Innerlich wurde ihr ganz warm, und bevor sie etwas sagen konnte, spürte sie seine Arme um ihren Körper. Ohne sich um die anderen zu scheren, drückte er sie fest an sich und küsste sie.

»In Venedig hat alles länger gedauert als geplant«, erklärte er.

Sie nickte und trat einen Schritt zurück. Vor ihr stand nun der Mann, der seit ihrer Abreise aus Venedig ihre Gedanken beherrscht hatte, und tat, als wäre er nur ein Weilchen weggewesen. Er hatte sich einen Bart stehen lassen und sah nicht mehr aus wie Leonardo, sondern wie ein reicher Kaufmann aus einem fremden Land. Das Gefühl, das ihr seine Gegenwart vermittelte, war jedoch immer noch dasselbe, und sie zitterte am ganzen Leib.

»Ich verstehe dich, wenn du wütend auf mich bist«, gestand er leise. »Es war dumm von mir, dir nicht zu erklären, wie die Dinge wirklich lagen, aber ich hatte nicht den Mut dazu. Ich hatte Angst, dich zu verlieren.«

»Wovon redest du?« Anne schluckte.

»Erinnerst du dich noch an meinen Kompagnon Giorgio? Der wollte, dass ich seine Tochter heirate, damit sein Handelshaus in der Familie bleibt. Giorgio und ich haben beim Handel im Osten zusammengearbeitet, er hat mir alles Kaufmännische beigebracht. Ohne ihn hätte ich meine Verträge nicht bekommen, hätte mir kein Haus kaufen können, kurz und gut – gar nichts hätte ich ohne ihn zuwege gebracht. Ich war von ihm abhängig. Dass ich seine Tochter heirate, wurde stillschweigend vorausgesetzt, aber dann traf ich dich, und du warst so anders als alle anderen Frauen. Ich habe Giorgio von dir erzählt, aber er behauptete, die Heirat sei bereits abgemacht, ich könne nicht mehr zurück. Dabei hatte ich nie etwas versprochen, wir hatten nur darüber geredet, aber es dauerte doch eine gute Weile, bis alles geklärt war. Nun habe ich meine Pflichten erfüllt und bin frei, Anne. Endlich bin ich frei.«

Er trat auf sie zu und betrachtete ihr Gesicht. Sie spürte ihn ganz nahe und musste an ihre letzte Begegnung denken.

»Es wurde aber auch höchste Zeit, dass Ihr endlich hergekommen seid. Ich hoffe, Ihr habt eine gute Entschuldigung auf Lager«, mischte Valborg sich ein und trat zu den beiden. Mit ihrem Holzlöffel deutete sie auf Leonardo.

Der nickte und verbeugte sich verlegen.

»Nun denn.« Sie trocknete sich die Finger an der Schürze ab und blickte in der Stube umher. Dann legte sie die Hände trichterförmig an den Mund und rief den Gästen laut zu: »Ich schließe jetzt, aber morgen seid ihr wieder herzlich willkommen.«

Erstauntes Gemurmel erhob sich im Wirtshaus.

»Das Bier geht auf Kosten des Hauses, aber nun hinaus mit euch!«

Verständnislos starrte Anne ihre Freundin an.

»Ich hätte sowieso bald zugemacht«, meinte Valborg und wandte sich wieder an Leonardo. »Wenn ich richtig verstanden habe, habt Ihr eine lange Reise hinter Euch und bestimmt Appetit auf eine ordentliche Mahlzeit.«

Anne konnte Leonardo weder willkommen heißen noch zurückweisen, so schnell hatte Valborg das Kommando übernommen. Sie schickte Mattis um Wein und Met in den Keller und holte selbst in Windeseile Kerzen, Gläser, Messer und Löffel hervor. Anne musste rasch den Tisch decken. Die Kinder waren draußen und fuhren mit der Nachbarsfrau Schlittschuh, doch bald sollten auch sie nach Hause kommen und sich zu ihnen setzen. Zum Schluss holte Anne das Brot heraus und goss Bier und Wein in die Kannen. Lächelnd warf sie Valborg einen Blick zu. Ihre Freundin hatte nur einmal hingesehen, sofort alles verstanden und das Richtige getan.

Valborg vertrieb den letzten Gast und betrat die Vorratskammer, um etwas zu essen zu holen. Leonardo sah älter und reifer aus als früher, war aber immer noch genauso gut aussehend. Welche Augen, welche Stimme! Kein Wunder, dass Anne sich in ihn verliebt hatte. Valborg öffnete eins ihrer Vorratsfässer. Lammkeule und Felchen würden nicht reichen, aber sie hatte noch Barsche und einen Hecht vom Morgen. Die Fische sahen schon ein wenig grau und traurig aus, aber sie würde sie einfach mit einer leckeren Soße auftragen. Fehlten nur noch wohlschmeckende Gewürze und Kräuter. Sie trat an das Regal, in dem sie Rosmarin, schwarzen Pfeffer, Thymian und drei Beutelchen Safran fand. Ganz hinten lagen eine Handvoll Samen in einer Dose aus Birkenrinde und einige Kräutersträußchen. Vielleicht hatte Anne die ja aus Konstantinopel mitgebracht. Sie schnupperte, überlegte kurz und nahm dann alles mit. Sie veranstaltete liebend gern Festessen, und seit der Venezianer im Haus war, hatte sie einen guten Grund dazu. Zum Nachtisch gäbe es Bratapfel mit Nüssen und Honig.

Anne half ihrer Freundin beim Zubereiten des Mahls. Als sie fertig waren, legte Valborg das Fleisch und den Fisch auf eine große Holzplatte, goss die Soße über den Fisch und stellte alles auf den Tisch.

»Das wird köstlich schmecken. Komm, lass uns essen!«, sagte Anne.

Wenn es ums Essen ging, nahm Valborg die Dinge manchmal übertrieben genau. Anne machte sich schon Sorgen, dass Leonardo des Wartens überdrüssig werden und gehen könne, wenn er noch lange herumsitzen musste. Sie mochte immer noch nicht recht glauben, dass er ihretwegen nach Stockholm gekommen war.

Als alle am Tisch Platz genommen hatten, hob Valborg ihren Becher. »Herzlich willkommen«, sagte sie und lächelte breit.

Alle prosteten sich zu. Unterdessen warf Anne Leonardo einen verstohlenen Blick zu. Sie hatte beschlossen, ihn zu vergessen, doch kaum saß er in ihrer Nähe, spürte sie dasselbe Begehren wie früher. Auf einmal wurde sie wütend auf sich selbst. Hatte sie sich nicht gerade an den Gedanken gewöhnt, ihn nie im Leben wiederzusehen? Sollte nun alles wieder auf den Kopf gestellt werden? Wie sollte sie ihm je wieder vertrauen?

»Wenn ich es recht verstanden habe, hattet Ihr in Venedig so einiges zu erledigen. Aber Anne hat auf Euch gewartet, müsst Ihr wissen«, fuhr Valborg fort.

»Als Kaufmann hat man immer viel zu tun«, lächelte Leonardo und nahm sich von dem Fisch. Er goss sich Soße darüber und brach sich ein Stück Brot ab.

»Und wie seid Ihr mit der Königin verblieben? Anne hat mir von Eurer Zusammenarbeit erzählt.«

Anne warf Valborg einen verstohlenen Blick zu. Sie hört sich geradezu an wie eine Mutter, die ihren Sohn ausfragt, wenn er von seiner Abenteuerreise zurückkommt, dachte sie. Leonardo schob sich ein großes Stück Fisch in den Mund, kaute und schluckte, bevor er antwortete.

»Ich habe die Königin in Falan aufgesucht, als sie auf dem Weg nach Norwegen war, kurz nach ihrem Einzug in Stockholm. Wir haben alles besprochen, und als sie feststellte, welchen Gewinn unsere Reise erbracht hatte, verlängerte sie unsere Zusammenarbeit auf der Stelle. Sie gab mir eine mündliche Zusage für die nächsten fünf Jahre und möchte, dass ich hier ein Kontor eröffne.«

»In Stockholm?« Anne musterte Leonardo zweifelnd. »Will die Königin tatsächlich, dass ein Venezianer ein Handelshaus in Stockholm führt?«

Leonardo nickte. »Genau das will sie. Sie ist der Meinung, die Hanse übe zu viel Macht aus, und fände es gut, wenn ich mich zwischen all den anderen Kaufleuten auf dem Korntorget niederließe.«

Anne sah, wie sich seine Lippen bewegten, und nahm auch seine Worte wahr, doch was er da sagte, klang wie ein Märchen.

Valborg stieß sie in die Seite. »Siehst du, Anne, was du selbst nicht erreichst, hat die Königin für dich in die Wege geleitet.«

Anne wusste, was ihre Freundin ihr sagen wollte: Sei ihm nicht mehr böse. Er ist nach Stockholm gekommen und ist dein, wenn du nur willst.

Valborg sorgte dafür, dass die Schüsseln am Tisch weitergereicht wurden und alle sich bedienten.

»Werdet ihr euch nun wieder zusammentun?«, fragte sie und sah die beiden an.

Anne und Leonardo tauschten einen hastigen Blick.

»Ich hoffe, dass wir unsere gemeinsame Tätigkeit fortsetzen können«, antwortete Leonardo.

Anne schüttelte den Kopf und schob den Teller von sich.

»Endlich bin ich zur Ruhe gekommen und habe meine Angelegenheiten hier in Stockholm geregelt. Alles lässt sich bestens an, und so soll es auch bleiben, Leonardo. Deine Geschäfte wirst du allein tätigen müssen.«

Am Tisch wurde es vollkommen still, und Valborg und Mattis sahen sie beklommen an. Doch Anne war von ihrem Entschluss nicht abzubringen. Wenn sie Leonardo nicht gleich auf Abstand hielt, war sie abermals verloren. Ihr war nicht danach zumute, ihre Freiheit aufzugeben und sich von ihm abhängig zu machen. Sollen sie mich doch alle vorwurfsvoll ansehen, dachte sie. Sie wissen ja nicht, wie sehr ich gelitten habe. Ich will nicht wieder im Stich gelassen werden.

»Du hast einmal zu mir gesagt, du magst mich deshalb, weil ich so anders bin«, wandte sie sich an Leonardo. »Trotzdem erwartest du, dass ich mich deinen Wünschen füge. Aber ich muss an meine Kinder denken und will außerdem ganz allein über mein Leben bestimmen.«

Noch während sie sprach, stieg die ganze Verzweiflung von Neuem in ihr auf, und sie war so aufgewühlt, dass sie nicht weiterreden konnte. Wenn sie ihn mit offenen Armen wieder aufnähme, würde alles werden wie zuvor, und das wollte sie auf keinen Fall. Hastig stand sie auf. Leonardo hatte geschwiegen, keine Einwände vorgebracht, sondern einfach nur zugehört. Fragend wandte sie sich ihm zu und entdeckte plötzlich, dass er sie mit hervorquellenden Augen ganz eigenartig anstarrte. Aus dem Mundwinkel rann ihm Speichel. Plötzlich stöhnte er auf, presste die Hände auf den Leib und sank vom Stuhl auf den Boden. Sogleich war Anne an seiner Seite und griff nach der Bierkanne, um ihm zu trinken zu geben. Er versuchte, den Mund zu öffnen, aber die Lippen wollten ihm nicht gehorchen. Sein ganzer Körper wurde von Krämpfen geschüttelt.

»Schnell, wir brauchen einen Barbier oder eine weise Frau!«, schrie Anne.

»Ich laufe zur Helga-Lekamens-Gasse und hole Hilfe!«, rief Valborg. Sie griff nach ihrem Mantel und eilte davon.

In der Zwischenzeit hatte Anne Leonardos Oberkörper angehoben und seinen Kopf im Schoß gebettet. Seine Beine zuckten wild, als wäre er vom Teufel besessen.

»Liebster…« Sie küsste ihn aufs Haar und wiegte ihn verzweifelt in den Armen. Als er sich erbrach, wurde auch ihre Bluse besudelt, aber das war ihr herzlich gleichgültig.

»Bestimmt hat er irgendetwas Schlechtes gegessen«, vermutete sie. »Er hat als Einziger am Tisch schon mit dem Essen angefangen.«

»Steck ihm die Finger in den Hals, damit alles herauskommt«, empfahl Mattis. »Komm, wir legen ihn hin.«

Mit vereinten Kräften betteten sie ihn auf die Seite.

»Ich habe gesehen, wie er von den Felchen und der Sauce genommen hat«, erinnerte sich Anne.

»Von diesen Fischen habe ich heute Morgen schon gegessen, die können es nicht gewesen sein. Vielleicht die Soße?« Er stand auf, tunkte den Finger in Leonardos Teller und kostete.

»Igitt!«, rief er und spuckte alles wieder aus. »Die hat der Leibhaftige selbst gekocht!« Er spülte sich den Mund mit Bier und spuckte noch einmal aus.

»Valborg muss vergessen haben, vorher zu probieren. Und der arme Leonardo wusste wohl nicht, wie in unserem Land die Soßen schmecken«, murmelte Anne und strich Leonardo über die glühend heiße Stirn. Sein Atem rasselte. Tief besorgt musterte sie ihn. So wie es aussah, war dies keine jener Krankheiten, die ihr aus dem Heiliggeistspital vertraut waren, sondern ein unbekanntes, lebensbedrohliches Übel.

»Und wenn er aufhört zu atmen?« Eine unaussprechliche Angst überfiel sie. Leonardo durfte nicht sterben, er war doch gerade erst zu ihr zurückgekehrt!

Im nächsten Augenblick wurde die Tür geöffnet, und Valborg kam in Begleitung einer weißhaarigen Frau herein. Diese war klein und runzlig und hatte ein Ränzel dabei. Sie eilte zu Leonardo, kniete neben ihm nieder und hob ein Augenlid an.

»Schlimm«, murmelte sie, »ganz schlimm.« Sie wühlte in ihren Vorräten und holte ein Döschen mit einem stinkenden Gemisch heraus. »Hat er Pilze gegessen?«

Anne schüttelte den Kopf.

»Was dann?«, wollte die Alte wissen.

»Fisch, Brot und ein wenig Soße«, erklärte Anne. Da kam ihr

auf einmal ein Gedanke. »Was hast du eigentlich alles in die Soße getan, Valborg?«

»Sahne, Pfeffer, Salz und ein wenig von den Kräutern, die du aus Konstantinopel mitgebracht hast.«

»Du liebe Güte, nein! Das müssen die gewesen sein, die ich von Ingrid hatte!« Sie erinnerte sich an die Kräuter, die sie der vermeintlichen Bettlerin abgekauft hatte. Nach den Ereignissen auf dem Eis hatte sie zur Sicherheit zwar alles weggeworfen, aber offensichtlich ein Sträußchen in der Speisekammer übersehen.

»Ein Gegengift könnte helfen«, versuchte die Frau sie zu trösten. »Zusammen mit ein wenig Knoblauch hat es in anderen Fällen schon geholfen.«

Anne dröhnte die Stille in den Ohren. Die Frau versuchte, Leonardo mit Mitteln zu heilen, die man sonst den Pestkranken gab. Also musste er dem Tod schon nahe sein. Tatsächlich atmete er mittlerweile kaum noch. Wie durch dichten Nebel sah sie, wie die Alte ihm den Mund öffnete und ihm ihren Trank einflößte. Er keuchte, hustete und blieb in steifer, seltsam verrenkter Haltung liegen, woraufhin sie ihm eine weitere Dosis verabreichte.

Mattis und Anne trugen den Kranken ins obere Stockwerk und wachten an seinem Lager, tupften ihm den Schweiß von der Stirn, benetzten ihm das Gesicht mit kühlem Wasser und gaben ihm zu trinken. Den ganzen Abend blieben sie bei Leonardo, und mit jeder Stunde wuchs Annes Angst. Innerlich wurde sie von widerstreitenden Empfindungen hin und her gerissen. Er war zurückgekommen, und sie hatte ihn abgewiesen. Und nun lag er im Sterben. Als sie ihn so um sein Leben kämpfen sah, bereute sie alles, und ihre Liebe war so stark wie zuvor. Zorn und Enttäuschung waren einer überwältigenden Zärtlichkeit gewichen. Wenn er bloß wieder aufwachte, wenn er nur wieder gesund wurde!

Die heilkundige Frau gab ihm noch eine Mischung aus Rauschmitteln, Ingwer, Zimt und pulverisierten Schädelknochen, doch Leonardo erbrach alles wieder, und seine Krämpfe hielten unvermindert an. Erst gegen Mitternacht beruhigte er sich und fiel irgendwann in einen unruhigen Schlaf.

»Mehr kann ich nicht ausrichten«, erklärte die Alte und legte

Anne tröstend den Arm um die Schulter. »Aber er hat so viel von dem Gift erbrochen, er wird es schon schaffen, du wirst sehen.«

Anne wollte ihr glauben, doch als die Heilerin gegangen war, fiel sie weinend auf die Knie und betete. Er durfte ihr nicht unter den Händen wegsterben.

Den Rest der Nacht wachte sie an Leonardos Seite, während Mattis und Valborg ab und zu hereinkamen, um nach ihr und dem Kranken zu sehen. Als Leonardo im Morgengrauen leise wimmerte, schöpfte sie Hoffnung. Sie konnte nicht verstehen, was er sagen wollte, aber er atmete. Wenig später schlummerte er wieder ein, und als er am Nachmittag erwachte, war er blass, aber bei vollem Bewusstsein.

»Schlaf nur!«, flüsterte Anne. »Ich liege hier neben dir.«

Er schloss die Augen, und ein schwaches Lächeln glitt ihm über das Gesicht. Als er abermals aufwachte, war es Abend. Anne ergriff seine Hand und ließ sie nicht mehr los. Dann musste sie selbst eingeschlafen sein, denn als sie eine Liebkosung fühlte und die Augen aufschlug, war es schon hell.

»Solltest du nicht bei mir wachen?« Leonardo lächelte sie an. Er hatte sich im Bett aufgesetzt, was sie kaum glauben konnte, nachdem er todkrank gewesen war. Aber als er sie an sich zog, spürte sie seine Schwäche. Schweigend blieben sie eine Weile sitzen und hielten einander in den Armen.

»Was ist mit mir geschehen?«, wollte er wissen.

»Du hast etwas Schlechtes gegessen und bist krank geworden. Es waren wohl die Kräuter in der Soße.«

»So starke Kräuter habt ihr hier im Norden?«

Anne konnte sich ein Lächeln nicht verkneifen. »Nun bist du also doch noch gekommen, Leonardo. Warum bist du zurückgekehrt?«

»Ich wollte so gern euer leckeres Essen kosten.«

Erst kicherte sie nur, doch dann musste sie laut und herzlich lachen. Leonardo stimmte mit ein und legte seine Wange an ihr Haar.

»Ich bin hergekommen, weil ich bei dir sein wollte. Verstehst du? Ich will nie wieder von dir getrennt sein.«

Sie wandte ihm das Gesicht zu und erkannte, dass er die Wahrheit sprach. Alle Zweifel und finsteren Gedanken verschwanden. Worte waren unnötig. Was sie fühlte und was seine Augen ihr sagten, reichte ihr.

Als Maria und Johan ins Zimmer kamen und sie bemerkte, mit welch warmem Blick er die Kinder betrachtete, entschloss sie sich. Sie würde es wagen. Und nicht mehr davonlaufen.

Epilog

Grasbrook, 21. Oktober 1400.

Hätte Anne vorher gewusst, was sie erwartete, wäre sie wahrscheinlich in Hamburg geblieben und Leonardo nicht nach Grasbrook gefolgt. Doch er hatte sich so sehr gewünscht, dass sie mitkam, und sie wollte ihn nicht enttäuschen. Mittlerweile waren fast drei Jahre vergangen, seit er im Weinkeller erschienen war, und sie hatten wieder zueinandergefunden. Seitdem hatte sie gelernt, sich auch an Unternehmungen zu beteiligen, die ihr erst einmal befremdlich erschienen. Im Gegenzug war er stets an ihrer Seite. Doch zu einem Hinrichtungsplatz gehen und Menschen sterben sehen? Bei dem Gedanken sträubte Anne sich innerlich und versuchte, an etwas anderes zu denken.

Sie zogen sich an, verließen das Wirtshaus und betraten Hand in Hand die Straße. Sie und er, zwei Kaufleute aus Stockholm. Jetzt war sie nicht mehr allein, sie standen einander zur Seite. Dabei hätte sie das alles um ein Haar verpatzt – aus Angst, wieder verletzt zu werden! Während sie durch die Gassen gingen und das Stadttor hinter sich ließen, lächelte Anne schweigend in sich hinein. Keinen Augenblick bereute sie, sich für ein Leben mit Leonardo entschieden zu haben.

Die Wolken, die sich über dem Himmel zusammenzogen, wurden immer dunkler, bis es leicht zu nieseln begann. Anne blickte auf. Heute würde es wieder ziemlich regnerisch werden.

»Siehst du, wie viele Leute sich dort schon versammelt haben?« Leonardo blieb stehen.

Anne hielt ebenfalls inne und spürte üble Vorahnungen, als sie den riesigen Menschenauflauf vor der Stadtmauer sah. Dort standen Bauern und Bettler, Soldaten und Seeleute. Sie schrien und grölten, und die Stadtwachen hatten alle Hände voll zu tun, die Menge zurückzuhalten. Der Lärm stieg ins Unermessliche, als sich die Gefangenen dem Platz näherten. Sie erahnte sie, dort vorn, doch die Wächter und die Zuschauer verstellten ihr die Sicht. Während es wüste Beschimpfungen von allen Seiten hagelte, reckten manche auch zornig die Fäuste. Alle drängten sich und versuchten, so dicht wie möglich an das Geschehen heranzukommen und die Gefangenen aus nächster Nähe zu sehen.

Der Henker und sein Helfer führten die Prozession an, gefolgt von der langen Reihe der todgeweihten, aneinander gefesselten Männer. Anne spürte den leichten Druck von Leonardos Hand, so als wisse er, dass sie diesen Ort eigentlich lieber verlassen hätte. Doch sie war mit ihm auf einer Handelsreise in Hamburg, und seine Kompagnons hatten ihn zu diesem Schauspiel eingeladen. Die ganze Stadt sprach von nichts anderem als von diesen Hinrichtungen, und keiner wollte den Augenblick verpassen, wenn an den dreißig Verbrechern die Strafe vollstreckt würde. Die Hinrichtungen waren ein Vergnügen fürs ganze Volk, und ihre Gastgeber hätten es übel vermerkt, wenn sie die Einladung abgelehnt hätten. Also atmete Anne tief durch und folgte den anderen in Richtung Grasbrook.

Der Pfad war schlammmig, und das feuchte Gras durchnässte ihren Rock. Der Stoff schlug ihr gegen die Beine, und ihr wurde kalt. Als sie einen Blick auf die Gefangenen in den zerschlissenen Kitteln warf, verspürte sie Mitleid. Sie wusste nicht, wer die Männer waren, fühlte aber doch mit ihnen. Man musste kein sonderlich schweres Verbrechen begehen, um so hart bestraft zu werden, und obwohl einige von ihnen sicherlich den Tod verdienten, waren gewiss andere darunter, die man hätte laufen lassen können. Als der Pfad eine Biegung beschrieb und sie auf eine der Sanddünen trat, bekam sie einen Überblick über die Menge. Plötzlich erstarrte sie. In den Reihen der Verurteilten glaubte sie mehrere Gesichter wiederzuerkennen, Vitalienbrüder, denen sie damals auf Gotland begegnet war. Üble Vorahnungen befielen sie, und sie hätte am liebsten auf dem Absatz kehrtgemacht, doch die Menge drückte von hinten – und dann war es ohnehin zu spät. Dort war er. Zwischen dem schwarz gekleideten Henker mit dem scharf geschliffenen Schwert und seinem Gehilfen ging Klaus Störtebeker. Er hatte ein Seil um den Hals, und seine Hände waren auf dem Rücken gefesselt. Obwohl er wusste, was ihn erwartete, hielt er den Rücken gerade und den Kopf hoch erhoben. In seiner Haltung entdeckte sie weder Schwäche noch Reue, nicht einmal ein Zögern der Schritte. *Früher oder später wird das Schicksal mich ein-*

holen, hatte er zu ihr gesagt. Mit gefesselten Händen und bespuckt von den erbarmungslosen Schaulustigen, schritt er seiner Hinrichtung entgegen.

»Die Deutschen haben vierzig Vitalienbrüder im Kampf getötet, aber dreißig haben sie mit nach Hamburg gebracht. Sie wollen die Seeräuber hinrichten, um die anderen zu warnen.«

Leonardos Stimme drang wie aus weiter Ferne an ihr Ohr. Eigentlich hätte sie es gleich wissen müssen, als er erwähnte, dass die Gefangenen wegen Raubs und Plünderung verurteilt worden waren, aber sie hatte nicht genau hingehört. Vielleicht auch nicht hinhören wollen, um nicht an die Vergangenheit erinnert zu werden. Den Namen Störtebeker hatte Leonardo allerdings nicht genannt.

»Nachdem die Vitalienbrüder vierzehn englische Schiffe gekapert, die gesamte Fracht beschlagnahmt und die Besatzungen getötet hatten, waren es die Engländer endgültig leid. Sie taten sich mit der Hanse zusammen, rüsteten eine Kriegsflotte aus und gingen zum Angriff über. Dabei wurden Klaus Störtebeker und seine Männer gefasst.«

Anne erinnerte sich an Störtebekers stolze Erzählungen von Krieg, Kaperbriefen und Ehre. Das lag nun schon lange zurück, er hatte immer weitergemacht. Zum Schluss war das Treiben ausgeartet. Doch Anne konnte ihn sich nur schwer als blutrünstigen Piraten mit dem Schwert in der Hand vorstellen. Dieser Mann stand nicht nur für blindwütiges Morden, er konnte auch ein ganz anderer sein.

Mit einem Kopfnicken wies Leonardo auf die Gefangenen. »Nun brauchen wir keine Angst mehr vor ihnen zu haben. Erinnerst du dich, wie sie vor Gotland unser Schiff kaperten?«

»Ja, ich erinnere mich. Du weißt aber auch, dass ich das Ganze lieber vergäße.«

Er drückte ihr wieder die Hand, um ihr zu verstehen zu geben, dass er sie verstand. Gewöhnlich sprachen sie nicht davon, doch nun kehrten die Erinnerungen mit aller Macht zurück. Vor ihrem inneren Auge sah sie Störtebeker in seiner Burg. Ihre Gespräche, ihre Gedanken. Die Spannungen zwischen ihnen und das letzte Wiedersehen in Visby. Bei der Erinnerung schauderte sie. Ein Mann, an dessen Händen Blut klebte, hatte ihren

Körper liebkost und ihr Inneres berührt. Das war ihr dunkelstes Geheimnis, das sie mit niemandem zu teilen wagte.

Leonardo warf ihr einen verstohlenen Seitenblick zu. Ahnte er, was sie dachte? Vielleicht wusste er, dass sie nicht nur Störtebekers Gefangene, sondern viel mehr gewesen war. Vielleicht wollte er sie auf die Probe stellen, jeden Blick, die kleinste Veränderung ihres Mienenspiels beobachten, um dann zu fragen, was eigentlich zwischen ihr und dem gefürchteten Piraten gewesen war. Anne vermied es, Leonardo anzusehen. Ihre Oberlippe schmeckte nach Salz, und ihre Achseln waren schweißnass. Schweigend gingen sie weiter.

»Aber sie werden nicht gehängt«, erläuterte Leonardo, als sie zum Richtplatz kamen. Er deutete mit einer nickenden Kopfbewegung auf die aus Eichenholz gezimmerten grauen Galgen. »Sie werden dort vorn geköpft.«

Störtebeker wird sterben, dachte Anne, und bald wird es anfangen zu regnen, und der Regen wird das Blut fortwaschen. Aber ich glaube einfach nicht, dass er tot und vergessen sein wird. Nicht für mich und auch für alle anderen nicht. Seit Jahren haben sich die Leute in den Häfen und Wirtshäusern von ihm erzählt, man hat ihn gefürchtet und bekämpft. Sein Ruhm wird nach seinem Tod weiterleben. Einen solchen Menschen vergisst man nicht so leicht. Und er wird auf jeden Fall durch das Schwert sterben wie ein Edelmann und nicht wie ein kleiner Dieb, aufgeknüpft und den Krähen zum Fraß überlassen. Inmitten des Grauens, das sie erfüllte, fühlte Anne sich doch ein wenig getröstet. Vielleicht weil sie wusste, dass er es so gewollt hätte.

Der Zug der Gefangenen hielt auf einer kleinen Erhöhung in der Nähe der Galgen an. Das Volk verstummte und bildete einen weiten Kreis um die Verurteilten. Ein Trommelwirbel war zu hören – ein unheilverkündender Klang, der sich mit dem Wind und den fernen Möwenschreien vermischte. Der Henker hatte einen Platz ausgewählt, den alle gut einsehen konnten, doch Anne wandte sich angewidert ab. Wie war es nur möglich, dass Männer, Frauen und Kinder hierherpilgerten, um einer Hinrichtung beizuwohnen?

»Wir stehen zu nahe«, raunte sie und zog sich etwas zurück. Ihre Unterlippe zitterte, und sie wagte kaum aufzusehen. Leonardo beugte sich zu ihr herab.

»Ich stelle mich vor dich, dann musst du es nicht sehen.«

Sie nickte und war froh, dass er ihre Gefühle verstand. Doch noch bevor Leonardo einen Schritt tun konnte, traf sie ein Blick. Sie wandte den Kopf und sah geradewegs in Störtebekers verängstigte Augen. Als sich ihre Blicke trafen, veränderte sich etwas an ihm. Das Finstere, das ihn umgab, wich von ihm, seine Augen glänzten auf. Auf seinen Lippen erschien die Andeutung eines Lächelns, als wolle er sagen: Siehst du, dies ist das Ende, das es mit mir genommen hat. Sie zuckte zurück und schämte sich dafür, Zeugin seiner Erniedrigung zu sein. Das hätte er sicher nie gewollt, ebenso wenig wie sie selbst. Doch Störtebeker war alles andere als ein gebrochener Mann. Als der Henker ihn und seine Männer zwang, auf dem Boden niederzuknien, rief er laut: »Bevor Ihr mich tötet, will ich, dass Ihr mir einen letzten Wunsch gewährt.«

Der Henker hielt inne und tauschte einen erstaunten Blick mit seinem Gehilfen.

»Ich will, dass Ihr mich als Ersten köpft. Wenn mein Kopf gefallen ist, werde ich aufstehen und an so vielen Männern vorbeischreiten, wie ich es schaffe. Alle, an denen ich vorüberkomme, bevor ich stürze, sollt Ihr verschonen. Ich bin der Schuldige, ich war der Kapitän, und sie haben nur meinen Befehlen gehorcht. Sie sollten nicht bestraft werden.«

Er sprach mit fester und wohltönender Stimme. Ein Raunen lief durch die Menge, das immer lauter wurde und damit endete, dass die Leute in die Hände klatschten. Der Henker musste mehrmals um Ruhe bitten, bevor es endlich still wurde.

»Dies ist ein edles Ansinnen, und wenn es ihm gelingt, lasse ich die Männer am Leben. Das schwöre ich!«, rief der Henker.

Wieder brach großes Geschrei aus, und erst, als der Henker sein scharfes Schwert hob, verstummte das Volk. Anne wandte den Kopf ab und schloss die Augen. Doch sie hörte, wie der Henkersknecht zu Störtebeker trat und ihn am Schopf festhielt, als der Scharfrichter zuhieb. Dann folgte ein kurzes, dumpfes Geräusch, als die Klinge Störtebekers Hals traf. Anne verbarg das Gesicht in den Händen und taumelte rückwärts. Das Schicksal hatte es so gewollt, und im Grunde war ihr immer klar gewesen, dass es so enden würde. Aber als es nun Wirklichkeit wurde, war es doch ganz anders.

»O mein Gott, ich dachte, ich hätte dir die Sicht gänzlich verstellt!« Leonardo schloss sie in die Arme und zog sie eilig vom Richtplatz weg. »Ich schwöre dir, ich habe nicht gewusst, dass Störtebeker dabei ist, das hat mir keiner erzählt. Ich dachte, er sei bereits während der Kämpfe auf der Nordsee ums Leben gekommen.«

»Das war ein Gruß aus finsterster Vergangenheit«, antwortete Anne, um dann in tiefes Schweigen zu verfallen. Erst als sie sich dem Stadttor näherten, sprach sie wieder.

»Ich hätte nie mitkommen dürfen«, flüsterte sie.

»Wir hätten alle nicht hingehen sollen.«

»Aber du hast gesagt, wir müssten. Wolltest du vielleicht sichergehen, dass Störtebekers Ära vorbei ist, auch für mich?«

Leonardos Augen funkelten. »Vergiss die Vergangenheit! Wichtig ist nur, was heute und in der Zukunft geschieht. Für uns beide.«

Und als er sich zu ihr herabbeugte und sie küsste, las sie in seinem Blick, dass er alles begriffen hatte. Aber auch, dass er ihr verziehen hatte.

Am nächsten Morgen, als sie frühzeitig aus Hamburg lossegelten und Kurs auf Stockholm nahmen, war das Gerücht bereits in aller Munde. Der berüchtigte Pirat Klaus Störtebeker, der als Erster geköpft worden war, war enthauptet noch an elf seiner Männer vorbeigeschritten, bis er endgültig zu Boden sank.

Nachwort

Dieser Roman erzählt von einer spannenden und wenig bekannten Zeit der schwedischen und skandinavischen Geschichte. Ende des vierzehnten Jahrhunderts kämpften Seeräuber, Königin Margareta, der deutsche Handelsverband der Hanse, Dänen und Mecklenburger um die Macht in Schweden. Auf den Straßen von Stockholm waren vor allem Deutsche zu sehen, aber auch einige Schweden und Piraten. Gotland war ein Seeräubernest geworden. Auf Ost- und Nordsee verbreiteten ungefähr zweitausend Freibeuter Angst und Schrecken.

Um davon erzählen zu können, habe ich verschiedene Romangestalten geschaffen, die ich ins Zentrum der Geschehnisse gestellt habe. Aber es treten auch Figuren auf, die gelebt haben, und natürlich berichte ich auch von Begebenheiten, die tatsächlich stattgefunden haben.

Am bekanntesten ist die nordische Königin Margareta (1353–1412). Ihr gelang es, die nordischen Länder politisch zu einen, sie erlebte aber in Akershus in Oslo auch schwere Zeiten, wie man den Briefen an ihren Mann Håkan entnehmen kann. Das Kupferbergwerk in Falu übernahm sie 1396, und tatsächlich setzte sie sich für Frauen in Not ein.

Herzog Erik oder Erik von Mecklenburg (gestorben 1397) war der Sohn König Albrechts. Nach der Schlacht von Åsele bei Falköping 1389 saß er mit seinem Vater mehrere Jahre lang in Lindome in Gefangenschaft. Als er freikam, wollte er mit Sven Stures Hilfe Stockholm einnehmen.

Der Statthalter Sven Sture (gestorben 1424) aus Halland war ein enger Vertrauter der Königin und wurde nach Gotland entsandt, um dort der Seeräuber Herr zu werden. Er baute die drei Burgen auf der Insel, lief dann aber zu den Vitalienbrüdern über. Trotz seines Verrats kam er mit dem Leben davon: Nachdem der Deutsche Orden Gotland gestürmt hatte, ließ die Königin ihn laufen.

Die deutsche Hanse hatte bedeutenden Einfluss in Stockholm. Als sie die Stadt 1385 übernahm, setzte sie zwei deutsche

Obmänner ein – statt eines deutschen und eines schwedischen wie früher. Sie beherrschte den Handel und bildete die Oberschicht der Stadt.

Der Pirat Klaus Störtebeker ist der legendäre Seeräuber der Ostsee, dem man in Hamburg sogar ein Denkmal errichtete. Er wurde in Wismar geboren und wütete mit anderen bekannten Piraten Ende des 14. Jahrhunderts auf der Ost- und Nordsee. Er war eine Art Robin Hood zur See. Vor einigen Jahren fand man auf dem Richtplatz Grasbrook bei Hamburg den Schädel eines Mannes um die vierzig, der Störtebeker gehört haben könnte. Mittels modernster Technik konnte man sein Aussehen rekonstruieren. Heute steht er als Wachsfigur im Museum für Hamburgische Geschichte. Um Klaus Störtebeker ranken sich zahlreiche Anekdoten und Legenden, und die im Epilog erzählte ist eine der bekanntesten. Nach den Quellen starb er 1400, andere behaupten, seine Hinrichtung falle auf das Jahr 1401.

Um Informationen zu allen diesen Personen und Szenarien zu sammeln, habe ich mich schriftlicher schwedischer und anderer Quellen sowie der Ergebnisse archäologischer Ausgrabungen bedient. Ich bin sogar an die Orte gereist, die ich im Buch beschrieben habe. So habe ich zum Beispiel Akershus und den Margareta-Saal in Oslo aufgesucht, bin durch die Seeräuberstadt Wismar spaziert, habe Klaus Störtebekers Geschichte in Hamburg studiert und mich in Istanbul und Venedig umgesehen.

Obwohl ich viel Zeit auf die Rekonstruktion der historischen Geschehnisse verwendet habe, habe ich natürlich auch die Romanform genutzt. Wir wissen, dass sich die Vitalienbrüder auf Gotland niedergelassen haben und zwei Jahre dort geblieben sind. Deswegen habe ich als Verfasserin Störtebekers Quartier auch dort angesiedelt, aber ganz sicher kann man nicht sein, weil die Quellen dies weder bestätigen noch dementieren. Wie gesagt, es gibt viele Legenden zu Klaus Störtebeker, aber nur wenig bewiesene Fakten.

Hingegen ist historisch belegt, dass Königin Margareta 1396 das Kupferbergwerk Falu übernahm und dass Erik von Pommerns Krönung im Sommer 1397 stattfand. Ebenso steht fest, dass der Deutsche Orden im März 1398 Gotland einnahm. In meinem Buch habe ich mich entschieden, diese Ereignisse zeitlich etwas näher zusammenzurücken.

Die Forschung ist sich nicht ganz einig, wie man Ende des 14. Jahrhunderts Erz verarbeitete, aber vermutlich waren die Techniken ähnlich wie im 16. Jahrhundert. Das Wiegen des Kupfererzes hat 1543 jedenfalls so stattgefunden wie von mir beschrieben.

Wer mehr über das Europa von 1390 und die historischen Ereignisse im Norden erfahren will, kann unter anderem auf folgende Bücher und Quellen zurückgreifen:

Bräuer, Günter/Püschel, Klaus/Wichmann Ralf (Hg.): *Klaus Störtebeker. Ein Mythos wird entschlüsselt* (Wilhelm Fink Verlag, München 2003); Ehbrecht, Wilfried (Hg.): *Störtebeker: 600 Jahre nach seinem Tod* (Porta Alba, Trier 2005); Etting, Vivian: *Margrete den første* (Palle Fogtdal, Kopenhagen 1986); Grinder-Hansen, Poul (Hg.): *Unionsdrottnigen: Margareta I och Kalmarunionen* (Föreningen Nordens Årsbok, Stockholm 1996); Koht, Halvdan: *Drotting Margareta och Kalmarunionen* (Natur och Kultur, Stockholm 1997); Linton, Michael: *Margareta, Nordens drottning 1375–1412* (Atlantis, Stockholm 1997); Meier, Dirk: *Seefahrer, Händler und Piraten im Mittelalter* (Jan Thorbecke Verlag, Ostfildern 2004); Olsen, Olaf: *Ufredens hav: en 600 år gammel sørøverhistorie fra Østersøn* (Gyldendal, Kopenhagen 2002); Puhle, Matthis: *Die Vitalienbrüder: Klaus Störtebeker und die Seeräuber der Hansezeit* (Campus Verlag, Frankfurt a. M. 1992); Vaupell, Otto Frederik: *Dronning Margrete: Foreningen af de trende nordiske Riger til en Statsenhed. Mindeskrift til Kalmarunionens 500 Aarsdag 20. Juli 1897* (Kopenhagen 1897); Westholm, Gun: *Hanseatic sites, routes and monuments: a traveller's guide to the past and present* (Provinzialregierung Gotland, Visby 1996); Zimmerling, Dieter: *Störtebeker & Co. Die Blütezeit der Seeräuber in Nord- und Ostsee* (Hamburg 2005).

Danksagung Da mir bei meiner Arbeit an dem Roman *Die Kupferhändlerin* mehrere Personen zur Seite standen, möchte ich mich noch einmal bei allen bedanken, die mir auf vielerlei Weise geholfen haben.

Viveca Peterson, Verlegerin und Cheflektorin, die mir wie immer von der ersten bis zur letzten Minute beistand und dafür sorgte, dass mir jede Unterstützung zuteil wurde, die ich brauchte. Matilda Lund, meine Redakteurin, die mir sehr sorgfältig bei der Überarbeitung meines Manuskripts half. Anne Fredriksson, Redakteurin, die das Manuskript ebenfalls las und viele gute Vorschläge machte. Sara Lindegren, vielen Dank für inspirierende Gespräche, und Danke auch an Annelie Eldh, Anne Käll, Anders Timrén und alle anderen in der Marketingabteilung, die auf unterschiedliche Weise mit meinem Buch arbeiteten.

Auch außerhalb des Verlags halfen mir viele Menschen. Ich möchte mich bei folgenden bedanken: Solbritt Benneth, Direktorin des Medeltidsmuseet, die das ganze Buch auf sachliche Fehler durchsah; Sven Olsson, Direktor des Museums in Falu, der diejenigen Teile des Buches sachlich prüfte, die vom Kupferbergbau im Mittelalter handeln; Maria-Paz Acciardo, die mich inspirierte und mir während der Entstehung des Buchs viele gute Ratschläge erteilte; Moa Ankarlilja, die das Buch vom ersten bis zum letzten Satz mitverfolgte und mich auf wichtige Gesichtspunkte aufmerksam machte. Danke auch an Göran Ankarlilja, der mir Spuren der Vitalienbrüder auf Gotland zeigte. Jörgen Andersen war mir wie immer eine große Stütze. Inger Sjöholm-Larsson gab mir ebenfalls kluge Ratschläge. Kerstin Olsson danke ich für ihre Gastfreundschaft und ihre interessanten Anregungen. Kerstin Fagerblad und Ingrid Lindgren lasen mein Manuskript ebenfalls und teilten mir ihre Gedanken dazu mit.

Ein warmes Dankeschön geht an Maria Enberg und die Grand Agency, die mich ermunterte, meine Bücher auch im Ausland zu veröffentlichen. Zu guter Letzt möchte ich mich auch noch einmal beim freundlichen Personal der Bibliothek Gustavsberg bedanken, das mir bei vielen umständlichen Buchbestellungen half.

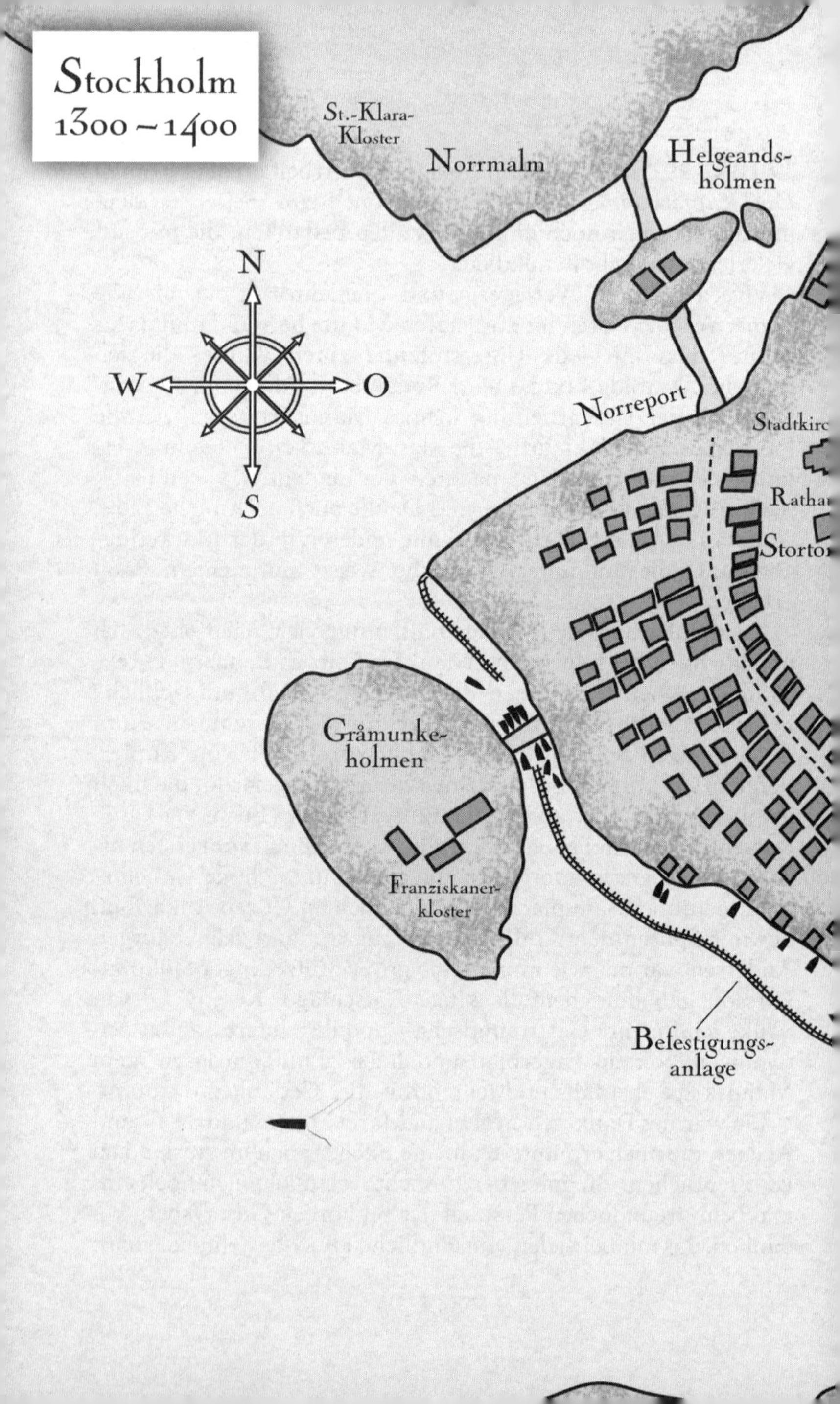
Stockholm
1300–1400
St.-Klara-
Kloster
Norrmalm
Helgeands-
holmen
N
W
O
S
Norreport
Rathau
Stortor
Gråmunke-
holmen
Franziskaner-
kloster
Befestigungs-
anlage

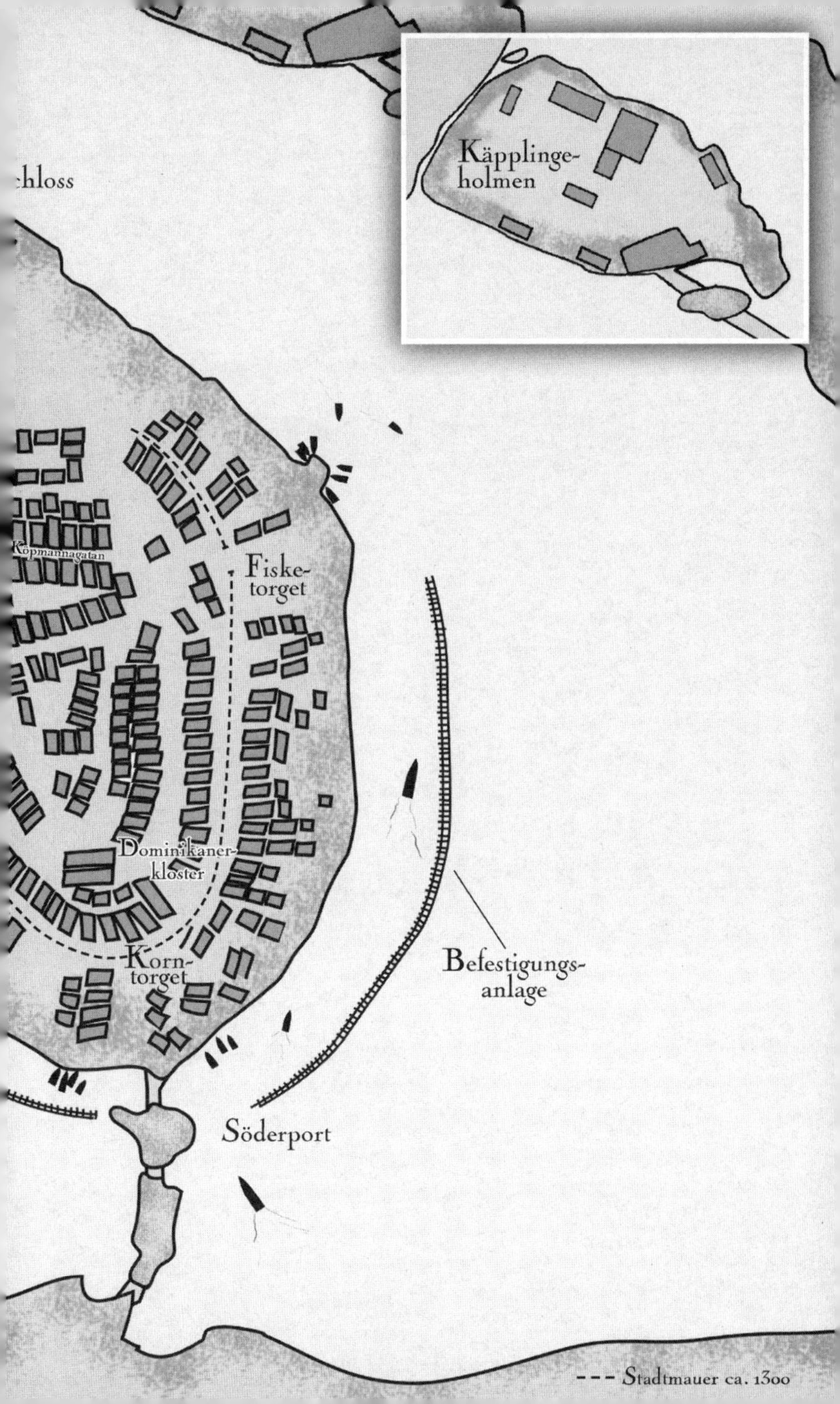

chloss
Käpplinge-
holmen
Köpmannagatan
Fiske-
torget
Dominikaner-
kloster
Korn-
torget
Befestigungs-
anlage
Söderport
--- Stadtmauer ca. 1300

Catharina Sundberg

Gebrandmarkt

Roman aus der Hansezeit. Aus dem Schwedischen von Wibke Kuhn. 368 Seiten. Piper Taschenbuch

Die Zeiten sind unruhig, als die junge Bürgersfrau Anne im Jahr 1391 aus Lübeck nach Stockholm reist. Mit ihrem Mann und dem Kind, das sie erwartet, will sie einen Neuanfang wagen. Doch Claus kommt bei einem Schiffbruch ums Leben, während Anne sich nach Stockholm retten kann, wo sie sich allein durchschlagen muss. Dabei sind ihr offenbar gefährliche Verfolger auf der Spur … Vor dem Hintergrund der Hansezeit in Schweden erzählt Catharina Sundberg die spannende und atmosphärisch dichte Geschichte einer jungen Frau, die im mittelalterlichen Stockholm ums Überleben kämpft.

»Liebe und Abenteuer im mittelalterlichen Stockholm, temporeich und süffig erzählt. Alle Leser, die gut lesbare Mittelalterromane mögen, werden Blut lecken!«

Svenska Dagbladet

05/2226/03/L

Catharina Sundberg

Die Handelsherrin

Roman aus der Hansezeit. Aus dem Schwedischen von Wibke Kuhn. 368 Seiten. Piper Taschenbuch

Ende des 14. Jahrhunderts in Stockholm: Die junge Anne hat nach dem Tod ihres Mannes ein großes Handelshaus übernommen. Es herrschen die Vitalienbrüder, die Seeräuber der Ostsee – und sie haben es auf Anne und ihren Besitz abgesehen. Zwar gelingt ihr mit ihrer Tochter die Flucht nach Lübeck. Doch auch dort ist sie nicht sicher …

Packend und lebendig fängt die erfolgreiche Autorin Catharina Sundberg die farbige Welt der Hansezeit ein.

»Catharina Sundberg mischt Spannung, Leidenschaft, unerwartete Dramatik und plötzliche Todesfälle mit historischen Fakten. Die Handlung spielt nicht nur unter Königen, sondern unter ganz normalen Leuten dieser Zeit.«

Aftonbladet

05/2401/01/R

PIPER

Robert Löhr

Der Schachautomat

Roman um den brillantesten Betrug des 18. Jahrhunderts. 416 Seiten. Piper Taschenbuch

Als Hofrat Wolfgang von Kempelen 1770 am Habsburgischen Hof seinen Schach spielenden Automaten präsentiert, gilt der Maschinenmensch als großartigste Errungenschaft des Jahrhunderts. Doch tatsächlich verbirgt sich im Innern der Maschine ein Zwerg – und dieses menschliche Gehirn erweist sich als tödlich und sterblich zugleich. Von den Bleikammern Venedigs zum kaiserlichen Hof in Wien, von den Palästen des Preßburger Adels in die Gassen des Judenviertels – ein spannender historischer Roman um ein legendäres Täuschungsmanöver.

»Ein Überraschungserfolg, wie es ihn in dieser Form lange nicht gegeben hat.«
Der Spiegel

05/2155/02/L

Robert Löhr

Das Erlkönig-Manöver

Historischer Roman. 368 Seiten. Piper Taschenbuch

Im Februar 1805 setzt eine bunte Truppe im Schutz der Dunkelheit über den Rhein: Johann Wolfgang von Goethe und Friedrich Schiller, Achim von Arnim und Bettine Brentano sowie Heinrich von Kleist und Alexander von Humboldt. Ihr Auftrag: den wahren König von Frankreich aus dem französisch besetzten Mainz zu befreien. Ihr Gegner: Napoleon Bonaparte, der mächtigste Mann der Welt. Mit intelligentem Witz und fundierter Sachkenntnis beschert uns Robert Löhr einen hinreißenden historischen Roman um die Ikonen der deutschen Literatur.

»Eine Mixtur aus Fiktion und wahrer Historie, aus hochgeistigen Anspielungen und handfester Action. Unbedingt lesenswert.«
Südwestdeutscher Rundfunk

05/2437/01/R

Franz-Josef Körner

Bamberger Bluthochzeit

Historischer Roman. 368 Seiten. Piper Taschenbuch

Man schreibt das Jahr 1208: In Bamberg bereitet man sich auf die bevorstehende Hochzeit von Beatrix, der Nichte des Königs Philipp, und dem Bruder des Bamberger Bischofs Eckbert vor. Doch dann entdeckt ein Mönch im Klostergarten von St. Michael die Leiche einer jungen Frau, die offenbar ermordet wurde. König Philipp und Bischof Eckbert benennen zwei Ermittler, die den Fall so rasch wie möglich aufklären sollen: Lupold, Kanzler des Königs, und Tankred, bischöflicher Kaplan. Während die ersten Gäste eintreffen, geschehen zwei weitere Morde, und das Leben des Königs scheint bedroht. Ein Mittelalterroman voller Aroma und Spannung über ein dramatisches Ereignis, das wirklich stattgefunden hat.

05/2438/01/L

Petra Balzer de García

Die Hoffnung von Tabarca

Historischer Roman. 432 Seiten. Piper Taschenbuch

Als Piraten im Jahr 1769 die Stadt Alicante überfallen, verlieren die Geschwister Ana und José ihre Eltern. Zur gleichen Zeit beschließt der spanische König Carlos III., die Insel Tabarca im Meer vor Alicante zu besiedeln. Dadurch möchte er Piratenangriffe abwehren und seine Vorstellung einer »idealen Stadt« in die Wirklichkeit umsetzen. Voller Sehnsucht auf ein glücklicheres Leben begeben sich Ana und José auf die Insel. Doch die neuen Bewohner haben nicht nur ihre Hoffnung mitgebracht, sondern auch ihre Vergangenheit. Und die droht die Gemeinschaft zu sprengen …

Petra Balzer de García schildert voller Atmosphäre das Bild einer längst vergangenen historischen Epoche.

05/2277/02/R

Agnes Imhof

Das Buch des Smaragds

Historischer Roman. 480 Seiten. Piper Taschenbuch

Córdoba, 979: Im Hof der Moschee wird die junge Sklavin Atika Zeugin, wie das legendäre »Buch des Smaragds« als Ketzerwerk verbrannt wird. Seine unheimliche Macht schlägt nicht nur sie in seinen Bann, sondern auch den düster-faszinierenden Amr und den jungen Aristokraten Safwan. Fieberhaft suchen sie nach der letzten Kopie, um dem rätselhaften Buch sein Geheimnis zu entreißen. Dabei gerät nicht nur Atikas Leben in Gefahr – auch ihre Liebe wird auf eine harte Probe gestellt …

»Ein historischer Roman, wie ich ihn mir wünsche. Gefährlich, poetisch und voller Leidenschaft entsteht ein pralles Panorama von Córdoba bis Bagdad. Die trotzige und zugleich so verletzliche Heldin Atika ist mir ans Herz gewachsen.«
Peter Prange

05/2378/01/L

Frédéric Lenoir, Violette Cabesos

Der Fluch des Mont-Saint-Michel

Historischer Thriller. Aus dem Französischen von Elsbeth Ranke. 592 Seiten. Piper Taschenbuch

Ein Sakrileg, begangen aus Hochmütigkeit, löst auf dem Mont-Saint-Michel im 11. Jahrhundert eine Serie von blutigen Morden aus. Wer ist der Täter, der den heiligen Ort am französischen Atlantik zum Erzittern bringt? Und welches schreckliche Geheimnis verbirgt sich hinter den Gott geweihten Mauern? Tausend Jahre später führen seltsame Träume die junge Archäologin Jeanne zum Mont-Saint-Michel. Sie versucht, das Rätsel des Felsens zu lösen, und bringt damit sich und ihre Kollegen in tödliche Gefahr.

»Der geniale Mix aus Thriller und Ordensgeschichte war in Frankreich ein Topseller – zu Recht!«
Woman

05/2365/01/R

Tilman Röhrig

Riemenschneider

Historischer Roman. 624 Seiten. Piper Taschenbuch

Würzburg, 1492. Feierlich werden die Skulpturen von Adam und Eva vor dem Eingang der Marienkapelle enthüllt. Doch diesmal ist der Bildschnitzer Tilman Riemenschneider zu weit gegangen: Eine Bäuerin hat ihm Modell gestanden – nackt. Ein Skandal! Die Gemüter erhitzen sich. Dabei ahnt noch niemand, welch viel gewaltigeres Beben die Stadt in den nächsten Jahren erwartet, dass Reformation und Bauernkriege die bestehende Ordnung in ihren Grundfesten erschüttern werden. Bald muss auch Meister Riemenschneider um sein Leben kämpfen …

»Röhrig zeichnet nicht nur ein eindrucksvolles Bild des Künstlers Tilman Riemenschneider, sondern auch ein großartiges Panorama einer aufregenden Epoche deutscher Geschichte.«
Kölnische Rundschau

05/2366/01/L

Margaret Jardas

Das Halsband der Königin von Saba

Historischer Roman. 384 Seiten. Piper Taschenbuch

Südarabien, im 8. Jahrhundert v. Chr.: Die bildschöne Lilith, Tochter einer Schankwirtin, erregt die Aufmerksamkeit von Rahib, einem General der Königin von Saba. Er beginnt die junge Frau zu umwerben, beschenkt sie mit Juwelen, mit Gold und wohlriechenden Essenzen. Lilith aber verachtet den grobschlächtigen Mann. Ihr Herz gehört dem verträumten Kameltreiber Sami. Rahib jedoch entdeckt die heimliche Liebe der beiden und droht Lilith, ihren Liebsten zu töten, sollte sie ihm nicht willig sein. Die junge Frau sieht keinen anderen Ausweg, als dem General in den Palast zu folgen. Vom prunkvollen Hofleben unbeeindruckt, hat Lilith jedoch fortan nur ein Ziel: gemeinsam mit Sami in eine gemeinsame Zukunft zu fliehen …

05/2403/01/R

Stefan Jäger

Der Silberkessel

Historischer Roman aus der Zeit der Völkerwanderung. 320 Seiten. Piper Taschenbuch

120 vor Christus: Mehr als 100 000 Kimbern, Teutonen und Ambronen verlassen ihre unwirtliche Heimat Dänemark in Richtung Süden. In den Alpen treffen sie auf die gewaltigen Heere des Römischen Imperiums. Schändungen, blutige Schlachten und Raubzüge sind an der Tagesordnung. Eine gefährliche, rauhe Kulisse für die Liebe zwischen dem Römer Timaios und der Kimberin Svanhild …
Mit seinem historischen Roman zur Zeit der Völkerwanderung, als die ersten germanischen Volksstämme auf die wehrhaften Römer trafen, erhellt Stefan Jäger das Dunkel zwischen Antike und Mittelalter in der Mitte Europas.

05/2054/02/L

Stefan Jäger

Das Gold des Nordens

Historischer Roman aus der Zeit der Völkerwanderung. 384 Seiten. Piper Taschenbuch

112 vor Christus: Seit fast zehn Jahren tobt bereits der Krieg der Kimbern, Teutonen und Ambronen, die ihre unwirtliche Heimat Dänemark in Richtung Süden verlassen haben und dem Heer des Römischen Imperiums gegenüberstehen. Mittendrin kämpft der Sklavenhändler Timaios um das Herz der schönen Kimberin Svanhild. Als sie von Crassus, dem mächtigsten römischen Politiker, entführt wird, hat dieser jedoch nur ein Ziel vor Augen: Er will die Bernsteinstraßen des Nordens, die von den Kimbern gesperrt wurden, wieder geöffnet sehen – denn in Oberitalien ist die Bernsteinverarbeitung ein lukratives Gewerbe. Wird es Timaios gelingen, Svanhild zu befreien? Ein opulenter Roman über die Liebe in der gefährlichen Zeit der Völkerwanderung, als Bernstein das »Gold des Nordens« genannt wurde.

05/2224/02/R

Elmar Bereuter

Hexenhammer

Roman über die Anfänge der Hexenverfolgung. 400 Seiten. Piper Taschenbuch

Deutschland 15. Jahrhundert: Missernten und Hungersnöte. Der Inquisitor Heinrich Institoris weiß, dass das von den Hexen kommt, die sich mit dem Teufel verbündet haben und deshalb auf den Scheiterhaufen gehören. Institoris verfasst die berüchtigte Schrift »Der Hexenhammer«, eine verheerende Anleitung zur Hexenjagd. Immer mehr unschuldige Frauen müssen auf dem Scheiterhaufen sterben. Doch erst als der junge Mönch Cornelius seine Jugendliebe Afra wieder trifft und diese als Hexe angeklagt wird, beginnen die Menschen am fanatischen Inquisitor und seinem unmenschlichen Glauben zu zweifeln …

»Geschichtliches wird nicht nur bunt, sondern auch spannend geschildert. Bereuter lässt seine Personen durch Dialoge lebendig werden, nimmt moderne Menschen an die Hand und führt sie durch die mittelalterliche Welt.«

Offenburger Tageblatt

05/2098/02/L

Elmar Bereuter

Die Lichtfänger

Roman aus der Zeit der Hexenverfolgung. 416 Seiten. Piper Taschenbuch

Wie sähe die Welt aus, hätte es in der Geschichte nicht mutige Menschen gegeben, die sich gegen Unterdrückung und Engstirnigkeit wehrten? So wie die »Lichtfänger«, die im ausgehenden Mittelalter den Hexenwahn bekämpften. Elmar Bereuter – seit seinem verfilmten Bestseller »Schwabenkinder« Garant für profund recherchierte historische Romane – erzählt, wie sich ein Historiker quer durch Europas Archive wühlt, um das Schicksal des Lichtfängers und Theologen Cornelius Loos zu erhellen.

»Bereuter gelingt es, die alten Quellen zum Sprechen zu bringen. Ein engagiertes Buch über die Hexenprozesse, vor allem aber ein spannender historischer Roman!«

literaturtipp

05/2099/02/R

Sabrina Capitani

Das Buch der Gifte

Historischer Roman. 400 Seiten. Piper Taschenbuch

Die Schriftstellerin Christine de Pizan setzt sich nach dem Tod ihres geliebten Mannes gegen alle Widerstände durch: gegen die Frauenfeindlichkeit der Kirche, gegen betrügerische Anwälte und gewalttätige Verehrer. Doch als sie den jungen Franziskanermönch Thomas kennen lernt, steht die Liebe zu ihrem verstorbenen Ehemann, dem sie Treue bis über den Tod hinaus geschworen hat, auf dem Prüfstand. Gemeinsam mit Thomas gelingt es ihr, einen rätselhaften Todesfall aufzuklären, der auf verschlungenen Wegen die wahre Vergangenheit des Mönchs offenbart … Lebendig und mit Einfühlungsvermögen erzählt Sabrina Capitani aus dem Leben der Christine de Pizan (1364–1430), einer der bekanntesten und frühesten Schriftstellerinnen Europas.

05/2053/02/L

Susanna Kearsley

Mariana

Roman. Aus dem Englischen von Karin Diemerling. 350 Seiten. Piper Taschenbuch

»Das ist mein Haus«, erklärte die fünfjährige Julia Beckett ihren Eltern, als sie zum ersten Mal »Greywethers« sah, das große Bauernhaus aus dem 16. Jahrhundert. Julia, inzwischen dreißig und erfolgreiche Illustratorin, erfüllt sich ihren Kindheitstraum und kauft das Haus. Sie liebt ihr neues Leben auf dem Land und findet schnell gute Freunde unter den Dorfbewohnern. Doch kaum ist Julia eingezogen, geschieht Seltsames mit ihr und läßt sie an ihrem Verstand zweifeln: Sie meint, das Leben von Mariana zu führen, einer unglücklich verliebten Dienstmagd, die 1665, zur Zeit der großen Pest, in diesem Haus gelebt hatte. Julia fällt es immer schwerer, zwischen Vergangenheit und Gegenwart zu unterscheiden. Susanna Kearsley ist mit diesem Buch eine spannende Mischung aus romantischer Liebesgeschichte und Historienroman gelungen.

05/1021/02/R